BESTSELLER

Carla Montero nació en Madrid en 1973, es licenciada en derecho y diplomada en administración y dirección de empresas por ICADE. Su gran afición siempre ha sido escribir. Con su primer libro, *Una dama en juego*, ganó el Premio Círculo de Lectores de Novela 2009. *La Tabla Esmeralda*, su segunda novela, se ha convertido en un verdadero éxito editorial tanto dentro como fuera de España.

Biblioteca
CARLA MONTERO

La Tabla Esmeralda

DEBOLS!LLO

Cuarta edición en Debolsillo: febrero, 2014

© 2012, Carla Montero Manglano
© 2012, Penguin Random House Grupo Editorial, S. A.
  Travessera de Gràcia, 47-49. 08021 Barcelona

Printed in Spain – Impreso en España

ISBN: 978-84-9032-241-3 (vol. 902/2)
Depósito legal: B-11952-2013

Compuesto en Anglofort, S. A.

Impreso en Liberdúplex,
Sant Llorenç d'Hortons (Barcelona)

P 322413

A mis hijos, Gala, Martina, Luis y Nicolás.
A pesar de vosotros, pequeños ladrones del tiempo,
he terminado esta historia. Os quiero

A pesar de todo, sigo pensando que las personas tienen buen corazón

ANNE FRANK

Prólogo

Florencia,
9 de abril de 1492

L orenzo de Médicis ha muerto. No era éste el único pensamiento que pasaba por la cabeza de Giorgio. Por su cabeza circulaba un torrente de ellos. Unas veces, corrían rápidos y fluidos como las nubes por el cielo; otras, se arremolinaban como los mendigos en la puerta de una iglesia. Pero lo que sí era cierto es que todos sus pensamientos empezaban y acababan en el mismo lugar: Lorenzo de Médicis ha muerto. Su cadáver aún estaba caliente. Su viuda, sus hijos y sus amigos aún le lloraban. Florencia entera aún estaba conmocionada.

Sin embargo, Giorgio no se sentía angustiado por Lorenzo de Médicis, su familia o Florencia, sino por él mismo y por su propio destino. Había permanecido toda la noche y todo el día encerrado en su taller; primero, paralizado por la impresión de la noticia; después, tratando de resolver su situación.

Sólo cuando el sol empezaba a ocultarse tras las colinas de la campiña toscana, decidió que lo mejor era regresar a Venecia, donde todo aquel asunto había empezado. Y se convenció de que debía hacerlo cuanto antes, aprovechando las sombras de la noche que se avecinaba. Con la precipitación de quien todo lo improvisa, se puso a recoger sus cosas, especialmente sus aparejos de pintura, pues apenas tenía otros bienes personales que empaquetar y, además, sus herramientas de trabajo —pinceles, paletas, lienzos, bastidores y decenas de compuestos que utilizaba para fabricar los óleos— eran sus enseres más preciados.

Al caer la noche, el taller ya estaba prácticamente vacío. Tan sólo quedaba, en una esquina bajo la ventana, allí donde mejor recibía la luz natural, un lienzo cubierto con un trapo sobre un caballete.

Giorgio se acercó hasta él todavía pensando en cómo lo transportaría. Lo descubrió lentamente y volvió a contemplarlo aunque de sobra sabía lo que iba a ver, es más, podía incluso vislumbrar lo que otros no verían: el resultado final de la obra tal y como la había imaginado. Aquel lienzo que tan sólo era un boceto, unas pocas pinceladas de color, era el objeto de su inquietud.

Se sorprendió con la vista clavada en el lienzo... Las imágenes del pasado parecían sucederse sobre él. Tal vez fuera la ansiedad lo que le hacía ver cosas extrañas. Tan sólo eran recuerdos, los recuerdos de un joven e insignificante pintor veneciano que había acabado por meterse en un asunto oscuro.

«Tienes ante ti un futuro lleno de oportunidades y bienaventuranzas, Giorgio. Confío en que sepas sacar provecho de tus dones y tu buena fortuna, siendo en toda ocasión fiel al honor y a la virtud. Que Dios esté siempre contigo, hijo mío», le había dicho su padre antes de partir, mientras le ponía en la mano una bolsa con unas pocas monedas y una carta de recomendación para la casera que habría de alojarle en Venecia. De eso hacía ya un lustro... Giorgio se recordaba nervioso, acababa de cumplir diez años y era sólo un niño, un muchacho de Castelfranco, el pequeño pueblecito a las afueras de Venecia donde Dios había tenido a bien soltarle en este mundo, no sin antes bendecirlo con un talento especial. Y es que Giorgio, desde bien pequeño, dibujaba como los ángeles. Su padre lo había notado aquel día en que el chico, distraído, había sacado del fuego una astilla tiznada y se había puesto a garabatear sobre las losas de la estancia: la soltura, los trazos, el movimiento... Aquel granujilla tenía un don. Por eso había movido todos los hilos al alcance de su mano hasta conseguir que ingresara de aprendiz en el taller del maestro Bellini en Venecia.

Allí, Giorgio había tenido que limpiar muchos pinceles y barrer muchos suelos, había tenido que abrillantar los morteros y fijar los lienzos a los bastidores, incluso había aprendido a mezclar las especias del rosoli que el maestro se bebía todas las tardes antes que a mezclar los pigmentos de los óleos. Pero, entre tanta tarea ingrata, Giorgio observaba con los ojos muy abiertos todo cuanto ocurría a su alrededor: cómo el maestro preparaba la imprimación del lienzo con cola de pergamino de cordero y *gesso*, cómo recuperaba la ceniza de huesos calcinados, cómo raspaba el óxido de un pedazo de cobre, cómo pulverizaba la malaquita o el lapislázuli... Se fijaba en la cantidad de aceite de linaza que empleaba en las mezclas y en cómo las rebajaba con trementina. Contemplaba extasiado cada vez que el maestro mojaba la punta del pincel de pelo de marta o de cerda en la pasta aceitosa y la deslizaba sobre el lienzo con suaves caricias. Le escuchaba embelesado hablar de la luz y de las formas, de las proporciones y del color... De esa manera aprendía sin querer, respirando las enseñanzas del maestro junto con el olor de la pintura.

Pero Giorgio también había encontrado una escuela fuera del taller de Bellini. En aquella ciudad bulliciosa de gentes y cultura, ciudad de nobles y mercaderes que era Venecia, Giorgio tomó contacto con un mundo por descubrir y atrapar con sus pinceles. En busca de la inspiración para sus cuadros, le gustaba pasear por Venecia, visitar los palacios, las iglesias y los monasterios, recorrer sus callejuelas estrechas que olían a agua estancada y pescado y perder la vista en la laguna, en cuyas aguas riela el crepúsculo y el mar mece las barcas mientras sus contornos se desvanecen hasta convertirse en sombras.

Muchas veces Giorgio se escapaba a la isla de Murano, al monasterio de San Michele, porque allí la luz tenía un espectro muy particular: según la época del año, tornaba vivos los colores o los apagaba hasta casi matarlos; en ocasiones, se fundía con la bruma de la laguna y cubría como de tiza todas las siluetas, o bien, en los días claros y despejados, parecía recortar las figuras con la precisión de una hoja muy afilada. A Giorgio le hubiera encantado poder hacer lo mismo con sus pinceles: captar la luz que se colaba por las arcadas del claustro y creaba ambientes diferentes en el mismo escenario o aplicar la bruma en los colores para matizarlos; ser capaz de dibujar con la mano de la naturaleza. El joven pensaba que si se recreaba en todos esos detalles, tarde o temprano lo lograría. Por eso pasaba las horas tratando de capturar la esencia de lo que le rodeaba para plasmarla en sus pinturas.

Una tarde de verano en la que la ciudad parecía hervir dentro del agua de los canales, Giorgio se había sentado a la sombra del claustro de San Michele y, protegido por el fresco de su jardín de naranjos, contemplaba, como de costumbre, los juegos de la luz. Absorto como estaba, apenas había oído unos pasos arrastrados y cansinos, los pasos de un hombre viejo, encaminándose hacia él.

—¿Qué guarda este cenobio de interés para un joven como tú, que tantas horas pasas entre sus muros?

Un poco antes se había percatado de la presencia del fraile por su característico olor. Supo que se había sentado a su lado al sentir en la nariz el golpe de aquella pestilencia indefinida, mezcla de efluvios de sopa de cebolla —que parecía el único alimento de aquellos monjes desdentados—, de hábito exudado y de azufre.

Pese a lo repelente de aquel primer encuentro, fra Ambrosius se fue convirtiendo poco a poco en uno de los mejores amigos del joven Giorgio, y tiempo después en guía, consejero y maestro. Guía en cuanto a lo espiritual, consejero respecto a lo material y maestro indiscutible ya que fra Ambrosius era uno de los hombres más sabios que había conocido nunca. Fra Ambrosius lo inició en el conocimiento de los saberes clásicos: la herencia de los padres griegos y latinos. Le llevó a través de la filosofía de Sócrates, Platón y Aristóteles; de Séneca y Epícteto; de san Agustín y san Justino; de Maimónides y Averroes. Le descompuso el cosmos, el hombre y la naturaleza. Y le introdujo en los saberes ocultos: los que atesoraban magos y alquimistas desde hacía cientos de años. Porque fra Ambrosius era, en secreto, estudioso y practicante de la alquimia, el saber que agrupa todos los conocimientos a los que ha accedido el hombre por sí mismo o por revelación divina. Fra Ambrosius había peregrinado por infinidad de monasterios de toda Europa, donde había recibido al legado de los grandes alquimistas como Nicolás Flamel y Roger Bacon. Pero no sólo eso, también había sido discípulo de Basilio Valentini, el famoso alquimista benedictino del monasterio de Erfurt. Y es que aunque la alquimia estaba prohibida para los hombres de la Iglesia, seguía siendo practicada en los monasterios.

Además, el fraile tenía tal conocimiento de los compuestos y materias de la naturaleza que Giorgio había encontrado en él una fuente inagotable de saber a la hora de fabricar sus pinturas, para las que empleaba fórmulas novedosas, más versátiles y duraderas que las comúnmente utilizadas hasta entonces.

De este modo, Giorgio se había aficionado a escaparse a la isla de Murano y a pasar largos ratos en compañía del anciano monje, desgranando juntos los misterios de la humanidad en la biblioteca del monasterio o en la celda de fra Ambrosius. Y mientras el fraile se manchaba el hábito claro con fórmulas y brebajes, Giorgio simplemente le contemplaba con la atención de un alumno aplicado o, en ocasiones, tocaba el laúd para él, instrumento que había llegado a dominar.

Uno de esos días en los que el maestro Bellini le había dado permiso para salir antes del taller, Giorgio cruzó la laguna en dirección a San Michele. Nada más entrar en el claustro, fra Ambrosius le abordó.

—¡Zorzi! —exclamó, llamándole por el apodo con el que sólo los más allegados se dirigían a él. El semblante del monje reflejaba tanta ansiedad como las palabras que al poco le dirigió—: Esperaba impaciente tu llegada, joven Zorzi. Tengo algo muy interesante que mostrarte. Apresúrate, muchacho, vayamos a mi celda.

Pequeña, oscura y fría, la celda de fra Ambrosius olía tan mal como el propio monje. Desprovista prácticamente de todo, a excepción de un camastro y un crucifijo, hubiera sido una celda como las demás de no ser por la mesa abarrotada de frascos, morteros y alambiques que el fraile había conseguido amontonar en un rincón. Contaba incluso con un horno, o atanor, según los cánones de la alquimia, aunque rudimentario, y un recipiente especial de vidrio para llevar a cabo las mezclas, al que el anciano llamaba huevo filosofal.

El monje echó la llave a la puerta con premura y agitación manifiestas en la torpeza de sus manos y en las palabras incoherentes que no dejaba de musitar con su boca desdentada. Probablemente rumiaría alguna oración, como si la invocación de Dios Nuestro Señor contribuyese a calmar sus nervios.

—¡Acércate! ¡Acércate! —urgió al muchacho, levantando con dificultad el colchón de paja de su camastro.

La luz que entraba por el ventanuco, apenas una rendija en el grueso muro del cenobio, resultaba escasa, por lo que Giorgio decidió encender una vela antes de atender el requerimiento impaciente del anciano.

—¡Por la Santa Cruz de Nuestro Señor Jesucristo, muchacho! Deja la luz para después y ayúdame con el jergón, estos sarmientos que tengo por dedos apenas pueden sostenerlo.

Giorgio levantó el jergón sin dificultad y al anciano metió la mano para rebuscar en el hueco.

—¡Aquí está! No creí haberlo empujado tan lejos, válgame el cielo. Tira tú de este rollo de pergamino, Zorzi.

Fra Ambrosius se retiró para dejar hacer a su pupilo mientras lo contemplaba sin parar de estrujarse las manos bajo las mangas anchas del hábito.

—¡Eso, eso! Déjalo aquí, sobre la mesa —le indicó a la vez que de un manotazo despejaba la tabla, agolpando con un chasquido de vidrios todos sus utensilios—. Veamos... Era por aquí. Apenas se nota que está dentro, es como si con el paso de los años el pergamino se lo hubiera tragado y lo hubiera mantenido, de esa forma, a salvo de las miradas curiosas.

—¿Qué pergamino es este, *frater*?

—Ah, el pergamino es lo de menos... Es una crónica sobre las guerras de los Diádocos. Bastante mediocre, por cierto. Pero la copia es buena: la caligrafía de calidad y las ilustraciones muy bellas. Supongo que eso le dio valor a la hora del empeño...

Giorgio permaneció en silencio a pesar de no comprender muy bien las intenciones de fra Ambrosius ni el motivo de su excitación. El joven sabía que si se mostraba paciente, tarde o temprano recibiría explicaciones; el religioso era de ese tipo de personas que hablan mucho cuando los demás callan y que callan cuando los demás hablan.

—Debe de llevar en la biblioteca tan sólo unos meses porque nunca antes lo había visto; y yo sé muy bien qué hay en la biblioteca, no como otros. Dice el hermano bibliotecario que entró con un lote de manuscritos donado por un prestamista. Los usureros a veces lo hacen: cuando sienten que se acerca la hora de rendir cuentas, quieren redimirse y ponerse a bien con el Justo entre los justos. Me aventuraría a asegurar que viene desde Constantinopla. Quizá del saqueo de los ejércitos de Dios en la cruzada contra los infieles allá por el año 1204, o puede que sea más reciente, de cuando el hermano Aurispa desembarcó aquí, en Venecia, una enorme colección de manuscritos griegos de Oriente y tuvo que empeñar buena parte de ellos para pagar su transporte...

Mientras hablaba, fra Ambrosius desenrollaba con sumo cuidado el pergamino y la piel curtida crujía temerosamente como si fuera a romperse, incapaz de soportar el paso de los años.

—¡Helo aquí, mi joven amigo! —exclamó, alzando triunfal un pequeño objeto que Giorgio no alcanzó a distinguir hasta que lo tuvo entre las manos.

Se trataba de un cilindro de unos cinco centímetros de largo y dos de diámetro, elaborado en piedra translúcida de color rojo anaranjado, por lo que dedujo que probablemente sería cornalina. Pero lo más llamativo consistía en que estaba grabado de arriba abajo.

—Un cilindro de cornalina —confirmó fra Ambrosius—. El texto parece griego antiguo, koiné. Sólo Dios sabe cuánto tiempo lleva dentro de este pergamino.

Al comprobar que su silencioso aprendiz miraba y remiraba el cilindro sin hacer ningún comentario, fra Ambrosius se lo arrebató impaciente y lo depositó sobre la mesa bajo la luz de la vela.

—La cornalina es una piedra mágica, ahuyenta la debilidad y da valor. Tiene grandes propiedades curativas: es buena para la circulación, las encías y otros tejidos blandos del cuerpo. Para los egipcios tenía un gran valor simbólico. Es la piedra de Virgo. La piedra de Hermes...

El monje se ayudó de la inflexión de la voz para añadir misterio a sus palabras. La ese de Hermes se convirtió en un siseo que prologaba algo importante.

—¿Hermes?

—Muchacho, a fe mía que Dios te dio poca sangre en las venas. ¡Sí, Hermes! ¡Hermes Trimegisto! ¡El tres veces grande! ¡El sabio más sabio de todos los tiempos! ¡El padre de la alquimia y la hermética!

—Lo sé, *frater*. Tú me has enseñado todo sobre Hermes Trimegisto. Mas no entiendo qué relación puede tener el gran sabio con esta piedra.

El monje arrugó aún más su rostro arrugado, hasta que sus ojos diminutos desaparecieron entre los pliegues de la carne.

—Yo tampoco lo sé bien, hijo mío. Pero estoy convencido de que existe alguna relación... —admitió para sorpresa de Giorgio.

—¿Qué dice el texto?

—Confieso que no he sido capaz de interpretarlo. Está muy desgastado por el paso de los años y mis viejos ojos no lo ven del todo bien. Las pocas frases que he podido traducir no tienen sentido. Como si la anterior no tuviera relación con la siguiente. Sin embargo entre sus palabras aparece un nombre... ¡Un nombre muy importante! *Magno Makedonío.* El gran macedonio. ¡El mismo Alejandro Magno! Se trata de indicios, ¡pistas que me llevan a sospechar que nos encontramos ante un gran descubrimiento! —exclamó el monje con gran excitación. Una excitación que se desvaneció al instante—. O tal vez no... Tal vez sólo sea un cilindro cualquiera. En tiempos antiguos se fabricaron miles parecidos; ya en Mesopotamia eran objetos bastante comunes que se empleaban como sellos o amuletos; luego en Persia, Asiria, Egipto... El mundo está lleno de cilindros, ¿por qué habría de ser este el de Alejandro?

Fra Ambrosius iba musitando conocimientos y divagaciones al ritmo lento de sus pasos hasta que se dejó caer sobre el jergón, quedando en el aire un crujido de paja y una nube de polvo. La vitalidad del fraile respondía a ráfagas, una breve concesión de la ancianidad. Y del mismo modo que venía, se iba, dejándole exhausto.

La estancia quedó en silencio, un silencio sobrecogedor que Giorgio sólo percibía en los lugares sagrados. Con aquel cilindro en la palma de la mano se le ocurrían cientos de preguntas que no acertaba a verbalizar.

—Yo ya soy un miserable anciano inútil, una mente viva encarcelada en un saco de huesos moribundo. Otras veces he necesitado de tus ojos y tus oídos, de tus manos firmes y tus brazos fuertes, joven Zorzi. Ahora, más que nunca, vuelvo a necesitar que seas tú el sustituto de mi cuerpo inválido.

Giorgio escuchaba a fra Ambrosius sin comprender con exactitud el alcance de sus palabras.

—Debes llevar el cilindro a Florencia, a la Academia Neoplatónica. Allí te entrevistarás con el padre Ficino, Marsilio Ficino, un viejo amigo mío. Sólo él puede ayudarnos a descubrir los secretos que encierra este objeto, si es que encierra alguno.

—Pero ¿a qué secretos te refieres, *frater*?

El fraile agitó la mano con desdén. Giorgio pensó que en ocasiones aquel hombre parecía verdaderamente privado de razón, un pobre viejo loco.

—¡Bah! Suposiciones, suposiciones... ¡Sólo son suposiciones! —Fra Ambrosius se encaró con él; de su boca desdentada y arrugada como una breva madura se escapó un tufo pestilente a cebolla—. ¡No te lo diré, Zorzi!... Son secretos oscuros, tal vez un mal augurio... El mundo está podrido por el pecado. —El fraile se santiguó—. Sí..., que esta clase de secretos vean la luz sólo puede ser un mal presagio. Haz lo que te digo y no ansíes saber más. No cargues tus hombros con un peso que jamás podrían soportar...

Tal y como le había indicado el viejo monje alquimista, Giorgio da Castelfranco había partido una mañana de primavera hacia Florencia, llevando consigo un cilindro de cornalina y una carta para el *pater* Marsilio Ficino. Fra Ambrosius le había contado que Marsilio Ficino era uno de los más grandes filósofos del momento. Bajo la protección de los Médicis, ya desde la época de Cosme el Viejo, había sido uno de los fundadores de la Academia Neoplatónica, en la que eruditos próximos a la corte de la insigne familia florentina se reunían a discutir sobre filosofía y literatura, en especial la de Platón. No en vano Ficino había traducido del griego al latín sus *Diálogos* y se tenía por un defensor acérrimo de las corrientes platónicas. Pero en su relato, fra Ambrosius había insistido en la relación de Ficino con el hermetismo. «Cosme el Viejo era un hombre muy aficionado a las rarezas —le había dicho—. Solía enviar a agentes por todo el mundo en busca de manuscritos y otros tesoros de la Antigüedad. Hace ya unos años, siendo el *pater* Ficino aún muy joven, un monje le llevó a Cosme unos manuscritos en griego, procedentes de Macedonia, el llamado *Corpus Hermeticum*, la compilación de textos más importantes del conocimiento clásico y la base de la alquimia moderna. El patriarca de los Médicis ordenó a Marsilio interrumpir la traducción de los textos de Platón y concentrarse en el *Corpus*, con el ardiente deseo de poder ver concluido el trabajo antes de su muerte. Tal era la importancia que Cosme daba a la sabiduría de Hermes en el momento cercano a morir.»

Nada más llegar a Florencia, Giorgio se desplazó hasta la Villa Careggi, la sede de la Academia Neoplatónica, donde habría de entrevistarse con el *pater* Ficino.

El sacerdote le esperaba en la sala de recepciones; había leído la carta de fra Ambrosius y sentía curiosidad por saber qué se traería entre manos aquel viejo, tan sabio como chiflado.

—Demos un paseo mientras hablamos —sugirió el *pater* Ficino—. Así podremos disfrutar de este hermoso regalo de Dios que es el sol sobre Villa Careggi.

Giorgio tuvo la impresión de haber atravesado las puertas del paraíso mientras paseaba por la imponente villa: un jardín que abrazaba un palacio con aires de fortaleza y vigía de las llanuras toscanas. Le pareció que nunca antes había visto la luz hasta aquel momento, ni siquiera en el claustro de San Michele. Se convenció de que la luz nacía en la misma Villa Careggi y desde allí se propagaba al resto del mundo. Aquella mañana de primavera, la luz daba vida a las siluetas del jardín; hacía brillar los colores de todo cuanto tocaba; emitía reflejos dorados sobre las alas de los insectos; se descomponía a través de las gotas de agua que salpicaban las fuentes; jugaba al claroscuro como los niños al escondite; entraba y salía a chorros de la casa por las arcadas de las *loggias*; se posaba con fuerza sobre la tierra y con dulzura sobre la hierba emergía desde todos los ángulos posibles. ¡Estaba viva! Giorgio se sentía abrumado ante la belleza del espectáculo; incapaz de captar a un tiempo todos los matices. Le hubiera gustado tener ojos de libélula para abarcar con la vista semejante explosión.

Además, en la Villa Careggi habitaba el arte. Allí donde el joven posaba la vista surgía el arte en todo su esplendor, se manifestaba de forma escandalosa. Por allí habían pasado Donatello, Leonardo da Vinci y Botticelli, porque siempre había algún joven artista bajo la protección de Lorenzo de Médicis. En cada rincón por el que se paseaban, descubría a alguien afortunado deslizar los pinceles sobre un lienzo a la luz de la Villa Careggi, y al propio Giorgio le hormigueaban las manos, como si pidieran sacar su paleta y comenzar a mezclar colores, asir los pinceles y atrapar todo cuanto le envolvía. Pero lo que atrajo poderosamente su atención fue una escena que se desarrollaba a la entrada de un cobertizo: la lucha de un hombre contra la piedra, blandiendo el cincel con tal maestría que la roca se rendía sin condiciones bajo sus manos, a sus golpes y sus acometidas, y más que esculpirla parecía domarla, moldearla como si fuera barro. Ficino se había dirigido a aquel joven llamándolo Michelangelo.

Todas aquellas maravillas, todos aquellos estímulos, que a Giorgio le parecieron semejantes a un paseo por el cielo, le habían impedido prestar toda su atención a la entrevista que entretanto mantenía con Marsilio Ficino. Le habían impedido captar la ansiedad en los ojos del sacerdote cuando éste tuvo entre las manos el cilindro de cornalina, o el entusiasmo contenido en la inflexión de su voz en el momento en que le había citado para un posterior encuentro con el mismo príncipe de Florencia, Lorenzo de Médicis. Esos detalles le habían pasado inadvertidos porque estaba cegado por la luz de la Villa Careggi.

Regresó al día siguiente, tan excitado como asustado ante la idea de presentarse al gran Lorenzo de Médicis.

El príncipe no sólo era un mecenas de las artes y las ciencias, era en sí mismo un erudito, un esteta, un hombre aficionado a la filosofía, la poesía, la música y a cualquier manifestación artística e intelectual. Prácticamente se había criado y educado en la Villa Careggi, rodeado de los mayores sabios de la época, y con ellos debatía en un plano de igualdad intelectual, no sólo en calidad de patrón.

En una de las salas de la villa, junto al busto de Platón que presidía todas las reuniones de sus prosélitos, a la luz de los candiles, pues era de noche, Giorgio había conocido a Lorenzo de Médicis sentado en un sillón con forma de tijera a modo de trono y con las piernas en alto para mitigar los dolores que le producía la gota. Corpulento, vestido con jubón y casaca de brocado, prendas que le daban esa apariencia aún más voluminosa, se tocaba con el *mazzochio,* una tela que se enrollaba en la cabeza a modo de turbante y cuyo extremo caía por un lado. Su aspecto era imponente, o al menos así se lo pareció a Giorgio desde sus apenas dieciséis años y su escasa experiencia. El rostro duro de expresión ceñuda reflejaba una gran personalidad y una enorme determinación. Definitivamente, Lorenzo de Médicis le hacía sentirse pequeño e insignificante, e incluso le causaba temor reverencial.

Además lo flanqueaban dos de sus mejores amigos y colaboradores: Marsilio Ficino y el conde Giovanni Pico della Mirandola. El primero vestía ropajes encarnados de clérigo, y las arrugas del rostro delataban que era el hombre de más edad. Por lo demás, no había otro rasgo destacable en el aspecto físico de aquel gran sabio. En cambio, su discípulo, Giovanni Pico, atrajo desde el primer momento la atención del chico. El conde della Mirandola era joven y atractivo —la belleza era una cualidad que la mirada de artista de Giorgio no solía pasar por alto—, quizá ligeramente afeminado, lo que no se correspondía con la fama de audaz e impetuoso que le precedía. Sólo llevaba dos días en Florencia y, sin embargo, había oído hablar del conde en varias ocasiones. A pesar de su juventud, Giovanni Pico ya había estado un par de veces en prisión. Una, por raptar a la esposa de un primo de los Médicis y protagonizar así un escándalo de faldas que casi le cuesta la vida y del que sólo Lorenzo pudo rescatarle, y la otra, por hereje, tras desafiar a la Iglesia con unas tesis filosóficas suficientemente comprometedoras. De nuevo tuvo el príncipe que acudir en su auxilio. No obstante, el conde della Mirandola era uno de los estudiosos del pensamiento clásico más reputados: experto en Aristóteles y Platón, conocedor de la cábala y el hermetismo, astrólogo...

—Muéstrame, Giorgio da Castelfranco, lo que has traído desde Venecia.

La orden de Lorenzo de Médicis, formulada con la voz potente y el tono autoritario de los grandes gobernantes, lo sacó repentinamente de sus cavilaciones y le causó un temblor de piernas vergonzante. Tratando de controlarse, se acercó al príncipe de Florencia y le tendió el cilindro que encerraba su palma sudorosa. Por un momento, debido al malestar que aquella reunión le estaba produciendo, Giorgio maldijo la hora en la que fra Ambrosius lo había engatusado con semejante viaje.

Lorenzo observó el cilindro con el ceño aún más fruncido de lo habitual; no era síntoma de contrariedad, sino de verdadero interés. Después, sin mediar palabra, se metió la mano entre los pliegues de la camisa y extrajo un objeto que le colgaba del cuello; a Giorgio le dio la sensación de que se parecía considerablemente a su cilindro. Con un fuerte tirón, rompió el fino cordón del colgante y colocó ambos cilindros en la palma de su mano. Marsilio Ficino y Pico della Mirandola se asomaron por encima de los hombros de su patrón para comprobar lo que estaba contemplando.

—*Madonna mia...* —concluyó Ficino.

—¿Dónde dices, muchacho, que has encontrado esto? —quiso asegurarse el príncipe.

—Lo cierto es, mi señor, que lo encontró mi mentor, el monje Ambrosius, en la biblioteca del monasterio de San Michele de Murano. Lo halló dentro de un viejo rollo de pergamino que formaba parte de un lote de manuscritos donado al monasterio por un prestamista.

—¿Un viejo rollo de pergamino? ¿Qué clase de pergamino?

—Una crónica en griego sobre las guerras de los Diádocos, mi señor. Fra Ambrosius cree que puede proceder de Constantinopla.

—A estas alturas, Lorenzo, es casi imposible averiguar de forma fiable su procedencia. Lo verdaderamente inquietante es la similitud entre ellos —opinó Ficino.

—Acércate, Giorgio, y mira esto —ordenó Lorenzo, mostrándole los objetos de la palma de su mano.

El muchacho quedó maravillado. Ambos cilindros parecían calcados, uno copia del otro. Del mismo tamaño y confeccionados con el mismo material, la cornalina. Y aunque desconocía el griego, concluyó que los símbolos grabados pertenecían a la misma lengua. Giorgio no sabía qué decir sin parecer un necio, así que prefirió callar.

—Este cilindro, que es mi amuleto, perteneció a mi abuelo Cosme. Hace cuarenta años un mercenario procedente del norte de África se lo vendió. El mercenario contaba que se lo había arrebatado a un beduino después de cortarle el pescuezo. Antes de morir, el beduino se había jactado de habérselo robado a un monje copto durante un saqueo al monasterio de San Pablo en el Mar Rojo, y aseguraba que era una reliquia egipcia de gran valor, pues el monje la había protegido hasta la muerte. Sin embargo, no se ha podido descifrar su mensaje, nada de lo que hay en él escrito parece tener sentido. Por sí solo este cilindro no es más que una hermosa reliquia, un bello amuleto... Pero ya no es único, ahora hay dos cilindros, y la leyenda toma forma.

—¿Has observado la inscripción de que te hablé?

—En efecto, Marsilio —contestó Lorenzo—. *Magno Makedonío*. Tal vez el secreto de Alejandro Magno no se fuera con él a la tumba...

Las últimas palabras de Lorenzo de Médicis se quedaron flotando sobre las cabezas de los reunidos, susurrando antes de desvanecerse en el aire lo que para ellos parecía evidente concluir y lo que para Giorgio era un misterio.

—¿Has considerado que podría tratarse de una falsificación? —intervino por primera vez el conde della Mirandola.

Lorenzo se revolvió en su asiento y recolocó sus pies hinchados. No se podría precisar qué era lo que le había incomodado más, si las molestias de la gota o las palabras del conde.

—Ambos podrían serlo. Pero ¿voy por eso a desdeñarlos sin más?, ¿voy acaso a desperdiciar la oportunidad de comprobar por mí mismo la verdad de estos cilindros y su leyenda? Sería un necio. Muchas veces me has oído decir, querido Pico, que la verdadera sabiduría consiste en esperar y aprovechar la ocasión. Cuarenta años lleva esperando este cilindro bajo la camisa de un Médicis; la ocasión se presenta ahora. Aunque tan sólo exista una mínima posibilidad de que estos cilindros guarden el gran secreto, por remota que sea, me veo obligado a contemplarla, pues, de ser cierta, nos hallaremos ante el mayor descubrimiento de todos los tiempos. Y si la Divina Providencia ha querido que estos cilindros acaben reunidos en la palma de la mano de un Médicis, será también un Médicis quien desentrañe sus misterios. Para eso, amigos míos, me gustaría contar con vuestra ayuda.

—Bien sabes, Lorenzo, que con ella cuentas —aseveró Marsilio Ficino, a lo que Pico della Mirandola asintió con total convencimiento.

Por la comisura de los labios de Lorenzo de Médicis asomó una ligera sonrisa de complacencia. Ciertamente estaba seguro de la lealtad de sus amigos.

—Deberéis trabajar en descifrar el mensaje de los cilindros. Una vez descifrado, si comprobamos que podrían ser los de Alejandro Magno, los destruiremos.

—¿Destruirlos? —quiso asegurarse el conde della Mirandola de que había oído bien.

—Destruirlos. Al estar juntos, el secreto ya no está seguro.

—Pero si los destruimos, el mensaje se habrá perdido para siempre. ¿Qué derecho nos asiste para eliminar un legado que pertenece a la humanidad? —objetó el joven conde.

—No seas obstinado, Giovanni. Una vez más te dejas dominar por el ímpetu y la irreflexión. Yo no he hablado de destruir el mensaje, he hablado de destruir los cilindros. En cuanto al mensaje, hemos de pensar en cómo volver a codificarlo de una forma tanto o más segura como la que en su día ideó Alejandro.

Después de que Lorenzo hablara, se hizo un silencio incómodo, el que sucede al planteamiento de un problema para el que no hay prevista una solución.

Hasta entonces, Giorgio había observado sin comprender el debatir de aquellos personajes como un espectador ajeno a la obra que representaban: hablaban en lenguaje críptico de secretos y leyendas que parecían conocer sobradamente y que a él se le escapaban. Sin embargo, si aquellos cilindros habían alterado el ánimo del mismo Lorenzo de Médicis, estaba claro que no se trataba de una locura ni de una fantasía del viejo Ambrosius, y Giorgio se moría de curiosidad por conocer el gran secreto. De modo que decidió armarse de valor para romper la barrera de discreción tras la que se había parapetado y saltar a la palestra:

—Disculpad, mi señor...

Los tres hombres clavaron en él sus ojos como si hubieran olvidado que otra persona más les acompañaba. Giorgio notó que le volvían a temblar las piernas.

—Descuida, Giorgio da Castelfranco, no me he olvidado de ti. El fraile Ambrosius y tú recibiréis un precio justo por el cilindro y por vuestra confianza...

—No, mi señor, no me malinterpretéis. No iba a hablaros de eso...

Lorenzo alzó una ceja para mirarlo.

—Si me lo permitís, mi señor, aunque desconozco la naturaleza y el contenido del secreto al que os referís, creo que sé de una forma en la que podría ocultarse ese mensaje.

—Habla, muchacho —invitó el príncipe—. ¿Qué forma es ésa?

Y Giorgio comenzó a explicar, creyendo, como creía Lorenzo, que las palabras pronunciadas en esa sala, allí mismo se quedaban. Ninguno se detuvo a pensar entonces que las palabras a veces se escapan por las rendijas más insospechadas. Y vuelan.

De aquel encuentro hacía casi un año. Un año durante el que Giorgio se había instalado en la Villa Careggi y había trabajado junto con Marsilio Ficino y Pico della Mirandola en la traducción del mensaje de los cilindros y en su recodificación.

Los recuerdos del joven dejaron de fluir y frente a él volvió a materializarse el cuadro inacabado. Lo bajó del caballete, liberó el lienzo del bastidor, lo enrolló cuidadosamente y lo guardó en un estuche de cuero para preservarlo durante el viaje. Sintió entonces, por primera vez, la tristeza que le producía abandonar aquel lugar. Pero al tiempo se reafirmó en que lo más sensato era regresar a Venecia. Sólo al *pater* Ficino y al conde Pico les dejaría noticia de su paradero y cuando su trabajo estuviera terminado volvería a reunirse con ellos.

Tal vez el secreto de los cilindros le había costado la vida a Lorenzo de Médicis... Quizá todos los que como él conocían el secreto estaban amenazados... «No cargues tus hombros con un peso que jamás podrían soportar.» Tenía que haber escuchado las sabias palabras de fra Ambrosius; ahora, ya era demasiado tarde para él. Ahora, no le quedaba otra opción que colgarse el lienzo en sus hombros débiles y arrastrar esa carga por un camino de sombras, arrastrarla hasta el final de sus días.

Bosque de Ketrzyn, Prusia del Este,
23 de agosto de 1941

Adolf Hitler cerró la puerta detrás de la última persona con la que había despachado aquella tarde, se pasó la mano por el flequillo más por manía que por adecentarlo y apagó la lámpara del techo. El cubículo espartano y funcional que hacía las veces de despacho quedó iluminado tenuemente por las luces indirectas y al Führer se le hizo incluso acogedor. Se encaminó al asiento de detrás de la mesa y notó entonces un molesto zumbido en los oídos; de un manotazo, aplastó un mosquito que volaba junto a su cara. Si no fuera por aquellos bichos asquerosos, Wolfsschanze, la Guarida del Lobo, sería un lugar casi encantador. Pero como el refugio se ocultaba en un bosque tupido y oscuro, con el atardecer de los días calurosos los mosquitos surgían en manada y acechaban al Führer sin que ninguna de las excepcionales e inquebrantables medidas de seguridad que le protegían pudiera hacer nada por evitar que lo devorasen. Hitler no les tenía tanto respeto a los aviones de la RAF como a aquellos chupasangres insaciables.

El Führer se había trasladado a Wolfsschanze hacía apenas unas semanas, coincidiendo con el inicio de la invasión de la Unión Soviética, a la que habían denominado Operación Barbarossa. Wolfsschanze resultaba extremadamente seguro, por la propia orografía del emplazamiento en el que se hallaba y por estar fortificado; además, se encontraba muy cerca de la frontera con la Unión Soviética, lo que lo convertía en el centro de mando ideal para dirigir aquella operación que pondría definitivamente a los comunistas bajo las botas del Tercer Reich. Una vez exterminados los judíos, los masones y los bolcheviques, una vez acallados y sometidos los gobiernos capitalistas del oeste, Adolf Hitler regiría los destinos de un mundo a su medida... Y si el informe que le había llegado aquella mañana de Berlín contenía lo que él esperaba, tal vez su suerte se materializase antes de lo previsto.

Cuando ya nada le zumbaba alrededor, Hitler detuvo la mirada en la única carpeta del día que le quedaba por despachar, la que había dejado para el final como una copa de buen coñac que culmina una gran comida. Se acomodó en su asiento, apoyó los pies sobre la mesa, se aflojó la corbata y abrió el archivo remitido desde las oficinas centrales del Einsatzstab Reichsleiter Rosenberg en Berlín. No se trataba de un archivo demasiado extenso, sólo contenía tres páginas: un informe del experto que había realizado la investigación y una carta.

Decidió comenzar por la misiva. Los investigadores del Einsatzstab Reichsleiter Rosenberg la habían encontrado en Creta en la biblioteca privada de una familia judía, escondida entre las páginas de un viejo diario. El original, escrito en latín, venía acompañado de una copia traducida al alemán. Se trataba de un valioso documento histórico del siglo xv cuya autoría correspondía al conde Giovanni Pico della Mirandola, quien se dirigía a su maestro y amigo, el filósofo judío Elijah Delmédigo, en respuesta a otra misiva que éste le había enviado con anterioridad. Hitler comenzó a leer: «Villa Careggi, Florencia, 15 de noviembre de 1492».

Una sonrisa cruzó el semblante del Führer a medida que avanzaba en la lectura de la carta, una mueca casi inconsciente, muestra de una satisfacción difícil de contener. Una vez que hubo terminado de leerla, no titubeó al levantar el auricular del teléfono y pedir una conferencia con Berlín: era necesario convocar al camarada Heinrich Himmler a Wolfsschanze para mantener una reunión de alto secreto lo antes posible.

La carta de un nazi

Mientras Konrad se concentraba en la pantalla del iPhone para responder un e-mail, me incorporé sobre la mesa para admirar con auténtico deleite la obra de arte que acababan de exponerme frente a los ojos: el manejo de los colores y las texturas, los volúmenes, la proporción que reinaba en todo el conjunto y la forma en que la luz se reflejaba en cada una de las superficies en un juego aparentemente casual de mates y brillos.

Pero sobre todo, el olor... Mmm, ese increíble aroma a chocolate de la mejor calidad. Un olor que activaba la parte más sensual de mi cerebro. Yo soy de letras y ni remotamente sabría el nombre exacto de esa parte de la anatomía, sólo sé que la fragancia del chocolate me excita de una forma realmente poderosa. Fondant de cacao de Java al setenta por ciento y helado de cardamomo... Nada, absolutamente nada en el mundo podría igualarse a aquel postre. No importaba que Rafa, el chef, se esmerase por variar cada temporada la carta de Aroma, el restaurante gastronómico más *in* de Madrid, yo siempre pedía el mismo postre.

—¿Es que no piensas probarlo?

Sin levantar la vista del plato, contesté:

—Ya estoy haciéndolo. No cuestiones mi ritual. El disfrute de este postre comienza con los estímulos visuales y olfativos. Tú nunca podrías entenderlo —concluí con arrogancia.

Efectivamente, Konrad era víctima de una maldición. La de poder prescindir del postre. De hecho, acostumbraba a terminar las comidas con vino tinto. Se bebía pausadamente una copa de gran reserva mientras yo me manchaba las comisuras de los labios con cualquier cosa que fuera dulce.

—Pues sería deseable que hoy abreviases tu ritual. Quiero que veas algo y no me gustaría que lo manchases de chocolate, *meine Süße*.

Süße, dulzura, así me llamaba Konrad y no era difícil adivinar por qué.

Era cierto que me había avisado a primera hora de que aquélla sería una cena de negocios. Habíamos hablado por teléfono muy temprano mientras él esperaba en Múnich a subir al avión que le traería a Madrid. Y, como todos los viernes, habíamos quedado para cenar; Konrad había llamado a Alberto, el jefe de sala del Aroma, para que le reservase su mesa, esa que estaba en la esquina más apartada e íntima del restaurante. Nada fuera de lo habitual, salvo por lo de la cena «de negocios». Por supuesto, pensé que bromeaba: era alemán y tenía un sentido del humor muy particular.

No tardé mucho en dar buena cuenta del postre y, cuando aún saboreaba su recuerdo en el fondo del paladar, trajeron el café y la bandeja de *petits fours*.

—¿Qué haces, Ana?

—Guardo unos pocos para Teo. Ya sabes que se muere por los *petits fours* de aquí.

—Pero, *meine Süße*, ¡no hace falta que te los guardes en el bolso como si los estuvieras robando! Le pediré a Alberto que te prepare unos pocos para llevar. Anda, deja eso. Para ya de comer y límpiate bien las manos.

Hice lo que Konrad me ordenaba aunque me sentaba fatal que en ocasiones me tratase como a una niña pequeña. Era cierto que me sacaba casi veinte años, pero eso no justificaba su paternalismo: si era lo suficientemente adulta para ser su pareja, también lo era para todo lo demás. O, al menos, eso creía yo.

—Échale un vistazo a esto —me pidió mientras rebuscaba en el bolsillo interior de la chaqueta.

Konrad me alargó un pliego de papel. Enseguida me di cuenta de que era viejo: estaba amarillento y desgastado por los bordes y había sido plegado y desplegado tantas veces que corría el riesgo de rasgarse por los pliegues, como un mapa muy usado. Pasé los ojos por encima y comprobé que era una carta manuscrita.

—Konrad, cariño, está en alemán.

—Bueno, tú lees algo de alemán.

—No después de un cóctel y media botella de vino. ¡Oh, por el amor de Dios!, dime lo que pone y abreviamos.

—Vamos, no seas perezosa. Yo la leo contigo.

Accedí a regañadientes, entre otras cosas porque sabía que resultaba agotador e inútil discutir con él. Dejé la carta cuidadosamente sobre la mesa, justo en medio de los dos. Sobre el mantel blanquísimo parecía aún más vieja y amarillenta.

Wewelsburg,
2 de diciembre de 1941

Querida Elsie:

Espero que cuando recibas esta carta tanto tú como la pequeña Astrid os encontréis bien.

Lamentablemente no podré volver a casa después de mi viaje a Italia, como te había prometido. Los acontecimientos se han precipitado en los últimos días y las exigencias de la nueva misión no me lo van a permitir. Aunque espero tomarme unos días de permiso durante las fiestas de Navidad y estar junto a ti para cuando nuestro bebé venga al mundo.

Tras mis investigaciones en Italia sobre *El Astrólogo* de Giorgione, el *Reichsführer* Himmler ha insistido en que me incorpore cuanto antes a mi nuevo destino en las oficinas del Einsatzstab Reichsleiter Rosenberg en París. Previamente, deberé viajar a Berlín para mantener una entrevista con Hitler, pues desea que le informe personalmente sobre el desarrollo de la misión. Una vez más, espero no defraudar la confianza que nuestro Führer ha depositado en mí.

Mañana por la mañana recibiré oficialmente el despacho de *Sturmbannführer* de manos de Himmler. Me haría muy feliz que estuvieras aquí durante el acto de entrega y la recepción que se celebrará después, pero entiendo que en tu estado no debes viajar. Te aseguro que en todo momento estarás en mis pensamientos, querida Elsie, como de costumbre, especialmente en los momentos más importantes de mi vida.

En cuanto me haya instalado en París, trataré de telefonearte para escuchar tu dulce voz. Entretanto, recuerda que te quiero y que te echo de menos. También a la pequeña Astrid. Dale muchos besos y abrazos de mi parte y dile que es mi niña preciosa. Cuidaos mucho las dos y cuida también al bebé, añoro poner mi mano sobre tu vientre y sentir sus patadas.

Con todo mi amor,

GEORG

P.S.: Por favor, prepara una maleta con algo de ropa y los uniformes que dejé en casa. Pasarán a recogerla para hacérmela llegar a mi nuevo destino.

Aunque había finalizado la lectura, me quedé contemplando la carta durante un instante. Me sentía incómoda, como si hubiera usurpado un momento de la intimidad de dos personas, como si me hubiera colado en el dormitorio de un matrimonio y hubiera escuchado a escondidas sus confesiones.

—¿Y bien? —Konrad me devolvió al presente.

—¿De dónde la has sacado?

Konrad sonrió con picardía.

—Bueno, tengo mis fuentes. Algunas personas que rebuscan en mercadillos, desvanes y anticuarios o que pujan por mí en las subastas de cosas raras. Ya sabes que soy un coleccionista compulsivo.

Sí, lo sabía. Konrad era un auténtico maníaco del arte y las antigüedades que, además, podía permitirse el vicio, extremadamente costoso, de coleccionarlas. De hecho, poseía una de las mejores colecciones de arte de Europa, especialmente de pintura. Por no hablar de que el arte era, probablemente, lo que nos había unido.

Mi vista regresó a la misiva: la carta de un nazi; el papel que un día habían tocado sus manos y las palabras de tinta escritas bajo el mandato de su mente de nazi. Me resultaba espeluznante.

—Es la carta de un nazi —fue mi primer veredicto, aunque sabía que no era el que Konrad esperaba.

—Sí que lo es.

—¿Qué significa *Sturmbannführer*?

—Mayor. Sería el equivalente a comandante según el rango del ejército español. Comandante de las SS.

—¡Vaya! Nazi y además SS. ¡Menuda joya!

—Sé a lo que te refieres y sí, es probable que fuera un fanático, un criminal y un asesino de judíos. La mayoría lo era y la idea que la imaginería moderna nos transmite es que lo eran todos: el cine, la televisión, la literatura... los han demonizado. Pero las SS eran una organización mucho más compleja que todo eso.

—¿Estás tratando de justificarlos?

—No tendría argumentos. Sólo quiero hacerte ver que el hecho de que fuera miembro de las SS no le convierte automáticamente en un criminal. Por ejemplo, las Waffen-SS eran la organización militar: un ejército, soldados, con todas las virtudes y todos los defectos que el término acarrea. Hubo soldados brutales y criminales y los hubo que simplemente defendieron su país con honor; como en cualquier ejército. Durante los juicios de Núremberg la mayoría de los oficiales de las tropas regulares de las Waffen-SS fueron exculpados de cualquier cargo criminal gracias al testimonio de los que habían sido sus enemigos en el campo de batalla.

Semejante defensa me llevó a recordar que, después de todo, Konrad era alemán y que sus dos abuelos habían luchado en la Segunda Guerra Mundial. Su postura podía ser discutible, pero sin duda resultaba comprensible.

—¿Y qué sería nuestro amigo Georg? ¿Un nazi bueno o un

nazi malo? A la vista de esta carta, parece tener sentimientos humanos...

Konrad se reclinó en su asiento y suspiró profundamente.

—¡Oh, vamos, Ana! ¿Cuándo vas a reconocer que lo que más te ha llamado la atención es la mención al cuadro de Giorgione?

—Puede ser. —Me divertía seguir chinchándole.

—De acuerdo. En vista de que a ti se te ha subido el fondant de chocolate a la cabeza, seré yo el que me ponga serio.

Y si algo sabía hacer bien Konrad, era ponerse serio. Así que empecé a pensar que aquella invitación a cenar no era la misma de todos los viernes, sino efectivamente una cena de negocios.

—Tú eres la experta en Giorgione y sabes mejor que yo que no existe catálogo en el mundo que mencione un cuadro de Giorgione que se llame *El Astrólogo*.

Tenía razón en que era una experta en Giorgione. La tesis doctoral de mi carrera de Historia del Arte llevaba por título: «Giorgio da Castelfranco, el pintor oscuro del Renacimiento».

—Sí, pero también sé que el catálogo de Giorgione es probablemente uno de los que más varían de todo el panorama pictórico. Lo que ayer no era un Giorgione porque se lo tenía por un Tiziano o porque simplemente no pertenecía a ningún pintor de renombre, hoy es un Giorgione. Todo a causa de su manía por no firmar prácticamente ninguna de sus obras. No se podía imaginar la de trabajo que iba a darnos a las generaciones futuras.

—Entonces nos hallaríamos ante el posible descubrimiento de un nuevo Giorgione para el mundo del arte, ¿te das cuenta de lo que eso significa?

Permanecí un tanto escéptica ante el entusiasmo de Konrad. La práctica profesional me había enseñado que en un principio se debe desconfiar de cualquier documento que prometa un gran hallazgo para la humanidad.

—Quizá se trate de un cuadro de Giorgione ya catalogado al que nuestro amigo Georg da otro nombre. Sucede con frecuencia: *Los tres filósofos* o *Los Reyes Magos*, *La Venus dormida* o *La Venus de Dresde*... Casi ningún cuadro tiene un solo nombre. Es más

—me asaltó un recuerdo repentino—, si hago memoria, existe un cuadro llamado *El reloj de arena*, conocido también como *El Astrólogo*, que durante un tiempo se atribuyó a Giorgione pero que hoy en día la mayoría de los expertos cree que no le pertenece.

Konrad se quedó observándome durante unos segundos. Parecía estar meditando sobre las razones por las cuales se había equivocado, y por qué aquella carta, que pensó que me entusiasmaría, me había dejado indiferente.

—Dime que estás haciendo de abogado del diablo —concluyó.

Para mi sorpresa, y a pesar de que Konrad era la antítesis de cualquier cosa que inspirara la más mínima pena, me mereció compasión por un breve instante. Se mostraba verdaderamente desilusionado.

—Lo siento, cielo —me disculpé, acariciándole la mejilla—. Lo cierto es que el mundo del arte está repleto de blufs, de grandes descubrimientos que se quedan en nada. Estoy harta de verlo cada día.

Entonces aprisionó con su mano la mía en su mejilla.

—Y aun así... ¿no crees que merece la pena intentarlo?

Miré la carta otra vez.

—Pero esta información es insuficiente, Konrad. Lo único que sabemos de este hombre es que se llamaba Georg. ¡Habría miles de nazis llamados Georg!

Como si estuviese preparado de antemano para mi objeción, contraatacó mostrándome un sobre y su remite.

—Se llamaba Georg von Bergheim, *SS-Sturmbannführer* Georg von Bergheim. Ya tienes a alguien con nombre y apellidos.

Me di por vencida con un suspiro.

—Piénsalo bien, *meine Süße*, ¿por qué iba a poner Hitler tanto interés en un cuadro en concreto cuando tenía a toda una organización expoliando las mayores obras de arte de toda Europa?

⤜ ⤛

Una chica corriente

En tan sólo cuatro años mi vida había dado un giro de ciento ochenta grados. Se podía decir que de Cenicienta había pasado a princesa o, siendo menos poética, que de nave industrial me había reconvertido en local de moda. El culpable de semejante transformación en mí no era otro que Konrad.

Konrad Köller era probablemente uno de los hombres más ricos de Europa. La prensa lo definía como empresario alemán, una forma muy vaga de catalogar a alguien que en realidad no se sabe muy bien a qué se dedica porque se dedica prácticamente a todo: telecomunicaciones, transporte, construcción, turismo, banca, farmacia... Otro tipo de prensa menos seria solía definirlo más bien por lo que tenía que por lo que era: los coches que conducía, de esos que uno vuelve la cabeza para mirar cuando pasan; las casas maravillosas, allí donde todo el mundo querría tener una parecida; el avión privado, el yate, las colecciones de arte y, cómo no, las mujeres. En sus más de cincuenta años de vida, Konrad había mantenido relaciones con una larga lista de mujeres que, hasta el momento, cerraba yo. Y, a sus más de cincuenta años de vida, rompía la mayoría de los tópicos que correspondían a su edad: soltero, atlético, atractivo e incansable como un veinteañero, incluso más que muchos veinteañeros que yo había conocido. Y todo ello tenía que agradecérselo a una genética privilegiada, pero también a un entrenador personal y un asesor de imagen que cuidaban de que su dieta fuera sana, su ejercicio adecuado y su vestuario impecable.

Teniendo en cuenta las circunstancias, que yo fuera la pareja de Konrad desde hacía cuatro años era para mí un misterio, y, para la mayoría, casi un suceso paranormal. Porque lo cierto es que yo era una chica corriente.

Empezando por mi nombre: Ana García. Al menos, hasta que mi madre, francesa y con un millón de pájaros en la cabeza, decidiera que sus hijas juntaran sus dos apellidos en uno compuesto, porque García-Brest resultaba mucho más chic y *charmant*.

Mi aspecto también era corriente: ni muy alta ni muy baja, ni muy gorda ni muy delgada, ni muy guapa ni muy fea. Hasta que Konrad entró en mi vida, yo era de esas mujeres que no tienen ningún problema en salir a la calle sin maquillar, que no se preocupan por el aspecto de su pelo —lo ataba en una coleta y asunto arreglado—, que no tienen especial interés por la moda —me ponía cualquier cosa sin arriesgar demasiado para no ir disfrazada— y que kilo arriba, kilo abajo tampoco les quita el sueño porque el placer de la comida es irrenunciable. Hasta que Konrad entró en mi vida... A partir de entonces, no volví a salir a la calle con la cara lavada porque eso a él le parecía descuidado; llevaba un corte de pelo a capas con mucho estilo y unas mechas en tres tonos que cada dos meses retocaba el peluquero que él había escogido; me vestía de firma en cualquiera de las boutiques de la Milla de Oro de Madrid, siempre asesorada por su exquisito gusto, y cuidaba mi peso para no tener que escucharle decir: «*Meine Süße*, tienes un tipo precioso. No lo estropees por comerte un bombón de más».

Mi inteligencia, formación y profesión también eran corrientes. Estudié Historia del Arte porque mi familia paterna siempre ha estado vinculada al mundillo: mi abuelo era pintor y mi padre es marchante y galerista. Después, como no tenía muy claro a qué dedicarme, hice el doctorado. Una vez acabado, de lo único que estaba segura era de que lo que mejor sabía hacer era estudiar, así que preparé la oposición al Cuerpo Facultativo de Conservadores de Museos Estatales. La saqué a los cuatro años y empecé a trabajar en el Museo Nacional de Cerámica y Artes Suntuarias Gonzalo Martí de Valencia, a la espera de una plaza en Madrid. Eso, hasta que Konrad entró en mi vida... Desde entonces, trabajaba en el departamento de comunicación del Museo Nacional del Prado. Ya no estaba todo el día rodeada de cerámica y arte suntuaria que custodiar y conservar, sino de japoneses, americanos, chinos, o cualesquiera otras nacionalidades a los que tenía que sonreír mucho y dorar la píldora. Ya no iba vestida con vaqueros rotos, camisetas anchas y zapatillas, sino con trajes de chaqueta impecables y altísimos zapatos de tacón.

Incluso mi coche era corriente. Un Renault Clio granate que había sido de mi madre y que mi padre me regaló cuando terminé la carrera. Hasta que Konrad entró en mi vida... y por mi cumpleaños me regaló un descapotable, un Mercedes SLK.

Konrad había cambiado muchas cosas en mí. Me había sacado brillo, como a una vieja cuchara de plata olvidada al fondo del cajón. Había colocado mi nombre sobre papel cuché y en la punta de muchas lenguas envidiosas. Me había convencido de que yo tenía algo especial que no podía desperdiciar en los sótanos de un viejo museo ni esconder bajo capas de ropa ancha y trasnochada. Me había dado un empujoncito hacia el lado luminoso de la vida y por allí me llevaba de la mano mientras acariciaba mis oídos con cientos de palabras bonitas. Y yo le quería, le quería como nunca había querido a nadie, como una obra admirada por todos debería adorar a su artista, a aquel que le ha dado forma con suaves caricias e incluso, a veces, a golpes de cincel.

Lo único que Konrad no había cambiado era mi casa. Tampoco era gran cosa, pero me había resistido a abandonarla con determinación numantina y, hasta entonces, lo había conseguido, incluso a pesar de que él había insistido hasta hartarse durante los dos primeros años de nuestra relación para que me mudase a su exclusivo ático de doscientos metros con piscina privada en la calle Velázquez. Konrad no podía comprender que yo prefiriese mi buhardilla minúscula, con una terraza que más que terraza parecía una maceta grande, a la que se accedía en condiciones verdaderamente penosas tras una épica escalada por unas escaleras de madera desgastada y quejosa de un edificio antiguo y sin ascensor de la muy castiza plaza de Chamberí. Pero es que mi buhardilla significaba mucho más que eso. Era un símbolo de mí misma, lo poco que quedaba de mi auténtica esencia; se veía desaliñada y bohemia como mi espíritu; en definitiva, era el lugar donde, una vez cerrada la puerta, podía volver a ser yo. Además de las muchas connotaciones sentimentales que tenía para mí, pues había sido el estudio de mi abuelo, el pintor, y él me lo había dejado al morir. Por eso, alguna tarde de las que me quedaba leyendo junto a la ventana, el simple hecho de mirar el suelo me recordaba la cantidad de veces que sobre esa misma tarima color miel había emborronado de niña cientos de cuartillas y había terminado por mancharme los dedos de pintura bajo la mirada tierna de mi abuelo; que en la mesa de la cocina habíamos merendado juntos chocolate con churros, y que en la terraza habíamos dibujado las constelaciones sobre el cielo las noches de verano y luna nueva.

Aquella noche también era de verano, de finales de verano, y luna nueva. Y como muchas otras noches estaba cenando en casa de Teo y Antonio, mis vecinos. Era raro el día que no acababa recalando allí, principalmente por dos motivos: su terraza era más grande y su cena muchísimo más buena que la mía, porque Antonio, que era de Getxo, cocinaba como los ángeles —como los ángeles vascos, que estoy segura de que para la cocina pertenecen a una categoría aparte—. Ensalada de brotes con pato, chipirones en su tinta y suflé de manzana era lo que Teo y Antonio servían para cenar cualquier día sin necesidad de estar celebrando nada.

Teo era además uno de mis mejores amigos, quizá el mejor.

Lo éramos desde la facultad y gracias a mí había conocido a Antonio, cuando éste compró la casa que lindaba puerta con puerta con la mía. Lo suyo había sido un flechazo. «Mira, cari, el flechazo es algo muy maricón —me había ilustrado Teo—. Aunque hacemos mucho ruido, somos pocos y no podemos andarnos con remilgos: lo ves y te lo tiras, punto.» Desde luego que con Teo no podía haber remilgos; era el prototipo de homosexual que las mujeres lamentamos como una pérdida terrible para el género. Resumiendo, era una sensibilidad femenina empaquetada en el cuerpo de Hugh Jackman. «Mi vida sería mucho más sencilla si tú no fueras gay y te hubieras casado conmigo», solía llorar yo sobre el hombro de mi amigo.

El caso de Antonio era diferente. «Yo soy un pedazo de maricona, pero Toni es de esos gays que no te ves venir», en palabras de Teo. Además de ser de Getxo, Antonio tenía un empleo muy hetero de ingeniero jefe de obras públicas, y con su barriga, su casco amarillo y su barba nadie hubiera dicho que le iban los hombres para algo más que para ver el fútbol, tomar cervezas y decir guarradas a las tías desde el andamio. De hecho, Teo y Antonio juntos hacían una pareja pintoresca: simbolizaban el dicho de «la suerte de la fea la guapa la desea», en versión gay.

El caso es que los tres habíamos hecho del sexto piso una especie de comuna: un lugar de puertas abiertas, zonas compartidas y cocina única, la de Antonio.

—Yo me voy a la cama, estoy muerto —anunció Antonio bostezando, poco después de que hubiéramos terminado la cena.

—Eres un sieso, Toni. ¡Es sábado! Quédate un poco más. Con otro *limoncello* te espabilas fijo —le animó Teo.

Haciendo caso omiso, Toni se puso en pie, le dio un pico en los labios a Teo y a mí un beso en la mejilla.

—Buenas noches, querida.

—La cena estaba deliciosa, Toni, como siempre.

—Gracias. Mañana más. No olvidéis meter las copas en el lavavajillas y ponerlo en marcha que si no, no cabe lo del desayuno. —Nos dejó instrucciones precisas al tiempo que abandonaba la terraza.

—Tienes costumbres de burgués —le picó Teo cuando se alejaba—. ¡Y te diré que te estás poniendo gordito! —Luego me susurró—: Eso le molesta mucho.

—Soy burgués y ya estoy gordo —le gritó el otro desde dentro—. Buenas noches, cariño.

—Pues no parece muy molesto.

—Se hace el duro. Ahora mismo está sobre la báscula y mañana se desayuna mis Special-K, te lo digo yo.

Le sonreí y me recliné en la tumbona. Aquella noche también se hubieran podido dibujar las constelaciones. Era una noche preciosa, fresca y tranquila. Apenas se oía el rumor lejano del tráfico nocturno y toda la terraza se veía envuelta en el aroma a tierra mojada de las jardineras recién regadas y el perfume de las hierbas que Antonio tenía plantadas en una esquina: albahaca, romero, menta...

Teo me tiró una manta finita.

—Toma, cari, que ahora con la humedad se nota un *repelete*...

Me envolví un poco las piernas y de nuevo me mojé los labios con la copita de *limoncello*.

—¿Cuándo vuelve Konrad? —me preguntó.

—Hasta el viernes que viene, nada. Cuando va a Hong-Kong se queda varios días para aprovechar el viaje.

—¿Y ya has pensado lo que vas a hacer?

—No estoy segura. Por un lado, me pica la curiosidad, por otro, me parece una pérdida de tiempo. Pretender encontrar un cuadro, que además la historia dice que no existe, partiendo de una carta de hace setenta años es como buscar una aguja en un pajar.

—A mí me parece divertido. Como una búsqueda del tesoro o algo así, ¿no?

—La realidad nunca es tan romántica, Teo. Los grandes descubrimientos ocurren después de tirarse años encerrado en un archivo polvoriento y desordenado, de perder las amistades y de sufrir intolerancia a la luz del sol como los vampiros de *Crepúsculo*. Así, o por casualidad.

—Bueno, tal vez la casualidad llame a tu puerta: una carta misteriosa ha caído en tus manos... —anunció Teo sobreactuando.

—Por conformar a Konrad he empezado a mirar un poco en internet. Es tan escasa la información que da la carta que casi no sé ni qué meter en Google: Himmler, más de un millón de resultados; *El Astrólogo* de Giorgione, ninguno porque no existe; comandante de las SS Georg von Bergheim, así, todo junto, nada... Sólo puedo partir del Einsatzstab Reichsleiter Rosenberg.

—¿Lo qué de qué?

—Einsatzstab Reichsleiter Rosenberg o Instituto Rosenberg, una forma muy anodina de denominar la organización que se dedicó a expoliar el arte de los territorios ocupados por la Alemania nazi. Rosenberg era el nombre del gerifalte nazi que la había puesto en marcha y de quien dependía formalmente, aunque en la práctica, al menos en los territorios del oeste, dependía de Göring.

—Ése era el gordo, ¿a que sí? Siempre me acuerdo porque Göring-gordo, go-go..., ¡pegan!

Me reí de la ocurrencia de Teo y sus reglas mnemotécnicas.

—Sí, era el gordo. Y uno de los nazis más obsesionados por el arte. Quería erigir un gran museo en su mansión de Carinhall, donde llegó a reunir más de mil trescientos cuadros, además de esculturas, tapices, muebles, alfombras... Todo confiscado de colecciones privadas en los territorios ocupados.

—Entonces sería Göring quien se llevaría el cuadro ese. ¡Es sencillo, tía! —concluyó Teo simplificando.

—No. Suponiendo que el cuadro exista, por lo que se deduce de la carta, podría ser el propio Hitler quien hubiera ordenado a través de Himmler, otro de sus secuaces, que se buscase.

Teo se llevó una mano muy estilizada, como de bailarina balinesa, a la frente y me miró con ojos de vaca.

—Ahora sí que me he perdido, cari: ¿qué pinta Himmler en todo esto? Pero ¿ése no era el gafitas cabronazo de las SS que se cargó a todos los judíos y los gays?

—Básicamente, sí. Era el comandante en jefe de las SS.

—¿Y qué tiene que ver eso con lo tuyo?

—Pues no tengo ni idea. Ahí está el quid de la cuestión: todo lo que me ha pasado mi querido Konrad es una carta de un comandante nazi a su mujer con tres pistas mal dadas, y de ahí quiere que yo le haga el descubrimiento del siglo. Conclusión: que me he puesto a mirar en internet y que me lo sé todo sobre los nazis como para quedar de maravilla en una partida de Trivial, pero nada más. De algún modo tendría que hacerme con otros datos sobre ese comandante Von Bergheim.

—Pues, cari, ya te veo en el archivo guarro y asqueroso.

—Yo sólo he dicho polvoriento y desordenado, pero paso.

Quiero que vengas conmigo a París

Instantes después de colgar una llamada de Konrad, busqué en la agenda de la BlackBerry el teléfono de Teo y pulsé la tecla verde. Apenas habría dejado sonar los primeros tonos de la canción de Kylie Minogue que tenía como melodía del móvil cuando descolgó.

—¿Dónde estás? —le pregunté antes de dejarle hablar.

—Pues créeme si te digo que no querrías saber qué parte del cuerpo me estoy depilando ahora mismo...

—No, no quiero saberlo. Escucha: quiero que vengas a París conmigo. No admito un no por respuesta.

—¿A París? Pero ¡tú estás lo...! —se oyó un grito al otro lado del teléfono—. ¡Co-ño! Ten cuidado, chato, que te estás acercando al cofre del tesoro... ¿Ana? Ana, cari... Mira, luego te llamo.

Y cortó la llamada sin que yo pudiera protestar.

Esa misma tarde me escapé un poco antes del museo porque estaba cansada y malhumorada. Encontré la casa vacía: ni Teo ni Toni habían llegado, y aquello empeoró aún más mi humor. Odiaba estar sola, es más, temía estar sola, la simple idea me asustaba, hacía que me sintiera vulnerable. Únicamente toleraba la soledad como un estado transitorio, una estación para cambiar de tren.

46

Me quité los zapatos y decidí saquear la nevera de mis vecinos: una botella de vino blanco que había quedado abierta de la
cena anterior y una tarrina inmensa de helado Häagen-Dazs de
vainilla con *cookies*. Estaba dispuesta a coger varios kilos de más
con la intención, bastante pueril, de fastidiar a Konrad.

Puse un CD de jazz y salí a la terraza. Se notaba que el verano
tocaba a su fin, ya no por las temperaturas, que seguían siendo
altas para la época del año, pero sí por la luz: los días se acortaban.
A las siete y media de la tarde la terraza se envolvía de una semi-
penumbra. Sin embargo, todavía se oía la algarabía de los críos
jugando en el parque de abajo; aún no habían empezado las clases y apuraban sus últimos días de vacaciones.

Un ruido de llaves y cerradura me avisó de que Teo llegaba a
casa tras su sesión de depilación. Sentí un alivio repentino. Oí
que entraba en la terraza, pero no me volví para saludarle.

—Llegas tarde —espeté lacónicamente.

—He aprovechado para hacerme una limpieza de cutis y, luego, de cháchara con la de recepción, que me ha colocado tres
cremas así como el que no quiere la cosa. Bueno, hola. —Me dio
un beso que yo acepté de mala gana—. ¿A qué vienen esos morros, reina?

—No estoy de morros, estoy cansada...

Teo me miró con el ceño fruncido.

—¡Pues, tía, relájate! A ver, ¿qué es esto? —señaló la botella
de vino y el helado.

—Vino.

—Lo sé, pero ¿cómo piensas bebértelo?

—A morro.

—No me seas vulgar, cari, que no te pega nada. Y ese helado...
Dime que no era para acompañar el vino. ¡Qué guarrada!

Se llevó el Häagen-Dazs dentro de casa y volvió al rato con
dos copas. Sirvió una generosa cantidad de vino blanco en cada
una, encendió unas velitas aromáticas y me ordenó que me tum-
bara. Después se sentó a mi lado y colocó mis pies sobre sus
rodillas.

—Lo que a ti te pasa, cielo, es que no sabes relajarte. Menos mal que estoy yo aquí para solucionar eso —declaró mientras me masajeaba los pies duramente maltratados por los zapatos de tacón.

Di un sorbo de vino blanco fresco y con sabor a fruta y al poco me descubrí gimiendo de gusto. La algarabía infantil del parque iba remitiendo y cediendo protagonismo a la música de Diana Krall, en tanto que la velita aromática empezaba a envolvernos con su fragancia de té verde.

—¿Me vas a contar a qué se debe el berrinche...? Ya luego hablaremos de lo de París —farfulló Teo según presionaba con fuerza mi arco plantar.

Yo volví a gemir por toda respuesta. Perezosa y mimosa como una gata en celo.

—Mmm... No quiero...

—Me da igual. Que te has creído que este masaje te va a salir gratis, guapa.

De mala gana, pero convencida de que no había otra salida, claudiqué:

—He discutido con Konrad...

Silencio y presión plantar.

—¡Es que no soporto cuando se pone alemán cabeza buque conmigo...! Pero sobre todo no soporto que se ponga condescendiente y me dé la razón como a los locos.

Más silencio y más presión plantar.

—Ya desde la comida de ayer en casa de mis padres lo noté tenso. Tú sabes lo nerviosos que acabamos todos después de esas comidas...

Teo asintió. Conocía de sobra el historial de tensiones que se generaban en esas circunstancias. Y Konrad no era el culpable, pero sí la causa.

En primer lugar, papá no toleraba que estuviéramos juntos. Konrad era su mejor cliente —de hecho, mi padre había sido nuestro nexo de unión—. Gracias a él, Konrad había descubierto a un pintor joven con sobrado talento a quien ayudaba como mecenas, por lo que valoraba mucho su punto de vista a la hora de adquirir pintura. Pero una cosa es que fuera su cliente y otra bien distinta que pudiera llegar a ser su yerno, o serlo en efecto. La diferencia de edad, de posición económica, su vida disoluta... Aquéllos eran sólo algunos de los argumentos que manejaba en su contra.

Luego estaba mi madre, situada en el polo opuesto a mi padre en lo que a Konrad se refería. Ella lo adoraba. Para ella, representaba el culmen de todos los desvelos de una madre por conseguir lo mejor para sus hijas: años de esfuerzo cultivando las mejores amistades, escogiendo los ambientes más selectos y sacando lo mejor de nuestras habilidades femeninas y sociales habían conseguido su recompensa; una recompensa que en mí, que tenía toda la pinta de haberle salido rana, la había sorprendido de forma inesperada y gratificante. El problema era que mi madre —obviando el hecho de que Konrad pertenecía ya no a otra escala social, sino a otra dimensión— se desvivía por estar siempre a su altura, lo cual le generaba altas dosis de estrés y continuas frustraciones.

Capítulo aparte eran mi hermana, mi cuñado y mis sobrinos. Mi hermana respondía al prototipo de la Susanita de *Mafalda*: se había casado y había tenido hijitos, tres, para ser exactos, a cuyo cuidado dedicaba la mayor parte del tiempo. Además, tenía una ocupación que satisfacía sus pretensiones de mujer moderna y profesional según exigen los cánones a las nuevas generaciones. Al contrario que yo, había heredado el don de mi familia para la plástica y se dedicaba a pintar recordatorios para bodas, comuniones, bautizos, cuadritos para niños, invitaciones... Es decir, cualquier objeto susceptible de ser pintado y vendido por internet. En definitiva, mi hermana llevaba ese tipo de vida de madre abnegada y profesional liberal de la que todas las mujeres renegamos a los veinte, pero que añoramos a los cuarenta, cuando nos entran las prisas por tener un marido, hijos y un negocio en internet.

Mi cuñado era un tipo bastante gris: asesor financiero, ornitólogo aficionado, coleccionista de sellos y experto jugador de backgammon. Un plomo de hombre con una extraordinaria capacidad para generar apatía y aburrimiento a su alrededor.

No creo que Konrad tuviera nada que objetar contra ellos si los consideraba individualmente, pero como grupo familiar le resultaban exasperantes. Mi hermana solía apabullarle con su ajetreada vida de pediatras, actividades extraescolares y pedidos por internet. Mi cuñado le aburría como aburría a todo el mundo. Y mis sobrinos le pateaban la ropa de marca, le mordisqueaban el pan y le aturdían con cientos de canciones infantiles en un inglés horrible.

Con este panorama, las comidas del domingo en casa de mis padres resultaban un suplicio y me generaban un nudo en el estómago que tardaba días en deshacerse. Si Konrad y yo teníamos que pelearnos, seguro que lo haríamos en esos días.

Ni siquiera el ambiente de relajación casi zen que había conseguido crear Teo en la terraza fue suficiente para evitar que me crispara con sólo recordarlo.

—Está bien, cari, dale otro lingotazo al vino y empieza desde el principio —me sugirió.

Le hice caso y proseguí.

—Todo ha venido a cuento de la dichosa carta esa, que maldita la hora... Me ha preguntado si había hecho algo y le he dicho la verdad: que si no hay por dónde cogerla, que ni siquiera sé qué demonios he de investigar, que si internet, que si el Einsatzstab y que si la madre de Tarzán. Entonces surge su vena de empresario con soluciones para todo y me suelta que por qué no me entero de quién está al cargo de los archivos del Einsatzstab en París, que seguro que tiene que existir un encargado, que le envíe un e-mail y le pregunte. «De acuerdo, Konrad», le respondo, «yo le mando un e-mail y le pregunto, pero qué demonios le pregunto, porque como no quieres que nadie sepa que estamos buscando ese dichoso cuadro...»

—¿Y por qué no quiere que nadie lo sepa, mira tú?

—No me preguntes: paranoias de Konrad. Está convencido de que nos hallamos ante el descubrimiento del siglo y no quiere que nadie se lo pise. Total, que me dice que me invente cualquier excusa para acceder al archivo. Yo le respondo que si es tan sencillo, que por qué no lo hace él mismo o una de sus múltiples secretarias. Y ahí es cuando se pone condescendiente y me dice que vale, que tengo razón, que debe de ser una cosa complicadísima. Discusión zanjada y morros para tres semanas, que me lo conozco.

—Ya.

—«Lo que yo no entiendo es por qué tienes tanto empeño en que me encargue yo de esto», le digo. «Te ha entrado una fijación con la cartita...» Y me responde que lo que él no entiende es por qué tengo tanto apego a la rutina ni por qué me da miedo arriesgar, hacer locuras y no sé qué otras chorradas más. ¡Hay que joderse! ¡Si desde que le conozco mi vida es un puto caos! ¡Qué rutina ni qué cojones!

—Tranqui, cielo, que te voy a tener que dar un Valium y con el vino te vas a quedar KO. Bebe otra vez y límpiate esa lengua, ¡malhablada!

—Ay, Teo, que me voy a coger una...

En ese momento, sonó la puerta de la calle y al rato apareció Antonio en la terraza.

—Hola, pareja.

—Hola, cariño, llegas tarde...

—Es que me he pasado por el mercado y he comprado una merlucita para la cena...

—Pues dame un beso, merluzo. Y otro a la niña, que está mustia.

Volví a adoptar la pose de gatita mimosa y dejé que Toni me besara en la frente.

—Ha discutido con el *kartoffel* —habló mi representante.

—Ohhh, ¿una pelea de enamorados? ¡Qué tierno!

—No tiene gracia, Toni —le increpé.

—Anda, cielo, sácate una copita y así me ayudas a consolarla y a bebernos el vino antes de que se nos moñe.

—No, me voy a preparar la cena. Ya verás con qué platillos

tan ricos te quito yo las penas, querida. Luego me lo contáis todo.

Así fue. Al rato, disfrutábamos de una merluza a la bilbaína verdaderamente exquisita que consiguió templar un poco mi contrariedad.

—Entonces, le colgaste toda desairada y ¿qué hiciste luego? —me preguntó Teo al hilo de nuestra conversación, sin levantar la vista de la cuidadosa circunferencia que trazaba con un trozo de pan en la balsa de aceite, ajo y perejil que había sobre la fuente de la merluza.

—Pues te llamé, dispuesta a irme a París mañana mismo...

—Vamos, que los simples mortales nos mandamos a hacer puñetas, pero como tu novio es muchimillonario te manda a París. ¡Eso es nivel, cari!

Toni dedicó una risilla a la ocurrencia de su pareja.

—Calla —le corté—. Estaba tan cabreada que me iba a largar a cualquier sitio con tal de demostrarle que para chula, yo. Pero, en fin, como tú me colgaste el teléfono, no me quedó más remedio que pararme a pensar. Volví a internet y localicé a la persona de contacto de los archivos del Einsatzstab en Francia: un tal doctor Arnoux, quien es a su vez director del Departamento de Investigación de la delegación en Francia de la EFLA...

—Qué mal suena eso de EFLA, hija.

—European Foundation for Looted Art. ¿Te suena mejor así? El caso es que le he escrito un e-mail contándole que me interesaría consultar los archivos y que si podría hacerlo telemáticamente. No esperaba que me respondiese tan pronto, concretamente a los diez minutos, diciéndome que lamentaba mucho que todavía no fuera posible el acceso telemático pero que, en cualquier caso, estaría encantado de facilitarme personalmente toda la ayuda que pudiera necesitar en relación con mi consulta. *Et voilà!*

—Que sí, que muy majo el tío. Pero entonces, ¿te vas a París o no?

Suspiré, me tomé mi último bocado de merluza y medité un ratito mi respuesta para crear expectación.

—Pues no lo sé. En este momento no sé qué es lo que más le podría fastidiar a Konrad...

—A ver que yo me entere —intervino Toni, hasta ahora silencioso y concentrado en la comida—, ¿tú todo esto lo haces por fastidiar a Konrad o por complacerle? Es que debo de haberme perdido en algún momento del razonamiento...

En aquel instante se oyó el brip-brip de mi móvil. Sonó varias veces sin que yo le hiciese caso mientras Teo y Toni me miraban.

—Es Konrad. No pienso cogerlo si es lo que estáis esperando.

—¡Churri, ¿estás loca?! ¡Es rico! No se ignoran las llamadas de los ricos. ¡Trae *p'acá*!

Teo se abalanzó sobre el móvil y me lo arrebató antes de que tuviera tiempo de impedírselo.

—¡Teo! ¡No...!

Y descolgó.

—¿Hola...? ¿Konrad...? Sí, sí está aquí...

—¡Teo! —renegaba yo entre dientes mientras intentaba en vano recuperar el teléfono sorteando la barrera de su alta y ancha espalda.

—Te la paso. Sí... Pero escucha: está muy, muy dolida... No son formas...

—¡Teo, ya está bien!

Por fin se lo quité. Le di un empujón y le fulminé con la mirada antes de desaparecer en el interior de la casa.

Al otro lado de la línea, Konrad vociferaba intentando recuperar la conversación. Antes de contestarle, me senté en el suelo del salón, en una esquina oscura, con las rodillas apretadas contra el pecho y el teléfono muy pegado a la mejilla.

—¿Teo...? ¿Ana...? ¿Sigue alguien ahí...?

—Konrad...

—*Süße... Meine Süße*, lo siento mucho... No he debido hablarte así. A veces me olvido de que tú no eres uno más de mis negocios... Te quiero, ¿lo sabes?

Pasados unos minutos regresaba a la terraza, abrazada al teléfono y con las mejillas sonrosadas.

—¿Qué? —Teo pidió una explicación.

—Que dentro de un rato voy a matarte por entrometido, pero ahora no...

—Te mueres de amor... ¡Ja! ¡Lo sé! ¡Se te nota en la cara que te mueres de amor!

No me molesté en contradecirle. Volví a mi silla con el teléfono aún junto al pecho. Toni comenzó a recoger los platos en silencio. Por lo general su presencia era amable y silenciosa; suplía palabras con sonrisas, suspiros, muecas... y las frases de Teo.

—Y ahora, dime, ¿a qué vas a invitarme por haberte ayudado a recuperar el amor y la alegría de vivir?

—A París.

Toni dejó momentáneamente de recoger y Teo perdió su elocuencia.

—No jodas. ¿Vuelves a quedarte conmigo?

—No, señor. Ahora hablo totalmente en serio. He acordado con Konrad que le dedicaría un par de días a este asunto: los que tarde en averiguar en París si la investigación tiene algún sentido. Después, ya veríamos. Así que viajo a París la semana que viene... y quiero que vengas conmigo —rogué con el tono de voz de una niña caprichosa.

—Bueeeeeno, me sacrificaré por ti y haré malabarismos con mi apretada agenda. Creo que tengo un par de reportajes, pero voy a ver si los cambio. ¿Tú qué dices, cariño? —Miró a Toni—. ¿Me dejas ir a París con la niña?

Toni se encogió de hombros, cargó una pila de platos y, antes de ir hacia la cocina, sonrió.

—Si luego vuelves...

Soy el doctor Alain Arnoux

Konrad era accionista mayoritario de KonKöl Properties, una inmobiliaria con una filosofía muy específica: rehabilitar edificios singulares en el centro de las grandes ciudades, convertirlos en complejos de apartamentos de alto *standing* y ofrecerlos para alquilar por semanas a un precio exorbitante. Por lo general era él mismo quien escogía esos edificios singulares y participaba activamente en el proyecto de rehabilitación y decoración, destinando buena parte de las obras de arte de su colección privada a adornar los interiores de los apartamentos. El edificio de París se llamaba L'École y había sido una escuela militar en tiempos de Napoleón Bonaparte. Con su elegante arquitectura neoclásica y su decoración minimalista para dar realce a las obras de nuevos talentos del arte, L'École era un lugar de referencia en el París más chic.

Teo y yo salimos del apartamento después de haber desayunado tranquilamente y, como la Universidad de la Sorbona no quedaba lejos, fuimos dando un paseo hasta allí, donde había concertado una cita con el doctor Arnoux a las once.

Yo había estado en París al menos una docena de veces y en muy diferentes ocasiones: con mis padres, de viaje de fin de curso, un verano como parada de Interrail... Incluso había vivido allí tres meses en una buhardilla del Barrio Latino, con un novio que tuve que era activista antisistema y que pretendía recrear una experiencia próxima al mayo del 68... Todo lo que hicimos fue ir a gritar con unas pancartas frente a la sede donde tenía lugar una cumbre de la Comunidad Económica Europea, el resto del tiempo llevábamos una vida bastante convencional y hasta burguesa.

Lo cierto es que no importa cuántas veces haya estado en París, es una ciudad que nunca deja de sorprenderme, pues en mis paseos siempre encuentro un rincón inexplorado, un lugar recóndito y lleno de encanto fuera de las rutas turísticas, un espacio en el que pararse a contemplar la belleza. De este modo, Teo y yo paseamos cogidos del brazo por París, deleitándonos con el aroma a chocolate al pasar delante de las bombonerías, escandalizándonos con los precios de algunos escaparates, emocionándonos con la simple visión de una fuente en un jardín oculto, o asombrándonos ante la belleza de la luz del sol a través de las vidrieras de una iglesia desconocida.

Llegamos cinco minutos antes a nuestra cita y tuvimos que esperar en la antesala de una serie de despachos del Departamento de Historia, en la planta F del edificio principal de la Sorbona.

Teo, con pose de diseñador de moda, las piernas cruzadas y un pie meneándose al vuelo, se dedicó a analizar mi atuendo:

—Americana azul marino, camisa blanca, vaqueros, mocasines Tod's y ese llamativo pañuelo de seda de Hermès... Ni muy formal, ni muy poco: lo justo. Creo que vas perfecta para impresionar a un respetable catedrático. Remángate que se te vea la pulsera de Cartier...

—Es sólo un profesor. Pero puede que tengas razón, me he pasado demasiados años en la universidad como para perder la costumbre de querer impresionar al claustro. Por lo demás, prácticamente todo lo que llevo puesto es regalo de Konrad y ahora tú, con esa enumeración asquerosamente elitista de marcas que acabas de hacer, has conseguido que me sienta estúpida.

En aquel momento se abrió la puerta de uno de los despachos.

—¿Doctora García-Brest?

En cuanto vi lo que aparecía por la puerta no pude evitar pensar que el doctor Arnoux había escurrido el bulto y me había mandado a uno de sus becarios. Aquel hombre, sin ser un chaval, era bastante más joven de lo que yo esperaba. Vestía camisa azul claro de algodón sin cuello que estaba pidiendo a gritos un buen planchado, unos vaqueros desgastados y unas zapatillas Converse bastante usadas; en conjunto un atuendo que no encajaba con la larga lista de títulos académicos y profesionales que precedían a su nombre.

—Soy el doctor Alain Arnoux —anunció, tendiéndome la mano—. Encantado de conocerla. Usted es...

—Teo Díaz —se presentó el interpelado con un apretón de manos.

Entretanto, yo aproveché para deslizar disimuladamente el pañuelo de Hermès desde mi cuello al interior de mi bolso.

—Colabora conmigo en la investigación —añadí, porque tenía la sensación de que el doctor Arnoux se estaba preguntando «qué pinta éste aquí».

—Bien. Si quieren pasar a mi despacho, por favor.

El despacho del doctor Arnoux era un cubículo bastante impersonal o, al menos, más impersonal de lo que yo esperaba de un despacho situado en el precioso edificio de la Sorbona. Muchos libros, papeles y carpetas, un archivador, un mapamundi enmarcado y un par de carteles grapados a la pared que promocionaban eventos de la universidad. Sobre su mesa había un ordenador portátil, un bote de lápices, una rana de peluche y una planta moribunda. Ése era el despacho del doctor Arnoux, director del Departamento de Historia del Arte Contemporáneo de la Universidad de la Sorbona, director del Departamento de Investigación de la European Foundation for Looted Art en Francia y responsable del fondo documental del Einsatzstab Reichsleiter Rosenberg del Ministerio de Asuntos Exteriores francés.

Aunque ya lo había hecho por e-mail, le volví a explicar el objeto de mi investigación y cómo creía que él podía ayudarme.

Mientras, Teo permaneció callado, casi un milagro, pero sólo porque no se manejaba lo suficientemente bien con el francés.

—Como ya le adelanté en mi correo, doctor Arnoux, estoy escribiendo la biografía del *SS-Sturmbannführer* Georg von Bergheim, por encargo de un particular. —Efectivamente, ya le había mentido por escrito y volví a hacerlo en persona—. Sé que desde noviembre de 1941 este hombre estuvo destinado en el Einsatzstab Rosenberg en París, y me gustaría conocer más datos sobre su trabajo aquí.

En realidad, lo que quería era comprobar cuanto antes que, aun después de consultar los famosos archivos, toda aquella historia de *El Astrólogo* desembocaba en un callejón sin salida, y de esa forma poder volver a Madrid y recuperar mi rutina.

Me quedé más tranquila cuando observé que el doctor Arnoux sonreía, se mostraba amable y no parecía sospechar del cuento que acababa de contarle.

—Me suena ese nombre: Von Bergheim... Desde luego, si ha trabajado en el ERR —supe que se refería al Einsatzstab Reichsleiter Rosenberg—, he tenido que encontrármelo en alguna ocasión. ¿Sabe qué tipo de trabajo realizaba: catalogación, inventario, administrativo, de seguridad...?

—Lo cierto es que no. Acabo de empezar la investigación y cuento con muy poca información sobre él.

—Verá, doctora García-Brest, el problema es que toda la documentación relativa al ERR está bastante dispersa entre diferentes archivos de Francia. Los principales fondos documentales se distribuyen entre los Archivos Nacionales y, sobre todo, el Centro de Documentación Judía Contemporánea del Memorial del Holocausto y la Dirección de Archivos del Ministerio de Asuntos Exteriores. Yo sólo soy responsable de este último fondo, que tiene algún inconveniente para los investigadores. En primer lugar, la base de datos no es de acceso público. Además, en cumplimiento de las leyes que limitan el acceso a documentos relativos a la propiedad privada, la mayoría de ellos tampoco lo son...

—Entiendo. Pero no pretendo hacer una consulta indiscriminada de documentos. Lo único que necesito es acotar el período que Von Bergheim trabajó para el ERR y saber qué tipo de funciones desempeñaba. He pensado que quizá entre los archivos que se conservan exista un registro de personal en el que sea fácil encontrar ese tipo de información. Ahora bien, no sé si de existir ese registro, pertenece al fondo de su competencia o no... O si es un listado de acceso restringido.

—Sí, sí que hay un listado de personal del ERR en Francia. Aunque no es el más completo, porque no es el propio del ERR, que los alemanes se llevaron a Berlín cuando dejaron la ciudad, sino el que se elaboró después de la guerra para el Tribunal Militar Permanente de París en el curso de la instrucción de las causas contra los responsables del expolio nazi.

—Bueno, aunque sólo sea como una primera aproximación, le agradecería mucho que me autorizase la consulta.

Finalmente, el doctor Arnoux accedió a concederme una autorización limitada para consultar los documentos relativos al ERR procedentes del Tribunal Militar Permanente de París. Me facilitó el nombre de la archivera que me proporcionaría los documentos y la dirección física de los archivos en La Courneuve, una localidad a ocho kilómetros del centro de París. Después de agradecerle debidamente su colaboración, Teo y yo nos despedimos de él y abandonamos su despacho.

Teo no pudo contenerse más que lo justo, es decir, el tiempo que tardamos en doblar la esquina y pararnos frente al ascensor, para hacer el comentario que me estaba viendo venir:

—Pero ¿tú has visto qué doctor Jones?

—Será doctor Arnoux.

—Que no, tonta. Me refiero a que menudo Indiana Jones versión Tarifa *surfer*. Es como el de la peli pero en *desgreñao*.

La verdad es que a mí también me había sorprendido el doctor Alain Arnoux desde el momento en que lo vi y hasta lo había confundido con un becario. Al igual que Teo, yo esperaba un maduro y respetable profesor universitario. Durante mis años de universidad, había visto más o menos de todo entre el personal docente, pero lo cierto es que la mayoría respondían a un cliché en cuanto a edad y aspecto físico, aún más cuando ascendían en la escala del profesorado, como en este caso.

Pues bien, el doctor Arnoux no respondía en absoluto al cliché en el que le había encasillado antes de conocerle. El calificativo de *desgreñao* con el que le había definido Teo se debía sin duda a su pelo largo casi hasta los hombros y a su barba de bastante más de tres días. Y lo de Tarifa *surfer* venía al caso seguramente porque era más fácil imaginárselo en la playa con bañador hawaiano y tabla de surf bajo el brazo que en un despacho de la Sorbona.

En definitiva, estaba de acuerdo con Teo sobre su aspecto, pero no me apetecía darle cancha al marujeo.

—Pues si tú lo dices... A mí lo que me importa es que me ha dado lo que quería: la autorización para consultar el archivo, comprobar que no encuentro nada y volver a casa.

El ascensor se detuvo por fin en nuestra planta.

—Ahora vamos a comer algo, que tengo un hambre de lobo —le dije mientras se cerraban las puertas.

En materia de negocios, Konrad no se andaba con tonterías; como suele decirse, afeitaba un huevo. Supongo que ése era uno de los ingredientes del secreto de su éxito. Por eso, el hecho de que Teo me acompañase a París con todos los gastos pagados era algo que Konrad iba a cobrarse de una manera u otra. Mi amigo era fotógrafo profesional, trabajaba como free lance para un importante grupo editorial de revistas. De manera que Konrad no dudó en aprovechar la ocasión para encargarle un reportaje con el que quería ilustrar la campaña publicitaria de uno de sus servicios de telecomunicaciones.

Aquella misma tarde, Teo se fue a La Défense para hacer las primeras fotos y yo me dirigí a los archivos del ERR, poco entusiasmada con la idea de pasarme horas revisando documentación. Tras un exhaustivo control de seguridad que requirió que yo misma pasara varias veces por detectores de metales, y mis objetos personales por rayos X, conseguí un pase al archivo. Contacté con la archivera de la que me había hablado el doctor Arnoux: una mujer muy seca que al cabo de un buen rato de espera me puso delante dos gruesas carpetas llenas de documentos. Con aquel buen montón de papeles y la música de Keane sonando en mi iPod, me senté en una esquina a trabajar.

La documentación era bastante heterogénea y dispersa. Allí había de todo: interrogatorios al personal de la embajada alemana, resguardos de adquisiciones de obras de arte en Suiza, declaraciones de tratantes de arte franceses, un documento de transporte de 180 pinturas y grabados de la colección Walestein con destino a Alemania, cartas y documentos incautados en las oficinas del ERR... Mucha papelería y ni rastro de Von Bergheim. Sin embargo, el tiempo que dediqué a esos expedientes no fue empleado en balde pues sirvió para darme una idea de cuán organizado había estado desde un principio todo el proceso de expolio de obras de arte en los territorios ocupados, en concreto en Francia. Nada se había dejado a la improvisación, nada había sido casual.

El proceso era sencillo pero eficaz: con ayuda de la Gestapo, responsables del ERR accedían a viviendas abandonadas (bien voluntariamente, bien forzosamente) y se llevaban todo lo que consideraban que poseía algún valor artístico: pintura, escultura, libros, antigüedades, muebles, cerámicas, joyas... Los propietarios solían ser judíos, emigrados o deportados, y otras categorías de los considerados enemigos del Reich. Así, las grandes colecciones de arte de las familias judías más importantes de Francia fueron confiscadas por los nazis, entre ellas, las de los Rothschild, David Weil, Seligmann, Veil-Picard y otras muchas hasta completar un total de más de 22.000 piezas robadas. En algunos casos, también sustrajeron obras de colecciones públicas, especialmente de artistas alemanes, basándose en el principio de que el arte debía regresar a su país de origen.

Todos los bienes eran almacenados en el Jeu de Paume, un pabellón situado en las Tullerías, y en algunas salas del Louvre especialmente habilitadas para ello, dado que durante los años de la Ocupación sólo una mínima parte del museo permaneció abierta al público. Allí los inventariaban, fotografiaban, catalogaban e incluso restauraban si era necesario. Después se empaquetaban para su transporte en ferrocarriles especiales con destino a Alemania. Además, regularmente, los técnicos del ERR preparaban exposiciones para que el mariscal Göring, en sus muchas visitas a París, escogiese aquellas obras que más le gustaban para su colección particular. Las que no interesaban a ninguno de los altos cargos del gobierno nazi eran vendidas o subastadas. Otras obras corrían peor suerte, las pertenecientes al *Entartete Kunst* o el considerado por la ideología nazi Arte Degenerado; muchos cuadros de pintores como Chagall, Kandinsky o Munch acabaron relegados a almacenes olvidados o, en algunos casos, en la hoguera.

Con tanta información por asimilar, llegó la hora del cierre de los archivos y ni siquiera me había dado tiempo a revisar el listado de personal; lo único que había conseguido era terminar con la discografía de Keane. De modo que tuve que posponer la tarea hasta el día siguiente.

bibliotheca SelfCheck System
Martinez Library
Contra Costa County Library
740 Court Street
Martinez, CA 94553
(925)646-9900

Items that you checked out

Title: La tabla esmeralda /
ID: 31901058187081
Due: Monday, March 20, 2017
Item checked out.
Messages:
Total items: 1
Account balance: $0.00
2/27/2017 2:21 PM
Ready for pickup: 0

Un borroncillo de tinta

A las diez de la mañana ya había dejado a Teo de camino a la Gare de l'Est —pues su segunda sesión fotográfica tendría lugar en estaciones de ferrocarril—, y me dirigía en tren a La Courneuve para volver a adentrarme en el maravilloso mundo de la investigación documental.

Como había dicho el doctor Arnoux, el listado de personal de su archivo no era del todo exhaustivo: básicamente contenía nombre, cometido e información sobre el paradero del sujeto en cuestión en el momento de la instrucción judicial. Tampoco se trataba estrictamente de un listado de personal pues incluía a cualquiera que hubiera mantenido contacto directo o indirecto con el ERR: marchantes, intermediarios, políticos, militares, compradores particulares, casas de subastas, empresas de transporte... Además, el personal alemán aparecía mezclado con el personal francés, el militar, con el civil, y el listado no daba la impresión de estar organizado en base a ningún criterio lógico. La tarea de revisar aquello resultó tediosa a más no poder: un nombre detrás de otro, un cometido detrás de otro, un lugar detrás de otro... Parecía Dustin Hoffman en *Rain Man* memorizando la guía de teléfonos.

No sé cuántas horas llevaba trabajando, pero para cuando me hallaba a mayor profundidad en aquella particular inmersión, alguien me sacó de golpe a flote con unos toquecitos en el hombro. Di tal respingo que resultó casi cómico.

—Lo siento. No era mi intención asustarla.

—¡Doctor Arnoux! No le he visto llegar...

—Ya me he dado cuenta. —Sonrió—. Sólo quería saludarla. Pasaba por aquí y... —titubeó hasta que decidió cambiar de tercio—. ¿Cómo va su trabajo?

No pude contener una mueca bastante expresiva.

—Mal, la verdad. Georg von Bergheim parece un fantasma: de momento no lo encuentro por ningún lado.

—Ya le dije que no era un listado muy completo. Quizá debería probar a consultar el archivo de la Shoah...

—¿La Shoah?

—El Memorial del Holocausto. Ellos tienen copia de la mayoría de los documentos del ERR que se trasladaron a Berlín. Puede que también cuenten con reproducciones de los registros internos de personal.

—Creo que primero terminaré con esto —anuncié mirando el tocho de papel polvoriento sobre la mesa—. Si Von Bergheim sigue sin aparecer, tal vez lo intente.

—Estaré aquí hasta la hora de comer. Si considera que puedo ayudarla en algo, no dude en decírmelo: tercera planta, despacho E.

—Muchas gracias, así lo haré.

Aunque me mostraba cortés, me divertía la idea de que al marcharse me haría el saludo surfero con la mano o me desearía paz y buen rollito. Obviamente, no hizo nada por el estilo: se limitó a dar media vuelta y se alejó con el andar ágil de quien tiene las piernas largas. Sonriendo con lo absurdo de mi ocurrencia, volví a mi lista.

Un poco antes de que decidiera tomar un descanso para comer, se encendió la lucecita roja de mi BlackBerry avisándome de que tenía un e-mail. ¿Del doctor Arnoux?, lo miré extrañada.

«Ahora mismo, estoy justo detrás de usted. Por cierto, está cantando en voz alta ☺.»

Me giré automáticamente y le vi plantado frente a mí, sonriendo como un niño travieso. Me quité los cascos del iPod.

—No quería volver a asustarla y no sabía cómo evitarlo.

—¿En serio estaba cantando muy alto?

Asintió.

—¡Dios mío, qué vergüenza!

El doctor Arnoux sonrió y miró por encima de mi hombro.

—Veo que sigue con el listado —observó antes de sentarse a mi lado.

Yo suspiré y asentí al tiempo.

—Se me ha ocurrido algo que quizá pueda serle de utilidad...

—¿De verdad? Sería estupendo. Esto empieza a cansarme, sobre todo porque no estoy convencida de estar siguiendo el camino correcto.

—Voy a tomar algo por aquí cerca. Si le apetece venir conmigo, se lo cuento mientras comemos.

—De acuerdo. Pero con dos condiciones...

El doctor Arnoux pareció un poco sorprendido de que fuera a poner condiciones a lo que él ofrecía por cortesía.

—Que nos acompañe Teo Díaz, la persona que...

—¡Ah, sí! Quien le ayuda en la investigación. —Asentí... sin gran convencimiento. De hecho, no tardaría demasiado en confesarle cuál era la verdadera naturaleza de nuestra relación; lo haría durante la comida—. Es que ya había quedado con él.

—Claro, no hay problema. ¿Cuál es la segunda?

—Que dejemos de tratarnos de usted. Le aseguro que me está costando horrores hacerlo con alguien que debe de tener mi edad, por muy doctores que ambos seamos. Si tuviera que usar este trato formal durante toda la comida, se me haría muy cuesta arriba.

El doctor Arnoux sonrió. Supuse que con esa pinta de Tarifa *surfer desaliñao* que llevaba, mi propuesta habría sido acogida con alivio.

—Pues adelante, Ana. Recoge tus cosas y vamos a comer.

Durante la comida, Alain nos contó que cuando los alemanes ocuparon París en junio de 1940 se encontraron con el problema de ubicar a todo el contingente humano que desplazaban: personal civil, administrativo, ejército, SS. Para la tropa se construyeron barracones a las afueras de la ciudad, organizados en campamentos militares, o bien se habilitaron grandes instalaciones como escuelas, almacenes y naves industriales. En ocasiones, en virtud de una ordenanza del nuevo gobierno, las familias parisinas se veían obligadas a alojar en sus casas al ocupante, a cambio de una pequeña compensación económica para sobrellevar los gastos extra del nuevo inquilino. Para el resto, sobre todo los altos cargos militares y civiles, se emplearon los principales hoteles del centro, en especial los establecimientos de mayor lujo; contaban con las habitaciones necesarias, el servicio requerido y las instalaciones adecuadas para ello. Hoteles como el Lutetia, el Crillon, el Meurice y el George V, entre otros, fueron el hogar dorado de muchos alemanes destinados en el París ocupado. La *Militärbefehlshaber in Frankreich*, la Comandancia Militar en Francia, llevaba un control de todo el personal alojado en París. Si Von Bergheim estuvo en la ciudad, tendría que figurar en esos registros. En concreto, parecía posible que Georg von Bergheim, como comandante de las SS asignado al Einsatzstab Rosenberg, se hubiera alojado en el Hotel Commodore, que fue el alojamiento asignado al personal alemán de alto rango del ERR durante los primeros años de la Ocupación.

En cuanto regresamos al archivo, Alain se hizo con los registros. Abrimos la carpeta que comprendía el período entre noviembre de 1940 y noviembre de 1942, buscamos el mes de diciembre de 1941, fecha de la carta de Von Bergheim, y...

—*Voilà!* —exclamó Alain, marcando la anotación con un dedo sobre el papel.

—¡Coño! —saltó Teo.

—Dios mío... —murmuré yo, despertando del escepticismo.

Von Bergheim estaba allí, apenas teníamos su nombre y una fecha en tinta borrosa sobre un papel amarillento, pero parecía haber cobrado vida de pronto, como cuando en *La rosa púrpura de El Cairo*, el protagonista de la película sale de la pantalla y se convierte en un hombre de carne y hueso. Von Bergheim ya no era sólo un capricho de Konrad, era real.

—Un momento —advirtió Alain—. Mirad: está registrado el 4 de diciembre en la habitación 202, pero la fecha de salida es del 5 de diciembre.

—¿Sólo estuvo una noche? —quise confirmar, extrañada.

Alain pasó la vista por las siguientes páginas del registro; las volvía con el cuidado de quien conoce el valor de los documentos históricos, pero las miraba con la pericia de quien está muy acostumbrado a manejarlos.

—¡Aquí está otra vez! 23 de abril de 1942; de nuevo, habitación 202.

—¿Por qué estaría sólo una noche en París para volver cuatro meses más tarde?

—Sabía que regresaría —apuntó Alain—. Puede que esa única noche fuera para instalarse en la ciudad, acomodar sus cosas. Por eso mantenía la misma habitación, la suya, en la que ya estaba instalado.

—¿Y qué haría entretanto?

—Pues, cari, buscar el cuadrito famoso. Ése era su trabajo, ¿no? —me contestó Teo en español, pues aunque había entendido mi pregunta en francés no era capaz de responderla en el mismo idioma.

Lo fulminé con la mirada. Se suponía que eso era un asunto reservado.

Por suerte, el español con acento cheli afeminado de Teo era incomprensible para Alain, que, ajeno al comentario, volvió al primer registro de Von Bergheim. Los tres nos quedamos mirándolo como esperando que nos hablase.

—¡Ja! ¡Qué guarretes! Hicieron un borroncillo de tinta... —observó mi amigo.

Alain le miró confuso y yo le traduje. Entonces, acercó más la vista al papel y pasó el dedo por el supuesto borrón.

—No es una mancha —concluyó—. Es un asterisco, una llamada...

Según pronunciaba estas palabras deslizó su dedo hacia el final de la página. Allí remarcó una línea escrita al margen de la cuadrícula donde se registraban los alojados en el hotel.

—Rhein Palast, 2, Reichsplatz, Straßburg. Palacio del Rin, plaza del Reich, 2, Estrasburgo. Es la dirección de la *Kommandantur* nazi, cuando Estrasburgo era parte del Tercer Reich. Ya sabemos dónde estuvo tu esquivo comandante.

Abril, 1942

París. Desde el 13 de junio de 1940 el ejército alemán ocupa la ciudad. Las banderas del Tercer Reich ondean en cada edificio oficial. Tras la derrota frente a Alemania, Francia firma un armisticio en virtud del cual el país queda dividido en dos zonas: la zona ocupada, al norte, y la zona libre, al sur, bajo la autoridad de un gobierno colaboracionista presidido por el mariscal Pétain, con sede en Vichy.

Un automóvil negro identificado con el banderín de la cruz gamada se detuvo frente a la suntuosa entrada del Hotel Commodore.

Cuando el chófer abrió la puerta, Georg von Bergheim se apeó de la parte trasera. Aunque no podía correr con agilidad, trató de llegar lo más rápido que pudo bajo la marquesina de la entrada para resguardarse de la densa lluvia. Entró en el hall. Comparado con las calles lluviosas, solitarias y oscuras de París, la recepción se le antojaba un lugar cálido y vivo, testigo de idas y venidas pausadas y de conversaciones distendidas en su lengua natal. Se registró en el mostrador y cogió la llave de su habitación, la 202. Tomó el ascensor y subió a su planta. Metió la llave en la cerradura, la giró y empujó la puerta. Allí, en cambio, el recibimiento volvió a ser tan frío como las calles parisinas: una habitación en penumbra, pulcra, ordenada y que olía a desinfectante; congelada como una fotografía, vacía de vida. Aunque estaba anocheciendo, no se molestó en encender las luces. Apartó el escaso equipaje que traía consigo, apenas un maletín, hacia un rincón. Se quitó el gabán y la gorra, se desabrochó la guerrera y el cierre de la cinta que sujetaba la Cruz de Hierro a su cuello. Lo único que deseaba era estirarse cuan largo era sobre la cama, y cuando lo hizo, se sintió un poco mejor. Exhaló un suspiro profundo y prolongado... Cerró los ojos. Le dolía la rodilla, seguramente por culpa de aquel maldito clima húmedo. En el silencio mortuorio de la habitación, el repiqueteo de la lluvia al otro lado del cristal ahogaba el resto de los sonidos, incluso el de su propia respiración.

Tan sólo llevaba unos meses asignado a su nueva misión y se sentía considerablemente más cansado que después de un año y medio de combate en primera línea de fuego. Los políticos y la política le absorbían la energía, le dejaban apagado e inútil como un arma sin munición. Acababa de llegar de Berlín, aquel nido de burócratas alejados de la realidad. Había ido a reportar a Himmler: no había señal de ningún cuadro llamado *El Astrólogo* y su búsqueda absurda había costado ya más vidas de las que se merecía. No tuvo miedo de ser sincero, de emplear las palabras adecuadas y no las políticamente correctas. El *Reichsführer* Himmler le miró por encima de sus lentes redondas con una mueca de desagrado en la boca, pero no se dignó contestar a sus observaciones, parecía estar dándole una oportunidad casi clemente de que reconsiderase sus palabras. Atreverse a cuestionar los deseos del Führer podía salir muy caro, fue lo que Georg tradujo del silencio de Himmler. No obstante, contra todo pronóstico, el *Reichsführer* fue benevolente. «No me consta que su búsqueda haya costado ninguna vida, *Sturmbannführer* Von Bergheim», escupió con desprecio e indiferencia. Georg estuvo a punto de replicar, sin embargo, intuyó que hacerlo sólo empeoraría las cosas.

«Sea como fuere —continuó Himmler—, el Führer está convencido de la existencia de ese cuadro y lo está, precisamente, en base a los informes que usted mismo nos ha facilitado. Para mayor abundamiento, es el firme deseo de nuestro Führer Adolf Hitler que *El Astrólogo* se encuentre lo antes posible en poder del Reich. Le aconsejo, *Sturmbannführer* Von Bergheim, que repase bien sus propios informes. No sé si es consciente de la importancia de su misión para el desenlace de la guerra y la mayor gloria de nuestro Führer y de Alemania. Resultaría lamentable que una persona de su valía fracasase estrepitosamente en este asunto, lamentable para nosotros y todavía más para usted.» El *Reichsführer* Himmler sabía amenazar, era evidente. Y también cumplir sus amenazas. Georg no tenía nada que añadir; únicamente tragarse su orgullo y lamentar haberse convertido en el instrumento de una obsesión del Führer absolutamente vacía de fundamento. No importaba cuántas veces leyese aquel maldito informe, la realidad se mostraba terca: el cuadro no aparecía por ninguna parte porque probablemente no existía, y, aunque existiese, era de locos basar el desenlace de la guerra y la gloria de Alemania en una superchería.

Georg alzó el brazo derecho, dio un taconazo, gritó «*Heil Hitler!*» y abandonó el despacho de Himmler. Ahora bien, en cuanto hubo escapado del influjo de la sombra del *Reichsführer*, negra y asfixiante, venció al desaliento. Había recibido una orden e iba a cumplirla, porque eso era lo que mejor hacía. Georg von Bergheim poseía no en vano dos cruces de hierro por hacer de las órdenes imposibles hazañas dignas de encomio.

Sin embargo, a pesar de su determinación, Georg tenía la sensación de que aquella reunión había terminado por envejecerlo. O tal vez se debiera a un poco de todo lo que había visto durante los meses anteriores. Ni siquiera los días de permiso que se había tomado para asistir al nacimiento de su hijo habían insuflado algo de vida a su espíritu. Ver nacer al bebé había sido una experiencia muy gratificante, le había proporcionado una alegría indescriptible y había resucitado en su corazón una ternura que creía muerta. La pequeña Astrid, con su inocencia y su dulzura al llamarle papá, con su generosidad y su cariño al besarle y abrazarle, también le había proporcionado una cura de humanidad. Pero nada de aquello fue suficiente para que Georg volviera a sentirse en paz consigo mismo. Algo había cambiado. Tal vez la guerra, tal vez todo lo que la rodeaba... Lo cierto era que se había transformado. Y quizá porque él había cambiado, Elsie también. Le había resultado extraño volver a estar juntos: ella se mostraba distante como él; ella parecía irascible y él también; ella ya no le besaba en la nuca para cogerle por sorpresa, él tampoco la besaba a ella.

«¿Desde cuándo he envejecido?», pensó Georg. No era la guerra, esa guerra de todos, la que le había cambiado. Georg estaba seguro de estar librando una batalla particular, una contienda consigo mismo que le estaba consumiendo; una confrontación que no era la de trincheras, ni la de carros blindados, ni la de enemigos sin rostro, ni la guerra por el honor y la patria. No, la suya parecía mucho más sucia. Pero ¿cuándo?, ¿cuándo había empezado? Estrasburgo. Ésa era la palabra. Ése era el lugar. El momento. Nada había sido igual después de Estrasburgo, ni siquiera él mismo. Nunca antes había puesto rostro, nombre y apellidos a sus víctimas. Nunca antes había agredido sin sentirse agredido. Nunca, antes de Estrasburgo.

Al principio todo había salido bien: las visitas a la casa, las entrevistas con el propietario, las charlas sobre arte con aquella chica... Pero, de un día para otro, todo se trastornó. Así, de repente, como quien da un resbalón, cae por el precipicio y se deja llevar por una avalancha de tierra, rocas y confusión. Sin nada a lo que agarrarse, sin saber cómo parar.

Los recuerdos de Georg se detuvieron en aquella caída al vacío... El sueño iba anulando lentamente su capacidad de pensar y recordar. Pero, antes de dejarse vencer por él, creyó haberse jurado que jamás volvería a permitir que la Gestapo interviniese en sus asuntos. Jamás volvería a permitirlo... Jamás... Jamás... Jamás...

El ruido de la lluvia en la ventana lo espabiló. No estaba seguro de haber dormido, pero sí de haber dejado de pensar con claridad. Encendió la luz de la mesilla y consultó el reloj de pulsera entre parpadeos de arenilla: las ocho. Perezosamente, ignorando la punzada de dolor en la rodilla, abandonó la cama. Se metió en el baño y frente al espejo se volvió a colgar la Cruz de Hierro y a abrochar la guerrera. Bajaría a tomar algo al bar.

El ambiente del hall era animado. La gente pululaba de acá para allá, conversaba, reía y bebía. Se oía música, y el entrechocar de unas bolas de marfil delataba la presencia de una mesa de billar.

Se sentó a la barra, pidió un whisky con hielo y encendió un cigarrillo. No había comido nada desde el desayuno, pero tampoco sentía hambre. Eso sí, se dio cuenta de que tenía el estómago vacío cuando le pareció que el primer trago de whisky le abría una úlcera al bajar.

—¡*Sturmbannführer* Von Bergheim! Veo que ya ha regresado a París...

Georg se volvió: se trataba de Bruno Lohse, una de las pocas personas con las que había conversado la única noche que estuvo en la capital.

—Así es, *Doktor* Lohse. Me alegro de volver a verle. Le hacía en uno de sus muchos viajes en pos del arte.

—De hecho, acabo de llegar de Amsterdam hoy mismo. Pero tengo previsto quedarme una temporada por aquí. ¿Y usted? ¿Qué le trae de nuevo a París?

Georg terminó de pasar su último trago de whisky y, sin pensarlo mucho, contestó:

—Una mujer.

Bruno Lohse alzó una ceja e insinuó una sonrisa.

—No es lo que está pensando —aclaró Georg—. Se trata de una mujer que me debe conducir hasta un cuadro.

—Ah, cuadros y mujeres: lo más hermoso de este mundo. Es toda una suerte que nosotros estemos rodeados de ambas cosas.

Lohse tomó asiento a su lado.

—¿Me permite acompañarle?

—Por supuesto. ¿Qué beberá?

—Lo mismo que usted.

Georg pidió al camarero otros dos whiskies. Sacó de su pitillera un cigarrillo para él y otro para Lohse.

—Gracias. —Lohse se llevó el pitillo a la boca y lo acercó a la llama del mechero que Georg extendía. Tras una profunda calada, añadió—: ¿Sigue trabajando para Himmler?

Asintió. Oficialmente, gozaba dentro del ERR del estatus de *Sonderauftrag* Himmler, misión especial Himmler.

—Imagino que usted sigue trabajando para Göring.

—Así es.

Del mismo modo, Lohse poseía desde hacía un año su propio estatus independiente de *Sonderauftrag* Göring, aunque también estaba asignado al ERR organizativamente.

—Nos consideran los niños mimados —continuó Lohse—. Le advierto que su *Sonderauftrag* le acarreará no pocos problemas dentro de la organización. A la gente le fastidia que haya otros con privilegios. De lo que no se dan cuenta es de que los privilegios suelen ir acompañados de responsabilidades. Pero eso es otra historia de la que hablaremos largo y tendido en otro momento.

Georg podía entender a lo que se refería Lohse. En teoría, se consideraba envidiable depender directamente de un alto cargo del gobierno. En la práctica, se traducía en una presión adicional por parte de un superior. Y, probablemente, Lohse estuviese en las mismas.

Desde un primer momento le pareció curioso el paralelismo entre Bruno Lohse y él. Ambos tenían la misma edad, eran doctores en Historia del Arte, habían desempeñado funciones militares y después habían sido apartados del servicio. Y, aunque formalmente eran parte del ERR, ambos estaban asignados a misiones especiales y gozaban de total independencia en el desempeño de su trabajo, lo cual levantaba ampollas entre muchos de sus colegas. Además Lohse, por su parte, era un personaje ya de por sí bastante polémico: en lugar de uniforme, vestía siempre ropas civiles; viajaba en su propio automóvil, rehusando usar el oficial; tenía su propio apartamento en París; aunque pertenecía a las SS, había rechazado ostentar un rango dentro de la organización; y, por último, aunque no menos importante, se acostaba con la mitad de las secretarias del ERR. Parecía lógico que Bruno Lohse contara con más de un enemigo.

Por lo demás, era un gran experto en arte, especialmente en el holandés del siglo XVII. Conocía el mercado como la palma de su mano, los marchantes le respetaban y le proponían siempre buenos tratos. Y negociando era un tipo muy hábil.

—Dígame, Lohse, ¿ha oído hablar de un cuadro de Giorgione llamado *El Astrólogo*?

Lohse no se lo pensó un segundo antes de mover la cabeza y responder con un categórico «no».

—Pero estaré al tanto. ¿Es ése el cuadro que fue a buscar a Estrasburgo y el que le ha traído de nuevo a París?

—Entre otras cosas.

—Por cierto, tuve ocasión de ver la colección Bauer en Berlín: no muy grande pero con piezas realmente interesantes. La llevó usted, ¿no es así?

Ante la mención de los Bauer, Georg notó que se crispaba. Tratando de ocultarlo, bajó la vista al suelo y retorció la colilla contra el cenicero con fuerza desmedida.

—No exactamente. —Según notaba que recuperaba el dominio de sí mismo, se permitió ser un poco más explícito—: La colección Bauer fue el típico caso de expolio sin escrúpulos. La Gestapo se excedió en sus funciones y requisó unos cuadros que no se hallaban en situación de abandono.

Alguien le había explicado que las funciones que desempeñaba el ERR en cuanto a la custodia de las obras de arte eran plenamente legales en virtud de los acuerdos firmados en el marco del armisticio con el gobierno de Francia. El ERR se limitaba a proteger y salvaguardar el patrimonio artístico abandonado por sus propietarios. Sin embargo, en Estrasburgo... Lo de Estrasburgo había sido un robo sin paliativos. Un robo del que se sentía cómplice. «Estrasburgo ya no es Francia, *Sturmbannführer*. Aquí no son aplicables los acuerdos del armisticio y las cosas se hacen de otra manera —le había contestado a sus objeciones el *Kriminalrat* de la Gestapo de Estrasburgo—. Si a lo que usted ha venido es a inventariar la colección Bauer, limítese a hacer su trabajo y déjenos a nosotros hacer el nuestro.» Georg no había ido a eso, pero firmó el inventario; ¿qué otra cosa podía haber hecho entonces, cuando la colección se encontraba ya en situación de abandono? Y todo por culpa suya...

Por un momento, Lohse le dirigió una mirada que Georg creyó de compasión.

—Mi querido Von Bergheim, se nota que ha estado usted poco tiempo en París —observó finalmente—. Si hubiera trabajado a las órdenes de Von Behr, no se sorprendería de que ocurran cosas semejantes. Pero no lo olvide, *Sturmbannführer*: Alemania no expolia, Alemania protege el patrimonio cultural de los territorios ocupados de la pérdida y la destrucción —concluyó Lohse no sin cierta sorna en el tono de voz.

El barón Kurt von Behr era el director del ERR para los territorios ocupados del oeste. Por entonces, Georg todavía no estaba al tanto de los métodos confiscatorios propios de gángsters de Von Behr, de su absoluto desconocimiento del mundo del arte y de su desprecio por el valor intrínseco de cada obra, de su arrogancia, de su petulancia y de su ambición. Pero no tardaría mucho en darse cuenta de que, aunque Estrasburgo ya no pertenecía a Francia, en Francia las cosas no parecían muy diferentes.

—Escucha, Georg... Puedo llamarte Georg, ¿verdad? Después de todo somos colegas...

—Claro.

—Mañana voy a visitar a unos cuantos marchantes con los que trabajo habitualmente para ver qué se cuece por ahí. Si quieres, puedes venir conmigo. Tal vez encuentres algo interesante para tu jefe.

A Georg le pareció una buena idea. En tanto daba con alguna pista sobre el paradero de *El Astrólogo*, debía contentar a Himmler con cualquier pieza con la que el *Reichsführer* pudiera ampliar su colección de Wewelsburg. Que Lohse fuera su guía en el complejo mercado del arte de París era un lujo que no podía desaprovechar.

Tengo algo que puede interesarte

Tuve que reconocer que no tenía muy claro por qué me había alegrado tanto encontrar a Georg von Bergheim. Una vez que me detuve a reflexionar sobre ello, me di cuenta de que el hallazgo sólo iba a complicarme las cosas. Había viajado a París con la absoluta convicción de que no descubriría nada que sustentase la investigación sobre el supuesto cuadro de Giorgione. Mi idea era regresar a Madrid enseguida, explicárselo a Konrad y continuar con mi vida. Pero entonces resultó que Georg von Bergheim existía... ¡Menuda contrariedad!

Konrad se mostró entusiasmado cuando se lo conté por teléfono y, aunque se abstuvo hábilmente de soltar el clásico «ya te lo dije» que tanto me molestaba, me conminó con mucho tacto a continuar con la investigación.

—Puedes cogerte una excedencia por el tiempo que necesites —me apuntó desde el otro lado de la línea.

—¡Qué excedencia ni qué leches, Konrad! Te recuerdo que tú me enchufaste en mi actual puesto de trabajo. La excedencia ya la pedí para el puesto de conservadora. Esto sería la excedencia de la excedencia —repliqué con ironía.

—Pues mejor me lo pones, *meine Süße*. Yo...

En aquel momento llamaron a la puerta del apartamento. Como estaba convencida de que sería Teo, dejé que Konrad me siguiera engatusando al otro lado del teléfono mientras iba a abrir.

—... puedo llamar ahora mismo a... ¿cómo se llama?... El que es tu jefe, ya sabes. Y le explico la situación...

—No necesito que hagas de mi padre, Konrad. Yo misma...

Pensaba abrir la puerta y darme media vuelta para seguir hablando mientras Teo entraba. Pero al abrirla, ni me di la vuelta ni continué con la conversación.

—¿Ana?

—Luego te llamo, Konrad. —Y colgué.

—¿Usas gafas? —fue lo primero que me soltó el doctor Arnoux, plantado en mitad del quicio de la puerta de mi habitación.

Rápidamente, como si me hubieran sorprendido haciendo algo censurable, me quité las gafas. Casi al tiempo, me pregunté por qué demonios me las había quitado.

—Sólo cuando no llevo las lentillas —le contesté.

—Entonces, deberías ponértelas otra vez.

Tratando de no pensar en lo ridícula que resultaba mi forma de comportarme, le obedecí. Fue un alivio volver a tener una imagen nítida de su cara.

—Lamento haber interrumpido tu llamada...

—Ah, no te preocupes, no era nada importante, sólo mi... amigo, un amigo.

—Bueno, iba a llamarte antes, pero pasaba por aquí de regreso de la universidad y... Tal vez no sea un buen momento.

Las gafas, el pantalón de chándal, la camiseta, el pelo mal cogido con una pinza y descalza... Sabía exactamente lo que Teo iba a decirme: «Por favor, cari, prométeme que no te ha visto con esa pinta... Te dije que no debías haberle dejado tu dirección». No, definitivamente no era un buen momento.

—Sí, sí, pasa, por favor.

Entró en el apartamento y me siguió hasta el salón. Yo iba recogiendo todo a mi paso: una chaqueta, el iPod, un libro, las zapatillas, una lima de uñas...

—Perdona el desorden —se me ocurrió decir, dejando aún más en evidencia el estado de la casa. Las situaciones incómodas alientan la estupidez.

—No te preocupes, está bien. Es un apartamento muy bonito. Y el edificio es increíble; la colección de óleos de Larousse del portal es alucinante.

Larousse era uno de los jóvenes pintores franceses más cotizados desde que a Konrad le había caído en gracia.

—Sí, ¿verdad...? Bueno, siéntate, por favor.

El doctor Arnoux se sentó, aunque no se acomodó, en uno de los sofás blancos de aquel salón moderno y minimalista que tanto destacaba sobre la tarima de roble, los techos altos con molduras de escayola y los grandes balcones característicos de un edificio del siglo XIX. Yo hice lo propio, no sin cierta rigidez muscular como de sala de espera del dentista.

—No te molestaré mucho, sólo será un momento. Ayer, cuando nos despedimos en el archivo, me quedé dándole vueltas a tu investigación...

Mis músculos se crisparon aún más. ¿Podría ser que hubiera descubierto la enorme trola que le había contado y estuviera allí para sacarme los colores? Tenía que haber pensado que no se tragaría lo de la biografía de un simple comandante de las SS.

—Estaba seguro de que no era la primera vez que oía el nombre de Von Bergheim —seguía hablando mientras yo pensaba atropelladamente en una excusa para salir airosa de la situación que estaba segura se me avecinaba—. Por fin, anoche, lo recordé, y esta mañana he estado repasando las notas de mis últimos trabajos para confirmarlo. En resumen, tengo algo que puede interesarte.

Aquello me dejó completamente desubicada. Yo había empezado a prepararme para un ataque y, en realidad, el doctor Arnoux quería hacerme una ofrenda.

—¿Interesarme? —repetí confusa, con lo que conseguí que se sintiera confuso también él.

—Sí... Bueno, eso creo... Tal vez esté metiéndome donde no me llaman...

—¡No, no! ¡En absoluto! Disculpa, estaba distraída. ¿Decías que has encontrado algo sobre Von Bergheim?

—Sí. No es gran cosa, pero tal vez te ayude con tu investigación. —Sacó un papel del bolsillo del pantalón—. Te he traído una copia de una de las páginas de un informe sobre la actividad del Eisantzstab Reichsleiter Rosenberg en Francia que elaboró después de la guerra la ALIU, Art Looting Intelligence Unit, una unidad especial del ejército americano que investigó el expolio nazi. El informe está basado en documentos alemanes oficiales y en los interrogatorios a los que sometieron durante más de un mes a determinados miembros del personal del ERR como Walter Andreas Hofer, que fue el tratante de arte de Göring, Robert Scholz, que asesoraba a Rosenberg en materia de arte, o Bruno Lohse, que fue director técnico del ERR en París los meses previos a la Liberación, aunque había trabajado para ellos desde el principio. —El doctor Arnoux me tendió el papel—. Perdona que esté un poco arrugado, es que he venido en moto y no tenía dónde guardarlo...

—No te preocupes... Gracias.

Miré la fotocopia: un informe en inglés con una letra minúscula y apretada entre la que era imposible distinguir nada sin una lectura atenta. Sin embargo, el doctor Arnoux había subrayado con rotulador fluorescente el nombre de Georg von Bergheim.

—¿Citan a Georg von Bergheim en este informe?

Estaba segura de que él ya lo habría leído y podría hacerme un resumen que me evitara tener que detenerme en aquel texto tan poco agradable a la vista. Lo cierto era que el doctor Arnoux estaba deseando hacerme ese resumen.

—Así es. En esta parte del informe se habla de los conflictos que se producían en el seno del ERR. En un momento dado, Bruno Lohse, quien también era el delegado de Göring en Francia en materia de arte, habla de las envidias que entre el resto del personal suscita el hecho de que él cuente con el estatus de *Sonderauftrag*...

—¿*Sonderauftrag*?

—Sí, es algo así como una misión especial encomendada por una persona especial. Normalmente, quien poseía un *Sonderauf-*

trag contaba con unas credenciales mediante las cuales cualquier unidad civil o militar debía facilitar su misión. Era como una carta blanca para actuar libremente en el desempeño de cualquier cometido sin someterse a más autoridad que la de quien había emitido el *Sonderauftrag*, que en el caso de Lohse era Göring. La cuestión es que Lohse menciona que sólo había dos personas en todo el ERR de París con ese estatus: una era él mismo y la otra...

—Georg von Bergheim —concluí.

—Efectivamente. Salvo que el de Von Bergheim era un *Sonderauftrag* Himmler, es decir, dependía directamente de Himmler. Lohse también dice que, aunque oficialmente Von Bergheim no ostentaba ningún cargo dentro del ERR, colaboraba con regularidad en las tareas de inventario y catalogación de las colecciones, como experto en Historia del Arte, y que estuvo en el Arbeitsgruppe Louvre hasta marzo de 1943, fecha en la que regresó a Alemania reclamado por su superior. Esto explica por qué no encontraste su nombre en los listados de personal: éstos sólo recogen al personal activo en 1944.

—¿Qué es el Arbeitsgruppe Louvre?

—Era una unidad del ERR integrada por historiadores del arte, restauradores, fotógrafos y personal auxiliar, que inventariaban y catalogaban las obras de arte confiscadas y preparaban su envío a Alemania.

Me quedé pensativa. A pesar de que ya sabía que Von Bergheim trabajaba para Himmler, sin embargo, aquel documento representaba la confirmación oficial de lo que se decía en la carta.

—¿Podría ver una copia del informe completo?

—Sí, claro. Si pasas mañana por la tarde por mi despacho, te la preparo.

—Creo que puede ser interesante saber más sobre la organización en la que trabajaba Von Bergheim —me justifiqué.

—Te confieso que cuando me contaste que estabas investigando para preparar la biografía de un comandante de las SS, pensé que era, como poco..., curioso.

Lo miré con tanta seriedad como expectación.

—Las biografías sobre personajes anónimos sólo suelen hacerlas sus familiares, casi como un hobby, como una forma de honrar la memoria del abuelo, y no como un trabajo serio de investigación. Sin embargo, está claro que si este señor contaba con un *Sonderauftrag* Himmler, no era un tipo cualquiera.

Por un momento, tuve la sensación de que Alain trataba de tirarme de la lengua. Intenté evadir el cerco como pude.

—Bueno, aún no sé quién era exactamente Georg von Bergheim... Eso es precisamente lo que trato de averiguar. Pero sí tienes razón en una cosa: la biografía es el encargo de un particular caprichoso, con poco tiempo y mucho dinero. En cualquier caso, te agradezco mucho tu colaboración desinteresada.

—No me lo agradezcas. Lo mío es deformación profesional: no puedo permanecer impasible ante una investigación, sea cual sea. Y si te digo la verdad, este informe lo he recordado por casualidad, y por casualidad me he encontrado a Von Bergheim, porque no lo buscaba allí. Lo que me ha tenido toda la noche dando vueltas a su nombre ha sido otra cosa...

Hizo una pausa como para comprobar que había conseguido despertar mi interés. Supongo que cuando me vio incorporada hacia delante y sin parpadear debió de constatarlo. Entonces, continuó:

—El año pasado, desde la European Foundation for Looted Art, estuve llevando el caso de una colección que había desaparecido a principios de 1942 en Estrasburgo. Pertenecía a un industrial judío, Alfred Bauer, y aunque no es una colección muy grande, sí que cuenta con obras de mucha calidad, sobre todo de la escuela flamenca del siglo XVI. Hoy he repasado la ficha: toda la colección está catalogada e inventariada en febrero de 1942... ¿Adivinas quién es el especialista en arte que firma el inventario?

—El *SS-Sturmbannführer* Georg von Bergheim.

—El mismo.

Apenas tardé un segundo en procesar la información: dado que Von Bergheim estaba buscando *El Astrólogo* y nada más llegar a París se trasladó a Estrasburgo, donde lo que hizo fue requisar la colección Bauer, ¿se podría concluir que el cuadro formaba parte de esa colección? No me resistí a hacerle una pregunta a medias:

—Sólo por curiosidad, ¿había algún cuadro de Giorgione en la colección Bauer?

El doctor Arnoux frunció el ceño. Quizá había cometido una imprudencia al hacerle aquella pregunta, para él fuera de lugar.

—No. No que yo recuerde, pero puedo repasar el inventario...

—Se trata sobre todo de curiosidad personal. Tengo que confesar que soy especialista en Giorgione y que también tengo algo de deformación profesional en ese sentido.

En vista de que empezaba a adentrarme en aguas turbulentas que no conducían a ninguna parte, opté por desviar la conversación.

—¿Qué sucedió con la colección Bauer?

Alain se encogió de hombros.

—La mayor parte se ha perdido y será difícil de recuperar por la propia naturaleza de la colección: un sesenta por ciento de las obras engrosaban la categoría de lo que los ideólogos nazis consideraban Arte Degenerado. En la colección Bauer había muchos representantes del impresionismo y especialmente del cubismo. Incluía un Van Gogh y un Matisse, además de un Marcoussis y un Mondrian por decirte algunos de los más significativos. El problema de las colecciones compuestas por obras que los nazis despreciaban es que corrieron un riesgo mayor de perderse porque, o bien al caer en sus manos las destruían, o bien las intercambiaban en el mercado por otras más acordes con su gusto, las vendían o las subastaban. Es más complicado seguirles la pista. No ocurre así en el caso de las obras de sus artistas favoritos; éstas las atesoraban en depósitos especiales para el gran museo que Hitler había proyectado en Linz o pasaban a engrosar las colecciones particulares de los gerifaltes del partido nazi. Cuando Alemania perdió la guerra, fue más fácil hacerse con ellas o, al menos, tenerlas localizadas. En el caso Bauer, sólo conseguí dar con algunos cuadros menores de artistas flamencos del XVI, por los que sí que se pirraban los nazis, y un Van Eyck...

Alain permaneció unos segundos en silencio. Parecía reflexionar mientras se frotaba repetidamente la barba rala. Finalmente, suspiró.

—Después, lo dejé —confesó con la mirada perdida.

—¿Lo dejaste? ¿Por qué?

Me di cuenta de que su postura y su actitud parecían tensas: cruzaba y descruzaba las piernas, se pasaba las manos por el pelo y por la barba, resoplaba.

—Lo dejé porque... No sé, es difícil de explicar. En realidad nadie había solicitado que se restituyese la colección a sus legítimos propietarios. No había herederos localizados ni nadie que la reclamase para sí...

—¿No quedó nadie de la familia Bauer?

—Bueno, no estoy seguro... En principio, ninguno de ellos sobrevivió a la guerra. En todo caso, una de las hijas, Sarah... Sarah Bauer. No llegué a encontrar información sobre su paradero, nada que me hiciera pensar que estuviera viva o que había muerto. Como te decía, dejé la investigación a medias.

Cuando el doctor Arnoux se marchó y me quité la careta con la sonrisa, me asaltó una sensación incómoda. Como si al cerrar la puerta, el apartamento hubiera dejado de ser el escenario en el que ambos representábamos un papel. Yo le estaba mintiendo o, al menos, ocultándole el verdadero propósito de mi investigación, pero algo me decía que él también mentía. Tanta colaboración desinteresada y tanta deformación profesional me escamaban... Estaba segura de que había algo escondido detrás de su ayuda gratuita, pero por más vueltas que le daba no era capaz de adivinar de qué se trataba.

Mayo, 1942

Desde octubre de 1940, fecha en la que se promulgó el *Statut des Juifs* por el gobierno de Vichy, los judíos ven restringidos sus derechos y libertades: no pueden ejercer la mayoría de las profesiones liberales, tienen prohibido el acceso a muchos lugares públicos, sólo pueden comprar en horarios determinados y reducidos, y deben viajar únicamente en el último vagón del metro, entre otras limitaciones. Tales medidas culminan en mayo de 1942 cuando las autoridades alemanas emiten un decreto por el que se les obliga a identificarse mediante una estrella de David amarilla cosida a la pechera izquierda de la ropa.

Sarah se sentía confusa y aturdida. No entendía nada. No podía hacer nada salvo observar con impotencia cómo sucedía todo. Si quería gritar, no le salía la voz, y si quería moverse, sus músculos no respondían. Sarah encerraba la angustia, la rabia, el dolor y el desconcierto en una olla a presión, y notaba que crecían y crecían sin que existiera forma alguna de dejarlos salir, de poder aliviar sus sentidos. Era como estar allí pero sin estar del todo.

Las cosas sucedían muy rápido y ella se dejaba llevar. Su padre le daba el abrigo y la empujaba por la trampilla del suelo. Su madre quería besarla pero no alcanzaba a hacerlo. Su hermano pequeño se abrazaba a su hermana mayor y ambos la miraban. La trampilla se cerraba y ella se sentía inmersa en la oscuridad del sótano. En el techo retumbaban las pisadas del primer piso y el polvo que levantaban se colaba por las rendijas de la madera y se metía en sus ojos cuando alzaba la vista en busca de la luz como las polillas. Oía voces y gritos, golpes y taconazos. Su padre gritaba, su madre, sus hermanos y aquellos hombres también. Pero Sarah no podía hacerlo. Todo en Sarah era mudo: las lágrimas que resbalaban por sus mejillas, el sudor que empapaba sus sienes, hasta los latidos desbocados de su corazón eran golpes sordos en el pecho.

Pero lo peor llegaba con aquella horrible secuencia de sonidos. Primero el estallido de una bofetada, después el llanto histérico de su madre y por último la voz aterradora de aquel policía. Sarah apretaba con fuerza los párpados y se tapaba los oídos, pero todo era en balde, escuchaba esa misma secuencia una y otra vez. No podía quitársela de encima porque estaba dentro de su cabeza. Y podía llegar a repetirse un incontable número de veces hasta que creía que se volvería loca.

Sólo una cosa detenía aquel tormento...

—*Es reicht!*

Un «¡Basta ya!» en la voz potente de aquel oficial alemán despertaba a Sarah de su sueño. Cada noche, desde que había llegado a París, Sarah tenía la misma pesadilla. Después, ya no podía volver a dormirse. Se levantaba, se preparaba un brebaje de achicoria a modo de café e iniciaba la rutina diaria. Se lavaba, se vestía y bajaba con Hélène a los ultramarinos de la esquina. La cola frente a la tienda siempre era larga; a veces, duraba horas. Horas de espera que terminaban en un mostrador ya desabastecido. «Esta cola es odiosa —se lamentaba Hélène—. Si mi padre estuviera aquí, seguro que haría como las personas ricas: pagaría a alguien que hiciera la cola por nosotras.» La espera se sobrellevaba pegando la hebra con los vecinos. Aquellos días de conmoción e incertidumbre propiciaban las habladurías, y éstas eran la única información que no pasaba por la censura alemana: «*On dit*», «se dice». «Se dice que para finales de año ya no se podrá encontrar mantequilla ni en el mercado negro. Se dice que hacen el pan con serrín porque la harina se la llevan los alemanes. Se dice que las patatas van a doblar su precio. Se dice que van a bajar la ración semanal de carne a 320 gramos por persona...» Comida, comida, comida... Los franceses no sabían hablar de otra cosa que no fuera comida. A Sarah no dejaba de sorprenderle que con Francia sometida y humillada y el resto del mundo en guerra, todo lo que les preocupara a los franceses se centrara en su estómago.

Después de entregar los cupones de las cartillas a cambio de las raciones que les correspondían, ambas primas subían de nuevo al piso y preparaban el desayuno. Sarah echaba de comer a los conejos que habían empezado a criar en el balcón para contar con una ración suplementaria de carne, se marchaba al trabajo en la librería, regresaba a casa, cenaba algo y, antes de acostarse, escribía una carta para su familia.

Ninguna de esas cartas había recibido respuesta.

Aquel día era domingo y Sarah no trabajaba. Casi todos los domingos por la tarde quedaba con Jacob para ir al cine a ver una película alemana o francesa; las americanas estaban prohibidas, lo cual a Sarah le parecía lamentable. ¡Con lo que había disfrutado ella con las películas de Hollywood!, ¡con lo que le gustaba ver a Cary Grant y Errol Flynn en la gran pantalla!, y la de veces que se había mirado al espejo intentando parecerse a Rita Hayworth. Pero lo peor era no saber si alguna vez podría volver a ver a sus actores favoritos...

Sarah y Jacob habían quedado en la boca de metro de la plaza de la Ópera. Irían al Paramount, que estaba proyectando *L'homme du Niger*.

—Tenemos que darnos prisa si queremos llegar a la sesión de las tres.

Jacob se estiró y se rascó la cabeza bajo la gorra; no parecía compartir la prisa de Sarah.

—Hoy no me apetece ir al cine. Hace una tarde de primavera estupenda, no quiero encerrarme en una sala oscura.

Sarah frunció el ceño. Los últimos dos meses siempre habían ido al cine los domingos. ¿A qué venía ahora ese cambio de planes?

—¿Y qué es lo que quieres hacer?

—Podemos ir al parque de Luxemburgo. No sé, dar un paseo, que nos dé un poco el sol y el aire.

Sarah se encogió de hombros. No es que le hiciera mucha gracia pasear junto a Jacob como si fueran una pareja. Su prima Hélène siempre se metía con ella y le decía que ese chico era su novio. Pero no era así. En realidad era a Hélène a quien le hubiera gustado ser novia de Jacob. Sarah no podía entenderlo. Tal vez Jacob, con su tupido cabello oscuro y sus grandes ojos negros, fuera el tipo de chico que gusta a las chicas, fuerte y muy masculino. Pero, aparte de eso, era un muchacho bastante rudo y fanfarrón, apenas se podía hablar con él de nada que fuera medio serio. Claro que tenía que reconocer que Jacob era su único amigo en París y, además, le había salvado la vida.

—Está bien. Si eso es lo que quieres...

Comenzaron a bajar por la rue de la Paix en dirección a la rue de Rivoli. Les esperaba una larga caminata hasta el parque de Luxemburgo, pero era cierto que hacía una tarde preciosa. Y, además, todo el mundo caminaba en París en aquellos días. Los recortes de petróleo y gasolina habían reducido el tráfico motorizado a los vehículos del gobierno de la Ocupación. Los parisinos tenían que gastar suela o pedalear, si tenían suerte. Habían vuelto a proliferar los coches tirados por caballos junto con estrambóticos vehículos de aparición más reciente debido a las restricciones: la bici-taxi, los autobuses propulsados por gas, los automóviles con motor de carbón... Y había bicicletas; miles de bicicletas por todas partes.

Mientras caminaba, Sarah pensaba que en los distritos del centro de la ciudad era donde más se apreciaban las huellas del ocupante. Y no sólo por las ostentosas banderas de la esvástica ondeando en la mayoría de las fachadas de los edificios públicos; o por la cantidad de hombres y mujeres uniformados que se integraban con normalidad en la vida cotidiana, que se sentaban en los cafés, compraban en los mercados callejeros, se fotografiaban frente a la torre Eiffel, leían la prensa en una esquina o admiraban las pinturas de la Rive Gauche. No sólo eran los enormes carteles de propaganda: «Ven a trabajar a Alemania», «Únete a la Legión de Voluntarios Franceses», «Trabajo, familia y patria». Ni los rótulos en caligrafía gótica sobre los edificios ocupados y reconvertidos: *SoldatenKaffee, General der Luftwaffe, Militärbefehlshaber...* Tampoco eran los vehículos militares y oficiales aparcados frente a la *Kommandantur*. Después de todo, tan sólo eran los signos externos de la Ocupación.

Lo más angustioso de todo ello no aparecía a simple vista: la tensión contenida, la falsa apariencia de normalidad, el recelo permanente, la sensación de no saber si se estaba cometiendo un crimen por cualquier tontería: no llevar los papeles, leer el periódico equivocado o ser judío.

La vida en el París ocupado era un debate continuo entre el todo sigue igual y el nada es como antes. Como una montaña rusa de momentos de rutina, situaciones de incertidumbre, imágenes de penuria, instantes de alegría y de ocio... y miedo, mucho miedo. Resultaba tan desasosegante como saber que un soldado alemán cortés, extremadamente educado y respetuoso podía ser el mismo que ejecutaba despiadadamente a un ciudadano francés en el paredón unas horas más tarde. En una ocasión, Sarah había empujado sin pretenderlo a un oficial alemán; aterrorizada, había agachado la cabeza y encogido el cuerpo; sin embargo, el oficial la había ayudado a recoger sus cosas del suelo y se había deshecho en disculpas hacia ella. Cuando Sarah se paraba a pensar que ese mismo oficial podía haber sido el que sacó a su tío Henri de casa a la fuerza, se le revolvía el estómago de angustia e incertidumbre.

Así pasaban los días de la Ocupación: en un constante vaivén. Unas veces, la situación se hacía insostenible; otras, Sarah pensaba que podría llegar a acostumbrarse.

Como aquella tarde de domingo llena de sol y pereza en la que al atravesar las puertas del parque de Luxemburgo le pareció haber entrado en un oasis de libertad y sosiego. La gente paseaba en lugar de huir, conversaba plácidamente en lugar de a escondidas, compartía la ración de pan y mantequilla bajo un árbol en lugar de pelearse por ella. Unos viejos jugaban a las cartas, otros dormitaban al calor del sol. Unos niños deslizaban sus barquitos de madera sobre las aguas del estanque, otros contemplaban embelesados el espectáculo de guiñol, y reían. Si no fuera por los pequeños huertos de cebollas, rábanos, tomates y otros vegetales que se habían improvisado en lo que antes eran parterres de flores, nada parecía fuera de lo normal.

—Tengo una sorpresa —anunció Jacob una vez que se hubieron acomodado sobre la hierba, a la sombra rota de un castaño que comenzaba a brotar.

—¿Qué...?

Sarah se mostraba escéptica. No creía que Jacob pudiera sorprenderla con nada y siguió jugando despreocupadamente con una brizna de hierba entre los dedos.

Jacob rebuscó en el bolsillo de su chaqueta de lana, remendada y llena de bolitas. A Sarah le pareció oír el crujir de un papel: era Jacob llamando su atención.

—¡Chocolate! Pero Jacob, ¿dónde lo has conseguido? —exclamó mientras cogía la tableta de Chocolat Menier que el joven le ofrecía.

—¿Dónde va a ser? En el mercado negro.

—Te habrá costado una fortuna...

Eso era precisamente lo que Jacob quería oír. Se encogió de hombros, como si la hazaña —para él lo era— no tuviese ninguna importancia.

—Bueno, un *fridolin* me ha soltado una buena propina.

Sarah sonrió. Le hacía gracia ver cómo Jacob se había hecho con el argot parisino. Resultaba curioso que él, que como alsaciano era tan alemán como francés, se refiriese a los alemanes con los términos despectivos que usaban los parisinos. *Frizt* o *boche* eran algunos de ellos. Lo de *fridolin* era nuevo.

—Casi me tengo que zurrar con un tipo para llevármelo. Sólo quedaba una tableta y el muy ladrón quería quitármela. Pero no importa, un día es un día... Y hoy es mi cumpleaños —anunció Jacob sin grandes alharacas.

—Pero Jacob, ¿cómo no me lo has dicho antes? Te hubiera hecho un bonito regalo o una tarta. Tía Martha tiene reservado un bote de mermelada... Bueno, te deseo un feliz cumpleaños, Jacob.

Sarah no sabía si debía besarle en las mejillas. Finalmente, prefirió no hacerlo.

Era curioso lo poco que sabía de él, a pesar de lo mucho por lo que habían pasado juntos. Lo cierto era que Jacob existía para ella desde hacía sólo unos meses, desde que la había ayudado a escapar de casa de sus padres. Sólo sabía que no tenía familia y que lo había acogido el rabino de Illkirch, por cuya recomendación trabajaba para el padre de Sarah como mozo de cuadra. Jacob la había sacado de la casa antes de que los alemanes la encontrasen, paralizada y muerta de miedo en el sótano. Le había mostrado un camino por la parte de atrás que conducía a un bosque espeso, a salvo de la vigilancia de la Gestapo. Después, habían viajado juntos hasta París, unas veces a pie, evitando las carreteras principales, repletas de alemanes; otras, ocultos en los vagones de los trenes de mercancías o en el carro de algún granjero que se apiadaba de ellos. El joven había pescado para ella, cazado para ella y robado fruta de los huertos que cruzaban para ella. Hasta que finalmente, tras semanas de peripecias, habían llegado a la capital, donde vivían los tíos de Sarah. Entonces, tanto uno como otra pensaron que sus calamidades habían terminado, cuando, en realidad, no habían hecho más que empezar.

—¿No vas a comértelo?

—¡Sí, claro! —Sarah rasgó el papel y cortó un pedazo para cada uno—. ¡Por tu cumpleaños!

Ambos alzaron sus trozos a modo de brindis.

Sarah se tumbó sobre la hierba todo lo larga que era mientras saboreaba el chocolate muy despacito y con auténtico deleite. Cerró los ojos. El sol le acariciaba los párpados; la brisa, las mejillas. Se oía la algarabía de los niños jugando y la música de acordeón. Podía haber sido una tarde perfecta, pero...

—Hoy he vuelto a soñar con mis padres —murmuró con los ojos aún cerrados—. El mismo sueño de todas las noches...

Jacob miraba a Sarah —le gustaba observarla—, pero no sabía qué decir. No se le daba muy bien eso de las palabras. Sarah lo sabía, por eso no le exigía respuesta o comentario alguno. Sarah sólo necesitaba que la escuchasen y para eso Jacob era el mejor. Siempre prestaba atención a todo lo que ella decía.

El chocolate ya se había derretido en su boca. Por completo. Hasta el último pedacito. De pronto, no quedaba nada dulce dentro de Sarah.

—El sueño es muy confuso... Tanto como mis recuerdos.

Sarah abrió los ojos de repente y comprobó que Jacob estaba mirándola. Se incorporó y el pelo suelto cubrió su rostro inclinado.

—No han respondido a mis cartas. A ni una sola desde que me marché de casa. Estoy preocupada.

—Estarán bien, seguro. Ya sabes lo que dicen: ausencia de noticias son buenas noticias.

Sarah no estaba en absoluto convencida de aquello y menos con todo lo que estaba pasando. Se estaban llevando a mucha gente: a la salida de la sinagoga o directamente de sus casas, así sin más. Entraban, les llamaban por sus nombres y se los llevaban: apenas tenían tiempo de recoger sus cosas, se marchaban prácticamente con lo puesto. Y nadie sabía muy bien adónde se dirigían, sólo circulaban rumores y más rumores. Algunos decían que los reubicaban en otras viviendas, en guetos; otros, que a los hombres los dedicaban a trabajos forzados, los que los nazis no querían hacer, y a las mujeres las mandaban a las fábricas; los más agoreros, hablaban de un destino peor... Sarah no sabía muy bien qué pensar. En general, prefería no detenerse mucho en ello y, si acaso, escoger la opción más optimista, ella era de naturaleza optimista.

—Tal vez debería volver a Illkirch...

—Ni se te ocurra —atajó Jacob—. Tu padre dijo que te quedaras con tus tíos y no te movieras de París hasta que él te avisara, ¿recuerdas?

—Sí, lo sé. Pero...

—No debes preocuparte, Sarah. Estoy convencido de que todo va bien. Si hasta ahora no te han dicho nada, es para no ponerte en peligro. Debes tener paciencia.

Sarah suspiró y se recogió el pelo detrás de la oreja. Tal vez Jacob tuviera razón. Eso quería creer ella.

Le hubiera gustado volver a tumbarse sobre la hierba... toda la tarde, todos los días; no tener que abandonar aquella isla a salvo de la tormenta; no tener que enfrentarse al día a día. Porque allí, tumbada, oyendo a la gente reír y sintiendo la naturaleza seguir su curso al margen de la locura de los hombres, le parecía que nada malo podía suceder, que nada malo estaba pasando. Sin embargo, Sarah sabía perfectamente que eso no era posible, que aquella tarde en el parque no era más que un sueño del que tarde o temprano tendría que despertar.

—Volvamos a casa, Jacob. Volvamos caminando despacio como si nada nos persiguiera.

Antes de las ocho de la tarde, la hora a la que comenzaba el toque de queda para los judíos, Sarah y Jacob llegarían a casa de los Metz, en la rue Desaix, una de las zonas nobles de París. Jacob cenaría con la familia, como casi todos los domingos; comerían patatas y colinabos y quizá algo de carne. Y puede que la tía Martha sacara del fondo de la alacena ese bote de mermelada que guardaba bajo llave, pues celebrar el cumpleaños de Jacob era una ocasión que lo merecía.

El padre de Sarah le había repetido obsesivamente que debía visitar a la condesa de Vandermonde en cuanto llegara a París. Ella le había preguntado por qué debía hacerlo y quién era aquella condesa, pero no hubo tiempo para explicaciones, sólo los segundos justos para que su padre le deslizara un papel con una dirección en el bolsillo del abrigo. «Vete a verla, Sarah. No dejes de hacerlo, hija. Ella te ayudará.»

La condesa de Vandermonde vivía en un *hôtel particulier* situado detrás de la plaza de los Vosgos. Nada más divisar la casa, a Sarah le pareció que aquél era un lugar sombrío, incluso siniestro. El jardín estaba descuidado, invadido por la maleza; la fachada del palacete, ennegrecida por el tiempo y la humedad; todo parecía abandonado. Se alegró de que Jacob hubiera insistido en acompañarla; con él a su lado, se mitigaban sus temores y sus recelos. Aun así, poco le faltó para dar media vuelta y largarse de allí. Más tarde se arrepintió de no haberlo hecho.

La puerta de la verja que circundaba la propiedad de la condesa estaba entreabierta. Jacob la empujó y, al hacerlo, chirrió como si fuera a desintegrarse en una nube de óxido. Cruzaron aquel jardín que había conocido tiempos mejores y llamaron a la puerta principal. El timbre sonó hueco en lo que parecía una casa vacía. Sarah creyó que aquello era una buena excusa para marcharse, pero Jacob la detuvo. A los pocos segundos, la puerta se abrió con pereza.

Ambos se quedaron pasmados. Nunca habían visto a un hombre como aquél. Se habían topado con cosas extrañas, sí, en el circo de Illkirch y en las películas de terror, pero nunca nadie tan extraño como aquel personaje que les miraba desde el umbral sin pronunciar palabra. Su piel era del color del talco y parecía tener la misma textura polvorienta. Un pelo lacio y completamente blanco le caía por la frente. Sin embargo, lo más llamativo eran sus ojos: rasgados como los de un oriental pero con el iris completamente rojo, lo que daba a su mirada un aspecto feroz y monstruoso. Era muy alto, demasiado, vestía una antigua levita negra que le hacía parecer más largo aún, dándole aspecto de sepulturero victoriano.

—¿Vi... vive aquí la condesa de Vandermonde? —tartamudeó Sarah tras los hombros de Jacob.

Aquel espectro no se pronunció. Se ocultó dentro de la casa e hizo ademán de cerrar la puerta.

Jacob se lo impidió, empujando con la mano.

—¡Venimos de parte de Alfred Bauer!

Como un «ábrete sésamo», aquel anuncio detuvo el forcejeo. La puerta volvió a abrirse y el hombre insólito les cedió el paso. Le siguieron a través de un pasillo oscuro, con varios codos, que se asemejaba a un laberinto sin salida a ninguna parte. A medida que se adentraban en la casa, el aire se volvía cada vez más enrarecido, pesado como el de un sótano sin ventilación. Por fin, llegaron a un salón que, aunque grande, parecía echárseles encima: estaba entelado del suelo al techo con un damasco deslucido por los años; un velo de polvo cubría los muebles; las cortinas permanecían cerradas a pleno día, había miles de objetos por todas partes: porcelanas, cajitas, espejos, marcos, jarrones, ceniceros, un sinfín de adornos y cacharros allí olvidados, como en una sórdida chamarilería; era difícil moverse sin toparse con nada. Sarah tuvo la desagradable sensación de que nadie antes que ellos había estado en aquel lugar desde hacía mucho tiempo; era escalofriante.

Casi al tiempo que el peculiar criado de la condesa se marchaba en tétrico silencio, por el salón empezó a flotar un aroma intenso como de ámbar y almizcle, como de bazar oriental. Aquel perfume que parecía no provenir de ningún lugar resultaba sobrecogedor.

—¿Qué es lo que queréis de mí, par de pilluelos? Aquí no se da trabajo a nadie, tampoco limosnas.

Una voz resquebrajada les sorprendió a su espalda; provenía del vano oscuro de una puerta por el que no tardó en salir a la moribunda luz del salón una figura diminuta que se encorvaba sobre un bastón: una anciana vestida de púrpura y tocada con un turbante que le daba aspecto de pitonisa de feria.

Sarah dio un tímido paso al frente.

—¿Es usted la condesa de Vandermonde? —balbuceó—. Me envía Alfred Bauer...

La anciana se encaminó al centro del salón y se expuso al delgado haz de luz que se colaba por una de las rendijas de las cortinas. Su rostro parecía una máscara grotesca de maquillaje que se acumulaba en sus arrugas, de cejas depiladas y trazadas con kohl, y de barra de labios roja sobrepasando los límites de la boca.

—Así que Alfred Bauer me manda a unos judíos...

A Sarah le escoció en la solapa la estrella amarilla que la etiquetaba como a un objeto o a un animal. Tenía que haberle hecho caso a Jacob y no habérsela puesto, pero su tía había insistido.

—Después de años sin dar señales de vida, Alfred Bauer tiene la poca vergüenza de mandarme a unos judíos. ¡Ahora! ¡Ja! Ahora que a los judíos les ha abandonado su Dios, él acude a mí. ¡Qué desfachatez! ¡Creerá que voy a ayudarle después de lo que me ha hecho pasar! —declamó la condesa con tono de invocación.

Jacob bufó. Por el rabillo del ojo, Sarah vio que empezaba a hervir de ira contenida. Al contrario que ella, siempre prudente y timorata, el chico no tenía pelos en la lengua. No tardaría en responder a aquellos ataques gratuitos. Sarah intentó apaciguar los ánimos antes de que la situación se tornase aún más violenta.

—Escuche, por favor...

—Y si Alfred Bauer quiere algo de mí, ¿por qué no ha venido él a pedírmelo? —la interrumpió desconsideradamente la condesa—. ¿Tanto le desagrada volver a verme?

Sarah no estaba segura de si la condesa tendría algún interés en escucharla, pese a ello, le respondió:

—La Gestapo ha detenido a mi padre...

Al contrario de lo que Sarah preveía, la condesa se quedó por primera vez sin palabras. Su arrogancia y su desprecio se desvanecieron y dieron paso a otras sombras en su rostro. Al cabo de unos segundos de rumiar sus hierbas amargas, se apoyó en el bastón e intentó erguirse para mirar a Sarah con los ojos entornados por la curiosidad más retorcida.

—Así que tú eres la hija de Alfred... ¡Ponte derecha, muchacha!

Sarah obedeció instintivamente. Aquello colmó la escasa paciencia de Jacob.

—¡Oiga, señora!

—¡Silencio, bribón! ¿Quién eres tú?

—Eso a usted no le importa —masculló Jacob.

Sarah le insinuó por gestos que cerrara la boca.

—¡Menuda legacía vulgar y grosera que manda tu padre!

Antes de que Jacob volviera a saltar, Sarah le detuvo sujetándole por el brazo. La condesa tuvo la oportunidad de volver a explayarse:

—Ahora lo entiendo... Ya no es divertido ser judío, ¿verdad? ¡Se lo avisé! Le dije que los judíos sólo traen desgracias, son un pueblo marcado por la fatalidad, una mala sombra... ¡Bendito aquel que tiene el coraje de extirparlos de nuestro seno!

La tensión crispaba el rostro de Jacob. Tomó a Sarah de la mano y tiró de ella hacia la puerta.

—¡Vámonos de aquí! ¡No consentiré que te siga hablando así!

—Márchate tú, tunante. Ella se queda —gruñó la condesa con un golpe de bastón.

Por fin Sarah despertó de su cándida estupidez. Se soltó de la mano de Jacob y se enfrentó a aquella bruja revestida de aristocracia.

—No, yo también me voy. No tengo nada más que hablar con usted.

Se dio media vuelta y abandonó el salón por delante de Jacob. Los improperios de la condesa les sucedieron.

—¡Detente, descarada! ¡Vuelve aquí inmediatamente! ¡Muchacha atolondrada! ¡Eres tan impetuosa y testaruda como tu padre! ¡Pero ya volverás a mí!

Aquellos gritos les acompañaron hasta que la puerta principal se cerró de un golpe y los dejó entre los muros de la decrépita mansión.

Un detalle que llama la atención

No disponía de muchas piezas del rompecabezas: Georg von Bergheim había viajado de París a Estrasburgo, allí había requisado la colección Bauer y luego había regresado a la capital, donde había permanecido hasta marzo de 1943. Pero al tratar de unirlas, aparecían las primeras preguntas: ¿buscaba Von Bergheim *El Astrólogo* en la colección Bauer?, ¿lo encontró?, ¿por qué regresó a París? Según el doctor Arnoux, el inventario de la colección Bauer no incluía ningún cuadro de Giorgione. Aquello podría deberse bien a que efectivamente los Bauer nunca tuvieron dicho cuadro, a que lo tuvieron pero como había sido reclamado directamente por Hitler, Von Bergheim no lo incluyó en el inventario o, si echaba a volar la imaginación, tal vez los Bauer pusieran el cuadro a buen recaudo antes de que los nazis les confiscaran la colección. Hipótesis aparte, lo único que tenía claro es que debía averiguar algo más sobre los Bauer y su colección.

Aprovechando que volvería a ver al doctor Arnoux para que me diese la copia del informe sobre el ERR, intenté sacar partido de sus conocimientos una vez más.

—He pensado que si la hija de Alfred Bauer sigue viva, tal vez pueda darme información sobre la visita de Von Bergheim a Estrasburgo. Siempre y cuando en 1942 no fuera una niña demasiado pequeña como para acordarse de nada... —insinué frente a la máquina de *vending* mientras hacía malabarismos con los dedos para sujetar un café demasiado caliente.

Me había ofrecido a invitarlo a tomar algo en agradecimiento por su colaboración, pero como tenía que dar una clase en veinte minutos, la invitación se redujo a un cutre café de máquina de *vending* del Departamento de Historia de la Sorbona. Es imposible sentirse generoso metiendo unos céntimos por una ranura y ofreciendo un vasito de plástico al agasajado; así, es imposible tener la conciencia tranquila.

—No recuerdo exactamente su fecha de nacimiento —admitió él, después de quemarse los labios con su café—. Pero tendría unos veinte años por entonces... Con mucha suerte, puede que siga viva... Lo único que llegué a averiguar es que no figura en las listas de deportados, mientras que el resto de la familia sí.

—¿Crees que escaparía o eso sólo ocurre en las películas?

El doctor Arnoux sonrió.

—Quizá pudo haber escapado, ¿por qué no? Pero no lo sé... —Se encogió de hombros y suspiró—. Siento no ser de mucha ayuda. No cuento con demasiada información, la verdad. En realidad, di con la colección Bauer por casualidad, cuando estaba investigando otra, la de Heinrich Metz, un judío austríaco afincado en París. La familia Metz fue deportada y la colección confiscada en 1942. Hace un par de años, una sobrina de Heinrich Metz, hija de su hermano, acudió a la fundación para que lleváramos su caso. Me topé con la colección Bauer porque las mujeres de Heinrich Metz y Alfred Bauer eran hermanas. Averigüé que ni una sola de las obras de Bauer había sido reclamada hasta la fecha... Eso no es habitual.

—Entonces, lo más probable es que la hija de los Bauer haya muerto porque, de lo contrario, la habría reclamado. Ella o algún descendiente.

—Sí, eso es lo más lógico. Pero te sorprenderías. En el caso de los propietarios, la mayoría de los que sobrevivieron reclamó lo suyo en su momento. Sin embargo, los herederos... Muchos no saben ni que lo son, ni siquiera de qué. Buena parte de los judíos que vivían en Francia durante la guerra huyeron a Estados Unidos. No es extraño que se dé el siguiente caso: un buen día un descendiente viaja a Europa, ve un cuadro en la galería Belvedere de Viena y dice: ¡Anda!, ¡si es como el de la foto de la casa del abuelo! Y resulta que es el mismo de la casa del abuelo, ilegítimamente sustraído por los nazis y vendido o cedido a cualquier museo después. —El doctor Arnoux apuró el café, arrugó el vasito y lo tiró a la papelera—. No sé si seguir la pista de Sarah Bauer te servirá de mucho, la verdad. Aunque no la mataran los nazis, el tiempo ya no juega a tu favor: noventa años son muchos años para esperar que siga viva. Lo que sí te puedo decir es que hay un detalle en todo este asunto que llama la atención...

—¿Cuál? —pregunté con verdadero interés.

—Tu comandante Von Bergheim, una vez más. Es muy extraño que él firmara el inventario Bauer.

—Bueno, Bruno Lohse decía que colaboraba en el inventario y catalogación de obras.

—Sí, pero ésa no es la cuestión. La cuestión es que el Einsatzstab Reichsleiter Rosenberg fue un organismo constituido para actuar en los territorios ocupados. Un miembro del ERR no debería actuar en Estrasburgo porque, entre 1940 y 1944, la ciudad no era territorio ocupado, sino anexionado al Tercer Reich: formaba parte de Alemania. En el territorio alemán el proceso de apropiación de bienes artísticos seguía otros caminos, no se canalizaba a través del ERR. No tiene sentido que mandaran a Von Bergheim a requisar e inventariar la colección Bauer porque estaba fuera de su competencia... Al menos, en teoría.

No, no estaba fuera de su competencia si Von Bergheim creía que los Bauer tenían *El Astrólogo*. La verdad, me hubiera gustado compartir aquella idea con el doctor Arnoux. En cualquier caso, todo parecía apuntar a que Von Bergheim, los Bauer y *El Astrólogo* estaban de algún modo relacionados.

�֍ ֍

Julio, 1942

El 16 de julio de 1942, la policía francesa, a instancias del gobierno alemán, llevó a cabo una redada en París en el curso de la cual más de trece mil judíos fueron arrestados. La mayoría fue trasladada al Vélodrome d'Hiver, un pabellón de deportes en el centro de la ciudad, donde permanecieron cinco días en penosas condiciones sin apenas comida ni agua. Tras pasar por diferentes campos de tránsito, los detenidos fueron deportados a Auschwitz.

Antes de la guerra, los Metz eran una familia acomodada de la alta burguesía de París. Ocupaban dos plantas de un edificio señorial en el distrito V, a pocos pasos de la torre Eiffel, poseían un automóvil con chófer, frecuentaban las carreras en el hipódromo de Longchamp, veraneaban en Deauville, alquilaban un palco en el teatro de la Ópera Garnier para la temporada lírica y asistían regularmente a todas las citas sociales más relevantes de la capital. Heinrich Metz también era conocido por acudir a menudo a las galerías y salas de subastas en busca de pintura romántica, sólo romántica, pues Heinrich Metz no era coleccionista de arte, era coleccionista de pintura del Romanticismo y estaba muy orgulloso de poseer un Delacroix, un Ingres y un Turner en su modesta colección.

Sin embargo, desde que Sarah había llegado al hogar de los Metz había sido testigo del declive progresivo de la familia. Poco tiempo antes, al tío Heinrich le habían prohibido ejercer su profesión de abogado y le habían confiscado el automóvil, además de la primera planta de su casa, donde tenía el despacho. Después, había sido condenado a arresto domiciliario hasta que, finalmente, la policía francesa, bajo supervisión de un miembro de la Gestapo alemana, se lo había llevado detenido; todo porque era un judío extranjero. Desde entonces, ni la tía Martha ni la prima Hélène, que se habían librado de la detención por ser ciudadanas francesas, habían vuelto a saber de él. Sarah había presenciado cómo su tía, para reducir gastos, despedía al servicio y empeñaba las joyas; más tarde, también alguno de los valiosísimos cuadros de su esposo. Los últimos meses, habían decidido clausurar la mayor parte de la casa y reducir la vivienda a sólo dos habitaciones, el salón, la cocina y un baño. Para conseguir algún dinero, su tía y su prima lavaban en casa la ropa de cama de un hospital cercano.

Ante esta situación, a Sarah le angustiaba la idea de convertirse en una carga más, pero lo cierto era que no tenía otra familia a la que acudir en París que a la hermana de su madre. Por eso, lo primero que hizo al llegar a la capital fue buscarse un empleo con el que contribuir al sostenimiento del hogar. Ella nunca antes había trabajado ni tampoco había pensado en hacerlo algún día. Estudiaba Historia del Arte porque, como a su padre, le apasionaba; su trabajo en un futuro consistiría en conseguir que la colección de la familia prosperase, si es que a eso se le podía llamar trabajo. Pero nunca se imaginó con un empleo como los demás, con jefe, sueldo y horario.

El día que se propuso recorrer las calles de París en busca de trabajo deambuló sin rumbo fijo. No sabía adónde ir, no se le ocurría qué podía hacer una muchacha como ella ni cómo solicitar un empleo... Se sintió tremendamente perdida y sola en aquellas calles atestadas de gente desconocida y hostil; echó aún más de menos —si eso era posible— a su familia, su casa y su vida en Estrasburgo; notó en las cuerdas vocales la tensión del llanto, y en los ojos, el ardor de las lágrimas, y tuvo que luchar para no llorar a causa de la compasión que por ella misma sentía. Llorar por eso era tan vergonzoso e indigno... Anduvo horas y horas hasta alcanzar el Barrio Latino, donde reunió el valor suficiente para entrar en una cafetería y preguntar por el empleo de camarera que se anunciaba en un cartel. Un año antes no habría sido capaz de hacerlo. Notó que las mejillas le ardían y la traicionó el temblor de su propia voz mientras hablaba con el encargado. Creyó que se moriría de vergüenza cuando éste la rechazó, sin duda por su falta de decisión y aplomo. Lo mismo le ocurrió en la zapatería, la droguería y la tienda de sombreros. Llegó a la casa de la rue Desaix poco antes del toque de queda: los pies doloridos de tanto caminar y el orgullo deshecho de tanto mendigar.

Humillada y desalentada, le contó a Jacob su terrible andadura. En cierto modo, el chico representaba para ella el referente que se había dejado en Estrasburgo: la experiencia y la autoridad. Jacob sabía arreglárselas bien solo. En apenas dos días, se las había ingeniado para encontrar alojamiento en una pensión, compartiendo habitación con otro chico; y este mismo le había recomendado para un trabajo en una vaquería, una tarea ideal para él, que había sido el mozo de cuadra en casa de los Bauer. Incluso, no había pasado ni siquiera un mes cuando el muchacho encontró otro trabajo en turno de tarde como mozo de equipajes de la Gare de l'Est. En cambio, Sarah, con toda su educación, sus idiomas, su saber estar y su presencia elegante, había fracasado estrepitosamente. Una vez más, Jacob fue su salvavidas: en menos de una semana había encontrado para ella un trabajo en una librería cerca de la Sorbona. Los dueños, un matrimonio belga sin hijos, no eran judíos, pero horrorizados ante los acontecimientos deseaban actuar de alguna manera y pensaron que contratar a Sarah era una forma de ayudar a aquellos ciudadanos oprimidos por los nazis.

De modo que Sarah trabajaba de lunes a sábado, de diez a seis, ordenando pedidos, manteniendo el inventario, etiquetando precios y despachando clientes en la librería, sobre todo estudiantes y profesores de la cercana universidad. Pero lo más grato para ella, además de estar todo el día rodeada de libros, era el cariño con el que monsieur y madame Matheus la trataban. Sarah no tardó en darse cuenta de que su pequeña familia en París se había ampliado.

Una tarde como otras muchas, Sarah regresaba después del trabajo a casa caminando desde la estación de metro de Dupleix. Andaba rápido, sin fijarse demasiado en los detalles de un recorrido que por hacer casi a diario conocía de memoria, con la vista perdida en el pavimento y la atención en sus propios pensamientos. Tan ensimismada iba que no vio a madame Benoît echarse sobre ella.

—¡Mademoiselle Sarah! ¡Por todos los santos del cielo! ¡Menos mal que doy con usted!

Sarah se quedó estupefacta ante las exclamaciones incoherentes de Sylvie. No comprendía muy bien lo que decía ni por qué la agarraba de aquella manera, presionando con fuerza sus brazos e impidiéndola andar.

—Pero Sylvie, ¿qué...?

Sylvie Benoît era la portera de la finca donde vivían sus tíos. Normalmente no derrochaba palabras, y hasta el momento se había limitado a musitar un buenos días apenas inteligible cada vez que Sarah se cruzaba con ella, casi siempre cuando Sylvie barría la escalera con su mandilón de flores y sus zapatillas de felpa. De hecho, a Sarah no dejó de sorprenderle que conociera su nombre.

—¡He venido a avisarla, mademoiselle! ¡No debe usted seguir, no debe ir a la casa! Me lo dijo mi Rémy: «¡Anda y corre, Sylvie, y dile a mademoiselle Sarah que no se le ocurra venir por aquí!».

Sarah había conseguido desasirse de los brazos de la portera y pretendía llevársela a un rincón apartado y alejarse de en medio de la acera. La gente comenzaba a volverse para mirarlas y, en aquellos días, no era aconsejable llamar la atención.

—Cálmese, Sylvie. ¿Qué es lo que ocurre?

La mujer tragó saliva y, entre jadeo y jadeo, producto de la excitación, comenzó a relatar con incongruencia:

—Ellos vinieron, mademoiselle. Esta mañana. Entraron en el portal sin preguntar nada y apartando de un empujón a mi pobre Rémy. Sabían adónde iban, eso está claro. Como cuando lo de su tío. Eran tres policías franceses y un hombre alemán sin uniforme. Uno de ellos se quedó abajo. Al rato salieron con ellas... ¡Por la Virgen Santísima que está en el cielo! ¡Ay, ay, ay! ¡La pobre madame! ¡Ella que es una señora y se la llevaron como a una vulgar delincuente! ¿Adónde vamos a ir a parar?

Para cuando Sylvie había comenzado a sollozar, Sarah ya había comprendido. Cuando Sylvie terminó de verborrear, Sarah, apoyada en la pared porque le flaqueaban las piernas, empezaba a asimilarlo.

—No debe usted ir por allí, mademoiselle Sarah —sollozaba Sylvie—. Mi Rémy dice que tienen la casa vigilada y podrían cogerla a usted también. ¡Esto es una desgracia! No vaya, mademoiselle, por el amor de Dios.

Sarah apenas reaccionaba a sus exhortaciones. Como le había sucedido con anterioridad, volvía a verse paralizada por el terror: la vista fija, la respiración acelerada y las manos húmedas de sudor. El panorama, los ruidos, todos los estímulos, todo aquello que venía del exterior se había ido apagando para dejar a Sarah librar su propia batalla: la batalla contra el miedo y la indecisión.

———

Fräulein Volks observó atónita cómo su jefe entraba caminando a grandes zancadas renqueantes y, entre resoplidos de furia, pasaba a su lado sin ni siquiera mirarla y se metía en su despacho con tal ímpetu que la secretaria tuvo la sensación de que arrancaría la puerta. Antes de que fräulein Volks se hubiera recuperado de la impresión, la puerta por la que su jefe había desaparecido se entreabrió.

—Localice al doctor Lohse y dígale que quiero hablar con él.

Tal cual se había asomado, su jefe volvió a desaparecer dentro del despacho y la paz regresó al lugar de trabajo de fräulein Volks. La joven meneó la cabeza, cruzó las piernas dejando a la vista buena parte de su muslo izquierdo, se colocó un mechón de pelo detrás de la oreja y descolgó el teléfono para llamar por la línea interior a la secretaria del doctor Lohse.

Georg se dejó caer sobre la silla y enterró la cara entre las manos, apretando los dedos contra ella. Aún resoplaba como si su nariz fuera una válvula por la que dejar escapar toda la ira acumulada. No se explicaba muy bien por qué, pero esos cabrones de la Gestapo siempre conseguían sacarle de sus casillas. No había manera de razonar con ellos, no había forma de apartarles de sus jodidos procedimientos ni de evitar que asomasen su sucia nariz por todo lo que oliera a judío. Y él había tenido la mala suerte de toparse constantemente con judíos desde que empezó esta operación.

Se frotó los ojos y se recostó en la silla, todavía con el rostro congestionado. Cada vez que pensaba en el desafortunado encuentro que había tenido con el *Kriminalkommissar* Hauser se lo llevaban los demonios. Y es que los suyos habían vuelto a joderla, pero bien. Eran unos especialistas en querer matar moscas a cañonazos y conseguir que la mosca se fuese volando.

Estaba totalmente atascado en la investigación sobre el paradero de *El Astrólogo*. Contar como único punto de partida con el nombre de una mujer era prácticamente como no tener nada. Se había planteado incluso la posibilidad de acudir a la policía francesa para tratar de localizarla. A instancias de la *Kommandantur*, los franceses elaboraban desde 1940 un registro de todos los judíos residentes en París, por lo que era probable que su nombre figurara en dicho registro, si es que, como sospechaba, la muchacha había viajado hasta la capital. Sin embargo, había estado dándose largas a sí mismo para no tener que acudir a la policía francesa; sabía que de un modo u otro la Gestapo estaba al tanto de todo lo que pasaba por las prefecturas parisinas...

Georg arrugó el papel con el nombre de Sarah y lo arrojó violentamente a la papelera. Estaba tan indignado... Haber tomado tantas precauciones para nada resultaba indignante. Aunque, en realidad, fue un ingenuo al pensar que podría hacer su trabajo sin contar con la policía. Y el caso es que si la policía no hubiera metido las narices, habría sido mucho más sencillo y eficaz. Sobre todo cuando hacía tan sólo un par de días había obtenido por un casual una información extremadamente útil. Sucedió mientras acompañaba a Lohse a una de sus habituales rondas por las casas de arte y antigüedades de París; buscaba un par de objetos para Himmler: algún manuscrito tibetano o, con suerte, un amuleto egipcio. El *Reichsführer* se entusiasmaba tanto con esas cosas que dejaba de atosigarle con el verdadero propósito de su misión. Hablando con el propietario de una casa de subastas sobre su estancia en Estrasburgo y el desafortunado incidente con los Bauer, éste le comentó que en alguna ocasión había hecho negocios con un tal Bauer de Illkirch, Estrasburgo, a través de Heinrich Metz, uno de sus mejores clientes. Metz era un abogado aficionado al arte del siglo XIX, que poseía una pequeña pero selecta colección monográfica de pintura romántica, residía en París y era cuñado de Bauer. «¡Eureka!», se dijo Georg mentalmente. Si aquella muchacha estaba en París, la encontraría sin duda en casa de los Metz.

Durante todo un día estuvo dándole vueltas a cómo abordaría a la chica y cómo manejaría la situación para que no volviera a escapársele de las manos. Finalmente, se decidió a hacer una visita a casa de los Metz. Cuando llegó al número 5 de la rue Desaix, donde el tipo de las subastas le había dicho que vivía Heinrich Metz, se encontró, primero, con un conserje asustado y huidizo y, después, con un policía francés haciendo guardia en la puerta que se cuadró nada más verle.

—No encontrará aquí a los Metz, herr *Sturmbannführer*. Monsieur Metz fue arrestado hará cosa de seis meses, y a su esposa y su hija las arrestamos ayer mismo —le explicó el joven policía.

—¿Con qué cargos? —le preguntó absurdamente Georg, pues de sobra los conocía.

El gendarme se encogió de hombros.

—¿Sólo se llevaron a dos mujeres?

—Sí, señor. De todos modos, le aconsejo que se dirija usted a la prefectura. Allí le proporcionarán toda la información que necesite.

Haciendo uso de su rango y de su autoridad, Georg consiguió que el policía le dejara acceder a la vivienda. En el interior, la estampa le resultó amargamente familiar: una casa relativamente pulcra y ordenada; en las habitaciones, los armarios y los cajones habían quedado abiertos, apenas habrían tenido tiempo de llevarse algunas cosas, ni mucho menos de hacer un equipaje; pero lo más llamativo era que en toda la casa no había un solo mueble, un solo cuadro, un solo libro o un solo objeto que tuviera el más mínimo valor, sólo quedaban las marcas en los lugares que antes habían ocupado. Otra de las cosas de las que Georg se percató fue de que allí vivían más de dos personas: en una época en la que los parisinos sobrevivían con lo justo, que hubiera tres cepillos de dientes, tres pares de zapatillas y tres barras de labios era todo un indicio.

Georg abandonó la casa de la rue Desaix presa de la indignación. Y siendo tan temperamental como era, no esperó ni un minuto para actuar. No iría a la prefectura, no. Iría directamente a las oficinas de la Gestapo en la rue des Saussaies a gritar a la cara de algún inepto. Una vez allí, le condujeron a la sección IV de asuntos judíos y al *Kriminalkommissar SS-Hauptsturmführer*, Gunther Hauser, el tipo más arrogante, estúpido y repulsivo con el que se había cruzado últimamente.

—Ah, sí, sí... El caso Metz, sí. Fue ayer mismo. De hecho tengo aquí el informe del *Oberscharführer* Lodz, el agente que acompañó a la policía francesa.

Georg permanecía de pie frente a la mesa de Hauser, observando con gesto severo la parsimonia con la que el *kommissar* hojeaba el informe.

—Martha y Hélène Metz, ¿no es así?

—Ni lo sé ni me importa, capitán —se dirigió a Hauser por su rango en las SS para reforzar su autoridad—. Lo único que quiero saber es por qué la Gestapo ha intervenido en una colección de arte cuya custodia y protección es competencia del ERR.

Georg era consciente de que tenía pocos argumentos para cuestionar la actuación de la Gestapo. Si querían llevarse a dos mujeres judías, se las llevaban y punto. Pero para averiguar por qué precisamente habían sido las Metz, tenía que apelar a un conflicto con los intereses del ERR, era lo único que le legitimaba para pedir explicaciones.

Hauser lo miró por encima de las gafas con una expresión de cinismo en sus ojos saltones.

—Con todos los respetos, comandante Von Bergheim, ha sido el ERR quien se ha encargado de confiscar la colección Metz. La Gestapo se ha limitado a poner bajo arresto a dos elementos contrarios a los intereses del Reich a instancias, precisamente, del ERR. Para su información, aquí tiene la orden que nos fue remitida antes de ayer desde el Hotel Commodore. La firma el director del ERR, barón Kurt von Behr.

Hauser le deslizó el papel por encima de la mesa y Georg se incorporó sobre él para leerlo. Atónito, contempló la firma de Von Behr mientras hacía grandes esfuerzos por tragarse toda la bilis que tenía acumulada y trataba de buscar una salida airosa al ridículo en el que se había puesto.

Hauser, con cierto aire condescendiente, parecía estar divirtiéndose horrores con la situación.

—En cualquier caso, *Hauptsturmführer* Hauser, me creo en la obligación de advertirle de que se da la circunstancia de que la colección Metz es del interés personal del *Reichsführer* Himmler y que confío en que con la detención precipitada de la familia Metz no se hayan puesto en peligro dichos intereses. Resultaría tremendamente desafortunado que sus superiores tuvieran que recibir una comunicación del *Reichsführer* Himmler al respecto.

Hauser sonrió con una beatitud y un aplomo exasperantes mientras juntaba los dedos largos y huesudos frente a la cara.

—Dudo mucho que eso pueda suceder, siempre y cuando los miembros del ERR actúen de forma coordinada antes de solicitar nuestra colaboración. La cual, por supuesto, prestamos de buen grado.

Definitivamente, no tuvo más remedio que salir de las oficinas de la rue des Saussaies con el rabo entre las piernas, maldiciendo su genio, su impulsividad y su irreflexión temeraria. Todavía recordaba el episodio con tal rabia que partió con las manos uno de los lápices de su mesa.

—¡Pase! —ordenó cuando escuchó unos golpes en la puerta.

La cara sonriente de Bruno Lohse asomó por el quicio.

—Ah, Lohse, eres tú. Adelante, por favor.

Lohse se adentró con cautela en el despacho y cerró la puerta lentamente.

—Tu secretaria me ha sugerido que me ande con cuidado, que estás de un humor de perros.

Sin mediar palabra, Georg pulsó el botón del interfono.

—Helga, tráigame una aspirina. Y, en lo sucesivo, absténgase de hacer comentarios sobre mi humor a las visitas.

Lohse, que se había sentado frente a la mesa en actitud relajada, había cruzado las piernas y había encendido un cigarrillo, sonrió mientras exhalaba el humo de la primera calada. En el despacho de Von Bergheim se sentía a gusto. En parte porque era como el suyo, espartano —una mesa, las sillas, el cuadro de Hitler— pero con unas vistas tan hermosas sobre el jardín de las Tullerías y los edificios colindantes que la ventana parecía un cuadro del realismo romántico que todo lo decoraba. Aunque también se sentía a gusto en esa oficina porque Von Bergheim era uno de los pocos amigos que tenía en el Arbeitsgruppe Louvre.

—¿Has oído hablar de un tal *Kriminalkommissar* Gunther Hauser? —le preguntó Georg, sacándole de sus divagaciones.

—¿De la Sipo? —Lohse se refería a la *Sicherheitspolizei*, la policía del Reich.

—Gestapo. Sección IVB4, para ser exactos.

—¿Asuntos judíos? Son todos unos tarados. Pero no, no sé quién es el tal Hauser. Sólo he coincidido un par de veces con Lischka, un nazi eficaz de esos que tanto gustan a los de arriba.

Que no conociera a Hauser era señal de que ese tipejo sólo era uno más entre muchos, porque Lohse solía confraternizar únicamente a partir de cierto rango, ya fuera militar, político o social.

—Pues espero que sea un don nadie porque hoy me he puesto en ridículo delante de ese cabrón engreído.

Lohse comenzó a escuchar atentamente el relato de los infortunios de Von Bergheim, hasta que fue interrumpido por fräulein Volks que traía la aspirina para su jefe. Mientras la joven y voluptuosa secretaria abandonaba el despacho al ritmo de un taconeo sensual, Lohse se volvió para mirarle el trasero. Después, esperó a que su colega se tomase el analgésico y, por último, recuperó con interés el hilo de la historia. Una historia entre muchas, hasta que Von Bergheim mencionó la colección Metz. Entonces, todos sus sentidos se pusieron alerta. Apagó el cigarrillo, se incorporó en el asiento y pretendió seguir mostrando ecuanimidad. Pero se sabía inquieto y, más que escuchar a Georg, lo que hacía era pensar en cómo salvaría la cara ante su amigo. Y es que Lohse era perfectamente consciente de que no gozaba de grandes simpatías entre sus colegas debido a cuestiones como éstas. Más de una vez había metido la pata por andarse con subterfugios y enredos.

Von Bergheim parecía verdaderamente enfadado. Gesticulaba exageradamente, golpeaba la mesa y, en ocasiones, gritaba. Lohse temía su reacción si le contaba la verdad. Sin embargo, se sorprendió a sí mismo descubriendo que estimaba la amistad de Georg más de lo que él creía y decidió que, aunque fuera por una vez en la vida, entonaría el mea culpa.

—Lo que no logro comprender es cómo coño Von Behr se ha podido enterar de lo de la colección Metz.

Aparentemente, Georg había concluido su discurso. El comandante se aflojó el cuello de la camisa y dio un sorbo del vaso de agua que le había traído fräulein Volks. El silencio que siguió apretaba el pescuezo de Lohse impidiéndole hablar; él también se aflojó la corbata como para dar paso a una confesión que no estaba muy seguro de querer dejar escapar.

—Yo se lo dije —reconoció finalmente, sin atreverse a mirarlo a la cara—. Y no sólo eso: le pedí que autorizara la confiscación.

La ira de Georg pareció volatilizarse de repente como un gas en combustión. El silencio tomó su despacho, y el estupor, su rostro.

—Joder, Lohse... Pero ¿por qué?

—Escuché lo que te contaba Dequoy sobre la colección Metz. —Dequoy era el propietario de la casa de subastas—. El mariscal Göring se vuelve loco por la pintura romántica y pensé que era una oportunidad de oro para ofrecerle material de primera calidad. Está al caer una de sus visitas a París y tengo poca cosa para él... Si hubiera sabido que tenías interés en ella, no habría intervenido, te lo aseguro.

—Pero ¡la colección Metz no estaba en situación de abandono! ¡El ERR no puede intervenir! ¡Eso es un robo en toda regla!

—¡Oh, vamos, Von Bergheim! ¿A estas alturas todavía no te has dado cuenta de qué es lo que hacemos aquí? ¿Qué hiciste tú, si no lo mismo, con la colección Bauer?

Lohse había metido el dedo en la herida. Georg aplacó sus iras y, abatido, confesó:

—Ése fue un error de novato que cometí una vez y que juré no volver a cometer. ¿Qué estamos haciendo si arrestamos a las personas para apropiarnos de sus obras de arte? ¡Esto es una jodida perversión, por Dios!

—No son personas, son judíos.

Al comprobar cómo la mirada severa de Georg caía sobre él, Lohse se excusó:

—No lo digo yo. ¿O es que a ti no te obligaron a aprenderte el *Mein Kampf* en Bad Tölz? Los de la *Leibstandarte* no tenéis precisamente fama de buenos chicos...

«La *Leibstandarte* es una unidad militar de élite», se había repetido Georg cientos de veces. Una unidad entrenada para combatir en primera línea, y la realidad del combate es cruel y despiadada. Sin embargo, no podía evitar recordar aquella vez que sorprendió a uno de sus cabos apuntando con la pistola a la nuca de un prisionero inglés arrodillado sobre el fango. La ira le dominó y de una patada le arrebató la pistola, mientras le amenazaba con desterrarle de por vida a un calabozo si volvía a ver algo semejante. Y no se trataba de un caso aislado... La *Leibstandarte* tenía fama de no hacer prisioneros, así lo exigía su comandante, el general Josef Dietrich, un hombre conocido por su rudeza. No estaba de acuerdo con cómo Dietrich comandaba la unidad, por lo que había llegado a plantearse solicitar un traslado a la unidad del general Paul Hausser.

—El *Mein Kampf* es sólo un ideario. Y la guerra... A menudo es el escenario de bajas pasiones fuera de control —intentó defenderse—. Pero entrar en una casa con el uniforme bien planchado y las botas brillantes, con las manos limpias y las uñas cuidadas y llevarse a hombres, mujeres y niños indefensos... Eso es... Eso no puede tener justificación de ningún tipo.

A Lohse le sorprendía la extraña sensibilidad de Von Bergheim con respecto a aquel tema. Von Bergheim era un SS, y las SS se enorgullecían de ese tipo de limpiezas. Para la mayor parte de la gente era algo a lo que se hacía oídos sordos y ojos ciegos. Él mismo tendía a no planteárselo mucho. Aun así, sintió la necesidad de justificarse ante su amigo, como si la postura noble de Georg envileciera la suya, pese a que, hasta ahora, sólo se había manchado las manos de pintura.

—¿Y crees que tú o yo podríamos evitarlo? Yo podría haber dejado estar a los Metz y sus cuadros, y tú a los Bauer y los suyos, pero al mes siguiente los hubieran arrestado por cualquier otro motivo... Te puede gustar más o menos, pero así funcionan las cosas. —Lohse estaba convencido de cuál era la receta para sobrevivir en aquella jungla sin meterse en problemas, y estaba dispuesto a compartirla con su amigo—. Mira, Von Bergheim, si quieres un consejo, ve a lo tuyo, haz tu trabajo lo mejor que sepas y no mires a los lados, porque la mierda siempre se acumula en las esquinas por más que tú mantengas limpio tu camino.

———◦◦◦———

Volver a Illkirch había sido una locura que podía haberle costado a Sarah tener que vérselas con la policía; no sólo en el camino, donde en cualquier momento aparecían agentes que revisaban la documentación en trenes, autobuses y en controles improvisados en la carretera, sino, sobre todo, en el destino. Desde el armisticio, la Alsacia había sido anexionada al Tercer Reich, pertenecía al territorio alemán, por lo que tenía que atravesar una frontera fuertemente vigilada para poder llegar a Estrasburgo. De hecho, las personas que habían huido o las que habían sido evacuadas durante la guerra, tenían prohibido regresar a sus hogares. Por eso, Sarah no tuvo más remedio que atravesar la frontera de forma clandestina, utilizando el mismo paso por el que había escapado hacia París con Jacob: un paso montañoso al sur de la cordillera de los Vosgos.

Nada más llegar a Illkirch, se dirigió a la casa de sus padres, su casa. Cuando la encontró cerrada y abandonada, se sentó frente a la puerta de la entrada, que había sido sellada con una cadena gruesa y un gran candado. Por un momento, su capacidad de pensar se vio anulada; sabía que se dijera lo que se dijese, cualquier pensamiento la conduciría a una realidad que no estaba dispuesta a afrontar. Sólo al ver a una pareja de policías haciendo su ronda calle abajo, sus sentidos se despabilaron y salió corriendo como un animal que huye por instinto. Sarah dirigió sus zancadas hasta la casa del rabino Cohen.

El rabino Ben Cohen, de la sinagoga de Illkirch, abrazó a Sarah en cuanto la vio de pie frente a la puerta de su casa, la estrechó repitiendo su nombre para asegurarse de que no era un fantasma. Desde que la joven había desaparecido aquel horrible día en que la tragedia se cernió sobre la casa de los Bauer, el rabino se había temido lo peor. Volver a tenerla delante era un regalo de Yahvé el Misericordioso. El rabino la hizo entrar y, tomándole las manos con ternura, la obligó a sentarse; no se le había pasado por alto el miedo que demudaba su rostro y que la hacía parecer un ser enajenado.

El rabino Cohen la había visto nacer, como también a sus dos hermanos; la había visto crecer y pasar de ser una niña adorable a una jovencita inteligente, alegre y preciosa.

—He estado en mi casa... ¿Dónde están todos, rabbi? ¿Y mi familia?

Sarah era una buena muchacha judía, amable y caritativa, que no merecía el sufrimiento que la aguardaba; ninguna criatura de Yahvé lo merecía.

—Se los llevaron, querida niña. A tu madre y a tus hermanos. Fue a las pocas semanas de haberse llevado a tu padre.

El rabino consiguió darle la noticia tras reunir un valor que, estaba convencido, sólo podía venir del Cielo. Y quizá también de la fortaleza que había ido forjando en los últimos meses muy a su pesar; unos meses en los que había tenido que presenciar y tratar de aliviar el horror y la desgracia de las familias de la comunidad judía de Illkirch-Graffenstaden. Primero, los alemanes se habían llevado a todos los varones judíos jóvenes, después, a los ancianos y las mujeres y, por último, a los niños... También se habían llevado a los niños. Él mismo era consciente de que tarde o temprano le llegaría su hora, pero estaba preparado para afrontarla si ésa era la voluntad de Yahvé.

—Pero ¿adónde, rabbi? ¿Adónde se los han llevado y por qué? —preguntó Sarah, angustiada.

¿Por qué...? Nadie lo sabía. Nadie podía explicarse por qué se llevaban a sus familiares y amigos, ni por qué los separaban de los suyos y los recluían en campos que parecían prisiones. Nadie entendía por qué después los metían en trenes de carga y los trasladaban a Alemania. Pero circulaban rumores, rumores horribles que el rabino se negaba a creer, y con los que de ninguna manera pensaba envenenar a aquella pobre chiquilla inocente.

—¿Y mi padre? ¿Salió de la cárcel?

El rabino Cohen bajó los ojos. No fue capaz de mirarla a la cara mientras le confesaba que su padre había muerto en las celdas de la Gestapo.

El llanto tiene una suerte de efecto sedante. Después de llorar, Sarah se sintió cansada, muy cansada, y se recostó en el respaldo del sofá. Estaba en Illkirch y, en aquel momento, el saloncito del rabino Ben, con el reloj de cuco y los botes de cerámica alsaciana, el Menorá sobre el aparador y la Mezuzá sobre la jamba de la puerta, se le antojaba lo más parecido a un hogar. El viaje había sido largo, duro y peligroso: había pasado miedo y hambre, se había arañado las piernas con la maleza y quemado el rostro al caminar bajo el sol. Había llegado a Illkirch... donde ya no quedaba nada, sólo el saloncito del rabino Ben, un pequeño pedacito de hogar para la muchacha, un rincón en el que poder cerrar los ojos y dormir.

El rabino cubrió a Sarah con una manta y se fue a preparar un poco de sopa para cuando despertase.

Con el corazón encogido, Sarah empujó la puerta de su casa. El interior estaba en penumbras, la escasa luz que se colaba por las contraventanas apenas era suficiente para un claroscuro. Por un momento, Sarah se quedó paralizada en el umbral, temiendo dar un paso hacia un lugar extrañamente familiar e inquietante a la vez. Le resultaban familiares el espacio y los objetos que, más que ver, recordaba, cada uno en su lugar. También el olor, el olor inconfundible del hogar, el que no es de nadie y es de todos los que habitan en la casa. Pero eran inquietantes el silencio, la oscuridad y el frío, porque jamás habían salido a recibirla cuando, en otros tiempos, entraba por la puerta.

Por fin se decidió a traspasar el umbral, cada uno de sus pasos retumbaban en la quietud del espacio como los tambores de una ejecución. Abrió una de las contraventanas y la luz del exterior se derramó como pintura blanca por el salón. Aunque al frío no supo cómo combatirlo, y era tan intenso que Sarah no podía dejar de temblar, por mucho que se cerrara la chaqueta. Plantada en medio de la sala, tiritaba al tiempo que contemplaba el sillón junto a la ventana donde su madre solía bordar, y que ahora estaba vacío; el piano en el que su hermano aprendía a tocar, ahora mudo; el bote de tabaco del que su padre rellenaba la pipa, abandonado; la mesa sobre la que con su hermana jugaba al ajedrez, desnuda, y la cesta en la que dormía la gata junto a la chimenea...

Cuando le pareció que la luz ya no era blanca ni las sombras negras, sino que un brillo cálido y dorado bañaba la habitación, cuando creyó escuchar risas, conversaciones y la música de un piano, Sarah abandonó el salón con los ojos apretados y la boca contraída, abrazada a sí misma, agarrándose los brazos con tanta fuerza que comenzó a sentir dolor, el mismo que le producía el agujero por el que empezaba a resbalar su corazón. Subió las escaleras tal y como antaño lo hacía, las mismas que llevaban a su habitación y a las del resto de la familia, a los lugares que atesoraban objetos y secretos, muchos sueños y alguna pesadilla.

Su dormitorio seguía cerrado e intacto: los demás estaban abiertos. Asomaba ropa de los cajones, de mamá, de Ruth y de Peter, las prendas que hubieran querido llevarse pero que allí se habían quedado: el suéter favorito de mamá, ese que tanto la abrigaba; la blusa que a Ruth le sentaba tan bien; y el pequeño pijama de cuadros de Peter. Junto a la cama del niño, abandonado en el suelo, vio el osito de peluche, uno viejo, con las orejas desgastadas y la nariz descolorida. Desde que era un bebé, Peter lo llevaba a todas partes y dormía con la mejilla apoyada en su mullida barriga. Muy despacito, notando que de tanto temblar apenas podía flexionar las rodillas, Sarah se agachó a recogerlo y, con muchísimo cuidado, quiso dejarlo sobre la cama de su hermano pequeño; así, cuando Peter regresase, su osito le estaría esperando para dormir... Pero al tenerlo entre las manos y recordarlo en las del niño, Sarah rompió a llorar y se aferró al peluche como si se aferrara a su propio hermanito. Doblada sobre sí misma, atrapándolo en el regazo como un tesoro, Sarah lloró y lloró sin consuelo por todo lo que había quedado vacío, abandonado, desnudo, intacto y mudo en aquella casa antes tan llena de vida. Lloró por el perfume de su madre, aún en el aire; por la fotografía de la familia durante aquella excursión al campo, cubierta de polvo en el aparador; por la colección de papeles de caramelos de Ruth, sin terminar; por el libro que estaba leyendo su padre, cerrado sobre la mesilla de noche, y por el osito de peluche de Peter, olvidado junto a la cama...

—Sarah...

Su nombre pronunciado por aquella voz suave apaciguó el llanto. Lentamente alzó la cabeza y, entre lágrimas, adivinó el rostro de Jacob. Le miró apenas un segundo y de nuevo sus labios volvieron a temblar, pues no había ya remedio para la congoja.

El joven se agachó junto a ella y tímidamente posó las manos sobre sus hombros. Sarah se abrazó desconsolada a él porque abrazar al osito de Peter sólo le causaba más y más dolor.

Sentada en las escaleras del porche de su casa, Sarah contemplaba el jardín: la brisa mecía las flores y las hojas de los sauces. Los gorriones habían anidado en el borde del tejado y el piar hambriento de sus crías amenizaba la tarde. El sol empezaba a ocultarse tras los árboles y unos rayos suaves de atardecer le cerraban los ojos con una caricia; todavía le dolían de tanto llorar.

El abrazo de Jacob y el aire fresco habían logrado serenarla. Apoyada la cabeza en el hombro del muchacho, acariciaba lentamente el peluche ajado del osito y podía decirse que no había vuelto a derramar ni una lágrima desde hacía un buen rato.

Su mente había recuperado, ahora que se hallaba en el punto de partida, los últimos meses de su vida: una montaña rusa de emociones llevadas al límite que desembocaba en sosiego, de tempestades que precedían a la calma. Ya se atrevía a ver con claridad la pesadilla, a reconstruir con coherencia los retazos que todas las noches la acosaban.

Sucedió por la tarde y cuando regresaba de la universidad, como otras muchas tardes. Era viernes, víspera del Sabbat, y toda la casa olía a adafina, el guiso que se cocía a fuego lento para el día siguiente. Parecía un viernes como otro cualquiera... hasta que se oyeron unos golpes desabridos en la puerta. Estaban todos reunidos en el salón y su padre se levantó nervioso. Cuando la doncella abrió, se escuchó claramente una voz grave: «Policía. Queremos ver a herr Bauer».

Como si su padre supiera lo que ocurriría a continuación, como si lo tuviera ya todo preparado, corrió al armario y sacó un abrigo. Para sorpresa y mayor confusión de Sarah, se dirigió hacia ella.

—Toma esto, Sarah, hija. No hay tiempo que perder —la apremió mientras corría el sofá bajo el que se hallaba una trampilla.

Sarah miró a su madre que parecía consciente de todo lo que estaba sucediendo.

—Vamos, hija, baja. Desde aquí abajo encontrarás un túnel que te conducirá fuera de los límites de la casa. Tienes que escapar, Sarah. Escúchame bien. Tienes que llegar a París, a casa de tus tíos.

—Pero, padre... ¿Madre?

—Haz lo que te dice tu padre, hija mía.

Los ojos de su madre empezaban a llenarse de lágrimas y apenas pudo rozarle la mano mientras su padre la empujaba por el hueco que se abría en el suelo.

—El abrigo, Sarah, protégelo con tu vida si hace falta. Cuando estés en París, vete a ver a la condesa de Vandermonde. Ve a verla, Sarah. No dejes de hacerlo, hija. Ella te ayudará... Aquí tienes las señas.

Los ojos de Sarah se abrieron de par en par. Hubiera querido decirle mil cosas a su padre, pero las emociones no le dejaban pronunciar palabra. Desconcertada y asustada, miró cómo su padre deslizaba un papel en el bolsillo del abrigo.

Luego la besó en la frente. Un beso que prolongó todo lo que pudo hasta que se vio obligado a cerrar la trampilla. La imagen de su familia en el marco de aquel agujero fue lo último que Sarah vio. Sus rostros de angustia y desconcierto fue el recuerdo que de ellos se llevó. Después, oscuridad y miedo.

Sobre su cabeza empezaron a golpear las primeras pisadas marciales.

—¿Herr Alfred Bauer? Policía del Reich. Tiene usted que venir con nosotros.

—No sin antes saber de qué se me acusa.

—No es momento de hacer preguntas.

—¡Exijo una explicación! ¡No tienen derecho a esposarme...! ¿Qué significa esto?

—¡Suéltenlo, por el amor de Dios! ¿Adónde se lo llevan? ¡Alfred!

—¡Padre! ¡Padre!

—¡Silencio! ¡Sargento, sáquelos de aquí!

—¡No se atreva a poner las manos en nadie de mi familia!

Entonces, Sarah oyó el ruido inconfundible de una bofetada. Después, a su madre, que gritaba y sollozaba histérica.

—¡Alfred! ¡Alfred!

—*Es reicht!*

Sarah no podía saber lo que estaba sucediendo, apenas si podía intuirlo porque desde su escondite no podía ver, sólo oír. Y no había reconocido ninguna de las voces de aquellos hombres... hasta entonces. Aquel «*Es reicht!* ¡Basta ya!», con el que siempre despertaba de su pesadilla, no lo había pronunciado un desconocido. En cuanto volvió a hablar, Sarah lo identificó sin dudar.

—¡Creí haber dejado muy claro, teniente, que no era necesario emplear la violencia! ¡Quítele ahora mismo las esposas a este hombre! —ordenó Georg von Bergheim.

Nada más. Aquellas palabras y aquella voz fueron lo último

que Sarah escuchó antes de que Jacob apareciera y se la llevara por el túnel, lejos de la casa.

—¿Por qué haría Von Bergheim una cosa así? —pronunció Sarah en voz alta una pregunta que no era para nadie. Había regresado de sus recuerdos a la realidad del atardecer en el jardín.

—Porque es un nazi hijo de puta —contestó Jacob—. Todos lo son.

Sí, tal vez todos lo fueran, convino Sarah. Pero Georg von Bergheim le había parecido diferente desde el principio. Había llegado a casa de los Bauer una mañana de diciembre para entrevistarse con su padre. A partir de entonces, sus visitas habían sido asiduas. En alguna ocasión, Sarah lo había visto atravesar el vestíbulo o se había cruzado con él en el pasillo cuando el comandante se dirigía al despacho a reunirse con su padre. Un día, al pasar frente a la puerta de la biblioteca, lo descubrió admirando algunos de los cuadros de la colección de la familia que colgaban de sus paredes. Estaba de pie frente a una de las pinturas favoritas de Sarah. Sin pensárselo dos veces, entró en la biblioteca y se puso a su lado.

—*La conversión de María Magdalena*, de Artemisia Gentileschi —apuntó Sarah mientras simulaba observar el cuadro como él.

Georg von Bergheim se volvió, sorprendido en un momento de absorta contemplación.

En aquel instante, Sarah, tímida y reservada como era, se arrepintió de aquel arranque de espontaneidad tan poco habitual en ella. Sin saber muy bien qué decir, noto cómo, muy a su pesar, el calor y el color tomaban su rostro por momentos.

Quizá Von Bergheim se había percatado del apuro de la muchacha y con toda naturalidad se limitó a sonreírle y volver a la contemplación del cuadro.

—Es una pintura verdaderamente singular —comentó entonces, sin mirar a Sarah—. En pocas ocasiones he visto a una mujer retratada de tal modo. Transmite arrepentimiento y devoción, pero también una fuerza que no se manifiesta en nada concreto pero que inunda todo el lienzo: en su rostro, en su postura, en toda ella.

Sarah seguía sin atreverse a hablar, pero al mismo tiempo le parecía muy estúpido permanecer callada. Carraspeó para sacudirse la timidez de las cuerdas vocales.

—La mayoría de las mujeres de Artemisia son así. Y la mayoría de sus cuadros son retratos de mujeres —indicó la chica en un hilo de voz.

Von Bergheim la miró por el rabillo del ojo, parecía divertirle la timidez de la chica.

—Una vez me enseñaron que Artemisia Gentileschi fue una pintora del Barroco italiano muy apreciada en su época y que, sin embargo, cayó en el olvido tras su muerte —recordó Georg—. Pero reconozco que no sé mucho más de ella.

—Fue una mujer extraordinaria y una pintora de gran calidad, en absoluto merecedora del olvido al que fue relegada. La fuerza de sus mujeres no es sino reflejo de su propia fuerza, la fuerza de una mujer que al ser deshonrada y engañada por su maestro, tuvo que enfrentarse a una sociedad dominada por hombres para defender su honor —expuso Sarah como contagiada de la fuerza de Artemisia.

Von Bergheim deslizó nuevamente sus ojos desde la Magdalena hacia ella, contemplándola con una curiosidad que a Sarah le resultó tan incómoda como halagadora.

Desde entonces, siempre que Georg von Bergheim acudía a casa de los Bauer, terminaban buscándose de un modo u otro. Los encuentros se habían ido convirtiendo en charlas, y las charlas, en paseos por el jardín helado. Y Sarah había llegado a disfrutar enormemente de aquellas conversaciones sobre arte y de aquellos paseos con el alemán; un nazi hijo de puta...

—Sarah, debemos volver a París —anunció Jacob sacándola de sus recuerdos.

—Tengo que encontrar a mi familia, Jacob. A lo que queda de ella...

—¿Y qué piensas hacer? ¿Presentarte a la policía y preguntar por ellos? Te detendrían a ti también —argumentó el muchacho con su rudeza habitual.

—Tal vez entonces averiguaría dónde están —respondió Sarah, sintiendo que podría volver a llorar.

Jacob estrechó el abrazo para reconfortarla.

—Sé que no hablas en serio. Mira, yo te ayudaré, entre los dos los buscaremos. Pero hay que volver a París. No es seguro quedarse aquí.

Sarah suspiró.

—Y dime, Jacob, ¿es que hay algún lugar seguro en el mundo? ¿Hay algún lugar seguro en este maldito tiempo que nos ha tocado vivir?

No estoy capacitada para esto

Le insinué a Konrad que a la vista del cariz que estaba tomando la investigación yo no estaba capacitada para llevarla a cabo. Puede que fuera una experta en Giorgione y en pintura del Renacimiento, pero aquello no me servía de nada. Lo que él necesitaba era a algún estudioso sobre expolio nazi, alguien que manejara con soltura los archivos de la época, que conociera los entresijos del mercado del arte en aquel momento, que supiera las fuentes a las que acudir. Konrad necesitaba a alguien como el doctor Arnoux. Sin embargo, no quería ni oír hablar de eso.

—Ni lo menciones. Ya sé quiénes son esos de la European Foundation for Looted Art: unos oportunistas. Se están dedicando a desmontar la mayoría de las colecciones privadas y los museos de media Europa porque un tipo de Wisconsin, descendiente colateral en cuarto grado de un judío polaco, llega un día con una foto del tío abuelo y dice que los nazis le robaron su cuadro. ¡No me fastidies! ¡Son hechos que ocurrieron setenta años! ¡Y la gente ha pagado por esos cuadros! Todo lo que quieren es un titular en la prensa. Pero a mi costa no lo van a conseguir, te lo aseguro. Este descubrimiento es mío... Además —anunció después de una pausa dramática—, no me gusta nada la forma en la que ese doctor Arnoux está metiendo las narices en nuestra investigación. No me creo que te ayude por simple amor al arte...

—Sí, a mí también me ha llamado la atención su interés...

—reconocí—. De todos modos —cambié rápidamente de tercio, pues no era eso lo que más me preocupaba— no me veo capacitada para esto, Konrad.

—Claro que sí, *meine Süße*. Tú estás capacitada para lo que te propongas, pero te empeñas en subestimarte. Tienes que tener un poco más de confianza en ti misma.

Tal vez tuviera razón. Quizá, si no fuera por él, no sería más que una conservadora de un pequeño museo local, que llevaría una existencia anodina. Sin embargo, gracias a Konrad había progresado, había mejorado y mi existencia estaba plena de lujos y emociones. Aunque a veces me sintiera como una marioneta, sujeta por unos hilos invisibles a un bastidor que manejaba a su antojo un hombre seguro de sí mismo.

«Muy bien, bonita, y si te sientes manejada por tu alemán, ¿por qué te dejas?», me preguntó un día Teo. «Porque le quiero y me gusta que me maneje», reconocí. Es patético, lo sé, pero vivir a la sombra de Konrad me evitaba tener que tomar las riendas de mi propia vida y darme cuenta de que no tenía ni idea de hacia dónde dirigir los caballos.

Tras su insistencia, me quedé en París, intentando reforzar mi autoconfianza y comprender que si no me sentía capaz de avanzar con la investigación, era porque no me lo había propuesto... Al menos, eso opinaba Konrad.

Entretanto, Teo amenazó con volver a España, alegando que ya había terminado su trabajo y que a mí me veía perder el tiempo de forma lamentable. Aterrorizada ante la idea de quedarme sola, lo convencí para que se quedara un par de días más, sobornándole con unos pases a los desfiles de la colección primavera-verano de Christian Lacroix que me había conseguido mi alemán.

Una tarde, nos fuimos a dar un paseo por el Museo Rodin. Para mí, el Museo Rodin es el sitio perfecto para pasear entre arte con naturalidad y no con la actitud alerta y el ademán escolar que exige por definición la visita a un museo: esa tensión permanente por memorizar artistas, estilos, obras, técnicas e interpretaciones como si nos fuera la vida en ello. Yo, desde luego, soy mucho más feliz desde que paseo por los museos disfrutando del arte como expresión de belleza y no torturándome con el afán académico de sabérmelo todo. Además, el Museo Rodin está rodeado por unos jardines que hacen el paseo más largo y placentero.

Me detuve ante *El beso* porque es de las pocas obras de arte popularizadas —y, por tanto, en muchas ocasiones, sobreexplotadas, ultrajadas y mancilladas— que todavía consiguen producirme escalofríos.

—Este tema está empezando a superarme —le solté de pronto a Teo, sin dejar de contemplar la escultura.

—A mí no me supera, reina, me pone, y mucho. Da igual que sea un beso hetero, el chavalote tiene un cuerpazo...

No pude evitar sonreír aunque le contesté con un codazo.

—No me refiero a la escultura, melón.

—Tía, es que me sueltas las cosas sin venir a cuento...

—Te hablo de la investigación —le aclaré, reanudando el paseo por las salas pero con la intención de buscar la salida al jardín.

—¡Menuda novedad! Cari, la investigación te ha superado desde el principio. Lo tuyo desafía las leyes de la física: eres capaz de avanzar contracorriente simplemente dejándote llevar.

—Lo digo en serio, Teo. No hago más que darle vueltas, pero he llegado a un punto en el que, vaya hacia donde vaya, acabo en un terreno que desconozco por completo. No sé nada de las SS, ni de Himmler, ni de Hitler, ni de nazis, ni de sus miles y complejísimas organizaciones. ¡Y no sé dónde buscar!

—Pídele ayuda a tu amigo el doctor *surfer*. ¿Sabes?, el otro día me preguntaba cómo es posible que esté bronceado el *jodío* en octubre. ¿Serán UVAS? Desde luego, son unos UVAS muy buenos...

—Vale, Teo —le corté sus divagaciones antes de que nos perdiésemos en ellas—. No es mi amigo y, además, no sé... no me fío de él, y Konrad tampoco. Tantas ganas de ayudar son extrañas...

—Creo que los dos estáis paranoicos, cari. Konrad lleva el signo del dólar en las pupilas y no concibe que nadie mueva un dedo sin esperar nada a cambio. Y a ti, querida, te está empezando a pasar lo mismo. Ya se sabe: dos que duermen en el mismo colchón... —Teo dejó el refrán en el aire y una mancha en mi conciencia.

Nos sentamos en la escalinata que daba acceso al jardín. Era una preciosa tarde de principios de otoño, todavía cálida y luminosa, y como era martes, no había demasiados turistas y el jardín estaba tranquilo.

—Además, y a ti qué sus intenciones. Tú sigue sacándole información con malas artes, como has estado haciendo hasta ahora.

—Eso no está bien, Teo. No puedo seguir mintiéndole. Tarde o temprano, me pillará.

—Bueno, hasta que te pille, eso que te has llevado puesto. No seas tonta, cari. ¿Qué tienes que perder?

—La dignidad —respondí medio en broma medio en serio.

—No, perdona, bonita, la dignidad ya la perdiste el día que te vio en chándal, gafas y pelos de punta.

Aquel comentario le valió otro codazo.

—Además, Konrad no quiere, ya te lo he dicho.

—Pues mira, querida. O eso, o le dices a tu alemán que se busque el cuadro él solito, no te queda otra. Además, te digo una cosa, que se la puedes largar de mi parte a tu novio el sabelotodo: el que triunfa no es necesariamente el mejor, sino el que sabe rodearse de los mejores. Así que si quiere triunfar, más le vale dejarte pedir ayuda.

Miré a mi amigo con los ojos y la boca abiertos de par en par.

—¡Teo! Esa frase es demasiado profunda para ti, no es digna de tu frivolidad.

—Calla, que me preocupo. *Forever frivolous!* —exclamó, poniéndose las gafas de sol con muchísimo estilo y alzando la cara al cielo en busca de un bronceado instantáneo.

En un arrebato de amor hacia mi frívolo amigo, pasé los brazos alrededor de su bíceps, tan marcado como el de la escultura que acabábamos de contemplar. Me acurruqué junto a él y apoyé la cabeza en su hombro.

—Le diré tu frase a Konrad, aunque no sé si querrá escucharme... —Suspiré escandalosamente, como si con el suspiro quisiera aliviar todo el peso que llevaba encima—. ¡Cómo odio esto, Teo! No me gusta nada esta investigación, no quiero seguir con ella.

—Entonces, déjala. No entiendo por qué no lo haces, la verdad.

—Porque no quiero defraudar a Konrad. Él hace tanto por mí... Me lo da todo... Para una vez que me pide algo no quiero negárselo, no me parece bien.

Un hombre tremendamente atractivo
y misterioso

Esa misma tarde, me llamó el doctor Arnoux: sin que yo se lo pidiera, había vuelto a encontrar algo interesante para mí. Como me había sugerido Teo, hice lo posible por acallar mis recelos y decidí sacar provecho de su insólito interés olvidándome de sus intenciones, aparentemente dudosas. Hasta que no encontrase la forma de hacer avanzar la investigación por mí misma, me pareció lo más inteligente.

Quedamos para vernos en un pub irlandés del Barrio Latino porque, según el doctor Arnoux, su despacho era un sitio demasiado feo y desordenado como para tener una charla agradable. Y, la verdad, no le faltaba razón.

The Four-Leaf Clover era el típico pub irlandés que a modo de franquicia proliferaba en todas las ciudades del mundo con una estética tan marcada como la de un McDonald's. Lo mejor era que estaba muy cerca de mi apartamento, en una calle peatonal estrecha que me llamó la atención porque todavía conservaba el pavimento empedrado de aspecto medieval. Eran las siete de la tarde y el local comenzaba a llenarse de gente que acudía a tomar una copa después del trabajo. Una pantalla gigantesca, de esas de un montón de pulgadas, ofrecía las imágenes en diferido de un partido de rugby, Gales contra Francia, y entre el ruido de las conversaciones se escuchaba «Where the streets have no name» de U2. Al final de la barra, bajo un cartel de Guinness, localicé al doctor Arnoux.

—Siento el retraso. Me he confundido de calle...

—No te preocupes. Sólo llevo aquí cinco minutos. ¿Qué vas a tomar?

Me acomodé en uno de los taburetes altos de madera y eché un vistazo a su bebida: cerveza. No me apetecía mucho una cerveza así que opté por lo que uno toma cuando en realidad no quiere nada en concreto.

—Una Coca-Cola, por favor.

Mientras el doctor Arnoux se la pedía al camarero, coloqué el bolso en mi regazo, lo abrí, busqué el móvil, comprobé que no me había llamado nadie en los últimos diez minutos y lo volví a guardar... Estaba nerviosa; el silencio me inquietaba, me parecía que nos dejaba a ambos al descubierto, y empezar hablando del tiempo se me antojaba patético. Entretanto, Alain cogió la chaqueta que había dejado en el asiento de al lado y empezó a rebuscar en uno de sus bolsillos.

—Para ti —anunció, tendiéndome un sobre.

Lo abrí. Me encontré con una fotografía en blanco y negro de cuatro hombres en lo que parecía un despacho, que examinaban en torno a una mesa un gran libro. Enseguida reconocí a uno de ellos.

—¿Hermann Göring? —quise confirmar. Mi tono de voz no estuvo exento de sorpresa: ¿por qué podría a mí interesarme una fotografía de Göring?

El doctor Arnoux asintió después de beber un trago de cerveza y empezó a señalar con el dedo sobre la foto.

—Hermann Göring, Kurt von Behr, Bruno Lohse y... tu amigo Georg von Bergheim.

Aquella revelación me cogió por sorpresa.

—¿En serio?

Por un momento aparté los ojos de la fotografía para mirarle a él y mostrarle lo emocionante que me resultaba aquello. Después, como el lugar no era muy luminoso, me acodé sobre la barra para acercar la fotografía a la luz de uno de los focos, teniendo cuidado de no mancharla con los rodales pegajosos de los vasos.

—La semana pasada me llamó una periodista que está preparando un artículo sobre Bruno Lohse para pedirme fotos suyas. En el archivo del ministerio hay un fondo de fotografías del Arbeitsgruppe Louvre, así que ayer estuve rebuscando y mira tú por dónde aparece esto. Fue tomada en el Jeu de Paume, en agosto de 1942, durante una de las visitas de Göring a París. Aquí está el *Reichsmarschall* examinando un catálogo y todos los demás haciéndole la pelota.

—¡Qué pasada! —no fui muy académica al expresarme, pero me salió espontáneamente.

Enfoqué la mirada sólo en Von Bergheim. Por desgracia, no se le veía muy bien. Era una figura pequeña, semioculta entre Lohse y Von Behr, que en lugar de mirar a la cámara parecía concentrado en el catálogo, con lo que apenas se distinguía su rostro.

—No es muy buena, lo sé. —El doctor Arnoux parecía haberme leído el pensamiento—. Por eso te he traído esto otro...

¿Otro sobre? Le miré con el ceño fruncido: ¿en qué consistía aquel juego de sobres?

Lo tomé, lo abrí y, de nuevo, descubrí otra fotografía. Pero inmediatamente me di cuenta de que aquélla era bien distinta a la anterior.

—Ahora sí: aquí tienes a Georg von Bergheim —me anunció con orgullo.

El impacto de la imagen me había dejado conmocionada.

Se trataba de una típica fotografía antigua, de las de granulado gordo y grandes contrastes de luces y sombras en blanco y negro. El hombre del retrato, tomado en un primer plano, era joven, más de lo que yo esperaba de un comandante de las SS, vestía uniforme militar y, nada más verlo, su imagen me recordó a la de las estrellas de Hollywood de los años cuarenta. No sé si se debía al uniforme o a la expresión solemne de su rostro, pero todo él transmitía fortaleza y decisión. Sin embargo, lo que más me impresionó fue mirar a Georg von Bergheim a los ojos: incluso a través del tiempo y del papel, su mirada me dijo muchas cosas. Aunque su semblante era serio, la mirada de Von Bergheim resultaba afable, y a pesar de que tenía unos ojos grandes y luminosos, algo en ellos, tal vez las finas arrugas de los extremos o la forma en que caían sus párpados, le daba un aire de tristeza, quizá de cansancio.

Aquellos segundos que contemplé a Von Bergheim a los ojos fueron... inexplicables. El tiempo y el espacio dejaron de tener sentido: como si no hubieran transcurrido setenta años y un abismo de historia entre nosotros, experimenté una conexión familiar y cercana con aquel hombre, en realidad extraño, de la fotografía.

—Bueno, ¿qué te parece?

La voz del doctor Arnoux me sobresaltó, me sacó del trance casi hipnótico en el que había entrado al calor de la mirada de Von Bergheim. De nuevo volví a escuchar la música de U2 y las conversaciones en francés a mi alrededor.

—Es increíble —murmuré aún extasiada—. ¿Dónde la has conseguido?

—Cuando encontré la otra fotografía, la del Jeu de Paume, caí en la cuenta de que si en el archivo de la Shoah tenían una copia del registro de personal del ERR completo que hay en Berlín, seguramente tuvieran también una copia de las fotografías adjuntas a las fichas de personal. La chica que lleva el archivo es amiga mía, por lo que la llamé y me confirmó que así era. No sólo me ha permitido consultarlo, además, me ha dejado sacar una copia de la foto, así te la puedes quedar.

—Muchas gracias. —Le sonreí y mi sonrisa fue aún más explícita que mis palabras.

—No hay de qué. Lo mejor es la cantidad de cosas que te puede decir esta fotografía...

De eso estaba segura, aunque las cosas que ya me había dicho no eran las mismas a las que se refería el doctor Arnoux.

—¿Qué uniforme lleva puesto?

El doctor Arnoux se acercó para contemplar el retrato más de cerca.

—Es el uniforme de las SS; Waffen-SS. El ala militar —alzó la voz para hacerse oír entre una muchedumbre cada vez más numerosa y ruidosa, y una música que poco a poco sonaba más alto para no ser anulada por el gentío.

En aquel momento, un chico, que entre apretujones luchaba por sentarse en el taburete de mi lado, le dio un codazo sin querer a la Coca-Cola y, al derramarse, casi moja la fotografía.

—Mejor nos vamos de aquí —anunció el doctor Arnoux mientras sacaba un billete de veinte euros para pagar—. ¿Te gusta la comida japonesa? —Asentí—. No muy lejos de aquí hay un restaurante que sirve el mejor sushi de París.

La comida japonesa era una de mis preferidas, de hecho, podría alimentarme de sushi sin llegar a cansarme nunca. Y el doctor Arnoux tenía razón: en Okaido, que así se llamaba el restaurante, probé uno de los mejores sushi de atún que había tomado nunca y un roll en tempura insuperable.

—Durante la Ocupación, en este mismo local estuvo el Margaret, un *Wehrmacht Spieselokale*, un restaurante de la Wehrmacht, el ejército alemán —me instruyó a modo de anécdota.

Cuanto más le conocía, más me daba cuenta de que era un experto en la Alemania nazi y de que era la persona que necesitaba en la investigación, lo cual me generaba una ansiedad que iba en aumento.

Ya en la tranquilidad zen y minimalista del restaurante y su música de acordes orientales, volví a sacar la fotografía de Von Bergheim.

—¿Cómo puedes saber que el uniforme es de las SS? —le pregunté por curiosidad.

—Primero por la gorra: sólo las de las SS llevaban arriba el águila y abajo el *Totenkopf*, la calavera. Después, por los parches del cuello. Especialmente el de la derecha, con las dos runas *sig*:

las dos eses que parecen rayos y que son tan características de las SS. A partir del parche de la izquierda, con cuatro rombos, y las hombreras trenzadas en hilo de plata, se sabe su rango: *Sturmbannführer,* comandante.

—Pero yo pensé que las SS llevaban esos uniformes negros tan bonitos, con la banda roja de la esvástica en el brazo —objeté—. Una vez leí en una revista de chicas que los había diseñado Hugo Boss.

El doctor Arnoux, que ya durante la cena había vuelto a ser Alain para mí, sonrió.

—Y es cierto: Hugo Boss los diseñó. Tú y la mayor parte de los que hemos visto las películas de la Segunda Guerra Mundial tenemos esa imagen de los nazis. Es la que ha creado Hollywood porque hay que reconocer que el uniforme negro es mucho más teatral. Pero la realidad es que sólo se usó hasta el año 1939. Una vez que empezó la guerra, por razones prácticas, fueron adoptando el uniforme verdigris, más parecido al que llevaba la Wehrmacht.

Cuando nombró a la Wehrmacht, me di cuenta de que estaba hecha un lío.

—Lo que no entiendo muy bien es si Von Bergheim es militar o no. Porque si tú dices que la Wehrmacht es el ejército, pero él es SS... ¿Es lo mismo?

—No, no es lo mismo. Efectivamente, la Wehrmacht es el ejército alemán. SS es el acrónimo de *Schutzstaffel,* que literalmente significa escuadrón de defensa porque en su origen era la guardia personal de Hitler, pero posteriormente evolucionó hasta convertirse en una organización paramilitar muy compleja y con un enorme poder. Las SS se dividían en una rama política, Algemeine-SS, y una rama militar, Waffen-SS, que se integraron con la Wehrmacht para combatir en el frente, aunque operativamente dependían de mandos separados. Por lo tanto, Von Bergheim sí es en cierto modo un militar: recibió formación castrense y luchó en la guerra. Además, fue un héroe. ¿Ves? —Indicó con el dedo una cruz que pendía de su cuello—. Es la

Cruz de Hierro, en concreto la Cruz de Caballero de la Cruz de Hierro, que fue una condecoración instituida por Hitler para premiar hazañas de valor extremo frente al enemigo. Se concedieron muy pocas durante toda la guerra, algo más de siete mil.

—Qué bonita es... —murmuré pasando el dedo por encima de la foto.

—El centro es de hierro y el borde de plata. El relieve es la esvástica y la fecha, 1939, es la de la institución de la condecoración. La cinta que la sujeta al cuello es negra, blanca y roja, los colores del Tercer Reich —se explayó Alain ante mi interés—. Además, Von Bergheim perteneció a un cuerpo de élite de las Waffen-SS, la *Leibstandarten-SS Adolf Hitler*.

No pude evitar reírme: parecía de guasa que sacase tanta información de una simple foto.

—¡Por Dios! ¿Cómo sabes eso?

—Por este parche de la manga con una cabeza de águila y las iniciales de Hitler. Era el del regimiento.

Seguí contemplando la foto en silencio mientras Alain hacía una pausa a su erudición y atrapaba entre los palillos un *nigiri* de atún.

—¿Por qué apartarían lejos del frente a un militar de élite y héroe de guerra? —pensé en alto.

Alain dio un sorbo de sake para terminar de tragar el *nigiri* y me sonrió: él sabía algo que yo no sabía.

—Tal vez el propio Von Bergheim nos dé una pista...

—¿Qué quieres decir?

—Cuando vi la foto por primera vez, me llamó la atención una de las insignias que lleva en el uniforme y que pasa desapercibida entre las muchas de *Leibstandarten*, *Panzerdivision* y demás. —Alain se limpió las manos con la servilleta y volvió a señalar en la fotografía—. Ésta...

Se trataba de un pequeño broche con un símbolo parecido a una Y con un tercer brazo en el centro.

—Es la runa *leben* que, junto con el Irminsul, o el árbol de la vida de la tradición sajona, fueron los símbolos usados por la Ahnenerbe.

El nombre me resultaba familiar.

—Sí, recuerdo haber visto algo sobre la Ahnenerbe en internet...

—Fue un instituto de estudios científicos e históricos que Himmler constituyó en 1935, primeramente como sociedad privada, pero a partir de 1942 quedó integrado en las SS. Aunque en su origen investigaban las raíces germánicas y arias, acabó teniendo más de cuarenta departamentos especializados que abarcaban desde musicología, filosofía o arqueología hasta experimentos científicos con seres humanos en campos de concentración.

—¡Qué horror! —Me estremecí con la idea y recordé lo poco que sabía sobre las atrocidades pseudomédicas de nazis como Josef Mengele o Aribet Heim, el llamado Doctor Muerte.

Queriendo ahuyentar los malos pensamientos, me concentré en la parte más novelesca del tema:

—Como a la mayoría, a mí la Ahnenerbe me suena por haber organizado las expediciones al Tíbet, a la Antártida..., o por buscar el Santo Grial y el Arca de la Alianza —sonreí un tanto avergonzada de mi cultura de Hollywood.

Pero Alain fue indulgente y, sin recrearse en ello, continuó con sus explicaciones.

—La Ahnenerbe investigó sobre muchos otros objetos mágicos, así llamados porque tanto Himmler como Hitler, en última instancia, creían que aquellas reliquias arqueológicas estaban dotadas de poderes sobrenaturales que les ayudarían a ganar la guerra y fundar un Estado ario en Europa cuyo centro espiritual sería el castillo de Wewelsburg...

—¿Wewelsburg? —interrumpí a Alain—. La carta de Von Bergheim está fechada en Wewelsburg...

Estaba tan absorta en lo que escuchaba, que hablé de más sin darme cuenta. Inmediatamente me arrepentí de mi impulsividad y me llamé idiota por haberme ido de la lengua con una información que no sabía cómo Alain podría utilizar.

Con ademán escénico, su mirada se volvió enigmática. Y yo volví a llamarme idiota.

—Esto se pone interesante... Wewelsburg era y sigue siendo un lugar misterioso; el santuario particular de Himmler. Allí sólo acudían los elegidos, aquellos que gozaban del favor del *Reichsführer*. Para empezar, no es habitual portar la runa *leben*, no todos los miembros de la Ahnenerbe la llevaban porque no solían identificarse con ninguna insignia en particular.

—Crees que... —empecé tímidamente, sin atreverme a aventurar hipótesis que de buenas a primeras parecían tan peliculeras como mi cultura nazi y que, en realidad, no quería compartir con alguien en quien no terminaba de confiar.

—¡Ánimo!, no tengas miedo de especular. No hay ciencia sin hipótesis.

—No... no importa —reculé y me tomé un sushi de un bocado, lo que me dejaba sin opción de pronunciar palabra.

—Ya sé que quizá suena descabellado —continuó Alain por mí—, pero si sumamos uno más uno, o Von Bergheim más la Ahnenerbe... Algo muy importante le había traído a París. Algo tan importante como para apartar a un militar de élite del frente. Algo mágico, tal vez...

El tono de Alain era jocoso, pero a mí casi se me atraganta el sushi. ¿Qué demonios estaba buscando Georg von Bergheim? ¿Qué demonios era en realidad *El Astrólogo* de Giorgione?

—Ya te lo dije el otro día —añadió—. Tu *Sturmbannführer* Von Bergheim no era un nazi cualquiera. Él mismo te lo está diciendo...

Volví a mirar a la cara al hombre de la fotografía. Aquel nazi se había convertido de pronto en mi aliado. La idea debía disgustarme, pero lo cierto era que me sentía morbosamente fascinada por él, porque además de ser un nazi, vil por definición, era un hombre tremendamente atractivo y misterioso.

Guardé la foto de Von Bergheim en la cartera, como si tuviera un novio en la mili, y también la escaneé por si la perdía, y hasta la puse de fondo de escritorio en el portátil; cada vez que lo encendía, Von Bergheim me saludaba y nos poníamos a trabajar.

De un día para otro, la investigación había adquirido una nueva dimensión para mí, había encontrado la motivación y la decisión que me faltaban para llevarla a cabo. Y siendo sincera conmigo misma, debía reconocer que lo que me tenía absolutamente intrigada no era la existencia —improbable— y el paradero —difícilmente accesible— de *El Astrólogo*, sino el propio Von Bergheim. Aquel hombre había saltado setenta años en el tiempo para susurrarme al oído enigmas sobre él mismo que estaba deseando desvelar, me había hechizado desde la pose fría e inmóvil de una fotografía, con su halo de héroe y con la sensibilidad que se intuía entre las líneas de su carta, la cual volví a releer una y otra vez con la misma devoción que si hubiera sido yo misma la destinataria.

Descubrir quién era en realidad Georg von Bergheim me obsesionaba y me tenía pegada a la pantalla del portátil de la mañana a la noche. Incluso Teo me hizo una observación un día:

—Cari, estás obsesiva compulsiva perdida. No paras ni para comer. Parece que estás enamorada del tío antiguo este.

—Es que lo estoy, Teo.

Respondí aquello sin meditarlo. Pero, sí, tal vez estuviera enamorada de Georg von Bergheim. Enamorada de lo poco que de él sabía y de lo mucho que me ocultaba. Me había enamorado como quien se enamora de una persona con la que se cruza una vez por la calle, o de un actor de cine al que se contempla a través de los personajes de sus películas, o del protagonista de una novela al que se conoce a través de las palabras de su escritor. Enamorada de un desconocido. Y, de pronto, comprendí que el motor de la investigación se había puesto en marcha a través de mi amor platónico por un oficial de las SS.

Completando la biografía
de Georg von Bergheim

Tienes que partir de cada una de las medallas, insignias, identificaciones y hasta de cada uno de los hilos de la tela de su uniforme. Del color de sus ojos o de una cicatriz en la mejilla. Todo tiene un cómo y un porqué, todo te habla de él.» Con aquellas recomendaciones se había despedido el doctor Arnoux de mí a la salida del restaurante japonés. Con eso y una clave: el Bundesarchiv, el archivo histórico alemán. En realidad, Alain no había hecho más que animarme a hacer lo que tenía que haber hecho desde un principio si hubiera enfocado bien aquella investigación.

El fondo documental del Bundesarchiv se reparte entre tres emplazamientos: Berlín, Coblenza y Friburgo. Sin embargo, me aconsejó empezar por el Militärarchiv en Friburgo, donde había un fondo específico para las Waffen-SS. Además, según me indicó, el archivo de Berlín tenía una orientación más política y el fondo documental de Coblenza relativo a las actividades del ERR en Francia estaba casi totalmente replicado en el archivo del Memorial de la Shoah en París.

Siguiendo sus consejos, remití la solicitud reglamentaria para poder visitar el Militärarchiv de Friburgo y me citaron en un plazo relativamente corto. Un lunes cogí el primer vuelo que salía desde el Charles de Gaulle hacia Friburgo a las nueve de la mañana.

Una vez en el Bundesarchiv-Militärarchiv de Friburgo, un maravilloso archivo totalmente informatizado, fácil y rápido de consultar, fui completando la biografía de Georg von Bergheim. No tardé en acceder a un informe elaborado por las SS con todo su historial, desde su nacimiento hasta el año 1941, fecha en la que pasó a ser militar en la reserva a causa de las graves heridas sufridas en el frente, las mismas que le habían hecho merecedor de la Cruz de Caballero de la Cruz de Hierro y del distintivo de plata de herido en combate. Había descubierto también que Von Bergheim era asimismo doctor en Historia del Arte e incluso se adjuntaba el título de su tesis doctoral. Todas aquellas piezas encajaban a la perfección: se trataba de la respuesta obvia a la pregunta de por qué Hitler le había escogido para localizar *El Astrólogo*. Sin duda, yo también lo hubiera elegido.

En un par de días, conseguí recopilar fotografías, certificados académicos, militares y de las condecoraciones que se le habían otorgado, su certificado de matrimonio, e incluso el informe de la investigación que se había hecho a su futura mujer, Elsie Kirch, para garantizar la pureza aria de la que habría de ser esposa de un oficial de las SS. Al final del segundo día, ya sólo me quedaba un misterio por resolver en la vida de Von Bergheim: por qué su rastro se extinguía en 1943, fecha en la que, según decía Bruno Lohse y confirmaba su ficha del ERR, se marchó a Alemania reclamado por Himmler.

En el iPod sonaba «The Scientist» de Coldplay, en la voz aguda de Chris Martin. En la pantalla del ordenador había quedado fija la imagen del distintivo de herido en combate: una corona de laurel rodeando un casco militar adornado con la cruz gamada sobre dos espadas cruzadas. El distintivo de plata se otorgaba por recibir tres o cuatro heridas, por la pérdida de algún miembro o por lesión cerebral. No podía dejar de preguntarme con qué tipo de heridas habría tenido que pagar Georg von Bergheim ese distintivo, no podía dejar de sentir curiosidad sobre por qué no encontraba nada sobre él a partir de 1943.

De repente, alguien me cubrió los ojos con las manos. Unas manos grandes y suaves. Me volví.

—Georg...

Escucharme a mí misma pronunciando semejante sandez fue lo que me sacó de mi ensimismamiento con la misma eficacia que un chorro de agua fría. No sin antes llamarme idiota, rectifiqué:

—¡Konrad! Pero...

—¿Me cruzo el Atlántico sólo para venir a verte y tú me recibes llamándome por el nombre de otro?

Me levanté para abrazarle. Su cuello perfumado con Eau d'Orange Verte de Hermès, su fragancia preferida, me devolvió poco a poco al presente como un elixir.

—Pero ¿tú no estabas en Nueva York? —le pregunté entre besos.

—Estaba. Hasta que he decidido adelantar mi vuelta porque llevaba demasiado tiempo sin ti.

Konrad se separó un poco para poder mirarme a la cara.

—Estás preciosa, *meine Süße*... Pero tu aspecto es muy descuidado.

No me había detenido a pensarlo, pero estaba segura de que Konrad no mentía. Llevaba allí encerrada un montón de horas, mi ropa estaría sobada, mi cara habría tomado el color de las luces blancas de neón y, como después de mucho mirar la pantalla del ordenador las lentillas me molestaban, me las había cambiado por las gafas.

—Ay, Konrad —suspiré desalentada—. ¿Qué quieres, si llevo trabajando casi diez horas sin parar? —Sólo al protestar me di cuenta de lo cansada que estaba.

Lo más indignante de aquella situación era que Konrad, después de un vuelo más largo que las diez horas que yo llevaba trabajando estaba tan impecable como siempre.

Me besó en los labios y volvió a abrazarme.

—¿Y bien? ¿Cuántas cosas has averiguado ya sobre *El Astrólogo*?

—Bueno... —remoloneé, pues no había hecho los deberes—. De *El Astrólogo* aún no tengo muchos datos. Pero ¡mira!, ¡mira todo lo que he averiguado sobre el comandante Von Bergheim!

Entusiasmada con la idea de contarle todos mis descubrimientos acerca de Von Bergheim, me puse a buscar mis anotaciones con energías renovadas. Pero me detuvo con otro abrazo por la espalda.

—No, *meine Süße*. Ahora no. Hablaremos de ello en otro momento. Ya está bien de trabajo por hoy.

Me puse de puntillas para que mis ojos estuvieran a la altura de los suyos y poder acariciarle cómodamente el pelo.

—¿Vas a invitarme a cenar? —le pregunté cariñosa.

Konrad negó con la cabeza.

—Nos vamos a ir al hotel. Voy a prepararte el baño y a pedir una cena rápida, porque lo único que quiero es que nos vayamos a la cama cuanto antes. —Su voz sensual y sus manos sobre mis nalgas me convencieron de que no era precisamente en dormir en lo que estaba pensando.

A la mañana siguiente, nos despedimos en el hall del hotel. Konrad regresaba a Madrid para reincorporarse al ritmo frenético que le imponía su agenda; yo tenía que volver a la sala de estudio silenciosa e impersonal del Militärarchiv. Me colgué de su cuello como un niño en su primer día de colegio y lo llené de besos hasta que la puerta del taxi se interpuso entre nosotros. Me habría gustado que se hubiera quedado conmigo, pero ni siquiera se lo insinué: ya había tenido un hueco en su agenda; al pasar página, no había sitio para mí hasta la próxima cita.

Algo mustia por el abandono después de haber pasado una noche de vino y rosas, un poco deprimida por la naturaleza solitaria de mi trabajo, continué con el rastreo por las bases de datos del Militärarchiv.

No la encontré en buen momento. No estaba de humor para aquello. La declaración de fallecimiento del *SS-Sturmbannführer* Georg von Bergheim, fechada en septiembre de 1946, fue el detonante de una explosión de emociones contenidas. Al mismo tiempo en que mis ojos recorrían la pantalla del ordenador casi con movimientos REM y me esforzaba en traducir del alemán al ritmo en que leía, noté que se me iba haciendo un nudo en la garganta y que paulatinamente se me nublaba la vista. Unas lágrimas vergonzantes rodaron por mis mejillas iluminadas a la luz del monitor. «Cari, te advierto que me preocupas. Estás fatal de lo tuyo», fue el diagnóstico de Teo cuando le relaté por teléfono el motivo de mi congoja.

Al finalizar la guerra, Georg von Bergheim había muerto.

Aquella certeza, además de descorazonada, me dejaba al final de un callejón sin salida. Georg von Bergheim había muerto sin revelarme nada sobre *El Astrólogo*.

Me dejé caer sobre la silla de la sala donde realizaba las consultas al archivo. Apagué el iPod y eché un vistazo al reloj: sólo me quedaban cuatro horas para agotar el plazo que el Bundesarchiv había concedido a mi investigación. Si abandonaba Friburgo con las cosas en el estado en el que se hallaban entonces, todo habría acabado; la investigación habría fracasado. Y lo cierto era que Georg von Bergheim, mi exclusivo colaborador, mi único aliciente, ya no podía darme más pistas. No podía ayudarme más porque Georg von Bergheim había muerto.

Busqué en la BlackBerry un número de la agenda, ese número al que debería haber asignado el nombre de SOS, es decir, el del móvil de Alain Arnoux. Di a la tecla de llamar y esperé pacientemente a oír su voz. Tal era mi ansiedad, que me precipité a hablar cuando noté que descolgaban, pero sólo se trataba del contestador: «Éste es el buzón de voz de Alain Arnoux. Por favor, deje su mensaje después de oír la señal. Piiiiii».

Y colgué. Probé a llamarle a la universidad, pero la señorita de la centralita me informó de que no contestaban en su despacho. Hice lo mismo en la European Foundation for Looted Art, y obtuve la misma respuesta. Lo intenté con el teléfono fijo de su casa, pero allí tampoco estaba. Finalmente, volví a darle otra oportunidad al móvil y su buzón de voz volvió a invitarme a que le dejara un mensaje.

La BlackBerry pagó las consecuencias de mi falta de tino cuando, harta de no dar con Alain, la arrojé contra la mesa y se abrió la tapa de la batería. Enterré la cara entre las manos, desesperada. Resultaba irónico que pocas semanas atrás estuviera deseando encontrar una mínima excusa que me permitiera dejar de lado la investigación, cuando en aquel momento pensar en abandonarla sólo me generaba rabia y frustración. Me froté las sienes, me retiré el pelo de la cara, resoplé y observé de nuevo la foto de Georg von Bergheim. Había muerto, vale, pero no quería dejarlo así.

Tras unos segundos contemplando su rostro serio, alguna de mis neuronas debió de encontrar la inspiración necesaria para conectarse con otra y juntas hallar una forma de volver a poner la máquina en movimiento. Hasta entonces, el nombre de Von Bergheim no me había conducido a nada que estuviera ni remotamente cercano a *El Astrólogo*, pero... ¿y su número?

En la Alemania de la Segunda Guerra Mundial, una persona era identificable tanto o más por un número como por un nombre. Durante mi investigación había encontrado dos números que identificaban a Georg von Bergheim: el número de afiliación al NSDAP (el Partido Nacional Socialista) y el número de SS. Y si probaba a...

—No quiero hacerme ilusiones —murmuré en voz alta, casi como una loca, mientras rebuscaba nerviosamente entre mis notas—, pero, mi querido Georg... ¿y si meto tu número de SS en la base de datos? Puede que sea una pérdida de tiempo o puede que no. De todas formas, no tengo otra opción mejor...

Por fin, localicé el número y tecleé sus seis dígitos en el ordenador. Esperé unos segundos mientras el sistema trabajaba, hasta que me presentó el resultado de mi consulta: una larga lista de todos los documentos almacenados en el Bundesarchiv en los que aparecía el número de SS que yo acababa de introducir. Allí había de todo: registros, informes, expedientes... Mi vista recorrió las referencias con rapidez y, de pronto, algo llamó mi atención: *Schreiben*, carta. Mi pulso se aceleró. No por el hecho de ser una misiva, sino porque pertenecía a la sección Ahnenerbe y porque su remitente y su destinatario eran, respectivamente, Adolf Hitler y Heinrich Himmler.

—Dios mío, Dios mío, Dios mío... —farfullé sin quitar la vista de la referencia por temor a haber leído mal. ¡Era la primera vez que lograba conectar a Von Bergheim con Hitler!

Sin perder un segundo, fui a hacerme con el documento.

Al *Reichsführer-SS* y jefe de la Policía, Heinrich Himmler
Querido camarada:
Considerando el informe con fecha 15 de octubre de 1941, autorizo que el oficial SS con número 634.976 sea asignado a la Operación Esmeralda.

A tal efecto, he dado ya las órdenes pertinentes a las oficinas centrales del Eisantzstab Reichsleiter Rosenberg de Berlín para que le sea remitido el dossier Delmédigo a la mayor brevedad posible.

Führerhauptquartiere
17 de octubre de 1941

Der Führer,
Adolf Hitler

Había guardado la copia microfilmada de la carta como un tesoro, la había leído y releído varias veces, había subrayado lo más importante y había llegado a perder la noción del tiempo hasta que una empleada de la sala de lectura anunció que quedaban quince minutos para el cierre del archivo. No me había dado cuenta, pero fuera ya había anochecido y la sala se había ido quedando vacía; solitaria, aún parecía más fría y más impersonal de lo habitual; con su mobiliario funcional, su moqueta azul, su luz blanca y su perchero de bolas metálicas desnudo, no invitaba a quedarse allí por mucho tiempo...

Sonreí satisfecha porque ya tenía mi premio, y empecé a recoger el portátil, los papeles y todo el material que había desparramado en mi puesto de consulta. En una esquina de la mesa, el teléfono vibró de repente. Me sobresalté al oír que el móvil se arrastraba sobre la madera, parecía un gruñido en el silencio de la sala. Lo apagué precipitadamente y pulsé la tecla para leer el mensaje:

Laß mich ruhe in Frieden. Georg von Bergheim.

«Déjeme descansar en paz... Georg von Bergheim.» Un escalofrío recorrió mi cuerpo y se me erizó la piel bajo la ropa. ¿Qué clase de broma de mal gusto era aquélla?

Agosto, 1942

El *Reichsmarschall* Hermann Göring visitó el Jeu de Paume de
París al menos veinte veces para seleccionar obras de arte desti-
nadas a su colección particular de Carinhall. En una sola de esas
visitas, se llevó a Alemania cuarenta cuadros, entre los que se
contaban un Rembrandt, dos Goya y un Vermeer.

Georg von Bergheim colgó el teléfono y se reclinó sobre el
respaldo de su asiento. Trataba de ordenar sus ideas, pero
su mente al final de la jornada era una máquina sin engrasar. Se
levantó y se dirigió a la ventana en busca de un poco de aire fresco, la vista y el perfume de la vegetación del jardín de las Tullerías le alivió; empezaba a anochecer y era como si la naturaleza
se desperezase y bostezase aromas de tierra mojada y hierba recién cortada. Georg aspiró profundamente para colmarse de
ellos y luego soltó un suspiro prolongado.

Acababa de hablar con el jefe de policía de Estrasburgo. Según el chivatazo de un vecino, Sarah Bauer estaba en Illkirch, en
casa de sus padres. Sin embargo, cuando la policía se había
aproximado para registrar la zona, no quedaba rastro de la chica.

Estaba casi convencido de que la hija de los Bauer se encontraba en París. Era lo único que habían podido sonsacar a su padre en el interrogatorio; herr Bauer podría haber mentido para
proteger a su hija, pero Georg no lo creía: tenía un presentimien-

to extraño, especialmente después del desolador recorrido por la casa de los Metz... Sí, sentía la corazonada de que Sarah había estado allí. Aunque era probable que esa ave de rapiña de Von Behr hubiera conseguido lo que él había estado tratando de evitar: espantar a la chica con su pico retorcido y sus garras afiladas.

De pronto, notó cierta angustia en la boca del estómago, angustia pero también anhelo, un deseo irrefrenable de escapar de allí, de abandonar ese asqueroso mundo de burócratas y arribistas, de gentuza con las manos llenas de tanto robar y los zapatos sucios de tanto caminar entre la mierda. Sintió la necesidad casi física de volver al frente y a la vida militar, de experimentar de nuevo los valores del honor, la lealtad y la camaradería que sólo había experimentado en su regimiento, cuando la vida estaba en juego.

Amargamente, como el silencio que emanaba de las calles del París ocupado tras el toque de queda, Georg se preguntó cómo diablos había podido acabar metido en aquel asunto... La respuesta a su pregunta llegó en modo de repiqueteo rítmico y constante, como el de un pico en una cantera... El jardín de las Tullerías empezó a desdibujarse ante sus ojos a medida que aparecían vívidas las imágenes de los bosques de Paderborn, en Westfalia.

Georg empezó a recordar su visita a Wewelsburg y, de pronto, le pareció estar escuchando un martilleo, un aullido de sierra radial y el rugido de un taladro... Las obras de reforma no habían cesado en el castillo de Wewelsburg desde que el *Reichsführer* Himmler lo adquiriese en 1934.

Durante los primeros minutos de su estancia en aquel lugar, había pensado que sería horrible tener que trabajar de esa manera. Después, había sonreído para sí mismo al caer en la cuenta de que él también había trabajado bajo el fragor constante y atronador del fuego enemigo. Ese mismo ruido le acompañaba todas las noches en sus sueños y acababa por despertarle siempre, por hacerle gritar y sobresaltarle, llegando incluso a perturbar el reposo de su mujer...

—Descanse, *Hauptsturmführer*.

Como si la orden accionase un instinto, Georg recordaba haber relajado los músculos, tensos y en posición de firmes. Inmediatamente después, había notado entumecida la rodilla herida, como solía ocurrirle cuando permanecía mucho tiempo de pie... Pero se abstuvo siquiera de tocársela. No había excusa para quebrantar la disciplina militar ante un superior.

—Puede sentarse —le indicó el *Reichsführer* Himmler, señalando una silla frente a su mesa de despacho.

Georg volvió a obedecer.

Heinrich Himmler se ajustó las gafas y se concentró en los papeles que tenía delante. A Georg le había parecido impresionante la simetría del escenario que contempló. Un enorme retrato del Führer colgaba en el centro exacto de la pared, desprovista de cualquier otro adorno. Alineada con el retrato, la mesa de despacho. Y justo en mitad de la mesa, la diminuta figura de Himmler. Todo ello flanqueado por las banderas de la nueva Alemania: rojas y blancas, con la gran esvástica negra.

El *Reichsführer* Himmler se tomó demasiado tiempo en examinar lo que quiera que estuviese examinando. El silencio, sólo roto por el eco lejano de los trabajos de reforma, se le hizo opresivo. La penumbra de la habitación le resultó desconcertante, pues a pesar de que estaban a pleno día, las cortinas apenas dejaban pasar la luz y sólo un flexo iluminaba la mesa de trabajo; las sombras se acentuaban y tenían un aspecto inquietante. Como el campo de batalla en plena noche: todo parecía amenazador y contribuía a acrecentar el nerviosismo de Georg.

Lo cierto era que había estado nervioso desde que recibió la orden de presentarse ante el *Reichsführer* Himmler. Como comandante en jefe de las SS, Himmler era, después de Hitler, su máximo superior. ¿Por qué habría de convocarle a él, un simple *Hauptsturmführer*, un capitán de las Waffen-SS como muchos otros?

A ello había que sumar el ambiente de Wewelsburg. Tal vez sugestionado por la leyenda de misterio que envolvía al castillo,

Georg se sentía incómodo en aquel lugar siniestro. Nada más atravesar sus puertas, le había invadido una sensación extraña, como si se hubiera transportado cientos de años atrás a un tiempo distorsionado por la imaginación de un hombre obsesionado. Siguiendo al asistente del *Reichsführer,* había atravesado el patio triangular hacia una de las torres, había entrado en un enorme hall circular cuyo centro estaba marcado por un dibujo geométrico de esvásticas concéntricas que configuraban un sol negro sobre el suelo de mármol, y había subido por la espiral de una escalera de madera ricamente labrada. En su camino hacia el despacho de Himmler, no se le habían pasado por alto los plafones de madera con símbolos rúnicos ni las ménsulas con esculturas de los grandes héroes teutónicos, vigilantes de los que deambulaban bajo sus ojos. Tampoco los paneles de roble artesonado ni los tapices con escenas de la mitología germánica. Las inmensas chimeneas de piedra labrada o las pesadas lámparas medievales de forja completaban una puesta en escena tan rica y ostentosa como intimidante.

Oficialmente denominado SS-Schule Haus Wewelsburg, se suponía que el castillo era un centro de formación para oficiales de las SS de alta graduación y un lugar de encuentro para los hombres de confianza de Himmler. Algunos decían haber oído al *Reichsführer* referirse a Wewelsburg como el gran centro espiritual del Estado ario. Otros iban más allá y aseguraban que entre sus muros tenían lugar ritos mágicos y ceremonias paganas protagonizadas por Himmler y sus acólitos, aunque nadie era capaz de dar detalles sobre la naturaleza de semejantes celebraciones.

Por norma general, Georg desconfiaba de los rumores, pero una vez dentro del castillo pudo explicarse, al menos, cuál era el fundamento de aquéllos. Él no era un experto medievalista, pero tampoco un profano en la materia: no le costó intuir la simbología de Wewelsburg y la conexión de todo el conjunto con el culto a los ancestros y al misticismo germánico. Aunque el castillo era renacentista, Himmler le había conferido un aire fantástico y medieval, cercano a las leyendas del rey Arturo o los nibelungos. No parecía descabellado pensar que aquel emplazamiento fuera algo más que una academia para oficiales de las SS... No cuando el propio Himmler se creía la reencarnación del rey Enrique I de Sajonia y cada año honraba su tumba en el aniversario de su muerte.

—Aunque sus méritos le preceden, capitán Von Bergheim, tengo que reconocer, a la vista de su expediente, que su trayectoria es encomiable.

—Gracias, *Reichsführer*. Pero no he hecho más que cumplir con mi deber y servir a mi patria y a mi Führer.

Haciendo caso omiso de su modestia, Himmler inició un repaso en voz alta de su expediente.

—Licenciado en Filosofía por la Universidad de Berlín y doctor en Historia del Arte con calificación *magna cum laude* por su tesis «La influencia de la filosofía clásica en la pintura del cuatrocento».

Georg había decidido que estudiaría Historia del Arte durante una visita a la Bildergalerie de Potsdam, su ciudad natal. Su padre —un militar de la Wehrmacht, veterano de la Gran Guerra, que se había visto relegado a la reserva cuando el ejército de Alemania había quedado casi suprimido tras la derrota de 1918— hubiera deseado para su hijo la carrera militar. Pero Georg ya había sido mordido por el arte y su veneno le había afectado de tal manera que no se le ocurría mejor cura que dedicar su vida a la belleza, la proporción, la expresión, la historia y el mensaje que transmitían todos aquellos cuadros de la galería que podía pasarse horas contemplando embelesado.

—Ingresa en el partido después de los estudios...

«¿Y quién no?», había pensado Georg. El Partido Nacional Socialista era la única alternativa, la mejor para una Alemania humillada y empobrecida. Para un joven con un futuro dudoso, sin muchas alternativas de empleo ni de llevar una vida digna, Hitler aparecía como un mesías, un salvador que prometía sacar a Alemania del agujero en el que se hallaba y devolverle su grandeza. Aquel líder nato había prometido prosperidad, dignidad, integridad...

—... en menos de dos años termina su formación en la academia de Bad Tölz, con el grado de *Sturmscharführer* de la *SS-Leibstandarte*.

Después de todo, su padre había visto satisfechos sus deseos: con la sombra de la guerra en ciernes, Georg había iniciado la carrera militar. «Pero ¿por qué las SS, hijo?», aquélla había sido la única objeción a lo que había decidido, aunque la respuesta era sencilla: las SS eran una organización nueva, sin prejuicios, sin pasado, donde quien destacaba lo hacía por méritos propios y no por provenir de un determinado estrato social, de una casta específica. Georg era hijo de un suboficial de la Wehrmacht, no quería tener que cargar con eso durante toda su carrera militar. Wehrmacht o SS, al anciano se le llenaron los ojos de lágrimas la primera vez que lo vio vestido con su uniforme de alférez de la prestigiosa *SS-Leibstandarte*, la guardia personal del Führer, las tropas de élite de las Waffen-SS. «Las Waffen-SS son un ejército, ¿no es cierto, Georg?» Cuando le contestó que sí, su padre se quedó más tranquilo, tenía miedo de que su hijo se inmiscuyera demasiado en política.

Los meses en la academia resultaron duros... A veces, sobrehumanos. Tuvo que someterse a un entrenamiento físico titánico: para acceder a la *Leibstandarte* no sólo había que ser de ascendencia germánica desde al menos 1750, medir un mínimo de un metro y setenta y ocho centímetros, no usar gafas y tener complexión atlética; además, había que superar unas pruebas físicas dignas de un campeón olímpico —los instructores, de hecho, lo eran—. Pero el verdadero reto fue soportar la presión psicológica a la que estuvo sometido durante toda su formación. No en vano, la fortaleza mental y espiritual era un baremo de selección de los candidatos. El Führer quería auténticos superhombres para su guardia personal.

Sin embargo, no todo había sido adverso en Bad Tölz. Allí, durante una fiesta de cadetes, había conocido a Elsie y con ella se había casado al poco de graduarse. Elsie era la hija de Gunter Kirch, miembro destacado del partido y diputado del Reichstag por Baviera. Aunque Himmler no lo había mencionado, Georg estaba seguro de que lo sabía, pues las SS llevaban a cabo una exhaustiva investigación de las mujeres que habían de contraer matrimonio con alguno de sus miembros. Con Elsie no hubo problema: era una auténtica mujer aria, leal al partido, al Reich y al Führer. Y, además, una mujer preciosa.

—Ha participado en la anexión de Austria y los Sudetes y, posteriormente, en la ocupación de Polonia, consiguiendo en esta última campaña algo verdaderamente extraordinario: obtener al mismo tiempo la Cruz de Hierro de segunda y primera clase por su valor frente al enemigo durante la batalla de Lodz...

En Polonia, había formado parte del Segundo Batallón de Infantería Motorizada. Fue prácticamente su primera acción en combate seria. Los polacos se habían fortificado en la localidad de Lodz, el último bastión antes de Varsovia, y controlaban todos los accesos por carretera, frenando el avance alemán hacia la capital polaca. En medio de un intenso fuego de artillería, su batallón se había dispersado por el bosque, tratando de sacar al enemigo de sus búnkeres y trincheras. Él estaba al mando de un pequeño pelotón de veinticinco soldados que pronto se vio avanzando sin apoyo hacia la carretera: con granadas de mano desalojaban las trincheras y tomaban los búnkeres a golpe de mortero mientras sus hombres caían sobre el lodo y la munición era cada vez más escasa... Pero ni por un momento pensó en detener el avance, continuó árbol tras árbol, piedra tras piedra, repeliendo el fuego enemigo con una ametralladora, hasta casi llegar al cuerpo a cuerpo... Fueron tres días de combate atroz y, de pronto, una ráfaga de artillería y un silencio tétrico. Miró a su alrededor: una carretera solitaria y sus últimos cinco hombres. La batalla había terminado. Su pelotón mermado había conseguido abrir el paso sur hacia Lodz... No creía merecer aquel honor: ¡dos cruces de hierro a la vez...! Más bien parecía una maniobra política. La actuación de las Waffen-SS en Polonia había sido controvertida, y su eficacia en combate, puesta en tela de juicio. Después de la campaña, la *Leibstandarte* fue retirada para reorganizarse. Menciones particulares como la suya parecían obedecer a un intento de lavar el buen nombre de la guardia personal del Führer.

—Después, Holanda y Francia. Tras la toma de Dunkerque, y a instancias del general Dietrich, es condecorado con la Cruz de Caballero de la Cruz de Hierro por su extraordinario valor frente al enemigo, liderazgo sobresaliente y planificación meritoria del combate más allá del deber...

En realidad, él no había llegado a tomar Dunkerque... Las ráfagas de artillería, las explosiones de mortero, las baterías antitanque, los motores del apoyo aéreo... Esos ruidos aún perturbaban su sueño. «Pero cuando estás allí, masticando el polvo del campo de batalla, pareces no oírlos. Casi nada te inquieta, sólo piensas en avanzar con la vista al frente y sin mirar jamás atrás.» Por entonces era *Obersturmführer* en la Primera SS División Panzer y comandaba la tercera compañía de blindados. Cuando el capitán Wolff cayó en combate, no dudó en tomar el mando del batallón de blindados y conducir a la unidad por aquellas colinas infestadas de tropas francesas y británicas que defendían el perímetro de Dunkerque. Valor frente al enemigo, liderazgo sobresaliente, planificación meritoria del combate... Nada de eso se le había pasado por la cabeza cuando hizo lo que hizo. Todo se redujo al instinto de supervivencia, al deber de proteger la vida de sus hombres y a la suerte, a unas dosis elevadísimas de suerte. El regimiento sufrió numerosas bajas. Su batallón, tan sólo ocho: tres muertos y cinco heridos...

—Allí resultó usted herido de gravedad.

Había conducido al batallón hacia lo alto de las colinas de Watten, forzando así la retirada del enemigo, cuando un avión de la RAF bombardeó un lateral de su blindado. No podía recordarlo bien, sólo sabía que había despertado entre un humo negro que le asfixiaba y un dolor insoportable. Se llevó la mano al pantalón: estaba empapado de sangre. También la propia mano, la izquierda: el dedo índice había desaparecido y el corazón colgaba sesgado a la altura de la primera falange. Al mirar a su alrededor se dio cuenta de que la torreta estaba vacía, el artillero y el cargador habían salido volando por los aires y yacían en el suelo frente al carro. Se asomó al interior del *panzer* y vio a su conductor inclinado sobre los mandos con el cuello partido y la cabeza ensangrentada; gritó su nombre... no hubo respuesta. El operador de radio gemía débilmente, la explosión le había destrozado el cuerpo, pero seguía vivo. Se puso la mascarilla y se arrastró hasta el interior del vehículo, se echó a hombros al operador de radio y lo sacó de allí minutos antes de que las llamas devoraran el blindado. Fuera, las ráfagas de artillería parecían venir de todas partes, la batalla continuaba. Mientras tuviera un arma, se creyó en condiciones de seguir combatiendo: se envolvió la mano en el pañuelo, se hizo un torniquete con la cazadora y se encaramó a una ametralladora abandonada, desde donde siguió cubriendo el avance de los suyos hasta que se quedó sin munición y sin conocimiento.

Cuando volvió a despertar, estaba en un hospital de campaña inmundo, desabastecido y desbordado. «¡Si me acerca el bisturí, matasanos de mierda, le juro por Dios que disparo!» Más preso del pánico que del valor, había amenazado a punta de pistola al coronel médico que se disponía a amputarle la pierna. Sea como fuere, la pierna derecha seguía en su sitio y después de tres operaciones y seis meses de rehabilitación había logrado volver a caminar y sólo le faltaban dos dedos de la mano izquierda.

—Tal vez se pregunte, *Hauptsturmführer* Von Bergheim, por qué le he ordenado presentarse ante mí —concluyó Himmler, cerrando el dossier con su expediente.

Lo cierto era que sí, se lo había preguntado infinidad de veces. Había llegado incluso a pensar que aquel encuentro era fruto de unos cuantos hilos movidos por su influyente suegro para solucionar la invalidez del marido de su hija.

—Así es, *Reichsführer*.

Himmler le observó con ojillos astutos que parecían destellar a causa de los brillos en las gafas. Las manos —sorprendentemente pequeñas— permanecían cruzadas sobre la mesa aprisionando el dossier, aprisionando su vida.

—Parece ser que ha quedado inhabilitado para el combate... Aquello le hizo saltar.

—Con todos mis respetos, *Reichsführer*, confío en recuperarme plenamente y regresar al frente lo antes posible.

—Su sentido del deber y del servicio a la patria es verdaderamente admirable, capitán. Sin embargo, me temo que, a tenor de lo que establecen los informes médicos, eso es harto improbable...

Cuando Himmler se percató de que Georg pretendía volver a intervenir en defensa de su postura, se apresuró a alzar la voz y continuar hablando para no darle la oportunidad de hacerlo.

—Son, además, los deseos personales del Führer los que de momento le van a mantener alejado del campo de batalla. No obstante, recuerde, *Hauptsturmführer* Von Bergheim, que la contienda por la grandeza del Reich se libra en muchos frentes, no sólo en el estrictamente militar.

Tal vez fuera un efecto producido por su vista cansada y sometida a la tensión del momento, pero a Georg le había parecido que unas sombras diabólicas se dibujaban bajo los ojos de su superior según pronunciaba aquella enigmática sentencia.

—Disculpe, *Reichsführer*, pero no acabo de comprender...

—Sus éxitos militares le acreditan como un hombre leal al Führer y son sin duda muestra de sus muchas habilidades. Pero lo que hoy le ha traído hasta aquí no es su calidad de capitán, sino la de doctor... ¿Ha oído usted hablar, herr *Doktor* Von Bergheim, de un cuadro llamado *El Astrólogo* atribuido al pintor veneciano Giorgio da Castelfranco...?

Unos golpes en la puerta le sacaron bruscamente del despacho de Himmler.

—¿Qué haces todavía aquí, Von Bergheim? Ya es hora de cerrar el quiosco.

Georg se volvió.

—¿Y tú, Lohse?

—Estoy de trabajo hasta las cejas. En un par de días viene el *Reichsmarschall* Göring y ya tengo a esa rata de Hofer husmeando en todo lo que hago; va por ahí de asesor del mariscal y no tiene ni puta idea de arte. En fin, que me largo de aquí. Y tú deberías hacer lo mismo. ¿Por qué no nos vamos a cenar a La Croisette y celebramos que mañana comienza otro día? Además... puede que te haga una propuesta que no vas a poder rechazar.

«¿Por qué no?», pensó Georg. Lo único que haría encerrado en su habitación del hotel sería regodearse en lo que detestaba estar en París y pensar en dónde estaría ella.

Sarah se dejó caer sobre la cama y los muelles emitieron su habitual quejido herrumbroso. El día había sido duro. Un grupo de soldados alemanes habían entrado en la librería con ganas de bronca: habían manoseado y toqueteado los libros con la excusa de querer examinarlos para comprar, habían hecho comentarios obscenos sobre ella y, antes de irse, habían amenazado al señor Matheus cuando éste les había increpado por su comportamiento. A Sarah se le revolvía el estómago de miedo cada vez que estaba cerca de los soldados alemanes; no tenía los papeles en regla porque, siguiendo el consejo de Jacob, no se había identificado como judía ni como residente en París, y temía que en cualquier momento la detuvieran por eso. Finalmente, el propio señor Matheus, que también se mostraba bastante alterado por el incidente, había decidido cerrar un poco antes la librería, de modo que Sarah había llegado pronto a la pensión.

A su regreso de Illkirch, Jacob le había conseguido un alojamiento barato en una pensión del centro, donde compartía habitación con una amiga suya, también alsaciana. La chica se llamaba Marion y era lo que el padre de Sarah hubiera definido como una mujer tremendamente vulgar, lo que despertó sus recelos en cuanto la conoció: no se veía conviviendo con esa clase de chica. Marion era malhablada, descarada y desmedida en todo lo que hacía. No tenía una cara bonita, pero su cuerpo resultaba verdaderamente exuberante; más voluptuoso si cabía con aquellos vestidos que usaba y que dejaban bien patentes sus encantos. Cuando iba por la calle y pasaba por delante de un grupo de soldados, Marion sacaba pecho y meneaba el trasero, disfrutaba provocando silbidos y exclamaciones subidas de tono entre la tropa. Incluso, solía acercarse a ellos para acabar sacándoles cigarrillos y chocolate. A Sarah le escandalizaba aquel comportamiento y había procurado no trabar mucha amistad con su compañera de habitación.

Sin embargo, con el tiempo, Sarah había descubierto que Marion era un papel de lija envolviendo una bolita de algodón. Marion era una de las personas con mejor corazón que Sarah había conocido nunca; generosa, amable y siempre dispuesta a ayudar. Y todo le daba pena: los ancianos, los niños, los mendigos, los animales... Si veía a un viejecito solo en un banco, se sentaba junto a él a darle unos minutos de conversación; si se topaba con un niño llorando en el parque, se acercaba a consolarle; si se cruzaba con un mendigo, le daba su ración de pan... Por eso Marion no tardó en apiadarse de Sarah, la tímida chica bien a la que todas las noches oía llorar muy bajito cuando apagaban la luz de la habitación. De hecho, había accedido a compartir su habitación no porque necesitara dinero, sino porque, además de ser amiga de Jacob, cuando vio a Sarah por primera vez, tan delgada, con tan mala cara, de mirada huidiza y voz débil, le inspiró una pena horrorosa que desembocó en instinto maternal el día que supo por Jacob que los nazis habían matado a su padre y se habían llevado a toda su familia.

Poco tiempo tardaron ambas mujeres, tan diferentes, en convertirse en buenas amigas. Y Sarah, que no era una mujer independiente o decidida, que necesitaba el apoyo de otras personas a su alrededor, había ido construyéndose una familia con Jacob, Marion y los Matheus.

Aquella tarde que Sarah había llegado antes de la librería, Marion no estaba todavía en la pensión; aunque eso tampoco era extraño, Marion no tenía unos horarios fijos porque picoteaba de varios trabajos aquí y allá: camarera, limpiadora, taquillera... Sarah ya llegaba con el estómago revuelto, pero el malestar se acrecentó por el olor de los colinabos que se cocían para la cena; llevaba varios meses cenándolos y no podía soportarlos más. De modo que entró en su habitación y se tumbó en la cama para tratar de descansar. Pero el silencio y la soledad no tardaron en accionar su mente, que por casualidad había fijado la vista en el abrigo que colgaba del perchero, el mismo que le había dado su padre. Había sido un buen abrigo en otros tiempos, de una lana fina con mucha caída y un diseño muy bonito; ahora, después de tanto uso y de tanto trajín, se veía viejo y deslucido, incluso Sarah había tenido que remendarlo en algunos sitios. Porque hiciera frío o calor, Sarah había llevado su abrigo a todas partes, ya fuera puesto o bien doblado en un bolso.

Mirando el abrigo, recordó la primera vez que su padre le había hablado de *El Astrólogo*. Tenía dieciocho años y acababa de empezar sus estudios de Historia del Arte en la universidad. Su padre la llamó a su despacho y en todo momento mantuvo un tono solemne y misterioso. Lo primero que le había sorprendido fue que lo sacara de la caja fuerte, que no lo tuviera expuesto con los demás. No era una tela muy grande, de 60 × 70 centímetros aproximadamente. El lienzo era de buena clase, un lino de calidad, lo más seguro era que procediera de las velas de los barcos de Venecia, ya que los pintores venecianos las usaban a menudo. Parecía llevar varias capas de imprimación pues la tela había acabado siendo gruesa y bastante rígida. Estaba claro que el artista se había tomado mucho interés con aquel cuadro. Sarah observó que no estaba firmado, pero su padre le dijo que la autoría correspondía a Giorgio da Castelfranco, Giorgione, de su época de juventud. Sarah aún no sabía lo suficiente de arte como para haberlo deducido por ella misma, pero al conocer que el cuadro pertenecía a Giorgione, empezó a fijarse en algunos detalles. Lo primero que le llamó la atención fue la propia composición, con figuras perfectamente integradas en un paisaje que no era un mero decorado, sino parte fundamental de la obra. Después reparó en los colores vivos, los escarlatas, los turquesas y los ocres, y en la forma en que la luz cobraba protagonismo. Por último, se percató del acabado mate del óleo, típico del llamado medio veneciano, que consistía en preparar la pintura con una menor cantidad de plomo y mayor de cera. Una vez que se lo habían confirmado, Sarah pudo constatar que aquello era, efectivamente, un Giorgione.

El cuadro emanaba una gran belleza: un joven, con un sextante y un cuaderno, parecía observar el cielo con los ojos de un científico; se trataba del astrólogo que daba nombre a la composición. Estaba sentado a los pies de una mujer vestida al modo griego, con un libro en la mano y un búho sobre el hombro. De estas figuras del primer plano surgía un camino que conducía al segundo plano del cuadro, un paisaje de valles y colinas, y al final del sendero, una mujer desnuda que cogía a un niño de la mano.

Más allá de la calidad de la ejecución y de la belleza de la composición, lo que dejó a Sarah verdaderamente atónita fue la historia que su padre le contó sobre aquel cuadro: sobre cómo había sido custodiado por su familia desde hacía muchas generaciones y sobre el gran secreto que ocultaba.

Desde aquel momento, ella sería la encargada de custodiar el cuadro y el secreto; de todas las personas que había en el mundo, aquella responsabilidad tenía que haber ido a caer precisamente en su persona. A Sarah le entraban ganas de vomitar sólo de pensarlo. Desde el primer momento le habían preocupado las condiciones en las que se conservaba el cuadro. Para sacarlo de la casa, su padre lo había ocultado en el interior del forro del abrigo. Al principio, Sarah no se atrevió a sacarlo de allí, casi le daba miedo hacerlo, como si con ello fuera a abrir la caja de Pandora.

Pero no dejaba de pensar en que el lienzo tenía que estar deteriorándose fuera de su bastidor, transportado de aquí para allá, por mucho que intentara cuidarlo y mantenerlo alejado de la humedad y el calor. Pero ¿qué debía hacer? ¿Sacarlo de allí y exponerlo al peligro del público...? Si lo hubiera hecho, ahora estaría en manos de los alemanes que habían saqueado la casa de sus tíos.

Sin embargo, al volver de Illkirch, sintió la necesidad de enfrentarse a su responsabilidad. Una noche que estaba sola, descosió cuidadosamente el forro del abrigo y sacó el lienzo, con la cautela y el secreto propios de quien maneja mercancías de contrabando, con la admiración y la expectación características de quien descubre un tesoro... Fue horrible comprobar que la pintura empezaba a resquebrajarse y a oscurecerse. El cuadro no podía seguir oculto dentro del abrigo. Se había pasado la noche entera sin pegar ojo, pensando en lo que hacer. ¿Y si volvía a visitar a la condesa? Se le ponían los pelos de punta al recordar a aquella terrorífica mujer, su escalofriante casa y su aterrador criado. La condesa parecía una mala persona, hiciera lo que hiciese no podía ser bueno para el cuadro.

A la mañana siguiente de aquella noche en vela, Sarah había salido a pasear por el Deuxième, por los pasajes que se mezclaban con las callejuelas de detrás del Louvre. Había deambulado de librería en librería, hasta que finalmente había entrado en una tienda especializada en cartografía, donde había comprado una reproducción de un mapa antiguo con el trazado de París en el siglo xvii. De qué región fuera el mapa le era indiferente, lo importante era que se podía desmontar fácilmente del marco y que tenía unas dimensiones parecidas a las de *El Astrólogo*. Cargó con el mapa bajo el brazo hasta la pensión, subió a su habitación y echó dos vueltas a la llave. Tras quitar el mapa de su marco, lo colocó sobre *El Astrólogo*, primorosamente extendido encima de la cama y, uno sobre otro, los enmarcó en aquella vulgar moldura de contrachapado que jamás llamaría la atención de nadie... Salvo la de Marion: «¡Qué cosa tan triste y tan sosa has colgado ahí, cariño!», observó nada más llegar a la habitación. Al día siguiente, Marion apareció con un póster de Maurice Chevalier anunciando un licor de cerezas. «¡Esto sí que es bonito!», se regodeó mientras lo colgaba de la pared. Tumbada desde la cama, Sarah miró el mapa. En realidad, miraba a través de él... ¿Y si era *El Astrólogo* lo que buscaba Von Bergheim?, ¿y si todavía lo estaba buscando?...

———

Georg había estado trabajando a destajo las últimas cuarenta y ocho horas. Y todo por culpa de aquel charlatán de feria de Lohse que se las había ingeniado para liarle. Le había pedido que le ayudase a preparar la exposición para el mariscal Göring; a cambio, le había prometido «una cena de lujo y las mejores putas de París»; por lo visto, así acababan siempre las «tardes de compras» de Göring en la capital francesa.

Las visitas del mariscal causaban una auténtica revolución en el Arbeitsgruppe Louvre. Lohse, además de pasarse meses buscando obras por todos los mercados de arte de la Europa del oeste, revisaba una a una las colecciones que entraban en el ERR en busca de material de interés para Göring. Después, había que catalogar e incluso restaurar cada obra para preparar en el Jeu de Paume una exposición en toda regla. Lohse seleccionaba especialmente aquellas obras que podían ser del gusto del mariscal —Cranach, Makart, Rubens y Vermeer, entre otros—, pero también añadía otras que consideraba interesantes como inversión o para diversificar la colección de Göring. Luego llegaba Walter Andreas Hofer, su asesor, y hacía y deshacía a su antojo, crispando los nervios de Lohse. Así que Georg se había pasado los dos últimos días seleccionando y catalogando a marchas forzadas, pero también templando ánimos y suavizando tensiones.

Finalmente, todo estuvo preparado a tiempo y el mariscal se paseó por el Jeu de Paume deleitándose con todo lo que cargaría en sus vagones especiales camino de Carinhall, donde se estaba construyendo su museo particular. Pero lo que a Georg le pareció más patético fue la corte de lameculos que rodeaba a Göring, empezando por Hofer y terminando con Von Behr, quien, por supuesto, acudía el primero a acompañar al mariscal, luciendo uno de los grotescos uniformes que él mismo se diseñaba para dar brillo y crédito al grado de pacotilla de coronel de la Cruz Roja con el que se pavoneaba en los círculos más selectos de París. Para eso estaba allí el barón Kurt von Behr, para vivir la buena vida y halagar a los gerifaltes, ya que su competencia profesional resultaba del todo discutible. De Lohse se podían decir muchas cosas, pero no que fuera un lameculos. De hecho, no tenía pelos en la lengua a la hora de aconsejar al mariscal, aun en contra de su gusto, y el otro parecía respetarle por ello más que a los demás. Incluso Georg había observado que trataba a su joven asesor con cierto paternalismo.

Tras la visita al Jeu de Paume, hubo cena de lujo en Maxim's, tal y como Lohse le había prometido. En el famoso restaurante siempre estaba reservada la mejor mesa para el *Reichsmarschall* Göring, quien había llegado a traerse de Berlín a Horcher, su cocinero favorito. Se sirvieron ostras, caviar, langosta, foie y chuletones de buey, todo ello regado con los mejores vinos y champañas. Al final de la cena, mientras degustaban la *crème brûlée*, Lohse le había dicho a Georg al oído que el mariscal estaba muy contento con las adquisiciones, pues no siempre acompañaba la cena con Château Pétrus del 22.

La guinda de la jornada la ponían «las mejores putas de París». Eran varios los burdeles que frecuentaban los oficiales alemanes en la capital francesa. Le Chabanaix y Le Sphinx estaban entre los más opulentos, pero, sin duda, el preferido por Göring era el One Two Two, y Fabianne Jamet, la madame, lo sabía: una vez que el mariscal llegaba al One Two Two y dos policías militares se apostaban en la puerta, el burdel se convertía en una feria al servicio de los deseos sexuales de Göring y su séquito. Georg se quedó impresionado con el despliegue de suntuosidad de aquel burdel de la rue de Provence, 122. La decoración era un alarde de fantasía y fetichismo, de lujo barroco, exagerado y degenerado; como aquel pasillo, a modo de gruta del bosque, totalmente cubierto del suelo al techo de plantas y flores naturales, en el que mujeres medio vestidas como diosas griegas exhibían sus encantos encaramadas a pedestales. Según Lohse, las habitaciones de los pisos superiores eran todavía más alucinantes: la africana, el camarote, la india... cada una de ellas ambientaba un tema a la perfección. Además, en la última planta del burdel había salas con auténticos instrumentos de tortura para prácticas sadomasoquistas.

En cuanto entraron en el One Two Two los condujeron a un reservado que era como un jardín de invierno simulado con trampantojos en las paredes y con una fuente iluminada en tonos malvas que escupía agua sin cesar. Para amenizar la velada, un cuarteto de músicos interpretaba piezas de Mozart. Allí, el Dom Pérignon y el Krug corrieron sin moderación, al igual que el opio y las mujeres, a cada cual más bella y cariñosa. Tras una hora de beber desaforadamente y aspirar sin remedio los vapores del opio, Georg se dejó caer en un sofá. Se sentía terriblemente mareado y era casi incapaz de entender las palabras que le susurraba al oído una chica morena de ojos azules, con unas tetas enormes y suaves...

Georg estaba borracho y deprimido. Todo aquel lujo y desenfreno, en lugar de animarle, había conseguido provocarle una tristeza espantosa; aquello le parecía una pantomima y una inmoralidad si pensaba en las mujeres y niños de su Alemania que cada día perecían bajo las bombas británicas, en los civiles que pasaban hambre y penurias, o en sus camaradas de armas que se jugaban la vida en el frente por la gloria de hombres como Göring, quien en ese mismo instante se hallaba en las habitaciones de arriba follándose a una mujer asiática verdaderamente espectacular. Georg miró a su alrededor y comprobó que Lohse y Hofer también habían subido. Sólo quedaban en el reservado él y Von Behr; el barón estaba tan borracho que yacía inconsciente, a pesar de que su puta le estaba haciendo una mamada que resucitaría hasta a un muerto.

El estómago no se le revolvió más porque ya lo tenía totalmente deshecho. Y entre náusea y náusea sólo encontró lucidez para pensar una vez más en cuánto odiaba todo aquello y en lo mucho que desearía no tener que estar allí.

—*Mon amour...* —le susurraba su morena mientras le acariciaba el mentón y se frotaba los pechos contra su torso. La morena le chupó y le mordisqueó la barbilla con una sensualidad que habría sido irresistible si Georg no se hubiera sentido demasiado mareado y abatido como para excitarse—. Sube conmigo, mi guapo general, que Bernadette sabrá cómo hacerte cosas increíbles...

El susurro de la morena no podía ser más sugerente, pero Georg pensó con ironía que Bernadette era nombre de monja y no de puta. Todas las putas se llamaban Mimí, Lulú, Fifí, Nené... pero la suya se tenía que llamar Bernadette, lo que no contribuía en nada a animarle. Hasta para eso tenía mala suerte.

Con dificultad se incorporó, sacó su cartera y enganchó unos cuantos billetes en la liga de encaje rojo de la mujer. Le besó los pechos suaves que olían a talco.

—Tómate una copa por mí, Bernadette. Esta noche no estoy de humor —balbuceó con el hablar pastoso de los borrachos.

Y haciendo eses se marchó del One Two Two.

Septiembre, 1942

«La llama de la Resistencia francesa no debe apagarse ni se apagará jamás», Charles de Gaulle. La Resistencia francesa estuvo formada en sus inicios por una multiplicidad de grupos desorganizados y descoordinados que llevaban a cabo acciones armadas, de sabotaje, propaganda, prensa clandestina, redes de evasión, huelgas y manifestaciones. Sólo un tres por ciento de la población formó parte de la resistencia activa, pero la organización contó con una gran complicidad popular sin la que nunca hubiera podido sobrevivir.

Marion apagó la luz, abrió la ventana, se metió en la cama y le dio las buenas noches. Por el crujido de sábanas y muelles, Sarah supo que se estaba acomodando para dormir. Ella intentó hacer lo mismo. Pasaron quince minutos. Diez. Cinco... A la media hora seguía despierta, con los ojos muy abiertos deambulando por las formas negras de la habitación. No entraba claridad por la ventana porque París, la ciudad de la luz, era una ciudad oscura desde hacía mucho tiempo.

—Marion, ¿te has dormido ya?
—No.
—No me puedo dormir... Estoy preocupada.
Silencio y sombras.

Sarah se incorporó para mirar el bulto de su amiga sobre la cama. Permanecía inmóvil y de espaldas. No parecía muy dispuesta a hablar. Pero a Sarah no le importó; ella no necesitaba que le hablaran, ella necesitaba que la escucharan.

—Es por Jacob.

—Jacob no es la clase de tipo por el que tengas que preocuparte —se pronunció por fin Marion—. Duérmete, cariño.

—Es que, Marion... ¡lleva una pistola! —exclamó Sarah a pesar de estar susurrando—. Se la he visto hoy, mientras estábamos en el cine. Había dejado su chaqueta sobre el reposabrazos de nuestras butacas y noté dentro del bolsillo algo grande y duro...

—¿Y estás segura, cariño, de que era una pistola? Tal vez estuvieras tocando otra clase de arma... —Marion no pudo evitar el chascarrillo procaz; se lo habían puesto en bandeja.

—¡Marion! ¡Esto es serio! —protestó Sarah. El comentario le había molestado por frívolo más que escandalizado por indecente—. Sin que se diera cuenta metí la mano en el bolsillo: ¡era una pistola!

Por fin, Marion decidió darle al asunto la importancia que merecía.

—Pregúntale a él por qué la lleva.

—Ya lo he hecho. Y se ha puesto como una furia. Me ha gritado, me ha dicho que no me meta en lo que no me importa y se ha marchado sin acompañarme hasta aquí... Temo que esté metido en un lío. Conociéndole...

Sarah aguardó a que Marion hiciera algún comentario, pero como la chica no decía palabra y el silencio se le hacía incómodo optó por continuar:

—No sé por qué se tiene que poner así conmigo. Ni siquiera mi padre me había gritado nunca de esa manera. Después de todo, sólo me preocupo por él.

—Y él sólo quiere protegerte, cariño. ¿Que puede que se le vaya la mano? Pues sí. Se lo tengo dicho mil veces, pero... —Marion se encogió de hombros y se dio la vuelta en la cama; creía haber zanjado el tema con habilidad—. Es tarde. Vamos a dormir.

Pero para Sarah el tema no estaba ni mucho menos zanjado. Cogió el cable de la lamparita y le dio al interruptor; la luz le hizo cosquillas en las pupilas contraídas.

—¡Jolines! ¡Apaga eso! ¿Quieres que toda la policía de París se nos eche encima por encender la luz? —protestó Marion mientras enterraba la cabeza bajo la almohada.

—Dime la verdad, Marion: tú sabes en lo que anda metido Jacob.

—¿Y qué si lo sé?... No pienso decirte nada. Jacob me mataría.

—Y si no lo haces, te mataré yo —se envalentonó Sarah.

Marion sacó la cabeza desgreñada de debajo de la almohada y soltó una carcajada.

—Pero ¡si tú no matarías ni a una mosca, cariño!

—Bueno... puede ser. Pero ¡no tenéis derecho a tratarme como a una niña pequeña! ¡Quiero saber qué es lo que está pasando!

Marion se lo pensó durante unos segundos. Estaba verdaderamente convencida de que Jacob sobreprotegía a Sarah; así, la chica no espabilaría jamás.

—Jacob está en la Resistencia —confesó abrazada a la almohada—. ¡Y ahora apaga esa luz, por Dios!

¿La Resistencia? Sarah no sabía muy bien qué significaba eso. Claro que había oído hablar de ella, pero quiénes eran y lo que hacían... exactamente no lo sabía. En ocasiones, algunos chicos le habían repartido pasquines a la salida del metro con consignas para enfrentarse al ocupante nazi, hasta que llegaba la policía y los dispersaba entre una lluvia de palos y papeles subversivos. Incluso una vez, de camino al trabajo, vio un corrillo de personas en torno a algo. «¿Qué ha pasado?», preguntó un señor a uno de los mirones. «Han matado a un soldado alemán», contestó el mirón al tiempo que una señora, francesa, se santiguaba y afirmaba con desprecio: «Han sido esos terroristas. Los de la Resistencia». Pero Sarah ni siquiera había podido ver el cadáver; cuando llegó la *feldgendarmerie*, los echaron a todos.

—Pero... ¿es que es un terrorista? —preguntó Sarah, intentando poner en orden su mente confundida.

—¡De eso nada, cariño! —exclamó Marion con vehemencia—. ¡Jacob es un héroe! ¡Como todos los que pensamos que hay que plantarles cara a esos cerdos de los nazis! Hay que echarlos de Francia. El mejor nazi es el nazi muerto, te lo digo yo.

—Pero Jacob... ¿Jacob también los mata? —quiso saber Sarah, deseando que la respuesta fuera que su amigo sólo repartía pasquines.

—Con sus propias manos —afirmó Marion henchida de orgullo—. Esa pistola que lleva se la quitó la semana pasada a un soldado alemán en el Pont Neuf. Era de noche, lo atacó por la espalda y lo estranguló. Después escapó por la orilla del río. Tenías que haberlo visto, cariño.

A Sarah se le puso la carne de gallina. Definitivamente, no querría haberlo visto.

—¿Y si os detienen, Marion? ¡Es muy peligroso!

—Ya detienen a quien les da la gana por no haber hecho nada. Si un día nos pillan, al menos nos habremos llevado a unos cuantos cerdos por delante.

Sarah se pasó toda la noche despierta. No sabía qué pensar. Desde pequeña le habían enseñado que matar era un pecado terrible; «No matarás», era el principal mandamiento de la Ley Divina. Pero también era cierto que los nazis asesinaban impunemente... El rabino Ben dijo que los nazis habían matado a su padre. A veces a Sarah le costaba creerlo... En los pocos tratos que mantenía con los alemanes le solían parecer gente amable y educada, salvo raras excepciones, como la de aquellos soldados camorristas que entraron en la librería. Pero también había franceses camorristas y asesinos...

Lo que sí hizo Sarah fue empezar a atar cabos, a comprender muchas cosas. Jacob nunca había ocultado su odio por los alemanes, siempre hablaba de ellos con desprecio. Además, su amigo era de naturaleza ruda y agresiva. Y Marion... Bueno, Marion se comportaba de forma cariñosa con los ocupantes, pero también su naturaleza era ruda y agresiva. Y Sarah comenzó a comprender por qué casi todas las noches se pegaba a una radio que ocultaba en lo alto del armario y escuchaba los programas franceses que se emitían por la BBC desde Londres: *Honneur et Patrie* y *Les Français parlent aux Français*, retransmitidos por Maurice Schumann, un colaborador de De Gaulle. Estaban prohibidos por los alemanes pues se incitaba al pueblo francés a resistirse contra el invasor, a la vez que se alababan los éxitos militares de los Aliados en el frente.

Se sentía a la deriva en medio del mar, rodeada de corrientes que pasaban por su lado y la rozaban; que la empujaban a veces en una dirección, a veces en otra; que no comprendía muy bien de dónde venían ni adónde iban. Pero a pesar de aquel vaivén que la mareaba y confundía, se dio cuenta de que tenía que tomar partido, de que había llegado el momento de parar de dejarse a la deriva y empezar a remar en la dirección que ella misma escogiera. Pero Sarah tenía miedo.

Desde que los alemanes habían ocupado Francia, su padre había muerto, su familia había desaparecido, ella se había visto obligada a abandonar su hogar, el lugar en el que se sentía segura, y huir; vivía en una pensión de tercera, malcomía y vestía ropa vieja, se le revolvía el estómago de terror cada vez que se cruzaba con un soldado alemán, no tenía los papeles en regla y a veces se sabía tan sola que no podía contener las ganas de echarse a llorar... Desde que los alemanes habían ocupado Francia, su vida era un infierno. Pero Sarah tenía miedo.

Al amanecer, seguía sin comprender muy bien de qué iba todo aquello de la Resistencia y seguía teniendo miedo, sin embargo, ya había tomado partido.

El señor Matheus echó el cerrojo a la librería y se despidió de Sarah hasta el día siguiente. Justo en el momento en que la muchacha enfilaba su ruta habitual de vuelta a casa divisó, al otro lado de la acera, a Jacob. Estaba apoyado en un buzón de correos; la gorra le caía sobre los ojos y bajo la visera asomaba un pitillo cimbreante, pues Jacob no encendía los pitillos, los masticaba para que le durasen más. Quizá se estuviera sugestionando, pero Sarah pensó que la pinta de Jacob era cada vez más pendenciera.

Sorteando un par de bicicletas y el carro de un chatarrero, cruzó la calle y llegó junto a él.

—Hola, Jacob. —El muchacho le respondió con un movimiento de cabeza—. ¿Has venido a buscarme o es que sólo pasabas por aquí?

El otro sonrió y mostró el pitillo preso entre los dientes. Con un golpe de dedo levantó la visera y dejó al descubierto sus grandes ojos negros de buen judío.

—En realidad, he venido a traerte esto...

Tan ágil como un prestidigitador, el chico se sacó del bolsillo una tableta de chocolate.

—¡Oh, Jacob! ¿Ya has vuelto a gastarte el sueldo en chocolate?

—Es por cómo te traté ayer.

Sarah se quedó mirando a Jacob y al chocolate; si esperaba mayor elocuencia, se equivocaba.

—¿Qué? ¿No lo quieres?

Con pereza mal disimulada, alargó el brazo para cogerlo y después le plantó a su amigo un fugaz beso en la mejilla.

—Acepto tu chocolate y tus disculpas, Jacob.

Él sonrió, tratando de ocultar su turbación, mientras notaba que la mejilla le ardía justo allí donde Sarah había posado los labios.

Compartiendo una onza tras otra, anduvieron el camino hacia la pensión de Sarah. La mayor parte del tiempo en silencio, porque Jacob no era de muchas palabras y ella andaba enredada en sus propios debates internos.

Poco antes de llegar al portal de la pensión, Sarah se detuvo en una esquina apartada, alejada de oídos y miradas.

—¿Qué te pasa? ¿Por qué te paras? —le preguntó Jacob.

Apretando los puños viscosos de sudor debido al nerviosismo, Sarah se encaró con Jacob:

—Sé por qué llevas una pistola...

—¿Ya estamos, Sarah? Creo haberte dicho que...

—No, Jacob, esta vez no vas a gritarme, vas a escucharme.

Sarah no tuvo necesidad de alzar la voz, su tono y su gesto fueron tan severos, que Jacob quedó mudo de la impresión; nunca antes la había visto así.

—Sé para qué necesitas una pistola e incluso sé cómo la conseguiste. Sé lo que haces, Jacob, y dónde estás metido. Lo único que lamento es no haberme enterado por ti. Y todavía me pregunto por qué no tienes la suficiente confianza para contármelo, por qué no eres sincero conmigo... No, por favor, déjame terminar. Eso ya no importa. Ahora sólo quiero que sepas que yo también quiero participar.

Sarah había anticipado la reacción de Jacob a aquellas palabras, la había visualizado en su mente una y otra vez: fruncría el ceño, apretaría las mandíbulas, enrojecería y finalmente abriría la bocaza para gritar. Como estaba preparada, supo abortar el grito de su amigo.

—¡Cállate, Jacob! Debes asumir que no soy una niña y que tú no eres mi niñera. Ya va siendo hora de que haga algo más en esta guerra que huir, y tú no vas a poder impedírmelo. Así que escoge: o con tu ayuda o sin ella; o contigo, o sin ti, Jacob.

Jacob tuvo que aceptar el ultimátum de Sarah; a regañadientes, porque si no, no hubiera sido él mismo, pero tuvo que aceptarlo. Y así fue como la chica se convirtió en miembro del Grupo Armado Alsaciano, una pequeña célula de resistentes a la ocupación alemana que se nutría de hombres que habían escapado de la Alsacia después de que la región fuera anexionada al Tercer

Reich, especialmente desde el decreto por el que se instauraba la incorporación forzosa de los alsacianos tanto al *Reichsarbeitsdienst*, o el trabajo social en Alemania, como a la Wehrmacht, el ejército.

La unidad no era muy grande, apenas estaba integrada por unas diez personas: Jacob era el segundo jefe, por debajo de un comunista conocido como Trotsky. El resto lo integraban un ingeniero experto en explosivos, el responsable de la propaganda, Marion y otros cinco chicos muy jóvenes, todos ellos judíos, a los que se estaba preparando en tácticas de sabotaje y guerrilla urbana. No obstante, a pesar de ser un grupo pequeño, el GAA se mostraba muy activo.

Trotsky era un hombre violento y agresivo, militante de la facción más revolucionaria del comunismo, partidario de la lucha obrera y del enfrentamiento entre clases, que profesaba un odio acérrimo a cualquier modo de fascismo y por ende a los nazis, no tanto por ocupantes como por fascistas. De hecho, Trotsky había iniciado sus actividades resistentes cuando Alemania había invadido la Unión Soviética. En Jacob, Trotsky había encontrado la horma de su zapato. Ambos se habían conocido trabajando en la Gare de l'Est y fue a partir de entonces cuando decidieron crear el Grupo Armado Alsaciano, apoyados por otros grupos de la Resistencia de la zona norte con los que Trotsky mantenía contacto. Dado el ímpetu guerrillero de ambos, las actividades del grupo se enfocaron desde un primer momento en el sabotaje y las acciones armadas contra militares alemanes. De hecho, como Trotsky prefería llevar a cabo actos llamativos que hiciesen mucho ruido entre el enemigo, solía atentar contra oficiales de las SS y llevaba un macabro recuento de cada una de sus víctimas haciendo una muesca en una chapa de metal que colgaba de su cuello. El hombre al que llamaban Trotsky bien se había merecido el apodo con el que se le conocía en el grupo. Incluso su aspecto era el de un auténtico bolchevique: los ojos muy azules, la tez muy blanca, el cabello muy negro y la barbilla sombreada por una perilla puntiaguda.

Sarah se sorprendió de que la Gestapo aún no lo hubiera detenido pues sólo le faltaba tener la palabra comunista escrita en la frente.

A Sarah le resultó chocante que todos en el grupo se llamaran por un sobrenombre: además de Trotsky, Jacob era Gauloises, porque siempre estaba masticando cigarrillos, Marion era Cigale, cigarra. El de explosivos y el de propaganda se hacían llamar, respectivamente, Dinamo y Gutenberg. Dinamo era mecánico en la Renault y miembro del sindicato de la fábrica; una concentración de músculo y vello en un metro sesenta de estatura, muy a tono con la rudeza del grupo. Sólo Gutenberg desentonaba en aquel ambiente de guerrilleros. Para empezar, parecía más un seminarista, con sus gafitas ovaladas y su calva redonda en mitad de la coronilla a modo de tonsura. Cuando Sarah llegó por primera vez al cuarto en el que se reunían, oculto en un garaje a las afueras de París, Gutenberg se quedó mirándola fijamente hasta que por fin anunció:

—Esmeralda es el color de tus ojos y Esmeralda te llamaremos.

Y es que Gutenberg, que se daba aires de intelectual, a veces tenía arrebatos de lirismo como aquél.

A Trotsky no le había hecho mucha gracia que Jacob metiera allí a la chica. Después de todo no era más que una condenada burguesa que parecía tener poca sangre en las venas. Trotsky dudaba mucho de que les fuera de utilidad en algo, más bien pensaba que sería un estorbo. Sin embargo, Jacob logró convencerle de que necesitaban a alguien como ella para determinadas tareas que en realidad nadie tenía asignadas en el grupo y que se iban parcheando de mala manera: imprimir los pasquines, hacer de correo, preparar las reuniones, organizar la tesorería. Por supuesto, su amigo había enumerado tareas que dejaban a Sarah al margen de las labores de campo y, por tanto, fuera de peligro.

—Está bien, camarada, si te has encoñado con la chavala, allá tú. Pero tú te encargas de ella, yo no quiero líos.

Gutenberg le había insinuado a Sarah que el grupo estaba planeando algo gordo. Los jefes se pasaban las horas reunidos a puerta cerrada. Trotsky había insistido en endurecer el entrenamiento de los guerrilleros: afirmaba que los chicos no estaban preparados para la misión que les aguardaba.

Un día apareció por el garaje con un soldado alemán. Él mismo lo había secuestrado a punta de navaja a la salida de un *Soldatenkino*, un cine para soldados alemanes. Le había llevado a un callejón y le había dado una paliza brutal. El lamentable estado en el que el soldado había llegado al garaje hablaba por sí solo.

Trotsky lo introdujo a empujones. En el garaje se hizo el silencio, todo el mundo abandonó sus tareas y empezó a formar un círculo en torno a su líder mientras éste ataba a una silla al alemán.

—¡Estás loco, camarada! ¡No podemos retener aquí a un soldado enemigo! Sólo nos traerá problemas —mascullaba Jacob al oído de Trotsky al tiempo que éste aseguraba concienzudamente las cuerdas en torno a las muñecas del soldado—. ¿Qué piensas hacer con él?

—Ahora lo verás.

Trotsky llamó a uno de los guerrilleros, un chico de apenas dieciocho años, y le tendió una pistola.

—Mátale —ordenó concisamente, dándose media vuelta para contemplar el espectáculo con perspectiva.

El chico palideció. Parecía preguntarse si aquello iba en serio mientras sostenía la pistola con mano débil y trémula, como si quemase.

Se había hecho un silencio casi absoluto y sobrecogedor que se cerraba como un grillete en torno a la escena que formaban el soldado y su aterrorizado verdugo. Nadie se atrevió a pronunciar palabra alguna y mucho menos a contradecir a Trotsky, tal era la autoridad que ejercía. Sólo se oían los gemidos apagados del soldado, que con la boca hinchada y partida apenas podía articular unas sílabas ininteligibles, como estertores que emanaban de un cuerpo de trapo.

Jacob se acercó a Sarah, quien permanecía inmóvil tras la mesa en la que había estado ordenando unos papeles.

—Salgamos de aquí —le propuso tomándola del codo.

—No —fue todo lo que Sarah pudo argumentar.

En el centro del garaje, el drama seguía su curso.

—¡Vamos! ¡No tenemos todo el día! —conminó Trotsky al joven indeciso.

—Pero...

—¡Apunta de una maldita vez la jodida pistola y dispara, coño!

El grito desmesurado de Trotsky pareció zarandear al muchacho con su onda expansiva; el eco de su ira resonó durante unos segundos en las paredes de aquella tumba en la que se había convertido el garaje. Como si el arma pesara toneladas, el muchacho la levantó, pero era evidente que el temblor de la mano le impedía apuntar. Su tez blanca brillaba de sudor y comenzó a salpicarse de ronchas rojas, reflejo del miedo y la ansiedad. Apretaba los labios. Parpadeaba. Temblaba...

La tensión iba tomando la forma de algo tangible que golpeaba en los oídos a Sarah, que saturaba el aire como un gas pesado y que parecía que iba a explotar.

Y explotó. Explotó dentro del chico que sostenía la pistola, en forma de crisis nerviosa: soltó el arma, cayó al suelo hecho un ovillo y comenzó a sollozar entre convulsiones.

Con un par de pasos pausados, Trotsky se le acercó. Como el que lleva a cabo un trabajo rutinario, con la misma soltura y la misma desgana, se agachó, recogió la pistola, apuntó a la cabeza del soldado alemán y disparó.

El cañonazo sobresaltó a Sarah, que contempló horrorizada cómo el cuerpo del joven soldado se retorcía con una sacudida para después plegarse sobre sí mismo como un muñeco sin relleno. Nada se escuchó ni nada se movió hasta que un chorro de sangre comenzó a resbalar por la cabeza del soldado y a gotear en el suelo. Sarah no podía apartar la vista de aquellas gotas rojas que iban formando un charco sobre el cemento. Se había quedado paralizada por el terror.

—¿Ves a lo que me refiero cuando digo que todavía no están preparados? —le dijo Trotsky a Jacob sin perder la compostura.

Un asunto turbio

Es evidente que se trata de una farsa, *meine Süße*. Georg von Bergheim está muerto y no puede haber mandado ningún mensaje por teléfono —razonó Konrad, tan pausado como siempre.

Yo, en cambio, me notaba bastante alterada. Volví a apretarme contra su pecho.

—Ése es el problema. Si Georg von Bergheim está muerto, ¿quién ha escrito ese mensaje tan macabro? —repliqué.

Konrad me besó en la coronilla y me acarició como si fuera su hija.

—Alguien que quiere asustarte. Pero reconócelo, *meine Süße*, es tan teatral que resulta cómico, ¿no te parece?

—No, la verdad. A mí no me hace ninguna gracia. No me gusta que quieran asustarme.

—Me encanta cuando te portas como una niña... —aseguró antes de besarme en los labios.

—¿Me quieres?

Me miró sonriendo aunque con el ceño fruncido.

—No seas tonta: claro que te quiero.

—¿Y me seguirías queriendo aunque dejase la investigación?

Konrad soltó una carcajada.

—Te querré siempre... Pero no vas a dejar la investigación.

No, por esta bobada... —Konrad acalló mis protestas poniendo un dedo sobre mis labios—. Voy a prepararte una copa y después de haberte emborrachado, seguiremos hablando.

Complaciente, le liberé de mis brazos, y mientras se dirigía al mueble bar, me senté en uno de sus sofás de diseño, frente a un gran ventanal que ocupaba prácticamente toda la pared y que ofrecía unas vistas espectaculares de la noche de Madrid, como un acantilado sobre un mar de asfalto y lucecitas.

Su sofá era bonito, pero no invitaba a acomodarse. Aun así, no me resistí a acurrucarme en una esquina y a esconder los pies bajo las nalgas.

Konrad llegó con las copas.

—Estás pisando el sofá.

—Como los niños... Debería gustarte.

Bajé los pies al suelo porque puso cara de que en realidad no le gustaba en absoluto. Bebí un sorbo del Apple Martini que acababa de preparar y traté de reconducir un tema que él siempre desviaba.

—Lo que me sorprende es que tú, con lo celoso que eres de tu descubrimiento, no estés ni siquiera un poquito preocupado.

—No estoy preocupado, tan sólo alerta y..., de acuerdo, lo admito, también preocupado, pero por ti, por cómo te lo estás tomando: no quiero que esto te afecte, *meine Süße* —concedió mientras me acariciaba el mentón—. Mañana mismo averiguaré si se puede rastrear el mensaje. Así sabremos quién tiene tanto interés en que dejes de investigar.

—Pero ¿cómo pueden acceder a mi número de teléfono?

—Hay formas de conseguirlo. No es fácil y hay que contar con los medios, pero se puede hacer. —Konrad dejó la copa en la mesa, se recostó en el sofá y empezó a juguetear con mi pelo—. ¿Te das cuenta, *meine Süße*? Tenemos algo gordo entre manos. —Había satisfacción y regocijo en su forma de mirarme.

—Demasiado gordo para mí —lamenté—. Debes buscar a otra persona que te haga el trabajo...

—¡Oh, vamos, Ana! No empieces otra vez. Siempre estás con la misma historia y, sin embargo, has avanzado tanto que alguien cree que te estás acercando demasiado.

—Pero ¡es que no quiero verme mezclada en un asunto... turbio!

—¿Un asunto turbio? —Konrad se rió—. No te pongas dramática...

De acuerdo, era posible que la palabra turbio sonara a teleserie, pero no se me ocurría mejor manera de definir aquello.

—Lamento si te parezco vulgar, pero es la primera vez que me siento amenazada. No tengo necesidad de pasar por esto.

Mojé la rodaja de manzana que adornaba la copa en el licor y me la llevé a los labios. Konrad se acercó, la mordisqueó también y susurró:

—No era mi intención hacerte pasar un mal rato. Al contrario, pensé que disfrutarías con el trabajo. Tú eres una investigadora nata...

—Pero éste no es mi campo. Ahora mismo, no sólo me siento amenazada, también me siento perdida.

—Tienes la carta de Hitler y la mención al dossier Delmédigo. ¡Es un gran hallazgo!

—Oh, sí, un hallazgo impresionante —ironicé—. Y ahora, ¿qué? Si hay algo disperso son los archivos de la Alemania nazi. Los documentos del Tercer Reich sirvieron en cierto modo de botín a los países vencedores de la guerra; Estados Unidos, Gran Bretaña, Rusia, Ucrania, Francia, Holanda, Suiza... Para encontrar alguna referencia al dossier Delmédigo podría pasarme años metida en una selva de organizaciones, instituciones, fundaciones, bibliotecas, asociaciones y todo tipo de organismos públicos y privados que custodian documentos de la Segunda Guerra Mundial.

—Bueno, hasta el momento, no te has manejado tan mal...

—Hasta ahora, he tenido suerte. Y prácticamente todo lo que he encontrado ha sido gracias al doctor Arnoux...

—Oh, no... —me interrumpió—. Ya hemos hablado de este

tema, Ana. No quiero a nadie extraño en la investigación. Y menos al tal doctor Arnoux, tú misma estabas de acuerdo conmigo en que no es un tipo de fiar.

—Bueno... Yo no sé si es de fiar o no. Admito que su interés en mi trabajo es raro...

—¿Raro? Una de dos: o se quiere acostar contigo o nos quiere birlar el cuadro. Y no estoy dispuesto a consentir ninguna de las dos cosas, la verdad.

Aquel comentario le valió una sonrisa y un beso con sabor a licor de manzana. En cierto modo, me gustaba que se mostrase celoso.

De pronto Konrad pareció tener una revelación:

—¿Y si ha sido él quien te ha enviado el mensaje? Tiene tu teléfono...

Por un momento di crédito a esa hipótesis, pero no tardé en encontrarle pegas.

—No tiene mucho sentido... ¿Para qué ayudarme a avanzar si lo que quiere es que abandone para dejarle el terreno libre?

—Puede que le hayas hecho el trabajo sucio y, ahora que has encontrado la primera pista sólida, te quiera fuera del juego.

Los argumentos de Konrad no acababan de convencerme, sobre todo lo relativo al papel de mafioso que le asignaba al doctor Arnoux; no encajaba con el hombre amable que yo conocía. Aun así, se me ocurrió proponerle un plan.

—Y, siendo así, ¿no crees que sería mejor vigilarle de cerca? Quiero decir que nos conviene más que trabaje con nosotros que a nuestras espaldas...

—¿Estarías dispuesta a dormir con tu enemigo? —preguntó con una sonrisa burlona.

—Si tú me dejas...

Konrad se incorporó, cogió su copa y clavó la vista en su interior como si los hielos fueran a decirle algo interesante. Finalmente, apuró el whisky y suspiró.

—Está bien... Pregúntale al doctor Arnoux sobre el dossier Delmédigo. Pero... no le digas lo que estás buscando. Ni una palabra sobre *El Astrólogo, meine Süße*. Y, por supuesto, lo de dormir lo decía en sentido figurado...

Antes de regresar a París, decidí llamar al doctor Arnoux desde Madrid, pero sólo conseguía hablar con su contestador. Le dejé un par de mensajes, pero al ver que no los respondía, desistí; llegué incluso a detestar aquella locución de voz enlatada que me ordenaba que dejara un mensaje después de oír la señal, piiiii. Le escribí un par de correos, que quedaron perdidos sin respuesta en el limbo de Gmail. Probé con el teléfono de la universidad, al menos al otro lado me atendía una humana y amable telefonista, pero tampoco hubo suerte. En el teléfono de la European Foundation for Looted Art, las cosas no fueron diferentes y la telefonista ni siquiera era amable. Como último recurso, llamé al número de su casa... sin resultados. Todos mis esfuerzos por localizarle fueron en vano.

Era como si Alain Arnoux se hubiera volatilizado. Y, aunque me resistiera a admitirlo, aquella desaparición repentina alentaba mis intuiciones más nefastas.

Cansada ya de tanto teléfono, me presenté un día en la universidad, decidida a verle o a que me dieran alguna información sobre su paradero. En su despacho no estaba y, según me dijo sin gran convencimiento un chico que pululaba por el departamento, llevaba varios días sin dejarse ver por la universidad. Por casualidad, otra chica bastante más espabilada que andaba cerca oyó nuestra conversación: «El doctor Arnoux se ha cogido unos días de vacaciones. Pero está en París. Esta mañana se ha pasado por aquí para recoger unas cosas. Comentó que después estaría en casa».

Bueno, ya era algo. Por lo menos no lo habían abducido los extraterrestres ni estaba en una cárcel de la CIA, que eran algunas de las opciones que empezaba a barajar ante tanta desinformación.

Como estaba dispuesta a llegar hasta el final y él mismo me

había facilitado su dirección —suponía que para que la utilizase en caso necesario—, vencí la idea de que posiblemente estuviera invadiendo la intimidad de una persona a la que apenas conocía y me fui con mi carpeta de papeles sobre la investigación derechita a su domicilio. Después de todo, él se había presentado sin previo aviso en mi apartamento y me había pillado en chándal y sin peinar.

El mal trago que me llevé

Si Alain Arnoux no había sido abducido por los extraterrestres, ni se encontraba preso en una cárcel de la CIA, entonces no había respondido a mis llamadas ni a mis mensajes simple y llanamente porque no le apetecía. De haberme parado a pensar eso antes de lanzarme impulsivamente al asalto de su casa, me habría ahorrado el mal trago que me llevé aquella noche.

El doctor Arnoux vivía en la rue de Montorgueil, situada en el distrito II, en pleno centro de París. La rue de Montorgueil es uno de esos tesoros que todavía perviven en un París invadido de turistas, que en ocasiones se asemeja más a un escenario de cartón piedra que a una ciudad con alma y vida. La rue de Montorgueil conserva el sabor de calle de barrio y una atmósfera popular. Es una arteria peatonal en la que todavía hay más *boulangeries*, *boucheries* y *poissoneries* que tiendas de recuerdos y restaurantes de comida rápida, en la que se puede ver a los parisinos cargar con la cesta de la compra o pasear tranquilamente empujando un carrito de bebé; que los domingos se llena de los colores del mercado callejero y en la que se forman largas colas frente a la panadería para comprar los *croissants* del desayuno y un pastel para el postre. Un milagro de cotidianidad a pocos pasos del Louvre.

Su apartamento se situaba en la segunda planta de un edificio antiguo, sin grandes aderezos, en cuya lisa fachada lo único que resaltaba eran las jardineras de flores rojas de los balcones del primer piso. Tampoco pasaba desapercibido el portón de entrada pintado de azul cielo, encajonado entre una farmacia y una frutería regentada por vietnamitas que, a pesar que ya daban más de las siete de la tarde, seguía abierta.

Aprovechando la llegada de una vecina, accedí al portal sin tener que llamar al telefonillo. Dentro había un patio interior, como una cochera, con algunas macetas y un par de bicicletas apoyadas en una esquina. Por las ventanas que a él se asomaban se escapaban aromas de tortilla francesa y sonidos de trajinar de vajillas, lo que me recordó que aunque para mí era casi la hora de merendar o de tomar una cañita, para los franceses ya era hora de cenar. Fugazmente se me pasó por la cabeza la idea de que tal vez no fuera un buen momento para hacer una visita, pero como ya había llegado hasta allí, la deseché al instante.

Atravesé el patio empedrado y subí al segundo piso por las escaleras, puesto que no había ascensor. Llamé a la puerta bajo la letra A y aguardé el tiempo necesario para darme cuenta de que estaba algo inquieta: siempre me ponía nerviosa cuando llamaba al timbre de un extraño.

A los pocos segundos, la puerta se entreabrió con pereza.

—¿Quién es? —preguntó desabridamente alguien que apenas asomaba la nariz.

—¿Alain?

Aunque mi entonación había dado a la respuesta un cariz de pregunta y mi voz había sonado débil y trémula, fue como si hubiera pronunciado el santo y seña: la puerta se abrió por completo, dejando a la vista un panorama poco halagüeño.

Entre las sombras de una casa oscura, apenas iluminada al fondo por el reflejo blanquecino e intermitente de un televisor, apareció un hombre barbudo, despeinado y vestido con una camiseta arrugada, y lo que esperaba fueran unos pantalones cortos y no unos calzoncillos.

—¿Alain? —volví a preguntar con más extrañeza que interés.

—Ana... No... Yo no...

Creo que fue en aquel instante cuando por primera vez me arrepentí de haber ido hasta allí. Aunque durante el resto de la noche no dejaría de lamentarme en sucesivas y múltiples ocasiones.

—Perdona. No quería molestarte... Estabas durmiendo... Hablaremos en otro momento... o no. Bueno, que ya... veremos.

Mi discurso fue incoherente. ¿Cómo se podía ser coherente en aquella situación tan embarazosa? En realidad, lo único que quería era volatilizarme, desaparecer de aquel descansillo sin dar demasiadas explicaciones.

—No, no estaba durmiendo. Pasa.

Alain se hizo a un lado para dejarme entrar, pero entrar allí era lo último que yo deseaba hacer. Empecé a pensar que me había equivocado al juzgarle y que Alain podía ser más peligroso de lo que había creído: realmente un enemigo.

—No, no, gracias. Si de verdad que no...

—Vamos, pasa.

Intuí que se trataba de entrar o huir. Y no se me ocurría ninguna forma de huir dignamente.

Cuando Alain cerró la puerta a mi espalda, mi nerviosismo se acrecentó. Dentro del apartamento no había casi luz y el ambiente estaba muy cargado, como si llevaran semanas sin abrir las ventanas y una nube de vapor pegajoso flotase en el aire. Me dije que era una inconsciente por haberme presentado en su casa, en la casa de un extraño. ¿Qué sabía yo de Alain? Su comportamiento había sido raro desde el principio; amable e incluso encantador, de hecho, inusualmente amable y encantador, como un refinado psicópata. Y yo misma, como una estúpida, me había puesto en sus manos. Si quisiera, podría descuartizarme y guardar mis trocitos en aquella casa... Desde luego que allí olía como si descuartizara y almacenara a quienquiera que le visitase.

Alain encendió la luz y me sentí un poco mejor. El pequeño recibidor formaba parte de un igualmente minúsculo salón. Alain me adelantó para entrar en él.

—Está todo hecho un desastre. Llevo varios días sin pisar la casa —me explicó mientras recogía aquí y allá con torpeza.

Parecía una excusa. Aquel desorden era producto de las últimas horas: una maleta abierta que parecía haber vomitado ropa por todos los rincones, trozos resecos de pizza en su caja de cartón, patatas fritas aplastadas en el suelo, un montón —más de las que una persona debería beberse— de latas de cerveza vacías tumbadas en la mesa y una botella de vino a medias. Con todo aquello el doctor Arnoux bien podía haber dado una fiesta, aunque, o mucho me equivocaba, o la fiesta la había celebrado sin invitados.

—Será mejor que me marche. No es un buen momento.

Alain apagó el televisor y por fin cesó la monótona locución en francés que interfería nuestras palabras.

—Ya que estás aquí... —Se encogió de hombros—. ¿Quieres tomar algo? Me temo que cerveza no queda... ¿Vino?

Plantado en medio del salón, me ofreció la botella abierta. Entonces, a la luz de las bombillas, terminé de percatarme de lo deplorable de su aspecto: sucio como si llevara días sin lavarse y demacrado como si llevara días sin dormir, con una espesa barba desgreñada que le cubría la cara, parecía un mendigo de los que deambulan por las calles arrastrando un carrito rebosante de trastos.

—No, gracias —rechacé su ofrecimiento, sin poder ocultar un gesto de repulsión.

Él volvió a encogerse de hombros y le pegó un buen lingotazo a la botella. Como no podía ser de otro modo, se limpió la barba manchada de vino con el dorso de la mano.

—Si no has venido a beber conmigo, ¿a qué has venido entonces? No querrás hablar ahora de ese asunto tuyo...

—Ya no. Tal vez mañana podamos vernos en tu despacho, cuando estés... —iba a decir sobrio pero me callé.

Alain se dejó caer sentado sobre el brazo del sofá.

—Mañana no iré a la universidad. Estoy de vacaciones. Pero ya creí haberte dejado claro que no quiero saber nada del caso Bauer.

—Esto no es el caso Bauer —repliqué ingenuamente, como si estuviera hablando a una persona con capacidad de razonar.

—Claro que no... ¿Qué caso es, doctora? Tal vez sea éste un buen momento para que dejes de mentirme y me cuentes qué estás investigando en realidad. ¿O te has creído que soy tan idiota como para tragarme el cuento de la biografía?

—Mejor me marcho.

—Ah, disculpe su majestad si la he ofendido con mi sinceridad. Entiendo que no estés habituada. Dicen que sólo los niños y los borrachos dicen la verdad.

—Siento haberte molestado. Ya me voy...

Me di la vuelta para enfilar hacia la puerta y salir de aquel lugar espantoso. Pero él se levantó de un salto y me agarró de un brazo para detenerme.

—¡Oye, guapa! Espera un momento. ¿Crees que puedes presentarte aquí a darme la vara con tus historias y largarte así, sin más? ¿Crees que voy a seguir dejando que me tomes por imbécil? ¿Vas a decirme lo que te traes entre manos, o qué?

Su aliento de taberna en mi cara resultó tan repugnante como la forma en la que me estaba tratando. No sé si me sentía más furiosa que asustada; sin embargo, fuera el que fuese el motivo de mi nerviosismo, me produjo una incontenible diarrea verbal.

—¿Y tú? ¿Qué te traes tú entre manos? ¿Te parece gracioso hacerte pasar por Georg von Bergheim? ¿Qué es lo que te has creído? ¿Te has creído que conseguirías asustarme? Yo no te he pedido que me ayudes, ¿entiendes?

Alain me miró con ojos vacíos de borracho. Parecía totalmente desconcertado. Su imagen resultaba tan patética que el temor que aquella situación me inspirara en un principio se volatilizó de repente: aquel hombre apenas era capaz de sostenerse en pie, y menos aún de hacerme daño. De una sacudida, me deshice de él.

—Suéltame y vete a dormir la mona —le ordené con desprecio antes de abrir la puerta y correr escaleras abajo.

Desde el umbral de su casa, Alain siguió profiriendo con lengua de trapo sus incoherencias:

—¡Eso, fuera! ¡Márchate de aquí y déjame en paz! ¡Lárgate con tu cuento a otra parte! ¡Vete a aprovecharte de otro idiota!...

¡Además, ya te lo dije! ¡Ya lo sabías! ¡No quiero tener nada que ver con los malditos Bauer! ¡Ya lo sabías, joder!

Sus gritos me acompañaron hasta el portal y cruzaron conmigo el patio, al que empezaba a asomarse algún vecino alarmado por el escándalo.

Al llegar a la calle me temblaba el cuerpo entero y tenía ganas de llorar. Sin embargo, no solté ni una lágrima; quemé toda la adrenalina caminando a marchas forzadas hacia el apartamento mientras le dedicaba mentalmente al doctor Arnoux toda clase de insultos e improperios a cada cual más malsonante, sucio y ordinario.

Noviembre, 1942

Hitler ordena al ejército alemán ocupar toda Francia, de modo que también la zona libre queda bajo el control de la Wehrmacht. El gobierno del mariscal Pétain se mantiene aunque a efectos puramente burocráticos y vacío de autoridad y contenido político.

La actividad de las últimas semanas había tomado un cariz furibundo. Se había hecho acopio de armas y explosivos, pues el entrenamiento de los guerrilleros había consistido en sacarlos a la calle para incendiar, sabotear y asesinar. También se había incrementado la acción política con arengas en las fábricas, reparto de pasquines por toda la ciudad y pintadas en las calles contra del invasor. Trotsky insistía en que todo aquello era sólo el preludio de algo mucho más gordo.

Gutenberg había conseguido unos planos del centro de la ciudad sobre los que Trotsky y Jacob se cernían durante horas a puerta cerrada. Mientras, Dinamo preparaba una potente bomba con detonador activado por un mecanismo de relojería, cuya precisión y fiabilidad estaban requiriendo de toda su pericia. Incluso, aquella tarde, Trotsky había convocado a Marion a la reunión. Como siempre, a Sarah la mantenían al margen.

—¿Sabes qué están tramando? —le preguntó a Gutenberg mientras le ayudaba a limpiar la pequeña imprenta que habían montado en el garaje. El olor acre de la tinta le picaba en la garganta.

Hacía tiempo que se había dado cuenta de que era inútil intentar averiguar nada por Jacob. Sus respuestas por lo general eran evasivas u ofensivas. Jacob había consentido a la fuerza que Sarah entrase en la organización, pero se cuidaba mucho de que su participación fuera simbólica. Marion insistía en que sólo quería protegerla.

La pregunta de Sarah le sirvió a Gutenberg para tomarse un descanso. Se limpió las manos negras de grasa con un trapo, se secó el sudor de la frente y se ajustó las gafas antes de responder.

—La última gran locura del camarada Trotsky. Lo que nos costará la vida a todos o le procurará la gloria sólo a él... Puede que las dos cosas a la vez. —Gutenberg hizo una pausa dramática y concluyó—: Un ataque al cuartel general de la Gestapo... Acércame un poco de agua, ¿quieres?

—¿Al cuartel general de la Gestapo? —quiso confirmar la chica mientras se la servía—. Pero ¡eso debe de ser el lugar más vigilado de todo París!

Gutenberg apuró el agua con avidez.

—De todo un París ya de por sí vigilado... —corroboró después de pasarse la mano por la barbilla para secar unas gotas que su ansiedad al beber había dejado escapar—. Ah, pero dice tenerlo todo muy bien planeado... Yo qué sé... —Gutenberg meneó la cabeza y recuperó el trapo para volver al trabajo—. La palabra es mi única arma.

Efectivamente, el plan que le había llevado semanas trazar a Trotsky con ayuda de Jacob parecía infalible. Incluía hasta el más mínimo detalle, contemplaba hasta la más remota de las posibilidades. Incluso Marion afirmaba que al escuchar a Trotsky explicar su plan, parecía hasta sencillo.

El cuartel general de la Gestapo de Francia se hallaba en el número 72 de la avenida Foch. En realidad, prácticamente toda la avenida, desde el número 13 hasta el 84, estaba tomada por la *Sicherheitspolizei* o SIPO, la policía alemana, y la *Sicherheitsdienst* o SD, el servicio de inteligencia de las SS. De hecho, la arteria estaba sometida a una vigilancia prácticamente impenetrable. Sin embargo, ofrecía una ventaja que Trotsky estaba decidido a aprovechar: la huida podía resultar relativamente sencilla, pues se trataba de una calle ancha que terminaba en el Bois de Boulogne, donde sería fácil escabullirse tras el ataque. Además, para distraer la atención de los guardias que patrullaban la zona, Trotsky había acordado con otra de las organizaciones de la Resistencia que se celebrase una manifestación en la cercana rue Pergolèse el mismo día y a la misma hora en que estaba previsto el ataque.

Ahora bien, la auténtica pieza sobre la que pivotaba todo el plan de Trotsky no era otra que Marion. Marion representaría una especie de caballo de Troya aunque sin soldados en su interior. En aquella nueva versión, el peligro de Marion radicaba en sus encantos y en un maletín. La estrategia, aunque no exenta de riesgo, sobre todo para Marion, era bien simple: se haría pasar por una trabajadora alemana recién llegada a París y perdida en medio del caos de la ciudad. Haciendo uso de sus evidentes encantos, Marion distraería a los policías que custodiaban la entrada al edificio. En concreto, solía haber tres efectivos: uno que patrullaba en la calle, otro que controlaba los pases en una garita y un último policía dentro de la verja, junto a la puerta de acceso al edificio. Aunque el número no era lo más relevante, pues Marion no tendría que enfrentarse a ellos en una lucha cuerpo a cuerpo, simplemente debía pestañear al de la patrulla y presentar un pase falso al de la garita mientras mostraba la parte trasera de sus piernas bien torneadas al de la puerta. Después, como en un descuido propio de una chica aturdida por la gran ciudad y el evidente atractivo de los policías, se dejaría el maletín junto a la garita, semioculto por un gran macetero lleno de plantas frondosas que parecía haber sido emplazado allí para facilitar el plan de Trotsky. Antes de que los guardias se dieran cuenta del olvido de la chica, habría explotado la bomba accionada por el mecanismo de relojería que Dinamo había preparado. Una bomba lo suficientemente potente como para hacer volar por los aires el macetero, la garita, la barrera, a los tres policías alemanes y la mayor parte de la fachada del palacete desde donde los dirigentes de la Gestapo comandaban la opresión, la tortura y el asesinato de buena parte del pueblo francés.

Entretanto, Trotsky esperaría al final de la avenida Foch para sacar a Marion de allí en una motocicleta robada que les ayudaría a perderse rápidamente por el Bois de Boulogne aprovechando la confusión del momento. Jacob y los guerrilleros andarían por la zona por si, llegado el caso de que algo saliera mal, hubiera que compensar la frustración llevándose por delante a algún nazi hijo de puta.

Sin embargo, Trotsky estaba seguro de que nada podía salir mal. Al margen de los daños físicos y materiales que se pudieran causar con la bomba, lo que más le regocijaba era la certeza del impacto psicológico que tendría en las fuerzas invasoras un ataque al corazón de su temida policía secreta.

Por supuesto que nadie se molestó en poner a Sarah al corriente de todo esto. Fue sólo más adelante cuando ella lo supo. Y es que un imprevisto de última hora obligó a hacerla partícipe de todos los detalles.

La carta del *Reichsführer* Himmler era tajante: resultaba imprescindible averiguar el paradero de la hija de los Bauer de inmediato; la localización de *El Astrólogo* no admitía más demora.

Georg no se sorprendió ni del contenido ni de los términos de la misiva. Aún más, si de algo había que sorprenderse era de que la paciencia de Himmler no se hubiera colmado ya hacía mucho tiempo, y de que a estas alturas no le hubiera sustituido por cualquier otro historiador del arte más eficaz, enviándole a él al frente ruso a morir... Tal vez Georg prefiriera caer con honor en el frente que hacerlo lenta e indignamente en aquella maldita ciudad que era París. Se preguntó por qué Himmler se mostraba tan paciente y magnánimo con él...

Y como no fue capaz de hallar la respuesta, hizo una bola de papel con la carta y, con un lanzamiento certero, la encestó limpiamente en la papelera. Sólo era cuestión de esperar.

Apenas habían transcurrido un par de semanas cuando fräulein Volks le dejó nuevamente sobre la mesa otro correo de Berlín. Al distinguir en el sobre el membrete del *Reichsführer-SS*, lo rasgó esperanzado.

En pocos segundos leyó las escasas líneas de la carta; los mismos escasos segundos en los que se desvanecieron sus esperanzas y se materializó su ira.

... habiendo de este modo fracasado en la localización del paradero de Sarah Bauer, me veo obligado a asignar a la Operación Esmeralda a un miembro de la sección IVB4 de Asuntos Judíos de la Gestapo, quien sin duda le será de gran ayuda en el proceso de búsqueda, detención e interrogatorio de la mujer judía...

Georg dio un fuerte puñetazo a su mesa de despacho y todo lo que había sobre ella se tambaleó.

¡Maldita sea! ¿Por qué demonios Himmler no acababa de una vez con su agonía y le convocaba a un consejo de guerra por incumplimiento del deber?

Georg apretó el botón del intercomunicador:

—¡Volks! ¡Póngame ahora mismo con el Cuartel General de las SS en Berlín!

«*Sturmbannführer* Von Bergheim, tiene usted exactamente dos semanas, ni un día más, para detener a Sarah Bauer. A partir de entonces, el asunto pasará a manos de la Gestapo.»

Georg había estado a punto de presentar su dimisión al *Reichs-führer* Himmler y asumir las consecuencias. Pero... ¿qué sería entonces de Sarah?

Al menos, había obtenido de Himmler dos semanas más. Resultaría difícil conseguir en dos semanas lo que no había conseguido en meses... Aquella chica podía estar en cualquier lugar de Francia o viviendo en la clandestinidad. Tenía que rendirse ante la evidencia: sólo habría una posibilidad si acudía a la Gestapo...

A regañadientes, informó al *Reichsführer* de que él mismo solicitaría la colaboración de la Gestapo. Himmler se mostró complacido y dispuesto a flexibilizar el plazo imposible de cumplir que había fijado, pues estaba convencido de que una vez que interviniera su todopoderosa policía, el asunto de la chica judía se resolvería con celeridad.

Georg colgó la conferencia con la sensación de haber medio ganado una batalla. Acudiría a la Gestapo, sí, pero buscaría a quien él quisiera y no a quien Himmler le impusiera. Por lo pronto, evitaría las oficinas de París en la rue des Saussaies, donde había tenido aquel desagradable encuentro con el *Kriminalkommissar* Hauser; prefería mantenerse alejado de ese tipejo. Además, ya no estaba tan seguro de que Sarah estuviese en la capital, de hecho, la última vez había sido vista en Estrasburgo y lo cierto era que, desaparecida la familia Metz que la acogía en la ciudad, podría estar en cualquier lugar de Francia. De modo que Georg decidió hacer una visita al cuartel general de la Gestapo de Francia, en el número 72 de la avenida Foch.

Diciembre, 1942

Fuera de Francia, la guerra parece dar un giro a favor de los Aliados: el ejército británico ha acorralado a Rommel en Túnez; el ejército alemán está rodeado por tropas soviéticas en Stalingrado y, en el Pacífico, los japoneses están a punto de abandonar Guadalcanal presionados por el ejército americano.

D ónde está Marion?
Según entraba en el garaje todas las miradas se volvieron hacia ella, y Jacob, con la cara desencajada, fue lo primero que le espetó.

Sorprendida por la pregunta, Sarah se puso tensa como si estuviera ante un jurado.

—No lo sé. Creí que la encontraría aquí. No ha pasado la noche en la pensión.

—¡Mierda! —maldijo Jacob. Acto seguido inició un deambular nervioso por la sala.

—¿Qué pasa? —preguntó Sarah a Gutenberg.

—Hace ya más de media hora que Trotsky y Cigale deberían estar aquí y... ya ves: ninguno de los dos ha aparecido.

La inquietud era manifiesta sobre todo en Jacob, aunque todos los allí reunidos se mostraban inquietos. Había llegado el día del ataque contra el cuartel general de la Gestapo. Cada minuto de la jornada estaba planificado, especialmente porque había que hacer coincidir la maniobra de Marion en el 72 de la avenida Foch con la manifestación de la rue Pergolèse. Que ni Trotsky ni ella, los principales agentes de la operación, estuvieran en el garaje a la hora convenida no podía significar nada bueno.

Sarah sabía que Marion y Trotsky tenían sus escarceos amorosos. Últimamente, Marion pasaba muchas noches fuera de la pensión: no era difícil imaginar con quién. Y parecía razonable pensar que también la noche anterior la habían pasado juntos, pero lo alarmante era que ni uno ni otra hubieran llegado todavía al punto de reunión.

Sarah se había quedado atando cabos, plantada en el lugar exacto donde la había detenido la pregunta de Jacob: con su abrigo, su bufanda y su sombrero sin quitar, totalmente inmóvil. Mientras, el resto sobrellevaba la tensión como podía: los chicos de la guerrilla fumaban y bebían achicoria; Gutenberg leía, y Dínamo pretendía dar los últimos ajustes a una bomba que ya estaba más que ajustada.

De repente, Jacob detuvo sus paseos, cogió la chaqueta que colgaba de una silla y anunció:

—Me voy a buscar a Trotsky.

Nadie añadió nada; ¿qué se podía decir? Todos lo siguieron con la mirada hasta la puerta. De ese modo pudieron ver cómo, justo en el momento en que Jacob se disponía a salir, entraba Marion.

—¡Por todos los diablos, Cigale! ¿Dónde coño estabas?

—Cierra el pico, Gauloises. —La voz de Marion rechinó como si la estuvieran ahogando.

Fue entonces cuando Sarah se dio cuenta del horrible aspecto de su amiga. Marion estaba pálida y ojerosa; tenía la nariz enrojecida y los ojos irritados; sus labios resecos y blanquecinos permanecían entreabiertos pues sólo podía respirar por la boca; y a pesar de hacer bastante frío, la frente de Marion brillaba de sudor. La chica se dejó caer sin fuerzas en el primer asiento que encontró.

—Tengo un resfriado de caballo. Me encuentro fatal —anunció después de sorber escandalosamente por la nariz y dejando patente su roquera.

—¡Marion, tienes las manos heladas! —observó Sarah, que se había acercado a su amiga nada más ver el estado en el que llegaba—. Te prepararé algo caliente.

—Gracias, cariño.

El resto aún parecía estar asimilando que las consecuencias del resfriado de Marion no sólo la afectaban a ella.

—Joder...

No tuvo Jacob más palabras para aquella situación. De hecho, estaba tan absorto en ella que había olvidado el otro problema al que se enfrentaban.

—¿Sabes dónde está Trotsky? —preguntó Dinamo a Marion.

Marion asintió y volvió a sorber.

—En la cama con cuarenta de fiebre.

Aquella declaración fue como la réplica de un terremoto: terminó de hundir lo poco que quedaba en pie en aquel lugar.

—Y ya sabéis lo que le ocurre al camarada cuando tiene fiebre: empieza con sus ataques. —Marion se refería al cuadro de convulsiones que se le presentaba a Trotsky cada vez que le subía la temperatura—. Ni siquiera ha podido levantarse para acompañarme.

El silencio fue una vez más la respuesta que obtuvo el último anuncio de la chica.

—¿Qué hacemos ahora?

—¿Y qué quieres que yo te diga, joder? Habrá que abortar la operación. Sin ellos el ataque no puede llevarse a cabo.

—¡Pero llevamos semanas trabajando en esto! ¡Hay otras organizaciones implicadas! ¡La manifestación ya está convocada! —exclamó Dinamo, que empezaba a perder la templanza—. ¡No podemos anularla así, de buenas a primeras!

—¿Tienes una idea mejor? —se le encaró Jacob—. Yo podría sustituir a Trotsky y llevar la motocicleta, pero ¿y Marion? ¿Crees que está en condiciones de encandilar a ningún *boche* con esa cara y esa voz de tractor? Todos nosotros tenemos muchos cojones para hacer lo que haga falta, pero, amigo, en esta ocasión lo que necesitamos es un par de tetas. ¡Y aquí nadie tiene tetas, joder!

Ante la contundencia de los argumentos, el propio Dinamo se amilanó. De nuevo, el silencio encubridor de desconciertos, desalientos y frustraciones invadió el ambiente, ese silencio que deja a cada uno consigo mismo esperando que sea otro el que haga avanzar la máquina, ese silencio que sólo puede romper el milagro de una buena solución o el reconocimiento del fracaso. Pero el silencio persistía: no había quien estuviera en posesión del milagro ni tampoco quien quisiera ser portavoz del fracaso.

Entretanto, Marion sorbía, estornudaba y exudaba su resfriado como podía. Y los nervios de Jacob, el segundo jefe del Grupo Armado Alsaciano, se veían cada vez más crispados, con cada silencio, sorbo o estornudo, y hasta con cada tictac del reloj que se llevaba un minuto más de su ansiado plan.

—Yo puedo hacerlo.

Sobre todo por inesperada, pero también porque fue pronunciada en apenas un hilo de voz, muchos creyeron no haber oído bien aquella declaración. Sea como fuere, Sarah se vio interrogada por las miradas atónitas de todo el grupo.

—¿Cómo? —apenas acertó a articular Jacob.

—Que yo lo haré. Soy la única que tiene el par de... tetas que hacen falta. —Sarah no pudo evitar ruborizarse al decir «tetas» delante de todos aquellos hombres.

Marion soltó unas carcajadas estridentes, que en su voz ronca parecieron rebuznos.

—No seas ridícula.

El desdén de Jacob envalentonó a Sarah y fue dando fuerza a su determinación.

—¿Y por qué no? —salió Marion en su defensa—. La chica tiene razón: ella puede sustituirme perfectamente.

—Eso, Gauloises, ¿por qué no? —intervino Dinamo.

—¿Es que habéis perdido todos el juicio? ¡No está preparada! Si soltamos esta gatita a los perros, la devorarán, y a nosotros con ella.

La paciencia, la dulzura y la candidez de Sarah se evaporaron como una gota de agua al sol. Ya no estaba dispuesta a soportar por más tiempo el desprecio de su amigo. Ya no podía consentir que siguiera ninguneándola delante de todos. Ya no iba a permitir más faltas de consideración ni de respeto. Aunque para eso tuviera que dejar de ser Sarah.

—¿Preparada para qué, Gauloises? —pronunció con retintín el nombre de guerra de Jacob—. ¿Para ponérsela dura a un tipo? Todas las mujeres nacemos preparadas para eso.

Se escucharon risitas en el foro.

—¡Así se habla, cariño! —la animó Marion con su tono de camionero.

Sarah había empezado y ya no podía parar. Se encaminó al centro del corro que rodeaba a Jacob y, como si aquello fuera un escenario, comenzó a actuar.

—Dime, si me desabrocho la blusa y me suelto el pelo, ¿no se te pone dura?

A medida que Sarah se le acercaba con el escote semidesnudo y la melena revuelta, Jacob fue perdiendo la compostura. No daba crédito a lo que estaba presenciando. Entretanto el auditorio se volcaba en pitidos y arengas, su amigo notó cómo subía su temperatura corporal. No contenta con aquello, Sarah se recogió la falda hasta dejar uno de sus muslos a la vista.

—O a lo mejor necesitas que me acerque un poco más a ti y te meta la mano en el bolsillo del pantalón... ¿Podrías soportar que te rozase?

Sarah se quedó mirando a Jacob muy fijamente, oscureciendo el verde de sus ojos con el negro de los de él...

—Creo que no será necesario —concluyó al fin.

Después, interrumpió bruscamente su puesta en escena: se abrochó la blusa, se bajó la falda y volvió a recogerse el pelo. Se dio media vuelta y dejó a Jacob sudando y aturdido en medio del escenario. El público prorrumpió en aplausos.

Sarah tomó asiento junto a Marion porque notó que le temblaban las piernas. No podía creerse lo que acababa de hacer. Había que estar muy segura de una misma para actuar como lo había hecho y ella nunca estaba segura de nada...

—Por aclamación popular, creo que la decisión está tomada, Gauloises —anunció Marion, llevando al límite su voz quebrada para hacerse oír entre los aplausos.

Jacob sólo pudo callar para otorgar, porque el aire todavía no le llegaba al cuello.

—Está bien. Ya no tenemos mucho tiempo —intervino Dinamo—. Hay que ponerse manos a la obra. ¡Fuera nazis! —gritó. Y todos le corearon.

—Un momento —interrumpió Gutenberg—. No hay papeles para ella.

Los gritos cesaron casi al instante.

—¿Qué quieres decir? —Dinamo ya estaba temiéndose que le iban a aguar la fiesta.

—Preparé unos papeles falsos para Cigale por si los nazis se los pedían. Pero para Esmeralda no hay papeles.

—Que use los de Cigale —insistió Dinamo.

—No es posible. Algunos podrían valer, pero el *Kennkarte* incluye una fotografía. Tampoco podría improvisar uno a tiempo: sólo tomarle la fotografía y revelarla me llevaría toda la mañana.

El desaliento volvió a cundir en el grupo en forma de silencio. Sólo Jacob parecía alegrarse.

—¿Veis? No es tan sencillo como parece. No se puede enmendar en media hora una operación que ha llevado meses preparar.

—¡Esto es una puta mierda! —se desahogó Dinamo ante tanta adversidad.

—Iré sin papeles.

Todas las miradas se dirigieron de nuevo a Sarah.

—No creo que me los pidan.

—Eres una inconsciente... ¡Todo esto es un suicidio! —bramó Jacob en sus trece.

—Yo estoy con ella. —Dinamo era como una polilla, volaba allá donde veía un puntito de luz—. ¿Qué posibilidades hay de que un nazi *empalmao* se vaya a fijar en sus papeles? Si la chica hace bien su trabajo (que a la vista del estado en el que te ha dejado, lo hará), nadie va a sospechar de un maldito documento.

Todos convinieron con Dinamo. Sólo Jacob mostró una vez más su oposición:

—Haced lo que os dé la gana. Pero yo no me hago responsable de esta locura.

Marion se dirigió a Sarah:

—¿Estás segura de que quieres hacerlo, cariño?

Ella alzó sus enormes ojos verdes para mirar a Jacob al otro lado de la sala: iba a hablar sólo para él.

—¿Conducirás tú la motocicleta para sacarme de allí?

La voz de Sarah acarició los sentidos de Jacob y como por encantamiento todas sus convicciones se vinieron abajo. La dulce voz de Sarah... ¡Por Dios! ¡Bajaría al infierno para buscarla sólo con que ella se lo pidiera!

—Sí... Yo te sacaré de allí —declaró con la misma intensidad que si le estuviera jurando amor eterno.

—Entonces, lo haré.

La alegría volvió al garaje en forma de vítores.

—Tú ponte en mis manos, querida. Te voy a dejar que no te va a reconocer ni la madre que te parió —le aseguró Marion a Sarah en medio del tumulto.

———◈———

Antes de abrir el maletín que guardaba la bomba, Dinamo exhaló una bocanada de aire cálido entre sus manos; a pesar de los mitones, los dedos se le habían helado y vuelto torpes. Su aliento se condensó inmediatamente dejando un rastro de humo blanco.

Quedaban todavía un par de días para que comenzase el invierno, pero la mañana se presentaba gélida. Era una de esas mañanas despejadas en las que el viento del norte parece congelarlo todo, hasta la luz del sol, mórbida y blanquecina. Una de esas mañanas en las que el aire huele a frío.

—Recuerda. Antes de dejar el maletín en la garita, debes accionar el reloj. Sólo tienes que girar el cierre. A partir de entonces, tendrás cinco minutos antes de que todo haga... ¡bum! —instruyó Dinamo a Sarah.

Ella se arrebujó en su abrigo de gruesa lana alemana de calidad y rehusó indagar en el origen de su temblor.

—Toma, cógelo.

Sarah agarró el asa del maletín; en realidad, se trataba del estuche de una máquina de escribir marca Olympia, las que habitualmente utilizaban los alemanes. Al sostenerlo, comprobó que pesaba más de lo que creía. Lo cierto era que nunca se había parado a pensar lo que pesarían unos cuantos cartuchos de dinamita; nunca se imaginó que tendría que cargar con nada similar. Sarah no sabía que llevaba encima exactamente diez kilos de explosivo.

Dinamo se quedó mirándola durante unos segundos con cierto aire de orgullo paternal.

—Estás muy guapa, Esmeralda. No habrá *boche* que se te resista.

Sarah sonrió agradecida.

—Buena suerte, camarada —concluyó Dinamo a modo de despedida.

Aquel «camarada» le resultó reconfortante y vigorizante. Ya no era la chica de los recados; ahora, era una camarada más.

—Gracias, Dinamo.

—¡Vamos, no hay tiempo! —intervino abruptamente Jacob.

Si Sarah esperaba mayor calidez por su parte, se equivocaba. La despedida de Jacob fue otra de las cosas que parecía haber congelado el viento del norte.

—Estaré aquí a la hora convenida —fue su mayor concesión al momento.

—Yo también —respondió ella, y se dio media vuelta para desaparecer entre las sendas arboladas del Bois de Boulogne.

—¿Crees que lo conseguirá? —le susurró Dinamo a Jacob por encima del hombro.

—¡Cierra tu jodida boca, camarada!

Jacob apartó a Dinamo de un empujón y se ocultó tras un árbol a masticar con ansiedad un cigarrillo. Aquella espera iba a matarle.

En cada uno de los extremos y en cada una de las calles que desembocaban en la avenida Foch había un puesto de control. Todo el que fuera a transitar por allí debía mostrar antes sus papeles a los soldados. El procedimiento solía ser rutinario. Bajo la administración nazi, era tal el número de documentos de identificación diferentes que una persona podía llevar consigo, que ni siquiera los propios soldados alemanes los conocían todos y, en la mayoría de los casos, eran incapaces de distinguir los auténticos de los falsos. Casi siempre se limitaban a ojear el documento en cuestión y si veían estampados muchos sellos oficiales y unas cuantas firmas, lo daban por válido. O por lo menos eso era lo que Gutenberg le había explicado a Sarah, no sabía ella hasta qué punto lo había dicho sólo para tranquilizarla.

Pero lo que la chica no podía olvidar era que su *Kennkarte*, su documento de identidad, llevaba la foto de Marion. Era cierto que en la foto su amiga vestía de civil y llevaba gafas y el pelo suelto, mientras que Sarah vestía uniforme, no tenía gafas y llevaba el pelo recogido, con lo que nadie podría esperarse un parecido total. Además, sobre la cara de Marion caían intencionadamente grandes sombras que difuminaban sus rasgos. No es que ambas chicas se pareciesen, pero el corte de cara y el color del pelo eran semejantes. En cualquier caso, Sarah confiaba en que Gutenberg estuviera en lo cierto y el soldado alemán no hiciera una inspección minuciosa de la fotografía.

Sarah llegó a la cola del control y aguardó su turno. Sacó el *Kennkarte* del bolsillo de la chaqueta y fue entonces, al ver sus manos temblar, cuando se dio cuenta de lo nerviosa que estaba.

El corazón le latía rápidamente y, a pesar del frío, notaba el sudor pegajoso bajo las gruesas ropas de abrigo del uniforme reglamentario de *SS-Stabshelferin*, el cuerpo administrativo auxiliar de las SS, que Jacob y Trotsky habían robado del equipaje de una secretaria alemana en la Gare de l'Est.

Sarah dejó el maletín en el suelo; cada vez le resultaba más pesado y tenía los dedos entumecidos de cargar con él. Por un momento, echó la vista atrás... y de nuevo miró hacia delante: la cola avanzaba y el puesto de control se aproximaba. El ambiente daba el aspecto de tranquilo y al tiempo era tenso, como de calma engañosa; nadie hablaba en la cola y apenas se oía el murmullo de los soldados pidiendo los papeles entre el rozar de los zapatos contra el suelo y los ruidos metálicos de las ametralladoras. Sarah aspiró hondo tratando de que el aire volviera a llegar a sus pulmones y calmara con una caricia su corazón acelerado.

«Estás verdaderamente preciosa, cariño», le había asegurado Marion con emoción contenida una vez que hubo terminado de arreglarla. Sarah se había mirado al espejo y había quedado sorprendida: le parecía estar contemplando a otra persona. Aquella imagen no era la de una niña asustada y tímida, era más bien la de una mujer fuerte y hermosa. Tal vez fuera el uniforme. Marion se quejaba de que al ser de invierno, el grueso abrigo no hacía grandes concesiones al atractivo femenino, pero aun así se las había ingeniado para darle un toque especial: le había ajustado bien fuerte el cinturón, de modo que la cintura se le dibujaba fina entre unas caderas redondeadas y un talle muy marcado que su amiga se había esmerado en realzar metiendo algo de relleno bajo el sujetador. Lo cierto era que, en los últimos meses, Sarah había adelgazado considerablemente y no sólo su figura se había afinado, sino también su rostro; había perdido la forma redonda y el aspecto saludable del de una niña y se había convertido en el semblante elegante y anguloso de una mujer. Marion la había maquillado discretamente, como exigían las ordenanzas militares, pero lo había hecho con tal maestría que parecía que la piel brillaba con luz propia, como los retratos de las artistas de cine.

Además, había recogido su preciosa melena dorada en un moño a la altura de la nuca para que pudiera ponerse la gorra, que llevaba un poquito ladeada y con mucha gracia. «Tengo miedo, Marion.» «Lo sé, cariño. Lo sé.»

«Estás muy guapa, Esmeralda. No habrá *boche* que se te resista...» Sarah volvió a mirar a su espalda, suspiró de nuevo y devolvió la mirada al frente. Ya sólo quedaban dos personas delante de ella. Una vez que hubiera pasado el control, ya no habría marcha atrás. Tragó saliva y se ajustó un poco más el cinturón del abrigo. Agarró con fuerza el maletín. ¿Y si le pedían que lo abriera para inspeccionarlo? Casi cien cartuchos de dinamita y un detonador. Tal vez nunca debía haberse ofrecido a hacer aquello.

—*Ausweis, bitte.*

Sarah no pudo controlar el temblor de su mano al mostrarle su identificación al soldado.

—¡Por Dios, qué frío hace en esta ciudad! ¿Es siempre así? —Su voz sonó natural. Sólo ella notaba lo que le estaba costando sacarla a través de unas cuerdas vocales en tensión.

El soldado alemán alzó la cabeza casi sin mirar los papeles. Nada más verla sonrió. Se pasaba día tras día, hora tras hora, mirando papel tras papel. Era un trabajo tedioso y aburrido. Ver a una mujer como aquélla no era lo más habitual. Pero que además una mujer como aquélla le hubiera dirigido la palabra, le pareció un regalo divino: como si un ángel hubiera bajado del cielo para darle conversación.

—Sólo en invierno. ¿Acaba de llegar a París?

—Así es. Y, francamente, esperaba otra cosa.

—Dele un poco de tiempo a este lugar. En primavera le sorprenderá —auguró el soldado mientras le devolvía la documentación.

Sarah asintió. Esperaba que el soldado la dejase pasar sin más. Pero no se deja ir así como así a una mujer como aquélla: era lo mejor que le había sucedido en meses.

—¿Alguna noticia interesante de Berlín?

—En realidad, vengo de Frankfurt.

—¡Ah! Mi cuñado es de Frankfurt. Mi hermana se fue a vivir allí cuando se casó, pero no he tenido ocasión de ir a verla desde que empezó la guerra. Creo que los bombardeos han destrozado la ciudad...

Parecía que el soldado estaba dispuesto a mantener una conversación larga y distendida. Descansaba sobre una pierna y se había llevado la ametralladora a la espalda, agarrando la cinta como si de un bolso se tratara. Pero Sarah no tenía ni tiempo ni templanza para eso.

—¿Y qué ciudad no han destrozado las malditas bombas británicas, soldado? —Sarah trató de generar empatía usando una frase similar a las que escuchaba en las emisiones de la BBC—. ¿Le veré por aquí mañana?

El soldado se encogió de hombros.

—Eso espero... Por cierto, esa maleta... —A Sarah le dio un vuelco el corazón—. Da la impresión de ser muy pesada. ¿Tiene que cargar con ella todos los días?

Sarah se aferró al maletín; notaba que empezaba a deslizarse por su mano sudorosa.

—No, no. Solamente hoy... Hoy es mi primer día... Tengo que traer mi máquina de escribir... Ya sabe...

El nerviosismo de Sarah fue en aumento a medida que se daba cuenta de que titubeaba; decidió detener sus explicaciones.

—Pues que tenga un buen día, fräulein. Y bienvenida a París —concluyó por fin el atento guardia, llevándose la mano al casco en un respetuoso saludo.

—Gracias, soldado.

Sarah le dedicó la mejor de sus sonrisas y pasó caminando por el puesto de control como Marion la había enseñado: trasero y caderas. Al soldado le había alegrado el día.

Nada más traspasarlo sintió que se desmayaría. La tensión acumulada, esa que la había mantenido serena y ágil, se le escapaba por cada una de sus terminaciones nerviosas; sus pulsaciones se ralentizaron, tanto que pensó que se le había parado el corazón. Hubiera deseado soltar aquel maldito maletín, dejarse caer al suelo y cerrar los ojos... «Buena suerte, camarada...» ¡Por Dios que la había tenido! ¡El control había quedado atrás! ¡Estaba en la avenida Foch!

Sarah notó que la sensación de mareo desaparecía poco a poco y sonrió. Pero tuvo la precaución de bajar la cabeza; en aquel tiempo no era frecuente ver a nadie sonreír por la calle y ella no quería llamar la atención. ¿Era euforia lo que erguía su pecho y daba vigor a sus pasos? ¿Cómo era posible que hubiera sido tan sencillo? Sólo había tenido que ser dulce y amable; ella solía serlo.

Con ánimos renovados, se adentró en el amplio bulevar que partía la avenida en dos. No había mucho tránsito ni de vehículos ni de personas. Las señales más obvias del París ocupado en aquella avenida eran el silencio y la tristeza. Por lo demás, seguía siendo una de las arterias más bonitas de la ciudad, con sus palacetes y sus casas señoriales intactas, como máscaras que ocultan un rostro deforme y un alma degenerada. Ninguno de los organismos de la avenida Foch se mostraba excesivamente ostentoso en sus manifestaciones externas, después de todo, se trataba de la policía secreta. Sólo el número 72, la sede del cuartel general, desplegaba un par de banderas con la esvástica que el palacio parecía llorar desde sus balcones.

Sarah se detuvo a pocos metros frente a su objetivo. A lo lejos escuchó los pitidos y consignas de la manifestación; el resto de sus camaradas hacían su trabajo, a ella le tocaba cumplir con el suyo. Como estaba previsto, había un guardia en la calle, otro al otro lado de la verja, dentro de una garita, y un último centinela flanqueando la puerta de entrada al edificio. Un par de coches oficiales estaban aparcados en la acera. Un hombre vestido con ropas civiles mostró su pase y accedió al edificio. En la distancia, Sarah escogió el mejor sitio para dejar el maletín: pegado a la garita, entre ésta y un macetero, fuera de la vista de los guardias.

Se alisó el abrigo y se ajustó los cuellos: volvió a tomar conciencia del uniforme de *Stabshelferin* que llevaba y en lo que eso la convertía. Sarah Bauer quedó en el bulevar y Greta Mesner cruzó la calle en dirección al cuartel general de la Gestapo, su lugar de trabajo. Ojalá hubiera podido dejar también el corazón desbocado de Sarah Bauer allí donde ella se había quedado.

Calma, naturalidad y rutina, se repetía mentalmente mientras se acercaba al primer guardia.

—*Büroangestellte* Greta Mesner. —Le abordó con su cargo, su nombre y su *Kennkarte* en la mano.

El guardia se enderezó levemente y miró con desgana el documento. Parecía que él también se guiaba por la rutina.

—Pase por control —le indicó apuntando con la vista a la garita.

Uno menos, pensó ella aliviada según atravesaba la verja.

Se acercó a la ventanilla de la garita. Un joven soldado de las SS la recibió. Cuando comprobó que el soldado sonreía al mirarla, ella le devolvió la sonrisa.

—*Büroangestellte* Greta Mesner —volvió a decir. Esta vez trató de que su pulgar quedara cerca de la fotografía del *Kennkarte*.

—¿Puedo ver su *Hausausweis*, por favor?

El soldado le estaba pidiendo el pase que autorizaba la entrada del personal empleado en el edificio. Pero ella no lo sabía, nadie se lo había dicho, y el único documento que llevaba encima era el *Kennkarte*. Trató de que el miedo no llegara a su rostro.

—*Hausausweis?* —repitió para darse tiempo y porque no sabía muy bien qué decir—. Acabo de llegar de Frankfurt, me incorporo hoy. —Aquélla era la única lección que llevaba bien aprendida.

Y sin saberlo, dio en el clavo.

—Ah, disculpe —volvió a sonreírle el SS. Lo cierto era que no podía tener el pase si era su primer día de trabajo. El *Hausausweis* se lo tenían que dar allí.

Aunque sus rodillas querían doblarse, trató de mantenerlas firmes. No entendía muy bien qué había sucedido, pero todo parecía rodar a la perfección. El guardia estaba comprobando una lista en la que ella ya sabía que no la encontraría.

—¿Me ha dicho Greta Mesner?

—Sí.

—Lo siento, fräulein Mesner, pero su nombre no figura en el registro. —El guardia parecía más consternado que suspicaz.

Ella dejó caer los hombros y se mordió la comisura del labio en señal de abatimiento.

—Pero... ¿cómo es posible? Tengo orden de presentarme el 18 de diciembre en las oficinas del cuartel general de la Gestapo en París.

—¿Tiene la orden con usted? —le preguntó con el ánimo de ayudar a aquella mujer de preciosos ojos verdes, probablemente los más bonitos que había visto nunca.

—Ay, no... Me temo que me la he dejado en el hotel —exhaló la última palabra en un suspiro de desaliento—. Esta condenada ciudad... Hace un frío espantoso, todos los franceses te miran mal, y ahora esto...

—No se angustie, fräulein. Verá, no me atrevo a asegurarlo sin ver la orden, pero es posible que donde tenga usted que presentarse sea en el cuartel general de la Gestapo de París. Esto es el cuartel general de la Gestapo de Francia.

Abrió los ojos de par en par y su rostro se iluminó.

—No me diga. ¡Menuda confusión! Me siento tan estúpida... He llegado esta madrugada con apenas el tiempo justo de cambiarme el uniforme... No me paré a mirar bien la dirección y me dijeron que era la avenida Foch.

—No se disculpe. Es fácil confundirse. De todos modos, de ahora en adelante, procure llevar la orden con usted, le evitará estos enredos. Vaya a la rue des Saussaies, 11. Allí encontrará la Gestapo de París.

Mientras el soldado hablaba, Sarah dejó la maleta junto a la garita sin perder la sonrisa de agradecimiento y admiración del rostro.

—Muchas gracias, de verdad. Le estoy muy agradecida. Ha sido usted muy amable.

—No hay de qué, fräulein. Que tenga un buen día.

—Igualmente.

Sarah abandonó la garita y salió a la calle sin mirar atrás. Hubiera querido correr, pero se obligó a mantener un caminar pausado y natural. Era muy probable que el corazón le fuera a estallar en el pecho antes que la bomba... Sin embargo, en lugar de estallar, su corazón se detuvo en seco.

«¡Dios mío! ¡No he puesto en marcha el detonador!»

Su paso se aceleró involuntariamente. No podía detenerse. No podía parar de andar, pero tampoco podía marcharse de allí dejando una bomba inútil. Tampoco podía regresar así al garaje, habiendo tirado por tierra la operación. «Recuerda. Antes de dejar el maletín en la garita, debes accionar el reloj.» Sarah estaba a punto de echarse a llorar.

Con una precipitación suicida, se dio media vuelta confiando en saber qué decir cuando llegase de nuevo a la entrada del número 72.

El primer guardia le sonrió esta vez. Ella apenas encontró fuerzas para devolverle la sonrisa y menos para dirigirle una palabra. Aquella segunda incursión fue mucho menos reflexiva. Afortunadamente, el guardia no le pidió ninguna explicación ni le impidió el paso.

Al llegar por segunda vez a la garita, el joven SS la miró con grata sorpresa.

—Discúlpeme, de nuevo. Siento abusar así de su amabilidad —habló Sarah, haciendo grandes esfuerzos por no atropellar las palabras. Entretanto, abrió el bolso y sacó un papel y un lápiz—. ¿Podría apuntarme la dirección? Todavía no me manejo bien con el francés.

—Por supuesto, fräulein.

Sarah dejó caer el lápiz.

—Oh, lo siento. Estoy... estoy un poco nerviosa con tanto jaleo.

Se agachó y, casi en el mismo movimiento, recogió el lápiz y giró el cierre del maletín. Los cinco minutos empezaron a contar.

Sarah se incorporó y le entregó el lápiz al guardia. Éste apuntó complaciente la dirección en el papel.

—Aquí tiene: 11, rue des Saussaies. Está cerca de la *Komman-dantur*, en la rue de Rivoli.

—Oh, muchísimas gracias. —Sarah se deshacía en sonrisas—. ¿Cuál es su nombre, soldado?

—Johannes Friedl, fräulein.

—Gracias, Johannes Friedl. ¿Podré acudir a usted cuando vuelva a perderme por París?

El soldado se irguió de orgullo como el gallo del corral. Aquélla era toda una conquista que le valdría la admiración de sus compañeros esa noche en el barracón.

—Por supuesto, fräulein. Estoy a su servicio.

—Hasta otra, entonces.

—Hasta otra, fräulein Mesner.

La garita estaba prácticamente pegada a la verja y, sin embargo, antes de que Sarah la hubiera cruzado, escuchó a su espalda:

—¡Fräulein Mesner! ¡Aguarde un momento! Se olvida usted de esto.

No podía ser posible. No, ahora que estaba a punto de conseguirlo.

En una fracción de segundo, Sarah supo que sólo tenía dos posibilidades: quedarse o salir corriendo; y se vio a sí misma explotando con la bomba o abatida a tiros por un guardia alemán. No se le ocurrían más escenarios. Sus nervios estaban destrozados y no era capaz de pensar en nada más.

—Su lápiz, fräulein. Puede hacerle falta.

Sarah cerró los ojos. Tuvo la sensación de que a veces el alivio puede ser doloroso. Se dio media vuelta y recogió el lápiz.

—Gracias.

Probablemente Johannes Friedl le había dicho algo, pero ella ya no lo escuchó. Todos sus sentidos parecían anulados. Caminaba jadeante y a ciegas. Era como una locomotora, exhalando humo blanco por la boca y avanzando al frente por una vía de una sola dirección; la dirección para salir de allí, para escapar antes de los menos de cinco minutos que le quedaban hasta alcanzar el puesto de control al final de la avenida. Antes de los breves minutos de vida que le restaban a Johannes Friedl.

—*Es tut mir Leid.*

Sarah miró distraída y con un movimiento instintivo de cabeza aceptó las disculpas de alguien con quien acababa de chocar en su caminar precipitado. Enseguida reanudó el paso. Pero a los pocos segundos recuperó la conciencia del entorno con la misma eficacia que si le hubieran tirado sobre la cabeza un cubo de agua fría. Se detuvo en seco.

Georg von Bergheim. Aquel hombre con el que había chocado era Georg von Bergheim. Casi podría asegurarlo.

Sarah se volvió. La espalda de un militar alemán alejándose por la acera no hubiera sido de mucha ayuda para salir de dudas, pero aquel militar alemán cojeaba al andar...

El tiempo se acababa y el puesto de control aún estaba a varios metros. Hubiera tenido que seguir su camino de locomotora, pero no era capaz de hacerlo. Su mente estaba colapsada por una imagen y una frase: «*Es reicht!*».

El militar alemán se detuvo frente al cuartel general de la Gestapo e intercambió algunas frases con el guardia de la puerta. Se dio media vuelta y sacó algo del bolsillo de su guerrera.

Se trataba de Georg von Bergheim. Sarah estaba casi completamente segura, aunque todavía no había podido verle bien la cara. Ni lo consiguió hasta que, después de coger un pitillo y encenderlo tras el resguardo de sus manos, el oficial alemán alzó el rostro para exhalar el humo al cielo. Sin duda, se trataba de Georg von Bergheim.

El *Sturmbannführer* Von Bergheim fumaba frente al número 72 de la avenida Foch. Sarah Bauer lo contemplaba absorta unos metros más adelante; creyó que nunca más volvería a verlo. Y al encontrárselo, se había olvidado de todo, incluso hasta de la hora...

Entonces, Von Bergheim dio unos cuantos pasos de paseo tranquilo, volvió a detenerse y consultó su reloj de pulsera.

«¡Dios mío! ¡La bomba!»

Sarah se levantó precipitadamente la manga del abrigo en busca de su propio reloj... Pero no llegó a verlo. Un ruido atronador le cerró los ojos y le taponó los oídos. Al instante, el aire se convirtió en un ariete que empujó violentamente su cuerpo contra el suelo.

Los cinco minutos habían concluido.

———◇◈◇———

«Haré prodigios en el cielo y en la tierra, sangre, fuego y columnas de humo. El sol se convertirá en tinieblas y la luna en sangre.» Libro de Joel, 3, 3-4.

Sarah parpadeó con dificultad, como si tuviera arena dentro de los ojos. Al intentar moverse, se dio cuenta de que le dolía todo el cuerpo. Le escocía la cara, le pitaban los oídos y no podía pensar con claridad. Aún estaba bastante aturdida por la explosión y el golpe.

Se incorporó torpemente. El panorama era desolador. El mismo humo negro y denso que le picaba en la garganta lo envolvía todo, oscureciendo las calles como si de repente hubiera caído la noche sobre la ciudad. A lo lejos, en mitad de un silencio sobrecogedor, se oía lo que parecía el bramido de las olas del mar: no era el mar, sino el fuego; la entrada del número 72 estaba tomada por las llamas y el calor llegaba a golpear las mejillas de Sarah.

Alzó la vista intentando ver el cielo, pero la nube de humo negro se lo impedía. A las ventanas de los edificios colindantes, la gente empezaba a asomarse con temor. No tardó en dejarse oír la primera sirena a lo lejos y su aullido la espabiló un poco. Sabía que tenía que ponerse en pie y salir de allí, pero ¿por qué le costaba tanto hacerlo? No era el dolor, era un entumecimiento extraño, una pereza más mental que física. Como si no pudiese reaccionar a ningún estímulo. No quería moverse, ni gritar, ni correr. No quería decidir.

La sirena siguió chillando, cada vez más cerca, cada vez más fuerte.

Sarah se llevó la mano a la frente, intentando pensar. En los dedos notó un tacto viscoso y al mirarlos supo que era sangre. «Una herida en la frente», concluyó sin inquietarse. Nada podía alterarla. Nada parecía despertar sus sentidos; si acaso el maldito ruido de aquella sirena, apuñalando su cabeza dolorida, y el brillo cegador del incendio, quemando sus pupilas. Como una autómata se puso en pie. Le faltaba un zapato y no podía andar bien, de modo que se deshizo del otro.

El humo se había ido disipando, pesadamente se había elevado hacia el cielo y había abierto claros a ras del suelo. Como un velo al levantarse, iba dejando al descubierto la destrucción: ladrillos y trozos de cemento por todas partes, hierros retorcidos, cristales rotos, árboles quebrados; el pavimento se había agrietado y algunos automóviles estaban volcados y destrozados. Pronto todo sería pasto de las llamas. En la acera yacían cuerpos deshechos, pedazos de carne que Sarah no quiso identificar. Había un hombre tirado junto a un automóvil. Un reguero de gasolina brotaba del motor y no tardaría en prenderse, el fuego alcanzaría el depósito y explotaría. Tal vez aquel hombre ya estuviera muerto.

De pronto, nítida en mitad de tanto caos, acudió a su mente la última imagen que había contemplado antes de la explosión: el comandante Georg von Bergheim consultando su reloj a pocos pasos del número 72, frente a un automóvil. Aquella imagen sacudió sus sentidos y Sarah despertó.

Su obligación era escapar de allí. Lo sabía. Sin embargo, se encontró caminando hacia el meollo del caos. Aquel hombre que había visto en el suelo era Georg von Bergheim y tenía que saber si había muerto.

Cerca del edificio, el humo se hacía más denso, y el calor del incendio, insoportable. Las llamas aullaban con furia, una furia amenazante. Era como caminar por el infierno. Llegó junto al cuerpo del *boche* y le miró sin atreverse a tocarle: efectivamente se trataba del comandante Von Bergheim y estaba muerto.

Ella había ido allí a matar alemanes. Ahora ya podía marcharse. Sarah se dio media vuelta para alejarse.

Pero no había alcanzado a dar un paso cuando entre el aullar del fuego le pareció distinguir un gemido. Instantáneamente se giró.

—Dios mío, se mueve...

Sarah recuperó de golpe todas sus constantes vitales: no tardó en sentir los nervios a flor de piel, y el miedo. Ni tampoco en ser consciente de la muerte, la destrucción y el peligro. No tardó en tener ganas de llorar mientras se agachaba junto al comandante. Le oyó gemir y respirar con dificultad. «Está vivo.»

Pero ella había ido allí a matar alemanes.

Una amenazante lengua de fuego se acercaba por el reguero de gasolina hacia el motor. Los gemidos del alemán eran cada vez más continuos. Sin pensárselo dos veces, Sarah le cogió por debajo de las axilas y trató de arrastrarlo. Tenía que sacarlo de allí antes de que el automóvil volara por los aires. Pero por más que tiraba apenas conseguía moverlo, pesaba demasiado. Se quitó el abrigo para poder desenvolverse mejor y volvió a intentarlo con todas sus fuerzas. Las manos sudorosas se le escurrían de los brazos del comandante y en los pies descalzos se le clavaba el asfalto resquebrajado y los cristales rotos, pero Sarah no desfalleció. Tiró y tiró de él, entre el humo negro y el fuego abrasador, entre el ruido de las sirenas y el fragor de las llamas, entre el caos y la destrucción, centímetro a centímetro, paso a paso. Le arrastró hasta un recoveco en el muro.

Justo entonces, el automóvil explotó y de nuevo todo retumbó con la sacudida. También la espalda de Sarah. Se había tirado sobre Georg von Bergheim para protegerle con su cuerpo: lo había hecho instintivamente al oír la explosión.

—No puedo respirar...

Georg hablaba afanosamente en un hilo de voz, pero Sarah estaba tan cerca de él que había podido escucharle. Le desabrochó la guerrera y le abrió el cuello de la camisa. Después, lo incorporó un poco y le colocó la cabeza sobre sus rodillas. Georg luchaba torpemente por tomar bocanadas de aire, pero sus pulmones no querían responder. Sarah lo veía boquear, angustiada, pensando que aquel hombre se le iba a morir en el regazo.

Por la calle empezaban a aparecer las primeras personas que acudían a socorrer a los heridos, si es que tras aquella terrible explosión alguien había sobrevivido. Eran trabajadores de los edificios colindantes, pues las ambulancias aún no habían llegado.

Sarah gritó:

—¡Por favor! ¡Ayuda, por favor! ¿Alguien puede ayudarme?

Le pareció que su grito era un susurro en toda aquella confusión. La gente pasaba de largo como si no la vieran.

—¡Socorro! ¡Por favor!

Por fin, un hombre joven se acercó a ella.

—¿Está usted bien, fräulein?

—Sí, sí. Pero este hombre está malherido.

La respiración de Georg parecía cada vez más débil y dificultosa. Sin embargo, hizo un esfuerzo por incorporarse. Sarah trató de detenerle y entonces se encontraron cara a cara.

—¿Sa...? ¿Sarah? —murmuró; apenas podía hablar. No daba crédito a lo que veían sus ojos, de pronto muy abiertos, como si se hubieran apoderado de toda la vida que quedaba en su cuerpo.

Sarah se asustó, aún más cuando vio que Von Bergheim luchaba por levantarse y por sujetarla. Georg no estaba muy seguro de no estar sufriendo una alucinación, aun así se afanaba por tocarla, por retenerla junto a él.

Sarah logró liberarse y se puso en pie.

—¿Qué dice? —preguntó el hombre que había acudido en su auxilio.

—No... no lo sé. Por favor, tiene que ayudarle —le imploró ella en ademán de marcharse.

Georg se revolvía en el suelo y repetía su nombre en un ronco e ininteligible murmullo.

—Pero ¿y usted? —El hombre parecía desconcertado por la actitud de aquella mujer.

—Yo estoy bien, no se preocupe. Ayúdele a él, por favor.

Ahora, sí. Era el momento de huir, ya no podía demorarse.

—Pero ¡oiga...!

Escuchó todavía gritar al joven mientras escapaba.

Cada vez había más gente en la calle y empezaban a sucederse las primeras escenas de pánico: personas que corrían sin rumbo, que gritaban y sollozaban histéricas. Sarah trató de orientarse entre el humo y la confusión. Tenía que salir de la avenida Foch y llegar al Bois de Boulogne. Aprovechó para unirse a un tumulto de gente que huía calle abajo. Los silbatos y las sirenas eran cada vez más numerosos: la *feldgendarmerie* no tardaría en acordonar la zona, pensó angustiada.

De pronto, entre la muchedumbre, divisó una motocicleta que atravesaba velozmente la calle. No podía ser que... «¡Jacob!», el corazón le dio un vuelco al verle. Salió de entre la gente y se dirigió hacia él. Su amigo también debía de haberla visto porque se aproximaba hacia ella.

—¡Por todos los diablos, Sarah! ¿Dónde demonios estabas? ¡Me he tenido que cargar a los dos guardias del control para venir a buscarte! —le gritó fuera de sí cuando estuvo junto a ella.

Sarah le miró sin responderle, estaba exhausta.

—¡Vamos, chiquilla, sube! La policía militar está a punto de acordonar la zona; nos cogerán como a ratas.

Sarah obedeció. Se subió a la motocicleta, se agarró a él y cerró los ojos.

Jacob aceleró y se dirigió a toda velocidad al Bois de Boulogne. Mientras, Sarah, abrazada con fuerza a su espalda, dejó que las lágrimas resbalaran sin contención por sus mejillas; sin poder abrir los ojos, sin poder volver a mirar a su alrededor.

☙ ❧

Enero, 1943

Como represalias a actos de la Resistencia, los alemanes ejecuta-
ban a rehenes franceses. Muchas de estas ejecuciones tuvieron
lugar en Mont Valerién, una fortaleza situada al oeste de París
que sirvió de cárcel durante la ocupación nazi. Hasta 863 prisioneros fueron fusilados en los bosques cercanos a Mont Valerién
entre 1941 y 1944.

El *Kriminalkommissar* Hauser no se dignó levantarse de su
asiento cuando Georg entró en su despacho. Georg no se
sorprendió: de un tipo tan estúpido y engreído no podía esperarse otra cosa.

—*Heil Hitler!* —exclamó Hauser con el brazo derecho en
alto.

Georg le respondió con el saludo militar tradicional, convencido de que aquel gesto desairaba a Hauser, un nazi fanático. Él
no tenía nada contra los nazis, de hecho, era uno de ellos, pero no
soportaba a los fanáticos.

—Por favor, siéntese, *Sturmbannführer*. Me alegro de verle totalmente repuesto después del salvaje atentado que ha sufrido.
Lástima que no todas las víctimas hayan tenido la misma suerte...

Contusión pulmonar, una costilla rota y unos cuantos cortes
y quemaduras. Sólo un par de días de hospital. Y, sin embargo,

Georg nunca se había sentido tan cerca de la muerte. De hecho, puede que estuviera muerto si no hubiera sido por aquella mujer, si no hubiera sido por Sarah Bauer... Sarah... ¿Era posible que hubiera sufrido un espejismo?, ¿un delirio de su mente traumatizada? Georg se repetía que no, quería creer que no, que ella estaba en París y le había sacado de entre las llamas, como un ángel salvador en mitad del apocalipsis...

—Le alegrará saber —continuaba Hauser— que ayer mismo fueron ejecutados ciento veinte rehenes en Mont Valerién, como represalia a tan brutal acción. Veinte franceses indeseables por cada alemán asesinado —se regodeó.

—Tenía entendido que el año pasado se había decidido interrumpir la ejecución de rehenes... —replicó. Y así era, las autoridades alemanas habían llegado a la conclusión de que las ejecuciones causaban entre la población más rechazo que temor; no eran una buena propaganda para el Reich.

Hauser agitó la mano con desdén.

—Oh, bueno, éste es un caso excepcional. Atentar contra el mismo corazón de la Gestapo no debe quedar impune. No podemos consentir que el pueblo francés se crezca con las acciones de unos pocos rebeldes asquerosos, judíos y marxistas en su mayoría, que son la lepra de la propia Francia. Hay que hacer ver a estos *Froschfresser* que Alemania es siempre más fuerte: *Deutschland siegt an Allen Fronten!*... —recitó Hauser, pomposamente, el lema más manido de la propaganda nazi: «Alemania siempre victoriosa». Después, miró a Georg con los ojos entornados—. ¿O no está de acuerdo conmigo, *Sturmbannführer* Von Bergheim?

—¿Cómo podría no estarlo, *Hauptsturmführer*? Mi sangre me está costando —contestó Georg con la suficiencia que le otorgaba una guerrera tachonada de condecoraciones. Una de las cosas que más detestaba Georg de las personas como Hauser era que sacaban a relucir lo peor de él, como, en este caso, la petulancia.

—Sí. Claro. —Durante unos segundos la mirada de Hauser fue un mosaico de bajas pasiones, hasta que finalmente relajó su rostro—. Pero basta ya de hacerle perder su tiempo con divagaciones. ¿Qué le ha traído de nuevo a mi despacho?

Georg se dijo a sí mismo que la mala suerte. De hecho, lo había intentado antes en la Gestapo de la avenida Foch, pero allí le advirtieron de que si la mujer que buscaba estaba en París, el asunto era competencia de la rue des Saussaies. Ya se lo temía.

—Estoy buscando a una mujer.

—Judía, por supuesto —apostilló el otro para recordarle que sólo los judíos eran su especialidad.

Sin embargo, Georg no quiso satisfacerle.

—Lo cierto es que no lo sé. Todo depende de si está en sus registros o no.

—Bueno, desafortunadamente las cosas no son tan sencillas. No todos los judíos tienen la buena costumbre de acudir a darse de alta en nuestros registros.

Lo que Georg no terminaba de comprender era cómo podía hacerlo siquiera uno solo de ellos, pero no iba a compartir sus dudas con su interlocutor.

—¿Cuál es el nombre de esa mujer?

—Sarah Bauer. —El nombre salió de su boca con la misma resistencia que un corcho sale de una botella. Detestaba facilitarle ese nombre a Hauser.

El *Kriminalkommissar* sonrió.

—¡Mi querido *Sturmbannführer*, a estas alturas debería usted saber que todas las mujeres llamadas Sarah son judías!

—Puede ser. Pero en mi trabajo prefiero basarme en hechos y no en estadísticas. De cualquier modo, necesito su ayuda para localizarla. Si está en sus registros, será más fácil para todos, si no... Estoy convencido de que la Gestapo sabe cómo actuar en esos casos.

Georg iba a volverse loco si Hauser no borraba de su cara aquella maldita sonrisa, cínica e impertinente. Hauser aparentaba ser un empleado amable y sumiso cuando en realidad era una comadreja agazapada en su escondite para salir a morder en cualquier momento.

—Bien, pero si usted requiere la ayuda de la Gestapo, la Gestapo debe saber por qué motivo busca usted a esa mujer y valorar la oportunidad de emplear unos recursos que, como bien sabe, son lamentablemente escasos en los países ocupados.

Con una calma que le daba la oportunidad de regodearse del momento, Georg puso sobre su mesa el *Sonderauftrag* Himmler, las credenciales que le daban carta blanca para actuar bajo el auspicio del *Reichsführer*. Desde que tuvo la poca fortuna de conocer a Hauser había deseado hacer aquello.

—Lo lamento, *Hauptsturmführer*, pero no puedo facilitarle más información. Alto secreto.

Hauser tuvo que tragarse su arrogancia para mayor regocijo de Georg. Pero una alimaña se vuelve más peligrosa cuando se ve amenazada.

—Si localizamos a esa... tal... —Hauser consultó sus notas— Sarah Bauer, tendremos que detenerla e interrogarla.

—Detenerla, sí. Interrogarla, no. Eso es asunto mío.

—Que el asunto es suyo ha quedado claro. Pero debe tener en cuenta que la Gestapo dispone de expertos para sacar el mayor partido de los interrogatorios.

Claro que Georg lo tenía en cuenta. Había leído el informe del interrogatorio de Alfred Bauer. Por eso estaba totalmente decidido a impedir que la Gestapo hiciera lo mismo con la muchacha.

—Estoy seguro. Aun así, prefiero encargarme personalmente, ya que soy yo quien responde ante el *Reichsführer* Himmler.

—Comprendo... No obstante, no puede usted pretender que una vez localizada, y si consideramos que la mujer en cuestión puede ser de interés para los cometidos de la Gestapo, nos abstengamos de hacerle algunas preguntas.

La paciencia de Georg se agotó de repente. Por lo que a él respectaba, se habían acabado los paños calientes y la cortesía forzada. Poniéndose en pie, se inclinó sobre la mesa de Hauser.

—De hecho, no sólo lo pretendo, *Hauptsturmführer*, lo exijo. Es más, le advierto que como uno solo de sus agentes ponga la mano encima de mi detenida, tendrá que dar explicaciones directamente al *Reichsführer* por haber obstaculizado una investigación que de él depende directamente. Usted limítese a detener a Sarah Bauer y a avisarme en cuanto lo haya hecho, lo cual espero que ocurra a la mayor brevedad.

Georg hervía de rabia al comprobar que la dureza de sus palabras no había conseguido amilanar la actitud de Hauser ni borrar su sonrisita.

En aquella ocasión fue Georg quien se despidió con el *Hitlergruß*, pues el aparatoso saludo le permitiría aliviar la ira contra el suelo y el cielo.

—*Heil Hitler!*

El ataque al cuartel general de la Gestapo había terminado con un rotundo éxito para los resistentes. Durante todo aquel día hubo fiesta en el garaje del Grupo Armado Alsaciano. Sarah fue recibida con vítores y honores. De pronto, la chica de los recados se había convertido en una heroína a la que todos aclamaban y respetaban. Sarah Bauer se había ganado el título de camarada Esmeralda.

Incluso Trotsky, una vez repuesto de su gripe y al tanto de la proeza, se había mostrado orgulloso de ella y había charlado con la chica un buen rato sobre todos los detalles acerca de cómo se había desarrollado la operación. Sarah no sólo había salvaguardado el prestigio de Trotsky entre otros grupos resistentes, aún más, lo había aumentado, de modo que el joven comunista recibió la enhorabuena y el reconocimiento de otros muchos líderes de la Resistencia. La hazaña del pequeño grupo de París corrió de boca en boca por toda Francia. Y Trotsky obtuvo su mayor recompensa cuando Joseph Epstein, el líder de los Franc-Tireurs et Partisans, el brazo armado del Partido Comunista Francés, le felicitó personalmente.

También Jacob parecía impresionado, aunque a su manera.

—Enhorabuena, Sarah. Has hecho un buen trabajo. Reconozco que estaba equivocado con respecto a ti —confesó cuando llegaron al garaje, antes siquiera de bajar de la moto.

Lo cierto era que su amigo estaba tan admirado como asustado por lo que Sarah era capaz de hacer. Jacob siempre la había admirado: desde que era apenas un crío y la observaba a escondidas cuando jugaba con sus hermanos en el jardín de la mansión Bauer; o cuando guiaba el caballo en el que ella aprendía a montar; cuando la veía llegar del colegio con su mandilón blanco y sus trenzas bien peinadas, cargada de libros y rodeada de moscones; la admiraba cada Sabbat a la salida de la sinagoga cuando lucía sus mejores vestidos y seguía rodeada de moscones. Y sobre todo la admiraba cuando paseaban juntos por las calles de París sintiéndose su paladín. Ahora, Jacob temía que Sarah hubiese crecido demasiado y ya no le necesitase más ni le dejase seguir admirándola.

Por su parte, tras las celebraciones, las alabanzas, las lisonjas y el triunfalismo, Sarah se había retirado a un rincón a curarse ella sola las heridas, al menos las visibles. Las invisibles no conseguía hacerlas cicatrizar. Sarah se sentía más fuerte, más segura de sí misma, más orgullosa y más capaz. Pero cada noche soñaba con el rostro sonriente del joven soldado Johannes Friedl y, a la mañana siguiente, se despertaba como si hubiera envejecido un año más.

No le contó a nadie su encuentro con Georg von Bergheim, y menos a Jacob. Si su amigo hubiera llegado a enterarse de que se había retrasado por salvarle la vida a un *boche*, habría montado en cólera. Ella misma se preguntaba por qué lo había hecho y al no encontrar ninguna respuesta satisfactoria acabó por convencerse de que necesitaba que Georg von Bergheim siguiera vivo, pues él era la única persona que podía darle razón sobre el paradero de su familia. De todos modos, Sarah prefirió apartar de su mente al *Sturmbannführer* Von Bergheim; su recuerdo sólo conseguía inquietarla.

A los pocos días del ataque, Trotsky y Jacob tuvieron una fuerte discusión en el garaje. Tanto se gritaron que todos estuvieron al corriente del desarrollo del enfrentamiento. Los alemanes habían fusilado a unos rehenes como represalia por el atentado a la Gestapo. Jacob estaba convencido de que debían replantearse cualquier tipo de actos armados que pudieran acarrear reacciones tan brutales y que sería mejor centrarse en actividades de sabotaje y propaganda. En cambio, Trotsky, crecido por su reciente oleada de popularidad, afirmaba que el asesinato de los rehenes no debía coartar sus objetivos ni sus actividades, que a veces era necesario el sacrificio de unos pocos en beneficio de otros muchos y que ellos mismos estaban permanentemente expuestos y dispuestos a dar su vida por la libertad y los ideales.

Como suele suceder en la mayoría de las discusiones, no hubo un claro vencedor, y desde entonces el ambiente en el garaje se tornó enrarecido; sin pretenderlo, se habían creado dos bandos y cada bando tenía sus partidarios.

Sola no podía conseguirlo

Konrad no solía perder los papeles, era demasiado elegante para eso. Además, su arma más temible era su frialdad, una frialdad que rozaba el punto de congelación y con la que podía paralizar a sus víctimas. Por eso no montó en cólera cuando le conté lo que me había sucedido en el apartamento de Alain. Simplemente, entornó sus ojos de hielo y exhaló con un aliento no menos helado: «Más vale que ni siquiera vuelva a acercarse a ti».

—Quédate conmigo en París —le rogué—. Ayúdame tú a investigar. Eres un hombre brillante y entre los dos lo conseguiremos. No me dejes sola...

Konrad me devolvió una mirada cargada a partes iguales de amor y condescendencia.

—Sabes que no puedo, *meine Süße*. Pero estoy seguro de que, a pesar de todas estas contrariedades, no me defraudarás.

No quería hacerlo. De verdad que no quería. Especialmente cuando había conseguido acercarme un poco más a *El Astrólogo*. Pero me hallaba ante un muro impenetrable: el muro de mi propia desidia.

Me harté de mandar e-mails y de llamar por teléfono a decenas de archivos en media Europa y en Estados Unidos. No conseguía dar con el dossier Delmédigo.

Desde luego que estaba haciendo algo mal, pero no sabía qué. Probablemente, haberme lanzado a lo loco a buscar una aguja en un pajar, un documento cuya autoría, procedencia y contenido desconocía en un mar de archivos dispersos por el planeta desde Washington hasta Moscú.

Yo creía que intentaba demostrarme a mí misma, y al resto del mundo, que no necesitaba a nadie para resolver el misterio y me había puesto a actuar, pero sólo a actuar, como una de esas centralitas automáticas que lanza llamadas sin ton ni son esperando a que alguna conteste. En mi actuación de centralita automática faltaba el análisis, el método y el sentido común, los pilares básicos de cualquier investigación. Nunca hubiera llegado a buen puerto así, podría haber muerto enviando correos sin mesura.

Un psicoanalista hubiera dicho que, muy al contrario, lo que pretendía era demostrarme a mí misma y al resto del mundo que sola no podía conseguirlo. Y habría tenido razón.

Desayunaba, comía y cenaba sola. Me acostaba y me levantaba sola. Incluso hablaba sola, salvo el par de veces que llamaba a Konrad y la docena que llamaba a Teo. En París me sentía sola, más sola de lo que nunca antes me había sentido. Y eso me asustaba más que miles de SMS amenazantes.

Tardé dos semanas en darme cuenta de ello. En desear desesperadamente marcharme de allí. Echaba de menos Madrid, mi casa, mi trabajo en el museo, los mimos de Teo, la comida de Toni y salir a cenar los viernes con Konrad al Arome; incluso echaba de menos discutir con mi madre todos los domingos. Echaba de menos mi vida y quería recuperarla.

Por eso, el primer día que sonó el despertador y la simple idea de abandonar la cama para enfrentarme a otro día más de soledad en París se me hizo insoportable, ese mismo día que, a pesar de no estar cansada, me lo pasé dormitando entre las sábanas hasta el anochecer, decidí que había llegado el momento de terminar con todo aquello antes de que cayera en una depresión, si es que ya no estaba inmersa en una de ellas.

—Konrad, necesito volver a Madrid. Ya no puedo seguir aquí ni un minuto más. No lo soporto... —le confesé por teléfono, intentando tragarme las lágrimas porque sabía que no las toleraba, y conteniendo la respiración ante el temor de que me reprochara mi debilidad y decidiera abandonarme por ello.

—De acuerdo, *meine Süße*. Pero sólo te pido que esperes un par de días más. El viernes me reuniré contigo allí en París, estamos organizando una fiesta para presentar la nueva línea de móviles y quiero que me acompañes.

—Si es lo que tú quieres...

—Vete de compras. Date una sesión de belleza en un spa; le diré a mi secretaria que te pida cita en el Dior Institut del Plaza Athénée. Quiero que estés radiante. Te prometo que el domingo nos volveremos juntos a Madrid si eso es lo que deseas.

Colgué el teléfono descorazonada. A veces Konrad sólo escuchaba mis palabras, no me escuchaba a mí. Pero no se lo tuve demasiado en cuenta porque lo cierto era que se había mostrado muy benévolo con mi deserción.

Si me embarco, sólo me embarco contigo

Konrad era un animal social: disfrutaba entre la gente; por supuesto, la que él escogía. Para rodearse de los suyos, organizaba veladas, fiestas, exposiciones, audiciones..., cualquier tipo de acto lúdico imaginable. Konrad aunaba perfectamente la capacidad de organización, propia de los alemanes, con la inclinación permanente a la jarana, propia de los españoles.

Como solía hacer, se había involucrado personalmente en la organización de aquella fiesta: una presentación espectacular de una línea de teléfonos móviles diseñados por los artistas más reconocidos y mediáticos del momento. Arquitectos, pintores, escultores e incluso un diseñador de prototipos para Fórmula 1, se habían divertido creando los terminales a los que una de sus empresas había metido las tripas. Por si eso fuera poco, un operador de telefonía, también de su propiedad, los ofertaría en exclusiva a sus clientes VIP. Así, el círculo de Konrad permanecía cerrado.

A eso de las ocho de la tarde, cuando los museos están dormidos y sus galerías oscuras y en silencio, Konrad, como un espíritu de los que se ocultan en las entrañas de los edificios esperando a que llegue la noche para volar, había tomado la galería sur del Museo de Bellas Artes de París, la había iluminado de violeta y la había llenado de flores, música y gente.

El Museo de Bellas Artes se encuentra en el Petit Palais, un impresionante edificio de 1900, situado entre los Campos Elíseos y el Sena. Era un marco espectacular. Allí, Konrad había patrocinado una exposición temporal de fotografía titulada «Las Musas del Cine» y, en la misma sala, junto a maravillosas fotos en blanco y negro de la época dorada de Hollywood, exponía sus joyas de la telefonía. La escenografía dejó con la boca abierta a todos los invitados: la forma en que el juego de luces destacaba tanto las fotografías como los teléfonos —que dicho sea de paso tenían unos diseños alucinantes y eran en sí mismos obras de arte—, los enormes ventanales de la galería abiertos al jardín exterior tenuemente iluminado, el grupo de música lounge emplazado en el pabellón al final de la galería y su llamativa cantante negra de voz increíblemente sugerente... Hasta las mesas del catering eran todo un espectáculo para los sentidos no sólo del gusto, sino también de la vista, con sus centros de orquídeas negras sobre manteles plateados. La sensación era la de haberse trasladado a una película de los años cuarenta, a su ambiente ahumado de plata y bruno.

Al final, no me arrepentí de haber acudido por la fuerza a aquella fiesta tan original.

Cuando salía del guardarropa, alguien me abrazó por la espalda y comenzó a bailar al son de una canción de Frank Sinatra que él mismo cantaba. Fue fácil adivinar quién era, sonreír, apoyar la cabeza en su pecho y dejarme llevar.

Lovely ... Never, ever change.
Keep that breathless charm.
Won't you please arrange it?
'Cause I love you ... Just the way you look tonight.

Teo dejó de cantar y se separó un poco de mí para observarme con perspectiva.

—¡Por todos los iconos heterosexuales, cari, estás divina! ¡Absolutamente espectacular!

—Es sólo el vestido. —Sonreí con una humildad tan falsa como seductora.

La verdad es que Konrad había escogido para mí un vestido maravilloso: un crepé de seda negro que se deslizaba como un guante sobre mi cuerpo, de corte sirena y un escote vertiginoso en la espalda, muy a tono con la escenografía hollywoodiense de todo su espectáculo. Pero lo más llamativo era la gargantilla de brillantes que descansaban como estrellas sobre la noche negra de mi vestido. Nada más simple y nada más complejo a la vez.

—¡Y un cuerno, corazón! Armani es un maestro, pero no un dios; no, todavía. Puede hacer obras de arte, pero no milagros. Si fueras un feto malayo, ese vestido sólo sería un trapo, créeme. Vale que esos pedruscos ayudan...

Sin más preámbulos ni lisonjas, rodeé el torso de mi amigo, labrado en horas de gimnasio, con mis brazos.

—¿Sabes? Tú también estás guapísimo.

—Lo sé. —Claro que lo sabía. A Teo el esmoquin le sentaba de maravilla: parecía un galán publicitario. Una vez más, pensé en la terrible pérdida que suponía para las mujeres su homosexualidad.

—No tenía ni idea de que vendrías —le confesé, aún con la mejilla apoyada en su pecho.

—Pues claro, cariño. Soy uno de los fotógrafos de la campaña. ¡Por nada del mundo me perdería este fiestón!

—Te he echado de menos... Dime, ¿cómo está mi casa? ¿Me la habéis cuidado bien?

—Mejor que bien. Toni riega todos los días las plantas de la terraza, cosa que ni siquiera haces tú, por cierto. Hasta ha conseguido que esas orquídeas esmirriadas que tienes en una esquina den flor.

—Es que Toni tiene muy buena mano para las plantas.

—Sí. No sólo para las plantas —apostilló con tanto orgullo como picardía—. Pero tú... Estás mustia como las orquídeas. Te noto tristona y desangelada.

Suavemente, me separó de ese cuerpo suyo que yo no había dejado de abrazar.

—Mírate: ¡llevas puesto un Armani y un mogollón de quilates de diamantes colgados del cuello! ¡Ninguna mujer en su sano juicio estaría triste!

Para demostrarle que yo había dejado de ser una mujer en su sano juicio, le sonreí con tristeza, rehuyendo su mirada reprobatoria.

—Esto se acabó, Teo. Mañana vuelvo a Madrid.

—Bueno, y eso es lo que querías, ¿no?

Me encogí de hombros.

—Tal vez sí... Tal vez no...

—¡Coño, qué indecisión más ridícula!

Como si su cuerpo fuera la puerta de una nevera y yo un imán de los chinos, volví a pegarme a él. Al abrazarle, no tenía que mirarle y no tener que hacerlo me facilitaba la confesión.

—No quiero dejarlo, Teo. Pero tampoco puedo hacerlo sola. ¿Sabes? Creo que en realidad me siento traicionada por el doctor Arnoux; no esperaba que él fuese el malo de la película. Y aquella escena en su apartamento fue tan... horrible —recordé sacudiendo la cabeza para alejar los malos espíritus—. Además, de pronto, me he quedado sin aliados. Tengo que admitirlo: sin él, no puedo continuar.

Aquello parecía una revelación más para mí que para Teo. Para mi propia sorpresa había conseguido sintetizar en pocas frases el maremágnum de sentimientos que hasta entonces me habían tenido confundida. Quizá lo único que necesitaba para recobrar la cordura era que alguien me abrazase después de tanto tiempo en soledad.

—*Meine Süße*, amor mío... No está bien que abraces a otros hombres delante de mis invitados.

Konrad se acercó a nosotros con la clara intención de separar el imán de la nevera.

—¡Uy, Konrad, qué gracioso! Si ya sabes que yo no soy un hombre...

—Yo lo sé, pero los demás no. Es una cuestión de imagen. La monopolizas injustamente, Teo. Lo siento, pero tengo que llevármela. —Konrad me tomó de la cintura—. Quiero que conozcas a alguien, *meine Süße.*

—Está bien, dejadme solo, no os importe —dramatizó Teo—. Me parece haber visto a Jean Paul Gaultier por ahí. Iré a presentarle mis respetos.

Y desapareció pizpireto entre la gente.

—No he invitado a Jean Paul Gaultier —me aseguró Konrad cuando mi amigo se hubo marchado.

Nos llevó un buen rato atravesar la galería; cada dos pasos, Konrad era abordado por alguien, lo que se traducía en diez minutos de aburrida conversación. Finalmente, llegamos ante un mural con un primer plano de una de las caderas de Gilda sobre la que descansaba su mano elegante sosteniendo un pitillo; el foco de atención de la foto estaba en la estela blanca y sinuosa de humo de cigarrillo recortándose sobre el fondo negro.

Konrad se acercó a un hombre que de espaldas a nosotros contemplaba absorto la fotografía. Cuando se volvió, tardé unos segundos en reconocerle. Después, me resistí a creer que le hubiera reconocido bien.

—Ana, permíteme que te presente al doctor Alain Arnoux de la Universidad de la Sorbona.

No me había equivocado. Sí que era él. Aunque pareciera otra persona desde la última vez que lo había visto en aquel estado tan lamentable. Se había afeitado y se había cortado un poco el pelo, e iba impecablemente vestido con un esmoquin sin pajarita y un toque muy personal: de entre el cuello de la camisa asomaba el cordoncillo negro con el escarabajo egipcio de la suerte que nunca se quitaba de encima.

La situación resultaba tan absurda, tan ficticia y tan incómoda que no supe cómo reaccionar. Empecé por ignorar deliberadamente la presencia de Alain.

—Konrad, sabes perfectamente que ya nos conocemos. —Mi sonrisa era forzada.

—Vamos, *meine Süße*, es sólo una pequeña broma. Queríamos darte una sorpresa. —Su actitud era, en cambio, alegre y distendida.

—Hola, Ana —intervino por fin Alain con solemnidad.

—Hola, Alain. —Yo fui seca.

—He estado hablando con el doctor Arnoux, estamos de acuerdo en que has llegado demasiado lejos con tu investigación y que es una lástima que abandones ahora. El doctor Arnoux ha decidido colaborar con nosotros.

Preferí callar dignamente. Tampoco sabía qué decir. A Alain parecía sucederle lo mismo.

Konrad abordó a uno de los camareros que deambulaban por toda la sala con una bandeja de bebidas y se hizo con tres copas de champán.

—Esto merece un brindis —anunció mientras las repartía. Konrad alzó la copa—. ¡Por los éxitos futuros!... *Santé!*

Aquel brindis fue uno de los más tensos de mi vida, sólo comparable a cuando mi padre brinda con Konrad en mis cumpleaños mientras mi madre pregunta que para cuándo es la boda.

Justo cuando nos llevábamos las copas a los labios, se acercó uno de sus asistentes y le susurró algo al oído.

—Me vais a tener que disculpar, pero es la hora de mi *speech* —nos explicó.

Konrad palmoteó el hombro de Alain y a mí me dio un beso en la mejilla.

—Enseguida vuelvo a estar con vosotros —prometió antes de dejarnos para encaminarse hacia la tarima.

Le seguí con la mirada mientras se alejaba: daba grandes y vigorosas zancadas mientras se iba ajustando la pajarita y se pasaba la mano por el cabello. En realidad, lo que yo no quería era mirar a Alain.

Cesó la música y poco a poco se fue haciendo el silencio entre la gente. Un foco iluminó a Konrad en el estrado. Estaba tras un atril con el logo de su compañía de telecomunicaciones. Parecía un presentador de la gala de los Oscar.

Comenzó a hablar para toda su concurrencia en un perfecto inglés. De repente, sentí la necesidad de salir de allí. Konrad transmitía confianza, seguridad, entusiasmo, pero por algún motivo me estaba poniendo muy nerviosa el hecho de verle allí, hablando en público. Y comenzó a inquietarme el hecho de tener a Alain a mi lado, como un escolta mudo, mientras veía al otro subido a la tarima.

—Si me disculpas... —me dirigí a él cortésmente—. Voy a salir un momento al jardín.

Me di media vuelta antes de que pudiera replicar, pero aun así pude escuchar cómo decía a mi espalda:

—Te acompaño.

Seguí abriéndome paso entre la gente como si no le hubiera oído. No quería que me acompañase, pero tampoco podía negarme a que lo hiciera.

El Petit Palais tiene un bonito jardín interior de forma semicircular rodeado de un peristilo de gruesas columnas de granito. En una de esas columnas me apoyé para contemplar el jardín, estratégicamente iluminado en sus rincones más bellos. Desde el interior llegaba el rumor del discurso de Konrad.

Tras unos segundos de permanecer inmóvil y en silencio, decidí dejar de ignorar a Alain, que se había colocado a mi lado.

—¿Qué haces aquí? —le dirigí la palabra aún sin mirarle.

—Acompañarte a tomar el aire.

—Sabes a lo que me refiero.

—El señor Köller vino a verme hace unos días y me pidió que colaborase con la investigación.

Solté una risita sarcástica.

—Ya ha tenido que ponerte el señor Köller mucho dinero delante de las narices para que le hayas aceptado a él lo que a mí me has negado de tan malos modos.

—En realidad, no he hablado de dinero con el señor Köller...

—Entonces, ahora sí que no entiendo lo que haces aquí... ¡Y por el amor de Dios, deja de llamarle señor Köller! Ya sabes que es mi... pareja, o como demonios se le llame a salir con un tío cuando una tiene más de treinta años.

Se hizo el silencio. Con mi frase desairada daba toda la impresión de que le estaba echando a él la culpa de que Konrad fuera mi compañero. Me sentí ridícula.

—¿Qué te ha contado?

—Me ha dicho lo que estáis buscando en realidad. Me ha hablado de *El Astrólogo*...

Bufé como un animal enjaulado.

—Mira, Ana, tienes todo el derecho a estar enfadada...

—No estoy enfadada.

Alain me miró. Mi mentira era tan inconsistente que no necesitó pronunciar una sola palabra para hacerme confesar.

—Sí lo estoy. Pero aún no sé muy bien si estoy más enfadada con Konrad o contigo. Yo nunca quise mentirte. Si lo hice, fue porque él me lo pidió. Y, ahora, el muy... traidor... Y tú... tú desapareces, no contestas a mis llamadas y luego... aquello... —Ni siquiera quería mencionar lo del apartamento.

—Vamos. Caminemos un poco —me propuso Alain.

Unos senderos de gravilla se adentraban entre parterres de palmeras, plataneros y yucas. También había hileras de maceteros con más palmeras y, junto a la regia entrada de la galería norte, una fuente cubierta de mosaicos borboteaba incesantemente. El sonido refrescante del agua, el rumor de las palabras de Konrad en la galería y nuestros pasos haciendo crujir la gravilla era lo único que se podía oír. Nosotros caminábamos mudos; incómodos..., al menos, yo. No me gusta andar en silencio junto a alguien con quien no tengo confianza suficiente. Para mí, el silencio es prebenda de la intimidad. Además, me dolían los pies; los zapatos de tacón me estaban matando. Yo debía de ser una especie de hereje del glamour, porque los zapatos de Manolo Blahnik, los codiciados, los traídos y llevados Manolos, me destrozaban los pies.

Por fortuna, el jardín del Petit Palais era pequeño y recogido, se podía recorrer en pocos pasos. No tardamos mucho en llegar al otro extremo, cerca de la fuente y su cantar. Sin pedir la aprobación de Alain, me aparté del sendero que pisábamos y me encaminé hacia el peristilo: de nuevo, una pareja de columnas me sirvió de asiento improvisado.

—No soporto estos zapatos ni un minuto más —le confesé mientras me los quitaba bajo su atenta mirada.

—Y además tienes frío... ¿Quieres volver adentro?

—No, no tengo frío.

No habría sido más descarada mi mentira si hubiera dicho que no estaba comiendo, con la boca llena. Mi escote era todo un desafío a una noche fresca de octubre que la humedad del jardín y la fuente convertían en aún más fresca. No podía permitirme chulerías con toda la piel de la espalda, los hombros y los brazos de gallina; no colaba.

—En realidad, lo que no quiero es tener que volver a ponerme estos condenados zapatos en al menos diez minutos, ni tampoco quiero pisar la gravilla con los pies descalzos; pincha. Así que aquí me quedo.

Alain sonrió. Se quitó la chaqueta y me la colocó sobre los hombros.

—Al menos, ponte esto...

Cuando iba a protestar, me lo encontré liberándome la melena atrapada entre mi espalda y su chaqueta.

—Que no se te aplasten los rizos...

—Gracias.

Mi gracias, escueto, cohibido y algo seco, quedó flotando en un nuevo espacio de silencio. Alain se había apoyado en la columna gemela a la mía y ambos simulábamos disfrutar contemplando el cielo: un vano negro y absurdo sin estrellas, pues París, con su luz, las había apagado.

Tanto mutismo empezaba a indignarme y a ponerme de los nervios. Si no tenía nada que decir, que se marchase y me dejase sola.

En el silencio, caí en la cuenta de que Konrad había terminado su discurso, porque la suave voz de la cantante lounge interpretando «Blue Velvet» con un ligero acento francés llegaba hasta el otro extremo del jardín.

Alain dio síntomas de vida con un suspiro. Y, por fin, habló.

—Quería llamarte, te lo aseguro. Llevo dos semanas queriendo llamarte... Pero no he tenido valor. Me siento demasiado avergonzado por lo que pasó.

—No estoy enfadada por eso... No tienes ningún tipo de deuda conmigo. Lo que me molesta es que Konrad te traiga de la mano, diciendo que vas a participar en la investigación, porque se ha acabado, Alain. Me marcho mañana a Madrid... aunque él no quiera asumirlo. Eso, o Konrad me ha buscado un sustituto.

Alain meneó la cabeza.

—Cuando hablé con Konrad Köller yo no tenía ni idea de que ibas a dejarlo. No estoy aquí para sustituirte, Ana, ni tampoco para convencerte de que no lo dejes. Pero si me embarco, sólo me embarco contigo. Si no, es cierto que esto se habrá acabado. Tú te vuelves a Madrid y yo a mi despacho de la universidad.

Aquello era un sucio, maldito y vil chantaje. Era otra de las jugarretas de Konrad, esas que se le daba tan bien utilizar en sus negocios y que, de vez en cuando, no tenía escrúpulos para replicar en su vida privada. Con razón se había mostrado tan comprensivo conmigo...

—De verdad, Alain, yo todo lo que quiero es volver a casa y recuperar mi vida —admití desesperada—. Quiero olvidar todo este asunto de una vez y para siempre.

—Y si eso es lo que quieres, no seré yo quien te lo impida. Ya te he dicho que no he venido aquí para eso. He venido a darte la explicación que tenía que haberte dado hace días.

—No quiero hablar de eso. —Y la verdad era que no quería. El episodio del apartamento había resultado vergonzoso para ambos, no convenía removerlo—. Cometí un error presentándome en tu casa sin avisar. Tú tienes derecho a tu intimidad y yo debí respetarla, eso es todo.

Alain se dejó caer hacia delante con los brazos apoyados sobre las rodillas. Era una forma de que su rostro quedara fuera de mi vista. No creo que le resultara fácil hablarme de lo que me habló.

—Un par de días después de que te marcharas a Alemania me llamó mi hermana...

Aquella forma de empezar lo que pensé que sería una disculpa, pero más bien parecía un relato, me desconcertó.

—... Me dijo que mi abuelo acababa de morir.

—Lo siento... —El formalismo sonó tan vacío que hubiera sido mejor permanecer callada. Pero me salió de forma automática, como dar las gracias a un camarero.

—Bueno, tenía noventa años. En algún momento tenía que pasar... Nada fuera de lo normal, salvo que yo llevaba meses sin querer saber nada de él... Precisamente a raíz del caso Bauer.

Su declaración cayó como una losa y la sola mención del caso Bauer me hizo sentirme culpable: de repente, algo que parecía ajeno a mí apuntaba en mi dirección.

—Mi abuelo era un hombre particular... No era especialmente cariñoso, tampoco un tipo alegre o dicharachero. Era serio y reservado... Pero me enseñó a pescar y a cazar saltamontes, a buscar en el cielo la Osa Mayor. Con él fui por primera vez a visitar el Louvre y con él volví decenas de veces más; y al de Orsay y al Rodin y al Centro Pompidou y aquí, al Petit Palais, también... Hasta que un día le dije que quería saber todo lo que él sabía sobre arte. Quería ser capaz de entender las pinturas como él las entendía y sentirlas como él las sentía. Mi abuelo, entonces, me regaló la *Historia del Arte* de Gombrich... A su manera me ha guiado y me ha apoyado durante toda mi carrera y toda mi vida. Creo que lo hizo lo mejor que supo y pudo con un par de críos pequeños...

Me estaba viendo venir que la cosa iba a adquirir tintes dramáticos. No porque Alain dramatizase, sino porque se mostraba cada vez más nervioso: la postura en tensión, las manos inquietas, los dedos a punto de anudarse unos con otros.

—Cuando mis padres murieron, él se hizo cargo de mi hermana y de mí.

—No... no lo sabía... —Sé que tartamudeé al hablar porque no encontraba las palabras adecuadas.

—No tenías por qué saberlo. No suelo acudir a la triste historia del pobre niño huérfano para inspirar compasión —argumentó con ironía—. Mis padres murieron en un accidente de tráfico, yo tenía poco más de dos años. Puede sonar horrible, pero no me acuerdo de nada, no tengo ningún recuerdo de ellos. Mi familia siempre han sido mi hermana y mi abuelo, y con ellos he tenido una vida totalmente normal.

—No suena horrible, suena razonable.

—La noche que fuiste a mi apartamento, acababa de llegar de Provenza, allí vivía mi abuelo. Esa misma mañana le habíamos enterrado. Cuando entré por la puerta de casa, me sentía triste, vacío, pero, sobre todo, me sentía mal conmigo mismo, estaba tremendamente cabreado porque mi abuelo se había ido y yo llevaba meses sin haberle visto, sin haberle dirigido la palabra. Todo por culpa de una pelea estúpida por unos cuadros estúpidos. Todo por culpa de su puñetero orgullo y de mi puñetero orgullo. Por toda esa mierda, ni siquiera había podido darle las gracias o decirle que, a mi modo, yo también le quería... Empecé a beber. Una cerveza y luego otra, las que hicieran falta para llegar al coma etílico, a un terapéutico y sedante coma etílico. Entonces... apareciste tú.

Me entraron los sudores sólo con recordar aquel instante funesto. Para aliviar el bochorno traté de frivolizar.

—Y adiós al coma etílico.

—No exactamente. Digamos que se quedó en un desmayo etílico. Cuando te marchaste, la tomé con el salón hasta que el agotamiento pudo con mi ira. Entonces, me propuse acabar con lo que quedara de vino. Todo lo que recuerdo después es despertarme al día siguiente tirado en medio del salón. Afortunadamente mis reservas de vino no eran muy cuantiosas. Aun así, no pude moverme de la cama en todo el día. Jamás en la vida he tenido semejante resaca.

—Menuda locura, Alain —concluí con un meneo de cabeza aleccionador.

Él se encogió de hombros.

—La estupidez también es humana.

—Sí... Ya lo sé.

En un instante de nuestro silencio escuché los primeros acordes y las primeras frases de «Love is the End» de Keane. No es una canción muy conocida, aunque es una de mis favoritas. Pensé que había sido cosa de Konrad pedirle al grupo lounge que la interpretara con su particular estilo.

Nothing can touch us and nothing can harm us.
No, nothing goes wrong anymore.

Sin darme cuenta había empezado a tararearla en un susurro.

—Vaya, veo que los de la música han hecho caso de mi petición. No suelen hacerlo. —Alain parecía gratamente sorprendido.

Aunque no tanto como yo.

—¿Te gusta esta canción?

Alain sonrió enigmático.

—Sé que te gusta a ti. La cantabas el otro día en el archivo...

Me alegré de que las sombras de la noche me protegieran; me había puesto como un tomate.

—Lo siento mucho, Ana. Nunca había sido así de desagradable con nadie, te lo aseguro. Estoy muy, muy avergonzado. Espero que no me tengas en cuenta nada de lo que dije o hice.

I took off my clothes and I ran to the ocean
Looking for somewhere to start anew.
And when I was drowning in that holy water
All I could think of was you.

Con aquella música acariciando mis sentidos, hubiera perdonado hasta la más grave de las ofensas. Con aquella música acariciando mis sentidos, mi resentimiento se amansó y dóciles y dulces fueron mis palabras.

—No te lo tengo en cuenta, no sería justo. Yo también hice

mal presentándome en tu casa sin avisar... Fue todo un cúmulo de despropósitos que será mejor que olvidemos.

—Varias veces al día he cogido el teléfono, buscaba tu nombre en la agenda y, cuando aparecías en la pantalla, no me atrevía a darle a la tecla de llamar. No me malinterpretes, pero llevo dos semanas pensando en ti a todas horas.

Era una lástima, porque aquella frase, sacada de contexto, era de las más bonitas que me habían dicho nunca. Claro que Alain no tardó en poner las cosas en su sitio y las frases en sus contextos.

—Quiero decir que no he hecho más que darle vueltas a tu comandante nazi y a los Bauer. No puedo dejar de preguntarme qué relación tienen...

—¿Por qué dejaste de investigar la colección Bauer?

—Porque mi abuelo me lo pidió.

Aquella razón tan contundente como ilógica me dejó perpleja.

—Un día, hablando de todo un poco, le comenté que había encontrado una colección por casualidad. Él me escuchaba con el mismo aire distraído de siempre hasta que pronuncié el nombre Bauer. Entonces, le cambió la cara. Se puso serio como no lo había visto nunca y simplemente me dijo: déjalo. Olvida esa colección.

—Pero... ¿por qué?

—Eso mismo le pregunté yo: ¿por qué? No creo que quisiera contestarme. Empezó diciendo que esa colección no la había reclamado nadie, que no tenía derecho a entrar en ella, que no era asunto mío... Pero ¡era absurdo! Por esa regla de tres no intervendríamos en muchas colecciones. Nosotros no somos los propietarios, así que, estrictamente, ninguna es asunto nuestro, pero ésa no es la cuestión. La cuestión es que en su día fueron sustraídas ilegítimamente y que nuestro deber es encontrarlas y localizar a sus propietarios o a los herederos de éstos. Cuando intenté argumentárselo de este modo, perdió totalmente los nervios, se puso hecho una fiera. No recordaba que en toda mi vida le hubiera dicho o hecho algo que le hiciera reaccionar así. Empezó a gritar, a blasfemar, a maldecir... No había forma de razonar con él, de modo que cogí la puerta y me marché.

—Pero al final accediste a lo que te pedía: dejaste el caso.

—En un primer momento, no. No entendía sus razones, aquello no tenía ni pies ni cabeza, era ridículo. Así que, de vuelta a París, seguí adelante con la investigación. Localicé un par de tablas flamencas en Frankfurt, en el Museo Staedel e, incluso, un Marcoussis en el MoMA. No sé, estaba totalmente enganchado con esa colección, tenía que saber cada vez más sobre ella. Entonces, un día, me llamó mi hermana. Ella vive en Provenza, con el abuelo. Me dijo que el viejo estaba obsesionado con el tema de los Bauer, que no paraba de repetir que tenía que dejarlo. Me aseguró que estaba al borde de la locura o de caer en una depresión. Me rogó que abandonara, que si no lo hacía por el abuelo, que lo hiciese por ella...

—Y lo hiciste. Abandonaste.

Alain asintió con pesadumbre.

—Abandoné. Pero estaba tan cabreado con todo, con mi abuelo, con mi hermana, conmigo mismo, que inicié una guerra fría contra ellos: no volví a aparecer por su casa, ni siquiera a llamarles. No cogí el maldito teléfono para decirle al viejo que él había ganado, pero que yo me merecía una explicación. No hice nada... Lo peor es que una noche me llamó, vi su nombre en la pantalla y dejé que el teléfono sonara y sonara sin contestar. Ya no hubo más llamadas. Ahora... bueno, ya no hay marcha atrás.

El rumor del agua y las agujas de las palmeras agitadas por la brisa, la noche fresca de otoño y un sensual «Love is the End» escapando por las ventanas de la galería... El instante hubiera podido ser perfecto. Pero mezclada con cada una de las notas de la canción, prendida en cada soplo de brisa, yo seguía escuchando una vocecita tenebrosa que se empeñaba en dudar de los motivos de Alain: no entendía el empeño personal que parecía tener con mi investigación.

—No tienes por qué hacer esto, Alain... No sé qué te habrá dicho Konrad (me consta que puede llegar a ser muy persuasivo), pero no tienes ninguna obligación, ni con él, ni conmigo. Esta investigación es un sinsentido, uno de sus caprichos que no hay por dónde agarrar, algo que nunca tuvo que haber empezado.

—¿Sabes, Ana? No podría negarme a participar, pero no tiene nada que ver con Konrad Köller. Estoy ante una de las... cosas más bonitas con las que me he topado en toda mi vida.

Alain hizo una pausa. Tal vez esperaba algún tipo de reacción por mi parte, pero yo aún no sabía qué decir. Aprovechó que me había quedado muda para mirarme a la cara, como buscando algún modo de comprenderme, incluso de catalogarme.

Finalmente, se pronunció:

—Tal vez tengas razón, tal vez sea un capricho, o un disparate... Pero mira hasta dónde has llegado tú sola e imagínate lo que podríamos conseguir juntos... Aunque ya te lo he dicho: si me embarco, sólo me embarco contigo. Es lo único que tengo claro ahora mismo.

«En verdad que hay declaraciones de amor que no son tan hermosas», me dije tras el alegato de Alain.

Dormir con mi enemigo

De modo que «más vale que ni siquiera vuelva a acercarse a ti...». Te recuerdo que fueron palabras tuyas —le refresqué la memoria una vez que estuvimos en la intimidad de nuestra habitación—. Y, sin embargo, eres tú el que lo ha empujado a mi lado. ¿Qué ha sido de tus dudas y tus recelos? ¿Por qué de pronto el doctor Arnoux merece tu confianza?

Konrad olía a alcohol. Sin llegar a estar borracho, había bebido un poco de más; se estaba poniendo cariñoso y se notaba que no le apetecía hablar del tema.

—Sigue sin merecer mi confianza... —aseguró con un susurro en mi nuca mientras deslizaba la cremallera del vestido por el contorno de mi cintura. Sus manos reptaron entre la seda buscando mi ombligo y yo me estremecí—. Le he hecho firmar un documento: se compromete a actuar a título personal dejando a la fundación al margen y renuncia a cualquier derecho sobre *El Astrólogo*. —Aquellas palabras tan formales resultaban un extraño acompañamiento a sus caricias sobre mi cuerpo.

Apoyé la cabeza en su pecho, intentando sobreponerme a los escalofríos de placer que me producían sus dedos jugando con mis pezones, y recuperar el habla.

—Sabes que ese acuerdo no tiene validez legal... y él también... —gemí.

—Pero es una declaración de intenciones —gimió Konrad—. Tendremos que vigilarle muy de cerca...

Me mordisqueó el lóbulo de la oreja. Cerré los ojos...

—Al final..., voy a tener que dormir con mi enemigo...

—No, *meine Süße*, tú sólo duermes conmigo...

Febrero, 1943

El SOE, o Special Operations Executive, fue una organización militar secreta creada a instancias de Winston Churchill en julio de 1940 para desarrollar operaciones de espionaje, guerrilla y sabotaje al otro lado de las líneas enemigas. Regularmente, agentes del SOE eran lanzados en paracaídas sobre territorio francés; se trataba de operadores de radio, instructores u oficiales de enlace que colaboraban con la Resistencia francesa estableciendo líneas de comunicación, adiestrando a guerrilleros y saboteadores o creando rutas de escape para pilotos aliados que caían en terreno enemigo. Además, el SOE no sólo lanzaba agentes en paracaídas, sino también cargamentos de armas, alimentos y, en ocasiones, dinero para financiar la causa. En Francia, el SOE envió a unos 470 agentes británicos, de los cuales 200 perdieron la vida, y proveyó de armas a medio millón de franceses.

A raíz del ataque a la Gestapo, Trotsky había establecido lazos con otros grupos de la Resistencia con más recursos y mejor organizados que el Grupo Armado Alsaciano. Agrupaciones que en muchos casos trabajaban directamente bajo las órdenes del general De Gaulle y en estrecha colaboración con el gobierno británico a través del SOE.

A principios de febrero, el Grupo Armado Alsaciano fue seleccionado para recoger un cargamento de suministros enviado desde Gran Bretaña y transportarlo hasta París. En concreto, se trataba de una remesa de armas y munición que sería lanzada sobre un área de recepción en las cercanías de Valençay, a unos doscientos cincuenta kilómetros al sur de la capital. En cuanto Sarah se enteró de ello, buscó el momento oportuno para hablar con el jefe.

Trotsky solía estar en el garaje los domingos por la mañana, que era cuando libraba en la estación; revisaba la prensa clandestina, elaboraba sus propias proclamas, ideaba nuevas acciones... Se trataba de una mente inquieta, ese tipo de personas que cuando no la están haciendo la están pensando, que vive por y para la causa. Aquel domingo que Sarah fue al garaje se encontró con que Trotsky estaba con Dinamo. Entre los dos se afanaban por arreglar una radio que habían lanzado los ingleses y que había quedado seriamente dañada tras el lanzamiento. Trotsky se había hecho con ella gracias a sus nuevos contactos entre la Resistencia y aunque los otros la habían desechado, él estaba totalmente decidido a hacerla funcionar, convencido de que si quería que su grupo prosperase, necesitaban hacerse con una radio.

—¿Puedo hablar contigo, camarada? —le abordó Sarah—. A solas.

—¿Ahora? —se extrañó Trotsky de la urgencia.

—Sí.

—Está bien.

Dinamo salió a fumar un cigarro. Sarah le dio las gracias con una sonrisa cuando pasó junto a ella.

—¿Y bien?

—Quiero ir yo a recoger el suministro de Valençay.

Trotsky la miró intrigado por encima del pitillo que se estaba encendiendo. Se tomó su tiempo en apagar la cerilla y dar la primera calada.

—Pensaba enviar a uno de los chicos. No es precisamente una excursión al campo.

No esperaba que Trotsky accediera de buenas a primeras. Hasta hacía apenas un mes, Sarah tan sólo era algo que deambulaba por su garaje y ahora le estaba pidiendo llevar a cabo una misión importante.

—Lo sé. Pero estoy preparada para hacerlo. Me he hecho pasar por una auxiliar de las SS, será más fácil aparentar ser una campesina francesa... con una Luger debajo de la falda. Los chicos me han enseñado a usarla.

Trotsky continuó pensativo. No dudaba de que fuera capaz de hacerlo, puede que incluso estuviera más cualificada que los críos que tenía por guerrilleros; algunos de ellos se meaban en los pantalones en cuanto tenían cerca a un alemán. Pero Trotsky seguía intrigado.

—Si me permites la pregunta, camarada, ¿a qué viene tanto interés? La misión es peligrosa: los alemanes están al tanto de los lanzamientos y controlan las carreteras, los caminos y los claros. Además, tienen confidentes por todas partes, cualquier paleto de los que siembran patatas podría denunciarte a la Gestapo si sospecha algo.

—Soy consciente de los peligros...

A partir de entonces, la actitud de Sarah devino de firme en suplicante. Nunca hubiera pensado que se sinceraría con Trotsky, el tipo menos empático sobre la faz de la tierra, pero, de repente, sentía la necesidad de hacerlo.

—Necesito hacer algo, camarada. Esta inactividad me está matando. No puedo pasar día tras día de la librería a la pensión, de la pensión a la librería, con el único aliciente de imprimir pasquines el fin de semana...

Sarah buscó una silla y se dejó caer en ella.

—Ayer vi cómo se llevaban a una mujer y a su hijo en plena calle, a plena luz del día. Todo porque no había cosido la estrella de David al abrigo del niño... Sólo se la había sujetado con un alfiler. A un niño de no más de ocho años... Necesito salir de aquí, camarada. Necesito marcharme de esta maldita ciudad aunque sólo sea un par de días —concluyó, abatida.

No había querido mostrarse así ante su superior, sabía que de él no obtendría ningún tipo de consuelo y, en todo caso, el frío revolucionario interpretaría su desaliento como una debilidad. Pero Sarah aún no era lo suficientemente fuerte como para evitar venirse abajo en determinados momentos.

En efecto, de la boca de Trotsky no salió ni una sola palabra de aliento. Trotsky no pensaba en absoluto en el abatimiento de la chica, aún menos en darle alivio; pensaba en lo mucho que aquella mujer podía llegar a sorprenderle y en lo mucho que le excitaba imaginarse una Luger bajo su falda, más si el cañón de esa Luger terminaba apuntando a la nuca de un alemán.

Trotsky aplastó la colilla en la suela de uno de sus zapatos.

—De acuerdo, camarada Esmeralda. La misión es tuya. —Antes de que Sarah pudiera agradecérselo, Trotsky continuó—: Pero llévate a Gauloises contigo... Debajo de tu falda no caben todas las armas que los ingleses nos envían.

———

Fabrice y Pauline Renard. Sarah habría preferido que Jacob y ella se hubieran hecho pasar por hermanos, pero lo cierto era que no se parecían en absolutamente nada. Gutenberg insistió en que para dar credibilidad a la tapadera deberían fingir ser un matrimonio, y como tal preparó los papeles falsos.

El viaje en ferrocarril hasta Valençay transcurrió tranquilo y dentro de la normalidad. Pasaron con éxito un par de controles rutinarios. Era habitual que la policía revisara la documentación en las estaciones y dentro de los vagones a la gente que no se apeaba. Pero ellos ya lo sabían y estaban preparados. Actuar con calma y naturalidad era la clave para no levantar sospechas.

Curiosamente, lo más incómodo para Sarah durante el viaje no fueron los controles ni la policía ni los alemanes, fue Jacob. Desde luego que no era un hombre precisamente locuaz, nunca lo había sido. Pero entonces fue un hombre casi completamente mudo. Su conversación se limitó a los monosílabos hoscos, en ocasiones, más que pronunciados, gruñidos. Jacob no perdía la oportunidad de dejar patente su malestar.

Desde que Trotsky había ordenado que Jacob la acompañara, Sarah se había temido algo así. No tardó en darse cuenta de que Trotsky la estaba utilizando en la lucha de poder que mantenía con su segundo.

—Le he preguntado a Trotsky si podía ir contigo a recoger el cargamento de Valençay... —Sarah intentó ser todo lo diplomática que pudo, intuyendo que Jacob no admitiría que Trotsky le diese el mando a ella por encima de él. Pero no sirvió de nada.

El jefe se aseguró muy bien de dejar patente en todo momento que era Sarah quien estaba al cargo de la operación y Jacob a sus órdenes, porque él había decidido que fuera así. Todos los detalles los discutía sólo con la chica: los horarios, el viaje, el contacto, el plan... Y ella tenía que pasar el mal trago de transmitírselo a Jacob, quien recibía la información con desgana. A punto estuvo Jacob de mandar a la misión, a Trotsky y al Grupo Armado Alsaciano entero al carajo. Pero no lo hizo... En cuanto pensaba que a Sarah pudiera pasarle algo porque él la había dejado en la estacada, se tragaba todo el orgullo y toda la bilis. Se llamaba estúpido y pelele al mismo tiempo que se decía que jamás podría abandonarla; él tenía que protegerla.

No obstante, aquellos nobles sentimientos no impidieron que toda la quina que Jacob había tragado los últimos días la exudara durante el viaje, mostrándose paradójicamente grosero con la mujer objeto de sus desvelos.

Marcel Berry contaba casi sesenta años, era viudo, su único hijo había muerto en el frente, antes del armisticio, y regentaba una taberna en Saint-Denis, una pequeña pedanía a las afueras de Valençay. También trabajaba para la Resistencia. Actuaba de enlace y guía sobre el terreno tanto para los agentes del SOE que se lanzaban en paracaídas en la zona central, como para otros miembros de la Resistencia que iban a recoger suministros. Marcel Berry era el contacto de Sarah.

Jacob y ella entraron en la taberna como si fueran una pareja cualquiera de viajeros. Se sentaron y pidieron dos vasos de vino. El tabernero era un hombre grande que movía con sorprendente presteza toda su humanidad tras la barra. Con un trapo sucio pretendió limpiarse las manos antes de servir el vino.

—Disculpe, monsieur, ¿cuál es el mejor camino para llegar a Saint-Benoît?

Aquella frase corriente era la señal para Marcel. Después de que los chicos se hubieran bebido el vino y se hubieran marchado, Marcel cerraría la taberna y se encontraría con ellos en un cobertizo en la parte de atrás del edificio.

Sarah y Jacob le esperaban ocultos tras una esquina. Le vieron llegar acompañado de un muchacho que no tendría más de dieciocho años, pero que se veía grande y fuerte como un gigante. Sansón era su nombre en clave. El de Marcel era Grand-Père. De hecho, Sarah pensó que Marcel tenía el aspecto entrañable de un abuelo, con su barriga redonda, su cabello espeso completamente blanco y su voz de cuentacuentos con la que más que detallar una operación clandestina, parecía estar narrando una bonita historia.

Sin embargo, cuando Marcel vio a Sarah, su reacción no fue tan poética: «¡Una mujer! ¡Estos botarates de París han mandado a una mujer! ¿Qué se han pensado que es esto, un paseo por el campo?».

En el cobertizo, Marcel ocultaba una pequeña radio dentro de un maletín para comunicarse con Londres. Con ella solicitaba los suministros a petición de las células resistentes y concretaba los detalles de la Operación. Cada operación tenía asignado un nombre en clave y un «día J» en el que se llevaría a cabo. La de aquella noche era la Operación *Snow White*, Blancanieves. Asimismo se fijaba la D/Z, o zona de lanzamiento, entre las que se habían previamente establecido. Para la Operación Blancanieves se había escogido el campo Cher, un amplio terreno libre de árboles y obstáculos, cerca del río del mismo nombre.

Marcel también contaba con dos receptores en el cobertizo. Uno, el «biscuit tin radio», llamado así porque cabía dentro de una caja de galletas. Se usaba para captar las retransmisiones de la BBC; con una simple frase intrascendente emitida por la emisora británica, por ejemplo, *le sucrier est entre les deux tasses* (el azucarero está entre las dos tazas), se ponía en marcha toda la operación en la fecha, los horarios y las coordenadas preestablecidos.

El otro receptor lo tendría que llevar Marcel consigo oculto en una pequeña malla color caqui. Lo emplearía para escuchar la señal que emitiría el avión antes de efectuar el lanzamiento y según se acercara a la D/Z. De este modo, el llamado comité de recepción, los miembros de la Resistencia que lo esperaban, podría encender las linternas que señalizaban la zona. Con las linternas había que formar una L: tres luces rojas en línea con la dirección del viento y una luz blanca a unos veinte metros a la derecha de la primera luz roja. Con la linterna blanca se emitía en código morse una letra que servía a los pilotos británicos para identificar la célula que esperaba el suministro, pues normalmente un solo avión abastecía a varias células en diferentes zonas. Como Marcel era el único que conocía la letra que correspondía a aquella operación, sería él quien accionaría la luz blanca. En el caso del campo Cher, aquella noche esperaban seis contenedores y una bolsa, por eso alrededor del campo estaban dispuestos otros seis grupos de la Resistencia para recoger cada uno de ellos un contenedor.

A pesar de todos aquellos preparativos y precauciones, Marcel les previno de lo arriesgado de la misión. Ya contaba en su haber con varias operaciones como aquélla y había visto fracasar unas cuantas. A veces, la presencia de patrullas de la Gestapo en la zona impedía accionar las linternas y el avión regresaba sin efectuar el lanzamiento. En otras ocasiones, era el mal tiempo el que hacía fracasar la operación. Marcel también había visto estrellarse a más de uno de aquellos aviones; volaban a muy baja altura para evitar que la carga se dispersase al ser lanzada y en ocasiones acababan enganchados en algún poste de la luz o espachurrados contra una colina. Algunos de ellos eran abatidos por las defensas antiaéreas alemanas. Marcel, por suerte, no había sido testigo de ello, pero sí había oído de una operación en la que la Gestapo había encañonado a cada uno de los miembros del comité de recepción para que encendieran la señal de luces. Una vez que el avión había efectuado el lanzamiento, les habían disparado en la nuca y se habían quedado con la carga.

Mientras Marcel relataba todo aquello, miraba fijamente a Sarah. ¡Por Dios, era sólo una chiquilla! Una chiquilla hermosa, de ademanes dulces y elegantes, que no debería estar metida en aquellos fregados. Definitivamente, no se sentía cómodo llevando a la chica a una excursión como aquélla. ¡Qué demonios! ¡Era muy peligroso! Normalmente, había que aguardar a que llegara el avión agazapado entre la maleza que circundaba la D/Z, expuesto a la intemperie y las inclemencias del tiempo. Los alemanes, conscientes de que aquélla era una zona en la que operaba la Resistencia, patrullaban continuamente y vigilaban los claros. Al advertir el más mínimo movimiento disparaban a matar. Ya fuera un agente enemigo o un cargamento de suministros, todo lo que lanzaban los aviones británicos se transformaba en presa muy codiciada para ellos. Quedar expuesto en uno de esos descampados era como estar ante el paredón. No, no, no, aquello no era trabajo para una mujer.

—Oye, muchacho, ¿por qué no le dices a tu amiga que se quede aquí mientras nosotros hacemos el encargo? —le insinuó a Jacob en un momento en que Sarah no podía oírle—. No sólo es peligroso, además, la noche promete ser muy fría con la helada que está cayendo. No creo que la chica aguante.

Los contenedores pesaban unos doscientos kilos y hacían falta cuatro personas para transportarlos. Marcel volvió a maldecir a los de París. Tendrían que apañárselas para mover la carga entre tres, pero estaba dispuesto a hacerlo con tal de no tener a una mujer enredándolo todo.

Jacob levantó la vista para mirarle. Movió el cigarrillo que masticaba de una comisura a otra de los labios y escupió en el suelo antes de responder secamente:

—Mi amiga está al mando de la operación.

Marcel tenía un carro viejo que había preparado para transportar los suministros. A veces también utilizaba el automóvil del doctor Lapierre, el médico del pueblo, un Citröen de gasógeno que era el único operativo en toda la zona. Prefería alternar los medios de transporte para no llamar la atención de los alemanes.

Bajo el suelo del carro había unos compartimentos ocultos que Marcel se encargaba de disimular a conciencia cubriéndolos con paja, mantas, cajas de vino, sacos de patatas y cestas llenas de apestoso queso francés, cuanto más maloliente, mejor —los alemanes odiaban el olor del buen queso galo.

Aún era de día cuando abandonaron Saint-Denis en la parte de atrás del carro que conducía Marcel con Sansón a su lado. Todavía no hacía mucho frío, pero el campo estaba cubierto de una costra de nieve que era hielo después de varias noches bajo cero. Sarah se arrebujó en una manta, desalentada por la idea de tener que aguardar tirada sobre la nieve a que cayese el maldito cargamento.

No hubiera podido precisar cuánto se alejaron de Saint-Denis ni qué dirección tomaron porque al poco se quedó dormida, acunada por el traqueteo de la carreta. Sólo se despertó al sentir que se habían detenido. Ya había anochecido y se hallaban en mitad de un espeso bosque. Marcel procuró que el carro quedase fuera del alcance de la vista y el grupo continuó a pie. A pesar de la espesura y la oscuridad, Grand-Père parecía guiarse a ciegas con la habilidad de un murciélago, daba el aspecto de saber exactamente por dónde iba y adónde se dirigía. Tras media hora de penosa caminata entre pedruscos y arbustos de espino, llegaron a la linde de un claro.

Era una preciosa noche de luna llena y un pincel pintaba de luz las siluetas. Sarah imaginó que el Cher se tendría que ver como una cinta de plata desde el cielo. Alzó la vista y se preguntó cómo sería volar... Las operaciones de abastecimiento sólo se llevaban a cabo en los períodos de luna llena para que los pilotos, que sólo se guiaban con viejos mapas Michelin de carreteras, contaran con mayor visibilidad. Volar sería probablemente aterrador, concluyó Sarah para sí misma.

Marcel buscó un lugar tras unos arbustos. Hizo un cuenco con las manos en torno a su boca y ululó como un búho. Inmediatamente, otros cantos semejantes brotaron del otro lado del claro.

—Ya están aquí los demás —confirmó.

Hechas las comprobaciones, extendió sobre el suelo la lona que habían traído consigo para no mojarse a los pocos minutos de estar sentados sobre la nieve. Después abrió un zurrón y sacó un queso, un poco de pan, una botella de vino y algunas manzanas.

—La espera se hará más llevadera con el estómago lleno —sentenció en un susurro.

Sarah y Jacob contemplaron el queso con avidez. ¡Hacía tanto tiempo que no probaban el queso! En París ya no quedaba casi nada de comer, sólo los que vivían en el campo, cerca de las granjas y que tenían acceso a los productos de la tierra, podían permitirse aquellos lujos.

—¿Cuándo llegará el avión? —preguntó Jacob una vez que hubo dado buena cuenta de su porción.

Marcel se encogió de hombros.

—Sabemos cuándo sale, pero no cuándo llega, si es que llega. De todos modos, no creo que antes de la una o las dos. Todo depende de cómo se den el resto de los lanzamientos.

Sarah miró su reloj: sólo eran poco más de las doce. Estaba cansada y nerviosa, cualquier ruido se le antojaba amenazador. Ya tenía los pies y las manos helados y su ropa desgastada no tardaría en ceder al acoso del frío. La noche prometía ser larga...

Sin embargo, el resto parecía habérselo tomado con resignación. Sansón cabeceaba junto a un pedrusco. Marcel se había puesto los auriculares de su receptor y aguardaba la señal del aeroplano entre trago y trago de vino. Jacob había sacado un cigarrillo y lo masticaba tranquilamente. Grand-Père les había advertido de que no podían fumar porque hasta el puntito luminoso de un pitillo podía alertar a la Gestapo. A Sarah aquello le parecía un poco exagerado, pero se guardó mucho de llevarle la contraria a Marcel. Tampoco a Jacob parecía importarle la prohibición, estaba acostumbrado a masticar los cigarrillos.

Jacob no había vuelto a dirigirle la palabra y era probable que no lo hiciera hasta que terminara la misión. Sarah empezaba a conocerlo y sabía que era muy dado a las rabietas. Es más, procuraba mantenerse alejado de ella, como si fuesen dos desconocidos. Cosas de Jacob.

En vista del panorama, Sarah se acurrucó todo lo que pudo sobre la lona, enterró las manos y la cara entre la ropa para conservar todo el tiempo que pudiera su propio calor corporal y trató de dormir un poco para acortar la espera. No quería pensar en el frío, ni en las patrullas de la Gestapo, ni en aviones estrellándose contra el suelo. Sólo le aliviaba sentir que no estaba sola. Y tal vez, si consiguiera dormirse, tendría un sueño bonito...

—¡Aquí están! ¡Ya están aquí! ¡Los tengo en el receptor!

Las exclamaciones de Marcel sacaron a Sarah de su duermevela. No estaba segura de haber dormido, sólo estaba segura de no haber soñado nada bonito. Al despertarse, comprobó que alguien la había cubierto con una manta, aun así, tenía el cuerpo entumecido por el frío y la postura, y temblaba. No tardó en escuchar un rugido que provenía del cielo.

—¡Es un Halifax! —anunció Marcel, refiriéndose al bombardero de la RAF—. Vosotros quedaos aquí y esperad a que os haga la señal. ¡Empieza el espectáculo!

Grand-Père volvió a ulular y tres hombres salieron de entre la maleza. Inmediatamente después, él también salió al claro con su linterna en la mano. Sarah los vio colocarse a la luz de la luna: tres en línea y Marcel a veinte metros a la derecha del primero. De repente, se encendieron las luces y una L roja y blanca quedó dibujada sobre la tierra. La luz blanca parpadeaba al compás del código morse para emitir la clave.

El rugido de los motores era cada vez más y más cercano, hasta que lo tuvieron encima. Fue increíble ver a aquella mole pasar casi rozando el suelo, sobrevolar sus cabezas a poco más de doscientos metros de altitud, el fuselaje brillando a la luz de la luna y los motores emitiendo un ruido ensordecedor. Sarah sintió una emoción inexplicable por la magnitud de todo aquello, y por lo que significaba: los hombres que iban dentro de aquel avión arriesgaban su vida para dejar a su paso un mensaje de libertad y esperanza. Más que nunca, creyó que aquella pesadilla terminaría algún día y que entonces podría volver a reunirse con su familia y todo volvería a ser casi como antes.

Cuando contempló los paracaídas abrirse en el cielo y flotar en el aire como pétalos de flores al viento, las lágrimas comenzaron a resbalar por sus mejillas heladas y el llanto la reconfortó con su calor.

Poco a poco, el Halifax volvió a alzar el vuelo y fue desapareciendo en el horizonte con el mismo himno de graves con el que había llegado.

—¡Vamos! ¡Es la señal! —advirtió Sansón, devolviendo a Sarah a la realidad tras la ensoñación.

Los tres salieron rápidamente al claro y se reunieron con Marcel. El resto de los comités de recepción habían hecho lo propio y, al poco tiempo, la D/Z se había convertido en un hervidero de personas, apresurándose en realizar su trabajo cuanto antes. Desde luego que se trataba de la parte más peligrosa de la misión, cuando más expuestos estaban a ser descubiertos por la Gestapo tras el escandaloso paso del bombardero.

Sobre el área de la D/Z había dispersos seis contenedores cilíndricos tan largos como una persona. Por desgracia, la bolsa que esperaban se había lanzado antes de lo debido y había quedado enganchada en unos árboles. Cada comité se concentró en retirar rápidamente un contenedor.

Mientras Marcel comprobaba los papeles que iban adheridos, en los que se indicaba el tipo de mercancía que contenían, Jacob y Sansón cortaron el arnés del paracaídas; era muy importante deshacerse de él y para ello había que enterrarlo con ayuda de un pico y una pala que el propio contenedor traía fijados. Sarah observó que había un procedimiento muy concreto preestablecido y que todos los grupos lo seguían a rajatabla. La actividad era frenética en el campo Cher, pero ordenada como una buena coreografía. Y el silencio... el silencio era simplemente sobrecogedor.

—Está bien, chicos, vamos a sacarlo de aquí. Esmeralda, tú coge el asa de la parte de atrás conmigo, Sansón y Gauloises, a la parte de delante —ordenó Marcel, haciendo referencia a las cuatro asas que flanqueaban los contenedores para facilitar su transporte—. A la de tres. Un, dos, tres, ¡arriba!

Sarah se quedó pasmada con lo que pesaba aquello. Las rodillas le flojeaban y las asas se le resbalaban entre las manos entumecidas por el frío; del esfuerzo acabaron por dolerle los dedos como si se le fueran a quebrar. Cada paso que daba se le hacía una penuria, los pies se le hundían en el fango helado —aquellos zapatos con la suela de madera, porque ya no quedaban suelas de cuero en Francia, no eran el calzado más apropiado para andar por la nieve acarreando doscientos kilos de peso—. Sin embargo, la chica no demostró el más mínimo síntoma de cansancio, no pronunció ni una sola queja: no iba a darles ese gusto a los hombres fornidos cuyos brazos temblaban como los de ella. Los metros que recorrieron hasta ocultarse en el bosque fueron un infierno, pero Sarah estaba decidida a que nada, salvo el desmayo, la detuviera.

Finalmente, en su escondite boscoso, soltaron la carga. Sólo cuando vio que los demás resoplaban y se secaban el sudor de la frente, Sarah se permitió apoyarse rendida en el cilindro para comprobar si aún conservaba todos los dedos en las manos.

—Mañana vendrá mademoiselle Perrault, la maestra, con los chicos de la escuela para una salida campestre. Ellos se encargarán de borrar las huellas del lanzamiento —les explicó Marcel.

Los cilindros estaban formados por varios módulos fijados entre sí con cierres parecidos a los de un baúl. Cada módulo estaba provisto de correas para poder transportarlo fácilmente a la espalda, como una mochila. Aun así, Marcel había traído una carretilla para llevarlos más rápidamente hasta el carro. Él y Sarah se dedicaron a separar los módulos mientras los chicos enterraban el paracaídas.

Todavía tardaron un buen rato en cargar todos los módulos en el carro y ocultarlos debidamente. Sin embargo, el trabajo les ayudaba a entrar en calor; era duro, aunque sin duda era mejor que estar tirado en la nieve aguardando al avión.

Por fin, a eso de las tres de la madrugada, la carga estuvo lista para emprender con ella el camino de vuelta a Saint-Denis. Una vez acomodada en la parte trasera, Sarah se quitó los zapatos mojados y llenos de barro y se secó los pies. Se sintió inmediatamente aliviada y, aunque hacía mucho tiempo que no rezaba, elevó al cielo una oración de agradecimiento: «*Modá aní lefaneja mélej jai vekayam shehejezarta bi nishmatí bejimlá, rabá emunateja*. Doy gracias ante ti... Todo ha salido bien».

Si Marcel la hubiera escuchado, le habría dicho que no cantase victoria tan pronto. Las cosas pueden complicarse en el momento más inesperado.

<hr />

Los alemanes habían cortado la carretera a Saint-Aignan para dar paso a un convoy de blindados. El control estaba justo a la salida de una curva, en el cruce con la carretera a Saint-Denis. Jamás hubieran podido anticiparlo. Cuando lo tuvieron delante ya era demasiado tarde para huir sin levantar sospechas.

Un soldado alemán estaba parado al frente, con una señal circular les indicaba que se detuviesen. Había un poco de bruma y las luces de los automóviles alemanes creaban una atmósfera espectral de blancos y negros, de sombras entre humo.

Marcel tiró suavemente de las riendas para frenar el mulo. Sin volverse, les susurró:

—Todo el mundo tranquilo. Yo hablaré.

Marcel rezaba para que no fuese un control de la Gestapo, sino de la *feldgendarmerie*.

—*Halt!* —les ordenó el soldado iluminándoles con una linterna mientras se aproximaba al carro. Detrás, otro soldado le escoltaba, apuntándoles con la metralleta.

Cuando el carro se detuvo, el silencio se hizo incómodo, como si de algún modo pudiera delatarles. El rumor del bosque circundante, las suelas de las botas militares contra el asfalto, el murmullo de una conversación en alemán y hasta la bruma que parecía sisear en su oído... Sarah tuvo ganas de gritar para liberar la tensión.

—¿Qué hacen circulando después del toque de queda?

Marcel se quitó la boina e inclinó respetuosamente la cabeza. En un alemán torpe, intercalado con un montón de palabras en francés, empezó a dar explicaciones.

—Lo siento mucho, señor comandante. —Deliberadamente había ascendido de rango al que a todas luces era un simple soldado de la *feldgendarmerie*—. A la salida de Prunières se rompió la rueda del carro y se nos echó la noche encima antes de poder repararlo.

—La documentación. De los dos —añadió iluminando a Sansón.

—El chico es mi sobrino —aclaró Marcel mientras le entregaba los papeles.

El soldado los examinó concienzudamente.

—Su sobrino, ¿eh? —Marcel asintió—. ¿Qué lleva ahí detrás?

—Comida, señor comandante. Para mi taberna en Saint-Denis. Venimos de aprovisionarnos en las granjas de la zona.

El haz de luz de la linterna barrió con insolencia la parte trasera del carro. Ambos soldados se asomaron.

—¿Y estos dos? ¿También son sobrinos suyos? —preguntó el que parecía llevar la voz cantante, no sin cierta sorna.

—No, señor, son dos viajeros que recogimos por el camino. Van en la misma dirección y nos ofrecimos a llevarlos. Creo que por eso se rompió la rueda. Al final era demasiado peso para un carro tan viejo. —Marcel no dejaba de hablar procurando distraer a los soldados para que no se diesen cuenta de que Esmeralda y Gauloises no llevaban equipaje.

—¡Documentación!

Sin abrir la boca, Sarah y Jacob sacaron sus papeles y se los entregaron al soldado.

Al mirarlos, sonrió. Con la linterna apuntó a Sarah a los ojos, que parpadeó cegada por la luz. Después le iluminó los pechos y las piernas, como si el haz fuera una vara con la que pudiera levantarle el vestido.

—Estos cabrones tienen suerte —le dijo a su compañero—. Hay que ver qué guapas son las jodidas francesitas.

—Eh, sargento, ¿por qué no la detenemos y esta noche nos la follamos en el barracón?

Jacob se crispó. Sarah se dio cuenta enseguida de que estaba a punto de saltarles a la yugular. Le sujetó del brazo y presionó con fuerza, para evitar que se suicidase.

—No seas idiota, Ernst. El teniente nos metería en el calabozo hasta que te olvidaras de tu nombre. Deja de decir tonterías y registra el maldito carro. Yo voy a ver lo que llevan aquí detrás estos *Froschfresser*.

El sargento echó una mirada a la carga de alimentos y luego se concentró en Sarah.

—Estás muy rica, nena. Tienes pinta de tener un buen polvo. Los haces buenos, ¿eh, Pauline? ¿A que sí?

Se estaba burlando de ella creyendo que no le entendía. La joven le siguió el juego. Rogando al cielo que Jacob no cometiera ninguna locura mientras ella camelaba a los alemanes, dibujó una sonrisa estúpida en la cara y asintió mecánicamente.

—*Oui, oui, monsieur le comandant. Vous voulez un peu de fromage?*

Sarah plantó un pedazo de queso bajo la nariz del alemán.

—¡Quita de aquí ese apestoso queso, joder! Francesa del demonio... —espetó el sargento con un manotazo al queso—. ¡Termina de una puta vez de registrar el vehículo, Ernst!

Marcel contempló con los nervios destrozados cómo su compañero inspeccionaba los bajos del carro. Había procurado ocultar bien los compartimentos secretos, pero por debajo sobresalían un poco. Granadas de mano, pistolas, explosivos, detonadores, metralletas... Con que Ernst sospechara de algún saliente estarían jodidos.

Tampoco le tranquilizaba asistir a la escena que estaba teniendo lugar en la parte de atrás, con Gauloises rojo de la ira por ver cómo el sargento quería meterle mano a Esmeralda. A Marcel le temblaban las suyas mientras sujetaba las riendas. Por un momento, pensó en agitarlas y salir huyendo de allí. Hubiera sido una locura. No hubieran llegado al cruce antes de que los acribillaran a tiros.

—Baja del carro, Pauline. —El sargento acompañó sus palabras con un gesto para asegurarse de que la chica le entendía—. El sargento Stüber tiene que cachearte —añadió. A la luz de la linterna su sonrisa lasciva parecía demoníaca.

Inmediatamente, Sarah se tocó el muslo para sentir la Luger que escondía bajo la falda. Si los alemanes habían de cogerla, antes se llevaría a unos cuantos por delante.

—¿Qué ocurre, sargento? ¿Por qué sigue esa carreta aquí todavía?

Aquella voz potente surgió desde la oscuridad justo antes de que el sargento obligara a Sarah a bajar del carro y desencadenase así la tragedia.

El sargento se cuadró. Lo hizo por instinto más que por respeto; tenía la sensación de que le habían sorprendido haciendo algo prohibido.

—Estamos registrándolo, herr *Leutnant*. Ahora iba a proceder a cachear a sus ocupantes y a detenerlos por circular durante el toque de queda.

—Pues no pierda el tiempo con eso. Si fueran armados ya le habrían metido una bala en el cuerpo. Son sólo unos campesinos. Que den media vuelta y se vayan por donde han venido. No pueden estar aquí.

—Sí, herr *Leutnant*.

Ernst cesó la inspección y el sargento, con toda la diligencia militar de la que había carecido hasta entonces, gritó más para el teniente que para los franceses:

—¡Ya lo han oído! ¡Retírense inmediatamente!

Marcel pudo por fin agitar las riendas y, al hacerlo, se percató de lo que le dolían los dedos de tan fuerte que las había sujetado. Con un ruido de cascos y un chirrido de ruedas oxidadas, el carro dio media vuelta y se adentró en la noche de la que había salido.

———⋯———

Tuvieron que dar un aparatoso rodeo para llegar a Saint-Denis. Eran más de las cuatro de la madrugada cuando Marcel desenganchaba el mulo y guardaba el carro en el cobertizo. No descargarían hasta la mañana, una vez concluido el toque de queda; demasiado ajetreo nocturno podría levantar las sospechas de los vecinos.

Todos pasarían la noche en casa de Marcel, un piso que ocupaba la parte superior de la taberna, de paredes encaladas y suelos de madera sin barnizar. Sólo tenía dos habitaciones. Marcel asignó una de ellas a los de París, confiando en que se las arreglarían solitos; no sabía qué clase de lío se traían entre ellos ni quería saberlo: si el chico tenía que dormir en el sofá, que fuese ella quien se lo dijera.

En la cocina, Marcel encendió una estufa de leña y puso una olla al fuego.

—Creo que nos merecemos una buena comida caliente después de una noche tan larga.

Sarah se acercó a la estufa; sentía que el frío se le había metido hasta en los huesos. Jacob, al otro lado de la cocina, prefirió empezar a entrar en calor con un buen vaso de vino.

Un delicioso olor a comida caliente, a legumbres cocidas, inundó la habitación, un aroma a mañana de invierno y reuniones en familia. El trajín de la cocina, de cubiertos que rozan y platos que chocan, de manzanas que se golpean al caer en el frutero, de vino que se vierte en los vasos y la charla de Sansón y Grand-Père... Todo aquello en su conjunto fue como el cálido abrazo del hogar, algo casi olvidado. Sarah se arrebujó en su chaquetón, sonrió y decidió ayudar a poner la mesa.

Al sentarse, la chica creyó que aquello era lo más hermoso que había visto en mucho tiempo. Había comida suficiente: la *cassoulet* de alubias y cerdo, pan crujiente de trigo, queso, manzanas, miel, nueces y ¡mantequilla!, mucha, mucha mantequilla. El calorcito de aquella cocina, la luz suave de los candiles y hasta la sensación de apetito en el estómago le resultaron reconfortantes. Sarah se sintió muy afortunada de poder disfrutar de aquel instante, de aquel sueño en medio de la pesadilla.

Después de cenar, como nadie parecía tener ganas de irse a dormir, Marcel dejó sonar en el gramófono un disco de Marie Dubas y sacó cigarrillos y su mejor aguardiente de cerezas.

Era la primera vez que Sarah bebía aguardiente. El primer trago le pareció corrosivo, el segundo ardoroso, el tercero rasposo. Al terminar el primer vaso, ya era capaz de apreciar el sabor de las cerezas, y después del segundo, tuvo ganas de un tercero.

Sarah se sentía feliz. Ligeramente embriagada, y quizá por eso, feliz. Porque hacía mucho tiempo que no comía tan bien y que no escuchaba música, porque se reía a carcajadas con los chistes de Sansón y porque Marcel, con la pipa entre los labios y una sonrisa bonachona, parecía más que nunca un *grand-père*.

Con cada vaso de aguardiente, Sarah se sentía cada vez más y más contenta. Había olvidado todo, sólo era feliz. Y tenía ganas de bailar.

—Baila conmigo, Jacob —le rogó, tirando del brazo del reacio muchacho.

—Yo no sé bailar.

—Entonces, Sansón bailará conmigo.

Al chico le faltó el tiempo para salir a bailar «Le tango stupéfiant» con aquella preciosa muchacha. Ambos se entrelazaron en un tango torpe y grotesco sobre las baldosas de la cocina. Pero fue divertido. Marcel tarareaba y ella se reía con ganas cada vez que se echaba hacia atrás en los brazos fuertes de Sansón.

Cuando la aguja del gramófono saltó al siguiente surco y empezó a sonar «Quand je danse avec lui», Sarah se colgó del cuello de su compañero. Como una pluma, Sansón parecía levantarla del suelo para llevarla al ritmo lento de la canción. Y ella apoyaba adormecida la cabeza en su pecho.

Aquello era más de lo que Jacob podía soportar. Indignado, aplastó contra un cenicero el cigarrillo que se estaba fumando —el primero que encendía en meses—, y exhalando humo como un dragón enfurecido, se acercó a la pareja.

—Vete a la cama, Sarah.

Ella le miró con los ojos entreabiertos. Abandonó el cuello de Sansón y se colgó del de él.

—Baila conmigo, Jacob —repitió—. Por favor...

Jacob notó cómo todos sus músculos se ponían en tensión al contacto con la piel de la muchacha. Ella empezó a llevarle por la habitación con un suave vaivén. Tímidamente, Jacob rodeó con los brazos su cintura y, entonces, fue en su pecho donde Sarah dejó caer la cabeza.

Nunca antes la había tenido tan cerca. Tanto que hasta podía sentir su cuerpo delgado y el calor que desprendía; incluso podía dejar caer la barbilla sobre su cabeza y que sus cabellos suaves le hicieran cosquillas en la nariz.

En sólo dos estribillos más terminó la canción y Jacob deseó no tener que soltarla. Como atendiendo a sus deseos mudos, ella permaneció entre sus brazos, aún bailando al ritmo de una música que ya no sonaba.

Después vino «Mon légionnaire». Sarah no bailaba, simplemente se movía por el suelo abrazada a él. Marcel volvió a tararear en un tono casi fúnebre la melancólica canción. Escuchar «Mon légionnaire» en aquellos días oscuros resultaba solemne y emotivo, ponía la piel de gallina.

Jacob oyó que Sarah sollozaba.

—¿Por qué lloras, Sarah?

—No lo sé... Creo que estoy borracha.

Entonces le cogió la cara entre las manos y la obligó a mirarle. Tenía las mejillas rojas y surcadas de lágrimas. Con los pulgares comenzó a secárselas mientras ella se dejaba hacer sin rechistar.

—Vamos, te acompañaré a la habitación —le susurró con ternura mientras la sujetaba por los hombros para guiar sus pasos vacilantes.

En el umbral del dormitorio, Sarah volvió a abrazar a Jacob. Las piernas apenas la sostenían.

—¿Fuiste tú quien me tapó con una manta cuando me quedé dormida en el campo?

Él asintió.

—Oh, Jacob... Siempre te preocupas por mí. Ya no estás enfadado conmigo, ¿verdad? No me gusta que te enfades conmigo.

—No, Sarah. Ya no estoy enfadado contigo.

Sarah suspiró satisfecha y se acurrucó en su pecho. Jacob le acarició el pelo, como si fuera una niña pequeña.

—¿Dónde vas a dormir, Jacob?

—En el sofá.

Sarah volvió a incorporarse para mirarle a los ojos.

—No, Jacob, eres demasiado bueno conmigo para dormir en el sofá. No debes dormir en el sofá. Si ya me has perdonado, ¿por qué te vas a dormir al sofá?

Jacob estaba a punto de hablar, pero se encontró de pronto con los labios de Sarah cerrando los suyos.

Se quedó paralizado. Estaba seguro de que aquel beso no sería más que un roce fugaz. Estaba seguro de que Sarah no era dueña de sus actos.

Sin embargo, el beso se prolongó, se tornó húmedo y suave, cálido. Jacob creyó que explotaría de deseo.

—No te vayas al sofá. No me dejes sola, Jacob —le rogó sin apartarse de su boca; cada una de sus palabras acariciaron los labios del chico.

No hubiera querido que sucediera así. No era aquélla la forma en la que tantas veces se había imaginado amando a Sarah. Pero cuando ella le metió las manos por debajo de la camisa y le acarició el pecho, supo que ya no había marcha atrás. Jacob entró en la habitación y cerró la puerta tras de sí.

⸻⟡⸻

El canto del gallo despertó a Sarah. Aquel maldito bicho no habría cantado así si hubiera sabido que a ella le dolía la cabeza a reventar.

La noche había sido tan corta como espantosa. En realidad, y aunque tenía la sensación de que los párpados se le habían pegado a la córnea, se alegraba de que hubiera amanecido y el sol hubiera puesto fin a aquel suplicio entre sábanas.

Por Dios que no recordaba un dolor semejante de cabeza en toda su vida. Le habría gustado enterrarla entre la almohada... si sobre aquella misma almohada no estuviera Jacob dormido, profundamente dormido.

Por muy titánico que resultase el esfuerzo, tenía que dejar aquella cama y aquella habitación antes de que él despertase y la situación se volviese terriblemente incómoda.

Sarah se asomó al pasillo de una casa totalmente en silencio; todos dormían aún. Sigilosamente, caminando como los gatos sobre el suelo frío, buscó el baño. Estaba desesperada por lavarse, por quitarse de encima esos restos sanguinolentos que se le habían pegado a los muslos; resultaba asqueroso. Pese a que el agua del grifo estaba helada, tan congelada como todo lo demás, Sarah se lavó a conciencia.

Ya vestida y abrigada, salió al exterior. El sol brillaba con una intensidad fuera de lo normal, o al menos eso le pareció a ella cuando recibió su golpe doloroso en las pupilas. Tenía una resaca monumental. Necesitaba pasear, tomar un poco de aire fresco.

Como la taberna estaba a la entrada del pueblo, lejos del centro, afortunadamente no había mucho movimiento por allí. El más mínimo bullicio se le hubiera hecho insoportable.

Se colocó el pañuelo en la cabeza, se lo anudó bajo el mentón y cruzó la carretera solitaria en dirección a un campo de cereales por entonces yermo y salpicado de cuervos que picoteaban afanosamente la tierra helada en busca de algo para desayunar. Adentrándose en la vereda, inició su paseo bajo la protección que le ofrecían los árboles.

El silencio actuaba como un sedante, también el aire de la mañana, que traía aromas de leña y rocío. Pero Sarah estaba demasiado cansada y lo suficientemente inquieta como para que nada calmase sus sentidos por mucho tiempo. Las piernas no tardaron en dolerle y la conciencia no tardó en revolotear dentro de su cabeza, en zumbarle a los oídos como las moscas en verano.

Al fin decidió sentarse en una piedra para acallar las quejas de sus piernas cansadas y admitió que era imposible seguir ignorando lo sucedido la noche anterior.

No estaba arrepentida, pero tampoco satisfecha. La experiencia de la noche anterior no le había merecido la pena, sobre todo cuando pensaba en que las buenas mujeres judías debían llegar vírgenes al matrimonio. Ni lo había disfrutado, ni había estado bien.

Ella no sabía mucho de sexo. Por descontado que era un tema que jamás se trataba en su casa. Sólo sabía lo que había leído a escondidas en algunos libros de la biblioteca de sus padres y de algún modo se había forjado una idea más romántica de ello. Pero si había esperado coros celestiales y fuegos artificiales, se había equivocado por completo. Nada más lejos de la realidad. No recordaba los detalles, pero sí que había sido una experiencia dolorosa. Estaba muy excitada cuando besó a Jacob, pero aquella sensación no tardó en desaparecer y en dar paso a la apatía, al malestar y, finalmente, al dolor. Si aquél era el precio que las mujeres debían pagar por perder su virginidad, definitivamente Dios no estaba del lado de ellas.

Pero lo peor era que no había estado bien. Al margen de códigos morales ajenos y ateniéndose al suyo propio, no hubiera querido tener sexo con un hombre al que no amaba. Y ella no amaba a Jacob. Le tenía cariño, pero no lo amaba. Aquella noche había podido comprobarlo y quizá fuera ésa la razón por la que no había visto fuegos artificiales.

A Sarah le hubiera gustado no tener que regresar a la taberna. La idea de volver a ver a Jacob se le hacía incómoda, casi vergonzosa. Pero tarde o temprano tendría que enfrentarse a ello. Además, tenía hambre y necesitaba un café bien cargado o cualquier cosa que se le pareciera.

Los automóviles negros aparcados frente a la taberna fueron la primera señal que la puso en alerta. En lugar de cruzar la carretera, se ocultó en una zanja, tras la maleza. No sabía exactamente qué podían significar aquellos vehículos allí detenidos, pero prefirió actuar con cautela: una funesta intuición le indicaba que lo que veía no era nada bueno. En aquellos días, fundamentalmente los alemanes se desplazaban en automóvil.

Intentando ser optimista, pensó que quizá sólo se trataba de clientes de la taberna. Probablemente alemanes, claro, pero que únicamente habían parado a tomar un café. Sea como fuere, esperaría allí escondida, observando cualquier movimiento.

No tuvo que esperar mucho. En apenas diez minutos, la puerta de la taberna se abrió y sus presentimientos más negros quedaron confirmados.

Con la respiración contenida y los nervios rotos, repitiéndose ingenuamente que aquello no podía estar sucediendo, Sarah fue testigo desde su escondite de cómo cuatro hombres vestidos de paisano sacaban a punta de pistola a Jacob, Sansón y Marcel y los introducían a empujones en la parte trasera de los automóviles. Iban esposados y sólo llevaban puestos la camisa y los pantalones. Y aunque Sarah no pudo verlo, sus rostros estaban marcados por las señales de una detención violenta.

Las puertas se cerraron con estrépito, los motores se pusieron en marcha, las ruedas crujieron contra la grava... Unos segundos de escándalo, una cortina de polvo y todo volvió a ser como antes en Saint-Denis: el sol, el silencio y el aire de la mañana cargado de aromas de leña y de rocío. Saint-Denis y su taberna parecían una foto fija, el escenario de un drama que había quedado fuera de cartel. Un drama con un solo espectador.

No quiero morir
en un archivo polvoriento

Creo que *El Astrólogo* lo tiene Sarah Bauer.» Fui directa al grano nada más empezar la primera reunión de trabajo que mantuvimos Alain y yo, antes incluso de encender el ordenador o de abrir la carpeta de documentos.

Él frunció el ceño y replicó con prevención:

—¿Te basas en algo concreto o es sólo intuición femenina? No es que tenga nada en contra de la intuición femenina —se apresuró a aclarar con la misma prevención—, pero como método científico de investigación es... cuestionable.

—Un poco de todo —reconocí—. Es el resultado de mezclar en una probeta a Georg von Bergheim, los Bauer y *El Astrólogo*, añadir una pizca de intuición femenina y agitar.

—Eso más que ciencia es brujería, pero como hipótesis me parece interesante.

Agradecí con una sonrisa su concesión y me dispuse a ofrecerle una explicación más detallada.

—Al menos, tiene sentido. Sabemos que Georg von Bergheim estaba buscando *El Astrólogo*, sabemos que (contra el procedimiento habitual de expropiación) se trasladó de París a Estrasburgo para confiscar la colección Bauer...

—Sabemos que el cuadro no está en la colección Bauer —me interrumpió.

—No exactamente. Sabemos que no se incluyó en el inventario, pero eso no quiere decir que no estuviera en la colección.

—*Touché* —admitió con una leve inclinación de cabeza.

—Según tus investigaciones, los alemanes detuvieron a toda la familia menos a Sarah Bauer... ¿Por qué? ¿Por qué no hay rastro de *El Astrólogo* ni de Sarah Bauer? ¿Por qué casualmente han desaparecido los dos?

—Yo no he dicho que no haya rastro de ella, sólo he dicho que yo no lo he encontrado...

—Pues hay que encontrarlo. Mi intuición femenina me dice que el rastro de Sarah Bauer es el rastro de *El Astrólogo*.

—Ya, pero mi escepticismo masculino me dice que hay otras muchas hipótesis. Primera, fue otro motivo y no *El Astrólogo* el que llevó a Von Bergheim a la colección Bauer. Segunda, fue *El Astrólogo* el que llevó a Von Bergheim a la colección Bauer pero se equivocó al buscarlo en dicha colección porque nunca estuvo allí. Tercera, Von Bergheim encontró *El Astrólogo* en la colección Bauer, se lo llevó a Himmler y cumplió su misión.

—Entonces, ¿por qué regresó a París?

—Se me ocurren cientos de motivos...

Pasé por alto la declaración de Alain y continué en mis trece:

—Regresó a París siguiendo a Sarah Bauer porque creía que ella lo tenía.

—¿Por qué no...? Y ¿por qué sí? No tenemos pruebas de nada.

—En ese caso habrá que buscarlas. Si hay que descartar hipótesis, empezaré por localizar a Sarah Bauer. Sólo tenemos que demostrar que estuvo en París al tiempo que Von Bergheim; sólo tenemos que reunirlos para saber dónde estaba *El Astrólogo*.

Alain se encogió de hombros.

—Está bien... Tendrás que consultar los registros de las veinte *mairies* de París en busca de alguna señal de que Sarah Bauer estuvo aquí: un certificado de empadronamiento, de matrimonio, de defunción... También tendrás que rastrear todas las bases de datos sobre desaparecidos en el Holocausto; hay unas cuantas. Los archivos de la Cruz Roja, pues ellos fueron los primeros en hacerse cargo de los campos de tránsito y concentración tras la Liberación. Y también los de la Gestapo en París e, incluso, en Estrasburgo, ya que, a través de la policía local, la Gestapo llevaba un control de los judíos residentes en cada ciudad... Puedes poner un anuncio en la prensa; tal vez alguien relacionado con Sarah Bauer, o incluso ella misma, si aún vive, lo conteste... No será fácil dar con ella, pero por lo menos será más fácil que encontrar el dossier Delmédigo —sentenció Alain, dejándome desinflada como un globo.

—¿Todo esto lo dices para animarme?

—Por supuesto. Sólo te he dicho que no va a ser fácil. Si creyera que es imposible, no estaría aquí ahora mismo sacando de esta carpeta la valiosísima carta de Hitler que tú encontraste.

Mientras le contemplaba leer la carta, pensé que poseía un extraño optimismo, pero optimismo al fin y al cabo. Aquello tenía que ser bueno para la investigación.

> Al *Reichsführer-SS* y jefe de la Policía, Heinrich Himmler
> Querido camarada:
> Considerando el informe con fecha 15 de octubre de 1941, autorizo que el oficial SS con número 634.976 sea asignado a la Operación Esmeralda.
> A tal efecto, he dado ya las órdenes pertinentes a las oficinas centrales del Eisantzstab Reichsleiter Rosenberg de Berlín para que le sea remitido el dossier Delmédigo a la mayor brevedad posible.
>
> *Führerhauptquartiere*
> *17 de octubre de 1941*
>
> DER FÜHRER,
> ADOLF HITLER

—De modo que el dossier Delmédigo estaba en el ERR de Berlín... Eso no es una buena noticia...

Aquella impresión de Alain no era en realidad muy optimista.

—Sí... Aunque Hitler también tendría una copia. Y supongo que Himmler y Von Bergheim, otra... ¿no? —apunté con cierta timidez.

—Seguramente, pero rastrear documentos que estuvieron en manos de particulares es más difícil que localizar los que pertenecen a archivos de grandes instituciones. El problema es que una parte de los documentos del ERR en Berlín se quemó durante un bombardeo en 1943...

—¿Y dices que esto no es imposible? —le interrumpí descorazonada.

—Sólo se quemó una parte, no todo —replicó de nuevo llevando al límite su optimismo—. Los documentos que sobrevivieron se trasladaron a Ratibor, en Polonia. Cuando los alemanes asumieron que el avance del Ejército Rojo era imparable, empezaron a trasladarlos de nuevo a distintas localizaciones en Alemania, principalmente a Berlín y Bavaria. Simplificando, podemos decir que hay dos bloques de archivos del ERR: los que estaban en el este cuando acabó la guerra y los que estaban en el oeste, y eso determina su localización hoy en día. Aunque la realidad es que los archivos del ERR están diseminados entre veintinueve instituciones de nueve países diferentes...

—Dime que sigues animándome...

Alain sonrió burlonamente por toda respuesta.

—Volvamos a nuestros archivos del ERR de Berlín, que son los que nos interesan.

Con un ramalazo didáctico propio de su vocación, Alain cogió lápiz y papel y comenzó a garabatear un esquema para mí.

—Cuando en 1945 los rusos entraron en Ratibor, se hicieron con los documentos del ERR que los alemanes no habían tenido tiempo de evacuar, los consideraron botín de guerra y dispusieron que se trasladaran a Moscú, aunque por causas desconocidas la mayoría se quedaron en Ucrania, en Kiev, donde siguen en la actualidad, pues a pesar de que con el desmembramiento de la Unión Soviética Ucrania pasó a ser un país independiente, los rusos nunca los reclamaron.

—¿Qué ocurrió con los documentos que habían evacuado los alemanes?

—Al acabar la guerra, los americanos se hicieron con ellos (no con todos, pero sí con la mayor parte) y los trasladaron a Washington, al NARA —me indicó, refiriéndose a la National Archives and Records Administration o los Archivos Nacionales de Estados Unidos.

Ya me veía desmembrada entre Kiev y Washington cuando Alain añadió:

—En 1960, el gobierno americano restituyó estos documentos a su propietario legítimo, que entonces era la República Federal de Alemania. De modo que en el NARA sólo quedan las copias microfilmadas, los originales están en el Bundesarchiv de Berlín-Lichterfelde.

Seguía viéndome desmembrada, aunque al menos Berlín y Kiev estaban más cerca.

—En resumen: en caso de que el dossier Delmédigo sobreviviera al incendio de 1943, suponiendo que en virtud de la ley de Murphy no esté en Holanda, Gran Bretaña, Bélgica, Rusia o en cualquier otro país que conserve unos pocos archivos del ERR, suponiendo que no se haya extraviado en el agujero negro del tiempo y el espacio, lo más probable es que se encuentre o en Berlín o en Kiev.

A medida que Alain conjeturaba sobre el paradero de nuestro documento, yo me había ido hundiendo en mi propia silla, y en aquel instante era la imagen de la derrota y el pesimismo.

—No quiero morir sola en un archivo polvoriento y desordenado... —me lamenté.

Alain volvió a sonreír con la misma sorna con la que lo había estado haciendo toda la tarde.

—No morirás sola, yo moriré contigo...

Alain y sus frases sacadas de contexto... Una bonita declaración que no me consoló demasiado. Le miré con un mohín que debió de dejárselo claro.

—Anímate, mujer: aún no te he contado las buenas noticias.

—¿Las hay?

—Claro que sí. Tengo amigos —susurró en un tono misterioso muy teatral—. En Berlín y en Moscú, dos grandes archiveros que se conocen los archivos del ERR como la palma de la mano. Si el dossier Delmédigo existe, si está en el Bundesarchiv o el TsDAVO (el Archivo Estatal de Ucrania), si en su día las autoridades lo sacaron de su caja y se molestaron el clasificarlo, y si después decidieron desclasificarlo, para darle acceso público, mis amigos lo encontrarán —concluyó triunfal.

En cambio yo, que no estaba nada entusiasmada, me limité a repetir:

—Si... Si... Si... Demasiados condicionantes...

⚬━⚬━⚬

Alain y yo trabajábamos juntos por las tardes. Por las mañanas, él seguía con sus clases en la universidad y yo me dedicaba a buscar a Sarah Bauer. Como no era capaz de abarcarlo todo, contraté a un experto en genealogía para que localizase a posibles parientes de Sarah Bauer y para que hiciese las consultas a las *mairies* en busca de cualquier señal sobre su estancia en París. Entretanto, hice lo que pude buscándola entre los documentos que los alemanes habían dejado tras la Ocupación.

Gran parte de éstos —los que no fueron destruidos por los alemanes antes de huir de París acosados por los Aliados—, y en especial los relativos a ciudadanos judíos, se encuentran en los archivos del Memorial de la Shoah, en el llamado Centre de Documentation Juive Contemporaine o CDJC, donde, por supuesto, Alain tenía una amiga, una joven archivera llamada Edith, de anatomía pequeña y carita de ratón. Los abuelos de Edith fueron arrestados durante la redada del Vélodrome d'Hiver y fallecieron en campos de concentración alemanes. Su madre, que entonces sólo tenía dos años, consiguió librarse de la deportación porque unos vecinos la acogieron y la hicieron pasar por su sobrina. Ahora, Edith siente que es su deber ayudar a las familias judías que, como ella, perdieron a alguien o algo durante la ocupación nazi.

Edith me contó que en virtud de una ordenanza emitida por el *Militärbefehlshaber* de Francia en septiembre de 1940, todos los judíos residentes en París debían acudir a las subprefecturas de policía a censarse. Sus nombres y direcciones quedaron registrados en un archivo central de la policía francesa, conocido como «archivo Tulard», que fue a su vez entregado a la Gestapo para poder iniciar las deportaciones. Casi ciento cincuenta mil judíos quedaron censados en ese archivo.

—Aunque no todos los judíos que vivían en París acudieron al censo —me explicó Edith—, puede ser un buen punto de partida para buscar a Sarah Bauer.

Si es que había estado en París, Sarah fue una de las que no acudió al censo. Nos dimos cuenta al cabo de buscar su nombre sin éxito entre aquellos ciento cincuenta mil judíos.

—Miraremos en las fichas de detenidos de la Gestapo y de la prefectura de París —propuso entonces Edith con menos esperanzas—. Raro es el judío que residía en París y que de un modo u otro no esté en sus registros. Salvo que viviera en la clandestinidad...

Después de revisar cientos de fichas durante días, empecé a pensar que Sarah Bauer había vivido en la clandestinidad... Aún más, que aquella mujer ni siquiera había estado en la capital. Comencé a crecer que era una tontería perder tanto tiempo buscando a una persona cuya conexión con *El Astrólogo* parecía remota. E incluso llegué a descartar la hipótesis de que Sarah Bauer huyera con el cuadro. Y entonces...

—¡La hemos encontrado! —le grité a Alain por el teléfono con la ficha policial de Sarah Bauer en la mano.

PosenGeist

E ra sábado y Konrad estaba en París. Habíamos cenado en casa de unos amigos en la rue de Berri; una cena formal con el embajador de Alemania. Al terminar, me dolía la mandíbula de sonreír sin ganas y notaba la cabeza cargada de beber champán sin ganas. Por eso creo que quise a Konrad un poco más cuando me propuso volver a casa dando un paseo.

Los Campos Elíseos se veían tan espectaculares como siempre, cuajados de luces y animados por grupos de turistas y parisinos que disfrutaban de la noche del sábado deambulando entre restaurantes y locales de moda: coches de lujo, mujeres con las piernas largas y tacones de aguja, hombres vestidos de etiqueta y el aroma de los jardines recién regados y los perfumes de fiesta.

Me encantaba pasear del brazo de Konrad, prácticamente colgando de él, y poder por fin hablar tranquilamente de nuestras cosas. La caminata era larga, pero hacía una noche estupenda, templada, con una brisa suave que me ayudó a despejarme.

—Es increíble... Tendrías que haber visto las listas y las cifras —le comentaba vivamente algunos de los descubrimientos de mi investigación—. No tenía ni idea, pero setenta y seis mil judíos franceses fueron deportados durante la ocupación alemana. Y con el consentimiento e incluso la complicidad de las autoridades locales. Entendemos el nazismo como algo esencialmente alemán...

—¿Y no lo es? —me interrumpió.

—Es originalmente alemán, pero allí donde se instalaba encontraba seguidores y simpatizantes: Francia, Holanda, Bélgica, Noruega, Checoslovaquia, Hungría... Los nazis fueron capaces de gobernar durante cuatro años (toda una legislatura democrática, piénsalo) en media Europa. Y eso sólo pudo ser posible porque hallaron más colaboración que resistencia. ¿Sabes que durante los primeros meses de la Ocupación la mayoría de las denuncias a la Gestapo provenían de ciudadanos franceses contra ciudadanos franceses?

—Entonces, el nacionalsocialismo es esencialmente humano —concluyó Konrad no exento de ironía.

—Es perversamente humano, me temo.

En ese momento, detuvo nuestro paseo y me rodeó con los brazos, buscando mi mirada.

—Dime que empiezas a entusiasmarte con la investigación, *meine Süße*.

—Empieza a intrigarme... —admití con una sonrisa.

Konrad estrechó el abrazo y yo me dejé envolver por su corpulencia. Y cuando más a gusto me sentía, sonó un teléfono móvil enterrado entre nuestros cuerpos.

—¿Es el tuyo?

—Eso parece... —farfullé contrariada mientras abría el bolso—. ¿Quién demonios me llamará un sábado a estas horas?

Afortunadamente, llevaba un pequeño *clutch* y nada más abrirlo asomó el teléfono vibrante, sonante y luminoso.

—¿Número desconocido? —gruñí a punto de rechazar la llamada.

—Cógelo para saber quién es...

—Son capaces de querer venderme un ADSL... ¿Sí?

Silencio al otro lado del teléfono. Sólo el leve siseo de la línea.

—Dígame —insistí bajo la atenta mirada de Konrad.

Silencio y siseo.

—Cuelga... Se habrán equivocado.

Iba a hacerlo cuando una voz ronca y profunda quebró el siseo con una sola palabra que apenas entendí. Un escalofrío serpenteó por mi espalda. La palabra volvió a repetirse con aquella voz cavernosa.

—Oiga, ¿quién es usted? —acerté a decir.

La llamada se cortó.

Me quedé paralizada, sintiendo que un frío extemporáneo me recorría el cuerpo.

—¿Qué ocurre? ¿Quién era?

—No lo sé...

—Pero ¿qué te ha dicho? ¡Te has puesto pálida!

—No es lo que me ha dicho, es cómo me lo ha dicho. Era una voz... Una voz horrible, Konrad. Si los muertos hablaran, estoy segura de que ésa sería su voz...

Me abrazó con fuerza.

—Está bien, cálmate. ¿Qué te ha dicho?

—No... no estoy segura. Era una palabra, la misma dos veces. La primera vez entendí algo parecido a *poltergeist*. Pero la segunda sonó como *posengaist*...

Creí notar que el cuerpo de Konrad se ponía tenso.

—*PosenGeist* —repitió en perfecto alemán.

Me separé un poco de él para mirarle a la cara. Me pareció que su semblante se había tornado excesivamente serio, aunque quizá fuera la implacable luz de la farola que le daba en la cara.

—Sí, justo eso... ¿Cómo lo has sabido?

—Sólo lo he imaginado...

—¿Es que sabes qué es *PosenGeist*?

—No —negó tajantemente.

Iba a responderle que daba toda la impresión de conocerlo perfectamente cuando el teléfono volvió a vibrar todavía en mi mano. Di un respingo y casi al tiempo Konrad me lo quitó y lo descolgó.

—Escucha, hijo de puta, no sé quién coño te crees que... —se interrumpió bruscamente—. ¡Mierda...! ¡Ha colgado!

—¿Qué pasa? ¿Qué es esto? —le exigí una explicación como si él la tuviera. Estaba demasiado asustada para pensar con claridad, aquella voz siniestra aún me zumbaba en los oídos.

—No lo sé. Pero ¡este acoso telefónico ya es intolerable!

Hacía mucho tiempo que no lo veía tan enfadado, con uno de esos enfados suyos tensos y silenciosos que crispaban cada uno de los músculos de su cara y convertían sus ojos en dos líneas centelleantes. Aquello me escamó.

—Sí que lo sabes, Konrad. Tú sabes qué significa ese mensaje. Por eso estás tan alterado —me atreví a decir.

—¡No seas absurda, Ana! Estoy tan desconcertado como tú, sólo que me siento responsable de ti y no voy a consentir que te sigan acosando de este modo. *PosenGeist* no me dice nada. *Geist* es espíritu en alemán, pero *PosenGeist* no tiene ningún sentido... ¡Joder!, ¿a qué viene que me señales a mí ahora?

—No te señalo...

—Sí lo haces. ¿Por qué no miras mejor hacia tu amigo el doctor Arnoux? Ya te avisé de que debíamos tenerlo vigilado. Insisto en que sólo él tiene tu número de teléfono y ha esperado a que vuelvas a dar un paso firme en la investigación para reanudar su juego sin sentido.

Me parecía que estaba exagerando. Podía admitir que los motivos de Alain para participar en la investigación fueran dudosos, pero de ahí a que se dedicara a acosarme...

—Tú lo has dicho: sin sentido. No tiene ningún sentido que quiera asustarme... Además, si tan peligroso te parece, ¿por qué lo pusiste de nuestro lado? Desde luego, no fui yo quien le invité a trabajar con nosotros...

—Yo tampoco.

Aquella lacónica declaración me cogió por sorpresa.

—¿Cómo?

—Que yo no le llamé.

—Pero él me dijo que sí... O eso creí entender.

—Fue él quien se puso en contacto conmigo para ofrecerse a colaborar. Tantas ganas tenía, que no puso ninguna objeción a firmar lo que fuera; creo que me habría vendido a su madre si se lo hubiera pedido.

—No tiene madre que vender... —murmuré con la mirada perdida mientras trataba de digerir aquella información.

—¿Qué?

—Nada...

Puede que en realidad Alain no me hubiera dicho explícitamente que Konrad le había llamado y yo lo hubiera interpretado así. O puede que sí... A esas alturas ya no estaba segura de nada.

De pronto, me sentí agotada. Los Campos Elíseos se me hicieron hostiles e intransitables; sus luces, su glamour y su brisa suave se habían apagado como los colores de una fotografía vieja y todo lo que quedaba flotando en el aire era una palabra fantasma: *PosenGeist*.

Busqué asiento en un banco cercano. Konrad me imitó.

—Llamaremos a un taxi para volver a casa —anunció.

No le quité la idea de la cabeza.

Febrero, 1943

En 1942, tras el asesinato de Reinhard Heydrich, líder del RSHA, a manos de rebeldes checos, el jefe de la Gestapo, Heinrich Müller, autorizó someter a terroristas a «interrogatorios incisivos», aprobando métodos como la privación del sueño y el alimento, el ejercicio físico hasta la extenuación, el maltrato continuado y el confinamiento en celdas incomunicadas. Tales interrogatorios sólo podrían emplearse para obtener información de aquellos que tuvieran «intenciones hostiles contra el Estado», pero no para obtener una declaración de culpabilidad. La realidad es que las torturas de la Gestapo fueron más allá de estos métodos y estos límites, sin embargo, la orden de Müller es el único testimonio oficial escrito encontrado por los Aliados tras la guerra.

Las últimas cuarenta y ocho horas habían sido angustiosas. Una carrera contra el tiempo y la cordura. Un viaje largo y oscuro hasta París para buscar a Jacob.

Sarah abandonó la zanja al anochecer. Apenas podía moverse a causa del pánico y el entumecimiento. Cuando entró en la casa de Marcel, el alma se le cayó a los pies: todo estaba desordenado, tirado, tratado con violencia. En el dormitorio, la ropa de Jacob había quedado esparcida por el suelo, se lo habían llevado con lo puesto. Sarah se arrodilló a recogerla y a guardarla cuidadosamente en la maleta. Se sentía muy triste, de nuevo mutilada por dentro; cada vez que se llevaban a alguien, se llevaban una parte de ella; como animales carroñeros la dejaban malherida, con las entrañas al descubierto. Lo último que dobló, como si hubiera doblado un paño sagrado, fue la chaqueta de Jacob. Contempló con ternura los codos desgastados y la metió con mimo en la maleta, cerró las correas y, con ella en la mano, bajó al primer piso. Antes de salir a primera hora de la mañana, Sarah había recogido todas sus cosas y las había escondido tras el hueco de la escalera. No lo había hecho con ningún fin, simplemente por ir ganando tiempo, ya que pocas horas después se marcharían. Sin embargo, quizá había sido lo que la había librado de que fueran en su busca, quizá no se habían percatado de que ella también estaba allí.

Lo que sí habían encontrado eran las armas. El cobertizo estaba patas arriba; no había ni rastro de la radio ni de los planos de Marcel. Los compartimentos ocultos del carro estaban abiertos y desvalijados y habían disparado al mulo, que yacía muerto sobre la paja de su establo en medio de un charco de sangre. Que la Gestapo hubiera encontrado las armas era fatal para Jacob y los demás, era la prueba que necesitaban para acusarlos de terrorismo y condenarlos a muerte. No podía perder ni un minuto en emprender el regreso a París y contactar con el resto del Grupo Alsaciano.

Aun violando el toque de queda, cargó con su maleta y la de Jacob y se echó a andar carretera adelante. No le importó lo inconsciente de su actitud, tenía que llegar a la estación de Valençay para coger el primer tren de la mañana; si se veía en la obligación de pegarle un tiro a cualquiera que se interpusiera en su camino, lo haría sin dudarlo.

Pero la suerte estuvo de su parte. En torno al mediodía, llegó a París con sus dos maletas y todas las balas en el cargador de la Luger.

—¡Esto es una puta mierda! ¡Gauloises cantará!

En su cubículo del garaje, Trotsky recibió la noticia con una explosión de ira. Sarah estaba demasiado cansada para ponerse a la altura de sus gritos, sus aspavientos y sus improperios. Sin levantarse de la silla, le replicó con calma:

—No lo hará. Él no es un traidor.

—No es traición, nena, son cojones. Hace falta tener muchos cojones para no darle a la Gestapo el nombre de tu puta madre en un interrogatorio. Y tu amiguito no los tiene. Estamos con la soga al cuello, ¿lo entiendes?

Sin esperar respuesta por parte de Sarah, Trotsky asomó por la puerta del cubículo y empezó a vociferar como un energúmeno.

—¡Vosotros! ¡Empezad a recogerlo todo! ¡Quiero esto limpio en veinte minutos! ¡Hay que largarse!

Como todos le observaban atónitos, sin mover ni un músculo, repitió la orden colérico:

—¡Vamos, coño!

Una vez que hubo comprobado que los demás empezaban a empaquetar las cosas con más desconcierto que orden, él hizo lo propio con todos sus montones de papeles y trastos.

—Yo que tú, guapa, correría a poner el culo a salvo. Es muy posible que sea tu nombre el primero que salga en su agradable conversación con los jodidos *boches*. A estas alturas ya te estarán buscando.

Sarah se levantó pausadamente, volvió a coger las maletas y abandonó el cubículo en busca de la salida del garaje. Pero no pudo atravesarlo sin que los demás la abordaran inquietos.

—¿Qué es lo que ha pasado? ¿Por qué tenemos que irnos?

Sin dejar de caminar, Sarah respondió con desgana; no quería hablar, no quería tener que dar más explicaciones.

—La Gestapo ha cogido a Gauloises.

El rumor de una exclamación corrió como un reguero de pólvora. Pero Sarah sólo miraba hacia la puerta, sólo caminaba hacia allí, sólo quería salir.

Gutenberg y Dinamo corrieron a hablar con Trotsky. Marion la agarró de un brazo para detenerla.

—¿Estás bien, cariño?

Sarah se encogió de hombros.

—¿Adónde vas? No andes por ahí sola. Espérame un minuto que me voy contigo.

Sarah miró a su amiga como si no acabara de entender muy bien lo que acababa de decir.

—No, Marion. Voy a ver a Jacob.

Sarah iba a seguir su camino, pero Marion volvió a detenerla.

—¿Tú estás loca? ¡Te cogerán a ti también! ¡Por Dios, Sarah, piensa un poco!

—Tengo que ir, Marion. Tengo que llevarle ropa, no tiene nada que ponerse.

—Pero, chiquilla, ¿qué te has pensado, que está en un hotel? Entra en razón, Sarah. ¡Vas a meterte en la boca del lobo!

—No puedo abandonarle, Marion. Él no lo haría si yo estuviera en su lugar. Él nunca me ha abandonado.

Con un suspiro, Marion se dio por vencida.

—No importa lo que te diga, ¿verdad? Estás decidida a hacerlo aunque sea una locura.

Sarah asintió. Sacó de su bolso una libreta y apuntó una dirección.

—Escúchame, Marion. Si no he vuelto en una semana, ¿le llevarás el cuadro a la condesa? Dile que vas de mi parte.

Marion tomó el papel que Sarah le daba.

—¿Ese horrible mapa?

Sarah no pudo evitar sonreír.

—Sí.

A Marion le parecía que su amiga había perdido la cabeza. Pero no había nada que hacer. Simplemente la abrazó con fuerza, sintiendo que se le hacía un nudo en la garganta.

—Ten mucho cuidado, ¿de acuerdo?

Por toda respuesta, Sarah se sacó la Luger de debajo de la falda y se la puso a Marion en la palma de la mano.

Le habían hecho pasar a una sala de espera. Una sala austera con una bandera del Tercer Reich, unas cuantas sillas y una mesa tras la cual una secretaria tecleaba incesantemente en una máquina de escribir y, de tanto en tanto, la vigilaba por encima de las gafas.

Cuando presentó los papeles en el control, el agente de la entrada llamó a un compañero.

—Dice que viene a ver a Fabrice Renard. Por lo visto es su esposa.

El segundo agente se metió en un despacho y salió al cabo de unos minutos.

—Pásala allí.

La cachearon e inspeccionaron su maleta, esparciendo sin ningún miramiento la ropa de Jacob que con tanto cuidado ella había doblado. Después le ordenaron que la guardara y la acompañaron a la sala de espera.

Sarah estaba nerviosa. Y cuanto más tiempo aguardaba en aquella sala, más aumentaba su nerviosismo. Aparentemente, todo iba bien. No entendía por qué no conseguía tranquilizarse. Tal vez fuera el continuo golpeteo de las teclas lo que la estaba sacando de quicio, o aquella maldita bandera.

—¡Pauline Renard!

Un agente gritó su nombre desde la puerta. Sarah se puso en pie como accionada por un resorte. Con las dos manos asía fuertemente la maleta mal cerrada.

—¡Venga conmigo!

Atravesó pasillos interminables, angustiosamente similares y cada vez más solitarios a medida que se adentraba en las entrañas del edificio de la rue des Saussaies. Bajó escaleras que parecían llevar al mismo infierno y cruzó puertas cada vez más gruesas y repletas de cerraduras. Cuando empezaba a tener la sensación de que aquello era un laberinto que no conducía a ninguna parte, la introdujeron en una habitación. Se trataba de un pequeño cuarto sin ventanas, prácticamente vacío; una bombilla colgaba del techo sobre una única silla atornillada al suelo y en una esquina había una mesa con un teléfono. En realidad, parecía una celda. A Sarah le entró el pánico.

—¿Qué sucede? ¿Dónde estamos...? ¿Dónde está mi marido...? ¡Quiero ver a mi marido!

—¡Cállese y siéntese!

El agente la empujó por los hombros hasta tirarla sobre la silla y se colocó tras ella, vigilante.

En ese instante, entró otro hombre que marcó un número en el teléfono.

—Todo listo —dijo a través del auricular. Colgó y se colocó junto a la puerta.

Para entonces, Sarah estaba muerta de miedo. El corazón le latía con fuerza y había comenzado a sudar aunque allí hiciera mucho frío. «Vas a meterte en la boca del lobo.» Las palabras de Marion se repetían incesantemente en su cabeza.

De pronto, se abrió la puerta de la celda. Pegada a su silla por el terror y confundida por la escasa luz de aquel zulo, Sarah vio cómo dos hombres metían a empujones un cuerpo retorcido y lo colgaban de las esposas a un gancho en la pared. Sólo cuando aquel hombre levantó la cabeza para mirarla pudo reconocerlo.

Estuvo a punto de gritar su nombre, pero afortunadamente se lo tragó.

—¡Dios mío!, ¿qué te han hecho?

Quiso abalanzarse hacia él para sujetarle entre sus brazos. Los guardias se lo impidieron.

—¿Por qué la mujer no está esposada? —preguntó otro hombre, vestido con uniforme de oficial de las SS, que llegaba en ese momento—. ¡Espósenla inmediatamente!

—Sí, *Kommissar*.

Jacob se revolvió en su colgadero mientras que un gruñido parecido a un «no» fue todo lo que pudo emitir.

Sarah apenas se resistió mientras la esposaban a la silla; prácticamente no oyó el clic de los cierres ni sintió el frío del acero en torno a sus muñecas. No podía dejar de mirar a Jacob, su rostro hinchado, deforme y cubierto de sangre, su cuerpo herido y amoratado. Las lágrimas comenzaron a resbalar por sus mejillas.

—Dime algo... Háblame, por favor... —le rogó entre sollozos un signo de vida.

—No debes estar aquí... —Jacob consiguió sacar un hilo de voz entrecortada—. Tienes que marcharte...

—Bien, bien, bien. —La voz del oficial alemán, que sonaba dolorosamente vigorosa en comparación con la de Jacob, producía un eco en aquellas cuatro paredes—. Señora Renard, aquí tiene a su marido. O... tal vez no —añadió a la vez que se agachaba para mirar a Sarah a los ojos: su mirada era negra y penetrante, pretendía intimidar.

Como la muchacha permaneció en silencio sosteniéndole la mirada, terminó por sonreír de forma diabólica y volvió a incorporarse para iniciar un paseo teatral por la estrecha celda; no menos teatral fue su declamación.

—Hace bien en no llevarme la contraria. No hay tales señor y señora Renard. O, al menos, ustedes no lo son. Sus papeles son falsos y lo sabemos. Este hombre tiene razón —afirmó señalando a Jacob—. No debió usted venir aquí... con papeles falsos. No está bien mentir a la policía. A pesar de todo, nos ha pedido ver a su esposo y nosotros hemos cumplido. Ahora, deberá usted decirnos su verdadero nombre.

El *Kriminalkommissar* se encaró de nuevo con Sarah.

—Dígame, ¿cuál es su nombre?

Sarah apretó los labios y se tragó las lágrimas. Le sostuvo la mirada al alemán mientras oía cómo su amigo retorcía su cuerpo y con él las cadenas, mientras creía entender, por sus palabras deformes, que no dijera nada.

—¡Hagan callar a ese hombre!

Los asistentes se apresuraron a cumplir sus órdenes y amordazaron a Jacob. Sus ininteligibles murmullos se convirtieron entonces en apenas un rumor ronco.

—Se lo diré por última vez: ¿cuál es su verdadero nombre?

Con la mirada llena de ira, Sarah contestó:

—Pauline Renard.

El *Kommissar* se irguió para contemplarla con dureza desde su altura.

—Es una lástima que no quiera colaborar con nosotros, fräulein. Es una lástima siendo usted tan bella.

Sin más explicaciones, se dio media vuelta.

—Pueden empezar, Huber —ordenó al *Kriminalassistent* encargado del interrogatorio—. Avísenme cuando hayan terminado.

El *Kommissar* abandonó la celda. No tenía ningún interés en presenciar el interrogatorio. En realidad, aquellas situaciones le ponían del revés. Las sesiones de tortura siempre acababan por producirle náuseas. Además, aquella mujer era verdaderamente hermosa. Sería un episodio bastante desagradable.

El *Kriminalassistent* Huber tomó el control de la situación.

—Quítenle la mordaza al detenido.

Cuando los agentes hubieron obedecido, se dirigió a los rebeldes en un francés casi perfecto:

—Escúchenme bien porque sólo lo diré una vez. Esto puede ser rápido y sencillo. Todo depende de ustedes. Como ya he comprobado que no están muy dispuestos a colaborar, emplearé otra estrategia.

Huber se volvió hacia Sarah:

—Empezaré por usted. Me dirá su nombre cuando yo se lo pregunte. Mire bien a su esposo... o quien sea. Si no responde a mis preguntas, el agente Schwarz verterá ácido sobre sus heridas, y el agente Backe le golpeará con una vara allí donde más dolor le pueda causar...

—¡No! ¡No digas nada! ¡No me mires! —Jacob prorrumpió en exclamaciones que querían ser gritos pero sus fuerzas daban para poco.

—¡Silencio o volveremos a amordazarle!

—¡No me mires! ¡No lo hagas! ¡No...!

Los policías volvieron a acallarle con la mordaza.

Huber miró a Sarah.

—¿Cómo se llama?

Por toda respuesta, Sarah cerró los párpados fuertemente y volvió la cara. Pero el policía que la custodiaba se la sujetó entre las manos y le enderezó el cuello.

El *Kriminalassistent* sacó un encendedor, prendió la mecha y se la acercó a los ojos cerrados.

—Si no abre los ojos, me veré obligado a quemarle los párpados —amenazó con una calma sádica.

Sarah abrió los ojos y la llama junto a ellos la cegó momentáneamente, hasta que Huber apartó el mechero. Frente a ella recuperó la imagen desoladora de Jacob.

—¿Cómo se llama?

Sarah temblaba y sudaba, se mordía los labios con intensidad. Jacob movía la cabeza. Le había dicho que no dijera nada.

Huber hizo una señal. Un policía acercó la bombilla a Jacob hasta que la luz dibujó cada una de sus heridas. A Sarah se le contrajo el estómago. Lo siguiente que vio fue cómo una vara de metal le golpeaba en la entrepierna. El golpe retumbó en la habitación. Jacob pareció quedarse sin respiración, pero no emitió el más leve sonido. Entonces, el agente Schwarz le vertió unas gotas de ácido sobre las heridas de la cara. La sangre pareció hervir al contacto con el ácido y el siseo del hervor fue lo único que se oyó porque Jacob continuó mudo.

Sarah gritó que parasen hasta dejarse la garganta. Luchó contra sus esposas hasta clavárselas en las muñecas y forcejeó con la silla que la retenía hasta hacerse daño en las rodillas. Cuando ya no hubo remedio, cayó abatida entre lágrimas de rabia y desesperación. Su guardián volvió a levantarle la cabeza tirándole del pelo.

—Quizá ahora se lo haya pensado mejor y quiera decirme de una vez por todas su verdadero nombre.

Sarah miró a Jacob: con un movimiento constante de cabeza negaba reiteradamente. Después, dirigió la vista a Huber. Se lo quedó mirando muy fijamente durante algunos segundos y, entonces, le escupió.

Huber no estaba lo suficientemente cerca como para que la saliva le salpicase. No obstante, la inconsciente osadía de la mujer azuzó su sadismo.

—¡Backe! ¡La gasolina!

A Sarah le entró el pánico.

—¡No! ¡No! ¿Qué van a hacer?

Huber ni siquiera la miraba, ni mucho menos pensaba en responderle. Se regodeaba en contemplar cómo Backe rociaba con gasolina el torso de Jacob. El olor a combustible saturó el lugar. Cuando Sarah vio a Backe acercar una llama al cuerpo del muchacho, comenzó a gritar como una posesa.

Los gritos desgarrados de Sarah, el fragor de las llamas quemando su propio cuerpo y el dolor insoportable: no podía haber nada más parecido al infierno. Jacob sólo deseaba morir o, al menos, desmayarse. Creyó que podría soportarlo, creyó que sería capaz de resistir el dolor en silencio para ayudar a Sarah, pero cuando las llamas comenzaron a quemar su cuello, un grito salió desde el fondo mismo de sus entrañas, un aullido que pareció resquebrajar las paredes de aquel nicho.

Sarah no pudo contenerse por más tiempo y tras el grito de Jacob ella también gritó:

—¡Sarah! ¡Sarah Bauer!

Huber sonrió satisfecho. Tomó una manguera del suelo y disparó un chorro de agua contra el cuerpo incandescente del detenido. No podía consentir que muriese, pero a la vez que sofocaba las llamas, aprovechó para levantar con el chorro la piel reblandecida de aquel francés asqueroso: el muy cabrón era duro de pelar.

Cuando el sonido del agua cesó, dio paso a los gemidos de dolor de Jacob y al llanto de Sarah, y por debajo sólo dejó el rumor de unas gotas chorreando desde el cuerpo del muchacho hasta el suelo de hormigón, como el repiqueteo de la lluvia sobre la acera.

—Me satisface comprobar que podemos ir avanzando —se congratuló Huber al tiempo que volvía a quitar la mordaza al detenido.

Sarah contempló desolada a Jacob. Su ropa estaba casi completamente carbonizada y su piel en carne viva, aún humeante. A duras penas, su amigo alzó la cara para devolverle la mirada. Libre de la mordaza, hubiera querido hablarle, pero el pecho le quemaba y el humo parecía haberle obstruido los pulmones. Apenas le llegaba el aire. El mero esfuerzo de toser le sacudió el cuerpo como un latigazo. Jacob se afanaba en articular palabras pero de su garganta sólo se escapaban estertores.

Al ver que no podía hablar, Huber ordenó que lo bajaran de la pared y lo sentaran en una silla. Como apenas si podía sostenerse, lo ataron al respaldo. Las cuerdas se le antojaron como cuchillas en su piel abrasada. Le dieron un poco de agua, pero la vomitó.

—Por favor —sollozaba Sarah—, déjenme ir junto a él. Tienen que tumbarle y curarle las heridas o morirá. Por favor... Por favor...

Huber se volvió y la abofeteó con el dorso de la mano. La bofetada dejó a Sarah aturdida. Apenas notó el hilo de sangre que bajaba desde la comisura de sus labios; el anillo de Huber se los había cortado, pero lo que en realidad le dolía era el golpe. Por un momento, creyó que le había partido la cara.

—¡Cállate, zorra! ¡Mira lo que has conseguido! ¡Ahora este cabrón no nos sirve para nada!

Huber era consciente de que se le había ido la mano. El detenido se hallaba en un estado en el que era imposible continuar con el interrogatorio. Aunque torturaran a la chica, él no podía hablar y si seguían torturándole a él, probablemente moriría.

—¡Avisa al *Kriminalkommissar*! —le gritó a uno de los policías.

El oficial de las SS no tardó en volver a la celda. Un tufo asqueroso a pelo y carne quemada le golpeó la nariz nada más entrar. Miró de reojo al detenido y no pudo evitar un gesto de desagrado. Sin embargo, comprobó complacido que la chica estaba prácticamente intacta: no tenía ganas de más visiones nauseabundas, bastante tenía con aquel hedor que le estaba revolviendo las tripas. Deseando acabar con aquello cuanto antes abordó a Huber:

—¿Qué es lo que tiene?

—Poco, *Kommissar*. La chica es dura, casi hemos tenido que matarle a él para que nos dijera simplemente su nombre.

—¿Y para esto me hace venir? —El *Kommissar* empezaba a impacientarse—. ¿Cómo demonios se llama, Huber? No tengo todo el día...

—Sarah Bauer, *Kommissar*.

El gesto del *Kommissar* mudó de repente. Del hastío pasó al interés.

—En realidad, *Kommissar*, necesito que me dé instrucciones sobre si debo seguir o no con el interrogatorio —continuó Huber con su perorata—. Ese hombre no puede hablar...

Pero el *Kommissar*, ignorando a su subordinado, se acercó a la muchacha y buscó de nuevo sus ojos felinos.

—Sarah Bauer, ¿eh? ¿De verdad eres tú Sarah Bauer?

Sarah levantó lentamente la cabeza y le devolvió un rostro cubierto de lágrimas pero feroz.

—No me harán decir una sola palabra más. Pueden torturarme hasta matarme como han hecho con él, pero moriré sin decir ninguna otra palabra más. Se lo juro por Dios —blasfemó Sarah presa del odio y del pánico.

El *Kommissar* sintió cómo se excitaba con la rabia que aquella mujer destilaba entre los dientes. Si por él fuera, no la torturaría; se la follaría y punto.

Haciendo un gran esfuerzo de contención, volvió a dar su enésima orden del día:

—Avisen al *Kriminalkommissar* Hauser. Creo que le gustará saber a quién hemos encontrado.

—¿Qué hacemos con él, *Kommissar*? —quiso saber Huber refiriéndose a Jacob.

—Sáquenlo de aquí y métanlo en su celda. Si no lo han matado, tendrán que esperar a que se recupere para poder continuar con el interrogatorio.

—¡Cállate, perra judía! ¡Bastante tengo con estar en este agujero como para encima tener que escuchar tus alaridos de hiena! —bramó su celador al otro lado de la puerta.

Pero Sarah siguió gritando. No había dejado de hacerlo desde que se habían llevado a Jacob; aullaba como si estuviera privada de razón. Sólo cuando el agotamiento la venció, cesaron sus alaridos y cayó en una especie de letargo.

En la absoluta oscuridad y el silencio de la celda, perdió la noción del tiempo. Podían haber pasado horas o días antes de que entraran esos hombres a buscarla, no lo sabía. Como tampoco hubiera podido reconocer el camino que la obligaron a seguir a empujones por el laberinto de escaleras y pasillos de aquel edificio. La luz la cegaba, los sonidos la confundían; se sentía aturdida y fuera de sí.

La introdujeron en lo que le pareció un despacho. Era más funcional que elegante, pero estaba bien amueblado, con mesas y sillas de madera noble. Había maceteros con plantas, estanterías llenas de libros, una fotografía de Hitler y un sofá bajo la ventana. Sarah se fijó en que era de día y llovía copiosamente. Volvieron a sentarla esposada a la silla, pero no se trataba de una de barras de hierro como la de la celda, esta otra era amplia y cómoda, con un gran respaldo, un mullido asiento de piel y reposabrazos. De pronto se sintió mejor. La habitación, además, estaba seca y caldeada, y el calor acarició sus miembros entumecidos. Hubiera podido dormirse, descansar durante horas y quizá no despertar nunca más...

El sonido de la puerta a su espalda la sobresaltó. Sarah volvió la cabeza para echar un vistazo por encima de los hombros.

—Hola, Sarah.

Fue entonces cuando se quedó estupefacta. Llegó a pensar

que al final sí que se había dormido y que estaba soñando. Pero la imagen del comandante Von Bergheim cruzando el despacho con su característica cojera parecía demasiado real.

Georg también se quedó impresionado de verla en aquel estado: demacrada, famélica y con una herida que aún le sangraba en la boca. Aquella mujer no tenía nada que ver con la muchacha alegre y despreocupada que había conocido en Estrasburgo.

—Pero ¿qué te han hecho, chiquilla? —preguntó con dulzura, intentando enmascarar la cólera que le producía verla así. Tendría que hablar muy seriamente con el cretino de Hauser.

Sarah permaneció en silencio. Le miraba como un animal enjaulado, con una mezcla de temor y furia en los ojos. Georg llevó la mano a la barbilla de la chica para alzarle el rostro y poder ver mejor la herida de su boca. Pero ella apartó la cara con un brusco movimiento. Al hacerlo, notó que se le iba la cabeza, que todo le daba vueltas alrededor.

—¿Cuánto tiempo llevas sin comer?

Sarah cerró los ojos. Continuó muda. Sin mirar, creyó sentir que Georg se dirigía a la puerta y la abría. Aún tenía los ojos cerrados mientras le escuchaba hablar con alguien de fuera.

—Hagan el favor de traerme un botiquín y comida.

—¿Comida, *Sturmbannführer*?

—Sí, comida y bebida. Traigan algo de sopa y carne... Algo caliente... Y pan... No sé, búsquese la vida, que no le estoy pidiendo tomar las islas del Canal. Quiero aquí una bandeja con lo mismo que vaya a comer usted hoy. ¡Y rápido!

—Sí, *Sturmbannführer*.

Antes de que Georg cerrara la puerta, llegó otro agente con lo que por lo visto parecía la petición más sencilla de satisfacer: el botiquín.

De nuevo a solas, Georg inició su conversación unidireccional con la muchacha.

—Tienes que dejarme que te cure esa herida, Sarah. Si vuelves a girar la cabeza te desmayarás, ¿entiendes? Confía en mí, yo no te haré daño.

Le habló como le hablaba a su pequeña Astrid cuando la niña se ponía rebelde y él quería ganársela. Mientras, empapó un algodón en agua y alcohol.

—Esto te va a escocer un poco. No te muevas.

Sarah apenas encogió los labios mientras Georg pasaba suavemente el algodón por su herida hasta que estuvo limpia. Como no parecía un corte muy profundo, sólo le aplicó un poco de yodo. Después, le abrochó los primeros botones de la blusa y la chaqueta.

—Ya está, Sarah. Ahora, escúchame bien: voy a quitarte las esposas, pero tienes que prometerme que no harás ninguna tontería.

Ella seguía mirándole con los ojos muy abiertos. Todavía tenía el aspecto de un animal, ahora más asustado que fiero, más receloso que amenazador.

—Haremos una cosa —le propuso mientras abría la funda de la pistola que colgaba de su cinturón—, dejaré mi arma sobre la mesa.

El acero de la Sauer 35 golpeó suavemente contra la madera.

—Si tú confías en mí, yo confío en ti —aseguró mientras le abría las esposas.

Al verse libre, Sarah notó que apenas podía mover las muñecas. Le hubiera gustado masajeárselas, pero las tenía en carne viva. Georg también se las curó y se las vendó. Terminaba de asegurar el último vendaje con esparadrapo cuando llamaron a la puerta: traían la comida.

Estaba decidida a no probar bocado, pero cuando el comandante Von Bergheim le puso la bandeja delante, el simple aroma de los platos calientes le hizo sentirse mareada y comenzar a salivar. Había sopa de pollo con fideos, ternera en salsa con puré de patatas y compota de pera. El estómago se le retorció y crujió escandalosamente. Si no comía, con toda esa comida delante, seguro que se desmayaría.

—¿No comes? ¿Es que no puedes manejar los cubiertos?

Sarah dio los primeros síntomas de un ser humano al asentir. Cogió lentamente los cubiertos y comenzó a devorar. Intentó ser comedida, comer despacio, como su madre le había enseñado, pero no pudo: a cada bocado que daba, su cuerpo parecía pedirle el siguiente sin demora, sin dejarle tiempo de masticar o de saborear. Su cuerpo, en aquel instante, no entendía de educación o de deleite, sólo necesitaba alimentarse. Ignoró que el comandante Von Bergheim la estuviera contemplando atentamente y engulló cada plato en pocos minutos como un pavo hambriento. Al terminar, el comandante retiró la bandeja.

Apoyado en la mesa, casi sentado en su borde, siempre un poco por encima de ella, Georg la miró con cierto aire paternalista.

—¿Querrás hablar ahora conmigo, Sarah Bauer?

Bajar los párpados para rehuir su mirada fue la respuesta de ella. Georg nunca pensó que sería fácil, podía entender la actitud de la chica.

—¿Qué ha pasado, Sarah? ¿Por qué te han hecho eso?

Ella alzó lentamente la cabeza y sonrió, sonrió todo lo que las heridas de su boca y de su alma le permitieron. En su sonrisa hubo tanto desprecio y tanta amargura que Georg se alarmó: con la sombra de aquella mueca oscura, su rostro parecía haberse transformado en el de otra persona.

—¿Por qué? —repitió ella. Al hacerlo, su voz sonó ronca y desgastada después de tanto tiempo de aullar en aquella celda—. ¿Me pregunta a mí por qué, comandante Von Bergheim? ¿Es que hay un motivo para toda esta locura? ¿Existe alguna razón para que los suyos me hayan torturado? ¿Hubo algún motivo para que usted hiciera trizas mi vida? En realidad, creo que yo debería preguntárselo, comandante: ¿por qué me han hecho ustedes todo esto?

Georg sabía que no sería fácil, pero nunca pensó que el encuentro fuera a escocerle en sus propias heridas aún abiertas. Las palabras de Sarah entraron en ellas como un ácido, pero él intentó mantener la compostura.

—Sólo quiero ayudarte, Sarah. Debes creerme.

—Entonces, devuélvame a mi padre y a mi madre, a mi hermana y a mi hermano. Devuélvame mi vida, la que yo tenía antes de que usted entrara en nuestra casa.

—Yo no quiero hacerte daño. Nunca quise hacértelo, ni a ti ni a tu familia. Algo que debía haber sido muy sencillo se complicó de forma inexplicable. Ahora, ni yo mismo sé qué hacer para dar marcha atrás... Algunas cosas ya no pueden cambiarse.

Georg suspiró. ¿Qué estaba haciendo? ¿Se estaba justificando...? Quería llevar aquel asunto con más razón que corazón. Quería ser un buen alemán, servir a su patria y a su Führer hasta la muerte, como rezaba su juramento de *Leibstandarten*. *Meine Ehre heißt Treue*, la lealtad es mi honor. Quería dejar a un lado sus angustias personales y sus sentimientos de culpabilidad, quería ser fiel a su cometido. Un oficial de las SS jamás se justificaba ante el enemigo... Pero ¿acaso era aquella muchacha su enemigo? ¿Qué clase de enemigo era aquél?

Sarah estaba desconcertada. Aquel hombre la desconcertaba. Parecía un nazi, un nazi hijo de puta como todos los demás: vestía como ellos, hablaba como ellos, usaba sus mismos símbolos y sus mismos gestos. Sin embargo, había algo diferente en él, alguna cosa que no estaba a la vista, pero que de cuando en cuando asomaba como el sol entre las nubes: en la forma en la que se comportaba, en la comprensión que había en sus ojos o en cómo le había curado las heridas; en aquel «*Es reicht!*» con el que cada noche despertaba de su pesadilla. Había muchas cosas en el comandante Von Bergheim que Sarah no entendía.

Ella también suspiró como si se hubiera dado por vencida. Estaba cansada, demasiado cansada.

—¿Qué es lo que quiere de mí, comandante?

Se mostró tan triste y abatida, tan deshecha, que a Georg le hubiera gustado acariciarle las mejillas para reconfortarla y asegurarle que todo iba a salir bien, que él podía hacer que todo saliera bien. Pero mentirle le pareció ruin y acariciarla... audaz. La verdad, tanto como la distancia, le venían impuestas, por muy desagradables que a él pudieran parecerle.

—Quiero saber dónde está *El Astrólogo*. Dímelo y dejaré de molestarte.

Sarah movió la cabeza apesadumbrada.

—Apenas puedo creer lo que me está pidiendo. Apenas puedo creer nada de lo que está ocurriendo. Ser francés, judío o un maldito cuadro son motivos suficientes para destruir la vida de las personas. ¿Qué locura es ésta? —Como no pretendía obtener respuesta a su pregunta, continuó hablando—. Yo no tengo ese cuadro, ni sé dónde se encuentra. No sé dónde se encuentra nada ni nadie de lo que tenía antes de conocerle a usted...

Unos golpes en la puerta la interrumpieron. Ambos se sobresaltaron.

—¡Pase! —gritó Georg desabridamente.

El *Kriminalkommissar* Hauser abrió la puerta y permaneció en el umbral sin adentrarse en la habitación.

—*Sturmbannführer* Von Bergheim, me gustaría hablar con usted a solas.

Georg se incorporó con pereza, recogió la pistola de la mesa y se la guardó en la funda.

—Ahora vuelvo —le dijo a Sarah—. Sólo serán unos minutos.

Cuando salió por la puerta, Hauser ordenó a dos guardias que permanecieran en el despacho mientras se preguntaba si el comandante era tan insensato como para haber tenido la intención de dejar a la detenida sola y sin esposar.

Una vez en el pasillo, Georg se acercó a la ventana y sacó su pitillera.

—Lo siento, *Sturmbannführer*, aquí no se puede fumar —le advirtió Hauser para después añadir con una sonrisa taimada—: La prohibición afecta a todas las instalaciones del RSHA...

Georg no formaba parte del *Reichssicherheitshauptamt*, la Oficina Central de Seguridad del Estado. Pensó que si le salía de los cojones fumar, lo hacía, y Hauser no era quién para impedírselo. Sin embargo, se mordió la lengua y guardó la pitillera sin dignarse replicarle.

—¿Qué es lo que quiere, Hauser?

—Parece ser que hemos encontrado a la mujer, ¿no es así?

Georg ya sabía que Hauser no acostumbraba a tomar el camino más corto: todo en él era retorcido y sibilino. Quería colgarse la medalla y que él se lo reconociera.

—Ustedes los de la Gestapo siempre hacen su trabajo, de eso no hay duda —fue todo lo que Georg le concedió—. Incluso cuando se les pide expresamente que se abstengan de hacerlo. Creo que dejé bien claro que no quería que tocasen a la chica.

Hauser se encogió de hombros sonriente, estaba disfrutando con aquello.

—Por lo visto se presentó aquí con papeles falsos y se negaba a dar su verdadero nombre. En cualquier caso, tendrá que reclamar a los de la D1, ellos la detuvieron —señaló refiriéndose al departamento de la Gestapo encargado de los oponentes al régimen en los territorios ocupados.

Antes de continuar hablando, Hauser se quitó las gafas y las limpió cuidadosamente.

—Precisamente de esto quería hablarle. Verá, *Sturmbannführer*, me hallo en una situación comprometida con los de la D1. Acusan a la mujer de colaborar con terroristas. Parecer ser que es la esposa de uno de ellos...

Georg no pudo evitar mostrarse sorprendido.

—¿Esposa?

—Eso dice ella. Aunque con esta gentuza nunca se sabe: mienten más que hablan. La cuestión es que no les ha hecho ninguna gracia tener que ceder a un detenido. Quieren saber qué piensa usted hacer con ella y continuar lo antes posible con su... procedimiento.

—Es muy sencillo, *Hauptsturmführer*: terminaré de hablar con ella y la pondré en libertad.

Hauser enarcó exageradamente las cejas: se mostró teatral a la hora de expresar su asombro.

—¡No hablará en serio, *Sturmbannführer*! Hay decenas de razones para mantenerla en prisión: terrorismo, oposición al Reich, falsificación de documentos... Eso sin contar con que es judía. —El *Kriminalkommissar* movió la mano en señal de absoluta desaprobación—. Permítame que dude de su forma de actuar, *Sturmbannführer* Von Bergheim. No sé qué es lo que pretende de esa mujer, pero no lo conseguirá invitándola a comer, se lo aseguro. A esta gente hay que tratarla con mano dura.

—Francamente, *Hauptsturmführer* Hauser, no tengo ninguna intención de discutir mis métodos con usted. La Gestapo ya ha hecho su trabajo, lo que se haga con la detenida no es asunto suyo, ni siquiera mío, es asunto del *Reichsführer* Himmler, y que se libere a Sarah Bauer es su deseo y su mandato.

Hauser entornó los ojos hasta casi hacerlos desaparecer tras el reflejo de los cristales de sus gafas. No era del tipo de personas que se dejaban embaucar. Con una calma que parecía afilar cada una de las sílabas que pronunciaba, miró fijamente a Georg y sentenció:

—En ese caso, necesito ver una orden directa y explícita del *Reichsführer* al respecto. La mujer no saldrá de aquí sin ella.

Una noticia buena y otra mala

Me ha llamado Irina. Si quieres, paso a buscarte dentro de una hora con la moto y te cuento lo que me ha dicho mientras damos un paseo —fue lo que arguyó Alain para llamarme por teléfono un domingo a las once de la mañana. Mientras me daba una ducha y me arreglaba, pensaba en qué clase de noticias tendría Alain como para no poder esperar al lunes. Konrad había regresado temprano a Madrid y yo me había vuelto a quedar sola, con el regusto amargo de la palabra *Posen-Geist* en el paladar y las dudas acerca de Alain como una espada pendiente sobre mi cabeza. No me apetecía tener que verle y menos dar un paseo con él, pero lo cierto era que estaba deseando saber qué le había dicho Irina.

Irina Egorova era técnico del Rossiiskii Gosudarstvennyi Voennyi Arkhiv, el RGVA, según sus siglas, o el archivo militar ruso para mayor claridad. Hacía un par de años había ayudado a Alain a localizar varios volúmenes de gran valor robados por los nazis de la biblioteca de los Rothschild. Según él, Irina se conocía todos los archivos de la antigua Unión Soviética desde Moscú a Tiflis como el pasillo de su casa y tenía amigos en todas partes. Si el dossier Delmédigo estaba en el TsDAVO de Kiev, ella acabaría dando con él.

En pocos minutos sorteamos con la moto el tráfico de la ciudad hasta llegar a Belleville en el distrito XX. El parque de Belleville se encuentra en lo alto de una colina desde la que se aprecian unas de las vistas más espectaculares de París. Es un parque moderno y diferente a otros parques de la ciudad, que desciende de forma lineal y ordenada por la ladera, entre setos y parterres bien recortados y fuentes y caídas de agua de formas poligonales. Claro que, como en París nada puede ser corriente, conserva unos viñedos de pinot y de chardonnay en recuerdo al pasado viticultor de la zona, allá por los siglos xiv y xv, cuando Belleville era un suburbio insalubre plagado de tabernas y *guinguettes*. Por lo demás, tiene la ventaja de estar fuera de las habituales rutas de turismo, lo cual, cuando una se pasa el día entre el Louvre, el Quai d'Orsay y el Barrio Latino, rodeada de grupos de turistas ávidos y desaforados, es muy de agradecer. Belleville es un parque cualquiera, para pasar un domingo entre tantos, como si París fuera una ciudad como cualquier otra.

Aparcamos la moto en la calle del mismo nombre. No es la más bonita de París, pero tiene la particularidad de que acoge la comunidad china más numerosa de la ciudad; es como un pequeño Chinatown a la francesa. De pronto, los letreros en francés se alternan con los letreros en caracteres *hanzi*, empiezan a sucederse los restaurantes de comida asiática y los bazares orientales en los que venden porcelanas pintadas a mano, gatos de la fortuna, farolillos de papel, budas de jade, té y galletas de la fortuna. En un restaurante chino compramos arroz frito, fideos con gambas y pato pekinés para llevar e improvisamos un picnic sobre el césped del parque, bajo un sol esquivo que se asomaba de cuando en cuando entre unas nubes que, de cuando en cuando, nos daban una ducha y pulverizaban en el aire aromas de tierra mojada, el olor del otoño.

—¿Y qué es lo que te ha dicho Irina? —me decidí a preguntarle cuando íbamos por la mitad del menú y no se le veía intención de sacar el tema.

Como si aquello no fuese el motivo por el que en realidad estábamos allí, Alain continuó comiendo, peleándose con los palillos y unos fideos escurridizos.

—Ah, sí —me concedió cuando hubo atrapado una gamba—. Pues hay una noticia buena y otra mala...

Fruncí el ceño: aquello por principio no me gustó; normalmente las malas noticias eclipsan a las buenas.

—La buena noticia es que ha encontrado el dossier Delmédigo.

Abrí los ojos de par en par, también la boca.

—¿Lo ha encontrado? —Y le arremetí con un empujón que hizo que se tambaleara sobre el césped—. Pero ¡cómo puedes ser tan...! ¡Cómo has podido callarte hasta ahora! ¡Deja de comer, por el amor de Dios, y cuéntame todo! —le exigí, quitándole el cubo de fideos de las manos.

Alain franqueó mis defensas y volvió a hundir los palillos en el envase de cartón.

—*Streng Geheim* —respondió lacónicamente antes de llevarse una gamba a la boca. Después de haberla masticado y tragado, añadió—: Lo ha encontrado porque los alemanes lo consideraban alto secreto. Gracias a eso los soviéticos lo clasificaron posteriormente de entre los miles de documentos incautados. El problema de los archivos del ERR de Kiev es que aún no han sido adecuadamente organizados, muchos de ellos siguen en el mismo estado en el que fueron depositados hace setenta años. Es un fondo bastante desordenado en el que hacer una consulta se transforma en una pesadilla. Ahora bien, si había algo que se clasificaba de forma preferente era cualquier carpeta o documento que llevara estampado el sello de *Streng Geheim*...

—Alto secreto... —repetí entusiasmada mientras sacaba las primeras conclusiones—. Qué curioso... Es extraño que un simple cuadro cause tanto revuelo; tanto como para ser clasificado alto secreto. La expresión se usa muy a la ligera, pero, piénsalo bien, ¿qué significa exactamente?

—En rigor, se aplica a cualquier documento cuya revelación puede dañar gravemente la seguridad nacional.

—Pues bien, ¿cómo puede un cuadro dañar la seguridad nacional de ningún país...? ¿Qué es en realidad *El Astrólogo* de Giorgione?

—No estoy seguro, pero si unimos piezas: Ahnenerbe más alto secreto más cuadro desconocido de Giorgione, me huele a objeto mágico, las reliquias con las que Hitler contaba para dominar el mundo. Por algún motivo, el Führer creía que *El Astrólogo* tenía algo sobrenatural. No creo que sea una casualidad que se considere a Giorgione uno de los pintores enigmáticos por excelencia: la interpretación de alguno de sus cuadros es controvertida y se dice que tuvo sus escarceos con la hermética y la alquimia... Tú lo sabes mejor que yo.

No pude evitar cerrar los ojos con gesto de hastío.

—Te puedo asegurar que no hay nada misterioso en Giorgione, más allá de que se conoce poco acerca de su vida y de que tenía la mala costumbre de no firmar sus obras, lo cual ocasiona no pocos errores de identificación y muchos quebraderos de cabeza a los historiadores del arte. Por lo demás, todas esas historias sobre la faceta supuestamente oscura de Giorgione no son más que «bloguerías».

Alain sonrió.

—¿Bloguerías? ¿Qué es eso?

—La cantidad de chorradas que la gente escribe en los blogs para mantenerlos al día —definí mi palabra inventada.

—No te lo discuto. Pero la cuestión es que Hitler creía ciegamente en esas supercherías, era un fanático de lo arcano. Y, en este caso, todo apunta a una de esas obsesiones del Führer. Es más, cuando te diga la mala noticia, me darás la razón.

—Oh, vaya... Me había olvidado de que había una mala noticia... Déjame adivinar: el documento no ha sido desclasificado y no podemos consultarlo.

Alain negó con la cabeza.

—Es algo un poco más... misterioso.

—¿Qué? —insistí, dispuesta a que aquel asunto enrevesado volviera a sorprenderme.

—El dossier Delmédigo ha desaparecido.

Aquello me sorprendió. Me quedé muda de la sorpresa, sacando unas conclusiones que me dejaron mal cuerpo.

—Dios mío...

—Los responsables del archivo de Kiev aseguran que cuando hicieron el último inventario hace dos meses, el documento estaba allí... —añadió Alain.

Todos los días desaparecen documentos de los archivos. Es una vergüenza, pero es así. Algunos investigadores sin escrúpulos o, incluso, el propio personal, se hace con ellos. Pero también es cierto que los documentos no se roban al azar.

—Es evidente que alguien no quiere que lleguemos al fondo de esto... —concluí con la mirada perdida. Me salió del alma, pero también es cierto que aproveché aquella frase para poner a Alain a prueba y observar cómo reaccionaba.

—¿Tu amigo el fantasma de Georg von Bergheim?

—No bromees con eso, Alain. Sólo de pensarlo se me pone la piel de gallina.

—De acuerdo, los fantasmas no van por ahí robando documentos de los archivos. Pero tienes razón en que hay alguien que no quiere que lleguemos al fondo de esto. Excitante, ¿no?

—Según se mire... —suspiré antes de revelarle, a modo de confesión—: Ayer recibí una llamada...

Aunque le observé atentamente después de arrojar aquel anzuelo, no distinguí ninguna reacción anómala en él. Se limitó a arquear las cejas sin alterar el ritmo de deglución de la comida china.

—¿Una llamada?

Le di todo tipo de detalles sobre el incidente: la hora, el emisor desconocido, su voz inquietante y la única palabra que pronunció.

—¿*PosenGeist*? —repitió Alain. Realmente parecía que era la primera vez que lo escuchaba; de hecho, vaciló al pronunciarlo—. ¿Y eso qué es?

—No lo sé. *Geist* es espíritu en alemán. Pero, según Konrad, *PosenGeist* no tiene ningún sentido. *Posen* no es nada...

Entonces, por primera vez, pareció olvidarse de los cubos de fideos y arroz y se quedó pensativo. Al cabo de un rato, concluyó:

—*Posen* podría ser el nombre alemán de la ciudad polaca de Poznan. Durante la guerra, fue anexionada al Tercer Reich y es tristemente famosa por los llamados Discursos de Posen.

Por el tono de voz de Alain intuí que aquello presagiaba algo interesante.

—¿Los Discursos de Posen? —le animé a continuar.

—Sí. Fueron una serie de conferencias que Heinrich Himmler pronunció en el ayuntamiento de esa ciudad frente a una audiencia de altos cargos del gobierno alemán en octubre de 1943. La particularidad de esos discursos es que exponen públicamente y sin tapujos el exterminio de los judíos por parte del gobierno de Hitler como algo premeditado, planeado y que ya se comenzaba a ejecutar en los campos de concentración.

Rumiando aquella información, murmuré:

—*PosenGeist*: el Espíritu de Posen... Podría ser una organización: los seguidores del espíritu de esos discursos...

—Podría... También podría ser un cuadro; es un bonito nombre para un cuadro: *El espíritu de Posen*. E incluso el nombre de un caballo: Espíritu de Posen, 10/1 a ganador, parte como favorito.

Hice caso omiso de los sarcasmos de Alain y saqué el iPod. Aprovechando el wifi del parque, me conecté a internet, algo que tendría que haber hecho mucho antes.

—¿Qué buscas? —Alain miraba por encima de mi hombro.

—He metido en Google *PosenGeist*...

El buscador tardó 0,06 segundos en encontrar sólo 25 resultados, todos en alemán y ninguno que me interesase.

—No hay nada...

—Eso quiere decir que no es ni un cuadro ni un caballo... Lo cierto es que si se trata de una organización de admiradores de Himmler, no creo que vaya a aparecer en Google —apostilló Alain.

La hipótesis tomaba forma, sin embargo era solamente una suposición.

—¿Y si de algún modo *PosenGeist* tiene que ver con la desaparición del dossier Delmédigo? Tal vez la llamada era algún tipo de advertencia...

—Pues si querían advertirte de algo, podían haber sido un poco más explícitos.

La ligereza de Alain comenzaba a colmar mi paciencia, fácilmente colmable en lo referente a aquel tema. No pude evitar saltar.

—¡Es divertido tomarse las cosas a broma cuando no es a ti a quien están acosando! ¡Te aseguro que yo no le veo la gracia por ningún lado!

Pero a él no pareció impresionarle mi arranque.

—No me lo tomo a broma, simplemente creo que dramatizar no sirve de nada. Que me mese los cabellos, ponga el grito en el cielo y crispe el gesto para asegurarte que estás en peligro no creo que sea lo más acertado.

—Sólo te pido un poco de comprensión. ¿Tan difícil es entender que esto me tenga preocupada y nerviosa? El simple sonido del teléfono me revuelve el estómago... —confesé con un rictus de repugnancia en los labios.

Por fin, Alain aparcó el tono de guasa.

—Lo siento... Creí que te ayudaba más quitándole hierro al asunto... Por supuesto que entiendo que estés asustada, pero... la verdad, no sé qué puedo hacer o decir. Créeme, preferiría ser yo el que recibiera esas llamadas. Yo sabría cómo defenderme, pero a ti no sé cómo protegerte... Y eso me saca de quicio.

Su discurso fue torpe y cohibido, radicalmente distinto a la pose irónica y desenfadada de hacía sólo unos segundos. Y lo mejor: parecía sincero... Además, había usado las palabras con esa extraordinaria sensibilidad con la que ya me había sorprendido otras veces.

Suspiré. Me tumbé sobre la hierba. Y me rendí.

—Gracias —le dije con una sonrisa que él me devolvió.

Tras haber firmado la paz, quise reconducir el tema:

—¿Y qué opina tu amiga Irina de que haya desaparecido un documento así, sin más?

Alain me miró solemnemente antes de responder, como si hubiera estado todo el tiempo esperando a que le hiciera esa pregunta.

—Opina que quizá tenga algo interesante para nosotros, pero cree que debemos ir a verla a Moscú. Bueno, a San Petersburgo en realidad.

Febrero, 1943

Los alemanes se rinden en Stalingrado, produciéndose así la primera gran derrota del ejército alemán. Stalingrado supuso un gran revés para el avance alemán en el frente ruso y contribuyó a minar notablemente la moral de las tropas nazis. A partir de entonces, para reforzar la autoridad del Reich en el resto de Europa, se intensifica la represión en los territorios ocupados.

Heinrich Himmler no era un hombre al que se embaucase fácilmente. Sus propias inseguridades le obligaban a permanecer siempre alerta y receloso. Rara vez perdía los nervios, no era dado a las explosiones de ira. Pero si algo le disgustaba, manifestaba su desacuerdo con una frialdad inhumana; sus amenazas eran tan serenas como despiadadas y al pronunciarlas, un escalofrío recorría la espina dorsal de quien las recibía. Heinrich Himmler no parecía un hombre, sino una máquina, un montón de engranajes que se movían incansablemente, alimentados por un ideal y un objetivo, manejados por la única persona en la que confiaba ciegamente: Adolf Hitler.

Georg le respetaba porque le debía obediencia y fidelidad, porque como miembro de las SS había hecho un juramento, y Georg era un hombre de honor y de palabra que estaba absolutamente convencido de que sólo los valores tradicionales de lealtad, decencia, honestidad y coraje llevarían a Alemania a ganar la guerra y recuperar su dignidad tantos años pisoteada. Y ésos eran los valores que abanderaban las SS con su *Reichsführer* a la cabeza.

Sin embargo, al contrario que muchos, Georg no le temía. Él había mirado a la cara a la muerte y al sufrimiento, nada de este mundo podría infundirle ya temor, ni siquiera Heinrich Himmler.

Por eso le sorprendió que su mano temblase aquella vez, cuando levantó el auricular para pedir al *Reichsführer* una orden que liberase a Sarah. Se supo débil en la negociación, no porque él tuviese nada que perder, sino porque la que tenía que perder era Sarah.

—Su llamada es totalmente decepcionante, *Sturmbannführer*. —Las palabras de Himmler parecían congelar las líneas telefónicas—. Sólo debería osar dirigirse a mí para informarme de que ya tiene el cuadro en su poder. Y, por el contrario, comete una impertinencia al venirme con... esto. —Himmler pronunció la última palabra con desprecio, como si «esto» fuera un eufemismo de algo que le repugnara nombrar.

La paciencia del *Reichsführer* parecía colmada. Esperaba de sus subordinados la misma eficacia que él desplegaba en todos los campos y no admitía demoras, ni excusas, ni excepciones; no se las permitía para él mismo, mucho menos para los demás. Creía que sólo contaban los resultados en tiempo y forma, los métodos eran accesorios. Que Georg se excusase justamente con el método le parecía un signo de debilidad, y la debilidad le sacaba de sus casillas, la debilidad era el monstruo que él mismo tenía amordazado en las entrañas de su ser.

Pero Georg no era precisamente un hombre débil y no iba a consentir que el *Reichsführer* lo degradase a esa categoría. Le replicó con respeto pero con firmeza.

—Coincido con usted en que esta situación es tan lamentable como enojosa. Si la Gestapo no hubiera intervenido, el cuadro ya estaría en nuestro poder.

—Explíquese, *Sturmbannführer*. No tengo todo el día —le interrumpió Himmler, displicente.

—Es muy sencillo, *Reichsführer*: sin chica no hay cuadro. Mientras ella esté en prisión, no habrá forma de que me lleve hasta el Giorgione. Morirá torturada o se suicidará antes de decirnos dónde está y se llevará con ella el secreto a la tumba. Pero los de la D1 se empeñan en retenerla con vagos pretextos. Me temo, *Reichsführer*, que sólo usted puede hacerlos cambiar de opinión. No hay otra opción: necesito esa orden para liberarla.

———❦———

No habían vuelto a ponerle una mano encima. La habían esposado otra vez y la habían llevado de nuevo a la celda. Pero no habían vuelto a ponerle una mano encima. En realidad, no habían vuelto para nada. La habían dejado en aquella celda oscura, olvidada.

«No te preocupes, Sarah. Volveré a buscarte muy pronto», le había dicho Von Bergheim.

«Muy pronto...» La medida del tiempo en aquel agujero de la nada eran las comidas: tres veces al día le dejaban una bandeja. Al principio se acercaba a ella, como un animal que se aproxima ansioso al alimento. Un brebaje oscuro que ni siquiera era achicoria y pan duro con sabor a serrín para desayunar; caldo aguado para comer y cenar... Poco a poco dejó de acercarse a la comida y poco a poco fue perdiendo la noción del tiempo.

«Muy pronto...», le había dicho Von Bergheim. Sarah se había tumbado en el jergón de la esquina a esperar, a esperar a Von Bergheim, a esperar la muerte, a esperar. Sólo uno de los dos llegaría primero. En ocasiones, rogaba a Dios que fuera la muerte.

«Muy pronto...» A veces, pensar en Von Bergheim le procuraba alivio, un aliento casi instintivo e inconsciente, un consuelo que mutaba en remordimiento e inquietud, como un rostro angelical muta en demoníaco durante un mal sueño. ¿Cómo podía ser Von Bergheim su mesías y su némesis al mismo tiempo?

«Muy pronto...» A medida que el tiempo pasaba, los sentidos de Sarah se habían ido anulando: ya no tenía hambre ni frío ni dolor; habían desaparecido el sueño y la vigilia; también el miedo. Por su mente insensible desfilaban pensamientos inconexos; recuerdos, imágenes y personas circulaban por su interior para no quedarse, como el agua recorre el cauce de un río y apenas acaricia sus orillas. Y circulaba Von Bergheim. A hurtadillas, como un bandido, el comandante se colaba en sus pensamientos, serpenteaba entre sus recuerdos, aparecía y desaparecía de sus imágenes.

«No te preocupes, Sarah. Volveré a buscarte muy pronto», le decía mientras paseaban por el jardín de Illkirch y ella era sólo una niña...

«Muy pronto...»

—¡Bauer! ¡Sarah Bauer!

Los gritos del carcelero hicieron eco en las paredes de la celda. Tras el eco quedó el silencio, el vacío de una celda negra que todo parecía absorber.

—¡Sarah Bauer!

Repitió su llamada en voz más alta, pero de nuevo no hubo respuesta.

Como la cera de una vela, la vida de Sarah se había ido consumiendo lentamente, goteando con suavidad por los bordes del candelabro hasta que, al final, una llama débil ardía temblorosa sobre los últimos restos de cera líquida.

La trasladaron en ambulancia al hospital de la Pitié-Salpê-trière, donde ingresó en una sala reservada a internos de centros penitenciarios. Semiconsciente, Sarah escuchó palabras como hipotensión, deshidratación y arritmia en boca de los médicos;

ella sólo sabía que se sentía extremadamente cansada, tanto que no podía sostenerse en pie, ni alzar la voz para pedir que la dejaran dormir en paz, porque sólo quería descansar.

—Presenta una desnutrición grave —le informó un capitán médico a Georg.

—¿Cuánto de grave?

—En a lo sumo un par de días hubiera muerto por deshidratación. No sé si podremos sacarla adelante.

Georg contempló a través de la ventana de la sala la imagen de Sarah. No era más que un maldito cadáver, un cuerpo pálido y huesudo enterrado entre la ropa de cama del hospital; blanco sobre blanco.

La sangre empezó a hervirle allí mismo y explotó al llegar a la rue des Saussaies, en el despacho del *Kriminalkommissar* Hauser. Los gritos de cólera del comandante Von Bergheim pudieron oírse en toda la planta.

Salió de las oficinas de la Gestapo todavía preso del desasosiego y la ira, y se refugió en un club de Pigalle. Se perdió entre humo de tabaco y olor a puta, y bebió sin mesura hasta perder el sentido sobre la barra del bar.

La magia de la investigación

Dejé el tubo de rímel sobre la encimera del lavabo y corrí a abrir la puerta de la habitación tras haber escuchado unos golpes suaves al otro lado.

—Buenos días —cantó Alain.

—Cinco minutos. Dame cinco minutos y estoy lista.

Volví a meterme en el baño para seguir aplicándome rímel en las pestañas apegotonadas después de una noche de sueño.

Alain entró en la habitación tras de mí y cerró la puerta. Casi al instante emitió un silbido teatral.

—Menudo ramo de rosas. En mi habitación no había nada de eso.

—Son de Konrad —le aclaré desde el baño.

—¿Te envía flores a San Petersburgo? Caramba...

—Seguramente las ha elegido y las ha enviado una de sus secretarias. No creo que él sepa siquiera si son rosas o crisantemos. —No lo dije con acritud (de hecho, agradecía que él, con las miles de cosas que tenía en la cabeza, se acordase de decirle a su secretaria que pidiese flores para mi habitación). Simplemente constataba algo que daba por cierto. Quizá por eso mis palabras fueron más frías de lo que pretendían ser.

—Si yo fuera Konrad, no me gustaría oírte hablar así.

Me asomé por el quicio de la puerta del baño, aún con el cepillo del rímel en la mano. Alain seguía contemplando las rosas, granates y grandes como puños.

—Ya. Pero tú no eres Konrad.

También había sido una de sus secretarias la que nos había reservado las habitaciones en el Hotel Astoria, en pleno centro de San Petersburgo y a sólo quince minutos andando de la Rossiiskaia Natsional'naia Biblioteka, la Biblioteca Nacional de Rusia, donde habíamos quedado con Irina Egorova. Me alegré de que la cita fuera por la tarde: al menos tendría tiempo de hacer una visita relámpago al Hermitage.

Cuando salimos del hotel, el cielo estaba casi despejado, era de un azul brillante, un azul porcelana, y algunas nubes lo manchaban como tiza sobre fieltro. Sin embargo, unos diminutos copos de nieve volaban por el aire como salidos de la nada. La nieve era seca y fina, se quedaba prendida en nuestro pelo y en nuestra ropa. Era como caminar entre confeti o entre minúsculas estrellas de plástico que parecían los cristales de hielo. Había algo de realismo mágico en aquel paseo, con los hermosos edificios de San Petersburgo, sus iglesias, sus parques y sus puentes sobre el Neva encendidos de luz de sol y envueltos en un polvo blanco y brillante.

Alain conocía bien la ciudad, había estado allí varias veces: la primera, viajando de mochilero, y la última, invitado por la universidad para dar una conferencia. Sin embargo, parecía contemplarla por primera vez. Cada calle y cada fachada, cada perspectiva y cada rincón parecían nuevos a sus ojos y con el mismo entusiasmo los disfrutaba. «Es la luz. Nunca había visto San Petersburgo con esta luz. No es la ciudad gris que yo recordaba», confesó mientras bosquejaba todo cuanto veía en su cuaderno Moleskine.

El Hermitage es inabarcable en sólo un par de horas. Pero yo sabía muy bien lo que quería ver.

—¿No es increíble? —murmuré emocionada frente a la *Judith*

de Giorgione—. El cuadro representa una escena brutal y, en cambio, transmite una calma y una dulzura inexplicables.

Los rasgos de Judith son suaves, su expresión serena, el paisaje bucólico... pero pisotea sin piedad la cabeza de Holofernes que ella misma ha cortado tras seducirle. A lo largo de la historia de la pintura cientos de artistas han plasmado este mito en sus cuadros, siempre reflejando la crueldad y la violencia del suceso.

Giorgione, en cambio, creó una obra de gran delicadeza: una Judith elegante, un Holofernes que apenas es una mancha parduzca a los pies del cuadro, un entorno romántico y una relajante policromía en tonos pastel. Giorgione era un pintor con una sensibilidad muy especial...

Alain había permanecido en silencio, un paso detrás de mí, como si hubiera querido quedarse al margen de un momento íntimo, de un cara a cara entre la pintura y yo en tanto Giorgione me hablaba al corazón.

Sólo al cabo de unos minutos decidió aproximarse para participar de mis pasiones.

—Puedo entender por qué escogiste a Giorgione para tu tesis.

—Hay muchos otros artistas, más famosos, y muchas otras obras, más reputadas. No me preguntes por qué, pero sólo los cuadros de Giorgione me ponen la piel de gallina. No son particularmente espectaculares, pero, de algún modo, me conmueven: los rostros, las escenas, la luz, los colores... Sólo una persona excepcional podía pintar con semejante sensibilidad. Por eso Giorgione me intriga, me intriga el hombre detrás de la obra. No es justo que quien nos dejó estas maravillas sea un personaje oscuro y malinterpretado.

Hablar de pasiones es difícil y peligroso. Pero a veces el arte tiene ese efecto: estimula los sentimientos y despierta las pasiones, con la fuerza de una bofetada o con la sutileza de una caricia, eso depende del momento.

En el Hermitage, empezamos hablando de Giorgione. A la hora del almuerzo, hablábamos de Konrad.

—¿Cómo le conociste? —La pregunta llegó al final de la comida, con el té y los *prianiki* de albaricoque.

—Por mi padre. Es marchante y a veces ha conseguido cosas interesantes para él. Nos conocimos en una exposición a la que acudí acompañándole. Era verano y el aire acondicionado de la sala se había estropeado, hacía un calor de muerte. Konrad y yo terminamos la tarde en un banco de la calle, sentados sobre el respaldo y hablando de Jackson Pollock y el expresionismo abstracto, hasta que un mendigo quiso acostarse en su banco favorito y acabó por echarnos de allí. Así dicho no suena muy romántico... —reconocí con una sonrisa—. Pero al día siguiente me invitó al Thyssen; la visita era privada, sólo para los dos, fuera del horario de apertura al público. Flores cada día, joyas porque sí, una cena en Mónaco, una tarde de compras en Milán, un espectáculo en Londres... Los trucos de Konrad para conquistar a las mujeres no son muy convencionales y es casi imposible resistirse a ellos.

¿Por qué aquello sonó a justificación? ¿Por qué parecía que me estaba justificando por haberme enamorado de Konrad?

—Tal y como lo cuentas, lo difícil sería no enamorarse de Konrad Köller. —Parecía que Alain me había leído la mente.

—Sí, es difícil no enamorarse de él —le aseguré para, inmediatamente después, quedarme pensativa. Acababa de descubrir algo—. Konrad es en cierto modo como Von Bergheim: es fácil enamorarse de su retrato. Sin embargo, a veces tengo la sensación de que no sé nada de él. Es como si yo fuese parte de un escenario en el que él actúa ante su público y aún no hubiese entrado entre bastidores, donde está el verdadero Konrad...

Hice aquella reflexión sin tener en cuenta el lugar ni el foro en el que la hacía. Sólo pensaba en hablarme a mí misma y las palabras fluían porque en unas cuantas frases había conseguido ordenar años de inquietudes. Cuando me di cuenta de que había dejado a Alain sin palabras, supe que no había estado oportuna involucrándole, sin pretenderlo, en aquel descubrimiento personal. Y me sentí estúpida: yo quería a Konrad y la forma en que lo quería o simplemente la manera en que lo percibía era asunto exclusivamente mío.

—Perdona... Te estoy aburriendo con mis historias.

—Te lo he preguntado yo.

Me cerré la chaqueta como si tuviera frío y bajé la vista hacia la taza de té vacía: después de aquel striptease sentimental, la mirada de Alain me hacía sentir incómoda, como si realmente me hubiera desnudado ante él. Me sentía juzgada por un juez cuyo veredicto se ocultaba tras una mirada enigmática, tras un silencio cargado de lo que no se atrevía a decir, igual que se cargan las nubes de electricidad estática en espera de la chispa que desencadene un rayo.

Alain suspiró como si con ello pretendiera aliviar la tensión.

—Voy a pedir la cuenta o llegaremos tarde a la cita con Irina —atajó finalmente, dejando el ambiente cargado de electricidad estática.

Siempre he pensado que las bibliotecas antiguas son lugares mágicos y que hay algo de sobrenatural en ellas. Tiene que haberlo, pues toda la sabiduría, el conocimiento, la tradición y la experiencia de vidas pasadas que acumulan entre sus muros tienen mucho de sobrenatural.

Creo que los libros poseen un aura, como cualquier obra de arte. Un libro no es un conjunto de papeles, como un cuadro no es un lienzo, ambos son creación en estado puro, energía creativa, y por eso tienen aura.

Estoy segura de que si alguna vez me quedase en una biblioteca antigua después del cierre, sola y a oscuras, podría ver brillar las estanterías como el fuego de San Telmo sobre los mástiles de un velero, podría apreciar el aura de los libros. También oiría su voz: un murmullo de páginas y un susurro de tinta. Estoy segura de que los libros hablan y respiran, y cuanto más viejos son y más han reposado al amor del tiempo, más fácilmente se perciben sus constantes vitales.

No pude evitar sentir aquella magia cuando entré en el palacio de San Petersburgo donde estaba la Biblioteca Nacional de Rusia. El silencio, un silencio quebrado de roces y rumores; el olor, un olor a polvo y a papel, a madera encerada, a viejo; la visión de hileras de libros apretados unos contra otros en anaqueles que se pierden en la lejanía, de luces encerradas en las lámparas de lectura, de techos abovedados y policromados y de amplios ventanales que miran la ciudad. La magia podría saborearse con un simple paladeo de la lengua en la boca cerrada.

—Esto es sobrecogedor. Se me pone la piel de gallina —le confesé a Alain casi al oído—. ¿Por qué me miras así?

—Es ternura... Es muy tierno que todo te ponga la piel de gallina. —Sonrió burlonamente.

Irina Egorova nos esperaba en la sala de manuscritos, que estaba desierta, pues era de acceso restringido. La luz caía tenue, amortiguada por la pátina oscura de la madera y los libros viejos. Nuestros pasos hacían eco entre las bóvedas, un eco fantasmagórico, y nada más entrar, se sentía el abrazo áspero y enigmático del tiempo. En la sala de manuscritos descansaban las joyas de la biblioteca, los libros más preciados y antiguos, encerrados en vitrinas ya que hasta el roce del aire podría deshacerlos, como una figura de arena se desintegra con el roce de los dedos. En aquella sala se podía tener la sensación de haber sido transportado a otro tiempo y a otro mundo, próximo al de la fantasía: el aura de aquellos libros casi podía palparse, dando al lugar un aire de irrealidad.

—¡Mademoiselle Egorova! —la saludó Alain efusivamente.

Irina Egorova puso los brazos en jarras y proyectó hacia delante su generoso busto.

—¿Cómo que mademoiselle Egorova? ¡Alain Arnoux, no me vengas ahora con protocolos! —Soltó una fuerte risotada y se abalanzó hacia él, plantándole unos no menos sonoros besos en las mejillas.

Me sorprendí al verla. Por algún extraño motivo, desde el primer momento en que Alain me la nombró, me había convencido de que Irina era más que una simple colega para él; estaba segura de que había bajado la mirada al nombrarla y se había mostrado escueto al hablar de ella, signos inequívocos de una relación carnal, ya sea para bien o para mal. Supongo que las mujeres no podemos quedarnos tranquilas hasta emparejar a los hombres que conocemos, e Irina fue la persona que tuve más a mano. No tardé en imaginarme a una joven eslava, guapa y pizpireta, con una melena rubia, casi blanca, larga y lacia, y unos grandes ojos azules. Su aspecto sería cándido y angelical. Su cuerpo, pequeño pero bien formado, como una delicada porcelana. Sería la chica perfecta para Alain. Incluso llegué a pensar que aquel viaje intempestivo a San Petersburgo no había sido más que una maniobra entre ambos orquestada para poder verse; ¿qué hay hoy en día que no se pueda resolver por teléfono o por e-mail? Yo misma me había montado una película alrededor de un simple nombre: Irina Egorova.

Pues bien, la tal Irina no era en absoluto como me la había imaginado. Para empezar, se trataba de una mujer grande, tanto a lo alto como a lo ancho. No existía la melena rubia y lacia sino morena y rizada, encrespada, y no era melena, apenas pasaba de la altura de las orejas. Sus ojos sí que eran azules pero pequeños, aún más pequeños detrás de las gafas de fina montura dorada. Su aspecto no era cándido y angelical sino al contrario, era la personificación del acorazado Potemkin, enorme y arrollador. Y debía de tener casi sesenta años... Aunque cosas más raras se hayan visto, del mismo modo que había escrito la historia de amor entre Alain e Irina, en cuanto la hube visto, la descarté.

—¡Cuánto me alegro de volver a verte, Irina Egorova! Estás tan guapa como siempre... No, más —habló Alain entre los brazos de Irina, que sobresalían como barras de salami por las mangas de su vestido de franela con flores.

—Eres un condenado mentiroso, Alain Arnoux. —Irina rió—. Pero me agrada oírtelo decir aunque sea mentira. Ya nadie dice cosas bonitas a una vieja como yo. Tú sí que estás guapo, chico, mucho mejor sin esa horrible barba marxista que tenías —observó, dándole unas palmadas en las mejillas bien afeitadas y suaves. No pude estar más de acuerdo con ella.

Alain aceptó el cumplido con un mohín de pudor y aprovechó para distraer la atención sobre su barba y su persona sacando una caja de cartón blanca de la mochila.

—Toma, te he traído unas pastas de avellana para el té.

La mujer levantó la tapa de la caja y ante la vista de las hileras de pastas cubiertas de azúcar glas, contrajo las mejillas redondas y coloradas en una sonrisa de avidez.

—Ah, truhán, cómo me conoces. Bien sabes lo que me gusta el dulce. Un día de estos mi sangre se volverá mermelada —se rió de su propio chiste—. Muchas gracias.

Tras los saludos y los regalos, llegó mi turno. Alain pasó la mano por mi espalda para acercarme a la escena.

—Irina, te presento a la doctora Ana García-Brest. Ella es con quien te comenté que estoy trabajando.

—Ah, sí, sí, sí...

Le tendí la mano que ella tomó para atraerme hacia sí y obsequiarme con los mismos besos escandalosos que a mi compañero.

—Es un placer, querida.

—Igualmente, mademoiselle Egorova.

—No, querida, no: Irina, Irina —enfatizó como si me estuviera enseñando a hablar—. Los amigos de Alain son amigos míos.

—Irina, entonces —asentí animada por su calurosa acogida. ¿Quién dijo que los rusos eran fríos? Más tarde me enteré de que aquella mujer había nacido en el mismo pueblo que Nikita Kruschev, Kalínovka, al sur de Rusia, cerca de la frontera con Ucrania; parece ser que los rusos del sur se caracterizan por su efusividad.

—Bueno, bueno, me alegra encontraros tan bien y tan guapos. ¿Qué tal el viaje? ¿Es la primera vez que visitas San Petersburgo, Ana? ¿Qué te parece la ciudad?

Irina no tuvo ninguna dificultad para abarcar con sus brazos nuestros hombros y hacer de los tres un conjunto muy unido, como preparado para entonar cantos regionales.

—Sí, sí, es la primera vez. Me ha parecido una ciudad maravillosa. Lamentablemente no he tenido mucho tiempo para visitarla. Tendré que volver con más calma.

—Hiciste bien en citarnos en San Petersburgo, Irina. Era un anzuelo imposible de no picar —bromeó él.

—No hubieras recorrido media Europa sólo para venir a verme a mí, Alain Arnoux. Ahora bien, para enseñarle una ciudad bonita a una mujer bonita... Eso ya es otra cosa, ¿eh? —le siguió ella la broma y la concluyó con un codazo en las costillas de Alain y una risotada de las suyas—. Basta de bromas, Irina —se frenó a sí misma—. Os he hecho venir hasta aquí porque con vuestra petición habéis destapado la caja de los truenos —susurró en un tono teatral de misterio—. Habéis despertado la curiosidad de Irina Egorova, ¡y eso puede ser terrible! —No era capaz de hablar en serio mucho tiempo—. Pero no vamos a adelantar acontecimientos. No, ahora. Os he hecho venir hasta aquí porque, entre otras cosas, quiero que conozcáis a mi hermano, Anton Egorov, subdirector del Departamento de Manuscritos de la biblioteca. Nos está esperando en su despacho. Venid conmigo.

Anton Egorov era una versión masculina de su hermana Irina. Era igual de grande, sus ojos, igual de azules, y su pelo, igual de encrespado y negro, aunque canoso porque no se lo teñía. También era igual de afable, y repartía los mismos besos sonoros a diestro y siniestro.

Ya en su despacho, nos reunimos en torno a una mesa de madera de nogal con incrustaciones de laca de la época de los Romanov, frente a un catálogo del TsDAVO, el archivo estatal de Ucrania.

—Lamentablemente, no es la primera vez que soy testigo de un robo de documentos. No importan los circuitos cerrados de vigilancia, los arcos detectores de metales, los controles para obtener el carnet de investigador... Nunca hay medios suficientes para evitar las sustracciones.

—Ni los habrá mientras haya un mercado negro de documentos históricos que aliente a los traficantes —apostilló Alain.

Ella asintió con tristeza para volver enseguida al asunto de nuestro interés.

—Pero este caso es diferente... —declaró en un tono enigmático.

Una pausa dramática le sirvió para abrir el catálogo por la página en la que estaba la entrada referente al expediente Delmédigo.

Anton, Alain y yo permanecimos expectantes, incorporados sobre la mesa, todos abrazados como una hermandad por la luz que llegaba del techo y que nos caía encima, encerrándonos en un círculo luminoso fuera del cual todo se mostraba oscuro, como si estuviéramos suspendidos en la nada.

—Más que robar estos documentos, parece que hayan querido hacer desaparecer su rastro de la faz de la tierra —apuntó Irina.

—¿Qué quieres decir? —Alain fue el primero en articular palabras, las mismas que yo hubiera dicho.

—Vosotros manejáis archivos y sabéis que los archiveros contamos con varios instrumentos para el control y la descripción de los fondos documentales. Unos son de uso exclusivo interno y otros de uso público, para facilitar la labor de los investigadores. De estos últimos, las fichas catalográficas resultan el instrumento más completo y lo son en cuanto a la descripción del contenido del documento. Pues bien, las fichas físicas, que se entregaron para su consulta al tiempo que los documentos, también han desaparecido (intuyo que las ha robado la misma persona). Pero ahí no acaba la cosa: alguien ha conseguido acceder a los sistemas informáticos del TsDAVO para borrar el registro de la ficha catalográfica del expediente Delmédigo. No queda prácticamente nada acerca de lo que era y lo que contenía. Nada, salvo una breve descripción en el libro de registro y en el catálogo —concluyó, poniendo la mano sobre la copia que había traído.

—¿Podemos ver el catálogo? —pidió Alain.

—No tengo ningún inconveniente, pero está en ucraniano. Os he preparado una traducción al francés —añadió Irina adjuntando una hoja—. Comprobaréis que el nivel de información es muy básico. El expediente fue clasificado poco después de terminar la guerra, cuando había cantidades ingentes de documentos que clasificar y las cosas se hacían con más premura que detalle.

Alain colocó la hoja y el catálogo de modo que todos pudiéramos verlos. Los caracteres cirílicos me disuadieron al instante de cualquier consulta y mi vista fue directa a la traducción.

774(935)—23 R15

EXPEDIENTE DELMÉDIGO

16 de diciembre de 1941, Einsatzstab Reichsleiter Rosenberg, Berlín.

Observaciones: clasificado Alto Secreto por la fuente.

Contiene:

1. Carta del conde Pico della Mirandola a Elijah Delmédigo. Florencia, 15 de mayo de 1492.
   Procedente de un archivo particular de Tesalónica, Grecia.
   Original en latín. Copia traducida al alemán.

2. Informe de una entrevista al barón Heinrich Thyssen-Bornemisza de Kaszon. Lugano, 3 de noviembre de 1941.
   Original en alemán.

3. Estudio genealógico de la familia de Franz Bauer. París, 1 de diciembre de 1941.
   Original en francés. Copia traducida al alemán.

Alain se rascó la nuca.

—Bueno, al menos es más de lo que teníamos —fue optimista. En cambio, yo me sentía como si me hubiesen dejado probar una cucharadita del postre y luego me hubiesen arrebatado el plato.

—Es desesperante —me sinceré con un suspiro—. ¿Qué dice la policía, Irina? ¿Hay alguna posibilidad de recuperar los documentos?

Irina bufó desalentada.

—¿La policía? La policía, querida, normalmente no dice nada. Es más, por experiencia te diré que al tipo que se los ha llevado no lo van a coger. Sólo tendrían alguna posibilidad de dar con él si volviera a actuar, si se tratase de un ladrón sistemático o formara parte de alguna red que surte de material al mercado negro. Pero esto no es un robo normal... No lo es... —repitió como si mientras tanto cavilara sobre ello.

—¿Qué te hace pensar eso? —quiso saber Alain que, como la propia Irina, confiaba más en el ojo clínico de la archivera que en la policía.

—Primero, como os he dicho, que se llevaran también las fichas. Es la primera vez en todos mis años de archivera que veo algo así. Pero que además hayan hackeado los sistemas... —Me resultó cómico que Irina utilizase la palabra «hackeado», fue como si una dulce abuelita soltase un taco: chocante—. Y luego por el registro de control de préstamos. El expediente fue solicitado por correo hará cosa de tres semanas, sólo un par de semanas antes de que me llamaseis vosotros. Es curioso, porque desde que se desclasificó a principios de los noventa, es decir, hace ya casi veinte años, nadie lo había consultado. Os he traído una copia de la ficha de solicitud. También está en ucraniano, aunque no hay nada llamativo en los datos del solicitante, un periodista de investigación alemán; por supuesto todo falso, tanto el carnet de investigador como el pasaporte con el que accedió al archivo, a nombre de un tal Georg von Bergheim.

No podía verme a mí misma, pero tenía la certeza de haber

palidecido porque notaba que la sangre casi no me llegaba a la cabeza. Creo que Alain me miró enseguida. Aunque no estoy segura porque no fui capaz de apartar los ojos de aquel nombre.

—¿Qué ocurre? —observó Irina perspicazmente.

—Georg von Bergheim es el comandante de las SS que estuvo al cargo de la Operación Esmeralda. Murió en 1946.

—Es un mensaje para mí —murmuré en un hilo de voz, mientras notaba que se me erizaba la piel de la espalda como si alguien hubiera abierto una ventana al fondo de la habitación.

Alain me rozó un hombro con una caricia tibia que tenía la intención de reconfortarme.

—Ana ya ha recibido una amenaza firmada por Georg von Bergheim —aclaró.

Los ojos de Irina se abrieron como el obturador de una cámara.

—¿Amenaza?

—Para que deje la investigación —aclaró Alain.

—Ya entiendo.— Y del mismo modo que se habían abierto, sus ojos se cerraron para volver a hacerse pequeños y astutos.

—Al final, va a conseguir lo que pretende: que tire la toalla. No me importan las amenazas. —Sí me importaban, sólo me hacía la valiente—. Pero si cada vez que creemos haber abierto una puerta se nos va a cerrar en las narices, nunca podremos avanzar.

Entonces, Anton Egorov, que hasta el momento había permanecido fuera del límite de nuestro círculo de luz, en silencio y entre sombras, se incorporó pesadamente sobre la mesa, y con voz grave, en un francés marcado por un fuerte acento ruso, declaró:

—No debes desanimarte, querida amiga. —Su mano caliente palmoteaba la mía fría—. No debes consentir que quien está mutilando la historia se salga con la suya. Nadie tiene derecho a amordazar lo que el pasado tiene que decirnos. —Todo lo prosaica y directa que era Irina a la hora de expresarse, lo era Anton de alegórico y florido—. Tal vez te hayan cerrado una puerta... pero nosotros queremos abrirte una ventana —y rubricó su sentencia con una sonrisa cálida y enigmática.

Anton echó hacia atrás la silla, se levantó con la parsimonia de quien levanta varios kilos de cuerpo y se dirigió a su escritorio. En el silencio del lugar, sus movimientos se tradujeron en una sucesión de roces y resoplidos. Encendió el flexo con un clic y cogió un bulto que había sobre la mesa, ordenada con escrúpulo y sorprendentemente despejada para tratarse de una mesa de trabajo. Una nueva sucesión de roces y resoplidos le devolvió junto a nosotros.

Cuidadosamente, casi con solemnidad, Anton dejó el bulto frente a nosotros: era pequeño y estaba envuelto en lo que parecía tela de carbón activo, la que se usa para proteger objetos de gran valor de agentes contaminantes externos.

—Aquí está vuestra ventana abierta —anunció.

Anton debió de ver nuestras caras perplejas porque no tardó en urgir a su hermana a sacarnos de dudas.

—Cuéntales, Irina, lo que tenemos para ellos.

Ambos hermanos intercambiaron una sonrisa de complicidad.

—El terrible ultraje cometido a este expediente consiguió indignarme más que ninguna otra vez —comenzó a relatar Irina—. ¡Tú, Alain, habías acudido en mi ayuda y yo no podía darte nada! Mi trabajo es velar por la integridad de los documentos, cosas como éstas me llenan de ira y más si tengo que dar la cara ante un amigo...

Alain hizo ademán de quitarle hierro al asunto, pero Irina no le dejó interrumpirla: tenía muy claro adónde quería llegar.

—Como un animal enjaulado, empecé a buscar salidas. Me leí una y otra vez la anotación del registro; tenía una especie de runrún en la cabeza, un resorte esperando a ser activado. La clave estaba en Tesalónica. Recordé lo que tú me habías dicho, Alain: que era probable que el expediente procediera del fondo documental y bibliográfico que el ERR había evacuado de Berlín a Ratibor y que, al acabar la guerra, el Ejército Rojo trasladó a la Unión Soviética. Efectivamente, así era. Revisé el resto de los archivos del fondo, en especial los procedentes de Tesalónica, por si hubiera alguna otra referencia a Elijah Delmédigo o

Pico della Mirandola. No encontré nada. Entonces, caí en la cuenta de que en Kiev sólo se había alojado el fondo documental del ERR, pero el bibliográfico se había trasladado a San Petersburgo, a esta biblioteca, tal vez aquí encontrara algo. Fue entonces cuando pedí ayuda a Anton...

Irina miró a su hermano para pasarle la palabra.

—Así es. El problema es que los bibliotecarios no fuimos tan rigurosos ni tan raudos a la hora de catalogar los fondos procedentes de Ratibor. Montones de cajas cargadas de libros y manuscritos pasaron décadas en los sótanos de una iglesia abandonada en Uzkoe, cerca de Moscú, cubiertos de polvo y cacas de paloma. Después, nos los trajeron aquí y pasaron otro tanto en nuestros sótanos. De cuando en cuando, se abría e inventariaba una caja, pero nada más. Incluso, después de 2001 y el decreto que obligó a inventariar todo el material procedente de la Segunda Guerra Mundial, el proceso ha sido lento. Cuando Irina me llamó preguntándome por los fondos de Tesalónica, lo único que pude hacer fue confirmarle que había unas cuantas cajas con libros procedentes de las bibliotecas de judíos tesalonicenses expoliadas por los nazis. Cajas que ni siquiera se habían abierto desde 1945... Pero, ah, amigos míos, ¡mi querida Irina es una archivera inquieta y eficaz! Se plantó aquí, en San Petersburgo, y en unos pocos días inventarió más cajas de las que se han inventariado en años. —Anton rió estrepitosamente, mientras Irina se sonrojaba no sin cierto orgullo.

—Eso es cierto —confesó—. Agarré a Anton de los pelos y los dos nos recluimos en el sótano. Palé tras palé, caja tras caja, libro tras libro... Que esto no salga de aquí (odio dar carnaza a la prensa sensacionalista), pero hay auténticas joyas pudriéndose allí abajo: manuscritos griegos y hebreos, incunables... —La amante del papel y de la historia que llevaba dentro Irina se crispaba sólo de pensarlo—. A lo que íbamos: tras cuatro días de trabajo intenso, hallamos esto... Muéstraselo, Anton.

Nuestras vistas regresaron al bulto vestido de luto que se erguía sobre la mesa bajo la custodia casi paternal de Anton.

Aquel momento y lo que le sucedió se envolvió de la tensión de una consagración: el sacerdote se dirige al sagrario, saca respetuosamente las sagradas formas, las deposita sobre el altar y alza las manos al cielo para obtener de allí su bendición.

Anton, cual sacerdote, se ajustó unos guantes blancos de algodón y procedió a retirar cuidadosamente la tela de carbón activo. Según desenvolvía el misterioso objeto, el aire pareció llenarse de un olor peculiar, el del papel viejo. Poco a poco, quedó a la vista, destacando sobre la tela negra, un legajo de varias hojas amarillentas, casi pardas, cosidas con un cordoncillo de cuero.

—Dios mío... —no pude evitar murmurar—. Qué preciosidad...

—Es increíble, ¿verdad? —opinó Anton, alentado por mi interés—. Un manuscrito de finales del siglo xv: maravilloso... Las tapas son de cuero repujado y el papel, de fibras de algodón. La tinta es ferrogálica, seguramente de nuez de agalla, de ahí el color marrón por la oxidación del paso del tiempo... Oh, disculpad, me estoy dejando llevar...

—No tienes que disculparte, Anton. Esto es una joya que uno tiene pocas ocasiones de contemplar —respaldé su arranque de entusiasmo.

—Sí que lo es. Es cierto. Pero no lo hemos traído aquí por eso... Esta joya ha visto la luz gracias a Irina, a su curiosidad y a su tenacidad.

Las palabras de Anton arrancaron una media sonrisa de su hermana. Después, el experto en manuscritos tomó aire para anunciar con prosopopeya:

—Miradlo bien, amigos míos. Estáis ante el diario del filósofo hebreo Elijah Delmédigo.

Nuestros rostros se iluminaron al unísono. Nos hallábamos contagiados del clima creado por los Egorov: la penumbra del despacho, el ritual de la revelación, la expectación y el misterio. Pero, en realidad, no éramos capaces de medir el alcance de aquel hallazgo; no podíamos estar seguros de que el manuscrito de Delmédigo fuera útil a nuestra investigación.

Como si Irina se hubiera adelantado a aquella contingencia, retomó la palabra para darnos más información sobre el descubrimiento.

—Cuando Anton y yo lo encontramos, apenas visible al fondo de una caja, enterrado entre tomos mucho más voluminosos, no sabía muy bien si era lo que buscaba. ¿Hablaría Elijah Delmédigo de *El Astrólogo* en las páginas en las que recogió sus reflexiones más íntimas? Llegué a pensar que no, porque no encontré ninguna mención... Hasta llegar casi al final. Poco antes de su muerte, acaecida en 1493, encontré una anotación.

Irina hizo una pausa y como si todo aquello formara parte de una obra bien ensayada, Anton, sin necesidad de que mediara palabra alguna, abrió el manuscrito. Un neurocirujano no hubiera puesto más cuidado en el manejo de aquella reliquia. Apenas sostenía las páginas entre los dedos enguantados y las pasaba con la parsimonia de la cámara lenta, como si pudieran quebrarse con sólo rozarlas. De hecho, el papel crujía amenazante, poniéndonos los pelos de punta mientras observábamos la delicada operación.

En las últimas páginas del legajo, Anton se detuvo. Con el manuscrito abierto, pudimos comprobar que el papel estaba bastante deteriorado. El paso del tiempo, la humedad y la tinta ferrogálica habían empezado a corromperlo y se había vuelto tan fino que apenas se distinguían las palabras color ocre. Pese a ello, se apreciaba una hermosa caligrafía en hebreo, firme y cuidada.

—Aquí tenéis la anotación: *20 Tevet de 5253*. Es una fecha del calendario hebreo que equivale al 18 de enero de 1493 del calendario gregoriano. Os leeré la traducción.

Irina tomó un cuaderno, se ajustó las gafas y comenzó la lectura de la traducción con el beneplácito de la presencia imponente del original.

Intuyo que la muerte me ronda, que merodea como un lobo hambriento por las lindes de mi hogar. Quizá por eso me asaltan continuamente pensamientos acerca de asuntos pendientes.

No he vuelto a tener noticia de las negociaciones de mi buen amigo el conde Pico respecto a *El Astrólogo*. Tal silencio me inquieta. Como también me inquieta la idea de que el secreto de la Tabla Esmeralda pudiera llegar a ver la luz. La humanidad no está preparada para lo que YHVH quiso dejar fuera de nuestro alcance y nuestro entendimiento. La Tabla Esmeralda es un instrumento del diablo que sin duda hará tambalear los cimientos de nuestra fe y nuestro orden, de nuestro mundo, hasta derrumbarlos, hasta conducirnos a la autodestrucción.

Lorenzo de Médicis era un hombre sabio, un designado del Eterno, que hubiera impuesto la cordura en la salvaguarda de semejante secreto y sus amenazas. Lamentablemente, no tengo la misma confianza en su heredero. Ruego al cielo para que el conde Pico encuentre la inspiración necesaria y logre convencer al *pater* Ficino y al maestro Giorgio de la necesidad de destruir *El Astrólogo* y borrar para siempre el rastro de la Tabla Esmeralda.

Durante unos segundos, el eco de las palabras de Irina quedó flotando en el aire. Un aire pesado, cargado de demasiadas cosas valiosas, de infinitos secretos; de toda la energía que emiten la lógica, la intuición y la ansiedad; de todas las historias que susurran los objetos del pasado en una lengua que no siempre podemos entender; de la magia de la investigación.

—Asombroso. —La voz de Alain sonó ronca, aplastada por toda aquella carga—. Era la Tabla Esmeralda lo que Hitler buscaba...

Asentí con la mirada perdida en el infinito para luego matizar:

—Es la Tabla Esmeralda el secreto que guarda *El Astrólogo*.

๖ ๙

No se fíe de nadie

Pare aquí, por favor —le indicó Alain al taxista cuando pasamos frente a la puerta de mi apartamento.

Mientras el chico paquistaní que lo conducía se bajaba a descargar mi equipaje del maletero, aprovechamos para despedirnos.

—Ha sido un viaje fantástico. Y muy productivo —afirmé, recordando con satisfacción las copias microfilmadas del diario de Elijah Delmédigo que llevaba en mi portafolios.

—Lo ha sido... Te confieso que me da pena que se haya acabado. Voy a echar de menos tus gestos frente al espejo mientras te ponías el rímel...

Afortunadamente, a aquellas alturas ya había captado el tono habitualmente guasón de Alain.

—No te preocupes, te los repito cuando quieras.

Le di dos besos antes de marcharme.

—¿Nos vemos mañana?

—En la biblioteca de la universidad a las tres.

—Buenas noches.

—Buenas noches, Ana.

El apartamento de París se me hizo frío y solitario, a pesar de que a base de ocuparlo había llegado a resultarme hogareño. Y es que después de los días pasados en San Petersburgo, me parecía extraño no tener a Alain en la habitación de al lado. El viaje a Rusia había supuesto un antes y un después en mi trato con Alain. Habíamos pasado muchas horas juntos, compartido varias conversaciones y algunos momentos de intimidad (como el del rímel; yo sólo me aplico el rímel en la intimidad). Nos habíamos conocido un poco mejor y yo había ido aparcando dudas, recelos y sospechas porque no casaban con el Alain que iba descubriendo. Poco a poco, iba dejando de ser el intruso del que había que desconfiar y se iba convirtiendo en mi compañero.

Encendí todas las luces y la televisión para que su runrún me hiciera compañía. Pensé en llamar a Konrad para decirle que había llegado a París, pero recordé que estaba en Tokio, y allí sería de madrugada.

Me quité el abrigo y abrí la maleta para sacar el neceser. Estaba algo cansada. Los aeropuertos y los aviones siempre terminan por agotarme, y además habíamos tenido que esperar dos horas dentro del avión porque el mal tiempo nos había impedido despegar. Me daría una ducha y luego pediría algo para cenar mientras veía una película: una romántica de mucho llorar.

La ducha fue larga y placentera, de esas que dejan el espejo empañado y el vapor flotando en el cuarto de baño. Al salir puse en el iPod «Love is the End» mientras me vestía, pero aquella canción me hizo sentirme aún más sola.

Antes de llamar al Telechino, encendí el portátil para ver el correo y las noticias. Recorrí con la vista los titulares del día, hasta que, de repente, la mirada se me quedó congelada en uno de ellos.

ROBAN A PUNTA DE PISTOLA UN VALIOSO MANUSCRITO
DE LA BIBLIOTECA NACIONAL DE RUSIA

Automáticamente pinché para entrar en la noticia. Noté cómo se me aceleraba el pulso y se me erizaba la piel del cuerpo a medida que iba leyendo.

Según fuentes de la Rossiiskaia Natsional'naia Biblioteka, la Biblioteca Nacional de Rusia, a última hora de la tarde de ayer, fue robado un manuscrito del siglo xv cuya autoría se atribuye al filósofo judío del Renacimiento Elijah Delmédigo.

Después de la hora de cierre al público, los ladrones entraron en el edificio haciéndose pasar por operarios de la compañía eléctrica y accedieron al despacho del subdirector del Departamento de Manuscritos, Anton Egorov. Tras encañonarle, le obligaron a abrir la caja fuerte donde se encontraba. Los ladrones abandonaron las dependencias de la biblioteca con el manuscrito oculto en un maletín de herramientas.

La valiosa pieza había sido recientemente descubierta y se encontraba en proceso de estudio, restauración y preparación para su posterior exhibición al público.

La policía ha abierto una investigación sobre el caso, sin que de momento hayan trascendido más detalles...

Interrumpí la lectura y busqué el portafolios con la mirada ansiosa de un animal. Lo había dejado en la mesa del comedor. Asaltada por un presentimiento extraño, tuve la necesidad absurda de comprobar que las copias microfilmadas seguían allí. Me levanté de un salto y atravesé el salón precipitadamente. Con la misma precipitación me abalancé sobre el portafolios y me peleé con su cerradura... Entonces me di cuenta: aquél no era mi portafolios... Era el de Alain. Con él entre las manos visualicé la salida del taxi: mientras nos despedíamos Alain me lo había dado pensando que era el mío... o tal vez no. Tal vez era perfectamente consciente de que se estaba llevando mi portafolios con los microfilms dentro... Quizá todo fuera una maniobra bien orquestada con el robo del manuscrito original en San Petersburgo.

La cabeza me daba vueltas. Toda la sangre parecía haber abandonado el corazón para concentrarse allí. Me dejé caer sobre una silla con el portafolios en mi regazo. Lo miré. Puse la mano en el cierre. El portafolios de Alain. Pensé en abrirlo... Y como si un chasquido de dedos me hubiera despertado de una hipnosis, recobré el sentido común. Aquello era ridículo: sólo se trataba de una confusión. Alain había intercambiado los portafolios por error. Sólo tenía que llamarle para ponerle al tanto y aclarar el enredo.

Cogí el móvil y marqué su número: una locución me informó de que el teléfono al que llamaba estaba apagado o fuera de cobertura. Lo intenté varias veces más; sin soltar el portafolios y sin quitar la vista de la pantalla del ordenador con la noticia del robo. Cada vez que el teléfono me devolvía aquella voz impersonal y leía la noticia del robo se me hacía un nudo en el estómago y las dudas volvían a morderme las orejas.

La BlackBerry pitó de pronto en mi mano y me sobresalté. Miré el teléfono con aprensión y me crispé aún más al ver otro maldito mensaje. «No quiero abrirlo, no quiero verlo, no quiero nada...», pensaba mientras pulsaba las teclas.

Vertrauen Sie Niemanden! Das ist ein gefährliches Spiel. Gib's auf! Georg von Bergheim

Solté el teléfono sobre la mesa como si me quemara.

—Mierda, mierda, mierda... —murmuré para desahogarme, para aliviar el miedo y la tensión. Pero el mensaje resonaba en mi cabeza.

«¡No se fíe de nadie! Esto es un juego peligroso. ¡Abandónelo!»

Trataba de pensar, de reaccionar, de hacer algo... pero no era capaz casi ni de moverme. Enterré la cara entre las manos y permanecí inmóvil, con el sonido de fondo del locutor de la CNN hablando del pronóstico del tiempo en la región de los Grandes Lagos... Maldije a Georg von Bergheim. Maldije a quien estaba haciéndome aquello.

El móvil sonó y su pitido estridente me arrancó un grito desesperado:

—¡Joder! ¡Basta ya!

Lo miré con desprecio y sin ganas de tocarlo siquiera: el nombre de Alain brillaba sobre la pantalla de luz azul. Siguió sonando mientras yo lo miraba angustiada, al borde del llanto, a punto de reventar de la tensión. Dejó de sonar. Sólo unos segundos. De nuevo, volvieron sus timbrazos penetrantes a desquiciar mis nervios. Lo cogí y lo observé sobre la palma de la mano temblorosa. Alain, Alain, Alain... «No se fíe de nadie...»

Pulsé el botón rojo para colgar la llamada. Aquel horrible timbre cesó. Y, entonces, apagué el teléfono.

Me sentía trastornada cuando volví a dejarlo con recelo sobre la mesa. Perturbada por el miedo y la angustia, por cada mensaje, cada llamada, cada robo, cada noticia en el ordenador; confundida por el cerco que se cerraba en torno a mí y amenazaba con estrangularme. Era consciente de que aunque podía apagar el móvil y el ordenador y encerrarme tras siete cerrojos, sería en vano, porque el fantasma que me acechaba se colaría por cualquier rendija, pues parecía estar vigilándome, flotando encima de mi cabeza con su cuerpo etéreo.

Mis ojos se toparon con el portafolios de Alain... Tal vez no fuera un fantasma quien me vigilaba... Lentamente lo levanté y abrí el cierre. Empecé a vaciar su contenido: un folleto del Hermitage, la entrada al museo, unos caramelos, un paquete de pañuelos de papel, una carpeta de plástico, un fajo de papeles cogidos con un clip, un bolígrafo del hotel, más papeles... Todo quedó esparcido sobre la mesa. Con dedos temblorosos fui pasando las hojas de papel: fotocopias de documentos, apuntes, información de internet... Todos relativos a la investigación. Examiné la carpeta de plástico: dentro había un sobre amarillento y desgastado por los bordes, sin ningún rótulo que identificase su contenido. Lo abrí y el papel crujió con un quejido de vejez. Con cuidado, saqué dos fotografías y un documento estampado con sellos oficiales. Todo era tan antiguo como el sobre, descolorido y deslucido.

Contemplé detenidamente una de las fotografías. Era de un muchacho frente a lo que parecían unas caballerizas. Moreno y fuerte, encaraba la cámara sin reparo y su boca se abría en una amplia sonrisa; sus mejillas se fruncían en dos hoyuelos y sus ojos se entornaban cegados por el sol. Con la gorra ladeada, las botas desgastadas y aquella ropa de faena parecía un pilluelo de barrio. En el reverso de la foto alguien había garabateado con una caligrafía trasnochada: «En la mansión Bauer, Illkirch, agosto de 1932».

La otra fotografía era de una jovencita que sujetaba las riendas de un caballo junto a un cercado. Iba vestida de amazona. Al contrario que el muchacho, parecía rehuir la cámara y su rostro quedaba casi oculto bajo el casco de montar. En el reverso, con la misma caligrafía, sólo había escrita una escueta referencia sin fecha: «Mi querida Sarah».

Puse a un lado las fotografías y me concentré en el último papel del sobre. Lo desdoblé y de una primera lectura vi que se trataba de un documento oficial, un certificado de nacimiento de un niño llamado Jacob, anotado en Illkirch, el 16 de mayo de 1917. Enseguida llamó mi atención que tanto el espacio reservado al nombre del padre como al de la madre estaban en blanco y que, posteriormente, se había asignado al niño un apellido de uso común. Se trataba de un niño huérfano de filiación desconocida.

Miré desconcertada aquellos tres documentos. Estaban relacionados de un modo u otro con los Bauer y con Illkirch. Y, sin embargo, Alain me los había ocultado... No parecían especialmente relevantes, pero me los había ocultado. Y si me había ocultado eso... Terminé de vaciar la carpeta. El trago amargo llegó con el siguiente fajo de papeles: éstos eran nuevos, con letras de impresora, fotocopias y fotografías a todo color. Se me hizo un nudo en la garganta cuando vi recortes de prensa sobre Konrad, fotos nuestras fotocopiadas de las revistas del corazón, un informe sobre los negocios y las actividades de mi pareja y otro con mi trayectoria profesional. Se me aceleró la respiración y las lágrimas me emborronaron la vista, fueron rodando lentamente por mis mejillas mientras permanecía con la cabeza inclinada sobre aquellos papeles infames que atestiguaban la traición de Alain, que lo delataban como un lobo vestido de cordero.

Unos golpes enérgicos e impertinentes en la puerta pusieron mi corazón al límite de sus pulsaciones. Alcé la cabeza aterrorizada, como un animal que quiere husmear el aire, escuchar el acecho de un depredador..., pero el locutor de la CNN no me dejaba oír nada; me abalancé sobre el mando para apagar la televisión. El silencio resultó espeluznante. Pero no tanto como los golpes que de nuevo hicieron retumbar la puerta. Me encogí sobre mí misma.

—¿Ana?... Ana, soy Alain...

Aquello no me tranquilizó. Muerta de miedo me asomé a la puerta y comprobé que se me había olvidado cerrarla por dentro. Pensé en marcar el número de emergencias, esconderme debajo de la cama...

—Ana, sé que estás ahí. He visto luz en tu ventana... Ábreme.

Aunque la puerta hubiera sido de papel, yo no me habría sentido más vulnerable. Me retiré a la última esquina de mi habitación con la luz apagada. Las lágrimas se habían vuelto incontrolables y a pesar de que hacía todo lo posible por silenciar los sollozos, incluso la respiración, todo parecía delatarme.

La voz de Alain llegaba amortiguada a mis oídos:

—Ana... Vamos, Ana... Sólo quiero saber si estás bien...

Otro golpe en la puerta, todavía más violento.

—Ana. ¡Ana...! ¿Me oyes...? ¡Déjame entrar! Ana... ¡Sé que estás ahí!

Más golpes.

—¡Anaaaaaaa...!

Silencio. Ruido en la cerradura. El corazón a punto de salírseme por la boca.

—¡Mierda!

Un golpe. Más silencio. Y, por fin, la puerta del ascensor.

❧ ❧

No, yo no era valiente

Amaneció sin que apenas hubiera pegado ojo. Tenía los párpados hinchados y la cabeza abotagada de tanto llorar, de llorar incluso dormida. Me levanté perezosamente, incapaz de enfrentarme al día, y me tomé un café fuerte y una aspirina. Al cabo de un rato de dormitar sobre la mesa de la cocina con la taza entre las manos, reuní la lucidez y el valor suficientes para volver a encender el teléfono móvil. Las llamadas perdidas de Alain saltaron una detrás de otra y me dieron ganas de volver a apagar el puñetero cacharro. Había incluso algún mensaje:

> Ana, soy Alain. Perdona, se me olvidó encender el móvil al bajar del avión y acabo de ver tus llamadas. Llámame cuando quieras.

> Ana, soy yo otra vez. No consigo dar contigo. Por favor, llámame para confirmarme que va todo bien.

> Ana, voy a pasarme por tu casa. Estoy preocupado.

Maldito cínico. Mentiroso, embaucador... Maldito cabrón. Volvían a saltárseme las lágrimas cuando sonó el teléfono. Si no hubiera visto a tiempo el nombre de Konrad en la pantalla, quizá habría estampado el móvil contra la pared.

—Hola, Konrad... —murmuré al descolgar, intentando tragarme las lágrimas.

—Buenos días, *meine Süße*... ¿Te he despertado?

—No, no... Llevo un rato levantada.

—¿Estás bien? Te noto... rara.

Aquellas muestras de empatía estuvieron a punto de conseguir que me derrumbase en un llanto histérico, pero me contuve haciendo grandes esfuerzos. Konrad estaba a miles de kilómetros al otro lado del mundo, no era justo que le montase una escenita por teléfono.

—Sí, estoy bien... Bueno, es que han sucedido muchas cosas.

—Me estaba mordiendo los labios con tanta fuerza que fácilmente hubiera podido hacerlos sangrar.

—¿Es por la investigación?

—Sí... Han robado el manuscrito...

—Ya, lo he visto en las noticias... Pero os habéis traído una copia, ¿no?

—Sí... Aunque la tiene Alain...

—Bueno, no importa...

—¡Sí importa, Konrad! —salté—. Nos está engañando, lo ha estado haciendo desde el principio. No sé qué es exactamente lo que pretende, pero creo que sólo nos está utilizando... Además, he recibido otro SMS con amenazas. Justo cuando Alain no estaba... Estoy a punto de volverme loca...

—Está bien, *meine Süße*, tranquilízate y cuéntamelo todo por partes.

Obediente, le relaté los acontecimientos aciagos de la noche anterior, haciendo especial hincapié en la advertencia del SMS de que no me fiara de nadie y en el completísimo informe que Alain tenía sobre nosotros. Cuando terminé, Konrad permaneció en silencio.

—Qué hijo de puta... —masculló al cabo. No supe qué contestar—. Pero me lo veía venir, todos estos de la EFLA son unos carroñeros. Has hecho muy bien en no contestar el teléfono ni en abrirle la puerta, no sabemos exactamente hasta dónde está dispuesto a llegar, puede ser un tío peligroso, *meine Süße*. Precisamente acaban de pasarme por e-mail el informe del rastreo de la llamada y el SMS...

—¿Y?

—Las hicieron desde un teléfono móvil de prepago. El teléfono lo compraron en una tienda Orange del boulevard Sebastopol, el mismo día que viajaste a Friburgo. El comprador se identificó con un documento de identidad falso a nombre de Georg von Bergheim. El SMS se envió desde una nave industrial abandonada a veinte kilómetros de París. La llamada también se hizo desde allí, desde el cementerio Père-Lachaise... Es todo tan jodidamente teatral...

—Es espeluznante —afirmé con un nudo en la garganta.

—Lo siento, *meine Süße*, pero no voy a poder reunirme contigo antes del viernes, hasta entonces, no salgas de casa en la medida de lo posible y procura evitar al doctor Arnoux.

—Tengo miedo, Konrad —confesé con la boca pequeña, temiendo su reacción—. Me gustaría volver a Madrid...

—Lo sé, *meine Süße*. Tienes motivos para estar asustada, pero sabrás sobreponerte, eres una mujer valiente, por eso te quiero...

«Eres una mujer valiente, por eso te quiero...» No, yo no era valiente. No podía ser que Konrad me quisiera por eso. Aunque, bien pensado, ¿por qué me quería...? Estuve al borde de enredarme con aquella pregunta, puede que fuera una evasión, una forma de eludir el terrible panorama. Estaba claro que estaba deprimida. Necesitaba hablar con Teo.

—Ay, cari, por lo que más quieras, no me llores así, que me estás dando una congoja...

—Lo siento... —Aquellas palabras húmedas y temblorosas fueron un remedio peor que la enfermedad.

—Déjalo, Ana. Déjalo con las mismas. Haz caso al Georg von Bergheim ese, que parece el único sensato en todo esto. Abandona porque es un juego peligroso. Ni hagas las maletas, vente para casa ya.

—No puedo, Teo. Si lo hago, Konrad dejará de quererme. Y si deja de quererme, me moriré.

Si desea hacer un gran descubrimiento

Volví a meterme en la cama. Estaba física y mentalmente agotada. Cogí un sueño ligero que no sé cuánto duró antes de que sonara el timbre de la puerta. Demasiado cansada para sobresaltarme, con los nervios entumecidos después de tanta tensión, me di media vuelta y dejé que mis sueños succionaran el timbre y lo dejaran repiquetear como si en realidad aquello no estuviera sucediendo.

Pero estaba sucediendo.

—Mademoiselle... Soy Philippe, el conserje. Han traído un paquete para usted... ¿Mademoiselle García?

Decidí abrir. Tambaleante y con arenilla en los ojos me asomé con cautela por la puerta entreabierta. Fue un alivio comprobar que efectivamente era el conserje el que me sonreía con su cara amable surcada de arrugas.

—Disculpe, mademoiselle. Han dejado esto para usted. Me han dicho que es urgente y por eso he decidido molestarla.

Bajé la vista hacia el paquete que parecía una ofrenda en manos del solícito Philippe: era una caja rectangular de aproximadamente 50 × 60 centímetros; estaba envuelta en papel de estraza y atada con una cuerda; no tenía remitente ni destinatario, ni una letra ni un número ni un sello...

—¿Quién la ha traído?

—Un motorista, mademoiselle. No ha dicho nada, sólo que era para usted.

Por fin me decidí a coger el paquete no sin ciertas reservas.

—Gracias, Philippe.

El conserje inclinó la cabeza y se marchó cerrando la puerta tras de sí y dejándome sola con mi caja. Me dejé caer al suelo, como si el peso del paquete fuera demasiado para mis rodillas, y tras unos segundos de observarlo, empecé a desatar la cuerda. Quizá, si hubiera estado más lúcida, no habría abierto aquel paquete sin antes pasarlo por rayos X; quizá habría sentido una advertencia paternal merodear por mis oídos: «Podría ser una bomba o un cargamento de ántrax...». Pero lo cierto era que todavía estaba adormecida y en mi mundo de persona normal los paquetes se abren sin pensar.

Aun así, el proceso fue lento y cauto. Retiré la cuerda y el escandaloso papel de estraza y descubrí una caja de cartón corriente y anodina, tan anónima como todo lo demás. Puede que por instinto, contuve la respiración mientras levantaba la tapa. Cuando nada explotó ni voló contaminando el aire, suspiré. Aparté con más decisión un papel de seda blanco y, para mi sorpresa, apareció, perfectamente doblado, un traje de chaqueta. Lo desplegué frente a mis ojos. Era negro y extremadamente sencillo: chaqueta de cuello mao y falda corta de tubo; ni un adorno, ni una concesión a la alegría. Debajo del traje había un sobre, una bolsa de tela, un estuche de joyero y una cajita, pero lo primero que llamó mi atención fue lo que en principio parecía un pañuelo rojo plegado y que luego resultó ser un brazalete con una runa *sig* negra. El único contenido del sobre era una tarjeta de plástico con una banda magnética como las de crédito, blanca y sin más distintivo que un número impreso y un chip. En la bolsa había unos zapatos salón negros y unas medias del mismo color. En el estuche, un pin plateado con otra runa *sig*. Y en la cajita, un *pendrive*.

Con todo aquel equipo sobre el suelo del apartamento no pude evitar preguntarme qué clase de broma era aquélla, que, en realidad, no me hacía ni pizca de gracia.

Cogí el *pendrive* dejando todo lo demás y me fui derecha a conectarlo al ordenador. Contenía un archivo de PowerPoint que pasó sin problemas los filtros del antivirus. La presentación empezaba con una sencilla diapositiva: un fondo azul y un mensaje escrito en alemán con letras blancas tipo Arial.

Si desea hacer un gran descubrimiento, siga las instrucciones a continuación.

Vístase con la ropa y los zapatos que ha recibido, salvo el brazalete y la insignia. Recójase el pelo en un moño sencillo y maquíllese discretamente. Deberá estar preparada a las 20.30 de esta noche. Salga de casa llevando con usted la tarjeta, el brazalete y la insignia, debidamente ocultos.

En la rue de Lille, frente a la Galerie Parisienne, encontrará aparcado un Range Rover negro matrícula de París, BZ-189-PT. El automóvil estará abierto; hallará las llaves en la guantera. Suba y arránquelo con el botón de encendido. El navegador tiene programada la ruta que debe seguir. Su destino está a 77 kilómetros de París. Debe llegar allí no más tarde de las 22.30.

Una vez en su destino, muestre la identificación para acceder al recinto. Antes de dejar el automóvil a los aparcacoches, colóquese el brazalete en el brazo derecho y la insignia sobre la chaqueta, en el lado izquierdo del pecho. De nuevo deberá identificarse en el control de acceso al local.

IMPORTANTE
— Debe ir sola.
— No lleve armas con usted.
— Puede llevar su teléfono móvil, pero deberá dejarlo desconectado en el interior del vehículo.
— No lleve ningún documento de identidad o cualquier otro que pueda identificarla.
— Siga al pie de la letra estas instrucciones, su seguridad depende de ello.

GEORG VON BERGHEIM

No podía dar crédito a lo que acababa de leer, ni siquiera al conjunto de las cosas dispersas por el suelo del salón. Llegué a pensar que seguramente siguiese durmiendo y que todo aquello no era más que una pesadilla...

«Si desea hacer un gran descubrimiento...» No estaba segura de desearlo. Intuía que el precio de ese hallazgo podría ser demasiado alto. Y sólo estaba yo para pagarlo... Alain había resultado ser un traidor y Konrad me daba instrucciones desde la otra punta del globo... Estaba definitivamente sola. Sola para tomar mis propias decisiones, para asumir sus consecuencias. Sola para ser yo misma y no el instrumento de otros. Sola para hacer ese gran descubrimiento.

—Dices que no me fíe de nadie, Georg von Bergheim. ¿Por qué habría de fiarme de ti?

«Haz caso al Georg von Bergheim ese, que parece el único sensato en todo esto.»

Recogí el traje del suelo y me lo puse por encima del camisón. Me calcé los zapatos.

Georg von Bergheim había adivinado mi talla con una precisión inquietante.

Abril, 1943

Gran Bretaña y Estados Unidos se reúnen en la conferencia de las Bermudas para tratar la situación de los judíos en Europa; sin embargo, no llegan a ninguna conclusión, ni adoptan medidas concretas. Entretanto, los nazis continúan implementando la *Endlösung der Judenfrage*, la Solución Final, para exterminar a la etnia judía en Europa y se producen las primeras ejecuciones masivas en las cámaras de gas.

Llovía con tanta furia que era fácil pensar que la lluvia pudiera agujerear las calles de París. Llovía con violencia, pero, sobre todo, con estrépito; nada podía oírse que no fuera la lluvia.

Una enfermera se había apiadado de ella y le había dado un paraguas viejo y, aunque al abrirlo comprobó que la tela estaba rota, se adentró bajo su parapeto maltrecho en el aguacero.

Georg se subió el cuello del abrigo y quiso encenderse otro cigarrillo. A pesar de hallarse resguardado bajo una cornisa, sus manos estaban húmedas y el encendedor se le resbalaba entre los dedos. Como la gota que colma el vaso, aquel mechero escurridizo contribuyó a crispar sus ya crispados nervios. Georg soltó un taco, devolvió el encendedor al bolsillo, cerró el cigarrillo en un puño y lo estrujó enojado.

Nada más verla salir por la puerta del hospital pensó que iba poco abrigada, que aquel paraguas no le serviría de mucho y que se mojaría los pies. Podría caer enferma, aún estaba débil... Se le pasó por la mente la idea de cruzar la acera y cubrirla con su gabán. Pero no podía hacerlo, los oficiales de las SS no dan cobijo bajo la lluvia a mujeres que llevan la estrella de David cosida a la ropa. Georg arrojó malhumorado los restos pulverizados del cigarrillo al suelo y salió de la cornisa. Se limitaría a seguirla, confiando en que Sarah, tarde o temprano, le llevara hasta *El Astrólogo*. Se limitaría a cumplir con su deber.

Sarah llegó a la pensión completamente mojada. A mitad de camino, una ráfaga de aire había dado la vuelta al viejo paraguas y había terminado por abandonarlo en una papelera.

La casera aparentó no sorprenderse al verla después de tanto tiempo sin aparecer por allí ni pagar el alquiler. Todo lo que hizo fue mirar con un mohín de disgusto el rastro de agua que Sarah iba dejando en el suelo del recibidor y recordarle desabridamente:

—La cena, a las siete, como siempre. No sé qué haremos ahora que han vuelto a reducir la ración de carne. Acabaremos comiendo piedras...

La mujer siguió renegando para sí misma mientras la chica subía la escalera. Lo que Sarah no sabía era que Marion había ido pagando el alquiler por las dos. Había empezado a trabajar como guía para agentes femeninas del SOE y, de tanto en tanto las alojaba allí, en la cama que Sarah había dejado libre.

Cuando Sarah entró en la habitación, lo primero que hizo fue mirar el lugar en la pared en el que debería colgar el cuadro... Estaba vacío. Se quitó la ropa mojada y buscó algo seco para ponerse, pero se encontró con que su armario y sus cajones también estaban vacíos. No quedaba nada de ella en toda la estancia. Pero Sarah ya no se alteraba por esas cosas. En realidad, ya no se alteraba por casi nada. Simplemente, cogió prestado un camisón de Marion, se lo puso y se metió en la cama: tal vez bajo las mantas fuera capaz de quitarse de encima el frío y la humedad.

No durmió en toda la noche. No tenía sueño y en cambio sí mucho en lo que pensar. Últimamente pensaba muy a menudo, pero siempre sobre lo mismo. Le daba vueltas una y otra vez a idénticos asuntos, pero nunca conseguía llegar a ningún lado, a ninguna conclusión. Pensaba en Jacob, en Marion y en la Resistencia; pensaba en Von Bergheim y en el cuadro; pensaba en su familia... En los interminables e inciertos días de hospital todo aquello fueron sólo pensamientos. Pero sabía que había llegado el turno de pasar a la acción. De un modo u otro, intuía que se enfrentaba a un nuevo capítulo de su vida, en un momento en el que cada uno de esos capítulos parecía ser el último.

Marion no apareció por la habitación hasta el amanecer. Sarah la oyó llegar por el pasillo, tarareando una canción en alemán. Venía un poco achispada.

Abrió la puerta y accionó el interruptor de la lámpara. Sarah estaba junto a la ventana, quitando la tela de protección para que entrara la luz del día. Nada más verla, Marion dio un respingo y gritó.

—¡Sarah...! ¡Por todos los santos...! ¡Sarah!

Se había quedado paralizada, con los ojos muy abiertos y la cara entre las manos. Parecía que había visto un fantasma.

—Marion...

Ambas corrieron a abrazarse. Marion rodeó a Sarah entre sus brazos con fuerza y Sarah, al sentir el calor de un abrazo, no pudo evitar echarse a llorar. Hacía mucho tiempo que nadie la estrechaba, que nadie le ofrecía la más mínima muestra de cariño. Hacía mucho tiempo que había dejado de sentirse humana.

Marion también lloraba escandalosamente, como una plañidera en un funeral. Se sorbía los mocos, se enjugaba las lágrimas y repetía una y otra vez: «Creí que habías muerto, creí que habías muerto».

Aquella tempestad de emociones se prolongó durante un tiempo indeterminado para ambas, hasta que finalmente se encontraron sentadas en la cama, la una frente a la otra, cogidas de las manos, con todo lo que tenían que contarse retenido en una sonrisa y sin terminar de brotar.

Marion parecía haber engordado los kilos que le faltaban a Sarah. Tenía los pómulos más redondos y sonrosados y su rostro irradiaba salud. Olía a tabaco y a perfume caro. Llevaba el pelo ligeramente alborotado y el carmín de los labios corrido en las comisuras. En aquellos días, sólo las furcias tenían ese aspecto en París.

Sarah le acarició las mejillas y le ordenó un poco el cabello.

—¿De dónde vienes, querida Marion?

Su amiga no mostró ni un ápice de vergüenza. Guiñó uno de sus ojos rodeados de kohl y sonrió con picardía.

—Tú ya me conoces, cariño. No me gusta pasar la noche en casa. París está lleno de alemanes que tienen cigarrillos, alcohol y un montón de secretos que contar después de unas cuantas copas.

Sarah volvió a acariciarla. Sentía lástima por ella. Marion estaba haciendo la Resistencia a su manera, del modo que mejor sabía.

—Me dijeron que habías muerto. Esos cabrones de la Gestapo me dijeron que habías muerto.

—Puede que no te mintieran... Tal vez haya muerto un poco...

El rostro de Sarah estaba trazado de ángulos y sombras, de sufrimiento y de miedo. Sobrecogida por la ternura y la compasión, Marion volvió a estrecharla contra su abundante pecho y acunarla entre los brazos como a una niña.

—Estás aquí. Eso es lo importante.

—Ya... Pero ahora no sé por dónde volver a empezar...

Marion le contó que después de que los hubieran detenido a Jacob y a ella, el Grupo Armado Alsaciano se había disuelto.

Trotsky había huido despavorido de París, temiendo que lo delataran. Las últimas noticias que tenía de él eran que se había unido a los maquis en Normandía. Dinamo, Gutenberg y ella misma estaban trabajando para otro grupo de París, una red que recibía y daba cobertura a agentes del SOE enviados por los británicos tras las líneas enemigas. Además, Marion hacía sus trabajitos nocturnos, alternando con oficiales alemanes, de esos que tenían hombreras trenzadas en el uniforme, a los que animaba a aflojar la lengua para después pasarles la información a los del SOE.

—Tuve que recoger todas tus cosas, cariño. A veces traigo aquí a alguna de esas chicas del SOE. Lo llevé todo a casa de los Matheus... ¡Ay, cariño! ¿Cuánto ha pasado?, ¿semanas, meses...? Esta mierda de vida me hace olvidar hasta en qué día vivimos.

Marion sacó del bolso un paquete de cigarrillos alemanes Sondermischung y se encendió uno. Sarah tosió un poco cuando el humo le picó en la garganta.

—Un día fui a la rue des Saussaies —continuó Marion, modulando el humo del tabaco con sus palabras—. Te mentiría si dijera que iba a buscaros... Aquí donde me ves soy una maldita cobarde. Pero allí estaba. Iba a ver a uno de mis amiguitos alemanes y me dije: ¿por qué no?, ¿por qué no preguntar por ellos...? «¿Jacob y Sarah? Aquí no hay nadie con esos nombres», me aseguró el guardia. Entonces, otro que pasaba por allí se acercó, plantó su sucia cara frente a mí y me dijo: «Esta mañana han sacado a una tal Sarah de una celda... Estaba muerta. Olía a perra judía muerta». Aquel hijo de puta se rió en mis narices y me echó su aliento apestoso encima. ¡Dios mío, Sarah! Tenías que haber escuchado con qué sadismo me habló...

Sarah no necesitaba haberlo escuchado. Había experimentado el sadismo en sus propias carnes, lo había visto con sus propios ojos. Pero nunca hablaría de aquello mientras viviera.

Tenía que preguntarle a Marion sobre el cuadro, pero temía hacerlo: no quería conocer una respuesta que podía anticipar.

Marion la había dado por muerta... no era difícil adivinar lo que habría hecho con el cuadro.

—Marion —pronunció su nombre con dulzura, no quería enfadarse con ella—, ¿qué has hecho con el mapa?

El rostro de Marion se ensombreció. Bajó la vista hacia sus manos, con las que jugueteaba nerviosamente, moviendo el cigarrillo entre unos dedos coronados de esmalte rojo.

—Se lo llevé a la condesa... —admitió en un susurro.

Sarah no dijo nada. No hizo falta. Un suspiro y un gesto de desaliento fueron suficientes para que Marion empezase a excusarse con energía.

—¡Hice sólo lo que tú me pediste! ¡Me dijeron que habías muerto, ya te lo he contado! ¿Hasta cuándo se supone que debería haber esperado?

Sarah sintió de repente que tenía que estirar las piernas. Abandonó la cama y caminó hasta la ventana. El cristal estaba helado y el frío traspasó la fina tela del camisón. Entonces se estremeció.

—No estoy enfadada contigo, Marion. Estoy enfadada conmigo. Me equivoqué al encargarte que se lo entregaras a esa mujer...

—¿Y no puedes pedírselo?

Sarah dibujaba con el dedo en el vaho del cristal. Dibujaba una interrogación.

—Yo puedo pedírselo... Pero ella no va a devolvérmelo.

No quería ni pensar en ver de nuevo a aquella bruja. Y menos ahora que Jacob ya no estaba allí para acompañarla.

Con un manotazo de desesperación borró sus dibujos en la ventana. Los cristales temblaron como si fueran a romperse.

—Ay, Sarah, no te pongas así... ¡Es sólo un cuadro!

—No, no es sólo un cuadro. Es el precio de la vida de Jacob.

Marion frunció el ceño.

—¿La vida de Jacob? Seamos realistas, cariño. Puede que la vida de Jacob ya no valga nada...

Otra vez los fantasmas de Sarah deambularon por su mente,

contaminándola con el eco de unos alaridos desgarradores o de un silencio aún peor, con las terribles imágenes de Jacob golpeado, ensangrentado y moribundo en la celda... pero vivo.

—Quizá —respondió—. Pero no pararé tranquila hasta averiguar si Jacob sigue con vida o no.

A las puertas del infierno

A las ocho y media en punto atravesaba el hall del edificio L'École completamente vestida de negro, con un moño sencillo, un maquillaje discreto y un pequeño bolso con un brazalete, una insignia, una tarjeta de plástico y la BlackBerry apagada. Di las buenas noches a Philippe y me adentré en las calles de París en dirección a la rue de Lille, a tan sólo dos manzanas del apartamento.

Mis pasos eran vacilantes, los tacones parecían de goma. Armarse de valor no significa ser valiente. Y yo estaba muerta de miedo.

Según lo previsto, frente a la Galerie Parisienne había un Range Rover negro, cuya carrocería brillaba impecable a la luz de una farola. La puerta del conductor cedió sin problema y me senté frente al volante. El frío de la tapicería de cuero color arena en mi espalda no resultó el mejor recibimiento. Sin embargo, encaramada a aquel imponente todoterreno tuve una curiosa sensación de seguridad y sentí deseos de echar los pestillos y quedarme allí de por vida. Una sensación tan absurda como pasajera que se volatilizó en cuanto pulsé el botón de encendido del coche y la pantalla del navegador comenzó a trazar la ruta a seguir: autopista A6A dirección Bordeaux-Nantes. Tenía las manos heladas cuando las coloqué sobre el volante para desaparcar.

El navegador me llevó hasta Fontainebleau, donde tomé un desvío hacia Champagne-sur-Seine. Tras una sinuosa carretera plagada de curvas, que se adentraba paulatinamente en un bosque espeso, las indicaciones del navegador se detuvieron frente a la enorme puerta de forja labrada de un recinto cerrado. Unas cámaras de seguridad grababan mi llegada mientras un guardia, con pinta de escolta de alguien muy importante, se aproximaba al coche. Repasando las instrucciones de Von Bergheim, bajé la ventanilla y le mostré la tarjeta. Sin mediar palabra, anotó el número de mi identificación y el de la matrícula del coche. La verja se abrió lentamente y el guardia me dio paso con un gesto de la mano. Se me hizo un nudo en la garganta cuando, por el espejo retrovisor, vi que la verja volvía a cerrarse a mi espalda: ya no había marcha atrás. Por intuición seguí el camino recto que se prolongaba frente a mí. Atravesé una zona boscosa al final de la cual se abría un enorme jardín y se vislumbraba la silueta recortada sobre la noche negra de un *château* renacentista iluminado con elegancia. A medida que me aproximaba, me iba maravillando con la belleza y la grandeza del palacio, que exhibía majestuosamente los elementos clásicos del Renacimiento francés: las torres cilíndricas angulares coronadas por tejados de pizarra puntiagudos, las chimeneas abigarradas y las escaleras de doble tramo.

En la gran explanada de acceso frente al palacio estaban aparcadas varias decenas de coches, ninguno de ellos de menos de sesenta mil euros. Conduje el Range hasta la entrada principal y lo detuve al pie de la escalera, donde un aparcacoches, con el mismo aspecto de escolta que el guardia de la entrada, me abrió la puerta y me ayudó a bajar. Me quedé de pie unos segundos, firme frente a la escalera, como si hubiese llegado a las puertas del infierno, amenazada por un silencio y una soledad que no presagiaban nada bueno.

—Madame... Debe subir, por favor. —El aparcacoches me sacó de mi ensimismamiento.

Luchando por controlar el temblor de los dedos, me coloqué el brazalete y la insignia. De pronto, recordé la imagen de Tom

Cruise en *Eyes Wide Shut* llegando a la ceremonia de la secta: todo aquello resultaba alarmantemente parecido. Exhalé con profundidad queriendo aliviar una incómoda opresión en el pecho, pero con el suspiro sólo conseguí expulsar aire. Finalmente, ascendí por la escalera.

Al final de los peldaños, un hombre me abrió una pesada puerta de madera y accedí a un hall gigantesco y oscuro, con paredes de granito y pesadas telas encarnadas. La sensación de cerco peligroso aumentó con aquella escenografía siniestra. Otro hombre me pasó un detector de metales por todo el cuerpo y me pidió la tarjeta. Justo cuando iba a deslizarla por un lector, llegó un tercero.

—Te buscan en control —le susurró—. Ya me encargo yo...

El interpelado se tocó un auricular que llevaba acoplado en el oído.

—No me han comunicado nada...

El otro se encogió de hombros, pero finalmente su compañero se marchó.

El recién llegado me devolvió la tarjeta sin pasarla por el lector. Entonces, con un rápido movimiento deslizó algo en mi bolsillo.

—Es un teléfono móvil —susurró sin mirarme, simulando anotar algo en un registro—. Las comunicaciones están intervenidas, no podrá usarlo para hacer llamadas, pero recibirá una; esté atenta.

Me quedé de piedra, escrutando con la vista a aquel hombre para encontrar en él algún rasgo familiar. El mismo traje de chaqueta negro, las mismas gafas oscuras y la misma pinta de escolta que los demás. Nada en él parecía diferente, nada me resultaba ni remotamente conocido.

—Pero ¿quién...?

Él siguió hablando sin alzar la vista:

—Siga por este corredor hasta salir al patio de armas. Ubíquese en un asiento de la última fila... Y controle ese nerviosismo. Es vital que no llame la atención. Usted no debería estar aquí.

—Entonces me iré. —Hice ademán de darme la vuelta. Aquello era mucho más de lo que necesitaba para quebrar mi débil determinación.

—Entre. Ahora.

Desde luego que aquella conversación no me tranquilizó, pero intenté avanzar por el pasillo con paso firme y manteniendo la compostura. Un pasillo eterno y claustrofóbico, sin entradas ni salidas, tan sólo un vano al fondo por el que se colaban reflejos de luz anaranjada y temblorosa y los ecos de un discurso acalorado.

Quedé sobrecogida por el espectáculo que me aguardaba al final: un despliegue de imaginería neonazi transformaba aquel patio de armas en una escena del Berlín prebélico. Banderas, estandartes y colgaduras que vestían la piedra de rojo, blanco y negro. La única iluminación de unas antorchas repartidas por las columnas que rodeaban el patio. Hombres uniformados dispuestos en formación militar. Y, bajo una fotografía gigante de Himmler, un estrado ocupado por doce hombres cubiertos con túnicas rojas. Me llamó especialmente la atención que, en lugar de la esvástica, el emblema omnipresente era la runa *sig*, la runa de las SS.

No me atreví a adentrarme en aquel escenario y confundirme con una audiencia que vestía la misma indumentaria que yo, en su versión tanto masculina como femenina. Me oculté tras una columna aunque en realidad hubiera deseado que el suelo se abriese y la tierra me tragase para desaparecer de inmediato. Atónita contemplaba al orador que desde un estrado arengaba a una audiencia de no más de cien personas. La velocidad y fogosidad de su discurso en alemán, unido a mi colapso mental, me dificultaban su comprensión, pero de vez en cuando captaba palabras como guerra, poder, diablo, amenaza, islamismo, judaísmo, cristianismo. Entonces la diatriba cesó con el mismo ímpetu con el que se había desarrollado. La audiencia se puso en pie y aplaudió entusiasmada mientras empezaban a sonar los acordes de una música marcial de viento y percusión. Los aplausos cesaron y con la mano en el pecho los reunidos comenzaron a cantar un himno a viva voz que podía haber hecho estremecer los cimientos de aquel palacio.

SS marschiert in Feindesland
Und singt ein Teufelslied
...

En el momento de mayor estruendo noté que el móvil vibraba en mi bolsillo. Lo saqué, lo descolgué y lo acerqué a mi oreja sin atreverme a pronunciar una palabra.

—Lo que está escuchando es un himno de las SS —comenzó a explicarme una voz profunda—. Un canto a la lucha sin cuartel, hasta la muerte. Una declaración que anima a honrar la memoria de Heinrich Himmler y a llevar su doctrina a la práctica.

Apenas podía descifrar lo que me decía en mitad de aquel estruendo. Su tono grave y sus palabras confusas me producían náuseas. Sentí los latidos del corazón como martillazos en mis sienes. Todo comenzó a dar vueltas...

Wo wir sind da geht's immer vorwärts
Und der Teufel, der lacht nur dazu
Ha, ha, ha, ha, ha!
Wir kämpfen für Deutschland
Wir kämpfen für Himmler

—Esto es *PosenGeist*. Un nuevo orden, un nuevo mundo. No se convierta en cómplice de esta atrocidad. Hay bestias que no deben despertar. Deje que *El Astrólogo* siga siendo una leyenda.

—¿Quién es usted? —balbuceé.

—Márchese de aquí antes de que la descubran.

—Oiga... ¡Oiga!

La llamada se había cortado.

Me quedé contemplando el teléfono, absorta, aún aturdida

por todo lo que estaba sucediendo, incapaz de asumir su magnitud ni sus implicaciones, incapaz siquiera de reaccionar para darme media vuelta y escapar.

Entonces, me agarraron del brazo.

—Acompáñeme.

Me volví, aterrorizada. Uno de los hombres de seguridad tiraba de mí hacia la salida.

—No... —Mi voz sonó débil, apenas surgía de la garganta—. No... Tengo que irme, lo siento...

—No es una sugerencia —replicó el hombre con una seriedad escalofriante.

Intuitivamente bajé la vista: una pistola apuntaba a mi estómago.

—¡Vamos!

Si aquel hombre no me hubiera obligado a avanzar, probablemente me habría desmayado.

Yo no podía dejar de hablar, exigía y daba explicaciones de forma simultánea e inconexa: era una forma de ahuyentar el miedo mientras me conducían de mala manera a través de corredores oscuros y enrevesados. Finalmente, con un violento empujón que enredó mis pasos di de bruces en el suelo de una estancia tan oscura como todo lo demás. El golpe contra la piedra fue lo único que me arrancó el habla de cuajo. Desde el suelo, contemplé angustiada las ventanas cerradas a cal y canto, y los pocos muebles viejos y deslucidos; noté la pestilencia a rancio y a humedad y un frío gélido me agarró los huesos. Comencé a temblar.

El guardia me alzó en volandas y me dejó en pie para registrarme a base de manotazos por todo mi cuerpo. Me quitó el móvil y la tarjeta con la que había accedido al palacio; lo único que llevaba encima. Después, me arrojó contra una silla.

—¡Este pase es falso! ¿Cómo lo ha conseguido? —Sus gritos no eran muy elevados, pero el tono resultaba igualmente intimidante.

—Yo... Me lo enviaron...

—¿Quién se lo envió?

—No... no lo sé... —tartamudeé al borde del llanto—. Mire, creo... creo que ha sido una trampa... He sido víctima de una trampa... Yo no sabía a lo que venía...

—No me importa lo que usted sepa o no. Sólo me importa que no salga de aquí para contarlo.

—¡No! ¡Por favor! ¡No sé nada, se lo juro...!

—¡Silencio!

Antes de que aquel grito pudiera sobresaltarme, recibí un bofetón en la cara que me dejó aturdida. Al poco, noté las lágrimas resbalar por unas mejillas que me escocían como si estuvieran en carne viva.

—No seas animal, Paul. Si sigues golpeándola así, conseguirás que pierda el sentido antes de que pueda largarnos una palabra. Ya te he dicho mil veces que hay métodos mucho más eficaces.

Entre las lágrimas vi la imagen borrosa de otro hombre del cuerpo de seguridad que acababa de entrar en la habitación. No encontré fuerzas para protestar ni pedir clemencia. El miedo había anulado mi capacidad de reacción.

El segundo hombre se acercó a una mesa, abrió sobre ella un maletín y comenzó a hurgar en él. Como estaba de espaldas, no podía ver qué estaba haciendo mientras hablaba con su compañero.

—Además, esto nos garantiza que lo que diga sea verdad. Si no, es muy difícil evitar que mientan... Sujétala... —Según pronunciaba aquella orden se volvió con una jeringuilla en la mano.

—No... No... Suélteme... ¡Noooooo!

Empecé a gritar y a patalear como una posesa, y mi histeria aumentó en cuanto me sentí reducida por aquel bestia mientras veía al otro acercarse hacia mí mostrando la jeringuilla. Grité hasta desgañitarme porque no podía hacer otra cosa. Y cuando estaba a punto de desgarrarme la garganta...

—¿Qué está ocurriendo aquí? —exclamaron al fondo de la estancia por encima de mis gritos.

La escena se congeló unas milésimas de segundo. Mis gritos cesaron. Los guardias se volvieron hacia la puerta. Simultáneamente sonaron dos disparos. Los guardias cayeron fulminados. Yo también quedé en el suelo, acurrucada por instinto ante el temor de un tercer disparo.

Entonces, alguien tiró de mí para levantarme.

—¡Vamos! —Le miré conmocionada; llevaba el mismo uniforme que los demás: el traje, las gafas, el auricular. Y sin embargo...—. La ayudaré a salir de aquí. Tenemos que darnos prisa antes de que vengan refuerzos. Los disparos se habrán oído en todo el castillo.

Agarrando mi mano me condujo por los pasillos en una carrera desquiciada que apenas podía seguir. Doblamos varias esquinas hasta que atravesamos una portezuela oculta tras un tapiz, bajamos unas escaleras casi volando sobre los peldaños y llegamos hasta un túnel protegido por una gruesa reja. Aquel misterioso personaje la abrió con un estruendo de cerradura y un chirrido de goznes. Se asomó, iluminó el pasadizo con una linterna y ordenó:

—Sígame.

Tuvimos que adentrarnos en el pasadizo encorvados, pues el hueco no medía más de metro y medio. Se trataba de un túnel excavado en el subsuelo, húmedo, oscuro y angosto, que olía a raíces y a tierra mojada. Serpenteamos por él más tiempo del que yo hubiera deseado, acompañados por el único sonido de nuestros pasos sobre la tierra y nuestra respiración agitada. Apenas podía ver delante de mí otra cosa que la espalda de mi guía; por eso casi le embestí cuando se detuvo bruscamente frente a un muro de tierra sin salida aparente.

—¿Y ahora? —pregunté entre jadeos, a un palmo de sucumbir a un ataque de claustrofobia.

No me contestó. Se encaramó sobre las puntas de los pies y empujó una trampilla en el techo. Una oleada de aire fresco generó una pequeña corriente en el túnel y yo me sentí un poco mejor. A través de aquel agujero se distinguían las ramas de los árboles sobre un cielo azul oscuro sin estrellas.

—A partir de aquí, tendrá que seguir usted sola.

¿Sola? Aquella palabra solía aterrorizarme, pero en aquellas circunstancias fue devastadora.

—Pero...

—Cuando salga, estará en el bosque que rodea el *château*, pero aún dentro de la finca. Siga paralela al sendero pero no se le ocurra caminar por él, sería una presa fácil. A unos quinientos metros, se topará con un arroyo. Crúcelo. Avance en línea recta otros doscientos metros hasta llegar a la tapia de la linde. Tiene que saltarla. Por fortuna no estará muy lejos de una zona medio derruida, búsquela y salte por ahí...

—Un momento, un momento... ¿Que salte? No... No puedo... Eso está muy oscuro, no podré orientarme. ¿Y saltar? No, no, no. Yo no puedo saltar...

Estaba demasiado asustada y nerviosa como para hacer frente a todo aquello; incluso me entró una especie de risa floja.

—Escúcheme: no tenemos tiempo. Dentro de unos minutos toda la finca se llenará de guardias y perros. Si no sale ahora mismo por ese agujero, caerá en sus garras como un conejo. Haga lo que le digo. Detrás de la tapia, cruzando la carretera, encontrará el Range Rover oculto en el bosque. Deje de poner pegas si quiere volver con vida a París.

De la risa pasé al llanto.

—Pero... ¿no puede venir usted conmigo?

—No. —El hombre se colocó en cuclillas—. Póngase de pie sobre mis muslos, la ayudaré a salir.

Levanté la vista hacia el agujero: todo estaba oscuro ahí arriba.

—Déjeme al menos la linterna... No podré ver nada... —balbuceé.

—El haz de luz delataría su posición. Tendrá que arreglárselas sin ella. ¡Vamos!

Empecé a asumir que no había opciones: tenía que hacerlo. Temblorosa, subí los pies a sus piernas. Él me ayudó a mantener el equilibrio. Después, me sujetó por las caderas para impulsarme hacia arriba. Antes de que lo hiciera le miré.

—¿Quién es usted?

Tardó un par de segundos en contestar y, cuando lo hizo, la oscuridad me impidió apreciar su expresión. Me hubiera encantado verle la cara cuando dijo:

—Georg von Bergheim.

Inmediatamente después sentí que me empujaba con fuerza hacia arriba para encaramarme al borde del agujero. Al intentar trepar por él, me di cuenta de que tenía los brazos doloridos a causa del forcejeo con los matones. A duras penas logré salir a la superficie y, casi sin aliento, me asomé por la trampilla para echar un último vistazo a mi rescatador. Pero ya se había ido.

Por un momento, me quedé paralizada, tumbada en el suelo, inmóvil en medio del silencio y la oscuridad. Un silencio y una oscuridad que se fueron diluyendo segundos después. Los contornos empezaron a dibujarse a la tenue luz de la luna: los árboles, los matorrales, las lomas, las piedras... Y el aire se llenó de sonidos extraños: crujidos, rumores, trinos, aullidos...

Noté un cosquilleo en la mano y al mirar vi que una araña de patas largas trepaba por mis dedos. Me agité como si sufriera un terrible calambre para quitarme aquel bicho de encima y me puse en pie de un salto, asqueada. Me sentía fatal. Todo resultaba amenazador y me sobrepasaba. Sin embargo, aún conservaba algo de sensatez para saber que quedarme allí parada era lo peor que podía hacer.

Había suficiente claridad como para guiar mis torpes pasos por aquella maraña de sombras, así que busqué el sendero. No tardé en encontrarlo y lo seguí en paralelo, oculta entre la maleza. Me movía con lentitud entre unos arbustos tupidos que se alzaban más arriba de mi cintura y cuyas ramas me arañaban todo el cuerpo. Trataba de no pensar en los cientos de especies de bichos y alimañas que podían estar allí escondidos y concentrarme en calcular los metros que iba ganando.

No había avanzado mucho cuando escuché el primer ladrido. Me detuve en seco para cerciorarme y la confirmación no se hizo esperar en forma de otro ladrido y luego otro y otro, hasta que se repitieron cada vez con mayor frecuencia. Eché la vista atrás, pero no vi nada. Sin embargo, la sensación de cerco se hizo tan palpable que casi me estrangulaba. Traté de correr: era difícil y doloroso en aquel bosque denso; además, los zapatos de tacón no resultaban de mucha ayuda. Me los quité y aceleré el paso todo lo que pude, haciendo caso omiso de los pinchos y las piedras que se me clavaban en las plantas de los pies. Los ladridos me parecieron más cercanos y al echar de nuevo la vista atrás vi elevarse al cielo los haces de luz de unas potentes linternas. Enloquecida por el terror, huí rompiendo la maleza con el cuerpo. Varias veces tropecé y caí y otras tantas estuve a punto de sacarme un ojo con una rama. Debía de tener la cara llena de arañazos porque las lágrimas me escocían al deslizarse por la piel.

Por más que corría, el arroyo no aparecía por ningún lado. Empecé a sospechar que en la huida me había desorientado y había confundido la dirección. No podía seguir. Estaba agotada, casi sin respiración y un dolor agudo me punzaba el abdomen y me impedía caminar. Estaba segura de que los guardias estarían a punto de echárseme encima. Avancé unos pasos más como un juguete al que se le va agotando la pila mientras pensaba en darme por vencida y atrapada, incapaz de huir por más tiempo.

Entonces apareció de pronto, tan de golpe que a punto estuve de meter los pies en él sin darme cuenta. Allí estaba el arroyo, fluyendo plácidamente, ajeno a mi drama particular. No tuve tiempo de alegrarme por ello, simplemente me adentré en sus aguas heladas sin pensarlo. Por fortuna no era muy ancho ni muy profundo, tan sólo me cubrió las piernas hasta el borde de la falda en su parte más honda y tardé apenas un minuto en cruzarlo. Llegar a la otra orilla me infundió un poco de ánimo. De nuevo me creí capaz de escapar de aquella pesadilla.

Mojada, magullada, exhausta y doblada sobre el abdomen para sofocar el dolor de flato, recorrí los últimos metros hasta llegar a la tapia. Se me volvieron a saltar las lágrimas en cuanto la vi. Era más alta de lo que esperaba, pero habiendo llegado hasta ese punto, una tapia no era suficiente obstáculo para detenerme.

Incluso pensé que prefería morir saltándola antes que en manos de aquellos fanáticos salvajes.

Encontré la parte a medio derruir. Algunas piedras habían caído hacia el interior y me ayudaron a encaramarme a lo alto del borde. Aun así, la caída desde allí era de más de tres metros. Miré unos instantes hacia abajo. Nunca antes había saltado desde una altura semejante. Aunque, para entonces, había hecho ya muchas cosas que nunca antes me había visto obligada a hacer... Dudé. Sólo unos instantes. Los ladridos de los perros me ayudaron a no pensar demasiado antes de cerrar los ojos y saltar.

No caí bien y me torcí una muñeca, pero no importaba: estaba al otro lado. Casi lo había conseguido.

Tengo que confiar en alguien

No recuerdo bien aquel viaje de regreso. Sólo tengo imágenes deslavazadas y sensaciones desagradables. Aún no me explico de dónde saqué las fuerzas y la determinación para conducir de vuelta a casa. Supongo que fue la desesperación por salir de aquel horrible lugar lo que me hizo sobreponerme al miedo, los nervios y el dolor, aunque sí recuerdo haber manejado el volante sólo con la mano izquierda pues la derecha no podía moverla tras la caída.

Al llegar a París, el alivio de la tensión fue devastador. Como si todas las conexiones nerviosas de mi cuerpo se hubieran apagado tras una sobrecarga, actuaba de forma automática, de igual modo que si hubiera estado bajo los efectos de un potente tranquilizante.

Refugiada al fin entre las paredes del apartamento, me quité la ropa mojada y entré en la ducha. Desnuda, pude analizar las señales de mi aventura: los arañazos, las heridas y los hematomas que salpicaban todo mi cuerpo; incluso el labio superior estaba hinchado a causa de la bofetada de aquel cabrón. En aquellas condiciones, el agua jabonosa era como ácido sobre mi piel y la ducha fue breve. Salí del cuarto de baño envuelta en el albornoz y me tumbé sobre la cama sin hacer. Me quedé dormida antes siquiera de pensar en vestirme y secarme el pelo.

Me desperté oyendo mi nombre, con la sensación de acabar de cerrar los párpados. Sin embargo, ya había amanecido y la luz se colaba a raudales por la ventana abierta. Volví a oír mi nombre... Al incorporarme, todo mi cuerpo pareció recolocarse con una intensa punzada de dolor, y no fue menos doloroso abandonar la cama y salir del dormitorio.

Me asomé por la puerta del salón y al primero que vi fue a Philippe, el conserje, que, cohibido e incómodo, se deshacía en explicaciones para justificar la intromisión.

—Disculpe que haya usado la llave para entrar, mademoiselle... No contestaba usted... ni al timbre ni al teléfono y el doctor Arnoux estaba preocupado. Yo mismo la he llamado antes de abrir... Se oyen tantas cosas ahora... Con mujeres jóvenes como usted...

¿El doctor Arnoux? En mi somnolencia no estaba segura de haber entendido bien... Entonces, desvié la vista hacia el comedor. Estaba allí, junto a la mesa, mirándome de arriba abajo con una expresión de alarma; en las manos sostenía alguno de los papeles de su portafolios, los que un día antes yo misma había dejado sobre la mesa y que todavía seguían allí.

Me cerré bien el albornoz e intenté erguir la espalda como muestra de dignidad, pero de nuevo mi cuerpo protestó y volví a apoyarme en el quicio de la puerta.

—Le ruego lo comprenda, mademoiselle... —continuaba Philippe su alegato.

—Está bien, Philippe, no hay problema. Seguro que el señor Köller le estará muy agradecido por su preocupación. Pero ya ve que va todo bien. Puede marcharse.

El conserje dudó. Supongo que se anunciaba una escena jugosa que le hubiera gustado presenciar.

—¿Está segura, mademoiselle? Ya sabe usted que para lo que necesite...

—Sí, gracias, Philippe. Pero no hace falta.

El conserje se marchó renuente. Entonces, fue como si el clac de la puerta al cerrarse activase el funcionamiento de Alain.

—¿Quieres explicarme qué es todo esto? ¡Llevas un día sin contestar a mis llamadas ni a mis mensajes, un día sin abrir la puerta, sin...!

—Coge tus cosas y márchate —le ordené con calma. Estaba demasiado cansada para discutir. Sólo quería que desapareciera de mi vista.

—¡Joder, Ana, estaba seguro de que me encontraría con tu cadáver en medio del salón! ¿Es que no te das cuenta? —reventó.

Inmune a su arranque, avancé lentamente hacia la mesa del comedor. Aunque el simple hecho de pisar con las plantas de los pies desolladas me estremecía, traté de guardar la compostura y me puse a recoger lo que él debería estar recogiendo.

—He dicho que te vayas.

Alain se mostraba nervioso, confundido por mi actitud y hostilidad. Quiso detenerme sujetándome por la muñeca. Aullé de dolor.

—¿Qué...? ¿Qué te pasa...? Lo... lo siento, sólo te he rozado... —Pero él ignoraba las consecuencias de aquel simple roce.

Me dejé caer sobre una silla, mareada. Me sentía incapaz de seguir simulando durante más tiempo una fortaleza que no tenía, como si el dolor punzante de la muñeca hubiera debilitado todo lo demás, incluida mi entereza. Protegiendo la mano dolorida con la otra, le miré conteniendo las lágrimas. No era sólo la muñeca lo que estaba herido.

Fue entonces cuando Alain se percató de mi lamentable aspecto. Se arrodilló junto a mí aunque manteniendo las distancias.

—Dios mío... ¿Qué te ha pasado?

—Por favor... Márchate...

—Esa mano tiene muy mala pinta... —me ignoró.

Lo cierto era que la tenía, estaba hinchada y amoratada. Por suerte, Alain no podía ver el resto de mi cuerpo magullado, especialmente los hematomas que el forcejeo con aquellos guardias había dejado en mis brazos, como huellas moradas.

Sin mediar palabra, se quitó el fular que llevaba alrededor del cuello y lo dobló en forma de pico. Me lo ató detrás de la nuca y, con mucho cuidado, puso la mano en el cabestrillo. Me dejé hacer, no tenía ganas de rechistar.

—¿Hay hielo en el congelador? Te pondré un poco... En cuanto te vistas, iremos a que te vea un médico...

Meneé la cabeza, sin mirarle a la cara.

—No... No... No voy a ir contigo a ningún sitio. Quiero que te marches.

Alain suspiró. Lejos de hacerme caso, se sentó en otra de las sillas del comedor.

—Es por esto, ¿verdad? —preguntó señalando los papeles del portafolios con un gesto de la cabeza.

No le contesté.

—Puedo explicarlo.

—¿De veras...? Será interesante oír por qué tienes todo un informe con fotografías nuestras. O por qué me has ocultado material relativo a la investigación. También me encantará saber por qué me mentiste asegurándome que Konrad te había llamado para participar en la investigación cuando en realidad fue al revés. ¿Por qué mientes, enredas, manipulas...? ¿Por qué me parece que no eres lo que aparentas, doctor Arnoux?

—He sido un estúpido...

—No lo creo... Creo que has sido una mala persona.

No reflexioné antes de soltar aquel veneno. Pero después me mordí la lengua y noté el sabor sulfuroso de la inquina estallarme en la boca. Quise pensar que la ansiedad había hablado por mí, que en mis cabales jamás habría dicho aquello. Sin embargo, no di marcha atrás, me sentía demasiado dolida.

—No pierdes el tiempo con sutilezas, ¿eh?

—No puedo permitirme ser sutil después de todo lo que ha pasado. —Alain se mostró tan abatido, que intenté suavizar el tono—. Ay, Alain... ¿Has tenido que ser tú? Confié en ti, creí que eras alguien en quien podría apoyarme. Sin embargo, me has traicionado, me has mentido, me has utilizado... Y quién sabe qué otras cosas peores habrás hecho.

—Un momento —saltó—. De todo lo que me acusas, sólo soy culpable de haberte mentido... Ni siquiera; únicamente te he ocultado algunas cosas. Y si lo he hecho, es porque temía que Konrad no me dejara colaborar con vosotros.

—¿Y a qué viene tanto interés en colaborar con nosotros, Alain? ¿Tanto como para mentir...? Todo el mundo parece haber perdido la cabeza con este maldito cuadro... Tú también, ¿no es cierto? Quizá la Fundación... ¿O hay alguien más detrás...? —me atreví a insinuar aun temiendo la respuesta.

—No es el cuadro, Ana... Es algo... personal... Algo que sólo tiene que ver conmigo...

Con la vista clavada en el suelo, Alain se mostraba incómodo y esquivo.

—¿Tan grave es que no piensas contármelo? —insinué intrigada.

—No es que sea grave... Es... íntimo. Y es... difícil... Incluso, vergonzoso. Tú quizá no lo entiendas. Y Konrad aún menos. Vuestras vidas son brillantes, llenas de éxito...

Estuve tentada de protestar: no es oro todo lo que reluce. Y, por otra parte, no me parecía que Alain no fuera un hombre brillante, al menos, su trayectoria profesional lo parecía. Sin embargo, mantuve la boca cerrada; no quería interrumpirle ahora que había soltado amarras.

—Sabéis de dónde venís y quiénes sois... En cambio, yo... Mi familia es como un enorme agujero negro que todo se lo traga, es una casa llena de puertas cerradas y de habitaciones oscuras; un álbum de fotos vacío...

Cuando nombró las fotos, recordé las del portafolios. Las busqué entre los papeles de la mesa y las cogí: fotos antiguas, fotos de familia, fotos de los Bauer... Alain las miraba conmigo.

—En mi casa no hay fotos —confesó por encima de mi hombro—. No las ha habido nunca. Ni de mis padres, ni de mis abuelos... Tampoco de mi hermana ni mías. Mi abuelo las guardaba todas al fondo de un cajón. Jamás las mostraba, mucho menos las colocaba en un marco sobre la repisa de la chimenea. Daba la impresión de que tenía algo que ocultar, algo de lo que avergonzarse... Mi familia está llena de ausencias y ausentes, pero no hay ni un solo recuerdo, ni una sola memoria... No parece existir nada que honrar ni por lo que estar orgulloso. Una vez esparcidas las cenizas de los muertos, su rastro desaparece para siempre...

Volví la cabeza hacia él: quería seguir mostrándome firme y ofendida, sin embargo, me empezaba a invadir una extraña compasión salpicada de ternura.

—¿Y qué tiene esto que ver conmigo, Alain?

Él me miró fijamente a los ojos.

—Una vez dijiste: «Creo que *El Astrólogo* lo tiene Sarah Bauer». Yo también lo creo, Ana. Pero a mí no me interesa *El Astrólogo*... A mí me interesan los Bauer...

Le di la vuelta a una de las fotografías, la del muchacho: «En la mansión Bauer, Illkirch, agosto de 1932».

—Esas fotografías son algunas de las que mi abuelo guardaba. Cuando discutí con él por el caso Bauer, me sentía tan confuso por su actitud que rebusqué a escondidas en su despacho. No sabía exactamente lo que quería encontrar, sólo quería la explicación que él no me daba. Forcé uno de los cajones de su escritorio y encontré esto.

—¿También la partida de nacimiento?

Alain asintió.

—¿Es tu abuelo?

—No creo... Mi abuelo se llamaba André. André Lefranc. Ni idea de quién es Jacob, ni qué hacía su partida de nacimiento en el escritorio de mi abuelo.

—¿Y la chica? —pregunté, mirando a la muchacha vestida de amazona—. «Mi querida Sarah»... ¿Sarah Bauer?

Alain se encogió de hombros.

—¿Te das cuenta, Ana...? No sé nada... Tan sólo que las fotografías que hay en mi casa son de hace ochenta años y que se lee

«Bauer» en el reverso. Y quiero saber por qué. Tú apareciste con tu investigación en el momento oportuno, con Konrad detrás y su cheque en blanco... Tenía que aprovechar la ocasión...

—¿Entonces tú no has mandado los SMS, ni me has llamado con voz cavernosa, ni has robado el expediente Delmédigo, ni tampoco el diario...? —confirmé medio en broma medio en serio, ya más aliviada que suspicaz.

Alain sonrió por primera vez en aquella conversación.

—No, Ana. Yo no he hecho nada de eso... Te aseguro que no soy una mala persona, sólo soy un estúpido.

Noté que el calor me subía a la cara.

—Lo siento... No quería decir eso. Sólo estaba enfadada... ¿Me perdonas?

—Claro que sí... En realidad, me lo merezco.

—Bueno..., un poco estúpido sí que has sido. A Konrad sólo le importa el cuadro, le hubiera dado igual lo que tú quisieras saber de los Bauer. Pero ahora la has fastidiado: ya no se fiará de ti.

Alain cogió los informes sobre Konrad.

—Reconozco que esto no dice mucho en mi favor... Pero no hay ninguna intención retorcida en ello. La Fundación tiene la costumbre de investigar a aquellos con quienes trabaja. En este mundo hay mucho oportunista, mucha gente metida en asuntos raros y vernos mezclados con ellos puede dañar nuestro buen nombre y acabar con nuestra reputación. Hay que andarse con pies de plomo...

—Tiene sentido... Al menos, yo creo que lo tiene.

—Me basta con eso. Me basta con que tú vuelvas a confiar en mí. —Alain me miró con ansiedad, como esperando una respuesta por mi parte.

Suspiré. La muñeca me dolía a reventar y estaba muy, muy cansada. Todo aquello me había hecho bajar la guardia. Me sentía sensible y vulnerable; deseaba confiar.

—¿Sabes? La noche que volvimos de San Petersburgo —me parecía que había pasado una eternidad— recibí otro SMS: «*Vertrauen Sie Niemanden!*». No se fíe de nadie... Pero no puedo.

Tengo que confiar en alguien o me volveré loca... No vuelvas a hacerme esto, Alain. No quiero más mentiras —le advertí.

—Te lo juro. Yo tampoco las quiero. Me alegro de que te llevaras mi portafolios por error y de que todo esto se haya destapado. Ahora que lo he soltado, me siento mucho mejor.

Y yo. Yo también me sentía mejor.

Alain se empeñó en llevarme al hospital. Supongo que le sirvió de penitencia. Hoy en día, cualquier hombre que aparezca por un centro médico con una mujer magullada se convierte inmediatamente en sospechoso de violencia de género. Y Alain tuvo que soportar muchas miradas suspicaces.

La doctora que me examinó no dudó en preguntar mientras me inyectaba un calmante y me colocaba una venda elástica en la mano:

—¿Cómo se ha hecho esto?

—Fue ayer por la noche. Quisieron robarme el bolso. Me negué a dárselo y me dieron una paliza —improvisé evitando los detalles.

—¿Es su pareja el hombre que la acompaña?

—No... Un compañero de trabajo.

Al salir del hospital tenía tanta hambre que sentía debilidad. Los aromas de comida caliente que serpenteaban por las esquinas al mediodía hicieron que mi estómago gritara y se retorciera.

Entramos en un pequeño restaurante de barrio frecuentado por trabajadores de la zona: mesas con salvamanteles de papel y una cocina sencilla y rápida basada en lo que los franceses llaman *formule*, un entrante más un plato principal o un plato principal más un postre por 12 euros.

—¿Vas a contarme qué es lo que te ha pasado? —se decidió por fin Alain a preguntar mientras yo me peleaba con la costra de queso fundido de una sopa de cebolla.

Le dediqué media sonrisa triste —todo lo que daban de sí mis labios hinchados— por encima de la cuchara.

—He conocido a Georg von Bergheim —respondí. Fue para darme tiempo; no sabía por dónde empezar, no sabía si quería empezar.

Alain arqueó las cejas por toda reacción. Y después pareció captar el mensaje...

—No tienes por qué contarme nada. Sólo si quieres... Pensé que te gustaría hablar de ello...

Su expresión se me antojaba un refugio de montaña en mitad de una tormenta de nieve, con su chimenea humeante y sus ventanas pintadas de luz dorada. Alain tenía uno de esos rostros cálidos e increíblemente afables, que arrancan desahogos y confesiones hasta a las almas más herméticas. Y yo no soy precisamente un alma muy hermética.

Empecé a hablar, vacilante, como un motor frío al que le cuesta ponerse en marcha, con más reticencia que entusiasmo. Pero poco a poco el motor fue entrando en calor: le hablé del SMS, el misterioso paquete, el uniforme, las runas *sig*, el Range Rover negro, el *château* y todos los acontecimientos horribles que allí presencié y sufrí. Volví a vacilar al hablar de los guardias, sus maltratos, la jeringuilla y la penosa huida: ponerlo en palabras convertía la pesadilla en real y las palabras no fluían con tanta facilidad... Había entrado en el restaurante con hambre y, sin embargo, la sopa de cebolla se había quedado fría en su cuenco de loza.

Alain me escuchó en silencio y con atención, casi sin pestañear. Me dejó hablar sin una sola interrupción e incluso permaneció callado cuando ya había dado por terminado el relato. Incapaz de sostener su mirada, bajé la vista hacia la sopa olvidada.

—¿Ahora es cuando vas a decirme que estoy loca, que he sido una insensata y que he hecho una tontería?

—No... Lo cierto es que iba a decirte que estoy impresionado. Hay que tener un par de..., ya sabes, para haberte metido tú sola en eso.

—Gracias, pero no creo que haya sido valor, creo que trataba de demostrarme algo a mí misma, aunque no sé muy bien qué...

—Te habías quedado sola en el campo de batalla y, en lugar de rendirte, decidiste seguir adelante y combatir.

—Un suicidio...

Alain sonrió.

—Tal vez. Pero ahora puedes sentirte muy orgullosa de ti misma.

—Gracias... —le dije sinceramente agradecida. Estaba muy sensible y las palmaditas en la espalda resultaban muy reconfortantes.

El camarero retiró la sopa fría y nos trajo el segundo plato: ternera a la *bourguignon*. Con la mano sana empecé a pinchar los trozos de carne bañada en salsa de vino tinto.

—¿Qué opina Konrad de todo esto? ¿Qué vais a hacer a partir de ahora? —quiso saber Alain entre bocado y bocado.

—Konrad aún no sabe lo que ha pasado, está en pleno vuelo desde Japón. No tengo ni idea de qué opinará cuando se entere. Aunque Konrad no es un hombre que se amedrente con facilidad...

—¿Y tú? ¿Qué quieres hacer tú? Después de todo, eres la que está en primera línea...

—No sé... Aún me duele demasiado el cuerpo como para pensar con claridad... Me daría coraje dejar la investigación. ¿Con qué derecho nadie puede apartarme de ella? Pero, por otro lado... ¿Y si es cierto lo que me dijeron? ¿Y si es mejor dejar los secretos dormir...?

—¿Lo dices por la Tabla Esmeralda?

Asentí y mi semblante se volvió aún más grave.

—¿Qué diablos es eso, Alain? ¿Por qué hay alguien que no quiere que vea la luz?

Alain bebió y se limpió la boca con la servilleta antes de contestar.

—Mientras tú jugabas a ser Lara Croft, yo estuve haciendo de ratón de biblioteca —bromeó—. He estado buscando información sobre la Tabla Esmeralda... Esoterismo en estado puro, Ana. Magia, alquimia, hermetismo... Un cuento.

—Pero ¿qué es exactamente?

—Te pasaré mis notas para que las leas... Pero las leyendas no deberían importarnos. Nosotros somos historiadores, científicos, estamos al margen de esas cosas. Tú buscas un cuadro, una tela cubierta de pintura, algo real y tangible que interesa por su valor artístico e histórico. Lo demás son patrañas.

Me sorprendí a mí misma preocupada por las consecuencias de lo sobrenatural. Yo era una mujer más bien realista y pragmática, poco amiga de lo intangible. Supongo que estaba muy afectada por todo lo que había presenciado. Sin embargo, los razonamientos de Alain me devolvieron la perspectiva y no me costó alegar con otros argumentos más palpables:

—De acuerdo: la Tabla Esmeralda es una leyenda. Pero hay quien cree ciegamente en sus poderes sobrenaturales y está dispuesto a llegar a donde haga falta por lo que nosotros consideramos patrañas. Te lo aseguro, Alain, esos tipos no son una pandilla de *boy scouts*. Y detrás de estas organizaciones hay mucho psicópata... Fíjate en el chalado de Noruega, Breivik: un nacionalista convencido de su labor mesiánica. O, en Alemania, la Banda del Döner, los asesinos neonazis. No sé... No sé si quiero jugarme la vida por un cuadro... Y, sin embargo, tampoco quiero rendirme ante las amenazas de nadie... Ay, Alain, estoy hecha un lío... —me lamenté con tono lastimero.

—Y lo entiendo... Sin embargo, no puedo ayudarte a tomar una decisión. No quiero ocultarte que seguiré indagando sobre los Bauer. No sé si eso me alejará o me acercará a *El Astrólogo*, no sé si eso me pondrá a mí en el punto de mira del acoso. Me da igual, no voy a retirarme, porque sólo yo soy responsable de mi propia seguridad y asumo las consecuencias. En cuanto a ti... No te lo voy a negar: me gusta trabajar contigo, me gusta más que hacerlo solo. Creo que formamos un buen equipo y que, aunque nuestros intereses sean diferentes, confluyen en un punto. Estoy seguro de que la investigación avanzaría más si trabajáramos juntos que por separado. Pero no te voy a animar a seguir adelante. No desde el momento en que no puedo garantizar tu seguridad. Si te pasara algo, me sentiría responsable y culpable.

Le miré fijamente, con mi media sonrisa agradeciéndole su comprensión mientras pensaba en lo idiota que había sido al desconfiar de él.

De pronto, sin saber exactamente por qué y aun siendo más consciente de los peligros a los que me enfrentaba, me sentí menos asustada.

No obstante, no sólo Alain y yo formábamos parte del equipo.

—Habrá que esperar a ver qué dice Konrad. Él tiene la última palabra.

¿Qué vamos a hacer ahora, Konrad?

Eres una insensata! ¡Una maldita inconsciente! ¿Cómo se te ocurrió seguirle el juego a un jodido chalado? ¿Te das cuenta de lo que has hecho? ¡Has corrido un riesgo absurdo! Si te llega a pasar algo, ¿en qué posición hubiera quedado yo? ¡Yo soy responsable de esto! ¡Responsable de ti!

La explosiva reacción de Konrad me dejó clavada en el sitio. Y eso que había podido anticiparla, pues mientras le relataba todo lo sucedido había visto cómo su expresión cambiaba: sus párpados se entornaban, sus labios se apretaban, las venas se le marcaban en las sienes y todo su rostro se congestionaba y se oscurecía. Hasta que finalmente estalló en reproches. Lo había visto contrariado en otras ocasiones, incluso enfadado, de esa manera sorda y contenida que le caracterizaba. Sin embargo, nunca le había visto explotar así.

Konrad apuró de un trago todo un vaso de whisky. Había llegado a casa pasada la medianoche, cansado después de un largo vuelo desde Japón. No había sido el mejor momento para enfrentarse a aquel panorama.

Arrinconada contra la barra que separaba la cocina del salón, le observaba en silencio. Él dejó con un golpe el vaso sobre el aparador y me lanzó una mirada hostil desde el otro extremo de la habitación.

—¿Es que no piensas decir nada?

Me ceñí la chaqueta de punto que llevaba sobre el camisón y me encogí de hombros. Konrad aprovechó mi silencio para servirse otra copa. Entonces intenté crecerme ante él.

—No soy una niña —me atreví a decir—. No soy tu responsabilidad. Cada vez que haga algo, no quiero tener que pensar si te preocupa o no, si te enfadarás o no. Tengo derecho a tomar mis propias decisiones.

Konrad se volvió dispuesto a atacar.

—¿Cómo puedes ser tan desagradecida?

Su mirada me revolvió el estómago. Me había olvidado de lo cruel que podía ser en ciertas ocasiones. Y su crueldad solía achantarme.

—Tú... Tú dijiste que soy una mujer valiente. Y dijiste que por eso me querías. Tenía que demostrarte que lo soy...

—Una cosa es ser valiente y otra una insensata.

—Alain piensa que he tenido mucho valor.

Konrad apartó el vaso de los labios antes de llegar a beber.

—¿Alain? ¿El doctor Arnoux? ¿Qué coño tiene que ver él en todo esto? ¿No habíamos quedado que estaba fuera, que era un traidor? ¡A ese cabrón voy a echarle encima al más hijo de puta de mis abogados!

—¡No, Konrad...! Todo ha sido un malentendido. Él sólo tenía miedo de que tú no le dejases colaborar.

Konrad me miró sin comprender. Se dejó caer en el sofá; parecía harto de todo. Aun así, yo seguí con mis explicaciones.

—A él no le interesa el cuadro... Quiere investigar sobre su familia, sus orígenes...

—Basta, Ana. No quiero hablar de ese tipo ahora: a la mierda con él. Por esta noche ya he tenido suficiente... Sólo de pensar en lo que ha ocurrido...

—Pero ¡si no me ha ocurrido nada! Y ahora sabemos cosas que antes no sabíamos. Sabemos a quién nos enfrentamos... ¿No puedes alegrarte por eso? ¿Decirme que he hecho algo bien?

La mirada de Konrad se tornó astuta.

—¿Y a quién nos enfrentamos, Ana?, ¿A *PosenGeist*? ¿A Georg von Bergheim?

—Georg von Bergheim está muerto... Fuera quien fuese aquel hombre, sólo trataba de advertirme.

—¿Eso crees? Yo diría que ese fantasma de carne y hueso lo que hizo fue meterte en la guarida del lobo, ponerte en peligro sin ningún escrúpulo y arriesgar tu vida como si para él no valiera nada. Dime, Ana, ¿de verdad sabes a quién nos enfrentamos? ¿De verdad piensas que un samaritano, en nombre de Georg von Bergheim, un nazi convencido, un miembro de las SS, querría advertirte del peligro...? ¿De qué tengo que alegrarme?, ¿de que te hayas puesto en evidencia?

Konrad bebió de la copa y se frotó los ojos con los dedos de una mano. Cuando levantó la cabeza, con la mirada perdida y los párpados enrojecidos, parecía ausente. La ira había dado paso al agotamiento en su semblante y aquello me ablandó.

—Lo siento —murmuré—. No pensé que te enfadarías tanto...

—Sólo me preocupo por ti —afirmó aún ausente, sin la más mínima inflexión de la voz o alteración del gesto.

Me acerqué a él y me senté a su lado. Apoyé la cabeza en su hombro. Le cogí la mano. Todavía transcurrieron varios segundos antes de que él me apretara los dedos. Y sólo al cabo de un rato, me rodeó con el brazo y me atrajo hacia sí.

Se terminó su segunda copa, apartó el vaso y sujetó mi mano vendada entre la suya, observándola atentamente.

—Debes recordar que esto es sólo una mínima parte de lo que te podía haber sucedido. No vuelvas a jugar con fuego.

—Cuidado, aún me duele...

Konrad parecía no darse cuenta de que cada vez me apretaba más la mano con la suya, grande y fuerte.

—Perdona. —La soltó.

Se abrió un silencio que me puso nerviosa. Y Konrad también lo estaba. Abrazada a él, notaba sus músculos en tensión.

—Voy a ponerme otra copa —anunció mientras se incorporaba.

Antes de hacerlo, me besó. Su beso me supo a alcohol y empezó gustándome, era suave y untuoso; sin embargo, al poco tiempo comenzó a irritarme el labio herido y me aparté.

—Tómate algo conmigo. No quiero emborracharme solo —dijo con voz ronca.

—No... No puedo beber alcohol con los calmantes.

Aceptó la negativa y se fue en busca de las bebidas. Sin hielo. Sin agua. Se sirvió medio vaso de whisky puro.

—¿Qué vamos a hacer ahora, Konrad? —No es que tuviera muchas ganas de hablar sobre ello, pero no podía esperar a salir de dudas.

—Seguir adelante —respondió sin la más mínima vacilación, como si fuera obvio, como si no hubiera lugar a debate alguno.

No rechisté. No podía echarle en cara que yo había demostrado tener valor y luego exponerle mis temores. Además, no hubiera servido de nada.

—Esa gente cree que la Tabla Esmeralda tiene algún tipo de poder sobrenatural. Hitler también lo creía —me limité a constatar.

Entre los sorbos de whisky que daba, vislumbré algo enigmático en su rostro.

—¿De veras...? Entonces, eso aumenta el valor de *El Astrólogo*. Razón de más para que lo encuentres.

Intenté hacer de abogado del diablo.

—Sin embargo, Alain dice que no son más que cuentos y leyendas.

La simple mención de Alain volvió a exasperarle. Se sentó junto a mí, me agarró la cara con una mano y me clavó los ojos. Me miró de una forma extraña que me hizo sentir incómoda.

—Creo que ese hombre te dice demasiadas cosas, *meine Süße*. —Su aliento de whisky me golpeó la cara—. Quiero verle mañana en mi despacho —ordenó mientras deslizaba las manos por debajo de mi camisón.

❖ ❖

El objeto de su enfrentamiento

El despacho de Konrad en París estaba en plena rue de la Paix, en la última planta de un edificio neoclásico desde cuyos balcones se veía la entrada del Hotel Ritz y el obelisco de la place Vendôme. Era amplio y su decoración en tonos crema y muebles de palisandro giraba en torno a impresionantes obras de arte del expresionismo encabezadas por un desnudo de Modigliani y un caballo de bronce de Giacometti.

Allí citamos a Alain a las cuatro de la tarde. Como era sábado, no estaba la secretaria, de modo que yo misma preparé los cafés mientras Konrad y Alain hablaban sobre el Modigliani en un vano intento por romper el hielo. Creí que a mi regreso la tensión entre ellos se habría suavizado con ayuda del arte, sin embargo, muy al contrario, los encontré midiendo sus fuerzas en la mesa de reuniones.

Alain se levantó para ayudarme a colocar las tazas mientras Konrad hilvanaba un discurso agresivo.

—Esto es una intromisión injustificable, doctor Arnoux. Necesito una muy buena razón para renunciar a mi derecho de denunciarle... Por favor, déjeme terminar. Yo estoy acostumbrado a ser objeto de todo tipo de espionajes y prácticas mafiosas; cuento con múltiples medios a mi alcance para hacerles frente. Pero lo que me parece vergonzoso e indigno es que Ana haya sido víctima de sus artimañas.

Aprovechando que había dejado la última taza sobre la mesa, Konrad me cogió de la mano y después de dejar un beso sobre su dorso, me sentó junto a él y volvió a besarme en la mejilla. Aquel exhibicionismo me pareció innecesario.

—Creí habérselo explicado ya. —A Alain no parecía amilanarle el tono de su interlocutor—. Para empezar, no he hecho nada ilegal. La información recogida en el dossier sobre usted y la doctora García-Brest es pública; el dossier es sólo una recopilación. Por otro lado, la Fundación es una entidad sin ánimo de lucro que subsiste a base de subvenciones y patrocinios. Su buen nombre es la clave de su permanencia. Es necesario que nos aseguremos de que las intenciones de cualquier persona con la que nos relacionamos son honorables. Es necesario saber con quién trabajamos.

—Ya. Pero es que una de las condiciones para que usted colaborase con nosotros fue dejar a la Fundación al margen. La Fundación no trabaja conmigo ni yo con ella. De modo que esa investigación no sólo es intrusiva sino también improcedente.

—No desde el momento en que yo mismo soy un miembro destacado del cuadro directivo de la Fundación, y todo lo que haga, aun a título personal, afecta a su imagen, sobre todo en lo que al mundo del arte se refiere. Tiene usted que comprender que si meto los pies en el barro, la Fundación también se mancha.

—Mire, doctor Arnoux, no sé qué hay detrás de sus bonitas palabras y sus oscuras intenciones. Ya le dije en su día que la Fundación no me merecía ningún respeto pero que, aun así, confiaría en usted. En cambio, ha traicionado esa confianza, me ha traicionado a mí y ha traicionado a la doctora García-Brest. Se ha aprovechado de mi buena fe, mis recursos y mi financiación. Ha obtenido mucho, sin arriesgar nada a cambio...

—Tomar las decisiones desde la comodidad de un despacho es sencillo, señor Köller. En cuanto al riesgo financiero... Para ser franco, me atrevería a asegurar que cualquiera de las operaciones en las que a diario participa resulta financieramente mucho más arriesgada que ésta. Si se trata de hablar de riesgo, Ana es la única que verdaderamente se ha arriesgado en esta investigación. Ha puesto en peligro su propia vida...

—¡Exacto! ¿Y dónde estaba usted entonces? ¿Dónde estaba cuando ella le necesitaba?

—¡Al otro lado de su puerta! ¿Y usted?

—¡No se atreva a cuestionarme, doctor Arnoux! ¡Mi relación con ella no es asunto suyo! ¡Y ella tampoco lo es...!

Sin atreverme a interferir, era testigo de la escalada de tensión entre Konrad y Alain. Los había visto incorporarse sobre la mesa, elevar el tono de voz, agriar sus gestos; comportarse como pandilleros a los que sólo les hubiera faltado remangarse, cerrar los puños y retarse a pelear en la calle. Pero lo que me había dejado atónita había sido comprobar cómo, sin pretenderlo y sin venir a cuento, me había convertido en el objeto de su disputa, y aquella discusión había tomado una deriva absurda, había entrado en una espiral de enfrentamiento sin sentido.

—Un momento, un momento —les interrumpí. Invadida por la vergüenza propia y la ajena, decidí que había que poner fin a aquel sinsentido.

Ambos me miraron como si acabaran de darse cuenta de mi presencia. Tratando de dominar el temblor de la voz y de las manos, empecé a arbitrar el combate:

—Vamos a tratar todos de calmarnos, ¿de acuerdo? Para empezar, me gustaría que dejaseis de hablar de mí como si no estuviera presente. Y para continuar, me gustaría que simplemente dejaseis de hablar de mí.

Alain bajó la vista. Konrad la clavó al frente mientras parecía sofocar los vapores de su ira más que escuchar lo que yo tuviera que decir.

—Estamos aquí para hablar única y exclusivamente sobre la investigación, para decidir cómo vamos a continuar. Todo lo demás es una pérdida de tiempo y un desgaste absurdo. Lo pasado, pasado está, la cuestión es qué vamos a hacer a partir de ahora.

Me callé, agitada y sudorosa. A mi lado, los antagonistas se recomponían en silencio tras el toque de atención. Yo también me recomponía.

Alain carraspeó.

—Tienes razón —concedió—. Será mejor que nos centremos.

Konrad se terminó el café, dejó la taza a un lado, apoyó los codos en la mesa y juntó las yemas de los dedos frente al rostro. Con un ademán resolutivo muy propio de él, concluyó:

—Entiendo, doctor Arnoux, que su intención es seguir colaborando con nosotros. Siendo así, ¿por qué tengo que volver a confiar en usted?

—No tiene por qué. En cualquier caso, es decisión suya hacerlo o no. A estas alturas, nada de lo que yo diga va a convencerle, ni tampoco lo pretendo. La realidad es que yo voy a seguir investigando, con o sin usted, eso no puede impedírmelo. Y de hacerlo por separado entraríamos en una competencia absurda que no nos beneficiaría a ninguno. Dicho esto, usted verá qué es lo que más le conviene.

La reunión concluyó con un precario acuerdo de colaboración. Konrad había aceptado a Alain como un mal menor, un aliado circunstancial.

Cuando se cerró la puerta y nos quedamos solos, me encaré con él.

—¿Se puede saber a qué ha venido esto? ¿Qué demonios pretendías? Más vale que no se dé cuenta de que nosotros le necesitamos más a él de lo que él nos necesita a nosotros...

Sin mediar palabra, de un rápido movimiento, Konrad me agarró por debajo de la mandíbula y me inmovilizó contra la pared. Me golpeó la cabeza contra ella. Sus ojos echaban chispas y las palabras se arrastraron entre sus dientes apretados:

—Nunca. ¿Me oyes? Nunca vuelvas a ponerme en evidencia delante de nadie. Nunca vuelvas a decirme lo que tengo que hacer.

Tras escupir aquello, me selló la boca con un beso violento, presionando con tanta fuerza mis labios que me reventó la costra que empezaba a formarse sobre la herida reciente.

—Nunca, *meine Süße*.

Por fin me soltó, abrió la puerta y se marchó, dejándome pegada a la pared, con el sabor herrumbroso de la sangre en la lengua. Me senté en el suelo sin aliento, tan conmocionada que ni siquiera pude llorar.

No volví a saber de Konrad hasta el lunes, cuando llegó al apartamento un inmenso ramo de flores y un estuche de Cartier.

Mientras contemplaba el brazalete de brillantes con una extraña opresión en el estómago, sonó el móvil. Era Alain.

—La casualidad está de nuestro lado —anunció misteriosamente.

—¿Y eso?

—Acabo de asistir a la presentación de un libro patrocinado por la Fundación: *Nadine de Vandermonde, la condesa nazi*, se titula. Nadine de Vandermonde pertenecía a la más rancia aristocracia francesa, su vida fue muy interesante en muchos aspectos, entre otros, por su antisemitismo y por apoyar fervientemente el régimen nazi durante la Ocupación. Pero lo más interesante para nosotros es que Nadine de Vandermonde estuvo casada con Rolf Bauer.

—¿Rolf Bauer? Lo de Bauer me gusta, pero el tal Rolf es nuevo.

—Rolf y Nadine Bauer fueron los padres de Alfred Bauer. Por tanto, la condesa nazi fue abuela de Sarah Bauer. Y vivió en París durante la Ocupación.

Abril, 1943

Colaboración o Resistencia. Tras la derrota y la Ocupación, los franceses se ven abocados a optar por una u otra actitud, ya sea activa o pasivamente. Las formas de colaboración fueron muy variadas, desde la colaboración estatal orquestada a través del gobierno títere de Vichy y que fue tanto política como económica y militar, hasta la colaboración popular, que respondió tanto a causas ideológicas de identificación con el fascismo —habitual en las clases medias y altas y en determinados ambientes culturales e intelectuales— como a razones prácticas de mera supervivencia —más frecuente entre las clases bajas y obreras—. A medida que la guerra fue avanzando y su signo volviéndose desfavorable para Alemania, también evolucionó la tendencia entre la población francesa de la colaboración con la Resistencia.

Nada había cambiado, excepto ella. Ya no era una niña asustada, desorientada y en permanente huida. Ahora era una mujer que había tomado las riendas de su existencia para tirar de la brida y encarar la cabalgadura con su destino... No obstante, se alegró de que todavía le quedara algo de inocencia cuando se descubrió nerviosa y deseó que Jacob estuviera allí para acompañarla, como la primera vez.

Sarah se alisó la falda y se ajustó el sombrero, mientras contemplaba su reflejo en un cristal. Finalmente, pulsó el timbre de la puerta.

La recibió el criado de la condesa de Vandermonde. Su presencia no contribuyó a tranquilizarla: altivo como una estatua, vestido de impecable etiqueta, y extraño, muy extraño.

—Buenos días. Deseo ver a la condesa —anunció Sarah en un tono de voz que quería estar a la altura de su imponente interlocutor.

En silencio y sin variar el gesto, el criado le abrió el paso y la guió por el oscuro corredor hasta aquel salón no menos siniestro de lo que recordaba de la última vez. Igual que entonces, todo seguía cerrado a cal y canto. Por las ventanas, escondidas tras cortinajes de terciopelo, no entraba ni un resquicio de la claridad del día y la penumbra dibujaba a duras penas una decoración anticuada y pesada, agobiante por su profusión de muebles nobles y colores oscuros, de telas polvorientas. El aire estaba enrarecido, olía a pachuli y a humedad. Y a tenor del silencio, cualquiera hubiera dicho que la casa estaba deshabitada. Nada había cambiado desde la última vez que estuvo allí.

Sarah supo que debía aguardar. Al criado de la condesa no le hacía falta pronunciar una sola palabra ni gesticular. Era hierático e inexpresivo y una simple mirada de sus ojos rasgados y encendidos le era suficiente para hacerse entender; una mirada fija, intimidante, con la que parecía recortar la silueta de aquel a quien se dirigía.

Sarah no pudo evitar clavarle la vista mientras abandonaba la habitación. Le resultaba extrañamente repulsivo y atractivo a la vez, y le causaba una sensación incómoda, casi morbosa. Aquel personaje era como la casa, ambos la sobrecogían.

—Es un hombre curioso, ¿verdad?

Sarah se volvió sobresaltada. La condesa había entrado en la sala por otra puerta. Se había deslizado entre los cortinajes como una sombra oscura y silenciosa. Con su caftán púrpura, su turbante de seda y su bastón de ébano y marfil, tenía el aspecto de una aparición de otro tiempo.

—¿Disculpe? —dijo Sarah, aturdida.

La condesa no sonrió.

—Ánh Trang. Mi criado. Al principio resulta difícil dejar de mirarle, a todo el mundo le pasa. Es albino, un vietnamita albino. Por eso le llamaron Ánh Trang, que significa «claro de luna» en vietnamita. Su padre acuchilló a su madre cuando lo vio nada más nacer; pensó que era el bastardo de un hombre blanco. Le quitaron al bebé de las manos cuando se disponía a sacarle los ojos; ya le había cortado la lengua. Creía ahuyentar así a los malos espíritus. Por eso Ánh Trang no pronuncia una sola palabra; es incapaz. Sólo puede gemir...

La condesa atravesó penosamente la habitación, arrastrando un pie detrás del otro. Se apoyó con las dos manos en el bastón y se sentó en un sillón con toda la elegancia que le permitieron sus huesos artríticos.

—Lo recogí en un orfelinato de Saigón, donde lo habían dejado unos misioneros. La primera vez que le vi, estaba hecho un ovillo contra una esquina mientras los otros chicos le tiraban piedras y le llamaban monstruo... Es curioso, a mí siempre me ha parecido muy atractivo... Un muchacho verdaderamente atractivo. Es una lástima que apenas pueda salir a la calle para que todos contemplen su belleza... Pero la luz del sol le mataría.

Sarah asintió desconcertada. Tal vez Ánh Trang fuera un hombre de rasgos bellos, un hombre guapo de no ser por aquellos ojos rojos y aquel blanco espectral... Un escalofrío recorrió su espina dorsal. Aquella vieja siniestra y su terrorífica historia la habían dejado descolocada. Tenía muy bien pensado lo que diría nada más pisar aquella casa. Lo que no esperaba era que la condesa le saliese con aquella copla que no venía a cuento.

En silencio intentaba recomponer su estrategia, pero la anciana se le adelantó.

—Me dijeron que habías muerto. —Las palabras de la condesa fueron frías.

—Cometieron un error. Es evidente. —Sarah respondió con sarcasmo.

—¡Mide tus palabras, muchacha insolente! —saltó la condesa con un golpe de bastón—. Ya que has tenido el valor de volver después de la forma tan grosera en la que te marchaste, al menos ahora compórtate con educación y respeto.

Sarah no se dejó amilanar y mantuvo una actitud desafiante ante aquella mujer desagradable.

—No estoy aquí de visita de cortesía. Lo único que quiero es recuperar mi cuadro.

—¿Tu cuadro? —La condesa soltó una risita despectiva—. Eres tan mal encarada e impulsiva como tu padre...

—Escúcheme —la interrumpió Sarah—, no he vuelto para tener que soportar de nuevo los insultos a mí y a mi familia. ¿Quién se ha creído que es usted para tratarme de este modo?

—¿Que quién soy yo...? Si aquel muchacho salvaje con el que viniste la última vez me hubiera dejado hablar, no me harías esa pregunta. —La condesa esbozó una sonrisa que a Sarah le resultó enigmática y diabólica—. Yo, señorita sabelotodo, soy tu abuela.

Sarah se quedó boquiabierta, aturdida y espantada, como si decenas de trompetas hubieran chillado a la vez en sus oídos.

—Eso sí que no te lo esperabas, ¿verdad? —La condesa pareció regodearse mientras se estiraba trabajosamente para tirar de un cordón junto a la pared—. En absoluto confiaba en que tu padre te hubiera hablado de mí, pero al menos sí creí que, en el último momento, te habría dicho a quién te enviaba. Veo que me había eliminado completamente de su vida...

La muchacha seguía sin poder reaccionar. Se limitaba a observar a aquella mujer extravagante mientras hablaba.

—Siéntate.

Ante aquella nueva orden desprovista de amabilidad y consideración, Sarah no obedeció. Continuó contemplándola con recelo.

La condesa cerró los párpados mostrando su maquillaje de pavo real. Como si hubiera contado hasta diez, suspiró y volvió a abrirlos lentamente.

—Vamos... Siéntate —repitió con el tono con el que se habla a los perros falderos.

En aquel instante se abrió la puerta y apareció Ánh Trang, que acudía a la llamada de la señora. De nuevo, Sarah sintió que la observaba detenidamente con sus ojos de fantasma. Entonces, casi sin darse cuenta, se sentó.

—Por favor, Ánh Trang, sírvenos unas copas de jerez.

El criado inclinó la cabeza en señal de asentimiento y se dirigió al mueble bar donde preparó las bebidas con solemnidad. Cuando se acercó a Sarah con su copa, la muchacha hizo grandes esfuerzos por no echarse atrás, intimidada por su presencia cercana, mas no pudo evitar rehuir su mirada.

—No debes asustarte porque Ánh Trang te mire fijamente —le aconsejó la condesa cuando el criado se hubo retirado—. No ve bien y siente curiosidad por saber cómo eres, cómo es tu rostro. A veces, usa las manos para tocar lo que ve, pero contigo no se atreve.

Sarah dio gracias de que no lo hubiera hecho; le habría dado un buen susto.

Nerviosa, dejó la copa sobre la mesa. No tenía ganas de beber, ya se sentía lo suficientemente mareada. Hubiera querido decir algo, pero no sabía qué. Todavía se preguntaba cómo aquella mujer podía ser su abuela. ¿Acaso no sería un delirio senil de la anciana?

La condesa en cambio dio un buen sorbo del jerez, dejando su copa casi a la mitad. Como si el alcohol le hubiera dado fuerzas, se levantó del sillón. De uno de los aparadores escogió un pequeño marco que pasaba desapercibido entre los múltiples adornos y objetos de todo tipo que se acumulaban sin concierto en el salón, un marco de fotos insignificante en una habitación que parecía un bazar.

Se lo mostró, tentándola con el marco sujeto entre unas manos huesudas de uñas largas como las de la bruja que tentaba a Blancanieves con la manzana. Sarah lo tomó con cierto reparo.

En la oscuridad de la habitación no se distinguía la fotografía con precisión. Sarah la acercó a la luz de la pequeña lámpara de mesa que iluminaba toda la estancia. Era antigua y estaba algo estropeada, con varios pliegues marcados y manchas blancas como quemaduras. Frente a un trampantojo de un bosque, que hacía las veces de escenario, había una familia: el padre, con una niña a su lado, y la madre, con un niño en el regazo. Su forma de vestir atestiguaba los muchos años que tenía la fotografía: el padre llevaba un traje sobre una camisa de cuellos almidonados y un *canotier*; la madre lucía con elegancia un vestido largo de estilo victoriano y un elaborado moño; la niña vestía con encajes y un enorme lazo coronaba su cabeza, en tanto que el pequeño iba de marinerito. Miraban muy serios a la cámara, como si hacerse una fotografía fuera un momento que requiriese de gran solemnidad.

—Ésta era mi familia. Está tomada en Baden-Baden, en el verano de 1887... Antes de que todo se desmoronase poco a poco... —La voz rota por la edad de la condesa sonó aún más rota—. Desde que muriera mi pequeña Katrina, ya nada volvió a ser igual...

La anciana se dejó caer en el sillón, abatida más por los recuerdos que por la edad. Por primera vez, Sarah la miró con compasión.

—Sí, muchacha insolente... —Suspiró—. Hay muchas cosas que tú no sabes, muchas cosas que tu padre no te contó.

—Este niño... —se atrevió a insinuar Sarah.

La condesa asintió.

—Es tu padre, sí. Aquí tendría unos dos años. Siempre fue un niño precioso, tan rubio y tan rollizo, con unos ojos enormes que miraban todo con atención.

Sarah deslizó un dedo suavemente por la fotografía, justo allí donde estaba el pequeño, y sintió que la emoción se le agarraba a la garganta.

—Tal vez la culpa fuera mía... —siguió recordando la condesa—. Yo era muy joven y no estaba preparada para ser madre. Cuando la difteria se llevó a Katrina, ya no soportaba permanecer en casa, me volvía loca encerrada entre aquellas paredes que olían a muerte. Empecé a salir, a viajar, a conocer gente... Dejé de ser una buena madre y una buena esposa. Hasta que llegó el día que Rolf se cansó y me pidió el divorcio. Claro que se lo concedí... Yo también lo deseaba: era mi carta de libertad. Así que cuando tu padre tenía diez años, lo dejé en Göttingen, donde los Bauer habían vivido durante generaciones, y regresé a París. Aunque en realidad no he dejado de moverme: siempre he sido un espíritu inquieto. —Sonrió con amargura—. Cuando Alfred se graduó en el instituto, estaba en Nueva York; cuando dio su primer concierto de piano, en Turquía, y cuando Rolf murió, a los once años de habernos divorciado, me encontraba en Singapur, tomando un Singapore sling con Rudyard Kipling en el porche del Hotel Raffles. Es sorprendente la cantidad de detalles absurdos que una recuerda después de tantos años...

La condesa detuvo su relato, volvió a sonreír para sí misma y miró a Sarah.

—Ya ves que no fui lo que se dice una madre convencional... Ni siquiera fui una madre para Alfred, que se pasaba el invierno en un internado y el verano con su padre, salvo aquel en que me lo llevé a Egipto y casi se me muere de disentería. Cuando estalló la Gran Guerra, tu padre se alistó en el bando alemán y, al terminar, vino a verme aquí, a mi casa, para anunciarme que iba a casarse y que se marchaba a vivir a Estrasburgo... Nada fuera de lo corriente si no hubiera sido porque la chica era judía y estaba dispuesto a convertirse al judaísmo para casarse con ella. —Los rasgos de la condesa se tensaron y sus manos comenzaron a temblar sobre los brazos del sillón—. Me enfadé muchísimo con él. Le grité que no podía hacer eso, que estaba traicionando el buen nombre de los Bauer y la responsabilidad que él mismo había aceptado de custodiar el cuadro. El cuadro no podía caer en manos judías; eso era algo por lo que siempre habían luchado los Bauer y antes de ellos los Médicis. Los judíos son una maldita sombra negra. Todo lo que tocan está condenado a la desgracia... Lamento que tengas que oír esto. Después de todo, tú eres ahora la hija judía de un hombre judío... Pero ésas fueron ni más ni menos las palabras que le dije a tu padre, las palabras que nos separaron para siempre... Alfred se marchó. Al poco tiempo le escribí una carta en la que me disculpaba por lo que había dicho y en la que me mostraba dispuesta a aceptar el matrimonio siempre y cuando él no se convirtiera al judaísmo. Nunca me respondió. Nunca volví a saber de él hasta que tú entraste por mi puerta...

La condesa alargó el brazo para coger la fotografía de las manos de Sarah. Con una extraña expresión de su rostro arrugado, perdió la vista en ella durante unos segundos.

—Dios se equivocó al darme una familia tan hermosa... —concluyó mientras volvía a ponerse en pie para dejar cuidadosamente, como si fuera algo sagrado, la foto sobre el aparador.

—Mi padre ha muerto... —anunció Sarah con dificultad.

—Lo sé —respondió la condesa al cabo de un rato. No tenía nada más que agregar.

En medio de un silencio incómodo, la anciana arrastró sus pasos por la habitación hasta un rincón oscuro, donde accionó el interruptor de la luz.

—Aquí tienes tu cuadro, Sarah Bauer —anunció—. Puedes llevártelo cuando quieras.

Sarah se estremeció. Hacía mucho tiempo que no contemplaba *El Astrólogo* en todo su esplendor: altivo en su marco, delicado sobre la pared, protagonista bajo la luz suave. Era una visión extraordinaria y Sarah experimentó una fugaz liberación espiritual, un efímero momento de paz, como si el tiempo se hubiera detenido y sólo quedaran en el mundo aquel cuadro y ella, aquella maldita maravilla que había trastocado su vida y la había convertido en un infierno.

Sintió el impulso de levantarse y marcharse de allí tranquilamente, en calma y con una sonrisa. Pero no lo hizo. Pensó en Jacob y no lo hizo.

Mientras Sarah contemplaba el cuadro, la condesa la contemplaba a ella. Era verdaderamente preciosa, observó, una cara de ángel con una suerte de fuerza diabólica que provenía directamente de sus ojos, verdes como almendras aún prendidas del árbol, intensos como el brillo de las brasas al fuego.

—Puedes llevártelo... —concedió lentamente la condesa— y volver a esconderlo tras otro cuadro barato, volver a dejarlo a merced del frío y la humedad, del polvo y del roce... De los alemanes.

La mirada profunda y teatral de la condesa, enmascarada de maquillaje, cayó directamente sobre Sarah con una acusación. Entonces se sintió desnuda; ¿qué sabía aquella mujer que decía ser su abuela?, ¿qué sabía que ella no supiera?

Madame de Vandermonde volvió a moverse por el salón sin apenas levantar los pies del suelo. Apuró la copa de jerez con un nuevo sorbo y se sentó frente a su nieta.

—Tengo la sospecha de que no eres consciente de la gran responsabilidad que conlleva la custodia de este cuadro. Incluso de que tu padre no te contó todo lo que debes saber sobre él.

—Sé lo suficiente. Lo suficiente para estar segura de que ningún cuadro de este mundo es más valioso que la vida de una persona.

—No es el cuadro, Sarah. Es su secreto. Un secreto que desde tiempos inmemoriales le ha costado la vida a muchos de sus custodios. Pero es sin duda ahora cuando el terrible secreto que guarda este cuadro se ve más amenazado que nunca. No puedo llegar a imaginarme lo que ocurriría si *El Astrólogo* llegara a manos de Hitler. Simpatizo con los nazis, no lo voy a negar, pero hay armas que determinadas personas no deben poseer jamás. Y tú, como judía, como integrante de una comunidad ya amenazada y atacada, deberías ser aún más consciente de los peligros. Tu padre lo supo y por eso prefirió entregarse él mismo a la Gestapo antes que entregar el cuadro, ¿has pensado fríamente en eso?

La condesa había metido el dedo en la llaga. Sarah la miró angustiada. No, no había pensado en eso; ni en eso ni en nada. Se había encontrado con aquello una noche, descendiendo apresuradamente por un agujero, entre frases entrecortadas y ninguna explicación.

—No creo que a tu padre le gustase escuchar que este cuadro no es más valioso que la vida de una sola persona. No, cuando él ha antepuesto este cuadro a su propia vida.

Sarah sintió una punzada de dolor en ese lugar indeterminado en el que se encuentra el alma. Se encogió sobre sí misma y enterró el rostro entre las manos: se sentía totalmente sobrepasada por la situación. Nadie la había preparado para aquello, nadie le había advertido de que tendría que sacrificar a su familia y a Jacob. Nadie le había preguntado si estaba dispuesta a hacerlo... Presa de la rabia y la impotencia, maldijo a su padre por haberla puesto en aquella tesitura, por haberla obligado a elegir entre un cuadro y lo que más quería en el mundo.

La condesa de Vandermonde se le acercó. No era una mujer dada a las muestras de cariño, pero posó suavemente una mano sobre la cabeza de su nieta en un amago de caricia.

—Está bien, Sarah Bauer. Ahora ya sabemos por qué tu padre te envió a mí.

Éstas son las claves de Delmédigo

Intuyo que la muerte me ronda, que merodea como un lobo hambriento por las lindes de mi hogar. Quizá por eso me asaltan continuamente pensamientos acerca de asuntos pendientes.

No he vuelto a tener noticia de las negociaciones de mi buen amigo el conde Pico respecto a *El Astrólogo*. Tal silencio me inquieta. Como también me inquieta la idea de que el secreto de la Tabla Esmeralda pudiera llegar a ver la luz. La humanidad no está preparada para lo que YHVH quiso dejar fuera de nuestro alcance y nuestro entendimiento. La Tabla Esmeralda es un instrumento del diablo que sin duda hará tambalear los cimientos de nuestra fe y nuestro orden, de nuestro mundo, hasta derrumbarlos, hasta conducirnos a la autodestrucción.

Lorenzo de Médicis era un hombre sabio, un designado del Eterno, que hubiera impuesto la cordura en la salvaguarda de semejante secreto y sus amenazas. Lamentablemente, no tengo la misma confianza en su heredero. Ruego al cielo para que el conde Pico encuentre la inspiración necesaria y logre convencer al *pater* Ficino y al maestro Giorgio de la necesidad de destruir *El Astrólogo* y borrar para siempre el rastro de la Tabla Esmeralda.

En la biblioteca de la Universidad de la Sorbona habíamos sacado una copia de la información de los microfilms sobre la que nos pusimos a trabajar en el despacho de Alain. Volvimos a repasar el diario de Delmédigo y confirmamos que el pasaje que nos había leído Irina era realmente el único relevante a nuestra investigación.

Con un marcador fluorescente cubrí de amarillo unas pocas palabras del texto: *El Astrólogo*, Tabla Esmeralda, Lorenzo de Médicis, conde Pico, *pater* Ficino y maestro Giorgio.

—Éstas son las claves de Delmédigo —le aseguré a Alain—. Con esto tenemos que responder a las tres preguntas en las que se resume nuestra investigación.

—¿Existe o existió *El Astrólogo*? ¿Por qué Hitler lo quería?, y ¿dónde está? —me leyó Alain el pensamiento.

Asentí solemnemente mientras me golpeaba suavemente los labios con el marcador.

—Pues a primera vista yo diría que responde, al menos, a dos de ellas —apuntó.

—Así es. Confirma por primera vez... Dios santo, nunca lo hubiera admitido... —Hice un paréntesis sin poder evitar mostrar mi asombro—. Confirma por primera vez la existencia de un cuadro de Giorgione llamado *El Astrólogo*. Y, según se deduce de las palabras de Delmédigo, ese cuadro esconde el secreto de la Tabla Esmeralda, el secreto ambicionado por Hitler... y es evidente que por otros tantos.

—Eso parece... —coincidió Alain con un gesto de complicidad.

—Pero ¿qué es exactamente la Tabla Esmeralda? Hasta donde yo sé, se trata de un texto, apenas unas líneas llenas de simbolismos, cuya interpretación se supone es la base de la alquimia. Y ese texto se conoce desde la Edad Media. No es un secreto, y no puede ser eso lo que tanto ansiara Hitler.

—De hecho, no lo es. La Tabla Esmeralda también es un objeto o, como poco, en su origen lo fue. Al final no tuve tiempo de pasarte las notas de lo que estuve investigando, pero en líneas generales todo esto se relaciona con el hermetismo...

—Esoterismo, ¿no?

—Esoterismo y del bueno; con miles de años a su espalda. En

realidad es bastante complicado. Si tecleas la palabra «hermetismo» en Google, aparecen cientos de miles de referencias. Tienes la suerte de que me lo haya currado antes y pueda darte una visión global y de bolsillo, tipo Wikipedia.

—¿Qué haría yo sin ti?

—Mejor no te lo plantees —me siguió la broma—. Bien. Hermetismo. Se puede decir que es una ciencia esotérica basada en unos textos que se atribuyen a Hermes Trimegisto, una especie de deidad grecoegipcia, que sería la unión entre el dios Thot y el dios Hermes. Se dice que vivió en el año 3000 antes de Cristo, en el Antiguo Egipto, pero en realidad no hay pruebas de la existencia histórica de este personaje. Es más bien una figura que se ha ido construyendo en base a tradiciones, pensamientos y ritos desde el siglo II de nuestra era, pero sobre todo desde la Edad Media, cuando se convirtió en el referente por excelencia de los alquimistas. Incluso, a la luz del pensamiento judeocristiano, a la unión de Thot y Hermes en la figura del Trimegisto, se añadió la de Abraham, llegándose a afirmar que el patriarca hebreo había transmitido dos enseñanzas: una pública, recogida en el Antiguo Testamento, y otra oculta, transmitida únicamente entre los iniciados y compilada en el *Corpus Hermeticum*. En resumen, las creencias herméticas suponen un intento de sistematizar todo el conocimiento religioso, filosófico y místico de la época. Pero también recogen la tradición de las ciencias ocultas practicadas desde tiempos remotos, y todo ello con un solo fin: alcanzar la unión con Dios mediante la invocación de poderes ultraterrenales. Ahí queda eso.

—Madre mía... —concluí lacónicamente—. Entonces, la Tabla Esmeralda...

—Es algo tan increíble como todo lo demás. Cuenta la leyenda que cuando Alejandro Magno entró en Rakotis, donde más tarde fundaría la ciudad de Alejandría, descubrió allí la tumba de Hermes Trimegisto. Al acceder a la cámara mortuoria, vio que la momia había sido enterrada con una gran esmeralda entre las manos y que en la esmeralda había una inscripción... Se dice que la esmeralda de Hermes había caído de la frente del mismísimo Lucifer cuando el ángel negro fue derrotado en su lucha con Dios y que está dotada de unos poderes infinitos y oscuros, los poderes del diablo. Supuestamente, Alejandro Magno fue testigo del poder de la esmeralda, que lo dejó conmovido y aterrorizado al mismo tiempo. De este modo, el héroe griego decidió volver a ocultar la Tabla Esmeralda para preservarla de la codicia y la irracionalidad humanas. Copió el texto de la inscripción, consciente del saber que contenía, pero ocultó la Tabla Esmeralda en un lugar secreto, remoto e inaccesible.

—No tan secreto, por lo visto...

—Espera, déjame terminar. Lo que hizo Alejandro Magno fue recoger la ubicación de la Tabla Esmeralda en un texto que dividió en dos partes, mezclándolas entre sí a modo de código, de forma que la una no se puede leer sin la otra. Ambos textos fueron grabados en sendos cilindros de piedra. Uno de los cilindros lo entregó a un sabio de la época, el llamado Kybalion, el guardián del secreto de Hermes. Este sabio debía proteger el cilindro con su vida, si era necesario, y legarlo, llegado el momento de su muerte, a otro hombre de su confianza. Así, sucesivamente, hasta el fin de los tiempos. El segundo cilindro lo custodió personalmente el propio Alejandro Magno, lo llevaba siempre encima como amuleto y cuentan que cuando lo enterraron aún colgaba de su cuello.

Mientras yo rumiaba toda aquella información, Alain expuso la primera duda:

—Sin embargo, incluso suponiendo que la leyenda sea cierta, lo que no me explico es cómo pudo Giorgione reunir los dos cilindros y acceder al secreto del paradero de la Tabla Esmeralda.

El día anterior yo también había hecho mis deberes y había tratado de buscar la conexión de los Médicis con Giorgione y de ambos con todo aquel asunto acudiendo a mis conocimientos sobre el Renacimiento.

—Giorgione, no lo sé... —admití—. Pero, tal vez, Lorenzo de

Médicis. Su abuelo, Cosme, fue un entusiasta de las reliquias y las antigüedades. Enviaba a emisarios por todo el mundo en busca de rarezas que le gustaba atesorar y coleccionar. De hecho, uno de esos emisarios fue quien le trajo el primer manuscrito que se conoce del *Corpus Hermeticum*, un original en griego que Cosme mandó traducir al latín. ¿Y quién llevó a cabo la traducción? Pues nada más y nada menos que Marsilio Ficino, el *pater* Ficino, en el seno de la Academia Neoplatónica de Florencia. Visto esto, es lógico pensar que los cilindros pudieron haber llegado a manos de Cosme y de éste pasar a Lorenzo.

Alain esbozó una mueca. No estaba del todo convencido de mi teoría.

—Es posible que la casualidad y el devenir de la historia pusieran en manos de Cosme de Médicis el cilindro legado por Alejandro Magno al Kybalion. Pero ¿y el que se llevó con él a la tumba? Porque la tumba de Alejandro Magno no ha sido descubierta aún...

—No, pero podría ser que el cilindro nunca se enterrara con Alejandro. El cuerpo del rey tardó casi dos años en inhumarse desde que muriera, fue objeto de luchas de poder y de debates de Estado: que si lo entierro en Macedonia, que si me lo llevo a Egipto, que si la tumba la hago en Menphis, que si la traslado a Alejandría... Cualquiera de sus ambiciosos generales pudo hacerse fácilmente con el amuleto que el caudillo siempre llevaba consigo: sería una tentación difícil de vencer no hacerse con una reliquia de un hombre al que veneraban como a un dios. Eso sin contar con la cantidad de veces que la momia de Alejandro fue visitada, descubierta y manoseada por los emperadores romanos. Se dice que César Augusto, al ir a presentar sus respetos a la momia del rey macedonio, lo hizo con tanta efusión que rompió la nariz de la máscara funeraria. Ladrones de tumbas, saqueadores de antigüedades... No sé, hay miles de hipótesis que nos podrían llevar a pensar que el cilindro acabó rodando por el mundo y terminó en manos de los Médicis.

—Demasiadas leyendas...

—Sí, pero la realidad es que a día de hoy las leyendas perviven, que sedujeron a Hitler y aún seducen a sus acólitos. Que han soportado miles de años de historia. Y que nos tienen aquí buscando un cuadro. Eso es lo que importa: la carrera por conseguirlo. Comprobar si es un objeto mágico o, como tú dijiste, un trozo de tela cubierto de pintura, no es algo que debamos hacer ahora. Eso vendrá después... si ha de venir.

Alain sacudió la cabeza.

—Tienes razón. Hay tantas historias cruzadas en este asunto que es fácil perder la perspectiva. Primero *El Astrólogo* y después la Tabla Esmeralda —sintetizó Alain—. Volvamos pues a *El Astrólogo*: Lorenzo de Médicis consigue descubrir el paradero de la Tabla Esmeralda y decide guardar el secreto en un cuadro, probablemente mediante simbolismos que sólo él puede descifrar...

—Él y, por lo menos, Marsilio Ficino y Pico della Mirandola, a quienes también nombra Delmédigo —añadí—. Estos nombres apuntan directamente a la Academia Neoplatónica de Florencia.

—Y Elijah Delmédigo ¿qué pinta en todo esto? ¿También pertenecía a la Academia?

—No. Pero fue maestro y amigo de Pico della Mirandola y la numerosa correspondencia que intercambiaron prueba que Delmédigo estuvo muy al corriente de lo que se cocía en la Academia. Curiosamente, sin embargo, siempre se mostró escéptico sobre las doctrinas herméticas y se opuso a su influencia en el pensamiento judaico a través de la Cábala: fue uno de los primeros pensadores hebreos en atacar directamente el misticismo judío y su texto principal, el Zohar.

—«... me inquieta la idea de que el secreto de la Tabla Esmeralda pudiera llegar a ver la luz. La humanidad no está preparada para lo que YHVH quiso dejar fuera de nuestro alcance y nuestro entendimiento. La Tabla Esmeralda es un instrumento del diablo que sin duda hará tambalear los cimientos de nuestra fe y nuestro orden, de nuestro mundo, hasta derrumbarlos, hasta conducirnos a la autodestrucción» —leyó Alain aquel trozo del diario de Delmédigo—. Más que escéptico parece temeroso... Francamente, a mí todo esto del hermetismo siempre me ha parecido un cuento. Pero es cierto que éste es el tipo de cuentos por los que Hitler se pirraba: los secretos milenarios, los poderes de la oscuridad, la magia negra...

Alain dejó el papel en la mesa y se reclinó en su asiento.

—Ya hemos repasado todas las palabras que has subrayado. Sólo nos queda una: maestro Giorgio. Supongo que fue uno de esos artistas que pasó por la Academia...

Hice una pausa para estirar mis músculos entumecidos y abordar la parte más confusa del manuscrito, la pieza que peor encajaba en aquel puzle y, sin embargo, la más relevante.

—No. —Alain se mostró tan sorprendido como yo esperaba—. No hay pruebas históricas de que Giorgione pasara por la Academia. Y ahí está lo más extraño de todo esto. Lorenzo podría haber encargado el cuadro a cualquiera de los pintores de su corte, que eran muchos y muy buenos. Giorgione ni siquiera era florentino sino veneciano, y contemporáneo de Lorenzo por los pelos; cuando Lorenzo murió, él apenas tendría quince años y sería un aprendiz sin ningún tipo de reputación. No tiene ninguna lógica el papel de Giorgione en esta historia.

—Pero es evidente, porque así lo dice Delmédigo, que se lo encargó a un joven veneciano sin reputación. Tal vez Giorgione supiera más de lo que pensamos... Ya sé que tú no estás de acuerdo, pero siempre se ha dicho que Giorgione es un pintor enigmático.

—Admito que hay autores que afirman que muchas de sus obras recogen simbolismos del hermetismo. Su cuadro más famoso, *La tempestad*, ha hecho correr ríos de tinta al respecto, también *Los tres filósofos* y otros muchos. Pero nunca ha podido demostrarse la conexión entre Giorgione y la tradición hermética... Ahora, ya no sé qué pensar...

Alain se frotó los ojos y me devolvió una mirada apagada y enrojecida. Por primera vez en la tarde lo noté cansado. Lo cierto era que habíamos empezado a trabajar después de que él hubiera terminado su otra jornada de trabajo.

—¿Estás bien?

—Sí. Sólo necesito una pausa y un café. Ha sido un día largo. —Suspiró—. Esta mañana me he tirado media clase discutiendo con un alumno tocapelotas sobre el expresionismo de Beckmann, algo sobre lo que ni los críticos ni el propio Beckmann se han puesto nunca de acuerdo. Luego la maldita revisión de exámenes...

—¿Exámenes en octubre?

—Les hice una birria de prueba sobre los primeros temas y casi todos querían revisar la puñetera corrección. La mayoría de los universitarios de hoy en día debería seguir en parvulario...

Le eché un vistazo al reloj: pasaban unos minutos de las siete. La ventana derramaba una luz anaranjada procedente del alumbrado público, hacía rato que había anochecido. En los pasillos, el silencio había sustituido al rumor de pasos, conversaciones, teléfonos y fotocopiadoras.

—Vamos a dejarlo por hoy —anuncié mientras empezaba a guardar los papeles.

—No, de verdad. Estoy bien. —El tono de Alain se avivó para resultar convincente—. En cuanto me despeje un poco, podemos continuar.

—Sí, mañana. Por hoy, ya está bien.

Alain puso la mano sobre la carpeta que yo trataba de cerrar.

—Pero no hemos respondido a la última pregunta: ¿dónde está *El Astrólogo*?

Le miré con una sonrisa. No había réplica sensata a un argumento disparatado. Simplemente confirmé que era hora de terminar.

—Te propongo algo —le dije—. Tú pones la casa y yo la cena. Tengo un remedio fantástico contra el agotamiento causado por alumnos tocapelotas, universitarios parvularios y manuscritos del siglo xv: huevos fritos con patatas, una copa (o dos) de vino tinto y, por supuesto, buena compañía.

Alain comenzó a recoger.

—La compra la hacemos de camino a casa.

Apelar al estómago de un hombre es la mejor estrategia para rendir su oposición.

¿Por qué Von Bergheim buscó el cuadro en la colección Bauer?

Finalmente, fue Alain quien puso tanto la casa como la cena. Era de esperar. Yo no solía acercarme a la cocina más que a meter la cera de depilar en el microondas. En cambio, Alain resultó ser un cocinero devoto al que le gustaba cacharrear por puro entretenimiento. Fue de sentido común sustituir el huevo frito que yo proponía, y que probablemente hubiera destrozado al freír, por un plato de calabacines salteados con queso de cabra, seguido de pescado en *papillotte* con jengibre y lima, y frutos rojos con chocolate para el postre.

Yo me limité a poner la mesa, que es lo que hacemos los que tenemos alergia a la cocina. Mientras extendía el mantel, aproveché para mirar alrededor. A primera vista, o mejor dicho, a primera sensación, concluí que Alain tenía una casa que resultaba agradable de un modo indefinido, por un motivo indefinido.

No era una habitación de adolescente elevada a la potencia de apartamento de soltero; la mayoría de ellos lo son, lo que se traduce en una convivencia extraña entre los pósters de Queen y el sofá de piel de Divatto, una acumulación sistemática de ropa sin lavar sobre las sillas de Philippe Starck, la presencia ineludible de la extrañamente atractiva para los hombres lámpara de lava y el protagonismo indiscutible de la televisión: de plasma y, por supuesto, grande, grandísima, no menor de cincuenta pulgadas (de hecho, estoy convencida de que los hombres deciden comprarse una casa con el único objeto de albergar un televisor). Por supuesto, en el apartamento de Alain no faltaba el plasma de cincuenta pulgadas —de lo contrario, no hubiera sido un hombre—, pero me llamó la atención que todo estuviera limpio y ordenado, lo cual ya es mucho decir de un apartamento de soltero, incluso de soltera...

—Se nota que hoy ha estado aquí Belinda: el aire huele a Mister Proper... y ha vuelto a esconderme el rallador —farfulló Alain desde la cocina como si me hubiera leído el pensamiento.

Bueno, puede que la limpieza y el orden fuesen mérito de la asistenta angoleña que iba dos veces por semana a limpiar su casa. Aun así, aquel lugar tenía algo que lo hacía cálido y acogedor. No se trataba exactamente de una decoración cuidada y exquisita, no había velas, ni flores, ni almohadones conjuntados, ni ninguna de esas cosas que nos gusta poner a las mujeres en casa. Tal vez fueran los libros, que rebosaban de las estanterías y se apilaban en las esquinas en equilibrios imposibles. O, a lo mejor, las revistas de arte abiertas sobre la mesa. Incluso podría tratarse de las fotografías en blanco y negro de algunos rincones de París, diseminadas sobre muebles de Ikea que parecían llevarse bien con las antigüedades de los mercadillos provenzales.

Pero lo que hizo que me olvidase definitivamente de poner la mesa fueron los dibujos. Había decenas de ellos: en las esquinas, sobre el suelo, colgados de la pared, con marco o sin él, enrollados o desplegados. Dibujos de carboncillo y sanguina, preciosos bocetos del cuerpo humano, de una fachada neoclásica, de una escena en el parque; apuntes de un instante en luces y sombras. Y, abajo, en las esquinas del grueso papel verjurado, cuatro líneas que eran dos letras: AA.

—Esto ya casi está. ¿Cómo va esa mesa?

La voz de Alain se confundía con el chisporroteo de las verduras en la sartén y un aroma delicioso ya había precedido a su anuncio.

—Mal —confesé—. Me estoy dedicando a curiosear. No sabía que dibujases... tanto.

Se asomó por encima de la barra de la cocina americana. Mientras se limpiaba las manos con un trapo, me observaba revolver entre sus dibujos.

—¿Te gustan?

Me detuve en uno de ellos. Lo cogí cuidadosamente por los bordes, evitando rozar el carboncillo y manchar el papel. Era un apunte inacabado de la escultura de Antonio Cánova, *Cupido y Psique*: un detalle de la caricia de Cupido sobre la mejilla de Psique.

—Sí... —murmuré—. Mucho.

Alain sonrió y volvió a sus fogones.

—Llueve otra vez...

Alain, que estaba en la cocina, no habría podido oírme con el rugido cavernoso de la Nespresso.

Me cerré la chaqueta y crucé los brazos. Hacía frío junto al balcón desde el que miraba caer las gotas de agua a la luz de las farolas. La rue de Montorgueil estaba desierta, sólo el neón verde de la frutería vietnamita, que permanecía siempre abierta, brillaba sobre el pavimento mojado.

—¿Llueve? —preguntó al venir y verme asomada a la ventana.

Asentí.

Alain apoyó la bandeja con los cafés sobre la mesa, apagó los focos del techo y encendió unas lamparitas. El ambiente se volvió cálido e íntimo como el aroma del café. Me acurruqué en la esquina del sofá mientras Alain ponía un disco en un viejo tocadiscos. Oír la aguja recorrer los surcos del vinilo antes que la voz de Tony Bennett me hizo retroceder en el tiempo, me dio calorcito y me acarició el espíritu con un guante de terciopelo.

Jamás, en aquel estado de ingravidez y deleite en el que me hallaba, se me hubiera ocurrido hablar de la investigación... de no ser porque Alain sacó el tema repentinamente mientras me extendía una taza de café.

—¿Y si hubieran destruido el cuadro?

Tardé un poco en descender al mundo de los mortales.

—¿Cómo?

—Sí. Según el diario de Delmédigo, Pico della Mirandola debía convencer a Ficino y a Giorgione de que había que destruir *El Astrólogo*. ¿Y si lo logró? Von Bergheim habría perdido el tiempo y nosotros también.

—No lo creo. Ten en cuenta que nosotros nos estamos basando en este pequeño fragmento de un diario, pero los nazis tenían una carta, la carta entre el conde Pico y Delmédigo que ha desaparecido, quizá con mayor información... —Acerqué los labios al borde de la taza y me quedé un segundo pensativa antes de beber—. Déjame tu iPad, ¿quieres? —le pedí, olvidándome finalmente del café.

Alain entró en su dormitorio y volvió con el iPad. Lo encendí, me metí en Google y, en la casilla de búsquedas, tecleé: Pico della Mirandola y Angelo Ambrogini.

—¿Quién es Angelo Ambrogini? —quiso saber Alain, que observaba toda la operación con interés.

Mientras ojeaba los resultados de la búsqueda, satisfice su curiosidad.

—Otro de los miembros de la Academia Neoplatónica. Tal vez te suene más como Poliziano, que era como le apodaban por haber nacido en Montepulciano. —Alain lo negó—. Fue tutor de los hijos de Lorenzo de Médicis y su secretario personal, formaba parte de su círculo más íntimo. Es muy probable que fuera homosexual y amante del conde Pico... Aquí está —señalé al reconocer la noticia que estaba buscando. La leí rápidamente—. Algo de esto me sonaba pero no estaba segura. En 2007 un grupo de investigadores italianos exhumó los cadáveres de ambos. Los historiadores siempre han tenido sospechas sobre las circunstancias de sus muertes: ambos fallecieron con un par de meses de diferencia y de forma repentina. Según esto —añadí señalando una noticia de la BBC—, tras estudiar los cuerpos, se ha demostrado que fueron envenenados con arsénico y todo apunta a... Piero de Médicis, el hijo de Lorenzo —concluí arqueando las cejas.

—¿Por el cuadro?

—Bueno, eso aquí no lo dice, claro. Nadie sabe que existe. Pero nosotros sí, y podría ser perfectamente un motivo. Suponte que Piero hubiera llegado a enterarse de que el conde Pico conspiraba para destruir el cuadro y, sobre todo, pulverizar un gran secreto que legítimamente pertenecía a los Médicis y en especial a él como heredero directo de Lorenzo. Tal y como se la jugaban entonces, no habría dudado en quitárselo de en medio, tanto a él como a Poliziano, quien, siendo su amante, con probabilidad estuviera al tanto de la conspiración.

—Tiene sentido... Pero una cosa está clara: *El Astrólogo* no está en la colección Bauer, al menos, en la que inventariaron los nazis. —Aquélla era la cantinela favorita de Alain.

Apagué el iPad y lo dejé sobre la mesa. También la taza con el último culín de café, que ya se había enfriado.

—¿Por qué Von Bergheim buscaría el cuadro en la colección Bauer? —se preguntó Alain—. Porque si él se equivocó, nosotros también estamos buscando en el lado equivocado.

—No lo sé... Es muy probable que esa información estuviera en el expediente del ERR, el que han robado del TsDAVO.

—¿Sabes lo que te digo? —El tono de Alain cambió súbitamente—. Que Von Bergheim no estaba equivocado. —Le miré tan sorprendida de que de repente se mostrase así de convencido, que se vio en la necesidad de aclarar—: Si estuviéramos siguiendo el camino incorrecto, nadie se tomaría tantas molestias en hacer desaparecer las pistas.

—¡Cómo me gustaría tener el maldito expediente completo! ¿Recuerdas que incluía una entrevista con el barón Thyssen? Quizá el barón dijo algo que puso a Von Bergheim sobre la pista de los Bauer... Pero ¿qué?

Alain acababa de apurar el café. Como si la bebida estuviera envenenada, sus ojos se tornaron vacíos, perdidos en algún punto del suelo, de color verde oscuro como si contemplaran un bosque tenebroso.

—Creo que sé de alguien que puede ayudarnos —pronunció lentamente como sí, más que una buena noticia, aquello fuera una tragedia.

Abril, 1943

En agosto de 1941 un grupo de edificios en construcción situados en Drancy, a las afueras de París, es declarado campo de internamiento para judíos. Hasta 1943 dependió de la prefectura de París, a partir de entonces, su administración pasó a manos de la Gestapo. Drancy fue el campo de tránsito más importante de Francia; desde allí, más de sesenta y dos mil personas repartidas en sesenta y un convoyes fueron deportadas en condiciones infrahumanas a los campos de concentración de Auschwitz o Sobibor entre 1942 y 1944.

Últimamente, Sarah estaba llegando tarde a la pensión. Después de terminar su trabajo en la librería, solía irse a casa de la condesa de Vandermonde a pasar la tarde con la anciana. No es que aquella mujer le inspirase mucha simpatía, y por descontado que no sentía un especial cariño hacia una abuela que le había caído de pronto del cielo, áspera y desapegada. Pero la condesa le contaba a Sarah historias sobre los Bauer y sobre *El Astrólogo*, sobre la infancia de su padre, y la chica se sentía bien, se sentía cerca de los suyos y de lo suyo. Por supuesto que las meriendas con las que su abuela la obsequiaba también eran un aliciente: chocolate, bollos, mantequilla y azúcar; cosas que ya no se encontraban en París salvo que se fuera lo suficientemente rico como para poder acudir al mercado negro. En las últimas dos semanas, Sarah había engordado más que en todos los meses que llevaba en la capital.

La condesa no comía demasiado. Se sentaba junto a Sarah con una taza de té y mientras veía a su nieta mojar el brioche en el chocolate una y otra vez, hablaba y hablaba sin cesar. Entre las historias más variadas, le había contado cómo *El Astrólogo* había llegado a manos de los Bauer.

Desde que Lorenzo de Médicis encargase a Giorgione su ejecución, siempre había pertenecido a la poderosa familia florentina. Catalina, bisnieta de Lorenzo, fue la última Médicis que lo tuvo en su poder. En plenas guerras religiosas entre católicos y protestantes en Francia, Catalina, que fue reina de Francia por su matrimonio con Enrique II, empezó a temer por el destino del cuadro una vez que ella hubiera muerto. Se tenía a sí misma como la última Médicis de la rama noble, la única descendiente directa de Lorenzo el Magnífico. Aunque la reina tuvo diez hijos, los sobrevivió a todos salvo a dos y en ninguno de ellos confiaba para legar el gran secreto de los Médicis: ni Enrique ni Margarita merecían a ojos de Catalina ser el próximo Kybalion; ambos eran a su parecer más Valois que Médicis, no había en ellos nada del espíritu renacentista y humanista que había inspirado a sus antepasados. Catalina era, además, una mujer muy supersticiosa, amiga de consultar a astrólogos, videntes y nigromantes. Un día tuvo una visión durante un sueño: se le apareció un ángel del Señor y le aseguró que debía confiar *El Astrólogo* a Aegidius de Göttingen, un monje alquimista de la abadía de Saint Mahé, que era confesor y asesor espiritual de la reina. Así fue que, desde enero de 1589, Aegidius de Göttingen se convierte en el nuevo Kybalion. Sin embargo, en torno al 1600, Aegidius se ve envuelto en un complot para asesinar al rey Enrique IV, es acusado de practicar la brujería y la magia negra y se ve obligado a huir de Francia y refugiarse en su ciudad natal, Göttingen. Allí entra al servicio de un influyente comerciante como preceptor de latín y de griego de sus hijos. El apellido de la familia era Bauer. El más pequeño de los Bauer, Maximilian, no tardó en mostrar un interés especial por los misterios de la astrología, la alquimia y otros saberes del conocimiento ancestral con los que, de cuando en cuando, Aegidius ilustraba a los jóvenes pupilos. El monje, por entonces octogenario, consideraba a Maximilian Bauer un discípulo amado y predilecto y, llegada la hora de su muerte, le legó *El Astrólogo*, convirtiéndose así en el primer Kybalion de una nueva estirpe de guardianes en el seno de la familia Bauer, estirpe que llegaba hasta el padre de Sarah.

La condesa de Vandermonde también le había hablado de cómo hacía no mucho tiempo los Bauer habían estado a punto de perder *El Astrólogo* por la insensatez del tío abuelo de Sarah. Pero eso era otra historia. Una historia de la que Sarah estaba dispuesta a tomar provecho.

━━━◆◆◆◆━━━

Aquella tarde, Sarah se fue derecha a la pensión nada más salir de la librería: tenía algo importante que decirle a Marion antes de que su amiga iniciase su habitual ronda nocturna por los nightclubs de París.

Cuando entró en la habitación, se la encontró junto a la ventana, pintándose las uñas a la luz mortecina del atardecer. En cuanto anocheciera, tendrían que cubrir los cristales con gruesa lona de algodón azul marino; sería la hora del *couvre-feu*, el toque de queda, y habría que apagar París para que los bombarderos ingleses que volaban hacia Italia, el «Expreso de Milán», como los llamaban jocosamente los franceses cuando oían sus motores rasgar la tela del cielo, no pudieran identificar la ciudad desde el aire.

—Hola, querida. Llegas pronto —la saludó Marion sin quitar la vista del pincel con el que se aplicaba el esmalte rojo. Sarah percibió el penetrante aroma de la laca y la acetona.

—Hoy no he ido a ver a la condesa.

Marion estiró los dedos de las manos frente a la cara y comenzó a soplarse las uñas mientras los ondeaba.

—¿Así que no me has traído mi trozo de brioche?

—No...

Sarah se quitó el abrigo y lo colgó en el perchero. Y después se quedó quieta en medio de la habitación sin saber muy bien qué hacer.

Marion la miró con extrañeza.

—¿Vas a quedarte ahí toda la tarde, mirando cómo me pinto las uñas?

Sin preámbulos, Sarah anunció:

—Me voy a mudar, Marion.

—¿A mudar? —El estupor de su amiga no tardó en hacerse notar: en el tono de voz y en los ojos muy abiertos—. Pero ¿por qué? ¿Ya no estás a gusto aquí? ¿He hecho yo algo malo?, ¿me he portado mal contigo...?

Sarah sonrió, inspirada por la ternura que Marion despertaba a veces en ella. Se acercó a su amiga y, mientras le cerraba el frasco del esmalte, le pidió que se calmase.

—Schsss... No digas tonterías... Mira por la ventana. Con disimulo...

Marion estaba atónita. No entendía a qué venía aquello. No obstante, obedeció. Se acercó cuidadosamente al borde de la ventana y miró a través de los cristales. Llovía. Bastante. Por lo demás, nada parecía haber cambiado en aquella calle estrecha y mugrienta: los mismos edificios negros y desconchados, la misma tienda de ultramarinos con los escaparates vacíos, el mismo pavimento adoquinado cubierto de excrementos de mulo, los mismos carteles de propaganda rotos y emborronados de pintura...

—De acuerdo, no tenemos las vistas más bonitas de París, pero...

—Calla... ¿Ves a aquel hombre que se refugia de la lluvia bajo el toldo del colmado?

—¿El del sombrero negro y la gabardina?

Sarah asintió y entonces a Marion se le encendió de pronto una lucecita.

—¡Dios mío, cariño! ¡Es la Gestapo! ¡Te busca la Gestapo otra vez!

—No, no es la Gestapo. Es el *Sturmbannführer* Von Bergheim, de las SS.

—¡SS, Gestapo, prefectura! ¿Qué más da? No creo que ese hombre te vigile para sacarte a bailar precisamente.

—No. Pero tampoco quiere hacerme daño. —Sarah le aseguró a Marion algo de lo que ella no estaba en absoluto segura. En realidad, no tenía ni idea de cuáles eran las verdaderas intenciones de Von Bergheim, pero quería tranquilizarla—. Eso no importa ahora, Marion. Lo que importa es que con ese tipo pisándome los talones como mi sombra, te estoy poniendo a ti en peligro. Vigilando mis movimientos, vigila los tuyos en cierto modo. Tarde o temprano, empezará a sospechar de tus idas y venidas y acabarán descubriendo a lo que te dedicas. ¿Y si un día coincidieras con él en alguna de tus juergas con los gerifaltes alemanes? Podría reconocerte...

Marion se había quedado muda. Estaba intentando procesar toda aquella información a la vez, tratando de sacar sus propias conclusiones.

—Además, si me voy, te quedará la cama libre para que puedas volver a esconder aquí a las chicas del SOE.

Marion no tardó en dejarse seducir por los argumentos de Sarah. Pero aún había algo que no estaba claro.

—¿Y adónde irás? ¿A casa de tu abuela?

—¡No, por Dios! Mentiría si dijera que no me lo ha ofrecido en alguna ocasión, pero aun siendo su oferta sincera, no nace del afecto, sino del interés. Me trata bien porque yo soy una especie de instrumento de redención para su mala conciencia, no porque me tenga cariño. En realidad, no creo que madame pueda sentir cariño por nadie. No, no, definitivamente no podría vivir con ella. Además, estoy segura de que odia a los judíos tanto como los nazis, puede que más. A mí me tolera sólo porque soy su nieta.

—¿Entonces?

—Los Matheus tienen un pequeño apartamento justo encima de la librería. Hasta ahora lo tenían alquilado a un estudiante de Lyon, pero le ha llegado una carta del STO; los alemanes han reclutado al chico para el trabajo obligatorio al otro lado del Rin.

Marion se mordió el labio inferior mostrando su compasión por el muchacho: era repugnante que los alemanes obligasen a los jóvenes franceses a hacer el trabajo que no hacían los alemanes porque éstos tenían que calzarse las botas militares que estaban pisoteando toda Europa. El Service de Travail Obligatoire era repugnante.

—Pobre chaval...

—Se marcha mañana. Los Matheus están espantados. Lo más probable es que si los nazis se enteran de que el apartamento está vacío, les obliguen a coger un inquilino, seguramente cualquiera de los suyos o un colaboracionista. Tal vez a los Matheus no les importe que yo me quede allí; mientras no encuentren a nadie mejor...

—¡Pero, Sarah, eso es estupendo! ¡Todo un apartamento para ti sola!

—Bueno, aún no han aceptado... Es muy pequeño, apenas cuarenta metros, pero es más que suficiente... ¡Oh, Marion, cómo me gustaría que pudieras venirte conmigo!

Marion la abrazó.

—Sí, sería estupendo librarse de la casera. Esa bruja cojonera... Y nosotras nos llevamos bien, ¿verdad, cariño? Es genial vivir juntas... Pero tienes razón, si los *boches* te vigilan, tarde o temprano acabarían descubriendo lo mío.

—Vendrás a visitarme. Todos los días, ¿eh? Y tomaremos el té con el brioche de la condesa —bromeó Sarah. Pero Marion no le siguió la broma; se había quedado ensimismada. Se separó un poco de Sarah para poder mirarle a la cara y le dijo:

—Por cierto, querida, si esos tipos te vigilan día y noche, ¿cómo harás para que no descubran tu nuevo domicilio?

Marion tenía razón. Aunque en realidad Sarah cambiaba de piso más por proteger a Marion que por su propia seguridad, también era una buena oportunidad para poder quitarse a Von Bergheim de encima. Pero ¿cómo hacerlo?

Sarah se asomó a la ventana. En aquella ocasión miró sin prevención, casi con descaro. Allí seguía el comandante, indolente a la lluvia y al frío, junto a la puerta del colmado.

Repentinamente, Sarah se giró, dio un par de zancadas hasta la percha y descolgó el abrigo.

—¿Qué haces? ¿Adónde vas? —quiso saber Marion, que no comprendía el pronto de su amiga.

—A hacer algo que tendría que haber hecho mucho antes —masculló mientras abría la puerta y desaparecía escaleras abajo.

—Pero, cariño, ¿te has vuelto loca? ¡Falta poco para el toque de queda...! ¡Al menos llévate el paraguas, que está diluviando!

Las advertencias fueron en vano. Sólo un precipitado taconeo bajando las escaleras fue lo que Marion obtuvo por respuesta.

—¡Diantres, qué chica esta!

Georg consultó su reloj. Tenía que marcharse. Pronto empezaría el toque de queda y sería inútil, incluso peligroso, seguir allí de pie como un pasmarote, bajo su ventana. En realidad, todo aquello resultaba bastante inútil. La vida de Sarah era rutinaria, carecía de misterio: de la pensión a la librería, de la librería a la pensión y, de cuando en cuando, una visita a la anciana de la plaza de los Vosgos. Incluso había registrado su cuartucho aprovechando un descuido de la casera: ni rastro de *El Astrólogo*; ni apenas huella de la propia Sarah. Un par de libros, de faldas, de blusas y una fotografía de los Bauer. Como el aroma de almizcle que impregnaba la habitación, el aroma dulzón y penetrante de los clubs nocturnos, la presencia de su compañera lo tenía todo y allí no había casi espacio para Sarah. Georg había abandonado aquel lugar decepcionado.

Volvió a consultar el reloj. Tenía que marcharse. Alzó la vista hacia la ventana; una luz tenue brillaba tras la cortina de agua, allí donde estaba Sarah. Georg notó una sensación extraña en la boca del estómago; era ansiedad. Podría estarse la vida entera contemplando las estrellas, dejarlas impresas en el centro de sus pupilas... jamás las tocaría siquiera con la punta de los dedos. Aunque se mostraran siempre a la vista, las estrellas estaban fuera de su alcance.

Definitivamente tenía que marcharse. Y mañana volvería. Volvería a seguir sus pasos por las calles de París, a husmear el rastro de su existencia como un perro callejero. No importaba cuántos honores militares hubiese pagado con su sangre, en esta guerra su enemigo no era más que una mujer judía.

—Pierde el tiempo siguiéndome a todas partes, comandante.

Georg se irguió sobresaltado. Como si acabaran de despertarle tras un sueño pesado, le costó reconocer a Sarah de pie frente a él. La lluvia le empapaba el cabello y le resbalaba por las mejillas; goteaba en sus pestañas y caía por su barbilla. La lluvia apenas le dejaba oír su voz.

—Yo no tengo *El Astrólogo*.

Georg estaba aturdido. La lluvia y Sarah le aturdían.

—Pero sé dónde puede encontrarlo...

La miró con recelo. Bajo el agua, la visión de Sarah se tornaba borrosa, y sus palabras, confusas. Bajo el agua, el terreno resultaba resbaladizo, y el enemigo, esquivo. La experiencia le había enseñado a ser cauto en el avance.

El tiempo se había detenido en Sarah, en su rostro y en su mirada desafiante. En sus labios húmedos como una fruta recién lavada y en sus enormes ojos verdes, que esperaban el siguiente movimiento sin pestañear. Georg podía haberse quedado contemplándola una eternidad; contemplando las estrellas más de cerca que nunca, aun sabiendo que por más que alargara el brazo no llegaría ni siquiera a rozarlas. A Georg le hubiera gustado rozar aquellos labios.

—¿Qué quieres a cambio, Sarah?

—La vida de mi marido.

—Ya tienes tu vida... No puedo hacer nada por la de tu marido.

—Entonces, no hay trato.

Sarah se dio media vuelta.

—¡Espera!

Georg lo sabía. Sabía que el tiempo que pudiera estar allí, contemplándola bajo la lluvia, dependía del tiempo que tardara en hablar. Y sabía que de lo que dijera dependía la posibilidad de volver a verla. Por eso pensó con detenimiento cada una de las palabras que pronunció sin dejar de mirar a los ojos de Sarah.

—Ven al Louvre.... En un par de días... Veré si puedo ayudarte.

Creyó que Sarah abría la boca para decirle algo. Pero sus labios mojados volvieron a juntarse sin modular una sola palabra. Una mirada felina fue lo último que la chica le dejó antes de cruzar la calle de una carrera. La lluvia pareció tragársela.

***

En Illkirch había tenido un vestuario digno de una princesa. En verano, llevaba vestidos de tafetán y organza, de gasa y muselina; en invierno, faldas de tweed, blusas de seda y chaquetas de *cashmere*. Tenía decenas de pares de zapatos de tacón con el bolso a juego, abrigos de piel, sombreros de fieltro hechos a mano y pamelas de sinamay decoradas con cintas de raso y flores.

Prácticamente todo lo que había traído de Illkirch lo había perdido. Empezó cambiándolo por maquillaje, jabón o pasta de dientes; después, por comida. Había conservado lo imprescindible: un vestido fresco de algodón y otro de hilo para el verano y un par de faldas y de chaquetas para el invierno; un abrigo, un bolso y unos zapatos. También un sombrero que se ponía tanto para protegerse del frío como del sol. Y un pañuelo de seda que le había regalado su padre al cumplir dieciséis años.

Un par de semanas atrás, su abuela le había dado un vestido. Por supuesto que no era nuevo, la condesa lo había llevado en su juventud. Aunque olía a alcanfor y estaba pasado de moda, la tela, un bonito crepé de lana azul marino, se hallaba en buen estado. Pero lo que más le gustó a Sarah fue la banda de seda color crema que se ceñía a la cintura, pensaba que le daba un toque muy chic. Con ayuda de la señora Matheus, que tenía una máquina de coser, lo ajustaron a sus medidas; además, le estrecharon el talle y le subieron la falda unos centímetros para que pareciese más moderno.

Sarah decidió estrenarlo el día que fue a ver al comandante Von Bergheim. Se sintió tan elegante al ponérselo que renegó en voz alta de tener que cubrirlo con su viejo abrigo, aquel que llevaba cosida a la solapa la estrella amarilla. Pero abril todavía era frío en París. Nada más entrar al ala del *palais* del Louvre donde los alemanes habían instalado sus oficinas, se lo quitó y lo dobló cuidadosamente sobre su brazo, dejando el forro a la vista y la estrella vergonzante oculta.

Cuando fräulein Volks abrió la puerta para que Sarah pudiera pasar, Georg se quedó pasmado. En pie tras la mesa, inmóvil, aún tardó unos segundos en reaccionar e ir a su encuentro para acompañarla hasta el lugar donde habría de sentarse.

Estaba preciosa. Había engordado y su piel volvía a verse brillante, tersa y sonrosada. Los ojos ya no se le hundían en unas cuencas oscuras, sino que destacaban grandes y luminosos en el rostro; transmitían vida y energía. Pero, además, el comandante pensó que había algo especial en Sarah, en su semblante y en su mirada, incluso en su forma de moverse; algo indescriptible, algo hermoso.

Georg le ofreció una silla y después se sentó junto a ella. No quería obstáculos por medio, no quería tenerla lejos ahora que la tenía tan cerca.

—Gracias por venir, Sarah. Estoy muy contento de que hayas decidido colaborar conmigo.

—Todo tiene un precio, comandante. Y hasta ahora no he recibido la oferta adecuada...

Cuando la muchacha habló, fue como si el hielo crujiera con cada una de sus palabras. Georg pasó del encantamiento a la tristeza en pocos segundos. Se dio cuenta de que todo había sido una ilusión, una fachada nueva para un edificio en ruinas. Descubrió heridas en Sarah que aunque no estaban a la vista, seguían abiertas y sangraban por dentro.

—No me malinterprete —continuó ella congelando la habitación—. Agradezco lo que usted ha hecho por mí. Pero lo que ha pagado por el cuadro no es el precio que yo pido por él. A veces, la vida de los demás es más valiosa que la de uno mismo.

—¿Y tiene para ti más valor la vida de ese hombre que la tuya?

—Ese hombre, comandante, es la única persona que ustedes, los nazis, no me han arrebatado... todavía.

Georg se sintió atacado. No importaba lo amable y paciente que se mostrara con ella, siempre acababa con unos cuantos dardos clavados en el pecho. Aquella mujer no estaba dispuesta a perdonarle, no estaba dispuesta a comprender los esfuerzos que por ella estaba haciendo, la cantidad de veces que por ella se había jugado el cuello. En otras ocasiones, se había quitado los dardos del pecho y se había lamido las heridas imponiéndose una penitencia merecida. Ahora, en cambio, sentía aquellas punzadas como provocaciones que medían su bravura.

Empezaba a sentirse indignado cuando se puso en pie y volvió tras el estrado desde el cual estaba dispuesto a ser juez si es que ella así lo quería.

—¿Qué te hace pensar que ese hombre sigue vivo?

Georg no quiso mirar a Sarah, que era silencio todo lo que le devolvía. Se concentró en buscar una carpeta de entre todos los papeles que había sobre su mesa de trabajo. Era una forma de mostrar indiferencia, de poner a cada cual en su lugar. Era una forma de infligir agonía, de ejercer poder y control sobre la situación. Porque aquella jovenzuela estaba muy equivocada si pensaba que era ella la que llevaba las riendas de aquel asunto, estaba muy confundida si pensaba que espoleando el lomo de Georg, amansaría a la bestia.

—El señor... como se llame —concluyó con desprecio cuando la obcecación le impidió encontrar el nombre de Jacob entre sus notas— es un terrorista. Se le acusó de tráfico y tenencia de armas y de oposición violenta al gobierno del Tercer Reich, crímenes que se castigan con la pena de muerte. Tal vez sea del todo imposible pagar el precio que pides por el cuadro. No puedo resucitar a los muertos.

Por fin alzó los ojos hacia Sarah, tenía la intención de amedrentarla con una mirada que reflejase todo el resentimiento que en él había. No fue necesario. La joven ya estaba hundida, tocada directamente en la línea de flotación. Pálida, sudorosa, con las manos recogidas sobre las rodillas y la vista perdida en el suelo.

La crueldad es un arma mezquina que deshonra a quien la emplea. La crueldad es la peor forma de abuso de superioridad. Pero es un recurso fácil, un veneno que contamina todo el cuerpo, una droga que produce euforia. Ya era tarde cuando Georg notó en el fondo de la garganta el regusto amargo de la crueldad.

De la jarra que fräulein Volks dejaba cada mañana sobre la mesa, Georg vertió un poco de agua en un vaso.

—Toma, bebe.

Sarah obedeció como un autómata, parecía haber perdido todo dominio de su voluntad. Georg volvió a sentarse junto a ella.

—Dime, Sarah, ¿de verdad es ese hombre tu marido?

Sarah, que no había levantado la vista ni siquiera para beber, siguió sin hacerlo para responder.

—Sí...

Georg buscaba sus ojos desesperadamente. No daba ninguna respuesta por válida sin ver sus ojos.

—¿Ha...? ¿Ha muerto? —consiguió articular ella.

Aquellos pocos segundos de silencio bien podrían haber hecho que Sarah derramase el agua, se desvaneciese o, incluso, que su corazón se parase para no volver a funcionar nunca más.

—No. No ha muerto.

—Dios mío...

Creyó que Sarah iba a llorar cuando la vio llevarse la mano al rostro. Rogó en silencio que no lo hiciera, no estaba preparado para eso.

—Hace un mes lo trasladaron al campo de prisioneros de Drancy para deportarlo desde allí a Alemania. Sin embargo, la semana pasada tuvieron que ingresarle en el hospital. Tiene tuberculosis.

Por fin Sarah lo miró. Sus ojos brillaban pero no había rastro de lágrimas en ellos. Ni siquiera de alegría. La única emoción que ella mostraba era ansiedad.

—¿En qué hospital?

Georg no quería darle esa información.

—Sarah... No hay nada que puedas hacer por él sin poner en peligro tu propia vida.

—Descuide, comandante. No me marcharé de aquí sin darle la información que le he prometido. Una vez que lo haya hecho, mi vida no valdrá más que la de cualquier otro judío, ¿no es cierto?

Aquella mujer era implacable. Sin cambiar el gesto, no desaprovechaba la más mínima ocasión de ponerle contra las cuerdas.

—Eres muy injusta conmigo, Sarah —alegó dolido—. Tú ya me has sentenciado sin darme la oportunidad de exponer mi defensa.

—No he sido yo la que ha traído a Francia este tipo de justicia.

Georg estaba cansado, muy cansado de que la guerra se hubiese trasladado a su despacho. En el campo de batalla jamás había puesto rostro al enemigo y ahora el enemigo tenía el rostro de Sarah. ¡No, no, no y no! Ésa no era la guerra que él quería librar.

—Ojo por ojo y diente por diente. La ley del talión. Ésa es la ley judía, ¿verdad? Pues bien, Sarah, si es así como lo quieres, así será. Dame lo que me prometiste y márchate de aquí. Acabemos con esto de una vez.

La vio dudar durante un instante. ¿Era arrepentimiento eso que había en sus ojos tristes...?

No tardó en averiguar que no.

—Nosotros nunca hemos tenido el cuadro. No está en la familia desde hace más de veinte años. Mi tío abuelo lo vendió para pagar deudas de juego. Se lo vendió al barón Heinrich Thyssen después de la Gran Guerra.

Georg suspiró. No esperaba aquello. O tal vez sí, tal vez algo parecido. Después de todo, la chica era digna hija de su padre. Alfred Bauer había soportado los interrogatorios hasta que un ataque al corazón había acabado con su vida; Alfred Bauer había muerto sin decir una sola verdad sobre *El Astrólogo*.

Apostó a que Sarah no le mantendría mucho tiempo la mirada y así fue. Quiso creer que aún quedaba en ella algo de vergüenza y de honestidad, que jugaba a aquel juego sucio porque se había visto obligada a ello.

—Márchate, Sarah —le pidió abatido.

Ella le obedeció. En silencio recogió el abrigo y el bolso y se encaminó cabizbaja hacia la puerta. Sin embargo, nada más abrirla, se volvió.

—Lamento mucho que las cosas hayan tenido que ser así. Me gustaba pasear con usted por el jardín de mi casa. Me gustaba cuando hablábamos de arte durante horas, sentados bajo el viejo sauce... Me gustaba usted, comandante, antes de todo esto.

Sin dejar siquiera una sonrisa, Sarah se dispuso a marcharse, pero Georg la detuvo.

—¡Sarah!

Ella le miró desde el quicio de la puerta.

Georg suspiró.

—Hospital Rothschild.

Y, por fin, Sarah sonrió.

El hospital Rothschild era un hospital para judíos. En su origen, había sido concebido por el barón Edmund Rothschild como una institución para la asistencia sanitaria de judíos sin recursos. Como todo en París, la Ocupación había trastocado su naturaleza. Desde finales de 1942, el hospital Rothschild era un anexo al campo de internamiento de Drancy; en la práctica, era una cárcel sanitaria, como atestiguaban las alambradas sobre sus muros, los barrotes en las ventanas y la vigilancia policial de salas, entradas y salidas. En el Rothschild se trataba a los enfermos de Drancy y allí también daban a luz las mujeres judías, antes de ser deportados, madre y bebé, fuera de Francia.

Cuando Sarah supo que Jacob había sido trasladado al Rothschild por padecer tuberculosis, su primer impulso fue ir a verlo antes de que la enfermedad acabase con él o de que fuera devuelto a Drancy para su deportación.

Tras muchos esfuerzos, Marion consiguió convencerla de que era una locura simplemente acercarse al hospital, sobre todo ella, que estaba fichada por la Gestapo. No habría pasado el primer control antes de que los policías de la prefectura, que eran quienes lo vigilaban en connivencia con la Gestapo, la hubieran detenido.

A Sarah le consumía la angustia. Jacob estaba vivo y en París, pero ¿por cuánto tiempo? Se sentía culpable, culpable por no haber tenido el tacto ni el valor para pedirle al comandante Von Bergheim que lo liberase. Pero aquel encuentro había sido un desastre. La simple visión de su uniforme, de su cruz de hierro colgada al cuello, de la esvástica junto a la mesa y de la foto de Hitler en la pared había sacudido la ira y el resentimiento de Sarah, que explotaron en la cara de Von Bergheim como las burbujas de una botella agitada. Llevada por el odio, se dedicó a atacarle con las palabras y lo habría hecho con las uñas si hubiera podido. Sin embargo, tenía que reconocer que Von Bergheim era el único que la había ayudado. Con un poco más de diplomacia, la habría ayudado incluso más. Con un poco más de diplomacia, se repetía, tal vez Jacob estuviera ahora en la calle. Cuando se hubo dado cuenta de su torpeza, ya era demasiado tarde para dar marcha atrás.

Pasó dos días enteros sin poder dormir, pensando en qué podría hacer ella por su amigo. Dos días enteros en los que la impotencia, el temor y la inquietud apenas le dejaban respirar. Dos días enteros hasta que Marion le presentó a Carole Hirsch.

Carole Hirsch trabajaba como asistente social en el Rothschild; era de los pocos trabajadores no judíos que integraban el personal del hospital, junto con la dirección controlada por el gobierno de la Ocupación. Carole Hirsch también trabajaba para la Resistencia.

Se encontraron una mañana a primera hora en la trastienda de la librería. Mademoiselle Hirsch era una mujer de mediana edad, pulcra, menuda y con el aspecto áspero de una maestra de escuela inflexible y disciplinada, pero su mirada y su voz eran amables y resultaban sedantes, casi analgésicas. O, al menos, así se lo parecieron a Sarah cuando le puso la mano en el hombro y le habló de Jacob.

—No se inquiete, mademoiselle Bauer. Su amigo no tiene tuberculosis. Cuando estaba en Drancy, una enfermera falsificó sus radiografías pulmonares: las cambió por las de un infectado. Era el único modo de poder trasladarlo al Rothschild para curarle una grave infección que padece en un ojo, causada por las lesiones de las torturas. Por una infección, no importa lo grave que fuera, los funcionarios de Drancy no autorizaban el traslado. Pero la tuberculosis es diferente... es muy contagiosa —concluyó mademoiselle Hirsch con un guiño de complicidad.

A partir de ese momento, Sarah fue descubriendo de boca de Carole Hirsch cómo el hospital Rothschild se había convertido en un verdadero foco de la Resistencia. Desde que se constituyera en anexo de Drancy, los médicos no tardaron en darse cuenta de que había una posibilidad para los pacientes que por allí pasaban, una esperanza de eludir Drancy y escapar de la deportación. Pronto se creó una red de evasión en la que estaba involucrado todo el personal del hospital, desde médicos a enfermeras, pasando por auxiliares, conserjes y limpiadoras; cada uno de ellos, bien activamente o bien mirando para otro lado y guardando silencio, colaboraba para sacar del centro y poner a salvo al mayor número de pacientes, no sólo del hospital, sino también del orfanato y del hogar para ancianos. Se inventaban enfermedades o se prolongaban artificialmente para tener tiempo de urdir los planes de evasión: radiografías, analíticas y gráficas de temperatura falsas estaban a la orden del día, como también las curas, los vendajes, las escayolas o, incluso, las apendicectomías en pacientes sanos. Se preparaban papeles falsos, se arreglaban contactos con el exterior, se procuraba dinero a los fugados... Todo para evitar el retorno a Drancy.

Sarah estaba maravillada, admirada de la gran labor que llevaban a cabo aun a riesgo de sus vidas los hombres y mujeres del Rothschild. Todo lo que ella había hecho hasta ahora le parecía una nimiedad comparado con aquello, incluso, una felonía: ella sólo había destruido vidas, no importaba de qué bando fueran; aquellas personas, en cambio, las salvaban.

—Cada uno se resiste al ocupante como puede, en las circunstancias que puede y con los medios que tiene a su alcance. Y cada granito de arena hace una montaña. No hay que menospreciar la labor de nadie —había reconfortado mademoiselle Hirsch su conciencia inquieta.

De pronto, a Sarah se le abrió un mundo de posibilidades sobre qué hacer con su vida. No podía permitirse seguir viviendo atemorizada, anclada en unas hazañas que casi le habían llevado a la muerte. La guerra continuaba y ella no podía bajar los brazos. Ella no era diferente de los cientos de miles de judíos que paseaban por París, arriesgándose cada día por el mero hecho de existir. O sí lo era... Lo era porque tenía la oportunidad de volver a hacer algo, de seguir cambiando el terrible panorama. Sólo tenía que olvidar los calabozos de la Gestapo, sólo tenía que superar el trauma del pasado y perder el miedo.

Pero antes que nada tenía que ocuparse de Jacob.

—Dígame, mademoiselle Hirsch, ¿hay alguna posibilidad de sacar de allí a Jacob? —preguntó con un hilo de esperanza haciéndosele madeja entre las manos.

La mujer suspiró, pero no perdió la sonrisa.

—Las cosas están cada vez más difíciles. A medida que se han incrementado las fugas también han aumentado el control y la vigilancia por parte de la policía. Últimamente, por cada fuga que se produce, la policía exige que se dé de alta forzosamente a un número determinado de pacientes para trasladarlos a Drancy. Cada día el peligro es mayor, no sólo para nosotros, también para los propios internados.

Sarah bajó la vista y agachó la cabeza. Puede que se hubiera echado a llorar, si no fuera porque hacía mucho que no lo hacía; había acabado por descubrir que ni siquiera el llanto la aliviaba.

—Lo entiendo...

Pero, a ojos de una persona perspicaz, no hace falta llorar para mostrar lo que se siente.

Carole Hirsch le apretó la mano que había dejado sobre la mesa y con su voz analgésica concedió:

—Déjeme unos días. Veremos lo que se puede hacer.

Mademoiselle Hirsch volvió a la librería al final de esa semana. La acompañaba un joven residente del departamento de cirugía, el doctor Simon Vartan. El doctor Vartan había tratado a Jacob tanto de su auténtica infección en el ojo como de su pretendida tuberculosis: era él quien falsificaba las radiografías de forma continua para mostrar un falso avance de la enfermedad y asegurarse de que Jacob no fuera dado de alta.

—He hablado con Wozniak. —El doctor Vartan miró a mademoiselle Hirsch refiriéndose a uno de los farmacéuticos del hospital—. No habría problema en falsificar los documentos con los tampones nuevos que usted le pasó. El problema es cómo sacarlo. —Se volvió hacia Sarah—. Antes nos limitábamos a cambiar el camisón del paciente por una bata blanca o deslizarlo por los conductos de la ropa sucia. No era demasiado difícil eludir la vigilancia y ponerlo fuera de peligro en poco tiempo. Pero ahora... Los guardias están más alerta, no quitan ojo de cada movimiento que hacemos. Y lo que es peor, por cada fuga se toman su revancha. La semana pasada se presentaron de la prefectura con una lista de diez personas, tres de ellas eran niños de menos de dos años: los metieron en un furgón para Drancy.

Sarah le escuchaba con atención, casi ansiosamente, a la vez que le miraba sin comprender: «Entonces, doctor Vartan, ¿por qué está usted aquí?».

El doctor Vartan pareció escuchar su pregunta muda. Se ajustó las gafas, juntó los dedos frente a la cara y se acodó en la mesa para acercarse a Sarah y murmurar:

—Aun así, mademoiselle Bauer, existe una posibilidad. Pero habrá que considerar muy detenidamente los riesgos, ya que la única opción viable pasa porque no parezca una fuga. Y eso puede costarle la vida a Jacob...

Al grano, Camille

Camille de Brianson-Lanzac. De buenas a primeras aquel nombre no me decía nada, no tenía por qué decírmelo. Sólo cuando Alain me reveló cuál era el apellido de su madre, las piezas comenzaron a encajar: si Camille fuera española, su segundo apellido sería Von Thyssen.

Lo que sin embargo no encajaba en absoluto era el humor de perros del que Alain hacía gala cada vez que el nombre de aquella mujer aparecía en nuestras conversaciones.

Fue esquivo, sumario y hasta hostil al explicarme quién era Camille de Brianson-Lanzac von Thyssen.

—Es una Von Thyssen de segunda fila. Desciende de un primo del famoso August Thyssen, el de los ascensores —bromeó sin ganas de bromear—. Da igual. Lo que a nosotros nos interesa es que ella se siente muy arraigada en el apellido Thyssen, tanto, que lleva toda la vida trabajando en un libro sobre la familia como si fuera su autobiografía.

—¿Y de qué la conoces?

—De la universidad. Estudiamos juntos. —Punto y final. Alain cambió de tema inmediatamente después.

Camille se codeaba con los grandes de la alta costura. No sólo porque a menudo se comprase un bolso de Dior o un traje de Chanel, sino porque se codeaba casi físicamente con ellos, ya que poseía una galería de arte en la avenida Montaigne, en pleno triángulo de oro de la ciudad, lo que la convertía en vecina de las casas de moda más pomposas y renombradas del mundo.

Fuimos a verla una mañana a la galería. Dejamos la moto aparcada frente a la boutique de Dior y con sólo cruzar la calle nos plantamos ante la fachada blanca y negra, con un rótulo que parecía una firma, de Brianson Art: sobria, elegante, muy a tono con el ambiente de la calle, pijo repijo; muy a tono con la propia Camille, como no tardé en comprobar.

Entramos en el local. Sobre las paredes blancas colgaban los cuadros hiperrealistas de una joven pintora japonesa. Al instante se nos acercó una chica altísima y muy llamativa a ofrecernos su ayuda.

Mientras Alain le explicaba que teníamos una cita con mademoiselle de Brianson-Lanzac, me fijé, quizá por el notable contraste que había con aquel entorno pulcro, elegante y glamuroso, en que mi colega había retomado, corregido y aumentado, su desaliño estético: la barba había vuelto a ensombrecerle el mentón y parecía haber escogido la ropa más vieja y arrugada del armario, probablemente a oscuras, a tenor de la combinación imposible de colores que llevaba. Es más, me dio la sensación de que la alta y llamativa señorita de Brianson Art, con su melena de peluquería, su traje de firma, sus morros de silicona y su manicura perfecta, recelaba, manteniendo en todo momento una sonrisa forzada y una distancia prudente.

No obstante, nos pasó a la trastienda, a un despacho tan elegante como todo lo demás, con muebles modernos de líneas depuradas y orquídeas en cada esquina, un iMac sobre el escritorio y una alfombra persa —de esas tan finas que podrías hacerte un vestido con ellas— cubriendo casi todo el suelo, amén de unas pocas obras de arte muy bien seleccionadas entre las que me pareció reconocer unas flores del pintor chino Qi Baishi, cuyo valor, si es que no eran una reproducción, rondaría el millón de dólares.

Camille de Brianson-Lanzac y, lo que era más importante, Von Thyssen se levantó para recibirnos con una sonrisa amplia y llegó junto a nosotros para darle dos besos a Alain y otros dos a mí cuando fuimos presentadas.

Camille era joven, treintañera como nosotros. No era lo que se dice una mujer guapa, pero tenía buen tipo, vestía con mucho estilo prendas y complementos caros y sabía sacar mucho partido de sus virtudes con un maquillaje y un peinado cuidadísimos, de modo que en conjunto resultaba atractiva.

—Ya me he enterado de lo de tu abuelo —le dijo antes de nada a Alain—. Mi madre tiene la macabra manía de leerse las esquelas de todos los periódicos, y lo peor es que creo que se lleva una gran desilusión cuando no conoce a nadie. *C'est top!* —relató Camille con su acento parisino burgués y afectado.

—Ya...

—Puedes creerme si te digo que llevo semanas queriendo llamarte, pero estoy absolutamente a tope, te lo juro. Ayer, cuando vi tu nombre en el HTC, pensé: ¡Oh, Dios mío, esto es totalmente telepatía!

—Seguro...

El momento me resultó, como poco, chocante. Era obvio que Alain y Camille tenían una relación que iba más allá de la meramente casual o profesional, sin embargo, parecía que se movían en universos paralelos: el de ella en colores, como la tierra de Oz, y el de él en blanco y negro, como Arkansas.

—Pero sentaos, por favor. ¿Os apetece tomar algo? ¿Un café?, ¿algo frío...?

—No, nada —le cortó Alain a ella y también a mí, que no me hubiera importado tomarme un café. Pero me callé: la cosa estaba tirante—. No nos quedaremos mucho tiempo.

Camille, que era muy educada, se tragó el desplante con un movimiento de hombros y una sonrisa. Sin mayor ofrecimiento, se sentó con nosotros en un rincón compuesto por un tresillo, dos sillones y una mesa. Cruzó las piernas y sobre ellas, las manos, en una postura tan afectada como ella misma.

—Como te adelanté por teléfono —Alain fue directo al tema—, Ana y yo estamos investigando la desaparición de un cuadro que pudo estar en la colección del primer barón Heinrich von Thyssen, del que a lo mejor tú has oído hablar.

Camille se levantó y se dirigió a su mesa, de donde cogió una libreta y algunos papeles. Después, se volvió a reunir con nosotros. Cada vez que se movía, podía notar su perfume flotar en la sala.

—Sí, *El Astrólogo* de Giorgione, me lo apunté aquí. A priori no me sonaba nada en absoluto, pero he estado repasando mis notas y, en concreto, una entrevista que mantuve con el barón (el hijo, claro), poco antes de su muerte. Ayer por la tarde estuve escuchando la grabación entera. ¡Estoy completamente alucinada de cómo me olvido de las cosas! Cada vez peor, te lo juro. Con tanta tecnología y tanta máquina, ya no soy capaz de acordarme ni de dónde vivo si no lo miro antes en el HTC. ¡Qué desastre, por Dios! ¿No os pasa a vosotros también?

Alain no se dignó continuar con la conversación.

—Entonces, Camille, ¿tienes algo interesante que contarnos?

—«¿... o seguimos perdiendo el tiempo?», dijo sin decir.

—Sí, claro, qué tonta. Supongo que mis problemas de memoria no son para nada interesantes. —Camille sonrió como si sólo estuviera bromeando. En realidad, quería ser sarcástica.

Si hubiera estado sentada sobre una bomba, no me habría sentido más tensa. Por alguna razón que a mí se me escapaba, Alain estaba comportándose como un perfecto idiota maleducado. Antes de que terminara de fastidiarla, decidí intervenir.

—Pues a mí me pasa como a ti, Camille: si pierdo el móvil, pierdo parte de mi identidad.

Me miró como si de pronto hubiera recordado que yo estaba allí. Por suerte, tras situarse, me dedicó un gesto de complicidad. Decidí seguir por el camino de la diplomacia, mientras rogaba que Alain mantuviera la boca cerrada.

—Es genial que te hayas tomado la molestia de volver a repasar la entrevista. Te aseguro que estamos desesperados con este cuadro: no hay casi pistas sobre él y, bueno, que tú hayas tenido acceso al barón Thyssen, que puedas, a lo mejor, darnos información de primera mano... Es todo un privilegio. Nos haces un gran favor.

Mi discurso cayó como un velo de miel sobre Camille, que enseguida se relamió cual gatita vanidosa. Se reacomodó en su asiento, las rodillas cruzadas apuntando hacia mí: a partir de entonces me consideraría su única interlocutora.

—Sí, *chérie*, Heini, el barón Thyssen, era un hombre encantador. Cuando yo le conocí ya estaba muy deteriorado pero conservaba un *charme* y una elegancia inigualables. Me dedicó toda una tarde en su magnífica residencia de Gerona y pudimos hablar de todo: de su vida, de su familia, de arte también, por supuesto... Le reservo una parte muy importante de mi libro, se lo merece.

—Eres muy afortunada por haber tenido esa oportunidad. Pero es lógico que el barón se comportara así contigo; después de todo, eres de la familia.

Camille sonrió halagada.

—Sí, es cierto...

—Cuando termines el libro me encantará leerlo. Será magnífico, desde luego, porque se ve que tienes mucha sensibilidad.

Alain suspiró. Camille lo ignoró, abducida como estaba por mis lisonjas. Y yo me odié por lo que estaba haciendo. Pero es que no sabía cómo sacar el tema de Giorgione, porque ella tampoco parecía querer sacarlo.

En cambio Alain encontró la fórmula.

—Al grano, Camille: ¿te habló o no te habló de *El Astrólogo*? Ella volvió a ignorarlo y siguió hablando para mí.

—Por supuesto que no repasamos una a una las obras de su colección. Más que una entrevista, aquello fue una conversación fluida y agradable. Pero en un momento dado salió el tema de las falsificaciones. Le pregunté si alguna vez habían intentado venderle una obra falsa. Me aseguró que sí, que muchas veces. Sin embargo, recordaba una en especial. —Camille se detuvo, me miró, se mordió el labio y con una palmadita en mi brazo, añadió—: Espera. Me he traído la grabadora. Voy a ponerte esa parte de la grabación.

Camille fue a buscarla.

—Ya lo tengo preparado. Sólo tengo que darle al *play.*

Con sus uñas de porcelana pulsó el minúsculo botón y dejó la grabadora encima de la mesa.

Sobre el ruido de fondo de la grabación, se escuchó la voz cascada de un hombre anciano, hablando en perfecto francés.

...Sería en el 48 o en el 49... No hacía mucho que había muerto mi padre. Uno de los marchantes con los que trabajaba habitualmente me informó de que tenía algo muy especial: un cuadro que se había encontrado entre las ruinas del castillo de Wewelsburg en Westfalia. Me dijo que era una obra magnífica de la escuela veneciana de finales del Cuatrocento o principios del Cinquecento, tal vez un Tiziano o un Giorgione, incluso un Bellini. Bueno, aquello me pareció interesante. Primero por el morbo (risas): ¡un cuadro de Wewelsburg! ¡El templo de la orden oscura de Himmler! Aquello ya tenía un valor histórico de por sí. Pero si además pertenecía a un gran maestro... ¡Sería fantástico! Deseaba especialmente que se tratara de un Giorgione. Mi padre tenía fijación con ese artista. Siempre contaba que un tal Bauer —lo contaba tantas veces que se me ha quedado grabado el nombre— le había ofrecido dos obras del maestro veneciano pero que en el último momento la familia le impidió vender una de ellas, la que mi padre consideraba más valiosa. Se enfadó mucho, aunque compró la otra, que era una pieza muy hermosa. Sin embargo, pronto dudó de su autoría y la vendió; a Duncan Phillips, creo que todavía se exhibe en su museo de Washington... En definitiva, viajé hasta Alemania para ver el cuadro. De un primer vistazo bien podría haber sido un Giorgione. La composición se estructuraba en el característico doble plano del maestro: un paisaje elaborado al fondo y una figura destacada en primera línea, un hombre joven que manejaba varios instrumentos de astrología como los que Giorgione había pintado en el fresco de la casa Pellizzari. Inmediatamente encargué un estudio de la obra para verificar su autoría. Cuál sería mi sorpresa cuando se verificó que era falsa. Una falsificación fabulosa, muy cuidada, pensada para hacerse pasar por auténtica, sin duda: los pigmentos, el lienzo, incluso el marco... Todo era de la época. Sin el análisis químico hubiera sido imposible descubrir el engaño. Pero la realidad es que el cuadro no tenía más de diez años...

Camille detuvo la grabadora.

—Bueno, ya veis que no habla explícitamente de *El Astrólogo*, o sea, no es un cuadro con nombre y apellidos, pero... Podría ser el que estáis buscando, ¿no? Claro que una falsificación... Me dijo que la noticia había salido en todos los periódicos, pero los titulares se centraron en ridiculizar a Himmler por haber adquirido una obra falsa, más que en el hecho de la falsificación en sí.

—Sí, podría referirse a *El Astrólogo* —asentí, tratando de contener mi entusiasmo. En el relato del barón Thyssen había mucha más información de la que hubiera esperado nunca—. Muchas gracias, Camille. Nos has sido de gran ayuda.

—Yo es que soy una cajita de sorpresas, *chérie*. —Camille demostró quererse un poco más de lo mucho que ya se quería.

Alain desplegó sus piernas largas para ponerse en pie con ánimo de marcharse.

—Gracias, Camille. —Su tono de voz mostraba mejor talante. Tal vez se había puesto tan contento como yo y aquello había suavizado su humor.

—No hay de qué. Si en algo más puedo ayudaros, ya sabéis dónde encontrarme...

Un par de golpes discretos en la puerta la interrumpieron. La cabeza de su asistente asomó por el quicio.

—Camille, perdona, ha venido un mensajero con un regalo para ti. ¿Le digo que lo deje o que lo lleve a tu casa?

—Uf... ¡Qué manía con enviar los regalos aquí! Es agotador... Sí, que me lo lleve a casa, por favor. Gracias, *chérie*.

—Eres una mujer afortunada, Camille, la gente te hace regalos aunque no sea tu cumpleaños —comentó Alain. Me pareció que volvía a utilizar el sarcasmo; puede que ya estuviese obsesionada.

Lo cierto es que fue la primera y única vez en aquel breve encuentro con Camille en que la vi perder su desparpajo. De hecho, se mostró incluso turbada, como las princesitas de cuento.

—Eh... Sí... Bueno... Verás... No son regalos de cumpleaños... Son... Eh... Son regalos de boda. Es que Jean-Luc y yo... nos casamos... Este sábado...

Y, entonces, Alain también se turbó. El ambiente, en su conjunto, se tiñó de total y absoluta turbación.

—Ah... Vaya, eso... eso es... estupendo, ¿verdad...? —Alain carraspeó como si se le hubiera atascado una palabra en el gaznate—. Enhorabuena... A los dos... —consiguió escupir no sin dificultad.

Alain mantuvo la compostura lo justo para despedirse cortésmente de Camille y salir por la puerta de la galería con cierta dignidad. Sin embargo, en cuanto puso un pie en la calle, su mirada se ensombreció, su mandíbula se tensó y, si hubiera sido un animal, habría bufado y echado espuma por la boca.

Cruzó la calle con espíritu suicida: tres coches tuvieron que frenar bruscamente y le increparon con sonoros toques de claxon; también a mí, que le seguía como una tonta. Llegó junto a la moto, se puso el casco, se montó y farfulló con voz cavernosa tras la máscara:

—Vamos a la hemeroteca: buscaremos las noticias sobre el falso Giorgione. Venga, sube.

—No —me planté—. No pienso moverme de aquí hasta que me respondas a dos preguntas.

Alain me miró tras el casco, expectante.

—Qué demonios es un HTC y... quién es esa mujer en realidad.

Transcurrieron un par de segundos antes de que reaccionase. Se levantó la visera como si se ahogara dentro, suspiró, desvió la mirada al frente, agarró con fuerza el manillar... Volvió a mirarme.

—El HTC es como una BlackBerry, pero mejor... Esa mujer es como una zorra, pero peor. Es mi ex mujer.

Acto seguido dio a la llave de contacto y el motor de 500 centímetros cúbicos rugió: no había opción de continuar con el tema. No obstante yo tampoco hubiera podido hacerlo, la verdad. Sin embargo, tenía que decir algo, me veía incapaz de quedarme callada como si nada. Alcé mi voz sobre el motor y declaré muy seriamente:

—No puede ser. No puede haber nada mejor que la BlackBerry.

Mayo, 1943

«El alto mando no tolerará ningún acto hostil contra las fuerzas de Ocupación. Todo sabotaje y toda agresión serán castigados con la pena de muerte. Queda establecido el toque de queda a partir de las 20 horas.» Éste fue el primer mensaje que las autoridades alemanas dirigieron a los ciudadanos de París tras la Ocupación, el 14 de junio de 1940. Desde entonces, el *couvre-feu*, o toque de queda, variaría en horarios pero se mantendría hasta 1944. En general, comprendía desde las 22 a las 5 horas, salvo para los judíos, que abarcaba desde las 20 a las 6 horas. Durante el toque de queda, cualquier persona que saliera a la calle sin un permiso especial era inmediatamente arrestada.

A medida que pasaban los años París se tornaba una ciudad cada vez más hostil y peligrosa. Con la llegada del atardecer, se volvía oscura, desierta y silente, resignada a que el toque de queda terminara de amordazar su espíritu moribundo. Porque el atardecer no sólo desvanecía la luz, también los ánimos ya marchitos, y las calles de París se llenaban de rostros sombríos y resignados, de carreras desganadas para coger el último tren. Al atardecer, sólo quedaban las patrullas militares que tamborileaban con paso marcial sobre el suelo de París y la gente de París callaba y escondía la cabeza.

Sarah corría, buscando el abrigo de la penumbra como una rata; furtiva como un criminal; ansiosa como un fugado. La noche no debía sorprenderla en las calles de París, pero la noche la perseguía implacable alargando la sombra de Sarah, cada vez más difusa sobre el pavimento.

Se le había hecho demasiado tarde. Había estado con el doctor Vartan y mademoiselle Hirsch y se había entretenido ultimando los detalles del rescate de Jacob. Después, había tenido que ir a casa de la condesa a por café; el doctor Vartan le había dicho que si Jacob lo tomaba, tendría que inyectarle menos droga. En París el café escaseaba, pero su abuela lo conseguía en el mercado negro.

—*Halt!*

Sarah se detuvo instintivamente. Un grupo de cuatro soldados de las SS le cerraban el paso. ¿Cómo era posible que no los hubiera visto? Iba caminando sin mirar o mirando sin ver; iba pensando en el día siguiente, en Jacob, en llegar a casa...

—*Ausweiss!*

Metió la mano en el bolso, pero se lo arrebataron de un tirón. Apenas llevaba dentro nada más que los papeles, la cartilla de racionamiento, algunas monedas y las llaves de casa. Había tenido la precaución de guardarse el café en el bolsillo de la chaqueta; si los alemanes lo encontraban, se lo quitarían.

Uno de los soldados sacó la documentación del bolso y luego lo arrojó al suelo. Los demás no quitaban la vista de Sarah, las manos apoyadas sobre la metralleta. Parecía que sonreían y su mueca infundía temor.

A la luz de una pequeña linterna, examinaron los papeles. No tardaron en comenzar a murmurar y a reírse entre dientes.

—Es una zorra judía, sargento.

—Ya lo sé, idiota. ¿Es que no le has visto la estrella?

—Menuda puta...

—Estaría bien abrirle las piernas a patadas y follársela.

—¡Qué asco! ¡Follarse a una judía es asqueroso!

—Un coño es un coño, qué quieres que te diga. Y esta judía está muy rica.

—Eres un cerdo, Wulff.

El sargento le apuntó a la cara con la linterna. Sarah parpadeó.

—¿Qué pasa, puta judía? ¿No sabes que no puedes estar en la calle?

Hizo como que no le entendía.

—¡Contéstame, perra! ¡Y mírame cuando te hablo! —le ordenó al tiempo que le daba un empujón contra la pared.

Faltó poco para que Sarah cayera al suelo, pero finalmente logró mantener el equilibrio. Negó y luego asintió. Temblaba. Si habían de detenerla que lo hicieran ya. No le gustaba nada el cariz que tomaban las cosas.

—¡Ábrale el abrigo, sargento, que le veamos bien las tetas!

Llegó a fantasear con darle una patada a uno de ellos, arrebatarle la metralleta y disparar. Llegó a fantasear con morir matando. Pero no tuvo valor, no encontró la fuerza suficiente ni para mover un dedo. El pánico la había paralizado.

Con el cañón del arma, el sargento le abrió la chaqueta.

—¡Vamos, guapa, enséñale las tetas a los muchachos!

Todos le corearon con risotadas. El sargento alargó la mano para tirar de la blusa.

Instintivamente, Sarah lo apartó de un manotazo.

—Pero ¿qué haces, estúpida? —le gritó en la cara, empujándola de nuevo contra la pared y encañonando la metralleta contra su pecho.

Le puso la mano en el cuello y lo apretó con fuerza, metiéndole los dedos bajo el mentón. A Sarah empezó a faltarle el aire. Deseó desmayarse en el mismo momento en que notó en la cara el aliento y las palabras escupidas del soldado.

—¡Escúchame, judía de mierda! ¡Me das asco! Así que no vuelvas a tocarme, ¿entiendes? Si te digo que te tires al suelo para que te follemos, ¡lo haces...!

—¿Qué está ocurriendo aquí?

Sarah lo había visto. Había visto un automóvil detenerse y lo había visto bajar a él. Creyó que alucinaba, que lo que veía no era más que producto de su mente aterrorizada. Creyó que ya se había desmayado y que Georg von Bergheim se había vuelto a colar sin permiso en su cabeza.

Pero todo parecía tan real...

El soldado se volvió con el ímpetu de una fiera perturbada. Al ver al *SS-Sturmbannführer*, se quedó helado.

—*Still gestanden!* —gritó el comandante.

Cuando aquel animal la soltó para cuadrarse, a Sarah le fallaron las rodillas y se deslizó lentamente, espalda con pared, hasta caer sentada en la acera como un mendigo.

—¡He preguntado que qué ocurre aquí! *Scharführer?*

Los cuatro SS, firmes ante su comandante, parecían figuras de acero. Lo único que de ellos se movió fueron los labios del sargento.

—Esta mujer es judía, *Sturmbannführer*, y está incumpliendo el toque de queda. Procedíamos a su detención.

—Eso no es asunto suyo, *Scharführer*, sino de la prefectura o de la policía militar.

—Con todos los respetos, *Sturmbannführer*...

—¡Silencio! Debería tomar sus números de identificación y denunciarles ante sus superiores por incumplimiento de la ordenanza número 137, de 7 de enero de 1941, que prohíbe expresamente inmiscuirse en las competencias delegadas a los organismos locales en los territorios ocupados —se inventó Georg sobre la marcha—. ¿Me han entendido?

—¡Sí, *Sturmbannführer!* —respondieron al unísono.

Georg hizo una pausa dramática mientras se paseaba delante de ellos traspasándolos con la mirada.

—Por esta vez voy a dejarlo pasar —habló en un tono más sosegado—. Espero que en un futuro no se repitan acciones como ésta. Nuestra labor aquí no es crear fricciones con las instituciones locales. ¿Está claro?

—¡Sí, *Sturmbannführer!*

—Pueden retirarse. *Heil Hitler!*

—*Heil Hitler!*

El grupo de Schutzstaffel emprendió la marcha calle arriba y desapareció a los pocos segundos por el boulevard Saint Germain.

—¿Estás bien? —le preguntó Georg a Sarah mientras la ayudaba a levantarse.

Ella asintió. Se limpió y se cerró la chaqueta y quiso agacharse a recoger su bolso pero Von Bergheim lo hizo por ella.

—Gracias —murmuró a voz media y temblorosa.

Todo le temblaba, no sólo la voz. Desde la mano que alargó para tomar el bolso hasta las piernas, que temió que volvieran a fallarle.

Georg la sujetó del brazo.

—Ven conmigo. Tomaremos algo en ese café. Podrás sentarte un rato mientras te tranquilizas.

Sarah no lo había visto hasta ese momento, pero en la esquina del bulevar había un café con amplias ventanas a la calle bajo un toldo de rayas. No era fácil verlo porque los cristales estaban ya cubiertos con la tela azul marino y no había rastro de luz.

—Yo... yo no puedo entrar ahí. Soy judía. Llevo la estrella.

Acumulaba meses, incluso años, de humillaciones, sin embargo, fue la primera vez que Sarah se sintió verdaderamente humillada, tanto como para no querer levantar los ojos al hablar, como para murmurar sus palabras con vergüenza.

Aquello colmó las iras de Georg. Agarró la estrella de la solapa izquierda de la chaqueta de Sarah, la arrancó de un tirón y la lanzó al suelo.

—Ya no.

De igual manera que se había dejado arrancar la estrella, la muchacha se dejó llevar por Georg hasta el café. Aunque estaba atestado de gente, de humo y de ruido, Sarah sintió un calor reconfortante al entrar. Aún quedaba una hora hasta que comenzase el toque de queda para el resto de los habitantes de París, los que no eran judíos, y parisinos y alemanes apuraban las bebidas y la conversación antes de verse obligados a meterse en casa.

Entre empujones se abrieron camino hasta el final del establecimiento y ocuparon una mesa encajonada en una esquina. No tardó en aparecer un camarero: Georg pidió un brandy para él y un café para Sarah, aunque sabían que no les servirían ni lo uno ni lo otro. Les traerían *ersätze*: sucedáneos. Tal vez aguardiente de patata y una infusión marrón de vete tú a saber qué.

No cruzaron palabra. Sobraba ruido y faltaba confianza.

Era cierto que el comandante Von Bergheim podía llegar a ser una persona amable, pero Sarah se tomaría cuanto antes su brebaje caliente y se marcharía de allí. Eso habría hecho de no ser porque al primer sorbo se quemó los labios; aquel brebaje ardía.

Georg le ofreció su vaso.

—Deberías tomar un poco de... esto. Es muy malo, pero el alcohol te entonará más que esa agua sucia caliente.

—No, gracias. Está bien así.

El calor y el descanso empezaban a surtir efecto; la sangre volvía a correr por las venas de Sarah. Al tiempo que empezaba a recuperar el dominio de sí misma, aumentaba su deseo de abandonar aquel lugar y al comandante. El ruido se le hacía cada vez más insoportable, el aire cada vez más irrespirable y el ambiente, claustrofóbico. No podía esperar a que su bebida se enfriase, tenía que marcharse de allí inmediatamente.

Se puso en pie de repente. Fue entonces cuando los vio entre la multitud. Dos policías de paisano pidiendo la documentación.

Antes de que le diera tiempo a preguntar, Georg vio que la chica volvía a sentarse, o más bien a dejarse caer sobre la silla.

—¿Qué te pasa?

—La policía. Están pidiendo los papeles a todo el mundo.

Georg no tardó en comprobar que se trataba de *gestapistas*. Franceses de la Gestapo.

—No tendría que haber entrado aquí —comenzó a balbucear ella llevada por el pánico—. No puedo estar aquí. Con o sin estrella, sigo siendo judía.

—Está bien, Sarah. Tranquilízate.

Georg trataba de pensar rápido. Sólo unos minutos les separaban de la llegada de uno de los agentes.

Sarah pensaba en el paquete de café que llevaba para Jacob. Pensaba en Jacob también. Si ahora la arrestaban, ¿qué ocurriría?, ¿qué sería de él?

Entonces vio que el comandante intercambiaba sus bebidas con un rápido movimiento de prestidigitador. Después metió los dedos en el aguardiente y le mojó el cuello. Sarah no supo cómo reaccionar.

—Bebe un poco. Al menos un sorbo —le susurró.

—¿Cómo?

—Haz lo que te digo. ¡Rápido!

Sarah no comprendía muy bien lo que pretendía, pero le obedeció.

En cuanto hubo bebido, Georg la atrajo contra su pecho y le enterró el rostro en su guerrera. Por último, le revolvió el pelo.

Sarah no podía ver nada, respiraba con dificultad y se estaba clavando una de las insignias del comandante en la cara. Pero había empezado a entender de qué iba la cosa.

—Disculpe, señor. ¿Puedo ver su documentación, por favor?

—Por supuesto.

Georg se metió la mano en el bolsillo de la guerrera, sacó su *Soldbuch* y se lo tendió al policía.

—La de la señorita también, si es tan amable —añadió el policía al tiempo que trataba de verle la cara a la muchacha.

—Me parece que la señorita no está en condiciones de enseñarle nada, agente. No tolera bien la bebida y esta última copa le ha sentado fatal. —Georg trató de mostrar complicidad—. Me temo que si la muevo demasiado, me vomitará en el uniforme.

Sarah trataba de no sofocarse mientras notaba la tensión en el pecho de Von Bergheim y escuchaba su voz resonándole tras las costillas.

—Lo siento, señor, pero tengo orden de revisar todas las documentaciones.

—Lo comprendo, agente. Pero la señorita va conmigo, eso debería ser garantía más que suficiente de que su documentación está en regla.

—Aun así, señor, insisto en que cumplo órdenes. Tiene que mostrarme su documentación.

Sarah notó que el ritmo cardíaco de Von Bergheim se aceleraba y que su cavidad torácica retumbaba como una caja de resonancia.

Georg le hizo una señal al policía de que se acercara. Cuando éste se inclinó sobre la mesa, le agarró del cuello de la camisa con la única mano que le quedaba libre y se enfrentó a él, rostro con rostro. El comandante era consciente del temor que podía llegar a infundir cuando se mostraba furioso.

—Le he dicho que la señorita va conmigo —bramó entre dientes—. No tiene nada más que comprobar aquí, agente. —Y se deshizo de él de un empujón.

El ruido de las voces en el local se acalló. Sarah contuvo la respiración y rezó para no volver a escuchar la voz del policía. Fueron unos segundos de silencio angustiosos medidos tan sólo por los latidos del corazón de Von Bergheim.

Cuando por fin notó posarse la mano del comandante sobre su cabeza, supo que todo había pasado. Como ella, las conversaciones del lugar fueron recuperando el tono. Creyó entonces que podría permanecer así, recostada sobre el pecho de Georg von Bergheim, quizá toda la noche. Pero pronto apartó de su mente aquel pensamiento absurdo.

—Ya se han marchado —le susurró él al oído pasado un tiempo que a Sarah se le antojó demasiado breve.

Entonces levantó la cabeza y le miró. Ambos mantuvieron aquella mirada pero ninguno deshizo el abrazo.

—Salgamos de aquí —dijo Georg al fin—. Necesito un poco de aire fresco.

Traspasar la puerta del café significaba entrar en otra dimensión, la del silencio y la oscuridad, la de la guerra. Pero Sarah se sintió extrañamente aliviada al dejar atrás el ambiente recargado de aquel bar.

—Vamos, te llevaré a tu casa —le propuso el comandante Von Bergheim.

Georg echó a andar hacia su automóvil, aparcado en el cruce de calles. Sarah no se movió.

—No. Gracias... Se lo agradezco pero iré yo sola.

Se volvió y la miró con impaciencia.

—No seas obstinada, Sarah. ¿Cuántas veces más quieres tentar tu suerte esta noche?

Sarah miró hacia el boulevard Saint Germain cuyo final se perdía de la vista. París era un laberinto de calles oscuras como túneles. Aunque la perspectiva de ir con Von Bergheim no resultaba muy halagüeña, la idea de adentrarse por allí le revolvió el estómago.

Georg se encendió un cigarrillo, dio la primera calada y exhaló el humo en un suspiro.

—Venga, vamos —apremió, tomándola de un codo.

Ambos cruzaron la calle, sus pisadas resonaban en la ciudad silenciosa. El comandante le abrió la puerta del pasajero, después se sentó al volante, tiró el cigarrillo por la ventanilla y puso las llaves en el contacto. Sin embargo, no arrancó el motor.

—¿Por qué me mentiste, Sarah?

Al escuchar aquello, Sarah sintió deseos de abrir la puerta y echar a correr. Hubiera podido hacerlo, Von Bergheim no la miraba, clavaba los ojos en algún punto al otro lado del parabrisas.

—Tu tío abuelo Franz no llegó a vender el cuadro a Thyssen. Tu padre se lo impidió.

Había tardado menos en averiguarlo de lo que Sarah pensaba. Ni siquiera había tenido tiempo de sacar a Jacob del hospital. Ahora, todo podía irse al traste. «Abre la puerta y corre, Sarah. Huye mientras puedas», se decía al tiempo que se retorcía los dedos en el regazo. «Corre. Corre... Hasta que llegues a la esquina y te abata de un disparo.»

—Hay un cuadro en la colección Phillips, en Washington. Se llama *El reloj de arena*, aunque también se lo conoce como *El Astrólogo*. Algunos dicen que podría ser de Giorgione, aunque es improbable. El cuadro se lo vendió el barón Thyssen a Duncan Phillips en 1939. Fue el premio de consolación que le dejó tu tío abuelo cuando se frustró la operación: en realidad, Thyssen quería el verdadero *Astrólogo*. Has tenido mala suerte al querer engañarme con la misma artimaña que me llevó hasta tu familia. Aunque quizá, después de todo, yo haya recibido mi parte en este trato: ahora estoy seguro de que tú tienes el cuadro, de lo contrario no te tomarías tantas molestias en protegerlo.

Sarah fue capaz de replicar, pese a todo.

—Yo no tengo ese cuadro.

Von Bergheim meneó la cabeza con desesperación.

—No lo entiendo... No entiendo esta cerrazón tuya y de tu familia. ¡Es sólo un maldito cuadro y una maldita leyenda! ¡No merece la pena morir por ello!

—Yo no sé si es o no una leyenda. Sólo sé que si ustedes y su Führer han de ganar la guerra, que así sea. Y si la han de perder, también. Pero hay arenas, comandante, que es mejor no remover. Usted parece un hombre sensato, debería comprenderlo.

—No se trata de que yo lo comprenda, Sarah. Yo puedo comprenderlo, dejar de perseguirte y marcharme ahora mismo de París. Puedo incluso asegurar a mis superiores que estaba equivocado y que los Bauer jamás tuvieron el cuadro. Mañana tendrías en la puerta de tu casa a la Gestapo.

Georg se volvió hacia ella. Su semblante era severo, casi oscuro.

—Tienes que entregarme el cuadro o te detendrán, ya no puedo impedirlo durante más tiempo.

—Yo no tengo el cuadro —repitió Sarah, pertinaz.

—¡Eso no importa, maldita sea! ¡Te detendrán igualmente!

Cuando Georg vio su mirada, supo que no le creía.

La situación era desesperada. Aquella mañana había recibido órdenes explícitas del *Reichsführer* de poner a Sarah a disposición de la Gestapo una vez que les hubiera entregado el cuadro... y si no lo entregaba, también. Si él se negaba a cumplir las órdenes, sería relevado y otro lo haría en su lugar. Georg se hallaba ante una encrucijada maldita; tomara el camino que tomase el destino se obstinaba: él acabaría ante un tribunal militar por traidor y Sarah en un campo de concentración por judía.

Georg necesitaba que Sarah le entregara el cuadro. Sólo así podría intentar argüir cualquier excusa ante Himmler, ganar un poco de tiempo para ella. Pero la chica, testaruda, no estaba dispuesta a colaborar. Era evidente que desconocía la gravedad de la situación.

Georg accionó el contacto. La vibración del motor en marcha sacudió el automóvil.

—Tal vez si te pongo mis órdenes delante de las narices, entiendas que no estoy bromeando.

Sarah se alarmó.

—¿Adónde vamos?

—A mi hotel.

—¡De ninguna manera voy a ir yo a su hotel! Pare el coche, por favor. Quiero bajarme.

El automóvil siguió su carrera por las calles vacías.

—¡He dicho que se detenga! —insistió al ver que Von Bergheim la ignoraba y continuaba con la vista fija en el asfalto—. ¡Pare el maldito coche o le juro que abro la puerta y me arrojo en marcha!

Georg clavó el pie en el freno. El automóvil se detuvo con un chirrido de neumáticos, tan bruscamente que Sarah salió despedida hacia el frente y estuvo a punto de golpearse la cabeza con el cristal.

—No hace falta que te tires en marcha. Puedes bajarte cuando te plazca.

Sarah agarró la manilla de la puerta...

—Pero es increíble lo valiente y adulta que eres para unas cosas y lo cobarde y cría que eres para otras. Ya no sé qué hacer para que entiendas que estoy de tu lado.

... accionó el pestillo...

—¿Cómo si no iba a decirte dónde está tu marido, a pesar de saber que me estabas mintiendo?

... mas no abrió la puerta.

—El cuadro me importa un comino, lo único que quiero es no volver a cometer los errores que cometí con tu familia en

Estrasburgo. No quiero tener que llevarte toda la vida en mi conciencia, Sarah. —Georg suspiró—. Pero es igual, tú no quieres entenderlo. Así que bájate. Ya no puedo hacer nada más por ti.

El silencio cerró su discurso desesperado. El silencio de París y el silencio de Sarah. Y con el mismo silencio ella podría haber abierto la puerta y haberse marchado. Mas en silencio se quedó, tratando de asimilar todo cuanto le habían dicho... en silencio.

Nada más entrar en el hall del Hotel Commodore, Sarah deseó dar media vuelta y salir de allí. Se sentía como un soldado perdido al otro lado de las líneas enemigas. Cada uniforme, cada rostro, cada mirada y cada palabra le resultaban hostiles. Le daba la sensación de que en cualquier momento alguien diría: «¡Es Sarah Bauer! ¡Deténganla!».

Georg se acercó a la recepción y pidió la llave.

—Subiré a mi habitación a por los papeles que quiero que veas. Tú tendrás que esperarme aquí mientras tanto.

Ella abrió la boca para rogarle que no la dejara allí sola, pero su ruego se quedó en suspenso cuando un hombre les abordó.

—¿Qué hay, Von Bergheim?

—Hola, Lohse.

Sarah se colocó detrás del comandante con el instinto ingenuo de ocultarse.

—Me alegra ver una cara amable. Fischer y Aufranc han vuelto a pelearse y las cosas están un poco tensas por el bar. Iba a proponerte que te tomaras una copa y echásemos un billar, pero veo que estás bien acompañado —observó Bruno Lohse, mirando a la joven con una sonrisa pícara.

Antes de que Georg pudiera replicar, Lohse continuó hablando.

—Por cierto, está por aquí ese Hauser de la Gestapo. Anda preguntando por ti.

Sarah notó que el comandante se ponía tenso.

—Mira, precisamente por ahí viene...

—¡Mierda! Lohse, entretenle un minuto, ¿quieres?

—Pero...

—No hay tiempo para explicaciones. Haz lo que te digo, te lo ruego —le apremió con pequeños empujones.

Lohse se encogió de hombros. No entendía nada, pero Von Bergheim parecía muy apurado. Se dirigió hacia Hauser y lo interceptó a la salida del bar.

Georg se volvió hacia Sarah. Nunca le había visto tan alterado y aquello la asustó.

—Toma la llave, Sarah. Sube a mi habitación y espérame allí. Es la 212. Segunda planta —le susurró a toda velocidad como si las palabras fueran disparos silenciados de una metralleta.

Ella le miraba con los ojos muy abiertos, pálida y encogida como un pajarillo atemorizado.

—No te preocupes. Todo va bien. Es sólo que ese hombre no debe vernos juntos, ¿entiendes?

Sarah asintió y tomó la llave.

—Anda, sube. Rápido.

El comandante aguardó a que la chica desapareciera por las escaleras. Justo a tiempo, porque Hauser parecía haberle localizado y se aproximaba hacia él sin que Lohse pudiera retenerlo por más tiempo.

—Buenas noches, *Sturmbannführer* Von Bergheim. Estaba buscándole...

—Pues aquí me tiene. Estaba a punto de retirarme a mi habitación; el día ha sido largo. Pero puedo tomar una última copa con usted. —Georg sólo deseaba sacar del hall al policía, no fuera a ser que a Sarah se le ocurriera alguna tontería, como aprovechar la ocasión para marcharse.

—Me temo que mi visita no es de cortesía, *Sturmbannführer*.

—El comandante no se sorprendió. Nada en Hauser era de cortesía—. Seré breve e iré directo a la cuestión: acabo de enterarme de que ha estado usted pidiendo información sobre el terrorista que estaba con Sarah Bauer.

—Efectivamente —admitió como si no hubiera mal en ello—. Ese hombre es su marido y puede resultarme útil en mi investigación.

Hauser sonrió como un reptil. Le hubiera faltado sisear para parecer más repulsivo.

—A estas alturas todavía me sorprende su ingenuidad, Von Bergheim. Tengo la sensación de que no quiere usted darse cuenta de que esa gentuza miente más que habla. Ese hombre no es su marido.

Georg se sentía como si hubiese tragado una cucharada de cicuta, aunque trató de que la amargura no se percibiera en su gesto. No sabía qué le molestaba más, si haber cogido a Sarah en otra mentira o quedar como un idiota ante Hauser. Como no tenía una respuesta digna, se limitó a encogerse de hombros con indiferencia.

—¿Eso es todo, Hauser?

No lo era. El otro quería bronca y no se iba a marchar sin ella. Fue entonces cuando empezó a sisear como una víbora.

—Escúcheme bien, *Sturmbannführer*, estoy harto de su prepotencia. Se cree que puede ir por ahí inmiscuyéndose en los asuntos de los demás y menospreciando el trabajo ajeno. Pero le aconsejo que en lo sucesivo sea más cauto. Tanta compasión con los enemigos del Reich puede poner en duda su lealtad a Alemania y al Führer.

A Georg le hubiera gustado pisarle la cabeza para que dejara de agitar su lengua bífida delante de sus narices. Sin embargo, no estaba dispuesto a morder el anzuelo de sus provocaciones.

—Gracias por sus consejos. Pero sé cuidarme solo. Si no quiere esa copa, me voy a la cama.

El barómetro de Hauser había rozado el límite; Georg lo notó en la congestión de su rostro, como si estuviera a punto de echar vapor por las orejas. Por suerte, decidió no explotar allí.

—*Heil Hitler!* —taconeó Hauser.

Georg le respondió con el saludo militar:

—*Heil.*

Y se quedó mirando cómo Hauser abandonaba el Commodore con el rabo entre las piernas.

—¿En qué líos andas metido, *Sturmbannführer*?

Tenía a Lohse de pie junto a él.

—En ninguno. Es sólo ese soplapollas con aires de Führer de Hauser.

—Ándate con ojo, amigo. Estos tipos de la Gestapo son peligrosos. Pueden buscarte un problema aunque tú no lo tengas.

Georg lo miró. Tal vez no fuera la integridad en persona, pero en el fondo era un buen tipo. Su preocupación parecía sincera.

—Descuida, lo haré.

—Anda, vete. No hagas esperar a tu dama.

Georg decidió que era preferible no sacar a Lohse de su error, así que no le habló sobre la verdadera naturaleza de la relación con aquella dama. Le dio las buenas noches y enfiló camino a las escaleras.

Estaba muy enfadado. No con Hauser, con Sarah. Estaba muy cansado de sus mentiras, de su tozudez y de su estúpido orgullo de burguesa puritana. Subió las escaleras como una locomotora, pensando en dejarle un par de cosas bien claritas. Empujó la puerta de la habitación con tanta fuerza que hubiera podido quedarse con el pomo en la mano. Mas cuando iba a dar el primer grito, se desinfló como un neumático pinchado.

Sarah le miraba aterrorizada; la cara desencajada y sin color. Se había levantado como un resorte al verle entrar, y como un resorte se había vuelto a sentar sobre el colchón, desfallecida.

El comandante Von Bergheim cerró la puerta. Sarah no quería que lo hiciera. Y se acercó cojeando hacia ella. Sarah no quería tenerlo cerca.

—¿Te encuentras bien? Tienes mala cara...

—Sí. Es que hace un poco de calor...

Sarah no le dijo que había escuchado al hombre de la Gestapo hablar de Jacob. Se había puesto tan nerviosa que había dejado de respirar. Había subido las escaleras corriendo, había entrado en la habitación a toda prisa y se había apresurado a entrar al baño del comandante a vomitar. También había usado su pasta de dientes para quitarse el mal sabor de boca. Pero nada de eso le dijo al comandante.

—Abriré la ventana.

Georg apagó las luces y abrió los cristales de par en par.

—Siéntate aquí para que te dé el aire —sugirió, acercándole un sillón a la ventana. Ella obedeció. Una brisa fresca le secó el rostro sudoroso y empezó a sentirse mejor.

Von Bergheim se asomó a la ventana. Sacó su pitillera y se encendió un cigarrillo. Su silueta negra se recortaba sobre el fondo azulado del exterior y el pitillo era un punto naranja y humeante. Si Sarah hubiera tenido un pincel en la mano, habría pintado sobre el lienzo de la ventana. Primero pinceladas salvajes que emborronaran los colores hasta hacerlos más oscuros, tan oscuros como su alma... Aunque quizá, finalmente, hubiera acariciado los contornos y difuminado las siluetas con un roce suave de pincel. Sarah quería gritar como Munch o llorar como Picasso, pero también flotar en un cielo estrellado como Matisse. Sobre aquel lienzo negro, naranja y azul habría pintado su propio cuadro expresionista, para gritar, llorar y, por último, flotar.

En la calle sonaron disparos, mas ninguno de los dos se sobresaltó. En la noche era habitual oír disparos, después un silbato y el chillido de las sirenas. París agonizaba a su manera.

Sarah se levantó y se asomó a la ventana junto a Georg. Era una noche oscura sin luna. Una sola farola iluminaba con su bombilla azul toda la calle, por la que pasó un solo coche con los faros apagados y con el motor a pocas revoluciones, como si avanzara de puntillas. Por lo demás, nada parecía tener vida en París, tan sólo ellos dos en el umbral de una ventana abierta.

Cuando Sarah se acercó a él, dejó de notar el olor a gasógeno y a podredumbre de la ciudad; junto al comandante, olía a colonia 4.711 y a tabaco.

Georg dio una última calada al cigarrillo y arrojó la colilla al vacío.

—Debemos irnos ya, Sarah. No queda mucho tiempo para que ni siquiera yo pueda salir a la calle.

—Lo sé...

Georg bajó la vista para observarla y ella le devolvió la mirada. Un halo de luz azul rodeaba el rostro de Sarah y su piel parecía de terciopelo.

—Lo único bueno de una ciudad apagada es que se pueden ver las estrellas...

Georg no pudo estar más de acuerdo: estaba frente a miles de estrellas azules de terciopelo. Puede que incluso pudiera llegar a tocarlas... Alargó el brazo y acarició con el dorso de la mano el mentón de Sarah. Y ella se dejó, buscando las caricias como un gato mimoso mientras Georg dibujaba el óvalo de su cara.

Entonces cerró los ojos y él le acarició los párpados. Sarah entreabrió la boca y Georg le rozó los labios con los dedos. Sarah gimió... Georg se inclinó sobre ella y la besó en el cuello... Sarah gimió... Georg volvió a besarla... en el borde de la mandíbula..., en la barbilla..., en las comisuras de los labios..., en las comisuras de los labios..., de los labios entreabiertos... Sarah gimió... y por los labios entreabiertos de Sarah asomó la punta de su lengua. Su lengua rozó la boca de Georg... el nódulo de sus labios, el borde sus dientes... Georg gimió... Rodeó a Sarah con los brazos y volvió a besarla.

Si Sarah hubiera bebido, no se habría sentido más embriagada. El beso del comandante era suave y su aliento cálido le acarició los labios como el vapor de una taza de té antes de beber. Entre sus brazos se supo a salvo, porque aunque las piernas le flaqueaban ellos la sujetaban y no la dejaban caer. Abrió la boca y dejó que entrase aquel beso del comandante. Por fin, al cerrar los ojos, se sintió flotando entre las estrellas de Matisse, mas no flotaba sola.

Georg empezó a respirar con dificultad, no sabía si a causa

del deseo o de la ansiedad, o quizá fuera su conciencia. Algo de todo eso iba a explotarle en el pecho. Se apartó de la joven para tomar aire.

—No... —murmuró ella—. No me suelte...

Sarah le abrazó con fuerza, como si tuviera frío, como si tuviera miedo. Aquello era más de lo que Georg podía soportar. Sentir el calor de su cuerpo, los pechos, las caderas, las manos en su espalda... Georg iba a reventar.

—Déjame desnudarte, Sarah... —le pidió con voz ronca.

Ella le acarició con sus preciosos ojos verdes entornados; había algo de animal en aquella mirada. Se descalzó y acompañó las manos de Georg hasta el primer botón de la blusa... Él lo desabrochó..., y el segundo..., y el tercero..., y el sujetador... Sus pechos quedaron al descubierto. Los besó primero, los acarició con la punta de la lengua después y los mordisqueó finalmente, al encontrar los pezones. Sarah gimió de nuevo, se deshizo de la blusa y del sujetador y su piel se erizó al contacto con el aire frío de la noche que entraba por la ventana. Él volvió a abrazarla, a abarcarla entera con las manos, a frotarle la piel, a apretarse contra ella. Y regresó a su boca: a sus labios, a sus dientes, a su lengua, a cada rincón de ella mientras le desabrochaba la falda y le metía la mano por dentro de las bragas.

Sarah dejó de besarle, no podía gemir y besarle al mismo tiempo. No podía soportar la presión en el pecho y el cosquilleo en el pubis, la sensación de vértigo en el estómago y la falta de riego sanguíneo en la cabeza. Se separó de Georg, anduvo hasta la cama y se tumbó en el colchón.

Georg se quitó la guerrera y se desabrochó la camisa. Permaneció unos instantes contemplando el cuerpo desnudo de la muchacha sobre las sábanas: parecía un bosquejo sobre un lienzo, poseía la belleza conmovedora de una obra de arte. Se tumbó junto a ella y la protegió entre sus brazos.

Una noche de *couvre-feu*. Toda una noche para Sarah.

Sarah recostó la cabeza en el pecho del comandante y se entretuvo en jugar con su *erkennungsmarke* entre los dedos. Tal vez el tintineo de la placa de identificación y la cadena le impidieran escuchar el ulular de su conciencia.

Y es que Sarah se sentía bien; tan bien como cuando en Illkirch esperaba cada tarde la visita del comandante; como cuando paseaban juntos mientras él deshojaba los girasoles de Van Gogh o anudaba las zapatillas a una bailarina de Degas. Entonces, Sarah le admiraba; pensaba que su porte era el de un dios nórdico y sus ojos azules los de un príncipe teutónico, que su voz era la de un maestro sabio y su sonrisa la de un compañero leal. Que a pesar de su uniforme era el hombre más atractivo que había conocido nunca.

Sarah se sentía tan a gusto como en Illkirch. Y aunque había intentado buscar algo de culpabilidad en sus entrañas, sólo había encontrado paz. Si la guerra había hecho de ella una asesina, qué importaba que también hubiera hecho de ella una puta. Quizá mañana, con la luz del día, descubriera las manchas en la conciencia y escuchara su murmullo quisquilloso, pero esa noche no... todavía no.

Sarah acarició el brazo de Georg.

—¿Qué es esto? —susurró, pasando el dedo sobre una marca cerca del hombro.

—Mi grupo sanguíneo. Todos los miembros de la Schutzstaffel lo llevamos tatuado.

Sarah lo besó. Había besado todas y cada una de sus cicatrices, y aquel tatuaje era una cicatriz más.

Georg alargó el brazo para coger su pitillera.

—¿Quieres? —le ofreció a Sarah.

—No...

Claro, Sarah no fumaba y él lo sabía. Pero estaba acostumbrado a fumar un cigarrillo con Elsie después de hacer juntos el amor. Por eso el cabello de Elsie olía a tabaco y el de Sarah... Georg aspiró: el de Sarah olía a jabón. Lo besó y lo acarició. Volvió a dejar la pitillera en la mesilla de noche. No fumaría, prefería ocupar sus labios con los labios de Sarah y volver a hacer el amor con ella.

❦

Jacob no podía dormir. Cerraba su ojo sano y trataba de dejar la mente en blanco. Pero es imposible hacerlo cuando la cabeza está llena de pensamientos. Era imposible no pensar en nada cuando tal vez aquella noche fuera su última noche en el hospital.

No estaba muy seguro de saber lo que le esperaba. El doctor Vartan había intentado explicárselo. Le había llevado al quirófano para la cura; aquél era el único lugar seguro. Los guardias entraban allí al principio, pero con la visión de la sangre y el olor a herida infectada algunos se mareaban, por eso habían optado últimamente por permanecer apostados en la puerta.

Una vez solos, el doctor Vartan le había puesto un cigarrillo encendido en la boca y mientras le levantaba el vendaje del ojo, le había hablado de cosas extrañas que Jacob no lograba comprender: tal vez fuese por el anestésico que siempre le aplicaba antes de la cura.

—No se moleste, doctor. No entiendo nada. Pero no importa. Mañana me lo cuenta usted otra vez.

—Pero sabes que podrías morir... —había insistido el cirujano.

¿Morir? ¡Por Dios que lo que menos le preocupaba era morir! ¡Cuántas veces había deseado la muerte! Y la muerte no podía ser peor que volver a Drancy, donde acabarían metiéndolo a empujones de culata en un vagón de ganado con destino a Alemania; allí también le esperaba la muerte, el agonizar trabajando como un esclavo para los *boches* hijos de puta. Si había de morir, era preferible hacerlo escapando.

—Está bien, Jacob. Ya veo que no tienes miedo a nada.

Eso creían todos, eso creía el propio Jacob: que no tenía miedo a nada. Pero no era cierto. Desde que mademoiselle Hirsch le

463

había confirmado que Sarah estaba viva, Jacob había vuelto a tener miedo. Tenía miedo de no volver a verla.

—Sólo quiero estar seguro de que conoces los riesgos. Tú y nada más que tú debes decidir si seguimos adelante.

¿Conocer los riesgos? No había riesgos si Sarah estaba esperándole al otro lado de los barrotes. Si había de morir y no volver a verla, era preferible caer sabiendo que iba hacia ella.

—Sí, doctor, seguimos adelante.

La historia de Alain

No podía ser que Alain me dijera «esa zorra es mi ex mujer» y nos fuéramos, como si nada, a la hemeroteca. En virtud de una especie de acuerdo tácito, acabamos en un bistró, tomando queso y vino para almorzar; Alain, más vino que queso.

—No te mentí cuando te dije que éramos compañeros de carrera. Lo fuimos. Coincidimos en algunas clases de los últimos cursos. Pero ahí terminaban las coincidencias. Camille era, y sigue siendo, una niña bien, una pija. Ya lo has visto. Su padre es senador por el departamento de Nièvre, en Borgoña, donde la familia tiene viñedos y un *château* espectacular. Es de esas personas con mucho blasón, mucha pasta y mucha tontería. Y, además, uno de los coleccionistas de arte más importantes de Francia; adivina quién le ha montado la galería a Camille. Es su única hija, tiene cinco hermanos, pero todos los demás son chicos. Así que es el ojito derecho de papá. Mientras estábamos en la universidad, ella se juntaba con su grupo de gente bien y yo con el mío de gente del montón. No cruzamos palabra ni una vez. Años después, cuando yo estaba terminando el doctorado, volvimos a encontrarnos. Su padre patrocinaba un ciclo de conferencias en la universidad y ella asistió a la sesión inaugural. Con la tontería del llámame y tomamos algo, acabamos saliendo juntos. Tengo que reconocer que Camille es una tía atractiva y bastante divertida, resulta imposible aburrirse con ella; siempre tiene algo que hacer y algo que decir; y, bueno, entrar en su mundo te da acceso a un montón de cosas, no puedo negarlo: palco en la ópera, pase de boxes en Mónaco, apartamento de montaña en Kitzbühel, casa de verano en Antibes... Yo soy de espíritu bohemio, pero, a ver, a nadie le amarga un dulce.

Alain hizo una pausa para servir vino. Esperé pacientemente a que llenara mi copa y luego le di un buen trago; tenía una sensación rara en la boca del estómago, como si Alain hubiera leído el borrador de mi historia. Sólo que se trataba de su historia y él ya conocía el final.

El trago que dio a su copa tampoco fue corto: la vació y volvió a llenarla.

—Después de un par de años de salir juntos, le dije que me parecía una tontería que tuviera que acompañarla a su casa cada noche como si fuéramos quinceañeros para, encima, acabar durmiendo allí; que estaba harto de tener la mitad de la ropa en mi apartamento y la otra mitad en el suyo y de tener que lavarme los dientes día sí y día también con un cepillo de esos que te regalan en los hoteles y que ella me prestaba. Le propuse que nos fuéramos a vivir juntos y nos dejásemos de convencionalismos. No quiso. Argumentó que sus padres eran muy conservadores y que se morirían del disgusto. Yo pensé: «Joder, ¿y qué se creen tus padres que hacemos cada noche en tu apartamento?, ¿pelar la pava?». Pero, claro, entiendo que los señores duques no podían confesarle a sus amistades que una Brianson-Lanzac vivía amancebada como una vulgar burguesa y, para mayor inri, con un tipo como yo. Entonces, Camille, así tan vivaracha como la has visto, me soltó: «Oye, ¿y por qué no nos casamos?...».

Alain hizo una pausa. Volvió a apurar la copa. Bajó la vista y se quedó absorto en la contemplación del mantel, como si buscara algo oculto entre los cuadros de algodón.

—Nunca antes había pensado en el matrimonio. Vivir con Camille es hacerlo a toda velocidad... Pero cuando me lo planteé, me di cuenta de que la quería. De que si tenía la mitad de mi ropa en mi apartamento y la otra mitad en el suyo y me lavaba todos los días los dientes con un cepillo prestado, era porque no podía pasar las noches sin ella, porque me gustaba estar a su lado durante la cena y preparar café para dos por las mañanas. Así que acepté. Y creo que con ello disgusté aún más a sus padres. Yo era en su familia como un cardo en un jardín de tulipanes. Su padre me creía poca cosa para su niña, y su madre opinaba que tenía un pésimo gusto para vestir. Para sus hermanos... bueno, ellos me trataban con cordialidad: tenían un cuñado plebeyo en vez de una mascota exótica, eso da mucho juego... Joder... —concluyó sonriendo con sorna, riéndose de sí mismo—. En fin, contra todo y contra todos, nos casamos. Nueve meses de preparativos, seiscientos invitados y reportaje a dos páginas con fotos en el *Paris Match*... Y tan rápido como se hinchó el globo, explotó. Nuestro matrimonio duró poco más de seis meses.

Supongo que después de pronunciar aquella frase, le había quedado un sabor de boca tan amargo que por eso buscó la botella de vino. Pero estaba vacía. Alain pidió otra al camarero.

—¿Se acabó metiendo su familia en medio...? —especulé yo.

—No. No fue exactamente su familia la que se metió... en medio.

El camarero trajo otra botella, nos sirvió y Alain volvió a vaciar la copa.

—Estás bebiendo demasiado —le hice notar—. Come un poco.

Le había puesto delante un trocito de Saint Marcelin sobre una rebanada de pan. Como un autómata, abrió la boca y lo comió de mi mano, engulléndolo casi sin masticar.

—Al principio todo iba bien —continuó después de tragar—. Su padre incluso nos dejó un ático alucinante detrás de la avenue Bosquet para que nos trasladásemos a vivir allí. Yo había empezado a dar clases en la universidad y ella tenía el trabajo en la galería. Por las noches nos contábamos la jornada delante de una buena cena y varias veces por semana nos dábamos un revolcón. En fin, que yo no hubiera dicho que la cosa fuera mal, la verdad. Me sentía feliz y Camille también lo parecía. Hasta es posible que lo fuera, nunca se sabe, Camille es muy particular. —Otra pausa y otro sorbo de vino. Había que escoger las palabras—. Un día se levantó diciendo que no iría a trabajar porque no se encontraba bien, que le dolían la cabeza, la espalda y no sé cuántas cosas más. La dejé en la cama con un paracetamol y me fui a la universidad, pero conseguí cambiar un par de clases para llegar antes a casa y que no se quedase mucho tiempo sola. Cuando regresé... En la cama seguía, sí... pero con otro tío.

Puede que el maxilar inferior se me descolgase involuntariamente. No recuerdo muy bien cómo reaccioné. Intenté hacerlo de forma natural, pero no sabía cuál era la reacción natural para aquello.

—Por lo menos no me dijo lo de «esto no es lo que parece». Claro que era totalmente lo que parecía... Pero tampoco se disculpó conmigo ni intentó buscar algún tipo de excusa o de justificación. De hecho, el maromo parecía bastante más avergonzado que ella cuando salió por la puerta de casa abrochándose los pantalones. En realidad, Camille no le dio ninguna importancia a lo sucedido.

—Pero ¿y qué hizo? ¿Te dio alguna explicación?

—Nada. Se metió en la ducha, se puso la ropa de deporte y se marchó al gimnasio. Yo intenté detenerla: «Camille, tenemos que hablar». Pero ella atajó el tema: «Ahora no, *chérie*. No estoy de humor». —Alain se encogió de hombros y apuró su copa por enésima vez—. Creo que hubiera estado dispuesto a asumir un desliz; un momento de debilidad puede tenerlo cualquiera..., creo. Tal vez... ¡Joder, yo la quería...! Sin embargo, no tardé mucho en darme cuenta de que aquello no era un desliz. El tío se la estaba tirando, o ella a él, desde antes de casarnos. Pertenecía a su círculo, ¿sabes? De esos que frecuentan la casa de papá y mamá, que juegan con sus hermanos al golf, que tienen una brillante carrera en el UBS y otro *château* familiar. También me di cuenta de que si yo no le hubiera pedido el divorcio, me lo habría pedido ella.

—No me malinterpretes, pero siendo así, ¿por qué se casó contigo?

—Eso mismo me pregunto yo. No sé, quizá quería demostrar a sus padres que podía hacer algo en contra de su voluntad;

o quizá porque Camille es así, necesita vivir al límite en todo momento, también en su matrimonio... Por cierto, el tío se llama Jean-Luc. Es con quien va a casarse el sábado.

—Ya entiendo... —Intenté mostrarme ecuánime aunque, en realidad, estuviera pensando: «¡Qué fuerte!».

—Mejor así. No te digo que fuera agradable, pero me ayudó a descubrir que no podía haber sido feliz con una mujer cuya idea de un sábado perfecto es pasarse la mañana en el gimnasio, la tarde en el spa y la noche con sus amigas; o que prefiere no tener hijos porque los embarazos deforman el cuerpo y los niños atan demasiado. Es verdad que fue lamentable caer del guindo de ese modo, pero...

—Dicen que no hay mal que por bien no venga.

—Eso dicen... Lo peor es el tiempo que tardas en recuperar la autoestima. Tendrían que existir clínicas de rehabilitación para cornudos, créeme. Te sientes patético y te da la impresión de que todo el mundo piensa que lo eres.

—Yo no creo que seas patético... si te sirve de consuelo.

Tuve la horrible sensación de que mi frase sonaba hueca. Hay veces que las palabras parecen meras sucesiones de letras sin sentido, como un molde vacío; no importa cuánta sinceridad quieras poner en ellas. Aun así, Alain me sonrió; sus ojos empezaban a brillar por efecto del vino.

—Nunca había hablado de esto con nadie. Eres la primera persona a la que se lo cuento... Y, la verdad, tengo la sensación de haberme quitado un peso de encima.

No estaba borracho, pero había bebido más de la cuenta. Cuando salimos del bistró, dejamos la moto aparcada y fuimos dando un paseo hasta la rue de Montorgueil; el aire era fresco y le ayudaría a despejarse. Le dejé en casa y me fui al apartamento: su moral y su cabeza necesitaban reposo. Mañana sería otro día.

❧ ❦

Mayo, 1943

En 1943, 2.775 cajas cargadas con obras de arte habían partido ya a Alemania desde París, donde todavía quedaban otras cuatrocientas más. Al final de la Ocupación, los alemanes habían robado más de veinte mil obras de arte a los judíos de Francia.

Georg se despertó gritando y Sarah se asustó.

Cuando cayó en la cuenta de que estaba en su habitación en lugar de sepultado por la tierra del campo de batalla, se tranquilizó. Sentada al borde de la cama, Sarah le miraba con recelo.

—Lo siento... Te he asustado. Sólo era una pesadilla. —La misma de todas las noches.

Pero ahora ella estaba allí. Georg quiso alargar el brazo para acariciarla. No lo hizo. Sarah parecía tensa y distante: rehuyó su mirada y volvió a concentrarse en abrochar los botones de la blusa.

—¿Qué haces?

—Ya ha pasado el toque de queda. Me marcho.

Georg observó la claridad acerada de la mañana colarse por las rendijas de la ventana. Maldito amanecer... Reptó por encima del colchón y llegó hasta ella, hasta tenerla al alcance de sus brazos y poder rodearle la cintura.

—No te vayas todavía. Desayunaremos algo y te llevaré a casa.

Sarah dejó caer las manos sobre el regazo, y bajó la cabeza hasta casi tocar el pecho con la barbilla. Suspiró.

—Esto no está bien... —confesó.

«¿No está bien?» Llevaba tres años atrapado entre la muerte, el dolor, el sufrimiento y la mierda. De todas las cosas que aquella jodida guerra le había obligado a hacer por todos los diablos que ésa era la única que estaba bien.

—¿Qué es lo que no está bien, Sarah?

Ella le miró. No estaba dispuesta a ponerse en evidencia explicando lo que resultaba obvio.

—No debemos volver a vernos. Tienes que dejar de seguirme. Tienes que olvidarte de mí.

Georg se incorporó y la besó detrás de una oreja, una y otra vez.

—No puedo... —le susurró—. No puedo olvidarme de ti...

No, no, no..., protestaba su conciencia mientras ella no encontraba fuerzas para obedecerla. Se volvió suavemente hacia Georg y le encerró el rostro entre las manos.

—Por favor... —le rogó mientras le acariciaba las mejillas—. No me hagas esto. Déjame ir.

Georg le besó las manos antes de levantarse. Se cubrió con un albornoz y buscó su portafolios. Sin mediar palabra, puso un papel delante de sus ojos.

Lo primero que atrajo la vista de Sarah fue el águila sobre la esvástica y, más abajo, la firma H. Himmler. Lo demás eran tan sólo cuatro líneas bajo el membrete de la oficina del RSHA en Berlín; las leyó.

—¿Me crees ahora? Tengo sólo dos semanas para llevarle el cuadro a Himmler y entregarte a la Gestapo.

Sarah le devolvió el papel haciendo grandes esfuerzos por mantener el pulso firme.

—No lo hagas —fue lo único que se le ocurrió decir.

—No lo voy a hacer. Pero me depondrán; mandarán a otro

en mi lugar a por el cuadro, y a la Gestapo a por ti. Tienes que escapar.

En lo primero que pensó Sarah fue en Jacob. No podía marcharse ahora que iban a liberarlo: él la necesitaba. Pero después... después dejó de pensar en Jacob.

—¿Y a ti? ¿Qué te ocurrirá?

—No lo sé. Pero eso no importa en este momento. Escúchame bien, Sarah, tienes que abandonar París.

A Sarah aquello se le hacía un mundo. No era capaz siquiera de planteárselo.

—¿Abandonar París? ¿Y hasta dónde llegaría...?

—A cualquier sitio. Tal vez a España.

Sarah movió la cabeza de un lado a otro y suspiró. Se dejó dominar por la desolación: los hombros caídos y la espalda encorvada.

—No pasaría del primer control. ¡Dios mío, están en todas partes...! Estáis en todas partes.

—Yo sólo soy el cazador que ha de entregar a la reina el corazón de Blancanieves en un cofre...

Sarah esbozó una sonrisa. Le pareció una comparación demasiado tierna para un asunto demasiado cruel. Recordaba cuando había ido con sus hermanos al cine a ver la película americana. Y, al recordarlo, fue como si empezaran a abrirse grietas de luz en una habitación oscura...

—Ya... —comenzó a decir con un brillo de perspicacia en la mirada—, pero el corazón que el cazador le lleva a la reina no es el de Blancanieves...

Georg la miró sin comprender.

—¿Qué ocurrirá si le presentas el cuadro a tu *Reichsführer*?

—Las órdenes son claras, ya lo has visto... —Georg se resistía a ser explícito con ella.

—Me detendrán de todos modos. —Sarah lo dijo por él.

Aunque Georg se negaba a admitir que aquélla fuera la última palabra, la última salida. Se rascó la barbilla, nervioso.

—No lo sé... Con el cuadro en la mano, quizá las cosas cambiasen. Podría intentar ganar algo de tiempo...

Ganar tiempo. A Sarah aquello le sonaba bien porque una vez que hubiera sacado a Jacob del hospital tal vez podrían huir juntos. Y Georg... Georg no tendría problemas con los suyos.

—Pero, Sarah... —La miró más incrédulo que esperanzado—. ¿Estarías dispuesta a entregarme el cuadro?

La muchacha sonrió y a él le pareció que tenía la sonrisa más dulce del mundo, que cuando Sarah sonreía su rostro adquiría matices divinos, que su sonrisa tenía algo de sobrenatural. Cualquier sacrificio valdría la pena si con ello merecía su sonrisa.

—No puedo hacer eso. En realidad, el cuadro no me pertenece a mí, sólo tengo su custodia. Y no puedo traicionar a todos los que lo guardaron antes que yo. No puedo traicionar a mi padre. Si te entregara el cuadro, su muerte habría sido en balde. —El rostro de Sarah se ensombreció.

Georg tomó su barbilla para alzarle el rostro.

—Vuelve a sonreír.

Y Sarah sonrió.

—Eres un buen hombre, *Sturmbannführer* Von Bergheim. De un modo u otro siempre lo he sabido. Pero la guerra nos ha condenado a bandos opuestos... Pase lo que pase, mi suerte está sellada en ese papel. En cambio, la tuya todavía no. Con el cuadro, tú aún tienes una oportunidad.

—No sé adónde quieres llegar —confesó Georg ante el lenguaje críptico de la muchacha.

Y aquello le valió otra sonrisa.

—A proponerte un trato. A proponerte que te comportes como el cazador: llévale a tu reina un corazón, pero no el de Blancanieves. Llévale a tu reina un corazón falso.

De camino al Arbeitsgruppe Louvre, Georg no podía pensar en otra cosa: llevarle a Himmler una falsificación de *El Astrólogo*. ¡Por Dios, parecía una locura!

Ante la propuesta de Sarah se había quedado paralizado. Como si un cubo de agua se hubiera vertido en su cerebro y sus conexiones neuronales hubieran empezado a soltar chispas. *Meine Ehre heißt Treue.* El honor y la lealtad fueron los primeros en despertar y el comandante pensó que era una idea descabellada e inviable. Pero después, lentamente como los niños perezosos, fueron abriendo los ojos sentimientos que se habían quedado al fondo del cajón tras años de adoctrinamiento, sentimientos que otorgaban a los valores una nueva perspectiva.

Tuvo que tomarse su tiempo para ir desgranando la idea, para aislar y valorar uno a uno sus pros y sus contras, sus riesgos y sus consecuencias.

Le daría una oportunidad a Sarah, sobre eso no cabía duda. Con el cuadro frente a sus narices podría argumentarle al *Reichsführer* que la colaboración de la mujer judía resultaba imprescindible para descifrar su secreto.

Pero también se daría a sí mismo una oportunidad. Aunque había llegado a asumir la destitución, el deshonor, el desprestigio y el castigo, podría tolerarlo para él, pero no podía dejar de pensar en las consecuencias que aquello tendría para Elsie y los niños. Si él caía en desgracia, su familia caería con él. Los tentáculos del Reich, de la Schutzstaffel y del partido eran muy largos y la bestia no se conformaría con devorar sólo una parte de la presa.

Además, ¿qué probabilidades habría de que descubriesen la farsa? Nadie había visto el cuadro, nadie conocía con precisión la forma en la que estaba encriptado el secreto. Quizá un experto podría descubrir la falsificación, dependiendo de cómo fuera, pero él era el único competente en aquel caso y ya se cuidaría de que nadie más metiera las narices en él. En cuanto a Himmler, no parecía un problema. Podía resultar muy peligroso en otros ámbitos, pero en cuestiones de arte, aunque se las daba de erudito, era un ignorante y confiaba en él, por eso le había llamado a su despacho. Hacerle pasar por auténtico un falso *Astrólogo* sería tan fácil como engañar a un niño.

Llevarle a Himmler una falsificación de *El Astrólogo...* ¿Por qué no?

Lo primero que hizo al llegar al Arbeitsgruppe Louvre fue buscar a Bruno Lohse. Éste conocía los altos y los bajos fondos del mercado del arte en Europa mejor que nadie; era el único que podía ayudarle y el único en quien podía confiar.

Hacía unos meses que Von Behr había dejado la dirección del ERR, y Lohse desempeñaba un papel más ejecutivo en la organización, supervisando la labor de los profesionales y expertos en arte que trabajaban en el Arbeitsgruppe Louvre, de modo que era cada vez más difícil encontrarlo en su despacho. Su secretaria le informó de que estaba en el Jeu de Paume supervisando la catalogación de la colección Weill, la última «adquisición» del ERR.

El Jeu de Paume no estaba lejos, dentro del parque de las Tullerías, en una de las esquinas que dan a la place de la Concorde, así que Georg decidió ir andando hasta allí. En el Jeu de Paume se almacenaban todas las obras de arte requisadas por el ERR y, una vez dentro, se fotografiaban, se inventariaban y se embalaban para su posterior traslado a Alemania. En sus salas, decenas de cajas sin abrir se apilaban unas sobre otras, cientos de cuadros —verdaderas joyas— se amontonaban contra las paredes, colecciones enteras de libros, porcelanas, cristalerías, tapices y esculturas parecían abandonadas a la espera de un destino incierto. Georg a menudo se pasaba horas en el Jeu de Paume colaborando en una tarea que sobrepasaba con creces la capacidad del personal del ERR: necesitaban más historiadores, más restauradores, más fotógrafos..., en definitiva, un mayor número de profesionales cualificados.

Al llegar, encontró a Bruno Lohse con dos fotógrafos franceses, les estaba dando instrucciones sobre qué obras fotografiar de la colección Weill.

—¿Podemos hablar un momento en privado? —le abordó.

—Sí, claro.

Ambos entraron en un pequeño cuarto que se utilizaba como sala de revelado.

—¿Qué ocurre? —Lohse no podía ocultar una curiosidad apremiante.

Georg fue al grano.

—Necesito que me busques un buen falsificador.

—Ya... Pero no hablemos ahora... Las paredes oyen —susurraba Lohse—. Nos vemos esta tarde a las cuatro en el Florentin.

El Florentin era una taberna situada en una de las calles que desembocan en la place du Tertre. Se trataba de un local oscuro y claustrofóbico frecuentado por la bohemia de Montmartre, un reducto nostálgico de los años dorados del barrio, cuando Montmartre había servido de inspiración a los grandes artistas de finales del siglo anterior, como Degas, Matisse, Toulouse-Lautrec o Pissarro.

Lohse también era asiduo del local, allí cerraba muchos de sus negocios particulares fuera de miradas indiscretas e inconvenientes.

En el Florentin servían *guinguet*, un vino blanco, ligero y ácido, que se elaboraba con las uvas de las colinas de Montmartre. A Georg le parecía un vino bastante malo, aunque vino después de todo, así que accedió a compartir una frasca con Lohse.

—No me puedo creer que tú me estés preguntando por un falsificador. Estaba convencido de que eras la única persona con algo de integridad que quedaba en todo París... —bromeó Lohse mientras se encendía un cigarrillo.

Estaban sentados en una mesa arrinconada y procuraban no hablar muy alto para no llamar la atención de los parroquianos con su alemán.

—¿Vas a contarme de qué va esta historia o es alto secreto, como todo lo tuyo?

Georg le contó de qué iba parte de la historia. Le habló del interés de Himmler por *El Astrólogo* aunque no le desveló el motivo de ese interés. También le explicó por qué quería falsificarlo.

Lohse dio una calada al cigarrillo y un sorbo al vaso de *guinguet*. Se estaba dando tiempo para reflexionar sobre lo que el *Sturmbannführer* acababa de contarle.

—La verdad es que eres un tipo peculiar, Von Bergheim —concluyó Lohse—. Tienes buen nombre en el mundo del arte, eres un héroe militar y cuentas con el reconocimiento de los de arriba... No entiendo por qué te la juegas de ese modo por unos judíos que ni te van ni te vienen.

—Precisamente porque ni me van ni me vienen no puedo comprender esta persecución gratuita de la que están siendo víctimas. Ni me gustan ni me disgustan más que cualquier otro ser humano con el que tengo ocasión de cruzarme, por eso no puedo ser cómplice de lo que está ocurriendo.

—Tampoco yo tengo nada en contra de ellos... Pero, Georg, ¡es el sistema! Las cosas son así y tú formas parte de ellas. Por mucho que te rebeles contra todo y contra todos no vas a cambiar nada. Al revés, el sistema puede volverse contra ti: ellos no van a admitir traidores en sus filas.

Georg comenzaba a impacientarse. No quería perder la tarde en aquel antro dando vueltas y más vueltas sobre lo mismo.

—No importa, Lohse. Ya hemos hablado de esto otras veces. Tú tienes tu postura y yo la mía, ninguno de los dos vamos a cambiar de opinión. Y tampoco lo pretendo, sólo quiero saber si estás dispuesto a ayudarme o no.

Sin soltar el cigarrillo, Lohse jugó a dar vueltas al vaso de vino sobre la mesa. Se había dado cuenta de que un par de personas habían abandonado el local y el volumen de las conversaciones había descendido, por lo que procuró bajar aún más el tono de voz.

—Es fácil colársela a los de arriba. Van de entendidos, pero lo cierto es que no tienen ni puñetera idea de arte, y son tan arrogantes que jamás se dignarían consultar con un experto, por no decir que se fían ciegamente de cualquiera que les asegure que lo es... ¿Qué tipo de falsificación quieres?

—Rápida. No tengo mucho tiempo. Pero lo suficientemente

buena como para pasar por un auténtico Giorgione a primera vista.

—Mañana viajo a Amsterdam. Allí conozco a un tipo que me debe un par de favores. Es muy bueno, pero no será barato, y menos si le metemos prisa...

—¿Podría arreglarse un intercambio? —sugirió Georg con la mente puesta en los miles de cuadros que se apilaban en el Jeu de Paume.

—Podría... Es un fanático del Siglo de Oro holandés.

⬥

Sarah intentaba concentrarse en las palabras de Carole Hirsch. Pero no podía. Se sentía mareada, todo el día había estado con náuseas. Y nerviosa, tensa como la superficie de un lago en calma, a punto de romperse a la más mínima vibración, de deshacerse en una sucesión de ondas concéntricas.

No importaba en qué momento se observase, siempre se descubría a sí misma con el estómago encogido y la mandíbula apretada; con la cabeza a punto de explotar.

Era por Jacob. Pensar en él le producía una angustia insoportable. La angustia de volver a verle, de tener que enfrentarse a él sin saber qué decirle ni qué hacer.

También era por ella. Se sentía culpable, inmoral, sucia... y, sin embargo, se sentía ingrávida al mismo tiempo, flotando sobre una nube blanca y suave que la elevaba por encima de tanta miseria y sordidez.

Intentaba aliviar la carga de su culpa sobre el comandante Von Bergheim. Pensaba en él y deseaba odiarle, aborrecerle, despreciarle... Mas cuando Sarah pensaba en Georg, un bálsamo calmaba sus heridas y miles de mariposas besaban con sus alas las paredes de su estómago contraído. Cuando pensaba en Georg, su rostro tenso se relajaba con una sonrisa y no había rastro de culpa por ningún sitio; no, si ella no la invocaba en nombre de la moral en la que había sido adoctrinada.

—... ésta es la primera vez que intentaremos una fuga así —relataba la asistente social a una Sarah pálida y ausente que aguardaba hundida en el único sillón, viejo y destartalado, del apartamento que la Resistencia del Rothschild tenía a un par de calles del hospital—. Lo hemos hecho otras veces con los recién nacidos: certificamos que han muerto durante el parto y los sacamos por la morgue del hospital. ¡Pobres criaturitas! A veces tenemos que sedarlos o amordazarlos para que no lloren...

Sarah tragó saliva. Era todo tan tétrico y espantoso... ¿Cómo podía situarse la vida al otro lado de la morgue? ¿Cómo podía aquella mujer decirle que Jacob abandonaría el hospital como un cadáver, encerrado en un ataúd simulando estar muerto? ¿Cómo podían hacerlo con los bebés?

Carole Hirsch le cogió las manos heladas.

—No se preocupe, mademoiselle Bauer, todo irá bien —quiso tranquilizarla con un gesto afable.

¿Todo iría bien? Sarah no estaba tan segura. Y menos ahora, con Jacob a su lado.

<hr />

Jacob había rezado. Se había tomado un café cargado y había vuelto a rezar. O pensaba en Dios, o pensaba en Sarah, no quería pensar en otra cosa.

Una enfermera colocó un biombo junto a su cama que lo ocultó de la vista del resto de los enfermos de la sala. Antes de marcharse, la mujer se volvió y le sonrió con complicidad, puede que hasta con lástima.

Las luces del hospital se apagaron con el toque de queda. Los sonidos se volvieron patentes y angustiosos: los gritos de dolor de los enfermos, los quejidos de los moribundos, los paseos de los guardias... En la oscuridad, Jacob tuvo miedo. Y volvió a pensar en Dios... y en Sarah.

No pudo evitar temblar cuando el doctor Vartan llegó junto a la cama, acompañado por la enfermera. Se sentía muy excitado, el café y el miedo le impedían controlar los temblores de sus manos y de su mandíbula.

—¿Estás preparado, Jacob?

Quiso hablar, pero un gorgorito extraño fue todo lo que emitió. No sabía lo que le esperaba. El doctor Vartan llevaba días inyectándole cocaína. «Debemos prepararte para tu muerte», bromeaba, pero a Jacob no le parecía gracioso. La droga le infundía euforia, le daba energía, le quitaba los dolores, le ponía de buen humor. Pero cuando los efectos remitían se encontraba fatal, todo el cuerpo revuelto y muy, muy deprimido.

¿Qué ocurriría aquella noche, la noche en que la cocaína le haría parecer muerto? Y lo peor, ¿qué ocurriría después? Tal vez la sobredosis le matara realmente, pero, aunque no lo hiciera, ¿cómo se sentiría después de regresar al mundo de los vivos?

—¿Te has tomado todo el café? —quiso confirmar el doctor Vartan mientras preparaba la inyección: 1,5 miligramos de clorhidrato de cocaína por kilo de peso exactamente.

Jacob asintió.

—Estaba muy fuerte. —Su voz temblaba en un tartamudeo delator.

—Así debe ser. Gracias a la cafeína puedo inyectarte una dosis menor.

Al doctor le preocupaban muchas cosas de aquel plan de evasión. Jugar con drogas no podía ser bueno. Pero no se le ocurría ninguna otra manera de inducir en Jacob un estado cataléptico que le hiciera pasar por muerto ante los ojos inexpertos de los guardias. Ante todo, quería asegurarse de que la dosis que le suministrara estaba lejos de resultar letal: un solo gramo inyectado por vía intravenosa le mataría. Sin embargo, lo que más le preocupaba al doctor Vartan era lo que él no podía controlar: los efectos que la droga produciría en Jacob una vez que hubieran conseguido sacarle del hospital.

Colocó la jeringuilla frente a una vela para mirarla al trasluz: una gota salió por la fina aguja.

—Vamos a atarte y amordazarte. Antes de la catalepsia, experimentarás unos minutos de mucha excitación y tenemos que evitar que atraigas la atención de los guardias. Después notarás que no puedes moverte, tendrás primero mucho calor y luego frío, no podrás abrir o cerrar los párpados. Es posible que sigas consciente, no estoy seguro... Pero no sentirás dolor... No te asustes, Jacob, yo estaré contigo en todo momento.

Mientras el doctor Vartan hablaba, la enfermera le metió un pañuelo en la boca y le ató las manos y los pies a los barrotes de la cama.

El médico se sentó junto a él, le tomó el brazo y buscó en el dorso el camino azul de una de sus venas, la más marcada a la altura del codo.

—Allá vamos, Jacob. Nos vemos al otro lado de la verja. —Sonrió.

Jacob volvió la cabeza. Cuando notó el pinchazo, pensó en Dios... y pensó en Sarah.

A los cinco minutos comenzó la excitación. Primero notó un sudor frío y mucho, mucho calor. Después, empezó a latirle el corazón con fuerza, con tanta que podría habérsele salido del pecho. Respirar se le hacía cada vez más difícil y pronto sobrevinieron las primeras convulsiones. Aunque estaba atado a la cama, la agitación era tal que su cuerpo conseguía mover el somier y el cabecero con cada sacudida.

Todo se fue acelerando, las convulsiones, incrementando, los latidos se tornaron insoportables. Los huesos parecían a punto de descoyuntársele, los órganos iban a salírsele por la boca... Jacob creyó que explotaría. Entonces, todo cesó de repente. Como un aparato que se hubiera desconectado de golpe de la corriente eléctrica, Jacob cayó paralizado, su cuerpo estaba rígido como una vara. Poco a poco su conciencia se fue debilitando, como preámbulo a un sueño agitado en el que oía voces confusas a su alrededor, en el que creía seguir despierto aunque sin poder moverse, ni hablar, ni sentir...

—Rápido, tenemos menos de una hora antes de que vuelva a entrar en un estado de hiperexcitación.

El doctor Vartan comenzó a desatarlo. La enfermera le quitó el pañuelo de la boca; un reguero de saliva cayó por las comisuras de la boca de Jacob.

—Doctor...

—No se preocupe, el exceso de salivación es normal, es un efecto de la cocaína. Ciérrele la boca y límpiele.

—¿Le cierro el párpado también?

—No. El ojo muy abierto y la pupila dilatada resultan más convincentes... Su temperatura es demasiado alta, tenemos que aplicarle compresas de agua fría.

La enfermera se dispuso a cumplir las instrucciones del doctor Vartan.

—No, déjelo, lo haré yo. Usted vaya a por la camilla. Tenemos que sacarlo cuanto antes de aquí.

Ruidos metálicos, de ruedecillas rodando, de hierros viejos y mal atornillados. Murmullos en las salas. Respiraciones agitadas, pero no la suya, su pecho no se movía al respirar.

Todo parecía confuso e irreal, como si estuviera atrapado en su propio cuerpo, mortaja de acero en la que resonaban los ecos del exterior.

—¿Adónde van con este hombre? No pueden salir de la sala sin autorización.

—Este paciente ha fallecido. Vengo de certificar su muerte y lo trasladamos a la morgue.

—¡Retírele la sábana!

—Mira, Fournier, es el tuerto... ¿Y dice que ha estirado la pata? Esta mañana estaba tan campante, paseando por el jardín.

—Joder... Pues parece muerto.

—Acércale el cigarrillo, Fournier, a ver si se despierta...

Jacob quiso revolverse en la camilla pero su cuerpo no le respondía. ¿Le habían quemado con el cigarrillo? ¿Lo habían hecho...? No sentía nada. No oía nada.

—¡Atufa a carne quemada! ¡Y ni se mueve, míralo! El tipo está fiambre...

—¡Qué asco! ¡Quítaselo, vamos!

—Ya les he dicho que este paciente ha fallecido...

—¡Lléveselo de aquí! ¡Rápido!

Jacob volvió a perder la conciencia.

La voz de Sarah le despertó. Era la voz de Sarah. Lo era. ¿Dónde estaba? ¿Por qué ya no la oía? Sarah. Sarah. Sarah...

—¿Qué hace esta mujer aquí, mademoiselle Hirsch?

—Pensé que sería buena idea...

—Por favor, salga de la habitación, mademoiselle Bauer... No debe estar aquí. No, ahora.

Sarah. Sarah. Háblame, Sarah. No te vayas. No me dejes...

—Ella no debió venir. No será un espectáculo agradable cuando despierte.

—Lo siento, creí que...

—Hay que preparar la inyección de pentotal.

—¿Cómo ha ido todo? ¿Algún problema?

—No. Un par de policías sádicos en la sala. Creía que sólo los alemanes eran crueles. ¿Ve esta quemadura junto a la boca?

—Es muy reciente...

—Un cigarrillo. Querían comprobar que estaba realmente muerto.

—Salvajes...

—En la morgue todo ha sucedido rápidamente y según lo previsto. El guardia no ha sospechado nada. En un descuido hemos metido el cuerpo en la ambulancia y lo hemos traído hasta aquí. Hemos pasado un control, pero no nos han detenido. Por un momento creí que lo harían; últimamente no respetan ni las ambulancias durante el toque de queda. Sí, todo ha ido alarmantemente bien...

—Es increíble... Parece realmente muerto: el tono de la piel, la pupila dilatada, la rigidez muscular... No le encuentro el pulso y da la sensación de que no respira...

—Dios quiera que no esté realmente muerto... Acérqueme la luz para que vea dónde le pincho.

Habían pasado más de dos minutos desde que el doctor Vartan le inyectó el pentotal sódico, pero Jacob no reaccionaba. Seguía inerte, inexpresivo, letárgico. Seguía muerto.

El doctor Vartan empezó a temerse que algo fuera mal, que la cocaína hubiera matado a Jacob.

Carole Hirsch le miró como si leyera su pensamiento y lo compartiera con él: Jacob tardaba demasiado tiempo en despertar.

Dos minutos. Sólo dos minutos más y empezaría a practicarle un masaje cardiorrespiratorio.

Entonces, una fuerte convulsión sacudió el cuerpo de Jacob.

De pronto notó que sus brazos y sus piernas se movían bruscamente, que no podía controlarlos. Volvió a sentir el sudor resbalar por su cara. Volvió a sentir que le faltaba el aire y que el corazón le iba a explotar. Los espasmos le afectaron al cuello y a la espalda; pensó que la cabeza le saldría volando. Se mareó y vomitó.

—¡Rápido! ¡Tenemos que ponerle de lado para que no se ahogue! ¡Sujétenlo con fuerza...!

Le zarandearon con violencia. Le sujetaron los pies y las manos. Le levantaron la cabeza.

—Tranquilo, Jacob, ya estás a salvo. Ya ha pasado todo. Tranquilo...

Jacob hubiera querido gritar, pero no podía parar de vomitar. Era angustioso; estaba seguro de que el estómago se le saldría por la boca.

Cuando cesaron las arcadas por un momento, Jacob buscó el aire en el fondo de sus pulmones y sacó lo único que le quedaba dentro:

—¡Saraaaaaaaaaah!

Sarah le oyó gritar su nombre al otro lado de la puerta. Se había dejado caer al suelo, hecha un ovillo, y se había tapado los oídos con las manos. Pese a todo, había oído los espasmos y los jadeos, las arcadas y las toses... Había percibido cada sonido de la agonía de Jacob y, al fin, su grito de angustia.

Pero Sarah no se movió, continuó abrazada a sus rodillas, con los ojos fuertemente cerrados. Tenía miedo. Miedo de volver a verlo.

Lo había tenido delante tan sólo un instante; ese mísero instante había bastado para aterrorizarla. Sarah había contemplado su rostro cerúleo e inexpresivo... Su rostro muerto y el agujero negro de una cuenca vacía: se había quedado tuerto, había perdido un ojo.

Jacob le había parecido un monstruo. Y ahora gritaba como si lo fuera.

Hacía rato que había dejado de oírse sonido alguno al otro lado de la puerta, apenas el murmullo de las voces del doctor Vartan, mademoiselle Hirsch y la enfermera. Sarah no sabía qué le resultaba más angustioso, si los minutos de sufrimiento de Jacob o las horas de silencio.

La puerta se abrió y Sarah levantó la cabeza: Carole Hirsch la miraba con una sonrisa en su cara amable.

—Venga conmigo, mademoiselle Bauer. Ya puede pasar.

Jacob yacía sobre la cama. Su semblante se veía sereno y su respiración, pausada. Estaba durmiendo.

Le habían puesto vendas nuevas sobre su ojo hueco y le habían curado la quemadura de la boca. Le habían afeitado y vestido con ropa limpia.

«Es Jacob —se dijo Sarah—. No es un cadáver ni es un monstruo. Es Jacob.»

Lentamente estiró el brazo hacia su rostro: temía tocarle y que la imagen se desvaneciera como el humo. Por fin posó la mano sobre sus mejillas tibias y suaves.

—Jacob... —susurró.

Con la magia de su voz, Jacob levantó el párpado. Nada más verla, sonrió.

—Sarah...

Intentó incorporarse para tocarla, pero se sentía demasiado cansado. Se conformó con apretar la mejilla contra la mano de Sarah y contemplar su bello rostro.

—Sarah... No llores... Ya estoy aquí... Yo cuidaré de ti como antes, Sarah. Siempre cuidaré de ti...

Otro robo más

A las nueve de la mañana llegué a la Biblioteca Nacional de Francia, al llamativo y vanguardista edificio de *le site François Mitterrand*, con sus cuatro esquinas como cuatro libros abiertos de cristal. Como a esas horas Alain tenía clase, yo me encargué de buscar las noticias sobre el falso Giorgione.

Al terminar, recogí el material que había recopilado durante las tres horas reales de trabajo, las que me habían restado después de pasar los controles y solicitar los accesos a las salas y a los documentos. La idea era encontrarnos a las dos en la cafetería de la universidad, donde tomaríamos algo rápido para comer.

Sin embargo, cuando me encontré con Alain, todo aquello había pasado a un segundo plano. Algo había sucedido durante la mañana y no podía esperar a contárselo.

Lo que yo ignoraba era que él también tenía algo importante que decirme y fue más rápido en desenfundar que yo. Según me acercaba a saludarle, me abordó:

—Acabo de hablar con Camille... Joder, estaba histérica. Por lo visto ayer, al salir de la galería, cuando estaba en el parking recogiendo el coche, unos tipos le robaron a punta de navaja.

Escuchaba a Alain con atención, sin embargo, no estaba sorprendida. Me temía que una cosa así pudiera suceder.

—Lo único que le quitaron fue la grabadora con la cinta de la entrevista al barón.

Sin mediar palabra, abrí el bolso, saqué el móvil, busqué la lista de mensajes, recuperé el último y se lo enseñé.

Alain se mostró perplejo por mi comportamiento, que parecía ajeno a lo que acababa de contarme. Desconcertado, cogió el móvil y lo miró. Su expresión cambió inmediatamente.

—¿Georg von Bergheim?... La madre que lo parió... ¿Qué dice?

Le traduje la frase en alemán:

—«Se lo advertí. Ahora, yo voy a por todas. Ellos, también»... Algo así.

—¿Ellos? ¿*PosenGeist*?

—¿Quién si no?

Alain suspiró con la mirada perdida en la pantalla de mi móvil.

—Está claro que van a por todas: a por ti, a por Anton, a por Camille... a por cualquiera que se acerque a *El Astrólogo* —concluyó a la vez que me devolvía el teléfono.

—Como ya te supondrás, al recibirlo se me puso la piel de gallina... —Alain sonrió ante mi guiño de humor—. Quiero que me deje en paz —afirmé con serenidad según nos sentábamos en una de las mesas de la cafetería. Aunque me enfrentaba al miedo con otra actitud, no podía negar que seguía asustada.

—Me temo que mientras no abandones esto, no lo va a hacer.

Alain se quedó pensativo. Al cabo de unos segundos, dijo:

—Lo que debe saber es que no estás sola... Déjame ver el mensaje otra vez.

No comprendía muy bien adónde quería ir a parar, pero volví a sacar el móvil y se lo pasé. A su lado, observé cómo le daba a la tecla de responder y empezaba a teclear en francés:

«Tengo una copia del diario y otra de la grabación. Ven a por ellas, hijo de puta. Alain Arnoux.»

Le miré atónita.

—No tienes por qué hacer esto. No tienes por qué exponerte para provocarle. De hecho, prefiero que no lo hagas.

—Tenemos que saber quién es, Ana. Obligarle a dar la cara. ¿Quién es este tipo que husmea a tu alrededor, que ataca a todo el que se te acerca pero que a ti ni te roza? ¿Qué clase de psicópata es, que te acosa pero sin embargo te respeta y te protege? ¿Qué pinta *PosenGeist* en todo esto...? No sabemos nada y eso es lo que debería asustarnos más.

—Tampoco sabemos hasta dónde es capaz de llegar. Hay que tener mucho cuidado, Alain. Él mismo lo dijo: esto no es un juego. Y a fe mía que no lo es, he tenido ocasión de comprobarlo en mis propias carnes.

—Bien, pues sea lo que sea, yo también participo, con todas sus consecuencias. No puedo consentir que tú seas la única en su punto de mira. Estamos juntos en esto, ¿recuerdas?

Finalmente, le concedí una sonrisa, aunque fuera tensa.

—Creo que estás loco... Pero gracias.

Y Alain presionó la tecla para enviar el mensaje.

Una maldita maraña de hilos

Reanudamos la investigación con el ambiente enrarecido y dos capuccinos del Starbucks. Entre ellos dejé las copias de un par de artículos de la prensa generalista francesa y de uno de una revista especializada en arte que había recopilado por la mañana.

—Todos los artículos vienen a decir más o menos lo mismo que le contó el barón Thyssen a Camille —le iba explicando. Por último, le mostré el artículo de la revista de arte: era un especial sobre grandes falsificaciones que se hacía eco del falso Giorgione de Himmler—. Éste es el más completo porque lo aborda desde un punto de vista técnico.

Alain le dedicó una lectura en diagonal.

—Según dice aquí, la falsificación era muy buena...

—Sí. Lo mismo dijo el barón. Fue una falsificación muy cuidada. En el análisis de pigmentos se comprobó que los que se habían utilizado eran propios del Renacimiento y habituales en otras obras de Giorgione, como la escarlata veneciana, la azurita, el cardenillo o el ocre amarillo. Todos ellos obtenidos a partir de sustancias naturales. Incluso el óleo estaba preparado conforme al medio veneciano, que el mismo Giorgione había mejorado: empleaba menos porcentaje de plomo y más de cera para preparar la mezcla y conseguir así una pintura que permitía mayor rapidez en la ejecución porque se extendía mejor.

—Entonces, ¿cómo descubrieron que era falso? La ejecución, el lienzo...

—No. La ejecución era buena, pasó sin problemas por un Giorgione después de que lo examinara un equipo de conservadores de la Galería de la Academia de Venecia. En todo caso hubo dudas sobre si se trataba de un Tiziano, como es habitual. El lienzo también superó la prueba de los rayos X: era un tejido natural, un lino como el que podría haber empleado cualquier pintor del siglo xv.

Alain me miró por encima del borde humeante del vaso del Starbucks con una pregunta en sus cejas arqueadas.

—El aglutinante de la pintura —le respondí—: una resina sintética de fenol formaldehído que no podía ser del Renacimiento porque se empezó a fabricar a principios del siglo xx.

Después, asintió pensativo con la mirada perdida en la copia del artículo.

—Me pregunto por qué alguien que se ha molestado en cuidar tanto los detalles, comete un error tan evidente...

—Yo también me lo he preguntado. Y se me ocurren dos posibles respuestas: o bien que nunca pensara que se fuera a hacer un análisis de pigmentos y por lo tanto cuidara sólo aquellos detalles que influían directamente en la apariencia de la obra, o bien que tuviera prisa, que se viera obligado a terminar el cuadro en poco tiempo, porque las resinas sintéticas permiten que la pintura se seque antes que la cola o las resinas naturales.

—Me recuerda al caso de Han van Meegeren —hizo memoria Alain.

—¿Han van Meegeren?

—Un famoso falsificador holandés. Su especialidad eran los Vermeer. Sacó varios al mercado haciéndolos pasar por auténticos, con la mala suerte de que uno acabó en manos de Göring. Después de la guerra le acusaron de vender patrimonio nacional holandés a los nazis y antes de enfrentarse a la condena, prefirió confesar que el Vermeer de Göring era falso. El tribunal encargó un informe pericial a expertos en arte, quienes se encargaron de demostrar que la obra era efectivamente falsa. Van Meegeren era un falsificador meticuloso, que cuidaba los materiales y la ejecución, aunque también le delató el aglutinante, casualmente una resina sintética... como la de nuestro Giorgione.

—¿Quieres decir que...?

El soniquete de mi móvil interrumpió mi razonamiento.

—Es Konrad. Discúlpame un segundo... —le pedí a Alain mientras salía de su despacho para hablar.

—Hola, Konrad...

—¡Hola, *meine Süße*! ¿Puedes hablar ahora?

—Sí, dime...

—Todo bien, ¿verdad?

—No, lo cierto es que...

—Bueno, no te entretendré mucho. Sólo quería avisarte de que finalmente no voy a poder ir este fin de semana. Lo siento mucho, *meine Süße*, pero es que el viernes viene un japonés, un posible inversor de una historia que... En fin, no voy a aburrirte, tengo bastante interés en cazar la pasta de este tipo y me gustaría estar en Madrid cuando venga. Lo entiendes, ¿verdad?

Konrad me había soltado su discurso sin respirar, en su línea habitual de genio del marketing personal: mucho encanto, mucha vaguedad, mucho Konrad. No me paré a pensar si lo entendía o no, tampoco creo que eso importara demasiado.

—He recibido otra amenaza en el móvil y han robado la cinta con la grabación del barón Thyssen —pude completar la frase sin que Konrad me interrumpiera.

—¡Joder con el maldito Von Bergheim! El cabrón es incansable...

—Von Bergheim o *PosenGeist*... No lo sabemos.

—No, claro, claro. Bueno, menos mal que tú ya tienes la información. La cuestión es saber quién nos quiere pisar el descubrimiento.

—Alain ha...

—Tengo que colgar, *meine Süße*, perdóname. Entro en una reunión. Seguimos hablando esta noche, ¿de acuerdo?

—Sí..., claro. Esta noche...

Corté la llamada y volví a entrar en el despacho. Alain tecleaba en el ordenador portátil.

—He estado refrescando la historia de Han van Meegeren —me hizo saber cuando me sintió entrar—. No te lo vas a creer: la resina sintética también era un derivado del fenol formaldehído, según dice, Albertol, una marca de la época. Curiosamente, la misma marca que usó quien falsificó el Giorgione. Aquí lo dice... Albertol...

En un momento dado, dejé de escuchar a Alain. Incluso dejé de ver lo que yo misma estaba mirando al otro lado de la ventana. Necesitaba un momento y un espacio para mí y mi decepción, todo lo demás había desaparecido.

No era la primera vez que Konrad cancelaba algo. Por lo menos había tenido la delicadeza de no dejarme en la puerta de casa, con los labios pintados y los zapatos de tacón puestos; en esta ocasión, había avisado con suficiente antelación. Pero Konrad era así: en su escala de prioridades, el trabajo ocupaba el primer puesto y yo, con suerte, me situaba detrás. Era una parte de él que yo había asumido casi desde el principio sin grandes traumas, quizá lo consideraba un defecto que otras virtudes compensaban, como el hecho de que también me dejaba a mí carta libre para que Konrad no fuera siempre el primero en mi lista de prioridades. Sin embargo, esa vez me lo tomé mal, muy mal. Después de todo lo ocurrido... Miraba a Konrad a través de otro cristal, un cristal cada vez menos rosa y cada vez más oscuro. Además, aunque quería aparentar fortaleza, me sentía vulnerable. No me gustaba quedarme sola en mi apartamento, y él apenas me había dejado hablar para pedirle que por favor pasara conmigo al menos el fin de semana. Me sentí decepcionada primero, y prácticamente agredida después: me convencí de que Konrad me había dejado tirada de mala manera...

—¿Va todo bien?

Sólo al oír su voz recordé que Alain estaba allí y me di cuenta de que se había levantado de la silla, se había acercado a mí y me había puesto la mano en el hombro.

—Sí... Sí. Lo siento, estaba distraída.

Frunció el ceño y me miró. Enseguida quise ponerme a cubierto de unos nubarrones negros cargados de una lluvia de preguntas, pero me detuvo.

—¿Seguro que va todo bien?

No me importaba que su mirada fuese una luz dorada en una noche de tormenta. No quería ni siquiera plantearme si su hombro sería lo suficientemente amplio y mullido como para llorar sobre él, seguro que lo era. Visto lo visto, si intentaba mezclar a Konrad con Alain resultaría un compuesto fétido y explosivo; no quería enredarme con esa química. Además, en aquellas circunstancias de ánimo y disposición hacia Konrad, sentía que hablarle a Alain de él sería como llevarse trabajo a casa, como pasear por el bosque con zapatos de tacón o empezar las vacaciones con un resfriado.

Le sonreí.

—Sí... Seguro.

Recompuse el gesto y traté de volver al aquí y ahora.

—Bueno, ¿dónde estábamos?

Sobre la mesa seguían los artículos de prensa y el portátil con una página web sobre Han van Meegeren abierta.

—Yo estaba en Holanda. Tú... no lo sé.

Él se mostraba perseverante. Y yo, firme: no íbamos a malgastar otra tarde de trabajo con una sesión de psicoanálisis mutuo. Así que ignoré su comentario.

—Pues tendrás que explicarme cómo has llegado a Holanda, me lo he perdido.

Alain claudicó.

—Detrás de un aglutinante sintético, pensando que tal vez Han van Meegeren fuera nuestro falsificador: hay algunas coincidencias.

No, no, no, no, no. No quería enredarme con aquello: no quería dar vueltas al falso Giorgione, porque a cada vuelta que le daba me alejaba más del auténtico. En realidad, cuanto más nos acercábamos a *El Astrólogo*, más lejos estábamos de él.

Suspiré. Me froté las sienes. Me mordí los labios. Sentí calor, un calor picajoso y bastante incómodo.

Sujetándome la cabeza como si estuviera a punto de perderla, me encaré con Alain:

—¿Dónde estamos?

Él me miró sin comprender. Parecía pensar: «Ya te lo he dicho, en Holanda». Pero no era aquélla la respuesta a mi pregunta.

—Llevo meses viajando y ya no sé dónde estoy. Llevo meses viajando y creo que sin darme cuenta he vuelto a donde empecé. Es angustioso, es como estar en un laberinto: tome el camino que tome nunca encuentro una salida. Documentos, archivos, bibliotecas, entrevistas... ¿De qué ha servido? Seguimos sin tener nada. Sólo un teléfono lleno de amenazas...

Tal vez porque la conversación con Konrad había actuado como un revulsivo y me había dado cierta perspectiva sobre lo que estaba haciendo. Quizá porque me había puesto de mal humor y todo lo veía de color negro. Tal vez por la conversación con Konrad o tal vez no, la cuestión era que me sentía realmente angustiada, como si aquella habitación se estuviera haciendo cada vez más pequeña y, cual Alicia en el País de las Maravillas, sus paredes me fueran aprisionando y su tejado fuera aplastando mi cabeza. Y mientras la habitación se empequeñecía, el cuadro se hacía enorme, inabarcable, inalcanzable e irreal, se volatilizaba como un gas entre mis manos, se escurría como una gelatina entre mis dedos, se me escapaba. No importaba cuánto tiempo le hubiera dedicado, ni cuánto esfuerzo, ni cuántos sofocos, ni cuántos desvelos; el cuadro se me escapaba.

—Creo... creo que no puedo continuar... Estoy completamente bloqueada.

Empecé a sentir una espiral de angustia, una necesidad de salir corriendo, de gritar, incluso, de hiperventilar.

Alain se levantó y se colocó a mi espalda. Con los dedos masajeó mi cuello y mis hombros.

—Está bien... Relájate...

Dejé caer la cabeza hacia atrás y la apoyé en su estómago.

—Esto es como buscar una aguja en un pajar... No, peor. Nunca lo encontraremos. Es una maldita maraña de hilos cada vez más enredados; y no sé de cuál de ellos tirar...

Alain puso su cara sobre la mía: su imagen invertida era un retrato cubista que, junto con su voz, tuvo un efecto hipnótico un tanto surrealista.

—Olvídate de todo, Ana...

Sus dedos masajeaban mis hombros...

—Olvídate de falsificaciones, de hermetismo, de la Academia Neoplatónica, de los nazis...

... masajeaban mi cuello...

—Son sólo todos los hilos que has ido enredando en la madeja...

... mi nuca...

—Sepáralos todos... despacio... con cuidado...

... mi mentón...

—Y escoge sólo uno... Tira de él...

El masaje se detuvo en mis mejillas que quedaron encerradas entre sus manos grandes.

—¿Qué hay al final del hilo, Ana?

Moví suavemente la cabeza de un lado a otro.

—Los Bauer —respondió él mismo—. Tú lo dijiste desde el principio: *El Astrólogo* siempre lo tuvieron los Bauer. Por eso estoy yo aquí.

«I'm not in love»

Desde el tocadiscos de Alain llegaba «I'm not in love» de 10cc con un siseo de vinilo. La música suave y cadenciosa, la media luz y el alcohol me adormecían. Recosté la cabeza sobre el brazo del sofá.

—¿Quiénes fueron los Bauer? —le pregunté a Alain sin dejar de girar el vaso en las manos; el hielo se deslizaba entre las hojas de hierbabuena, se abría camino entre las ondas aceitosas del ron y la lima.

—Alfred Bauer era propietario de una de las mayores industrias textiles de la Alsacia. Había heredado el negocio de su suegro, Hans Zimmermann, judío. Alfred no nació judío. Era un católico alemán, de Göttingen, pero después de la primera guerra se casó con la única hija de Zimmermann y se convirtió al judaísmo. El matrimonio tuvo tres hijos, Ruth, Sarah y Peter...

Alain terminó su mojito y los hielos tintinearon en el vaso cuando lo dejó en el suelo.

—Eran una de las familias más ricas e influyentes de Estrasburgo. Cuando los alemanes se anexionaron la Alsacia, los Bauer, al contrario que la mayor parte de la comunidad judía de la ciudad, decidieron no huir. Supongo que Alfred Bauer confiaba en que su pasado católico y su nacionalidad alemana le protegerían; incluso era veterano del ejército alemán y había combatido en la Gran Guerra. No le sirvió de nada... El día que Von Bergheim requisó la colección, la Gestapo se llevó a Alfred Bauer; murió en prisión... Por supuesto, no consta en ningún documento oficial, pero probablemente no soportó el interrogatorio.

La mirada de Alain se apagó, se dejó morir en algún punto del suelo de madera.

Me imaginaba por dónde iría la respuesta, pero aun así, le animé a continuar:

—¿Qué ocurrió con el resto de la familia?

Una mirada larga, un suspiro prolongado... A nadie le gusta dar malas noticias, ni siquiera las del pasado.

—Los deportaron. A Auschwitz. La mujer y la hija mayor murieron en la cámara de gas. Al chico lo trasladaron a Treblinka donde contrajo el tifus y murió poco antes de que los rusos liberaran el campo... Es asqueroso... Estoy harto de hurgar en los expedientes de los campos de concentración, harto de leer atrocidades, de ver familias enteras exterminadas de forma horrible, harto de buscar herederos entre las cenizas de las cámaras de incineración, entre los huesos de las fosas comunes... Pero da igual; con cada apellido, con cada número, con cada hombre, cada mujer o cada niño... se me hace un nudo en la garganta como si fuera a vomitar.

Me incorporé para acercarle mi mojito y ofrecerle un trago que aflojase su nudo. Aproveché para acariciarle la cara sombría. Alain retuvo mi vaso y mi mano. Después, aceptó el trago.

—Es muy hermoso lo que haces —murmuré—. Buscar a las personas para restituirles su memoria, su patrimonio, su honor...

—Es pretencioso y estúpido querer devolverles también la vida como si fuera un dios. —Sonrió, ocultando su sonrisa en la palma de mi mano.

—Es generoso. Dedicas tu tiempo y tus conocimientos a una causa noble, y no esperas grandes cosas a cambio... Tienes que tener mucho de idealista.

Era revelador encontrar alguien así. En el mundo de Konrad, en mi mundo, todo tenía un precio, incluso la caridad. En cambio, Alain se ofrecía de forma gratuita.

De pronto, me pareció repugnante que Konrad hubiera querido el Giorgione para él solo, para engordar su prestigio, su vanidad, su patrimonio..., su enorme ego. Me sentí incómoda, como si un olor desagradable entrase por la ventana, como si la música de 10cc sonase desafinada, como si alguien hubiera salpicado de egoísmo el idealismo de Alain.

—¿Por qué frunces el ceño? —observó Alain—. No está bien acompañar unas palabras bonitas con un ceño fruncido... Me gusta lo que has dicho... Gracias. —Deslizó el pulgar por mi entrecejo arrugado y con una caricia se llevó los malos espíritus: la habitación volvió a oler a la colonia de Alain, 10cc volvió a entonar «I'm not in love», y yo me volví a dejar llevar por un sopor cálido y placentero.

—Termínate tú mi copa... me está entrando sueño —le pedí mientras volvía a recostar la cabeza en el brazo del sofá.

Lo último que vi antes de cerrar los ojos fueron los labios de Alain rozar los hielos y la hierbabuena...

—¿Dónde demonios estará Sarah Bauer? —fue lo último que dije antes de quedarme dormida.

Defunción de Eve Marie Bauer

Me han llamado los del estudio genealógico —le conté a Alain por teléfono—. Parece ser que han encontrado algo interesante sobre Sarah Bauer...

—Entro en una clase ahora, pero podemos vernos allí a la una, ¿te parece?

El investigador genealógico era un hombre de edad indefinida, repeinado y relamido, que vestía pantalones de franela gris, jersey de pico granate y corbata negra, y que probablemente no se había cambiado la montura de las gafas desde los años setenta.

Nos hizo pasar a un despacho no menos relamido y alcanforado que él y nos mostró con prosopopeya un documento.

—Nos ha llegado esta mañana. Hicimos una consulta a las veinte *mairies* de París que, por fin, ha dado sus resultados. Se trata de un certificado de defunción.

Con sus dedos huesudos, terminados en unas uñas demasiado largas para ser de hombre, nos hizo un recorrido por el papel.

—Defunción de Eve Marie Bauer. El dieciséis de julio de mil novecientos cuarenta y cuatro, a las tres horas, ha fallecido Eve Marie Bauer, domiciliada en París Île-de-France, nacida en París Île-de-France el veinticinco de octubre de mil novecientos cuarenta y tres, hija de (espacio en blanco. Anotación al margen: padre desconocido) y Sarah Bauer. Registrado el tres de marzo de...

Dejé de escuchar la voz atiplada del genealogista. No necesitaba saber más. Sarah Bauer había tenido una hija, y la había tenido en París.

—Sí, pero la niña murió a los pocos meses de haber nacido, así que volvemos a perder el rastro de Sarah —me hizo notar Alain a la salida de la oficina del genealogista—. Y lo que resulta más curioso, la declaración del fallecimiento no la hace ella, que después de todo es su madre, sino un tío de la pequeña.

—¿Habría muerto ella también?

—Podría ser, pero es extraño haber encontrado el acta de defunción de su hija antes que la suya. Además, sabiendo como sabemos que los hermanos de Sarah también habían muerto, ¿cómo pudo un tío de la niña inscribir la defunción?

Me encogí de hombros. Lo que a mí me había parecido simple y revelador sólo nos estaba planteando más y más incógnitas.

—¿Un hermano del padre?

—¿Del padre desconocido? —Alain torció el gesto—. No parece muy probable... Lo más seguro es que el padre fuera un alemán. Muchos de ellos vinieron a Francia, dejaron embarazadas a las mujeres francesas y se volvieron a su país sin reconocer a los niños.

—¡Ya estamos otra vez en las mismas! —bufé enojada—. Cada vez que parece que nos acercamos a algo, el camino se abre en mil direcciones. ¡Es desesperante!

Antes de ponerse el casco para la moto, Alain volvió a infundir optimismo en nuestras vidas.

—Bueno, ahora sabemos que Sarah Bauer seguía en París el 25 de octubre de 1943. Vamos avanzando.

Junio, 1943

En Argel, el general De Gaulle reúne el Comité Nacional de Liberación Francés, organismo desde el que se coordinarían todos los esfuerzos para liberar a Francia de la ocupación nazi. Tras la Liberación, este Comité se constituiría en gobierno provisional de la República.

Sarah fue a buscar a Marion a la salida del trabajo. Tenía que hablar con ella pero no podía citarla en casa estando Jacob allí. Hacía una temperatura muy agradable y podrían caminar un rato o tal vez sentarse en un banco del parque.

Marion terminaba su turno en las taquillas de la estación a las tres. Después se tomaba un bocadillo, se metía en los aseos, se peinaba un poco, se retocaba el maquillaje y a eso de las tres y media estaba en la calle.

—¡Sarah, cariño! ¿Qué haces tú aquí?

—He venido a buscarte. —Sarah intentaba parecer natural, quitarle hierro al asunto.

Pero su amiga frunció el ceño. Sarah nunca había ido a buscarla a la salida del trabajo; que lo hiciera le pareció muy extraño.

—¿Estás bien? ¿Va todo bien? ¿Cómo está Jacob?

Sarah la agarró del brazo. Pensaba caminar, pero sintió la necesidad repentina de sentarse. Bajo la sombra de un árbol, localizó un banco.

—Tengo que hablar contigo, Marion. Tengo que hablar con alguien antes de volverme loca.

Marion se sentó a su lado. Estaba muy preocupada.

—¿Qué sucede, cariño? Me estás asustando...

Sarah prefirió mirarse las manos antes que mirar a su amiga. Sería más sencillo atreverse a sincerarse si no la miraba a los ojos.

—Estoy embarazada.

Sarah podría haber estado hablando sola porque no se produjo la más mínima respuesta a su declaración. Alzó los ojos para comprobar que Marion seguía allí.

Y allí estaba, petrificada, absorta, demudada, buscando desesperadamente las palabras más adecuadas para el momento. Pero Marion no era una mujer de palabra fluida.

—Cariño... Pero... Pero ¿cómo ha sucedido?

Sarah levantó las cejas: ¿en serio quería que le explicara cómo había sucedido? Era curioso, la estupefacción de su amiga empezaba a resultarle cómica y aquello la relajó.

—Digamos que ha... sucedido.

—Pero... ¿estás segura?

—Llevo meses sin tener el período. Al principio, pensé que había sido por la inanición, en el hospital me dijeron que era normal. Pero ya van cuatro meses, cuatro meses en los que he comido hasta reponerme y engordar. Además, de un tiempo a esta parte, me ha crecido el vientre y mis pechos están a punto de explotar. Eso sin contar con las náuseas, que a veces me duran el día entero. Sí, Marion, estoy segura.

Una vez confirmado el suceso, su amiga, siempre voluntariosa, se dispuso a tomar el control de la situación.

—Está bien... Veamos... No te apures, cariño. Encontraremos a alguien... Creo que sé a quién puedo acudir... Esta chica, ¿cómo se llama...? Está siempre metida en líos y ya se ha deshecho de unos cuantos, tú me entiendes... Sí, seguro que ella conoce a alguien. Alguien que pueda... quitártelo, ya sabes...

—No, Marion —se apresuró a cortarla Sarah en cuanto intuyó por dónde iban los tiros—. No quiero abortar.

—¿Cómo? —Marion estaba segura de no haber oído bien.

—Que voy a tener el bebé.

Su amiga alzó las pupilas hasta dejar los ojos casi en blanco clamando al cielo.

—¡Por el amor de Dios, cariño! Tú no lo has pensado bien... ¿Te das cuenta de en la que te metes? ¡En los tiempos que corren es una locura tener un hijo! ¡No hay comida! ¡Ni leche, ni harina, ni huevos! ¡No hay luz, no hay carbón! ¡No hay nada! ¿Cómo vas a hacerlo, cariño? ¿Cómo vas a sacarlo adelante?

Toda aquella lista de obstáculos que Marion le enumeraba ella ya la había considerado, junto con otras muchas más. Pero nada de aquello era importante, más importante que la vida del pequeño. Era absurdo matarle porque pudiera morir.

Sarah no necesitó darle ninguna explicación, le bastó con sostenerle la mirada.

—Estás decidida a seguir adelante, ¿no es cierto?

Sarah asintió.

—Tú sola... ¡menuda insensatez! —Entonces Marion recordó algo: que la concepción es cosa de dos—. Por cierto, ¿sabes quién es el padre?

Sí, claro que lo sabía. No tenía la menor duda. Como tampoco había dudado de que Marion le hiciera esa pregunta. Aun así, se sintió un poco incómoda al responder.

—Jacob.

El asombro arqueó la espalda de la chica e hinchó su generoso busto como si fuera el buche de una gallina.

—¡La madre que...! ¡Debí imaginármelo, qué puñetas! Siempre ha habido un no sé qué entre vosotros dos que... Aguarda un momento, Jacob llevaba meses preso...

—Y yo llevo meses embarazada. No hay duda, Marion, Jacob es el padre.

Marion tenía que admitirlo: no todas las mujeres eran como ella. La mayoría sabían cómo, cuándo y con quién se acostaban.

Ella se cuidaba a conciencia de no quedarse embarazada, nadie entraba en su cálido refugio sin ponerse antes la capucha; pero si alguna vez, Dios no lo quisiera, ocurría la desgracia, tendría serios problemas para identificar al padre de la criatura.

Por primera vez, Marion se relajó y miró a Sarah con un gesto afable.

—Cariño...

Alargó el brazo y puso la mano sobre el vientre de su amiga, apenas abultado.

—Es increíble —murmuró emocionada—. ¿Lo notas?

—Un ligero cosquilleo. No siempre, sólo cuando estoy tranquila. Aún es muy pequeño. —Sonrió.

—Eres muy valiente, cariño. Jacob tiene que estar muy orgulloso de ti.

El semblante de Sarah, que por un momento había resplandecido con un velo de felicidad, volvió a ensombrecerse. Como si el cielo se hubiera cubierto de nubes negras y la brisa se hubiera vuelto gélida, Sarah se estremeció.

—Él no sabe nada...

Después de escapar del hospital, Jacob se había ido a vivir con ella. Fue algo que le había ofrecido espontáneamente, sin pensarlo demasiado, sin mirar a largo plazo... En aquellos tiempos era absurdo hacer planes más allá del día siguiente, nadie podía tener la certeza de seguir vivo a la mañana siguiente. Jacob, sin hogar y obligado a permanecer en la clandestinidad, necesitaba un lugar donde vivir y ocultarse. Ella era la única que podía procurárselo. El apartamento era pequeño, pero suficiente para dos: le había dejado el dormitorio a Jacob y ella dormía en el sofá, no le importaba hacerlo, incluso prefería hacerlo.

«¿Por qué no duermes conmigo, Sarah? ¿Has olvidado la última noche, antes de que todo esto sucediera? Yo no...», le había dicho Jacob. «No estaría bien, Jacob. Ya es suficiente con haber ofendido la ley de Dios en una ocasión.» Utilizó el argumento fácil porque no quería perderse en explicaciones de lo que no sabría cómo explicarle sin herirle: quería a Jacob, él era una de las pocas personas que le quedaban en el mundo, pero no deseaba compartir el lecho con él, hubiera sido tan extraño como yacer con un hermano.

Quizá fue aquel momento el que marcó el comienzo de su infierno; el infierno de vivir con Jacob.

—Pero ¿cómo...? ¡No se lo has dicho! ¡Cariño, tienes que contárselo!

Sarah comenzó a sentirse acosada, no tanto por Marion como por su propia conciencia.

—Lo sé, lo sé... —Suspiró—. Pero es que... A ver cómo te lo explico... Jacob no parece el mismo. Está muy cambiado, Marion.

—Mujer, es natural. Después de todo lo que ha pasado...

—Ya, pero no es sólo eso. Creo que Jacob no está bien.

—Pero nunca estuvo enfermo. Y ya está repuesto de la operación de su ojo.

—No me refiero a físicamente... Es más bien un problema de ánimo.

Por la forma en que la miraba, Sarah adivinó que Marion no sabía a lo que se refería. Comprendió que tenía que ser más explícita, hablar abiertamente de lo que tanto le costaba.

—Está completamente hundido, Marion. Empezó sin pegar ojo por las noches. Desde la sala le oía pasear de un lado a otro de la habitación como un león enjaulado. Después, vinieron los gritos, gritaba de dolor, decía que le dolía la cabeza, luego que todo, que le dolía todo y necesitaba medicinas, analgésicos... Pero no los tenemos porque el doctor Vartan dijo que no le harían falta. Desde el principio se ha negado a comer, puede pasarse los días enteros sin llevarse absolutamente nada a la boca. Eso, o devorar de forma compulsiva lo poco que hay en casa y empezar a gritar como loco cuando la comida se acaba... A veces le doy mis raciones y también le traigo comida si voy a casa de la condesa, pero cuando pasa por esos períodos nunca tiene suficiente.

Marion estaba estupefacta.

—No debes darle tus raciones, cariño, y menos en tu estado...

—Pero es lo que hay, Marion. Tú sabes que no puedo conseguir más comida... Y aunque la consiguiera, lo mismo le da por negarse a comer. Es un sinvivir... Todo lo que hace durante el día es quedarse sentado en un sillón; cuando me voy temprano a la librería, le dejo en el sillón, cuando regreso, sigue allí. Sólo se levanta para ir a la cama a no dormir, el resto del tiempo se lo pasa en el sillón, con la mirada perdida, inmóvil como si fuera un vegetal, y sólo abre la boca para masticar cigarrillos y quejarse de que se siente muy cansado, de que es un ser miserable, inútil e inválido, de que más le hubiera valido haber muerto en la cárcel... Cuando trato de animarle, se pone como una fiera, se agita con toda la energía que dice faltarle, empieza a gritar y a blasfemar y últimamente también me insulta... —Sarah tragó saliva y comenzó a retorcerse las manos con nerviosismo—. El otro día... llegó a acorralarme contra la pared como si quisiera pegarme... No lo hizo, cayó agotado de repente, se metió en la habitación sin decir palabra y lleva durmiendo desde entonces. Eso fue antes de ayer... Esta mañana aún no había despertado... Estoy empezando a asustarme, Marion...

—Oh, cariño, me dejas de piedra...

—¿Cómo voy a decirle lo del bebé...? ¡No puedo! ¡Tengo miedo!

Marion estaba realmente conmovida por la angustia de Sarah. Aunque la situación le sobrepasaba por completo, sentía que tenía que ayudar de algún modo a su amiga. Lo mejor que se le ocurrió fue sembrar la serenidad y la concordia.

—Es difícil saber cómo queda uno después de haber pasado por lo que Jacob ha pasado... Tú mejor que nadie lo sabes, lo viste cuando estabas en la cárcel y eso es sólo una parte de lo que ha sufrido. Jacob es un buen hombre y te quiere, eso es evidente, siempre te ha querido, a mí esas cosas no se me pasan por alto. Puede que todo lo que necesite sea una ilusión para tirar adelante, algo que le haga olvidar todo el horror vivido. Saber que va a ser padre puede que sea lo que Jacob necesita para recuperar el ánimo.

Había otros motivos por los que Sarah llevaba en secreto su embarazo, había otros miedos. Sarah temía que si le revelaba a Jacob que estaba esperando un hijo suyo, Jacob quisiera casarse. Y Sarah no tenía ninguna intención, ni siquiera deseo, de casarse con él.

Ante Marion se había mostrado totalmente decidida a no abortar, y lo estaba. Pero el día que comprendió que estaba embarazada, su determinación no había sido tan firme. Y había valorado la idea de deshacerse del bebé. Se le había pasado por la cabeza no por temor a criarlo sola o a traerlo a un mundo que se desmoronaba, a una vida oscura de hambre, miedo y sufrimiento... No, si había pensado en abortar era porque no quería tener un hijo de Jacob, no quería verse ligada a un hombre al que no amaba por un lazo tan fuerte. Ahora bien, ¿qué culpa tenía la criatura de que su madre no amase a su padre?, ¿qué culpa tenía de que su madre fuera una inconsciente que se había emborrachado una noche y se había acostado con un hombre al que no quería...? Responder a esas preguntas y desear tener al bebé en brazos fueron motivos más que suficientes para decidir no abortar.

Lo siguiente que le exigían sus responsabilidades era contarle a Jacob que estaba embarazada. Tal vez Marion tuviera razón, tal vez la ilusión de ser padre le ayudara a recuperar el ánimo... No estaba muy convencida, pero tampoco conducía a nada pensárselo demasiado. Hacía días que las faldas ya no le abrochaban. Su estado no tardaría mucho en ser evidente y, aunque quisiera, no podría guardar el secreto por más tiempo.

———◇◆◇———

Aquella mañana, como todas, bajó a la librería; Jacob seguía durmiendo. Al mediodía, como acostumbraba, subió a casa para comer; él todavía dormía. Sólo al terminar la jornada, ya avanzada la tarde, se encontró a Jacob despierto.

Pensó que quizá fuera un buen momento para darle la noticia. Curiosamente, no se lo encontró sentado en el sillón, con el gesto mohíno y arrugado. Estaba en la cocina, hurgando en la alacena, sacando una a una todas las cosas que había dentro.

—Hola, Jacob...

—¿Dónde hay comida?

—Tienes guiso de patatas en la olla y pan en la cesta. También hay carne seca y gachas con tocino. Y un poco de leche que traje ayer de casa de la condesa.

Era todo lo que Jacob no había comido en los días de reposo y todo lo que había para cenar.

—Ya me lo he comido, pero necesito más. Tengo más hambre. —Jacob abría y cerraba armarios y cajones, revolvía entre los cacharros con la ansiedad de una rata hambrienta.

—No hay más. Eso era todo.

—¿Y por qué no has ido a comprar?

—He ido a comprar pan. No necesitábamos más. Había suficiente. Si me gasto todos los cupones ahora, no tendremos qué comer a final de mes. De todos modos, puedes coger la cartilla y bajar tú a por más comida.

Jacob se revolvió como un animal salvaje.

—¡Mujer perezosa y desconsiderada! ¡No ves que yo no puedo salir! ¡Están por todas partes! ¡Me vigilan! ¡Si salgo, volverán a cogerme!

Sarah permaneció inmune a su arranque de ira. Desmoralizada, se dejó caer sobre una silla. Le dolía la espalda y estaba cansada; no tenía ánimos para enfrentarse a aquella situación otra vez.

—Cálmate, Jacob —le pidió con desgana—. No grites, te lo ruego. Te prepararé un poco de café...

Jacob dio un puñetazo a la mesa. Los cacharros que había ido dejando encima saltaron delante de la cara de Sarah con gran estruendo. Se sobresaltó.

—¡No quiero tu mierda de agua sucia! ¡Quiero comer, cojones! ¿Eres tan estúpida que no puedes entenderlo?

Sarah le clavó los ojos con una mirada severa.

—No empieces a insultarme, Jacob.

—¡Cállate y no me grites! ¡Me duele la cabeza!

—No me extraña. Llevas más de dos días durmiendo...

Jacob enrojeció de ira y apretó los dientes. Agarró a Sarah por el cuello del vestido y la levantó en vilo de la silla para gritarle a la cara.

—¡Estoy enfermo!, ¿es que no lo ves? ¡Enfermo! —repitió antes de lanzarla contra la pared—. ¡Pero tú eres una maldita egoísta y sólo piensas en ti! ¡Necesito comida y no me la das! ¡Necesito medicinas y no me las das! ¡No quieres darte cuenta de que estoy mal, muy mal! ¡Quisieras verme muerto!

—Jacob, por favor... —Sarah se pegaba a la pared. Hubiera querido que el muro se la tragase y desaparecer de allí.

Él rompió un plato contra la mesa y blandió un pedazo afilado frente a los ojos de ella.

—¡Yo también quisiera verme muerto! ¡Odio esta vida de mierda! ¡No soporto vivir! ¡No lo soporto más! ¡No lo soporto!

Sarah miró el filo del plato. Luego, la cara desencajada de Jacob. También miró sus dedos crispados, sus ojos encendidos y su boca de fiera. Y sin pensárselo dos veces, le abrazó. Le abrazó con fuerza, sujetándole los brazos, apretándolo contra su cuerpo.

El trozo de plato cayó al suelo al tiempo que Jacob se desmoronaba.

—No lo soporto... —sollozó Jacob con la cara enterrada en el cuello de Sarah—. No puedo más...

Sarah le acarició la espalda como si fuera un niño.

—Tranquilo. Tranquilo. Yo estoy contigo. Estoy contigo...

Jacob se hundió en su abrazo. Abatido y destrozado, parecía un trapo.

—¿Qué me está pasando, Sarah? ¿Qué me ocurre? Yo no quiero hacerte daño... No quiero comportarme así... Lo siento mucho. Lo siento...

—Ya lo sé, Jacob. Necesitas ayuda, los dos la necesitamos. Pero saldremos juntos de esto, ya lo verás. Te lo prometo. Te lo prometo, Jacob.

Él lloró en sus brazos. Nada le hacía sentirse bien, pero los brazos de Sarah eran el único lugar hermoso del mundo, del mundo distorsionado y oscuro de Jacob.

Sarah habló con Carole Hirsch y ella les consiguió una cita con el doctor Vartan en su domicilio.

El doctor Vartan vivía en Le Marais, en un piso que compartía con otros dos internos del hospital Rothschild: un joven farmacéutico judío que había huido de Polonia en 1939 y un pediatra de Rouen.

El médico quiso ver primero a Jacob a solas. Al cabo de más de una hora, el doctor Vartan regresó a la salita donde había permanecido Sarah esperando.

—¿Dónde está Jacob? —le preguntó alarmada al comprobar que venía solo.

—No se inquiete, mademoiselle Bauer. El doctor Wozniak está con él —afirmó, refiriéndose al farmacéutico polaco.

—¿Cómo está?

El doctor Vartan se sentó al lado de ella en el bonito rincón junto al balcón por el que entraba el sol y la punta de una rama cargada de hojas del castaño que se erguía desde la calle. La conversación sería larga.

Se quitó las gafas, se las limpió y volvió a ajustárselas. Parecía cansado.

—Lo primero que ha hecho ha sido pedirme más cocaína. Temí que algo así pudiera pasar...

Sarah no supo qué decir; no entendía muy bien a qué se refería el doctor Vartan. Si cocaína era todo lo que necesitaba Jacob, la solución al problema parecía sencilla. ¿Dónde estaba el temor?

El doctor Vartan continuó hablando. Quizá más para sí mismo que para Sarah.

—Pensé que suministrada en un período corto de tiempo no

produciría adicción y que una vez superado el síndrome poscocaínico no habría síndrome de abstinencia. Pensé que no quedarían secuelas... Pero me equivoqué. Mucho me temo que me equivoqué.

El doctor Vartan era psiquiatra y neurocirujano. Antes de que las leyes antisemitas prohibieran a los facultativos judíos ejercer en hospitales públicos, había desarrollado la mayor parte de su carrera en el Centro para la Prevención de Enfermedades Mentales del hospital psiquiátrico de Sainte-Anne, investigando en el campo de la farmacopsiquiatría y el empleo de medicamentos en el tratamiento de desórdenes psíquicos. Había seguido de cerca los trabajos de Freud, Pavlov, Baruk, Gutiérrez Noriega y otros investigadores destacados en el campo de las terapias con drogas. Sin embargo, la ocupación alemana le había obligado a dejar de lado su vocación y convertirse en cirujano, médico y enfermero para todo en el hospital Rothschild. Tenía que reconocer que cuando se le presentó el caso de Jacob y su fuga, se lo tomó como una oportunidad excitante de experimentación. Sin ir más lejos, la catalepsia inducida por cocaína sólo había sido ensayada en animales y nunca en humanos. Pero lo que más atraía al doctor Vartan de este experimento era estudiar las propiedades adictivas de la cocaína y sus efectos neurológicos en el ser humano. Jacob había sido un conejillo de Indias, sí. Por eso en todo momento el doctor quiso asegurarse de que su paciente conocía los riesgos de la fuga. Aunque... ¿cómo iba a conocerlos Jacob si ni él mismo los conocía al cien por cien? Era muy posible que, en su caso, la muerte no fuera el peor de los riesgos.

El doctor Vartan contempló a Sarah: tan joven, tan hermosa, tan acosada por la crueldad y el sinsentido de aquellos tiempos... ¿A qué clase de locura había arrastrado a esa pobre gente?

—Jacob no tiene problemas físicos —intentó explicarle a Sarah—. Pero ha desarrollado trastornos mentales a causa de la cocaína que le suministré para la fuga.

—¿Trastornos mentales?

—El insomnio, la fatiga, la apatía, los arranques de ira, las conductas autodestructivas, la depresión, incluso esa delgadez extrema y los dolores de cabeza, todo tiene un origen exclusivamente psíquico. El cuerpo de Jacob está bien, su mente no.

—Pero... eso es lógico, ¿no? Son traumas originados por lo que ha tenido que pasar...

El doctor Vartan negó pesaroso con la cabeza.

—Tal vez esos traumas agraven su situación, pero la auténtica causa de sus trastornos es la cocaína. Antes de que recibiera la droga, Jacob no mostraba ninguna sintomatología patológica, su comportamiento era normal. El hecho de que esté desesperado por volver a consumirla, por tomar analgésicos o cualquier otro medicamento pensando que le procurará alivio y la misma sensación de euforia que le daba la cocaína es prueba de su adicción. Lo que me gustaría saber es si la droga ha producido algún tipo de daño neurológico y, en caso de que fuera así, si es reparable. —Volvió a hablar como si estuviera en un laboratorio.

—Quiere decir que hay una solución, que Jacob se pondrá bien...

Ante la angustia de Sarah, el doctor Vartan no se atrevió a ser derrotista.

—Quiero decir que vamos a intentarlo. Jacob necesita atención y tratamiento adecuados.

—¡Pero no puede volver a ingresar en el hospital! —se alarmó Sarah—. Lo detendrían otra vez. Aunque tenga una nueva identidad y unos papeles falsos, su único ojo es un rasgo delator.

—Lo sé, mademoiselle Bauer, y no es mi intención devolverlo al hospital.

Sarah se sentía desesperantemente confusa. El lenguaje críptico y las escasas palabras del médico le resultaban desconcertantes, y estaban poniéndola más nerviosa de lo que ya estaba.

—Entonces, ¿qué tengo que hacer? —rogó una explicación.

—Usted, nada. Simplemente confiar en mí y dejar que Jacob se quede bajo mi custodia y mi atención. Lo alojaré aquí mismo, en mi casa, y entre el doctor Wozniak y yo estudiaremos su caso y le aplicaremos el mejor tratamiento posible. Sólo así existe alguna esperanza de que se recupere.

Sarah apenas podía dar crédito a tanta generosidad en aquellos días duros y crueles que habían convertido tales gestos en un recuerdo del pasado.

—¿Estaría usted dispuesto a hacer eso por Jacob...? ¿Por qué?

¿Por curiosidad? ¿Por interés científico? ¿Porque quería anotar cada uno de los detalles del caso y elaborar toda una tesis en torno a él...? ¿Porque se sentía culpable...? El doctor Vartan no estuvo seguro.

—Porque es la única solución posible. —Huyó de explicaciones.

Sarah bajó los ojos: si sólo había una solución, ¿qué iba ella a objetar?

—Entiendo... ¿Puedo hablar con él?

—Es mejor que no. Si la ve a usted, es probable que no acceda a quedarse... Él no ha venido a mí en busca de una cura, él ha venido a mí en busca de droga.

—Hay algo más, doctor...

El doctor Vartan ladeó la cabeza en actitud receptiva pero temiendo escuchar aquello que Sarah tuviera que contarle.

—Jacob va a ser padre en otoño, pero él no lo sabe... Nunca encontré el momento adecuado para darle la noticia.

Automáticamente, deslizó la mirada hacia el vientre de Sarah. Ahora que se fijaba...

—¿Está usted embarazada?

Ella asintió.

Tras meditarlo brevemente, el médico añadió:

—Es mejor no decirle nada. Al menos, de momento. No sé muy bien cómo podría afectarle una noticia así... Iremos viendo cómo evoluciona... No se preocupe, mademoiselle Bauer, Jacob estará bien aquí.

Sarah le sonrió agradecida.

No tener que vivir con Jacob... No tener que decirle que esperaba un hijo suyo... No verse obligada a soportar su ira, sus gritos o sus insultos... No era preocupación lo que Sarah sentía, era alivio, y estaba segura de que eso la convertía en una mala persona.

La casa de Illkirch

Al principio, las pocas noches que Konrad estaba en París, cenábamos en el apartamento. Por lo general se trataba de cenas horribles a base de enlatados, precocinados, congelados y liofilizados. Terminamos por cansarnos de tanta innovación aeroespacial en nuestros platos y optamos por salir a un restaurante.

Cualquier restaurante hubiera sido mejor que lo que teníamos en casa, sin embargo, Konrad solía escoger restaurantes que eran infinitamente mejores que cualquier cosa que tuviéramos en casa.

Aquella noche, en el Guy Savoy, mientras esperábamos las ostras, Konrad me ponía al corriente de sus últimas inversiones inmobiliarias.

—Creo que finalmente compraré la casa de Córcega. Tal vez vaya el sábado a verla. Si te animas a acompañarme...

¿Escoltarlo en un paseo inmobiliario para dar mi aprobación forzosa a algo que él ya tenía decidido? La idea no me sedujo demasiado.

—No estoy segura... Tengo mucho trabajo. ¿Qué casa dices? No caigo ahora mismo...

—Sí, *meine Süße*, te enseñé unas fotos, ¿no recuerdas? Es más, te gustó mucho. Es esa que estaba sobre un acantilado, con la piscina volada sobre el mar. Espera que te busco las fotos otra vez —se ofreció, sacando el iPhone.

—No, no, no, déjalo. Ya sé cuál dices —mentí. De entre las muchas fotos que Konrad me enseñaba de casas junto al mar, no recordaba cuál era, pero daba igual.

—Es un capricho, lo sé, pero es que estoy enamorado de esa casa. Dicen los abogados que hay algún problema con los propietarios, líos de lindes y esas cosas. Están pendientes de la nota del registro para comprobar que está todo en orden. Sólo espero que eso no frustre la operación...

—¡Claro! ¡Eso es! ¿Cómo he podido ser tan tonta?

Como era lógico, me miró desconcertado.

—¿Qué dices?

—¡La casa de Illkirch, Konrad! ¿Qué ocurrió con la casa de Illkirch? Todas las casas tienen historia, y esa historia es parte de la de sus propietarios.

—Te importa un comino mi casa de Córcega, ¿no es cierto?

—Oh, no, cariño —volví a mentir, agarrándole la mano en un gesto de ternura forzada—. Es sólo que me has dado una idea con lo del registro.

Afortunadamente, trajeron las ostras en ese momento y Konrad tuvo que reprimir sus críticas.

—Tengo que llamar a Alain —anuncié con la BlackBerry en la mano.

—¿Y tienes que hacerlo... ahora? —Konrad no podía ocultar su desaprobación.

—Sí, cielo, esto es muy importante.

Terminamos la noche tomándonos un cóctel con Alain en el Mandala Ray, el bar más *fashion* de París.

Desde el primer momento, Konrad mostró su disconformidad con aquel encuentro a su parecer tan intempestivo como inopinado. No había más que verle: repantingado en un sofá del local, con cara de aburrimiento, bebiendo un cóctel sin alcohol tras otro y ajeno totalmente a una conversación que Alain y yo manteníamos vivamente.

—La casa ya no es de los Bauer —me informó Alain—. Lo estuve mirando cuando investigué la colección. Hace por lo menos tres años que la compró el ayuntamiento e instaló en ella una biblioteca municipal.

—Ya me suponía que no encontraríamos allí a Sarah Bauer esperándonos, pero, piénsalo, Alain, ¡alguien tuvo que vender la casa! Alguien con legitimidad para hacerlo. Y todo tiene que constar en el registro. ¿No crees que eso podría darnos alguna pista sobre el destino de los Bauer?

Alain no se anduvo con rodeos al responder:

—Eres brillante, Ana. Mañana mismo pediremos una copia del registro.

La conversación no tardó en derivar por los más variados derroteros —la de Alain y mía, porque Konrad no parecía muy dispuesto a participar en nada aquella noche—, de modo que casi eran las dos de la madrugada cuando abandonábamos el Mandala Ray.

—Empiezo a arrepentirme de haber consentido que este tipo colabore con nosotros en la investigación —afirmó hoscamente Konrad mientras conducía de regreso a casa. Así, sin venir a cuento.

¿Colaborar con nosotros?, pensé yo. ¿Ese «nosotros» le incluía a él? Por más vueltas que le daba, era incapaz de ver en qué estaba Konrad colaborando ni cuántas veces se había remangado para ponerse a trabajar en la investigación.

Me callé. No tenía ganas de discutir.

Aunque Konrad parecía que sí...

—Tengo la sensación de que aporta poco. Se aprovecha de tus conocimientos y de mi patrocinio con el cuento de querer conocer su pasado. En realidad creo que está esperando que le caiga el maldito cuadro en las manos para ganar prestigio profesional —opinó, escupiendo bilis.

Ya no pude cerrar la boca por más tiempo.

—¿Y tú no, Konrad? ¿No haces tú lo mismo?

—Confío en que no estés insinuando que yo me aprovecho de ti. —Su ceño se fruncía sobre el asfalto.

—¿Te sobra el doctor Arnoux? —pregunté al borde de la indignación—. Está bien, despídelo. Yo no lo contraté, del mismo modo que yo no he iniciado esta discusión. Así que asunto zanjado.

«Eso sí —me dije a mí misma—, si lo haces, en el mismo instante abandono el trabajo.»

Konrad me hizo caso y dejó allí el tema. Sin embargo, aquella noche dormimos cada uno en una esquina de la cama, dándonos la espalda.

A la mañana siguiente, estaba tomándome un café en la barra de la cocina cuando apareció enfundado en su traje oscuro y oliendo a Eau d'Orange Verte.

—¿Piensas venir conmigo a Córcega esta tarde? —quiso saber mientras metía una cápsula de café en la Nespresso y le daba al botón de la cafetera.

—Ya te he dicho que tengo mucho trabajo —le contesté agria, ocultándome detrás de la taza.

Sin siquiera sentarse, Konrad se bebió el café de un sorbo.

—Desde allí me iré directamente a Madrid y tú deberías acompañarme. Aquí ya no haces nada que no puedas hacer desde casa.

Aquella actitud prepotente me indignó. Me subí las gafas y le miré fijamente.

—Tú no tienes ni idea de lo que yo hago aquí, Konrad. Así que déjame decidir a mí cuándo debo volver a Madrid.

Konrad tiró la taza de café contra el fregadero con tal fuerza que saltó en pedazos.

—Hasta cierto punto, mientras tus decisiones no me cuesten dinero —sentenció antes de salir de la cocina y abandonar airado la escena de la disputa sin darme tiempo a replicar.

A los pocos segundos oí un portazo.

Octubre, 1943

A partir de julio de 1942 las autoridades de Vichy autorizan la deportación de niños judíos menores de trece años. Las deportaciones se llevan a cabo desde Drancy, donde los niños pasan antes varios días hacinados en barracones, sin apenas agua ni comida, sucios y enfermos. Cuando tienen que partir hacia Auschwitz, los despiertan a las cinco de la madrugada, algunos lloran y hay que bajarlos a la fuerza al patio donde les pasan lista —los hay tan pequeños que no saben ni su nombre— y les quitan lo poco que les queda, pulseritas y zarcillos de oro, antes de meterlos a empujones en un oscuro vagón de ganado. Al finalizar la Ocupación, 11.400 niños judíos habían sido deportados desde Francia. Sólo trescientos escaparon a la muerte.

Cuando Jacob quedó al cuidado del doctor Vartan, la vida de Sarah entró en un extraño compás de espera. Después de haber navegado durante meses en mitad de espantosas tormentas que se sucedían una tras otra lanzando oleadas de agua sobre su cara sin apenas darle tiempo a respirar, el viento había amainado, los cielos se habían abierto y las aguas se habían calmado como las de un lago: sin tierra a la vista, su barco flotaba en mitad de ellas, tranquilo y solitario... Demasiado tranquilo y solitario, quizá; casi abandonado.

Las personas seguían desapareciendo para no regresar; la comida seguía escaseando, cada vez más; los cortes de agua, electricidad y gas se sucedían con más frecuencia; las noches se tornaban más oscuras; el hambre, la enfermedad y la muerte, más presentes... El deterioro de París se volvía cada vez más evidente, y el sufrimiento de los parisinos, cada vez mayor.

Su vientre seguía creciendo, Jacob seguía enfermo y trastornado, la Gestapo seguía siendo una amenaza, Georg von Bergheim seguía sin dar señales de vida... Sarah iba a volverse loca si continuaba inmersa en aquella rutina de calma aparente, preguntándose permanentemente cuándo su barco volvería a verse en medio de otra tormenta.

Por suerte, Carole Hirsch estaba allí. Y era sensata y amable, el tipo de personas que aportan serenidad a la vida de cualquiera. Empezó trayéndole noticias sobre Jacob: cómo se encontraba, cómo evolucionaba; y llevándole las primeras cartas que él le escribía. Luego, se preocupó de su embarazo: de los dolores de espalda, las piernas hinchadas y el ardor de estómago. Lo último que hizo por ella fue darle una ocupación con la que distraer sus temores.

Carole Hirsch vivía completamente volcada en los demás: el tiempo que no estaba en el hospital, lo dedicaba a la Resistencia. No tenía familia ni otra vocación que no fuera la de ayudar al prójimo.

Pertenecía a un grupo de personas entre las que había médicos, enfermeras y otros trabajadores del Rothschild, monjas y sacerdotes cristianos, o simplemente buenos franceses, que habían creado una red de evasión para niños judíos huérfanos o cuyos padres habían sido trasladados a Drancy como paso previo a la deportación.

Cuando las mujeres embarazadas internadas en Drancy ingresaban en el Rothschild para dar a luz, en muchas ocasiones, se alteraban los registros de nacimientos del hospital y se daba por muertos durante el parto a bebés que en realidad no lo estaban. Otras veces, eran los propios niños de Drancy los que eran ingresados en el hospital con supuestas enfermedades que en realidad no tenían. Después, se falsificaban partidas de bautismo para hacerlos pasar por cristianos, se les construía una nueva identidad con papeles falsos y se les reubicaba en una nueva familia: en el propio París, en granjas y pueblos a las afueras, o incluso más allá de las fronteras de Francia: en Suiza, en España y en Estados Unidos.

Sarah no tardó en involucrarse en ese trabajo. Su apartamento resultaba un lugar de tránsito ideal para esos niños evadidos del Rothschild mientras se les encontraba una familia o se les transfería al cuidado de otra red que se encargaba de sacarlos del país. Con la ayuda de Carole, les acogía, les daba de comer, los aseaba, los vestía y les leía cuentos para dormir hasta que otros se hacían cargo de ellos. Incluso los Matheus habían acabado colaborando y acogieron a un pequeño de dos años que Carole y los suyos habían sacado en el último momento de un vagón con destino al este.

Por otro lado, Jacob parecía estar mejorando y el doctor Vartan se mostraba muy optimista en cuanto a su evolución. Aunque Jacob había recibido altísimas dosis de cocaína, la exposición había sido breve y concentrada, por lo que el médico confiaba en que los daños neurológicos no fueran muy graves. Además, al no tener acceso a más droga ni oportunidad de conseguirla, tales daños no irían a más. El doctor Vartan se había centrado por lo tanto en tratar las alteraciones del sueño, del apetito y del estado de ánimo que Jacob sufría a causa de su síndrome de abstinencia. La mayor preocupación del doctor fueron los deseos de autolesionarse y las tendencias suicidas que Jacob mostró en un primer momento, así como que la cocaína hubiera afectado biológicamente a su cerebro, produciéndole una depresión endógena crónica. Por eso había decidido emplear todos sus esfuerzos en tratar la depresión de Jacob. Le hubiera gustado tener a su alcance los medios con los que contaba en el hospital de Sainte-Anne, poder practicarle una encefalografía o utilizar terapias de *electroshock* con él. Sin embargo, tenía que conformarse con los medios de los que disponía, especialmente la psicoterapia y la medicación básica con vitamina B1 y carbonato de litio que sustraía del hospital con ayuda del doctor Wozniak.

Cada vez que el doctor Vartan le hablaba con gran entusiasmo de todo esto a Sarah, ella ponía mucha atención, pero no entendía prácticamente nada. No le importaba, lo verdaderamente esperanzador era el mensaje final: «Jacob responde bien al tratamiento y progresa mejor de lo previsto, mademoiselle Bauer. Confío en que llegue a recuperarse totalmente».

Sarah lo comprobaba en las cartas que Jacob le enviaba a través de Carole Hirsch. Eran cada vez más largas y él se mostraba cada vez más animado. En la última, le contaba que el doctor Wozniak le estaba enseñando a elaborar documentación falsa para la Resistencia: borrar sellos y sustituirlos por otros, retirar fotografías sin dañar el papel, imprimir documentos nuevos, imitar firmas, alterar fechas... Aquel trabajo le distraía y le hacía volver a sentirse útil.

Su carta terminaba con las mismas frases de siempre: «El único dolor que me queda, Sarah, es el de no verte. Lo único que echo ahora en falta eres tú».

Pero Sarah, con la aprobación del doctor Vartan, había decidido no verle hasta después de dar a luz.

———◦•◦———

Sarah llevaba varios meses sin visitar a la condesa. Entre atender la librería y ocuparse de los niños que escondía en casa apenas le quedaba tiempo para otra cosa. Además, Sarah no quería ir a ver a la condesa, no quería tener que anunciarle lo de su embarazo.

Pensó aguardar hasta el último mes de gestación, cuando su tripa fuera tan grande y su estado tan evidente que sobraran las palabras. Y así lo hizo.

Sarah no esperaba que la condesa mostrase alegría, quizá sólo sorpresa, pero lo que en absoluto esperaba Sarah era que mostrase desprecio.

—Así que por esto no has venido a verme en tanto tiempo...
—fue el saludo con el que la recibió nada más tenerla delante y
verle la tripa.

Sarah prefirió no contestar.

—Es vergonzoso... Además de un disparate —añadió con el
rictus torcido—. Afortunadamente, tu padre no está vivo para
ser testigo de tu indignidad y tu insensatez.

La condesa sabía cómo utilizar las palabras para causar el mayor daño posible. Pero Sarah no le tenía suficiente estima a su
abuela, ni siquiera la más mínima, como para que la anciana pudiera herirla como pretendía.

—Mi padre era una excelente persona. No hubiera aplaudido
mi ligereza ni mi imprudencia, pero habría sabido apreciar el
valor de la vida cuando todo lo que nos rodea es muerte y destrucción.

Como no supo qué objetar, la condesa le dedicó un gesto desdeñoso antes de decirle:

—Sirve el té, ¿quieres? Y dime, si es que lo sabes, quién es el
padre de la criatura.

Sarah se quitó el abrigo y cogió la tetera. Esperó a haber servido las dos tazas para satisfacer la curiosidad de la anciana
mientras se preguntaba por qué diablos se había sometido voluntariamente a aquel escarnio.

—Jacob —reveló casi con orgullo, sabiendo cuánto contrariaría aquello a la anciana.

No se equivocaba. Su abuela alzó la fina raya de kohl pintada
que eran sus cejas y repitió con el mismo tono con el que se hubiera referido a algo repugnante:

—¿Jacob...? ¡Oh, por Dios bendito! No sólo es judío sino
que además es un simple mozo de cuadra. Pero, chiquilla, ¿en qué
estabas pensando al dejarte seducir por un hombre tan vulgar,
grosero y desagradable?

Sarah aguantó el chaparrón estoicamente. No pensaba entrar
en disputas con su abuela, no pensaba darle ese placer. Se limitó
a tomar sorbos de su té sin cambiar el gesto.

—¡Un criado el padre de mi biznieto! No me lo puedo creer...

—Me salvó la vida —arguyó Sarah en defensa de Jacob—. Y salvó la joya de la familia.

—Es evidente que te has excedido mostrándole tu agradecimiento.

—Bueno... Ya va siendo hora de que el dichoso cuadro deje de costar vidas y empiece a darlas, ¿no cree? —ironizó, acariciándose el vientre duro.

—Desde luego que muestras una ligereza preocupante, jovencita. Espero que no tengas que arrepentirte de esto en un futuro y que ese hombre sin cultura, sin formación y sin educación no acabe por amargarte la existencia.

Sarah se encogió de hombros.

—Todos podemos cometer errores. Y algunos pagan por ellos toda la vida...

La condesa asomó sus ojos entornados por encima del borde de la taza. Había captado la intención de las palabras de Sarah. Aquella chica era astuta y audaz. Un reflejo de ella misma con mejor fondo, la vida aún no la había maleado lo suficiente.

—Es una lástima, Sarah. Con tu belleza y tu inteligencia podrías aspirar a lo mejor. Tu único defecto es ser aún ingenua... y judía. París está hoy repleta de hombres extraordinarios, hombres cultos, íntegros y educados... Como el comandante Von Bergheim...

Sarah se sobresaltó al oír aquel nombre de labios de la condesa.

—¿El comandante Von Bergheim?

—Eso he dicho: el comandante von Bergheim. Sabes a quién me refiero, ¿no es cierto?

Sarah asintió. Claro que lo sabía... ¡Por Dios...! No pasaba un solo día sin que pensase en Georg von Bergheim.

¿Qué le había sucedido al comandante? ¿Se lo había tragado la tierra? ¿O se lo habían tragado los suyos...? Sarah había llegado a convencerse de que algo iba mal: el ardid del cuadro falso no había funcionado y Georg había pagado las consecuencias. Le habrían relevado y puede que hasta sometido a un consejo de guerra. Con este simple pensamiento, a Sarah se le hacía un nudo en el estómago y algo empezaba a dolerle a la altura del pecho, dejándola sin respiración... «No —se decía—, si así fuera, la Gestapo ya habría llamado a mi puerta.» Sólo entonces conseguía ahuyentar los fantasmas y empezaba a sentirse mejor. Pero Georg, Georg von Bergheim, nunca desaparecía de su cabeza.

Claro que sabía quién era el comandante Von Bergheim. La cuestión era cómo lo sabía la condesa. ¿Cómo era posible que ella llevara meses sin tener noticia alguna de él y fuera a recibir la primera de labios de su abuela?

—Vino a visitarme hace unos días —aclaró la condesa—. Tomamos el té y charlamos. Fue una tarde muy agradable; es un hombre muy agradable. Todo un caballero.

No hacía falta que la condesa le cantase las excelencias de Georg von Bergheim. De sobra ella las conocía. Lo que no podía comprender era por qué el comandante había ido a visitarla.

—¿Qué quería?

—No es necesario que te muestres tan agria, jovencita. Él sólo tuvo buenas palabras para ti. Y tú debiste haberme hablado antes de él.

Sarah comenzaba a desesperarse. ¿Adónde diablos quería ir a parar su abuela? ¿Por qué Georg von Bergheim había querido verla? Sarah estaba haciendo grandes esfuerzos para contener el genio y morderse la lengua, para no agarrar a la condesa de las solapas y exigirle una explicación.

—Dudo que viniera sólo para hablar de mí —masculló.

—Efectivamente, no venía por ti. Venía por *El Astrólogo*.

A Sarah le dio un vuelco el corazón. ¿*El Astrólogo*? ¿Quería eso decir... que todo había sido una treta del comandante? La había engatusado, la había seducido y la había engañado para obtener de ella lo único que él quería: información sobre el paradero del cuadro. Y ella, como una estúpida, había caído en la trampa. «No hubiera podido dártelo aunque quisiera, Georg. El cuadro no lo tengo yo, sino mi abuela: la condesa de Vandermonde», le había confesado como una idiota mientras él la acariciaba debajo de la barbilla.

—No sé por qué te sorprendes tanto, Sarah. ¿No era precisamente *El Astrólogo* el asunto que os traíais entre manos? ¡Qué vergüenza que me haya tenido que enterar por el comandante porque tú no te dignaras contármelo!

Sarah no daba crédito a la frivolidad de la anciana. Aquella vieja loca era capaz de haberle entregado al comandante el cuadro envuelto en papel de regalo. Sólo porque lo consideraba un hombre encantador y todo un caballero; un alemán culto, íntegro y educado; un nazi de esos que a ella tanto le gustaba ver por las calles de París.

—¿Se lo dio? —se atrevió a preguntar Sarah, asustada de la simple insinuación—. ¿Le dio *El Astrólogo*?

La condesa frunció el ceño.

—No seas ridícula, jovencita. Por supuesto que no se lo di. Sobre todo porque él ni siquiera me lo pidió.

Aquello dejó a Sarah completamente desarmada. La indignación que había comenzado a arder en su interior se apagó de pronto, dejando una columna de humo que todo lo nublaba.

—Entonces...

—Me contó lo de la falsificación. ¡Qué argucia más divertida! ¡Es tan ingenioso...! Osado, pero ingenioso. Aún no comprendo por qué el comandante está dispuesto a correr ese riesgo y engañar a los suyos, pero, en fin, no habría de ser yo quien le disuadiera de hacerlo, claro está.

Mientras la condesa hablaba, Sarah libraba su propia lucha interior en la que Georg von Bergheim se había convertido en una especie de caballero blanco que cruzaba el campo de batalla para cambiar de bando, para volver a estar de su lado.

—Parece que hacer pasar el cuadro falso por bueno no está resultando tan fácil como él pensaba —continuó la condesa—. Los expertos de Himmler lo están sometiendo a pruebas, estudios y análisis. Por eso quería verme, porque necesitaba que le hablara de él, que le diera datos sobre *El Astrólogo* y su historia para, de este modo, aumentar su credibilidad y su autoridad frente a los suyos.

—Pero... ¿por qué no vino a verme a mí? —Sarah no se lo estaba preguntando a la condesa.

—No lo sé. Tú misma deberías poder responderte a esa pregunta...

La condesa entornó los ojos. Su mirada astuta y aviesa se volvió todavía más sagaz. En silencio, parecía rumiar algún pensamiento retorcido.

—Mira, Sarah —dijo al fin—, yo soy vieja, pero no estúpida... Tal vez por ser vieja veo lo que otros no quieren mostrar... Por un momento, hoy, cuando te he visto llegar con ese vientre abultado, he albergado ciertas esperanzas respecto a quién sería el padre de la criatura... Pero, claro, tú eres una muchacha judía. Y eso es algo terrible, incluso para alguien como el comandante Von Bergheim.

Sarah palideció.

«¿Cuándo volveré a verte?», le había preguntado Georg después de besarla como si fuera la última vez..., sabiendo que era la última vez. Nunca más volverían a verse y él lo sabía... Ella también debería saberlo: no sólo era judía, además llevaba dentro el hijo judío de otro hombre judío... Hay ciertas cosas que por mucho que se deseen, nunca podrán suceder.

Sarah estaba muy disgustada cuando llegó a casa aquella tarde. Disgustada con Georg porque no había querido ir a verla, pero, sobre todo, disgustada con ella misma. Porque si su vida no era ya lo bastante complicada, ella había sido lo suficientemente estúpida como para enamorarse de Georg von Bergheim. Disgustada porque pensar en no volver a verle le dolía como una herida abierta. Disgustada porque le echaba mucho de menos y habría deseado que estuviera allí para abrazarla y decirle que todo iba a salir bien. Disgustada porque eso jamás ocurriría, jamás debía suceder.

Al caer la noche, Sarah seguía disgustada y empezó a notar que su tripa se endurecía como una piedra, tensa como si la piel le fuera a reventar. Cansada y disgustada, se fue a la cama.

Los primeros dolores la despertaron de madrugada. Al principio no eran fuertes y Sarah se dijo que podía soportarlos y trató de volver a dormir. Pero poco a poco comenzaron a sucederse con más frecuencia y mayor intensidad, como latigazos que le recorrían los riñones y le bajaban por el vientre, dejándola sin respiración.

Sarah empezó a preocuparse, no sabía qué le estaba ocurriendo. Aún le quedaban dos semanas para salir de cuentas, no podía estar de parto... ¿O sí? ¿Cómo demonios iba ella a saberlo...? No se atrevió a ir en busca de ayuda en pleno toque de queda. Decidió permanecer tumbada, confiando en que con el reposo los dolores remitirían.

Pero no fue así. Al contrario, aumentaron hasta volverse insoportables, hasta saltársele las lágrimas y hasta querer gritar de desesperación pensando que se partiría por la mitad.

Al amanecer, Sarah comprendió la situación. Su hijo estaba a punto de nacer. Era domingo y la librería no abría, ni los Matheus ni nadie se dejaría caer por allí. Tampoco se veía capaz de llegar a la calle. Apenas podía arrastrarse para alcanzar la puerta y pedir auxilio en un edificio vacío. Nadie acudiría en su ayuda. Sarah tendría que enfrentarse sola a aquello. Y tuvo miedo, mucho miedo.

Si alguna vez creyó que Dios la había repudiado a causa de sus pecados, aquel día se dio cuenta de que Su misericordia es infinita y, en realidad, la había perdonado. Justo cuando Sarah rompía aguas, Carole Hirsch llamó a la puerta. Venía a traerle los documentos de un par de niños que habría de acoger al día siguiente. Los había ocultado en sendos paquetes de harina que a la vez servirían de alimento a los pequeños.

En cuanto Carole entró por la puerta se dio cuenta de lo que estaba ocurriendo. Dejó caer la harina al suelo y tumbó inmediatamente a Sarah en la cama, le abrió las piernas y la exploró.

Con horror comprobó que la joven estaba casi totalmente dilatada y que apenas metiendo los dedos hasta la segunda falange podía tocar la cabeza del niño.

No había tiempo de llevarla a ningún sitio, ni siquiera de pedir auxilio. Ella sola tendría que arreglárselas para atender el parto. No era comadrona, pero había ayudado muchas veces en la maternidad del Rothschild; tratando de calmarse, Carole se dijo a sí misma que podría hacerlo.

Miró a Sarah: su rostro estaba contraído de dolor y surcado de lágrimas y sudor; apretaba los dientes para no gritar.

—Grita, Sarah, grita. Alivia la tensión... Dentro de poco tendrás a tu hijo en brazos... Ahora, empuja sólo cuando yo te diga...

Y Sarah gritó antes de empujar.

Todo empezó con dos noticias

Llevaba toda la semana decaída. A la bronca con Konrad, que cumplió su amenaza y se marchó a Madrid en medio de un silencio administrativo que duraba ya cuatro días, se unía que la investigación había entrado en una fase de tediosa inactividad y que Alain estaba muy liado con unos seminarios de tarde en la universidad, de modo que apenas podíamos vernos. Como si la maldición de Konrad hubiera caído sobre mí, me había pasado la mayor parte de la semana mano sobre mano, cumpliéndose así sus malvadas profecías; le odiaba por ello y ni por asomo iba a darle la razón volviendo a Madrid. De ningún modo quería volver a Madrid con Konrad. Al menos, con el Konrad de las últimas semanas: irascible, hermético, agresivo, incluso desequilibrado en sus reacciones.

Le di mil vueltas a aquel cambio. En ocasiones, le disculpaba: achacaba su comportamiento al estrés y al exceso de trabajo. Pero en otras, prefería no disculparle. Yo también había cambiado: me sentía más fuerte y más segura de mí misma; estar a la altura de sus expectativas ya no me quitaba el sueño. Lo que me lo quitaba era el recuerdo de su expresión feroz y sus gestos violentos, tan inusualmente frecuentes en los últimos días.

En toda la semana no me quité la ropa de estar por casa, ni las gafas y me dediqué casi exclusivamente a mirar la televisión y a comer de forma compulsiva una bolsa de patatas fritas tras otra mientras me preguntaba adónde demonios se encaminaba mi relación con Konrad. Aquellos síntomas no tenían buena pinta; de ahí al Prozac había un paso.

Aunque si me hubiera imaginado lo que me esperaba antes de terminar la semana, habría tratado de disfrutar más de mi chándal, mis gafas, mi televisión y mis bolsas de patatas fritas.

Todo empezó con dos noticias que me sacaron del círculo de abandono y melancolía en el que había caído.

La primera llegó la tarde del jueves, cuando recibí una llamada de Teo.

—Ana, cari, prepárame el sofá cama, que me voy para allá este fin de semana.

Aquello fue suficiente para animarme. Sería estupendo pasar el fin de semana con Teo: salir de compras, tener largas charlas entre amigas, poner a Konrad a parir con toda libertad e irnos de bares a emborracharnos y a mirarles el culo a los franceses más estupendos de París. Saber que Teo estaría conmigo el fin de semana entero era todo lo que me hacía falta para alegrarme el día, no necesitaba más explicaciones. Claro que Teo no habría sido él si no me las hubiera dado, con pelos y señales.

—Verás, es que Toni se va el viernes a Bilbao. Me ha dicho que le acompañe, pero paso totalmente de hacerme los quinientos kilómetros de su puta madre. Y hablo literalmente: porque Toni se va a ver a su madre, su puta madre. Y desde ya te digo que no voy a ir a casa de *ama*, a hacer el teatrillo y a dormir en habitaciones separadas como si nada porque una vieja, a la que le huele el chirli a naftalina, se niega a admitir que yo no soy sólo el compañero de piso de su hijo, sino que además le doy por culo con toda la frecuencia que puedo, de lo cual, por cierto, me siento muy orgulloso. Así que le he dicho: «Mira, churri, te vas tú a ver a la bruja de tu madre, que para eso es tu madre que te ha parido y la tienes que aguantar. Que yo, querido, me voy a ver a mi reina y a darme un baño de glamour por los parises». Total, que me he pillado un billete con puntos y mañana me tienes en el

Orly a las diecinueve y treinta, si no hay retrasos. Espero que tengas el detalle de venir a buscarme...

El segundo acontecimiento ocurrió la tarde del viernes, cuando estaba de camino al aeropuerto de Orly para recoger a Teo, en mitad de un monumental atasco en la Périphérique de París. Con el rabillo del ojo vi cómo se encendía la luz roja de la Black-Berry: tenía un e-mail.

Aproveché el parón y el aburrimiento para leerlo: era del Bureau de Livre Foncier du Bas-Rhin, el equivalente alsaciano al registro de la propiedad, donde habíamos hecho la consulta sobre la casa de los Bauer a las afueras de Estrasburgo, en Illkirch-Graffenstaden.

Lo abrí con expectación: después de casi una semana con la investigación parada, ¿qué sorpresa traería aquel e-mail?

El correo adjuntaba un documento: *une copie immeuble*, una nota simple con toda la información sobre la propiedad de los Bauer que constaba registrada en el Livre Foncier. Desgraciadamente con la BlackBerry no podía recuperarlo. Estaba impaciente por saber lo que contenía, así que llamé a Alain.

Respondió al teléfono con un susurro.

—Hola... ¿Puedes hablar ahora?

—Estoy en el seminario. ¿Es urgente?

—No... Bueno, es que me ha llegado la respuesta del Livre Foncier, pero voy en el coche y no puedo abrir el e-mail. Era por si tú podías, pero ya veo que no.

—Te llamo en cuanto acabe, ¿de acuerdo?

—Sí, vale... Hasta luego.

Decepcionada, me dejé caer sobre el volante. Mi curiosidad tendría que esperar.

Por suerte el avión de Teo llegó sin retraso y estaba esperando puntualmente en la salida de la zona de embarque.

Nos dimos un abrazo. Hacía tanto tiempo que no me abrazaban que el abrazo musculoso y recio de mi amigo me supo a gloria y deseé poder quedarme allí sólo un minutito más. Sin embargo, Teo tenía prisa por quemar el fin de semana.

—Llegas tarde, pendón.

—Díselo a todos los franceses que tienen la fea manía de echar la tarde del viernes en la Périphérique... Vamos, he dejado el coche en el parking.

Teo tiró de su *trolley* y me siguió.

—Uy, si vienes con coche y todo. Te veo plenamente afincada.

—Es de Alain. Se lo he pedido prestado para hacerte de chófer —repliqué con retintín.

—Una razón más que de peso. Ya sabes que tengo una incapacidad absoluta para manejarme en el transporte público. Siempre me pierdo en el metro de Madrid, que está en cristiano, ¡imagínate aquí! Me hubiera tirado el fin de semana bajo tierra, como un topo sin GPS. ¡La madre que te parió! —exclamó Teo sin solución de continuidad en cuanto llegamos al parking—. Júrame por todas las liposucciones que no me he hecho y me hacen falta que ése no es el coche en el que has venido.

Sí lo era. Y para demostrárselo, saqué las llaves y abrí el maletero.

—¿Qué le pasa? Es un coche *vintage*: un dos caballos, ni más ni menos.

—Amarillo, reina. Un dos caballos amarillo pollito. Es lo más hortera que he visto en mi vida. ¿Y con esto pretendes que vayamos a ligar? ¡Nos tomarán por hippies!

—Pues ya sabes. —Le mostré el maletero abierto para que metiese la maleta—. Haz el amor y no la guerra.

Teo me dedicó una mueca burlona, acopló el *trolley* en el maletero y yo lo cerré, no sin cierta dificultad porque la puerta no encajaba bien. Nos sentamos dentro, donde todo crujía y chirriaba.

—Ahora sé exactamente cómo se sienten las pepitas de un limón. —Teo husmeó el aire—. Huele... raro.

—Es la solera.

—Sí, ¡y la guarrera!

—Bueno, es que Alain no lo usa casi nada... —En aquel instante sonó mi teléfono—. Mira, hablando del rey de Roma... Voy a contestar... Hola...

—¡Hola! ¿Dónde estás?

—Saliendo del aeropuerto con Teo. Por cierto, está enamorado de tu coche...

Las facciones de Teo se contorsionaron en silencio.

—¿Por qué hablas en español?

—Hablaba con Teo.

—Oye, te llamo luego si estás conduciendo.

—No, no, estamos en el parking. Cuéntame...

—Acabo de salir del seminario. Iba a pasar por el despacho, pero ya estoy bastante harto y tengo ganas de irme a casa. ¿Por qué no te acercas por allí y lo miramos juntos?

—No lo sé. Espera... Pregunta Alain que si puedo ir a su casa a ver una cosa de la investigación.

—Pues dile que no, por supuesto. Que este fin de semana es sólo para divertirse y para chicas —replicó muy digno.

—No seas borde, Teo. Sólo será un minuto. Es importante, algo que llevamos esperando toda la semana. Te prometo que el resto del tiempo será por completo para ti, sin interrupciones. —Le seduje con una sonrisa irresistible.

Finalmente, claudicó.

—Está bien. Pero después tu francés que se busque la vida. Si lo tenemos todo el rato en la chepa nos cortará el rollo.

Sonreí a Teo y volví al teléfono con Alain.

—Voy para allá ahora mismo. Lo que tarde en llegar desde aquí, hay mucho tráfico.

—Sí, viernes por la tarde... Seguramente aproveche para darme una ducha mientras vienes. Por si no he terminado cuando llegues, te voy a dejar la llave sobre la puerta, apoyada en el borde del marco. Entra sin llamar.

—De acuerdo. Ahora nos vemos.

—Ok. Hasta ahora...

Colgué.

—Bueno, ¿qué? ¿Te lo has tirado ya o no?

—Eres idiota, Teo —repliqué sin alterarme. Conociendo a Teo, no había motivo para alterarse.

—¿Pero te lo has tirado? Lo digo porque noto cierta... electricidad en el ambiente.

—No. —Encendí el motor del coche a ver si así le hacía callar.

—Pues no será porque no has tenido tiempo, guapa.

Suspiré desalentada a la vez que intentaba desaparcar sin perder los nervios.

—No tengo ninguna intención de tirármelo, eso es todo. Puede que tú no lo entiendas, pero no tengo por qué tirarme a todos los hombres que conozco.

—A todos no. Sólo a los que están buenos.

—Está bien, Teo, no pienso pasarme así todo el fin de semana. No me he tirado a Alain ni me lo voy a tirar. Cambiemos de tema.

Teo hizo un gesto muy suyo que consistía en bajar la barbilla hasta tocarse con ella el cuello y que llevaba implícito un irónico «lo que tú digas, cari», y, a Dios gracias, cambió de tema. Habló de muchos otros asuntos durante el trayecto, porque era capaz de explayarse sobre cualquier cosa, incluso sobre lo que desconocía; lo suyo era hablar por hablar.

Noviembre, 1943

Con el ejército alemán expulsado del Norte de África e Italia
fuera de la guerra, los Aliados están preparados para abrir un
segundo frente por el oeste. Churchill, Roosevelt y Stalin se
reúnen en la conferencia de Teherán para comenzar a planear la
invasión de la Francia ocupada, lo que se conoce como Operación Overlord y que tuvo su punto álgido en el desembarco de
Normandía el 6 de junio de 1944.

Descríbeme el cuadro, Sarah...», le había pedido la última
vez que se vieron. Estaban en la trastienda de la librería,
tumbados semidesnudos entre pilas de libros viejos, entre rumores de tinta y papel, entre luces tenues veladas de polvo. El
entorno tenía algo de mágico, al menos lo tenía en sus recuerdos.

Ella le había besado el pecho, y había levantado sus enormes
ojos verdes de gato para mirarle...

¡Por Dios, cuánto la echaba de menos!, se lamentó con un
tubo de Pervitin entre las manos.

Lo destapó y sacó una pastilla. Llevaba años sin tomar metanfetaminas. Las había dejado al causar baja en el servicio activo, al tiempo que había dejado también la morfina y el Eukodal.
No quería medicamentos. Los medicamentos le habían estado
destrozando, anulando su voluntad y su resistencia. Había em-

pezado a tomar Pervitin al entrar en las SS, durante la campaña de Polonia. Todo el mundo lo hacía, eran parte de la dotación: metanfetaminas que mantenían a la tropa despierta, eufórica y crecida ante la dureza del combate. Nadie decía que fuera malo tomarlas, pero él tenía la sensación de que cuantas más tomaba, más necesitaba, y eso no podía ser bueno. Después, cuando resultó herido en Francia, le inyectaron la primera dosis de morfina. Lo hizo aquel médico gilipollas, el mismo al que había tenido que amenazar a punta de pistola para que no le cortase la pierna. Luego vinieron más dosis de morfina y Eukodal para los dolores durante la convalecencia y la rehabilitación... Había llegado a depender de aquella mierda para levantarse de la cama o simplemente para estar de buen humor. Un buen día se negó a seguir así. Se negó a que los jodidos medicamentos controlaran su vida y los tiró todos al cubo de la basura. Las semanas siguientes fueron un calvario de ansiedad y dolor, una prueba de fuego para su voluntad. Pero pasaron... Y desde entonces no había vuelto a tomar nada más que una aspirina y una copa de cuando en cuando, cada vez que la rodilla le dolía a rabiar.

Sin embargo, aquel día, se había bajado del tren que le traía de Westfalia con una única obsesión: ir al dispensario y conseguir Pervitin o cualquier otra cosa para sus nervios destrozados y su cansancio extremo.

Georg contempló la pastilla en la palma de la mano...

Se sentía agotado, física y mentalmente agotado; acosado por las tensiones, las responsabilidades y los dilemas morales. Desde que había llevado el cuadro falso a Himmler, la presión iba en aumento. Desde que había decidido no volver a ver a Sarah, la tristeza le estaba consumiendo.

«—Descríbeme el cuadro, Sarah...

»—¿No prefieres verlo?

»—No necesito verlo...»

¿Qué más daba cómo fuese el cuadro en realidad? Nadie lo había visto antes, sería fácil hacerlo pasar por bueno, sería fácil engañarlos...

Eso había creído él. Sin embargo, lo habían cuestionado todo desde el primer momento en que Georg había aparecido por Wewelsburg con el falso *Astrólogo* bajo el brazo. Aparte del informe completo y exhaustivo que Georg había tenido que redactar acerca del origen, procedencia, naturaleza e historia de *El Astrólogo* y su investigación, los expertos de la Ahnenerbe habían analizado, estudiado, investigado y diseccionado el cuadro ante la mirada inquieta y angustiada de Georg, quien de tanto contener la respiración, pensó que llegaría a ahogarse. Verse enclaustrado en Wewelsburg, en aquel ambiente opresivo y oscuro, bajo el escrutinio constante de Himmler y los suyos, sabiendo que el cuadro era falso, fue como tener en la mano una granada sin anilla y no poder soltarla. Nunca antes había experimentado aquel cerco psicológico, aquel desasosiego paranoico que le tenía fuera de sí: no podía dormir, ni comer, ni pensar con claridad.

Afortunadamente, el falsificador que le había recomendado Lohse no era sólo bueno, sino excelente, un maestro. Bien pagados habían estado los dos Rembrandt y el Vermeer que había costado el trabajo. Incluso el mismo Georg había quedado maravillado con la calidad de la falsificación la primera vez que la contempló: la pátina, la ejecución, los colores, los trazos... Bien podía haberlo pintado el propio Giorgione; hasta el marco y la tela eran del siglo xv.

Pero una cosa era superar una inspección visual y otra muy distinta, las pruebas de laboratorio a las que lo sometieron: el análisis de pigmentos y los rayos X. Fue difícil, pero lo consiguió: los expertos de la Ahnenerbe lo dieron por bueno después de semanas de análisis.

Con todo, los nervios de Georg habían quedado irremediablemente dañados...

Movió la pastilla de Pervitin entre los pliegues de la mano...

«—Descríbeme el cuadro, Sarah...

»—¿No prefieres verlo?

»—No necesito verlo... Sólo quiero que tú me lo describas...»

Cuando Sarah hablaba de arte, las dos cosas más hermosas

del mundo se unían en una sola y Georg experimentaba un placer casi sexual, un éxtasis indescriptible, como aquel que recordaba de los paseos de Illkirch.

Renunciar a Sarah estaba siendo doloroso, como un síndrome de abstinencia. Pero Georg debía renunciar a ella. Porque la quería, debía renunciar. ¿Qué podía ofrecerle él, sino sufrimiento y tristeza? No sólo era un hombre casado y con hijos que al amarla traicionaba a su familia; al amar a Sarah, también traicionaba a su patria y a su Führer, y no pasaría mucho tiempo antes de que Georg, el condecorado y aclamado héroe militar, cayera en desgracia y acabara ante un pelotón de fusilamiento. No podía arrastrar a Sarah con él... Al contrario, debía salvarla antes de caer.

«—Con todos los respetos, *Reichsführer*, no creo que sea necesario deportarla. La chica judía es sólo eso: una chica judía insignificante. Ya tenemos el cuadro, que nos cuente todo lo que sepa y nos olvidamos de ella.»

El día anterior, sin ir más lejos, se había atrevido a contradecir a Himmler. El *Reichsführer* quería detenerla, interrogarla y deportarla a un campo de concentración en Polonia una vez que ya no les fuera de utilidad.

Había tenido suerte al cogerle de un buen humor inusual. Himmler le había dedicado una sonrisa benevolente antes de explicarle con ademán templado:

«—¿Una insignificante chica judía? Puede ser, *Sturmbannführer*. Las mujeres y los niños pueden ser hoy insignificantes, inofensivos incluso. Pero piénselo usted bien: ¿quién soy yo..., cuál es mi autoridad moral para consentir que nuestros hijos y los hijos de nuestros hijos sufran mañana la venganza de los hijos y los hijos de los hijos de aquellos a los que hoy nos vemos obligados a erradicar por ser una amenaza para Alemania? No sería yo una persona decente si sucumbiera a una debilidad moral y un escrúpulo y permitiera que eso llegara a suceder. Es necesario exterminar a los enemigos de Alemania, a todos. Es duro, no voy a negarlo, soy humano después de todo. Se trata probablemente de la decisión más difícil que hemos tomado en nuestras vidas, pero alguien tiene que hacerlo. No pretendo que usted me comprenda, *Sturmbannführer*, simplemente cumpla mis órdenes: el cumplimiento del deber nos endurece.»

En aquel instante, Georg tuvo la certeza de lo que estaba ocurriendo, de la realidad más cruenta. ¡Realmente los estaban matando!, ¡a todos! De forma sistemática, organizada y precisa, el objetivo era hacer desaparecer a los judíos de la faz de la tierra: hombres, mujeres y niños serían exterminados sin criterio. Y lo peor era que estaban absolutamente convencidos de estar haciéndolo en nombre de una causa justa y suprema. Hasta tal punto estaban sus mentes enfermas.

Georg tenía que avisar a Sarah: tenía que ayudarla a huir de la masacre. Tenía que volver a verla...

Contempló una vez más la pastilla de Pervitin aún en la mano...

Con un rápido movimiento, se la metió de golpe en la boca. Entró en el baño, abrió el grifo del lavabo y bebió agua directamente de él para tragarla. Después, vació el resto del tubo en el váter y tiró de la cadena.

Supo que tarde o temprano se arrepentiría de haberse deshecho de las pastillas, lo que no se imaginaba entonces era que antes de que acabase el día ya se habría maldecido por haberlo hecho.

Georg subió las escaleras de dos en dos. El Pervitin empezaba a hacer efecto y se sentía lleno de energía, capaz de hacer cualquier cosa.

Llamó al timbre de la puerta de Sarah. Nadie contestó. Volvió a hacerlo. No hubo respuesta.

Había visto la librería cerrada y había pensado que Sarah estaría en casa. De nuevo presionó el botón: el sonido de un timbre sin respuesta le pareció ofensivo.

¿Dónde podría estar? ¿En casa de su abuela...? Había pasado

ya la hora del almuerzo, por lo que en breve tendría que volver a abrir la librería... Golpeó con los nudillos la puerta, enérgicamente; todo lo hacía con extrema energía, no era capaz de moderar su fuerza.

—¡Sarah!

La golpeó una y otra vez, por último con el puño.

—¡Sarah!

Y entonces lo oyó: parecía el maullido de un gato, el graznido de una gaviota o el llanto de un bebé... ¿Qué demonios era aquello?

—¡Sarah! —gritó con todas sus fuerzas—. ¡Sarah!, ¿estás ahí? ¡Soy Georg! ¡Ábreme la puerta!

En verdad era el llanto de un bebé, admitió confuso. Un llanto cada vez más claro y potente.

Volvió a aporrear la madera y a apretar el timbre como un descosido.

—¡Por todos los diablos, Sarah! ¡Abre la puerta!

Aquel llanto iba a volverle loco. Se retiró unos pasos hacia atrás y reunió fuerzas para intentar echar la puerta abajo.

En aquel momento, la puerta se abrió lentamente. Georg se quedó paralizado.

—¿Qué es esto? ¿Dónde está Sarah?

Sin esperar respuesta, empujó la puerta y a la mujer desconocida que había detrás de ella y entró en la casa a grandes zancadas.

—¡Oiga!, ¿qué hace? ¿Quién es usted...?

A Marion le hubiera gustado mostrar más valor y decisión, pero estaba muy asustada. No era bueno que un hombre con uniforme de las SS aporrease la puerta de nadie. Pero entonces, al verlo merodear en círculos por la salita, nervioso como un lobo hambriento, lo reconoció; la cojera le había delatado. Aquel hombre era el oficial que acechaba a Sarah por todo París, que pasaba las horas bajo su ventana y vigilaba cada uno de sus movimientos.

—¿Dónde está Sarah Bauer? —Se volvió, enfurecido.

¿Qué debía contestar ella?, se preguntó Marion, angustiada. ¿Qué debía hacer con aquel chiflado furioso metido en casa?

Por la puerta del dormitorio apareció la señora Matheus con la pequeña en brazos; seguía llorando desconsoladamente y lo seguiría haciendo mientras no pudiera comer.

Las dos mujeres se miraron y Georg las miró a ellas. El estupor y el desconcierto reinaban entre los tres.

A Georg le entraron ganas de sacar la pistola y liarse a tiros para ver si aquellas mujeres estúpidas reaccionaban de una vez.

—¿Qué está pasando? ¿Dónde está Sarah Bauer? ¡Exijo una explicación! ¡Ya!

La señora Matheus, sin mediar palabra, se hizo a un lado y dejó libre el paso de la puerta del dormitorio. Georg comprendió; con un par de zancadas cruzó la salita y entró en la habitación.

Las cortinas estaban entreabiertas y en la penumbra la distinguió, acostada en la cama. Sarah no se movió.

Georg se angustió: no podía estar dormida con aquel escándalo. Corrió a su cama y se sentó junto a ella, ansiando encontrar algún signo de vida en su cuerpo inerte.

Sarah respiraba afanosamente y tenía la cara bañada en sudor. Sarah estaba viva... ¡Por Dios, estaba viva! Con la emoción apretándole el pecho, susurró su nombre y la acarició: ardía. Georg intentó secarle el sudor de la frente con las manos y ella entreabrió los párpados.

—Georg... —pronunció débilmente.

Marion no daba crédito a lo que acababa de escuchar: ¡Sarah había llamado a un oficial de las SS por su nombre de pila!

—¿Qué te ocurre, Sarah? ¿Qué tienes? —El tono de Georg era apremiante, desesperado.

La señora Matheus, que observaba la escena desde el umbral de la puerta, dejó al bebé en brazos de Marion y se acercó a la cama.

—Tuvo la niña hace una semana —empezó a relatar—. Nació aquí, en casa. Un parto sin problemas. Pero ayer comenzó a sentirse mal y esta mañana ha sufrido las primeras hemorragias; después, vino la fiebre, cada vez más alta, y no conseguimos bajársela.

Georg trató de calmarse y pensar con fluidez, pensar sólo en lo importante.

—Podría ser una infección... —concluyó—. Es necesario que la vea un médico inmediatamente...

—Mi marido ha ido a buscar uno —le informó la señora Matheus refiriéndose al doctor Vartan—. Pero acaba de marcharse, no hará diez minutos. Aún tardará en regresar.

—No hay tiempo —fue categórico—. Tengo el automóvil abajo, me la llevaré al hospital ahora mismo.

Dicho y hecho, Georg rodeó a Sarah con los brazos y la levantó en vilo. Al hacerlo, vio la cama manchada de sangre y la urgencia se le hizo aún más evidente.

—Ayúdenme a cubrirla con una manta. Rápido.

Las dos mujeres le miraban atónitas. La señora Matheus dudó, Marion se enfrentó directamente a él.

—¡Oiga! ¡No puede hacer esto! ¿Quién es usted para llevársela sin más?

—A lo mejor prefiere que me quede aquí, junto a su cama, contemplando cómo se muere.

—¡Pero es que ella no quiere ir al hospital! ¡Dice que la detendrán!

Georg miró a Sarah. Después, la estrechó entre sus brazos.

—No. No lo harán si yo estoy con ella.

Marion se quedó sin palabras.

Cuando la señora Matheus terminó de cubrir a Sarah con una manta, Georg se abrió camino hasta la puerta. Marion le seguía con el bebé inconsolable en brazos. Antes de que se marcharan, le detuvo.

—¿Y la niña? ¿Qué hará sin su madre? Tiene que comer...

—Dele leche de vaca... diluida en agua.

—¿Leche? —repitió Marion con sorna y atrevimiento—. Desde que los alemanes están en Francia, las vacas francesas ya no dan leche para los niños franceses.

Haciendo malabarismos, Georg se las ingenió para meterse la mano en el bolsillo del pantalón mientras sostenía a Sarah. Se sacó un par de billetes y los dejó sobre la mesa de un manotazo.

—Seguro que una mujer tan deslenguada como usted no tiene problemas para conseguir leche con esto.

Georg desapareció por la puerta, dejando a Marion con la boca abierta ante los marcos alemanes.

Georg tumbó a Sarah en un sofá del hall del hospital de la Pitié-Salpêtrière.

—No... No me dejes aquí... No quiero volver aquí. —Sarah estaba tan débil que apenas podía oponer resistencia—. ¿Dónde está la niña...? ¿Dónde está mi hija?

—Tranquilízate, Sarah... Pronto verás a tu hija. Pero antes tienes que ponerte bien. —Sarah se revolvía inquieta en el sofá—. Yo estoy contigo, Sarah. No debes preocuparte, todo va a ir bien, ¿de acuerdo?

—No me dejes, Georg...

—Ahora mismo vuelvo. Voy a buscar un médico. —Georg la besó en la frente—. Tranquila...

Se topó con dos enfermeras en la recepción. Georg se dirigió a una de ellas, la que no estaba hablando por teléfono.

—Disculpe, esa mujer necesita un médico urgentemente.

—Un momento, por favor —replicó sin levantar la vista de unos papeles.

—¡No, no tengo un momento!

La enfermera le miró con un gesto de desagrado: todo el mundo se creía que lo suyo era lo más urgente.

—Esa mujer está muy grave. Es necesario que la atiendan ahora mismo —explicó Georg, rebajando el tono.

La enfermera miró por encima de su hombro. En efecto, la mujer que estaba tumbada en el sofá no tenía buen aspecto. Sin alterar el gesto ni los modos, sacó un papel de debajo del mostrador.

—Hay que rellenar este impreso. Muéstreme su documentación, por favor.

Georg sacó el *Soldbuch* de la guerrera y lo dejó sobre el mostrador. La enfermera lo miró de reojo.

—La suya no, la de ella —aclaró agriamente.

¿La de ella? Con la premura y la preocupación no había pensado en nada, simplemente se había dirigido al hospital más cercano que conocía sin reparar en que la Pitié era un hospital militar alemán y que no la admitirían sin identificarse. Pero Georg ya estaba allí y no estaba dispuesto a marcharse.

—No tengo la documentación de ella. Hemos venido aquí precipitadamente y no pensé en la identificación.

La enfermera suspiró.

—Pues lo siento, pero no puede ingresar sin documentación.

—Tramite su ingreso y luego se la traeré.

—Lo lamento, pero eso no es posible —se mostró inflexible.

Georg notaba cómo le subía el calor por el cuello, pero trataba de no perder los nervios.

—¿Me quiere usted decir que porque no he traído un maldito papel va a dejar que ella se muera en el hall de su hospital?

La mujer no parecía impresionada.

—Yo no dicto las normas, herr *Sturmbannführer*. Debe usted comprender que esto es un hospital militar y no se puede ingresar a cualquiera que pase por la puerta sin la debida identificación.

—Pero es que esta mujer no es cualquiera: es mi asistente y además es militar. —Georg vaciló brevemente antes de añadir—: *SS Helferin* Braun. Sandra Braun. Apunte el nombre en el maldito impreso, ahora. —Su furia crecía por momentos, le palpitaba en las sienes y le tensaba la mandíbula. Georg presentía que estallaría en breve si aquella mujer seguía mostrándose tan desagradable e intransigente—. Soy un oficial de las Waffen-SS, le ordeno que lo haga bajo mi responsabilidad.

La enfermera empezó a sentirse acosada. Echó una breve mirada a su compañera, que se había acercado alarmada por el tono de aquel oficial.

—Puede llevarla al hospital Saint-Antoine, o al Cochin —sugirió ésta—. Son hospitales públicos. No están lejos de aquí y allí la admitirán sin requisitos.

Georg se apaciguó momentáneamente. Si había otras opciones, quizá no convenía seguir forzando la situación y acabar metido en un fangal del que luego le sería difícil salir.

—¿Cuál es el más cercano?

La más amable de las dos enfermeras lo meditó durante unos segundos.

—Quizá el Saint-Antoine... Está al otro lado del río. Si cruza por el puente de Austerlitz y continúa recto, llegará a la rue du Faubourg Saint-Antoine, pregunte por allí.

Por fortuna, en el hospital Saint-Antoine el panorama cambió radicalmente. Durante el trayecto desde la Pitié, Sarah había perdido la conciencia, Georg creyó que iba a morir en sus brazos y estaba dispuesto a amenazar a punta de pistola a cualquiera que le pusiese la más mínima pega. No fue necesario. Nada más llegar varias enfermeras y sanitarios se movilizaron para atenderla.

—¿Qué le ocurre? —le preguntaron mientras la dejaba en una camilla.

Georg hizo grandes esfuerzos por expresarse en su francés rudimentario.

—Tiene fiebre y pierde sangre. Creo que mucha.

—¿Su nombre?

—Sarah Bauer.

—¿Edad?

—No... No lo sé. Veinte... Más, puede.

Sin perder más tiempo, empujaron la camilla hacia el interior del hospital. Georg pretendió seguirles.

—Lo siento, monsieur, usted no puede acompañarla —le detuvo con tono amable una enfermera—. Si lo desea, puede aguardar en la sala de espera.

Georg vio desaparecer a Sarah tras las puertas batientes. La impotencia suplantó a la furia. Experimentaba una agitación extrema, sentía que tenía que hacer algo, que no podía quedarse quieto viendo a Sarah alejarse en aquel estado, que él tenía que poder salvarla... Sin embargo, la enfermera lo estaba empujando con delicadeza hacia la sala de espera.

—No se preocupe, monsieur, su mujer ya está en buenas manos.

Aquella sala era como una celda de aislamiento, estrecha y sofocante. Los efectos del Pervitin estaban en su punto álgido y Georg no podía estarse quieto. Caminaba de punta a punta de la habitación con el ademán obsesivo de un maníaco y fumaba sin interrupción un cigarrillo tras otro hasta llevar consumidos ya más de dos paquetes. Las horas no pasaban en aquel lugar y todo lo que Georg deseaba era liarse a golpes con los muebles para desahogarse. Si seguía mucho más tiempo allí, acabaría por volverse loco.

No podría asegurar cuánto había permanecido en aquella sala endemoniada, lo único que sabía era que acababa de encender su último cigarrillo cuando un hombre cubierto con una bata blanca se dirigió a su encuentro.

—Soy el doctor Bernard. ¿Ha venido usted con Sarah Bauer?

Georg se le aproximó de forma casi espasmódica y violenta.

—¡Sí! ¿Cómo está?

El médico era un hombre mayor, cuyo aspecto afable y ademán sosegado apaciguaron inmediatamente el espíritu perturbado de Georg.

—¿Es usted su marido?

—No... No. Soy... —Georg titubeó. ¿Qué demonios era él de Sarah?—. Soy un amigo.

El doctor Bernard miró a Georg, reparó en su uniforme de las SS y su fuerte acento alemán: por lo menos aquel *boche* había tenido la decencia de no dejar tirada a la chica.

—¿Está bien?

De la expresión aséptica del doctor Bernard no se podía deducir nada.

—Ha dado a luz recientemente... —Al doctor Bernard le pareció conveniente aclarar aquel punto antes de nada.

—Sí... Sí, eso creo.

—Mademoiselle Bauer padece una infección puerperal, localizada en el endometrio.

—¿El endometrio?

—La membrana que recubre el útero. Es una complicación propia del posparto.

Georg trataba de mostrarse sereno, pero no podía disimular su inquietud.

—¿Es grave?

—La infección está considerablemente avanzada y mademoiselle Bauer se encuentra muy débil, ha perdido mucha sangre. Le hemos hecho una transfusión y aplicado la primera dosis de antibióticos. Es fundamental controlar la infección y evitar que se propague a órganos adyacentes o a otros por vía linfática o venosa. Las próximas veinticuatro horas serán cruciales para saber cómo responde al tratamiento.

A Georg le costaba horrores entender a aquel hombre.

—Pero... Estará bien, ¿verdad?

—Sin tratamiento, la infección es mortal. Ha hecho usted bien en traerla... ¿capitán?

—Comandante. Comandante Georg von Bergheim. ¿Puedo verla?

—No, ahora no. Es mejor dejarla descansar... Y, si me permite el consejo, usted también debería descansar, comandante. —Al doctor Bernard no se le habían pasado por alto la agitación contenida de aquel hombre ni sus pupilas dilatadas—. Váyase a casa y duerma. Si todo va bien, mañana podrá ver a mademoiselle Bauer.

«¿A casa...?» Georg se sintió desorientado: en ningún momento se había planteado marcharse de allí y dejar a Sarah. «No me dejes, Georg...» «Yo estoy contigo, Sarah...»

—¿Dónde puedo comprar cigarrillos, señor doctor? —preguntó en su torpe francés.

—Me temo que a estas horas en ningún sitio...

¿Por qué aquel maldito *boche*, un deleznable oficial de las SS, lo peor entre lo peor, le estaba inspirando tanta lástima?, se preguntó el médico francés. El doctor Bernard se metió la mano en el bolsillo y sacó una cajetilla de tabaco.

—Tenga... Quédesela.

Georg los aceptó sin reparos. Sentía que los necesitaba.

—Gracias.

—Si le pide una manta a alguna de las enfermeras, tal vez pueda dormir un poco aquí mismo. De verdad que creo que le hace falta —añadió el doctor Bernard antes de abandonar la sala de espera.

A la mañana siguiente, Georg apenas se tenía en pie. La noche había sido un infierno: eterna, agónica y mortificante. Entre los efectos de la metanfetamina, la preocupación y la incomodidad, no había podido conciliar el sueño ni tan siquiera un minuto. Cuando se terminaron los cigarrillos del doctor Bernard, estuvo seguro de que no lo soportaría, que no aguantaría todos esos pensamientos embotando su cabeza: ¿desde cuándo estaba Sarah embarazada?, ¿y si era él el padre de la niña?, ¿y si Sarah se moría...? ¿Y si Sarah se moría? ¿Qué sería de él si Sarah se moría...?

Por fin amaneció. Pero con el amanecer llegó el colapso: Georg se sintió acabado, incapaz casi ni de moverse; lo único que deseaba era cerrar los ojos y dormir.

Una enfermera le despertó.

—¿Desea ver a Sarah Bauer?

Claro que lo deseaba... Pero no estaba seguro de poder levantarse de la silla. Si al menos tuviera el jodido Pervitin; maldita la hora en que lo tiró por el váter.

Tras mucho esfuerzo se puso en pie y, como un muerto viviente, siguió a la enfermera a través de pasillos blancos que olían a desinfectante.

Sarah estaba en una sala no muy grande con otras cinco camas ocupadas por otros cinco enfermos, aunque la suya estaba aislada con un biombo. Georg pasó al otro lado del biombo. Al ver a Sarah, experimentó un inesperado repunte de vitalidad. No obstante, se sentó en la cama junto a ella por si las piernas le flaqueaban.

Sarah le sonrió desde la almohada.

—Hola, Georg... ¿Cómo estás?

Georg buscó una de sus manos y la estrechó: aún estaba caliente.

—Eso debería preguntarlo yo...

—Estoy bien... Pero tú no tienes buena cara.

—Sólo estoy un poco cansado. ¿De verdad que estás bien?

—Sólo estoy un poco cansada —repitió ella con ganas de bromear—. De acuerdo, muy cansada. Pero dicen que se me pasará pronto.

—Claro que sí. Eres una chica fuerte.

—¿Dónde está Marie?

—¿Marie?

Sarah sonrió cohibida.

—Mi hija...

—Marie... —paladeó Georg el nombre como si quisiera hacerse con él—. La dejé con las mujeres que había en tu apartamento: la señora mayor y esa chica con tan mal carácter...

—Marion —apuntó Sarah, divertida—. Y la señora Matheus.

—Está bien atendida, no te preocupes. Les dije cómo conseguir leche para que le dieran de comer.

Sarah resplandeció de alivio. Georg la observó con ternura y se llevó su mano a los labios para besarle el dorso. Con la punta de los dedos, acarició el óvalo de su bello rostro.

—¿Por qué no me dijiste que estabas embarazada?

—Porque entonces no lo sabía. —Sarah dejó de sonreír—. Además, no tenía por qué atosigarte con mis problemas... La niña no es tu hija, Georg.

—Eso no importa —replicó él sin vacilar—. Tú eres lo único que me importa: no me habría separado de ti, sabiendo el estado en el que estabas. Esto no habría ocurrido si yo hubiera estado contigo...

—Como siempre, comandante Von Bergheim, has llegado a tiempo. Pero no puedes pasarte tu vida salvándome la mía...

—No quisiera hacer otra cosa que velar por tu vida, Sarah...

Si a la joven le hubiera quedado sangre suficiente en el cuerpo, se habría ruborizado. De algún modo, su corazón latió con fuerza para intentar insuflar rubor a sus mejillas.

—Eres un hombre bueno, Georg von Bergheim... Ya te lo había dicho antes, ¿verdad?

Georg asintió. Le hubiera gustado confesarle a Sarah que no era la bondad lo que le inspiraba. Pero entre ellos las cosas resultaban demasiado complicadas para esa clase de confesiones.

En aquel momento, asomó una enfermera por el biombo.

—Me temo, señores, que ya está bien por hoy. Hay que dejar que la paciente descanse.

—¿Volverás mañana?

—Volveré siempre —aseguró Georg, besando una vez más su piel caliente.

Vais a matarle

Aparqué el coche a menos de una manzana de casa de Alain. Recogí el bolso, guardé las llaves y abrí la puerta para salir.

—Será mejor que me esperes aquí —le sugerí a Teo.

—¿En este cubículo rancio y amarillo que huele raro? Tú estás loca. Yo te acompaño. Espero que el doctor Jones me invite por lo menos a una Mirinda. —Así de contundente se mostró al rechazar la propuesta. Después, hizo ademán de bajar.

—No seas díscolo. En el maletero están mi ordenador, mis papeles de la investigación —siempre los llevaba conmigo—, y tu maleta llena de ropa de marca. ¿Qué quieres, que un quinqui le dé una patada a la puerta y se lo lleve todo? Anda, sé bueno y quédate. Además, así no nos liaremos mucho. Subo, miro el e-mail un minuto y vuelvo enseguida para empezar cuanto antes nuestro loco fin de semana.

Teo me miró a los ojos.

—Como aproveches justo ahora para tirarte al doctor Jones, ésta te la guardo, te lo juro.

No pude evitar sonreír. Le respondí con un beso en la mejilla y puse un pie en la acera.

—Ahora mismo vuelvo. Entretente con el iPod.

Me adentré en las calles estrechas y animadas del barrio de Alain: las tiendas de ropa, la librería, la farmacia, la peluquería, la pastelería (donde me detuve a contemplar los dulces del escaparate), la frutería vietnamita y, finalmente, su casa con balcones de flores. Atravesé el portal y entré en un universo que empezaba a serme familiar: el patio, las macetas, las bicis, la ropa tendida, los buzones, las escaleras...

Llegué frente a su puerta, palpé el borde del marco y, tal y como había dicho Alain, encontré la llave. La metí en la cerradura y abrí.

—¿Alain...?

No me contestó, pero había luz al fondo. Seguramente, seguiría en la ducha. Decidí entrar e ir acomodándome frente al ordenador. Iba quitándome el trench mientras recorría el corto pasillo cuando la sorpresa se materializó dramáticamente al llegar al salón.

—¡Dios mío, qué...!

Antes de que pudiera terminar la frase, me inmovilizaron agarrándome por la espalda y colocando un brazo en torno a mi cuello.

—¿Quién coño es esta tía? —exclamó una voz desconocida para mí.

Intenté mirar a mi alrededor, pero el brazo me presionaba la garganta y cada vez que quería moverme me ahogaba. Antes de pensar en nada, me dejé llevar por el pánico: abrí la boca para gritar como una descosida, pero me encontré una mano sobre ella y una pistola encañonándome el cuello. Me quedé sin voz. Y sin respiración al ver el panorama espantoso que se abrió ante mí.

La habitación estaba completamente revuelta, todo tirado por el suelo. Alain, atado a una silla y amordazado, se retorcía entre las cuerdas en un vano intento por deshacerse de ellas, gimiendo tras la cinta de embalar que le cubría la boca. Observé espantada que tenía la cara cubierta de sangre. Junto a él había un tipo bajito, con la pinta de un portero de discoteca pendenciero. La misma del tipo que me encañonaba, aunque éste era más grande, un machaca de gimnasio. A ninguno de los dos los había visto en mi vida.

El tipo bajito me miraba con tanta furia como desconcierto. Los matones, la pistola, las cuerdas, la sangre en el rostro de Alain... Empezaron a hormiguearme hasta los dientes.

—¿Qué hacemos con ella? —preguntó el que me apuntaba con la pistola; noté un acento raro en su francés.

El otro pareció dudar antes de encararse conmigo.

—¿Dónde están los papeles? —me gritó tan cerca de la cara que me salpicó con su saliva.

El gorila quitó la mano para que pudiese responder. Apenas me salía la voz al hablar:

—¿Qué... qué papeles? No sé de qué me habla... ¿Qué está pasando?

—¡Los papeles, nena! —replicó como si fuera obvio—. Este hijo de puta no los tiene.

De pronto, cogió a Alain del pelo y tiró hacia atrás de su cabeza hasta hacer desaparecer su nuca.

—Díselo tú, tío —le ordenó al tiempo que le quitaba la cinta de embalar que le cubría la boca; el tirón sonó como si se hubiera llevado parte de la piel pegada a la cinta.

—¡Jodeeeer! —se quejó Alain. Arrugué la cara: a mí también me había dolido aquella depilación en seco.

—Alain... —Con los nervios arrastraba la voz.

—¡Qué papeles ni qué coño! —gritó él fuera de sí—. ¡Sólo me habéis sujetado y me habéis molido a palos, cabrones!

—¡Cállate, gallito!

Su audacia terminó en un humillante manotazo que le sacudió la cabeza.

—¡Basta ya! ¡No le pegues! —ordené, ingenua.

Es más, creo que en respuesta a mis reclamaciones, aquel salvaje descargó con saña un fuerte puñetazo en el estómago de Alain.

Me entraron ganas de llorar cuando le vi contraerse entre las cuerdas, toser desaforadamente y boquear como si le faltara el aire.

Me lo pensé dos veces antes de volver a protestar hasta que la impotencia hizo que se me saltaran las lágrimas de rabia mientras contemplaba a Alain retorcerse de dolor y a los matones regocijarse de ello con una sonrisa sádica.

Cuando Alain empezó a recuperarse, alzó la cabeza y me miró. Tenía la cara desencajada y apenas encontraba el aliento para hablar.

—Lo... siento... O... Ojalá no... no te hubiera dicho... que vinieses... —Volvió a toser.

Las lágrimas me impidieron responderle. Rodaban sin control por mis mejillas; ni siquiera me atrevía a secármelas, no con una pistola apuntándome el cuello.

—Ya está bien de tanta escenita de los cojones, me estáis poniendo nervioso.

El tipo se acercó a mí, me tiró del brazo con ganas de hacerme daño y me sentó de un empujón en una silla.

—¡Déjala, joder!

En silencio deseé que Alain no hubiera protestado. El matón no pareció muy alterado, simplemente se volvió hacia su compañero y le ordenó:

—Enséñale a ese gilipollas quién da aquí las órdenes.

Sin mediar palabra, el otro asintió y le propinó a Alain una bofetada. El restallido de la piel me estremeció, su grito de dolor me dejó mal cuerpo y tuve ganas de volatilizarme, de poder despertar como si aquello fuera una pesadilla.

—No le peguéis más, por favor... —le rogué mansamente, tragándome las lágrimas para aparentar cierta dignidad, mientras me ataba a la silla—. Vais a matarle...

Él me miró con la boca muy estirada en una desagradable sonrisa amarillenta de dientes manchados de nicotina.

—Seguro que sí... Hay gente a la que le gustaría ver a este tipo muerto, créeme.

—¿Qué es lo que queréis?

No me contestó de inmediato. Terminó de apretar las cuerdas de alpinismo en torno a mis tobillos, se levantó y me sujetó con fuerza por el mentón.

—Depende de lo que estés dispuesta a ofrecer... guapa. —Su mirada lasciva culminó con un lametón en mi cuello.

Me estremecí de repugnancia. Le hubiera escupido a la cara e insultado con las palabras más malsonantes. Sin embargo, me contuve; no quería empeorar la situación.

—Los papeles. ¿Quieres los papeles...? Están en mi casa —le mentí. Mi única neurona activa en aquellos momentos me sugería que la mentira nos daba tiempo.

Me arrancó el bolso de un tirón y empezó a rebuscar en su interior. Al instante, sacó unas llaves y me las mostró:

—¿Son éstas las llaves?

Asentí.

Se las metió en el bolsillo y, sin perder la calma, me agarró por el cuello del jersey.

—Sé dónde vives, qué comes y hasta cuándo tienes la regla. Por tu bien, más te vale que esto no sea un truco.

—¡Suéltala, cabronazo!

Alain volvió a provocarle inútilmente. Como una fiera, el matón se volvió contra él y se ensañó a golpes con su cara, mientras el otro le sujetaba la cabeza.

—¡Eres muy machote!, ¿verdad, gilipollas...? ¡Pero se te va toda la fuerza por la boca! ¿Te das cuenta de que puedo mearme en tu cara si me apetece, imbécil? ¡Cierra el pico de una puta vez!

—¡Basta! ¡Basta...! ¡Basta, joder! —gritaba yo, fuera de mí.

Con la misma furia, aquel maldito se encaró conmigo:

—Y a ti, zorra, más te vale no haber mentido. Porque si estás mintiendo, volveré, y no seré tan amable para sacarte la verdad, ¿está claro?

Estar atada de pies y manos mientras un sádico armado con una pistola te escupe sus amenazas a la cara: eso es el miedo. Y el miedo me hacía jadear, sudar, temblar y decir que sí a lo que fuera. Sobre todo, porque sabía que le estaba mintiendo, que él volvería y que yo me lo haría encima confesándole que lo que buscaba estaba en el coche.

—Quédate aquí y espera a que te llame —le dijo al hombre armario antes de salir.

Cuando el que parecía su jefe se marchó, cogió una silla y se sentó frente a nosotros. No nos quitaba la vista de encima, pero por lo menos había bajado el arma. Miré a Alain y se me encogió el estómago: su cara estaba teñida de rojo, la sangre le goteaba por la barbilla hasta el pecho y apenas podía mantener la cabeza erguida.

El gorila sacó un paquete de cigarrillos, cogió uno, lo encendió y comenzó a fumar con tranquilidad. Aquella calma tensa, aquella extraña sensación de irrealidad; la angustia, la incertidumbre y el miedo. Aquella espera iba a volverme loca.

El silencio y la inacción convertían el tiempo en eterno. A cada segundo, que apenas si parecía pasar, yo me encontraba peor: los nervios cada vez me mordían con más fuerza y de estar sentada sin poder mover ni un músculo empezaba a dolerme todo el cuerpo.

Al rato, sonó el móvil del matón. Yo estaba tan nerviosa que me sobresalté.

Descolgó y se puso a hablar. Lo hizo en una lengua del este, algo parecido al ruso. El tono de la conversación era tranquilo y amistoso. Se levantó de la silla y comenzó a pasear por el salón mientras hablaba.

En un momento de descuido, Alain volvió la cabeza hacia mí y me susurró algo. Tenía la boca hinchada y hablaba con tanta dificultad que me costó entender lo que decía.

—Voy a intentar algo. Sígueme la corriente.

—¡Pero, Alain, no hay nada en mi casa! —Yo iba a lo mío.

Y Alain a lo suyo:

—Tú sígueme la corriente...

—Pero ¿qué vas a...?

El gorila se volvió. Terminó la conversación y colgó el móvil. Nos miró pero no dijo nada. Parecía que no nos había oído hablar. Volvió a su silla y siguió fumando.

De pronto, Alain empezó a moverse violentamente, con espasmos que sacudían su cuerpo de arriba abajo.

El gorila se levantó y sacó la pistola. No entendía muy bien qué pasaba, qué era aquel arrebato.

En una fuerte convulsión, Alain empujó la silla para atrás y cayó con ella al suelo.

—¡Tiene un ataque! ¡Es epiléptico! —grité yo.

El gorila me miró. Volvió a mirar a Alain. Siguió apuntándole con la pistola mientras Alain seguía convulsionándose en el suelo. Yo misma llegué a asustarme.

—¡Hay que hacer algo, por Dios!

El otro me miró desconcertado.

—¡Si no lo ponemos de lado se ahogará!

Alain gemía, giraba la cabeza de un lado a otro, se golpeaba contra el suelo.

—¡Joder! ¡Haz algo! —No tuve que actuar mucho para mirarle con la cara desencajada.

—¡Hazlo tú, coño! —reaccionó al fin. Era evidente que la situación le estaba sobrepasando.

Me desató a toda prisa. En cuanto estuve libre, me puso la pistola en la espalda.

—Espero que esto no sea un truco, porque a la primera tontería, disparo.

Me agaché junto al cuerpo convulso de Alain. No paraba de retorcerse con violencia y temblar entre espasmos; tenía los ojos casi en blanco. De no ser porque sabía que fingía, me hubiera muerto de la angustia. Con fuerza, empujé la silla para ponerle de lado. ¿Qué se suponía que debía hacer después?

—Hay que aflojarle las cuerdas, le oprimen mucho el pecho y se está ahogando —se me ocurrió decir.

El gorila se puso justo detrás de mí, la pistola siempre apuntándonos.

—Ya sabes: a la primera tontería, disparo.

Empecé a desatar a Alain. En cuanto las cuerdas estuvieron flojas, uno de sus movimientos bruscos me empujó contra las piernas del gorila, que perdió el equilibrio. No llegó a caerse, pero en el intervalo, Alain aprovechó para coger un elefante de bronce que había tirado en el suelo y lanzárselo al gorila a la cabeza. Acertó de pleno, pero como Alain estaba débil no le dio con suficiente fuerza y sólo lo atontó.

Con una rapidez y una decisión que me sorprendieron a mí misma, me levanté de un salto, recogí el elefante y lo descargué sobre la cabeza de aquel tipo. Se desplomó.

Le contemplé tendido a mis pies. No me llegaba el aire ni para hablar. Con la salida de la tensión, creí que me daría a mí el ataque, pero de nervios, y empecé a balbucear con incoherencia.

—Dios mío, Dios mío, Dios mío...

Sólo fui capaz de reaccionar al ver a Alain intentar terminar de desatarse y darme cuenta de que me necesitaba. Me arrodillé junto a él y le quité las cuerdas.

—¿Cómo estás? —le pregunté mientras le ayudaba a ponerse en pie.

—No lo sé... Vámonos de aquí...

Trató de caminar pero no pudo.

—Tendrás que echarme una mano... —admitió con apuro.

Iba a pasarle el brazo sobre mi hombro pero me detuvo.

—Espera... Coge mi portátil y el móvil de ese hijo de puta.

Le obedecí: cerré el portátil y apresuradamente lo metí en su bolsa. Con aprensión, le saqué a aquel tipo el móvil del bolsillo de la chaqueta. No se movió.

—¿Estará... muerto?

—Ni lo sé, ni me importa —replicó Alain—. Vamos.

Aún me temblaban las piernas, pero me esforcé en mantenerlas firmes para cargar con el peso de Alain, que caminaba torpemente apoyado en mis hombros. En realidad, hubiera deseado poder correr y salir de allí bajando los escalones de dos en dos.

❧ ❧

Diciembre, 1943

Científicos estadounidenses y británicos se incorporan al recién construido Laboratorio Nacional de Los Álamos para desarrollar el llamado Proyecto Manhattan, un proyecto científico iniciado por el gobierno de Estados Unidos y bajo control del ejército americano, que estaba encaminado a desarrollar y fabricar la primera bomba atómica. El proyecto concluiría en agosto de 1945, con el trágico bombardeo sobre las ciudades japonesas de Hiroshima y Nagasaki.

Transcurridos dos días, la fiebre de Sarah comenzó a remitir hasta desaparecer, pero como las hemorragias continuaban y padecía anemia, se vio obligada a permanecer en el hospital. Georg habló con el doctor Bernard y consiguió que la trasladaran a la sala de maternidad.

Aquella sala era grande y estaba bien ventilada, tenía amplios ventanales que dejaban entrar a chorros la luz del sol y una estufa de carbón en medio que mantenía la temperatura siempre caldeada. A los pies de cada cama había una cunita y, por lo general, un chiquitín dentro de ella maullaba y agitaba las sábanas. Salvo la cunita de Sarah, que estaba vacía... Por eso, desde el primer día que la trasladaron a la sala de maternidad, Sarah se sintió peor. Pidió que le pusieran un biombo y le dieran una pastilla para dormir: se giró contra la pared y se escondió en el sueño.

—Sarah... Sarah... —le susurraban su nombre al oído y las palabras le hacían cosquillas en el cuello. Pero ella no quería despertar, se había retirado al rincón más remoto de sus sueños—. Sarah... Sarah, despierta... —Una caricia y un beso; de nuevo su nombre. Nunca la habían sacado con tanta dulzura de su letargo.

De modo que abrió los ojos. Parpadeó. La realidad se mostraba borrosa y aún tardó un tiempo en aclararse. Georg... Sarah sonrió todavía adormecida y volvió a cerrar los ojos.

El comandante levantó la sábana y colocó dentro de la cama un fardo calentito.

—Sarah, abre los ojos... Mira...

Sarah obedeció. Si no hubiera estado tan cansada, el grito de alegría se habría oído en todo el hospital.

—¡Marie...! ¡Marie, mi niña...! Mi pequeña... Dios mío...

El llanto y el sueño ahogaron sus palabras. Sarah estrechó a Marie contra su cuerpo y llenó su cabecita suave de besos y lágrimas. Cerró los ojos sobre ella sin dejar de acariciarla y aspiró su aroma único, el aroma de bebé, de su bebé.

—Ya estás con mamá, chiquitina mía... Ya estás con mamá...

Georg dio unos pasos hacia atrás y se alejó sigilosamente de la cama. Se marchó de allí frotándose el cuello, tenía algo agarrado a la garganta, algo que le avergonzaba soltar.

Sarah se sentía feliz, segura en aquel mundo blanco que olía a desinfectante y harina lacteada. Como en una burbuja, entre aquellas cuatro paredes tenía todo lo que necesitaba, y se sabía a salvo del drama de vivir la vida de fuera. Los días transcurrían apacibles y tranquilos y Sarah disfrutaba de cada minuto con ansiedad, como si de un sabor dulce y efímero se tratase. Las mañanas de sol paseaba con Marie por el jardín, y las de lluvia, tejía junto a la ventana mientras la pequeña gorjeaba en su cunita. A veces, le bastaba con mirar a la niña durante horas, arrullarla hasta que se dormía en su regazo o ponerla al pecho y sentir su calor y el cosquilleo de su boquita al succionar. Si además podía compartir esos momentos con Georg, el mundo se convertía en un lugar maravilloso.

Porque el comandante iba a visitarlas todos los días. Nada más llegar, se quitaba la guerrera para no hacer daño a la niña con las insignias y cogía a Marie en brazos para no soltarla ya hasta la hora de marcharse.

—La vas a malcriar —le reprendía Sarah con una sonrisa benevolente.

—Tú también la malcrías —argumentaba él sin dejar de mirar a la pequeña para luego añadir—: Es preciosa...

—Sí que lo es —convenía ella a punto de explotar de dicha.

Si tan sólo hubiera podido detener el tiempo, congelar ese momento en el que Marie dormía sobre el torso de Georg mientras ellos hablaban de cosas intrascendentes para eludir la realidad... Lo único que angustiaba a Sarah era saber que aquello no era más que una ilusión y que, tarde o temprano, la magia se desvanecería.

Marion y Carole Hirsch también la visitaban. Solían acudir por las mañanas para no coincidir con el tipo de las SS.

—Escucha, Sarah... ¿Qué líos te traes con el *boche*? —se atrevió a preguntarle un día Marion mientras le daba el pecho a la niña al sol templado del jardín.

Sarah siguió con la cabeza baja, mirando a Marie succionar plácidamente al tiempo que se le cerraban los ojitos de sopor. Acarició su mejilla de melocotón con un dedo.

—No es un *boche*... Es un hombre; un hombre bueno —replicó. Sarah sonreía, sonreía con los labios y la mirada, y su sonrisa era una luz suave que iluminaba toda su cara.

Marion abrió los ojos de par en par.

—¡Dios mío, Sarah...! ¡Estás enamorada de él!

Ella siguió con la sonrisa puesta, una sonrisa que le pintaba el aura de un color rosado.

—¡Sarah, no puedes enamorarte de ellos! ¡Sedúcelos, llévatelos a la cama, sácales información y, después, pégales un tiro! ¡Pero no te enamores de ellos!

—Él no es como los demás...

—¡Es un nazi, Sarah! ¡Y todos son iguales! Ellos nos han hecho esto, a todos nosotros, y a ti: ¿te has olvidado de lo que los nazis le han hecho a tu familia?

Sin embargo, resultaba difícil bajar a Sarah de su nube.

—Él no. Él sólo lleva el uniforme equivocado...

—¡Por Dios, Sarah, abre los ojos!

Sarah no estaba dispuesta a enzarzarse en un duelo de síes y noes con Marion. Era inútil intentar convencerse la una a la otra. Alzó la vista y rindió las armas.

—No puedo evitarlo, Marion... Cuando los dioses te eligen, no puedes darles la espalda.

Su amiga la miró muy seriamente y, levantando el dedo frente a su cara, se dispuso a aleccionarla:

—Borra esa sonrisa, Sarah. Tarde o temprano, él volverá a Alemania. Eso si antes no lo mata alguno de los nuestros en plena calle, o lo hacen los suyos por seducir a una mujer judía... Él no es para ti, ¿es que no lo comprendes?

La sonrisa de Sarah se desvaneció y su aura se tornó negra. El sol se oscureció, la tierra se estremeció y el cielo se resquebrajó. Sólo Marie seguía mamando ajena a la congoja de su madre: Sarah volvió a agachar la cabeza hacia ella y la besó, una lágrima resbaló por sus mejillas.

A Marion se le rompió el corazón. Se acercó a su amiga y la estrechó entre sus brazos.

—Oh... Lo siento, cariño. Siento haberte hablado así... Lo siento mucho. Yo sólo quiero que seas feliz; ya has sufrido demasiado...

Pero Sarah no lloraba por culpa de Marion.

Sarah evolucionaba muy bien. Su infección parecía prácticamente curada y en dos o tres días podrían darle el alta.

Georg recibió la noticia como un jarro de agua fría. Por supuesto que la recuperación de Sarah era una noticia excelente, pero también significaba el final de un sueño, como cuando se acaba un permiso y hay que volver al frente.

Además, cuando le dieran el alta, Georg tendría un problema: el *Reichsführer* Himmler. El comandante manejaba el asunto con su superior como buenamente podía. Había llegado a convencer al *Reichsführer* de que, después de quinientos años de pasar de mano en mano, el secreto que guardaba *El Astrólogo* había quedado cubierto por capas de historia, avatares, tradiciones y leyendas, y que ni siquiera los propios Bauer sabían cómo descifrar su mensaje oculto. Pero aun así, Himmler parecía haber sumado otra obsesión: la chica judía. El *Reichsführer* estaba seguro de que ella sabía más sobre el cuadro de lo que Georg creía. Al ingresar Sarah en el hospital, Georg tuvo la excusa perfecta: no podía llevarla a Wewelsburg mientras estuviera enferma. Himmler pareció relativamente convencido y dispuesto a que los expertos de la Ahnenerbe siguieran trabajando en base a lo único de que disponían: la información que la condesa de Vandermonde, la matriarca de los Bauer, facilitaba de buen grado a Georg. Himmler podía empecinarse en arrestar y deportar a Sarah, pero con la condesa de Vandermonde era otro cantar: no sólo no era judía, además, se trataba de una personalidad influyente en Francia y colaboradora activa del gobierno alemán de ocupación.

Georg sabía que en cuanto Sarah estuviese fuera del hospital, Himmler volvería a reclamar su cabeza para colgarla de una pared en Wewelsburg. En su desesperación, a Georg sólo se le ocurría una solución para lidiar con la obsesión del *Reichsführer*: seguir engordando la lista de mentiras. Si el *Reichsführer* llegaba al convencimiento de que Sarah Bauer estaba tan enferma que sólo abandonaría el hospital muerta, tal vez se olvidara de ella. Pero, para eso, necesitaba ayuda.

Cuando Georg confió sus planes al doctor Bernard, el médico le miró de hito en hito sin pronunciar palabra.

—Entonces... ¿puede ayudarme?

—Disculpe, comandante, pero estoy muy sorprendido. Cuando los suyos vienen a hablar conmigo es para pedirme las listas de los pacientes judíos del hospital con la intención de detenerlos con facilidad...

Georg se quedó estupefacto.

—¿Y usted las da?

—Me temo que no tengo otra alternativa.

Georg no pudo contenerse.

—¡No lo haga, señor doctor! ¡Envía a esa gente a la muerte!, ¿entiende? —El doctor Bernard le miró atónito y Georg abundó en el tema—: Los hombres no puede esconder, pero mujeres y niños, sí... No los entregue, señor doctor, escóndalos. Puede hacerlo —intentó explicarse como pudo.

—Confieso que cuando le vi vistiendo ese uniforme, pensé que era uno de ellos.

—Y lo soy... O lo fui. Pero, en un tiempo, vestir este uniforme no es más un honor, es una carga.

A Georg le hubiera gustado explicarle al doctor Bernard que no es fácil asistir al deterioro paulatino de unos ideales, ni sentir que se derrumban lentamente como un edificio en ruinas. Le hubiera gustado contarle que había estado muy equivocado y muy ciego, pero que se había dado cuenta tarde, cuando ese uniforme era ya una segunda piel que sólo podría quitarse una vez muerto. Le hubiera gustado confesarse con él, porque hasta entonces no lo había hecho con nadie y hay confesiones que pesan demasiado como para arrastrarlas uno solo... Pero el idioma era una barrera insalvable en su caso.

El doctor Bernard no estaba seguro de comprender del todo a aquel hombre, pero creía que sus intenciones eran buenas. Cruzó las manos sobre la mesa y sonrió.

—Tuberculosis, difteria, tifus... Puedo prepararle un informe médico en el que certifique que mademoiselle Bauer padece cualquiera de estas enfermedades. Imagino que cuanto más contagiosa y mortal, mejor... Además, no certificaremos el alta, de modo que, oficialmente, ella no ha abandonado el hospital.

Georg no pudo contener una sonrisa de alivio. Llevaría ese informe a Berlín para seguir ganando tiempo. Cuando Himmler volviera a impacientarse, le pediría al doctor Bernard que emitiera un documento falso que certificase la muerte de Sarah. Con esto, la obsesión del *Reichsführer* por no dejar ni un judío vivo quedaría satisfecha y Sarah, desde la clandestinidad, podría vivir en paz.

Aquella mañana había amanecido fría y lluviosa. Era una mañana de gotas de agua contra el cristal y llantos de bebé, de pañales y biberones; los murmullos que Sarah ignoraba por cotidianos mientras leía en la cama del hospital con Marie en brazos: la pequeña acababa de quedarse dormida después de comer.

—¡Buenos días!

Sarah levantó la vista al saludo alegre y cantarín.

—¡Marion! ¡Creí que hoy no vendrías!

—Es que te traigo una sorpresa... —le anunció con aire enigmático.

A Sarah no le dio tiempo a adivinar de qué se trataba. Antes de que pudiera hacerlo, una figura familiar asomó tímidamente detrás del biombo.

Sarah se quedó petrificada. Un látigo de hielo le sacudió la espalda. Y es que la visión de un fantasma no le hubiera causado mayor impresión.

—Hola, Sarah...

No encontró aire para responder al saludo, lo único que hizo fue, en un acto casi reflejo, apretar a Marie con fuerza contra su pecho.

—¿Has visto, Jacob? —Marion decidió hablar por ella—. ¡Le has dado tal alegría que la has dejado muda!

Con un respeto casi reverencial, Jacob dio un paso al frente. Amasaba la gorra entre las manos y sus dedos se retorcían nerviosamente. La tensión era tan palpable que Marion trataba por todos los medios de suavizarla con palabras.

—Oh, Sarah, cariño, ¿verdad que te alegras de ver a Jacob? ¿Te has dado cuenta de lo bien que está? Es increíble cómo te has repuesto, Jacob. Pareces otra persona.

Marion tenía razón. Jacob parecía otro. Había engordado y su rostro había recuperado el tono y las facciones originales. En lugar de las aparatosas vendas, un parche negro cubría su ojo hueco y el otro parecía más grande, más brillante y más expresivo que nunca. Le había crecido el pelo sobre su cabeza antes rapada y un flequillo de chico malo le caía sobre la frente. Su aspecto era pulcro y vestía ropa modesta pero cuidada. Ya no se asemejaba al chaval descarado y pendenciero que salió de Illkirch, ni al activista guerrillero y sanguinario que se unió a la Resistencia. Tampoco era el drogadicto psicótico que vivió con ella. Jacob parecía un hombre maduro, honrado y respetable. Sarah lamentó no mostrar toda la alegría que la transformación de Jacob merecía.

—Bueno, par de pánfilos, ya está bien de charla. Me voy. Espero que el silencio se os haga tan incómodo que decidáis por fin abrir el pico.

En efecto, la marcha de Marion dejó un silencio asfixiante que al cabo de un rato un balbuceo de Marie alivió.

Jacob carraspeó.

—El doctor... El doctor Vartan me lo ha contado todo... ¿Puedo...? ¿Puedo verla?

—Sí... —concedió Sarah, separándose un poco de la niña para mostrársela.

Jacob se aproximó con cuidado, como si temiera que la visión fuera a desvanecerse al contemplarla él.

Al ver la carita de la pequeña, contuvo la respiración. Nunca se le habían dado bien las palabras, ¿cómo podría explicar lo que entonces sentía? Tenía algo en el pecho que se expandía como el aire dentro de un globo y que en breve le haría flotar. También sintió algo en el estómago que aleteaba como una mariposa y que en breve le haría temblar. Por no hablar de lo que invadió su garganta, que se agarraba a sus cuerdas vocales y que en breve le haría llorar.

—Es lo más bonito del mundo... —murmuró sin poder contener la emoción ni el impulso de estirar el brazo y posar la mano temblorosa sobre la cabecita de Marie—. Sarah, yo...

Pero Sarah no quería oír nada, ni una sola palabra almibarada de los labios de Jacob, ni un solo halago, ni una sola muestra de amor que la hiciera sentirse culpable. Se apresuró a interrumpirle poniendo su mano sobre la de Jacob.

—Estoy muy orgullosa de ti —le aseguró—. Muy orgullosa de lo que has sido capaz de hacer. Sé que lo has pasado mal...

—No importa. Ahora, todo eso ha quedado atrás... —Jacob acarició a Sarah con la mirada, sólo se atrevía a hacerlo así—. Si ésta es la recompensa, ha merecido la pena. Si tú me dejas volver a empezar, contigo y... y con... con nuestra hija...

Jacob se detuvo: se estaba enredando en sus propias palabras, en sus propios sentimientos. No quería tropezar y caer. Sarah le sonrió aunque la boca le amargaba: no había nada que hacer y ella lo sabía. Sabía que no podría eludir el momento en que tendría que pagar por su error, y ese momento había llegado.

Desde el fondo de la sala, escondida tras la puerta, Marion los observaba. La escena parecía idílica y, sin embargo, no podía sentir otra cosa que tristeza: tristeza por Sarah y tristeza por Jacob.

Y aunque Marion no se había dado cuenta, no era la única que los observaba.

—¿Quién es el hombre que está con Sarah?

Al escuchar a Von Bergheim a su espalda, se sobresaltó y se volvió airada: por todos los demonios, cuánto despreciaba a aquel tipo.

—Ese hombre es el padre de su hija —respondió, gozosa de saber lo que esa respuesta le escocería.

Por eso, antes de marcharse, disfrutó al contemplar cómo el semblante de aquel nazi asqueroso se ensombrecía.

A Sarah se le iluminó la cara al verle. Y cuando a Sarah se le iluminaba la cara parecía aún más preciosa de lo que era y a Georg le entraban deseos de abrazarla y cubrirla de besos en su bellísimo rostro iluminado. Mas se contuvo, muy a su pesar.

—¡Georg!

Permaneció en posición de firmes a una distancia tan prudencial como protocolaria. Y serio, muy serio. Se trataba de mensajes más que evidentes de que aquella visita no era como las demás, pero Sarah no quería resignarse a que las cosas fueran diferentes.

—¿No quieres coger a la niña? —insinuó con mucho cuidado y despacito porque Georg parecía una estatua de hielo que hasta la mínima vibración de la voz podría romper—. Ayer estuvo toda la tarde muy llorona, no había manera de calmarla. Ella también te echaba de menos...

Georg tragó saliva.

—No, ahora no quiero cogerla. —Lamentó mostrarse tan desagradable, pero no podía permitirse otra cosa. Aunque lo que más le disgustó fue la expresión de Sarah, le dolió ver su tristeza y su decepción—. Escucha, Sarah... ¿qué pasa con el padre de Marie?

Entonces, Sarah comprendió.

—Ya veo... Por eso no viniste ayer a visitarnos, ¿no es cierto?

En las palabras de Sarah no hubo la más mínima sombra de reproche, por eso su tono fue dulce. Sarah podía entender a Georg a la perfección.

Marie lloró y su madre la cogió en brazos para arrullarla. El comandante hubiera deseado participar de aquella escena, pero allí no había sitio para él, era mejor empezar a aceptarlo cuanto antes.

—Sarah... Mañana te dan el alta... ¿Qué vas a hacer?

Sarah abrazó a Marie con desesperación, con la misma angustia con la que le habló a Georg.

—¿Y qué puedo hacer? ¿Qué debo hacer...? ¡Él es el padre de la niña! Y ha hecho mucho por mí...

—¿Le quieres? —Al oírse, Georg se sintió ridículo; era una pregunta embarazosa, una pregunta propia de comadre. Pero tenía que saberlo.

—No como a él le gustaría que le quisiera... Pero eso no me da derecho a dejarle al otro lado de la puerta.

Georg suspiró.

—Si al menos tuviera la certeza de que él va a cuidar de ti y de la niña, en lugar de tú de él... Si al menos supiera eso, me quedaría más tranquilo.

Sarah se encogió de hombros y sonrió amargamente.

—¿Y qué más da? Son tiempos difíciles, lo importante es cuidar unos de otros.

Georg volvió a suspirar.

—Sabíamos que esto acabaría ocurriendo...

Era trágico darse cuenta de que aquello sonaba a despedida, de que toda la conversación había empezado sonando a despedida.

—Pero eso no lo hace menos doloroso —replicó Sarah y se mordió los labios tratando de no llorar, pero ya es tarde cuando las lágrimas resbalan por la barbilla. Mirar a Marie para tratar de disimularlas no servía de mucho.

Georg se había jurado que no la tocaría, ni a ella ni a la pequeña. Si las rozaba estaría perdido, su aparente fortaleza se vendría abajo y su determinación flaquearía. Sin embargo, verla llorar de esa manera fue más de lo que pudo soportar: no tuvo que pensárselo dos veces para atravesar la pared de hielo como si fuera agua y rodearlas a las dos con los brazos. Con su rostro en el de ella se dejó llevar.

—No me arrepiento de nada, Sarah. Si en algo he fallado, ha sido en no ser capaz de encontrar una solución para estar siempre a tu lado.

Ella le acarició las mejillas.

—¿Qué harás tú?

—Tengo que ir a Alemania: mi trabajo aún está por hacer... Después de todo, la guerra no ha terminado y yo sigo llevando un uniforme.

—¿Volveré a verte?

Georg la miró a los ojos y le secó las lágrimas. Como buen militar, sabía cuándo una batalla estaba perdida y había llegado la hora de retirarse antes de sacrificar las vidas de más soldados. Pero a Sarah no era capaz de decirle la verdad.

—No lo sé... —mintió. Y volvió a beber de sus ojos y a aspirar de su piel, a alimentarse de ella con voracidad, intentando en vano colmar unas reservas que no llegarían ni siquiera al día siguiente.

Apaga tu móvil

Atravesamos las calles entre las miradas de espanto y curiosidad que provocaba el terrible aspecto de Alain, mientras mis ojos giraban queriendo abarcarlo todo como los de una mosca, temiendo que en cualquier momento aparecieran aquellos salvajes a nuestra espalda. Cuando llegamos al coche, se me salía el corazón por la boca a causa del esfuerzo y la agitación. Abrí la puerta de atrás.

—¿Ya estás aquí, cari? ¡Qué rapidez! Estoy venga a lanzar por los aires a los pajaritos gordos del Angry Birds, qué jodíos, son geniales... ¡Por los clavos de Cristo! ¿Qué le has hecho a este pobre hombre?

Las facciones de Teo se descoyuntaron al ver a Alain.

—No he sido yo, idiota —le repliqué agriamente mientras ayudaba a Alain a entrar en el asiento trasero. Después me senté en el asiento del conductor, cerré la puerta y eché los pestillos. Estaba empapada en sudor y manchada con la sangre de Alain. Respiré hondo para tratar de calmarme.

—Pero ¿qué coño os ha pasado?

—Es una historia muy larga... —atajé con la intención de posponer para mejor momento el contársela. Me volví hacia Alain—. Vamos al hospital, tendrás que decirme cómo llegar...

—No, iremos primero a la prefectura. Hay que denunciar a esos cabrones antes de que se escapen.

573

—¡Pero, Alain!, ¿tú te has visto? Estás fatal...

—No lo estoy. Luego iremos al hospital. —Alain resolvió mis protestas antes de que pudiera ni siquiera formularlas—. No hay tiempo, Ana. Vámonos de aquí ya. Tienes que girar en la primera a la derecha.

Le contemplé en silencio unos segundos; en realidad, lo último que me apetecía era discutir nada: allá él con sus heridas. Rebusqué en el bolso, saqué un paquete de Kleenex y se lo tendí.

—Mira a ver cómo puedes limpiarte. La boca y la nariz no paran de sangrarte...

En la prefectura de policía apenas estuvimos unos minutos. En cuanto vieron el estado en el que se encontraba Alain decidieron con buen criterio trasladarle inmediatamente al hospital mientras ellos enviaban sendas patrullas a su casa y a la mía, donde a su llegada ya no quedaba ni rastro de los matones.

En el hospital le hicieron a Alain un TAC de cabeza y una ecografía de abdomen. El parte de lesiones resultante fue una colección de tecnicismos que ponía los pelos de punta: contusión malar, orbital y maxilar, equimosis cutáneas superficiales, heridas lacerantes contusas en los labios y la región frontal, fisura simple unilateral del tabique nasal, edema facial, abrasiones cutáneas localizadas a la altura de las articulaciones radiocarpiana y tibioperoneoastragalina, esguince cervical de primer grado, trauma abdominal cerrado no penetrante... La realidad profana y visible era que Alain tenía hematomas en los pómulos, bajo los párpados y en la mandíbula, cortes que requirieron varios puntos de sutura en los labios y la frente, un derrame en el ojo izquierdo, la nariz inflamada, quemaduras en torno a las muñecas y los tobillos a causa del forcejeo con las cuerdas, el cuello dolorido y agarrotado y un dolor agudo en el abdomen. El balance optimista fue que no hubo lesiones internas; después de la brutal paliza podría haber sido mucho peor. Yo no había exagerado al pensar que aquellos salvajes podían haberle matado...

A mí me sometieron a un breve reconocimiento para constatar que lo único que tenía destrozado eran los nervios, de modo que el tratamiento se redujo a la administración de un tranquilizante. Teo, ya que estaba, también pidió uno.

Después volvimos a la prefectura para formalizar la denuncia. Rellenamos múltiples formularios y contamos la misma historia a diferentes personas. «Esos hijos de puta ya pueden estar en la otra punta del país mientras a mí me toman declaración por enésima vez», había refunfuñado Alain. A medida que avanzaba la noche, la resaca postraumática había hecho acto de presencia, lo cual se tradujo en un empeoramiento notable de su humor y su paciencia.

—¡Noche loca! ¡Noche loca...! Si llego a saber que ésta era la clase de noche loca que me esperaba, me quedo en Madrid, te lo juro. Yo que había metido mis jeans más apretaditos en la maleta...

Eran las ocho de la mañana y habíamos terminado desayunando en un café para turistas del boulevard Saint Germain, exhaustos y pensativos, al menos, Alain y yo. Mientras nosotros mojábamos el cruasán en el café, inmersos en un silencio producto de la conmoción y el agotamiento, Teo no se resistía a hacer crónica del momento.

Miré a Alain: su boca estaba tan hinchada que apenas podía comer ni beber sin derramar el café. También observé sus hematomas y sus cicatrices...

—¿Cómo es posible? —pensé en voz alta.

Alain bajó la taza y me lanzó una mirada inquisitiva.

—Yo no tengo ni un rasguño. No me pusieron una mano encima...

—Joder, no habléis en francés que no pillo una —protestó Teo.

—Luego te hago un resumen... —le contesté distraída, absorta en mis pensamientos—. Esos tipos no me querían a mí... Te querían a ti... —volví a reflexionar en alto dirigiéndome a Alain.

—Lo sé... Fueron a mi apartamento sólo a por mí, no esperaban que tú te presentases. Enseguida me di cuenta de que pedirte los papeles de la investigación fue producto de la improvisación, una forma de salir al paso. A mí en ningún momento me preguntaron por ellos, tampoco se molestaron en buscar nada. Llegaron, me sujetaron, me ataron a la silla y empezaron a pegarme. Sólo iban a eso.

—Anton, Camille y, ahora, tú... En cambio yo... A mí en cierto modo me respetan...

—No exactamente —objetó Alain mirando mi muñeca aún vendada.

—Esto me lo hice yo al huir, esto y todo lo demás; nadie me ha tocado un pelo en ningún momento... Bueno, quizá aquellos guardias de *PosenGeist* lo hubieran hecho si... —Recordé las circunstancias de mi huida—. Es como si alguien me estuviera protegiendo —concluí lentamente, intentando asimilar mis propias conclusiones—. Tal vez Georg von Bergheim...

—Ana: está muerto.

Sacudí la cabeza para volver al aquí y ahora.

—Lo sé, lo sé... Pero es todo tan extraño. Nada tiene sentido...

Alain me miró sin hablar: él no tenía la respuesta. Al contemplarle, me invadió una mezcla de angustia y ternura a partes iguales.

—Aquel tipo me dijo que hay gente a la que le gustaría verte muerto... ¿Por qué?

Alain intentó sonreír pero todo lo que consiguió hacer fue una mueca amarga.

—No irás a culparme también de eso, ¿verdad?

—No, claro que no. —Yo sí pude ofrecerle una sonrisa franca.

Teo volvió a reclamar su traducción y yo se la hice someramente. Entretanto, Alain aprovechó para recostar la cabeza contra el sillón de terciopelo desgastado del café.

—Es un poco como el Fantasma de la Ópera, ¿no? El tío es un tarado que va contra todo el mundo menos contra la mujer a la que ama. Cari, alguien está enamorado de ti en plan psicópata obsesivo, te lo digo yo.

No hice mucho caso del pintoresco diagnóstico que Teo hizo de la situación, pero como me resultó gracioso pensé en traducírselo a Alain. En cambio, al verle, cambié de opinión.

—Deberíamos irnos para que puedas descansar. Te acompañaremos a tu casa...

—No quiero volver a mi casa. —Fue tajante—. ¿Crees que podría dormir tranquilo...? Además, no quiero llegar y verlo todo hecho un desastre, ahora no tengo ánimo para eso. —Suspiró. Después llamó al camarero y pidió más café.

—Supongo que no pretenderás quedarte indefinidamente en esta cafetería —ironicé, desconcertada por su reacción. Él volvió a ofrecerme una mueca por toda respuesta.

El camarero trajo los cafés y Alain se tomó su tiempo en retomar la conversación; abrió el sobrecito de azúcar, lo vertió en la taza y removió con parsimonia. Yo esperé pacientemente, no quería atosigarle.

—No te lo he dicho todavía —habló por fin tras un primer sorbo—, pero antes de que llegaran esos tipos tuve tiempo de abrir el e-mail del Livre Foncier...

—Por Dios... Con todo el lío lo había olvidado.

—Según la *copie immeuble*, el Ayuntamiento de Illkirch compró la propiedad de los Bauer en 1975...

—¿Y quién se la vendió? —pregunté impaciente.

—La vendió por poderes un despacho de abogados de Barcelona.

—¿De Barcelona? —repetí con extrañeza.

—De Barcelona.

—¿Qué pasa en Barcelona?

—Calla, Teo... Pero ¿por poderes de quién?

—De una sociedad mercantil... Ahora no recuerdo el nombre. Pero de un modo u otro, detrás de esta operación tiene que haber algún Bauer o algún heredero legítimo de la propiedad.

—¿Sarah Bauer? ¿Podría estar Sarah Bauer aún viva en 1975? —insinué emocionada.

—O algún descendiente suyo.

—Pero su hija murió. Lo vimos en el certificado de defunción de la *mairie*.

—Tal vez tuvo otros hijos... O no, pero tuvo que haber algún heredero de un modo u otro, porque si alguien muere sin testar y sin herederos legítimos, todas sus propiedades pasan al Estado y, por lo visto, no fue así en el caso de los Bauer. De todos modos, sólo se trata de elucubraciones. Tenemos que ir a Barcelona para entrevistarnos con alguien de ese despacho. —Alain hizo una pausa dramática antes de anunciar—: Y qué mejor momento que ahora mismo.

—¿A Barcelona? ¿Ahora? —Nunca me he caracterizado por mi afán de improvisación ni por mi espíritu aventurero.

—¿Tienes algo mejor que hacer?

Hay preguntas absurdas pero certeras.

—Bueno..., no. Pero... ¡Mírate! Tú no estás en condiciones de ir a ningún sitio.

—Estoy bien. No me duele nada, de verdad.

—No te creo. De todos modos, estás hasta las cejas de calmantes. Ya verás cuando se te pase el efecto...

—Me volveré a poner hasta las cejas de calmantes —replicó pertinaz.

—Además, el lunes tienes que volver al hospital para la revisión y la cura.

—El lunes, el martes... ¿Qué más da? Deja ya de poner pegas... Escucha, podemos ir en coche, con parada en Fontvieille, que es donde vive mi hermana, en Provenza, y está a mitad de camino. Hoy es sábado, dormiremos esta noche allí y el domingo por la noche podemos llegar a Barcelona.

—Tampoco estás en condiciones de conducir.

—Haremos turnos y en los ratos libres descansaré, te lo prometo. Piénsalo bien, Ana: a esos capullos no se les ocurrirá buscarnos en Barcelona. Esta noche dormiremos tranquilos.

—Uf, no sé... Tengo la sensación de que saben dónde estamos en cada momento, es angustioso.

—Por cierto. —Alain se metió la mano en el bolsillo, sacó el móvil y lo apagó—. Apaga tu móvil, ya sabes lo que dijo la policía: que por los mismos medios que esa gentuza se hizo en su momento con tu número de móvil, podrían tenernos localizados a través de la señal que emite el teléfono.

—Sí, sí... Pero si apago el teléfono... —«... no sólo estaré ilocalizable para los malos», pensé, «estaré ilocalizable para todo el mundo...».

—¿Qué?

—Nada...

—Ana, no quiero volver a casa —me rogó solemnemente, rozando la desesperación.

Miré a Alain, eché un vistazo al móvil... Volví a mirar a Alain. Casi un fin de semana, viajando en un dos caballos amarillo por Francia, con un atractivo y maltrecho profesor de arte divorciado y un gay... Eso podría dar para un guión de cine independiente. Una pequeña aventura. Mi pequeña aventura... Y Konrad no podría localizarme. Una pequeña venganza. Mi pequeña venganza...

—¡Coño, cari! ¿Me vas a decir qué puñetas pasa de una vez?

Apagué el móvil, sonreí y me volví hacia Teo.

—Que nos vamos a Barcelona... Ah, y apaga tu móvil.

Marzo, 1944

Entre 1944 y 1945, la Royal Air Force, con apoyo de las Fuerzas Aéreas estadounidenses, inicia una campaña de bombardeos masivos contra más de sesenta ciudades alemanas. El objetivo de tales bombardeos no era meramente militar sino que consistía en minar la moral de la población reduciendo las ciudades a escombros y convirtiéndolas en bolas de fuego mediante el lanzamiento de bombas incendiarias, lo que los alemanes llamaron *Feuersturm* o tormenta de fuego. Al finalizar la guerra, más de un millón de toneladas de bombas habían sido lanzadas sobre Alemania y, aunque las cifras oficiales de víctimas siempre han sido consideradas alto secreto, se estima que entre cuatrocientas mil y seiscientas mil personas, en su mayoría mujeres, niños y ancianos, fallecieron durante estos bombardeos.

Sarah había llorado mucho los primeros días. Lo hacía con frecuencia y sin venir a cuento: de repente, se le saltaban las lágrimas, las dejaba caer durante unos minutos y luego ellas solas se iban secando. Lloraba al despertarse y también antes de dormir; lloraba a escondidas, mientras preparaba la comida o en la cola del colmado. Lloraba al mirar a Marie y cuando Marie lloraba.

Con el tiempo, poco a poco, Sarah había dejado de llorar. Como un arroyo en verano, sus lágrimas se habían evaporado y habían dejado un lecho yermo y resquebrajado. La joven había escondido la cabeza bajo el ala y se había sumido en la rutina. Había convertido su vida en una tabla de horarios y de paradas como la de los trenes: sólo había que hacer el esfuerzo de levantarse por las mañanas y llegar con vida hasta la noche; entretanto, no había que pensar ni sentir demasiado, tan sólo dejarse llevar, empujarse a través del día a día. Un día a día que transcurría monótono entre las tareas de la casa, el trabajo en la librería y Jacob.

—Cásate conmigo, Sarah. Marie necesita un padre.

Jacob había tardado un mes en reunir el valor suficiente para proponerle a Sarah matrimonio. Al hacerlo, había balbuceado, tartamudeado y dado la espalda a todos los principios del romanticismo. Pero a Sarah le dio exactamente igual. Ni siquiera levantó la vista. Hundió de nuevo la cuchara en el mismo asqueroso potaje de col que preparaba todas las noches para cenar y alegó:

—Marie ya tiene padre. No son buenos tiempos para casarse.

Como un hachazo no hubiera resultado más devastador, después de decir aquello alzó los ojos, le miró y sonrió, porque en el fondo Jacob le daba lástima.

Él creyó que podía comprenderla. No estaba bien que la mujer mantuviese al marido. Pero en cuanto la maldita guerra terminase —si es que esa maldita guerra terminaba alguna vez y los nazis hijos de puta eran por fin aplastados—, Jacob buscaría un buen trabajo, uno cualquiera, y sería él, y no Sarah, quien sostuviera el hogar. Entonces, Sarah se casaría con él y puede que incluso comprasen una casa en el campo, una pequeña granja, y tuviesen más hijos, una gran familia. Cuando la maldita guerra hubiese terminado, Jacob cuidaría de Sarah, envejecería junto a ella, siempre junto a ella hasta morir. A Jacob no se le ocurría mayor felicidad.

Con sus sueños en el horizonte, Jacob sujetaba el timón con todas sus fuerzas, haciendo lo imposible para no desviarse de su rumbo durante la tempestad. Por eso seguía tomando las pastillas que le había recetado el doctor Vartan, porque todavía se deprimía cuando veía a Sarah triste y porque, sin medicinas, sería difícil controlar la ansiedad que le producía dormir junto a ella sin poder apenas rozarla. «Aún no, Jacob. No estoy totalmente recuperada», objetaba, dándole la espalda cada vez que él se le acercaba demasiado. Entonces Jacob, a quien la sangre le hervía de deseo bajo las venas, tenía que tomarse una pastilla para tranquilizarse y poder dormir. Pero él sabía que las dejaría, que cuando el barco arribase al paraíso de sus sueños, ya no necesitaría nunca más las pastillas.

Sarah estaba planchando y doblando la ropa. Como el carbón era cada vez más difícil de conseguir, aprovechaba el momento de encender la cocina para la cena y calentaba al mismo tiempo la plancha entre las brasas. Sarah planchaba y no pensaba en otra cosa que en planchar, en apretar bien fuerte para quitar las arrugas, en no calentar el hierro demasiado para no quemar la ropa, en emparejar bien los calcetines de Jacob, remendarlos y enrollarlos cuidadosamente hasta formar una bola. De un tiempo a esta parte, Sarah nunca pensaba en otra cosa salvo en lo que estuviera haciendo en ese momento, era un mecanismo de defensa.

Mientras planchaba, llamaron a la puerta. Sarah dejó la plancha en un lugar seguro, se recogió tras la oreja unos cuantos mechones de pelo que se le habían escapado del moño y fue a abrir.

—Hola, Sarah.

Sarah pensó que aquello no podía ser cierto, que sus ojos la estaban traicionando, que lo que veía era producto de su mente obsesionada. Sólo cuando Georg habló, supo que era real.

—¿Estás sola?

Sarah asintió.

—¿Puedo pasar?

—Sí... Sí, claro.

Se hizo a un lado, dejó entrar a Georg y cerró la puerta. Como si el ruido del pestillo la hubiera despabilado, empezó a ponerse nerviosa. Se encontró de repente completamente fuera del tiempo y el espacio y se quitó el delantal en un intento grotesco de ubicarse.

—¿Dónde está Marie? —Su tono de voz era apremiante, como si tuviera que saber de inmediato dónde estaba la niña.

Sarah le miró extrañada. Georg no tenía buen aspecto, ni siquiera el uniforme daba porte a su figura, sus hombros se veían inclinados, y su espalda, encorvada. Pero lo más alarmante era su rostro: estaba demacrado, las comisuras de sus labios caían hacia abajo entre las mejillas hundidas, su mirada parecía vencida bajo el peso de los párpados, tenía ojeras, tan profundas y marrones como dos hematomas, y los ojos enrojecidos y vidriosos. Sarah se preocupó.

—Durmiendo —le respondió al fin.

—¿Puedo verla? —Seguía mostrándose movido por la urgencia.

—Está... está en su cuna —dudó Sarah—. En mi dormitorio.

Georg se dio la vuelta y entró en el dormitorio a toda prisa. Sarah lo siguió y lo encontró inclinado sobre la cuna de Marie.

—Dios mío...

Georg puso su mano enorme sobre el pequeño cuerpo de Marie y la acarició con delicadeza.

—Dios mío... Dios mío...

—Georg, ¿qué ocurre?

Él se irguió, inspiró y dejó el aire encerrado en los pulmones... Lo soltó en forma de sollozo. Sarah se le acercó y le puso la mano en la espalda. Cuando Georg se volvió, vio que tenía los ojos llenos de lágrimas. Lo abrazó. Lo abrazó con fuerza y Georg explotó en un llanto furioso.

Estaba avergonzado, quería parar de llorar, pero no podía... No lo había hecho hasta entonces, no había derramado ni una sola lágrima, ni cuando le dieron la noticia, ni durante el viaje, ni en el entierro, ni en el funeral, tampoco después, en soledad. Pero entre los brazos de Sarah, Georg halló el lugar para desahogar todas esas lágrimas que había retenido en días. Lloró desesperadamente y sin contención, sin poder siquiera hablar para explicarse. En silencio, Sarah lo estrechó, lo acarició y lo dejó llorar y ocultar las lágrimas en su hombro, mientras su propio corazón se iba resquebrajando en pedacitos muy pequeños.

Al cabo de un rato, Georg encontró el aliento para hablar.

—Es Rudy... —sollozó—. No tenía más que dos años... ¡Sólo dos años, Dios...! Ha muerto... El niño ha muerto...

Georg cogió el rostro de Sarah entre ambas manos.

—Sarah, lo siento... Lo siento mucho... Rudy era mi hijo... Lo siento mucho...

Y volvió a romperse de dolor. Entonces a Sarah también se le saltaron irremediablemente las lágrimas.

—No llores, Sarah... Tú no debes llorar. No quiero hacerte llorar... De verdad que lo siento mucho...

Sarah besó sus labios salados para obligarle a callar. Le acarició la cara empapada y le volvió a besar con ternura.

—Georg...

—Te he mentido, Sarah... No te he contado la verdad y ahora vengo aquí a llorarte porque mi hijo ha muerto... Quería hablarte de ello... Perdóname, Sarah, no sabía adónde ir...

—Ven... —Sarah le llevó la cabeza hacia su pecho, Georg la apoyó allí y trató de calmarse.

El día que le llegó la noticia estaba en Wewelsburg: aviones ingleses habían bombardeado el centro de Múnich a las 21.45; su hijo pequeño estaba entre las víctimas. En estado de shock, viajó hasta su casa; sólo la visión del cadáver del niño logró sacudirle las entrañas hasta sumergirle en la realidad más descarnada y dolorosa, sólo entonces despertó a la pesadilla. Elsie era una sombra no menos cadavérica que vagaba destrozada por las esquinas sin capacidad de reacción ni de decisión. Georg tuvo que tragarse el dolor y tomar el control de la situación: el papeleo, el entierro, el funeral, las parafernalias y las condolencias... Se sentía como si se hubiera dejado el alma metida en la cama y su cuerpo actuara por impulsos eléctricos como un autómata. Apenas cruzó palabra con Elsie, apenas la conocía ya. Sólo cuando se marchaba, de pie ante el recibidor de una casa triste y lúgubre, con el petate en la mano, le dijo:

—Elsie, por Dios te lo ruego, llévate a Astrid a Suiza, sácala de este infierno antes de que sea demasiado tarde.

Ella se volvió lentamente y por primera vez Georg descubrió algo de vida en su mirada, aunque era el odio el que se la daba. Con los ojos oscuros y entornados, con la boca entreabierta y los dientes apretados, le respondió:

—No lo hagas, Georg. No tengas la poca vergüenza de decirme «te lo avisé». No tengas la desfachatez de venir aquí a cargarme con la muerte de nuestro hijo... Tú no tienes ni idea de lo que es estar aquí sola, luchando cada día por sobrevivir. Ni te lo imaginas porque llevas cinco años fuera de esta casa y una carta al mes no suple el papel de un padre ni de un esposo. No has estado aquí cuando le salió el primer diente, ni cuando dio sus primeros pasos; no estabas aquí para oír sus primeras palabras, ni cuando tuvo la varicela, tampoco cuando lloraba porque ya no había leche o le daba miedo el ruido de las sirenas. Pero sobre todo, Georg, sobre todo no has estado aquí para sacar su cuerpo sin vida de entre los escombros. Así que, si te queda algo de decencia y compasión, no vengas ahora a decirme qué es lo que tengo que hacer. Ya es demasiado tarde, Georg. Tarde para todo.

Elsie se giró y se perdió escaleras arriba, arrastrando su camisón blanco como un ánima en pena.

Georg agachó la cabeza, abrió la puerta y se marchó de casa. De todas las ofensivas de la jodida guerra, aquélla había sido la más dura y sangrienta, la que le había herido de forma más profunda, dejándole las secuelas más dolorosas. Lo único que deseó entonces fue que la guerra acabara con él de una maldita vez, que le matara como a un soldado: con honor sobre el campo de batalla. Ésa fue la petición que trasladó al *Reichsführer*.

«No le voy a negar, *Sturmbannführer*, que cada vez hacen falta más hombres en el frente. Pero su sitio sigue en París. Allí hay... asuntos aún pendientes...»

Georg se quedó estupefacto. ¡No tenía ningún sentido regresar a París! Se planteó la deserción, el suicidio o el magnicidio, todo eso en cuestión de segundos. Sin embargo, finalmente se cuadró y obedeció las órdenes.

Georg se disculpaba compulsivamente por tener mujer e hijos y habérselo ocultado. Pero Sarah estaba convencida de que no tenía nada que perdonar.

—Nunca jamás nos prometimos nada, Georg. ¿Cómo íbamos a hacerlo? Esto sucedió, contra todo pronóstico y contra toda razón, pero sucedió. Y desde el primer momento se veía que este puzle no se podría terminar, porque es imposible encajar dos piezas que pertenecen a dos rompecabezas diferentes.

Georg la miró con los ojos aún hinchados y enrojecidos, pero muy abiertos para intentar abarcarla completamente con la mirada.

—Dios mío, Sarah, no sabes cuánto te quiero...

Sarah le abrazó y le besó en el cuello.

—Yo también te quiero, amor mío... Eso es lo que lo hace tan difícil. Eso es lo que me está matando.

Tenía que besarla en la boca y después, con el calor y el cosquilleo todavía en los labios, tenía que apretarla contra su corazón. Tenía que hacerlo porque tal vez fuera la última vez... Por encima de su cabeza, se asomó a la cuna de Marie: la pequeña estaba despierta pero tranquila, mirándose una manita con ojos vacíos.

—Sarah, tienes que marcharte de París. Ya he perdido una parte de mí, no creo que pudiera soportar perderos a ti y a la niña. Si los Aliados bombardean todas las ciudades de Alemania, ¿por qué no iban a bombardear París? Vete con Marie y con Jacob, aún estáis a tiempo.

Sarah le miró sin comprenderle.

—Pero es que yo no quiero ir con Jacob a ningún lado. Yo sólo quiero estar contigo... Sé que eso no es posible, pero aun así no me iré de aquí. Además, la niña no tiene ni dos meses, es demasiado pequeña para hacer un viaje a ninguna parte. —Por su expresión, Sarah supo que no estaba convencido—. Oh, Georg, no importa lo que hagamos para evitarla, la muerte acecha en cualquier esquina. Puedes buscar un atajo para huir, si ella quiere, te esperará al final del camino más corto. Si me quedan dos días, quiero que la muerte me encuentre cerca de ti, no huyendo con un hombre al que no amo...

—¿Qué...? ¿Qué es esto?

Al oír aquello, ambos volvieron las cabezas de repente. Como si hubiera caído de golpe desde el séptimo cielo al quinto infierno, a Sarah casi se le sale el corazón por la boca: Jacob les miraba desde el umbral de la puerta, con la cara desencajada.

—¿Qué está pasando aquí, Sarah? ¿Quién es este hombre?

—Jacob, tranquilízate...

Sarah intentó acercarse a él, pero Georg se lo impidió sutilmente colocándose delante de ella como un escudo.

—¡Estoy tranquilo, joder! ¡Sólo quiero saber qué hace este nazi hijo de puta en mi habitación con mi mujer!

Sarah miró la pistola de Georg colgando del cinturón, dentro de su funda. Qué fácil hubiera sido para él sacarla y abatir a aquel judío de un solo disparo. Pero al contrario de lo que Jacob pensaba, Georg no era un nazi hijo de puta.

—Escucha... —intentó apaciguar Georg, pero Jacob saltó como una fiera.

—¡Fuera de mi casa!

—Jacob, por favor...

—¡Cállate, zorra!

Aquello enfureció a Georg, que dio un paso al frente.

—¿Qué piensas hacer, eh, nazi? ¿Vas a pegarme un tiro? ¡Pues hazlo! ¡Un judío menos! Y si lo que pasa es que tienes huevos para tirarte a mi mujer pero no los tienes para matarme luego, ¡lárgate de una vez!

Georg apretó las mandíbulas y trató de no pensar en la pistola que llevaba en el cinturón. Él era el culpable de que aquel hombre no estuviera en sus cabales, no podía quitárselo de en medio con un disparo.

Sarah le sujetó por los hombros.

—Georg, vete, por favor —le rogó.

Pero no podía dejarla sola con aquel energúmeno.

—Pero, Sarah...

—¿No la has oído, cabrón? —Cuando Jacob obtuvo su atención sacó un cuchillo—. ¡Lárgate! ¡Ahora!

¿Qué clase de amenaza absurda era aquélla? ¿Aquel necio no se daba cuenta de que en pocos segundos podría deshacerse de él y de su cuchillo? Georg miró a Sarah.

—Por favor —insistió ella—. No te preocupes, estaré bien.

Sólo porque ella se lo pedía estuvo dispuesto a marcharse. Pero al pasar por la puerta y junto a Jacob, le sujetó la muñeca con un rápido movimiento y se la retorció hasta hacerle soltar el arma.

—Escúchame bien, insensato. Como le pongas una sola mano encima, te juro que acabaré contigo antes de que cruces la calle.

Georg le soltó la mano con desprecio y salió de la casa.

Al oír el ruido de la puerta, Sarah se dejó caer sentada en la cama y enterró el rostro entre las manos.

—¿Qué piensas decir, eh?

Pero Sarah sólo le devolvió silencio.

—¡Joder, Sarah, me merezco una explicación!

Por fin, sacó el rostro de entre las manos y habló:

—Lo siento, Jacob. Lo siento mucho...

Jacob le sostuvo la mirada. No, Sarah no sentía nada. Nada, salvo lástima por él. El chico no soportaba la compasión, y deseó abofetearla para demostrarle que él no era el débil. Deseó agarrarla del cuello y zarandearla. Y según lo deseaba, se le aceleraba el pulso y le acometían sudores. No podía tenerla delante, no podía mirarla con tranquilidad... Antes de explotar definitivamente y luego tener que arrepentirse, se dio media vuelta y se fue.

Inmóvil en el dormitorio, Sarah volvió a oír el pestillo de la puerta principal. Marie lloró. La cogió en brazos. Se tumbó con ella en la cama y se sumó a su llanto.

Mejor nos vamos a un hotel

Nos turnamos para conducir los seiscientos y pico de kilómetros que separaban París de Fontvieille y la casa de la hermana de Alain, pero lo hicimos solamente Teo y yo; Alain tuvo que admitir su incapacidad para conducir en el estado en el que se encontraba. En realidad, por mucho que nos turnáramos, emprender ese viaje sin haber dormido nada en toda la noche atentaba contra todas las recomendaciones de la Dirección General de Tráfico, pero estábamos lo suficientemente alterados como para que no nos importase y, además, ninguno quería volver a casa ni quedarse en París con los mafiosos rondando por ahí. Incluso Teo, al que le ofrecimos llevarle al aeropuerto para que cogiese un avión de vuelta a Madrid, alegó:

—¡Uy, no, cari, qué va! Si al doctor Jones no le importa, me acoplo. Ya que se me ha jodido el glamour parisino, lo cambio por el provenzal, como la Carolina de Mónaco... Lástima que tenga que hacer mi gran entrada en el coche de Scooby Doo.

No estoy muy segura de si al doctor Jones le importaba o no que Teo nos acompañase. Pero muy educadamente aseguró que no sería ningún problema ni para él ni para su hermana. «Total, si el doctor Jones no te ha llevado al catre en dos meses, no creo que pretenda conseguirlo justo en estos dos días», fue la peculiar forma de Teo de justificar la oportunidad de su presencia.

Su hermana vivía en una casa grande y me aseguró que tendría sitio para todos. En realidad, la casa, una antigua granja del siglo XVIII, había pertenecido a su abuelo y era el lugar en el que tanto Alain como su hermana habían vivido desde que sus padres murieron. Cuando la hermana de Alain se iba a casar, decidieron que lo mejor era que se quedara a vivir allí con su marido, puesto que Alain ya se había mudado a París y el abuelo era demasiado mayor para vivir solo. Una vez que el anciano hubo fallecido, la herencia se repartió de tal modo que su hermana no tuviera que abandonar la casa, en la que ya estaba totalmente instalada con su marido y sus dos hijas.

De todo aquello me puso al corriente mientras yo conducía el primer turno. Había prometido descansar, pero incumplió su promesa. Lo cierto era que se le notaba demasiado excitado como para dormir. En cambio, el que dormía a pierna suelta era Teo en el asiento de atrás. Mientras tanto, en algo más de dos horas, a Alain también le dio tiempo a contarme que su abuelo había hecho una modesta fortuna con el negocio de las antigüedades. André Lefranc era un hombre de origen humilde, que al terminar la guerra, sin hogar y sin familia, deambuló de trabajo en trabajo, haciendo prácticamente de todo. Con sus primeros ahorros, se hizo con un carro y un mulo con el que iba por las casas comprando los trastos viejos que la gente ya no quería, los arreglaba, los limpiaba, los restauraba y los vendía después a los turistas en los mercadillos de los pueblos de Provenza. El negocio prosperó: cambió el carro por una camioneta y el puesto callejero por una tienda en Saint-Rémy-de-Provence. Con los años llegó a tener cuatro almonedas en distintas localidades de la Provenza y se convirtió en uno de los anticuarios más reputados de la zona.

Cuando hicimos la primera parada en una estación de servicio para cambiar de turno, poner gasolina y comer algo, le recordé a Alain:

—Deberías llamar a tu hermana para avisarla de lo que se le viene encima, ¿no crees?

—Sí, pensaba hacerlo. En cuanto vea un teléfono público... Y tú podrías aprovechar para llamar a Konrad y contarle nuestros planes. Si está intentando localizarte en el móvil, se preocupará.

—Sí..., claro... Voy... a ver si encuentro un cepillo de dientes...

—¿Ana?

—¿Qué?

Me volví y sólo me miró. Al rato, meneó la cabeza, pensativo.

—Nada... Compraré algo para mis sobrinas.

Ya había anochecido cuando llegamos a Fontvieille, un pequeño pueblecito que parecía fantasma, de calles desiertas y mal iluminadas y de tiendas y bares cerrados. A la salida del pueblo, giramos a la derecha y enfilamos una carretera estrecha y mal pavimentada, flanqueada por una sucesión de entradas a casas invisibles, parapetadas tras una frondosa vegetación de cipreses y arizónicas.

Frente a una de ellas, Teo detuvo el coche, cuyos faros iluminaron una gran verja negra de labrados barrotes de hierro forjado, junto a la que había un timbre y una placa que rezaba: L'OLIVETTE. Alain se bajó del coche, llamó al timbre y la puerta no tardó en abrirse automáticamente; volvió a subirse y entramos dentro de la finca por un camino de gravilla al final del cual se adivinaba la silueta de una gran propiedad rectangular de tres alturas. Aparcamos en un lateral de la casa y enseguida aparecieron dos pastores alemanes que correteaban y ladraban alrededor del coche.

—Bonnie y Clyde... —aclaró Alain, refiriéndose a los perros—. Cosas de mi cuñado; es inspector de policía... Esperad aquí un momento...

Alain volvió a bajar del coche, acarició a los perros mientras éstos serpenteaban y cabriolaban a su lado sin apenas dejarle dar un paso, y subió al porche de la casa. En ese momento, se encendieron unos faroles y la fachada entera se iluminó: era sencilla, de piedras color crema encajadas unas con otras como por arte de magia, y en ella destacaban, enmarcados por la hiedra verde, tres balcones a ras de suelo, tres ventanas en el segundo piso y tres ventanucos redondos en el tercero, con sus contraventanas de madera pintadas de blanco. El porche daba a una gran pradera de césped rodeada de un campo de olivos. El balcón del centro, que hacía las veces de puerta principal, se abrió y apareció una chica vestida con vaqueros, camiseta y una chaqueta amplia de punto gris. Era alta y esbelta y recogía su melena rubia en una coleta desarreglada. Los perros se le pusieron delante y ella los echó. Al ver a Alain, se detuvo en seco y se llevó las manos a la boca. Fue Alain el que se acercó a saludarla con un abrazo.

—¿Es su hermana? —me preguntó Teo.

Me encogí de hombros.

—Supongo...

—¿Y sabe que esta noche tiene que dar de cenar a tres más y meterlos en su casa a dormir?

—Creo que sí...

—Pues tiene cara de «tú qué coño haces aquí»...

—Yo diría que más bien tiene cara de «a ti qué coño te ha pasado». Pero sí, puede que sea un poco de ambas cosas.

Mientras me empezaban a dar los siete males por presentarme sin avisar en casa de una desconocida en busca de cama y alimento, salieron un par de niñas tan rubias como su madre que con sus camisones blancos al vuelo corrieron al encuentro de Alain. Después, empezaron a acariciarle con curiosidad los apósitos de la cara; me produjo cierto alivio comprobar que no sólo los perros se alegraban de verle...

Una vez que Alain hubo besado, abrazado y cosquilleado las barrigas de sus sobrinas, vino hacia el coche. Nada más abrir la puerta le abordé:

—Dime que sí llamaste a tu hermana.

—Se me olvidó —se excusó con cara de bueno—. ¿A que a ti también se te olvidó llamar a Konrad?

—No cambies de tema, Alain —me enfadé—. Esto es muy violento. ¡No podemos presentarnos así como así a dormir en su casa! Tú sí, eres su hermano, pero a nosotros no nos conoce de nada...

—Tranquila. Ya he hablado con ella y no hay ningún problema. Llegamos justo para la cena.

Miré a su hermana, esperando en el porche, y me puse en su lugar.

—¡Menudo gol! Yo me muero de la vergüenza. Mejor nos vamos a un hotel...

Pero Alain ignoró mis protestas. Sacó las bolsas con lo que había comprado en la gasolinera y me abrió la puerta.

—Sinceramente, Alain, no parece muy contenta de verte... y no me extraña.

Su expresión volvió a ser fugazmente la de un hombre maduro.

—Ya, pero eso es por otro motivo... Créeme, Ana, mi hermana está acostumbrada a que la gente se presente sin avisar. La casa es grande. Además, está Josette, la señora que la ayuda.

No terminó de convencerme, pero bajé del coche. Una vez que Teo desplegó con esfuerzo sus largas piernas desde el asiento del conductor del dos caballos, nos encaminamos al porche de la casa.

Alain nos presentó a su hermana. Judith nos estrechó la mano y nos dio la bienvenida con una sonrisa. Era una mujer muy guapa, con unos enormes ojos verdes y unas facciones muy dulces y casi perfectas. Parecía una actriz de cine de los cuarenta.

—Estas dos niñas tan preciosas son Claire y Cécile —nos indicó Alain, mirando orgulloso a sus sobrinas.

—Yo soy una princesa —intervino Cécile, la más pequeña, que tendría apenas cinco años, escondiendo tímidamente el rostro detrás de los bucles dorados de su melena.

—Claro que sí... Una princesa muy linda. Dice que es una princesa —le traduje a Teo.

—¡Por Dios, qué monada!

—Teo no habla francés —le expliqué a Judith—, pero le iré traduciendo... Judith, le estaba diciendo a Alain que nosotros nos iremos a un hotel. No es cuestión de invadirte la casa sin avisar. —A la vez que me explicaba con Judith, lanzaba de soslayo a Alain una mirada reprobatoria. Pero el muy fresco se reía y no parecía nada intimidado.

—No, no, nada de hoteles. En casa hay sitio para todos. Además, llegáis a punto para la cena y Josette siempre prepara comida para un batallón. Será genial no tener que llenar la nevera con sobras.

—¿Seguro? No quisiéramos molestar...

—Te dije que es demasiado educada y no querría quedarse —apostilló Alain, mientras jugaba a pillar a las niñas.

Judith me tomó del brazo y sonrió.

—Seguro, Ana. No es ninguna molestia. Vamos dentro, que aquí hace fresco. Mi marido está encendiendo la chimenea. Es la primera noche que hace falta desde que ha empezado el otoño.

Abril, 1944

Bruno Lohse trabajó para el Einsatzstab Reichsleiter Rosenberg de París entre febrero de 1941 y agosto de 1944. Al finalizar la guerra, fue detenido en Alemania e interrogado por su participación en el expolio de obras de arte pertenecientes a familias judías de Francia. Debido a su buena disposición para colaborar con los investigadores norteamericanos —llegó incluso a testificar en los juicios de Núremberg— fue liberado y puesto a disposición de las autoridades francesas. En 1950, durante el juicio contra los responsables del ERR en Francia, es absuelto por el Tribunal Militar de París. A partir de entonces, trabaja como marchante en Múnich y se convierte en un reputado coleccionista de arte del Siglo de Oro holandés y expresionista. Bruno Lohse murió en marzo de 2007 a los noventa y cinco años de edad.

B runo Lohse terminó de dar el visto bueno a un inventario y sin perder un segundo se dedicó a la siguiente tarea.

Por suerte, cuando el trabajo no le dejaba ni un minuto para respirar no se detenía a pensar demasiado en lo tedioso que se había vuelto todo aquello. Las colecciones de arte seguían entrando y se seguían acumulando de mala manera en las salas del Jeu de Paume. Los conflictos entre los directivos del ERR, probablemente tan hastiados y desencantados como él, eran cada vez más frecuentes y variados: desde envidias y luchas de poder, hasta líos de faldas y, en menor medida, problemas profesionales. Por otro lado, la mayor parte del personal cualificado había sido llamado a filas y trasladado al frente. Mientras, desde Berlín instaban a que se acelerasen los envíos de las colecciones a Alemania y se pusiese orden en el caos documental y administrativo del Einsatzstab, para lo cual Lohse sólo contaba con un puñado de trabajadores franceses del museo que desempeñaban su labor con una desgana comprensible. Lohse estaba verdaderamente harto. En el momento en que se olió que Robert Scholz, su superior, quería deponerle de su cargo por haber defendido a una puñetera secretaria que luego resultó ser una asquerosa traidora que iba por ahí difamándole, pidió reincorporarse al servicio activo; la petición le había sido concedida, pero un desgraciado accidente de esquí que había sufrido pocas semanas antes, le había obligado a quedarse en París con un tobillo fracturado. Lohse juraba que en cuanto pudiera caminar sin las jodidas muletas se largaría de aquel apestoso lugar.

—¿Doctor Bruno Lohse?

Lohse se volvió. Un par de tipos sin uniforme le miraban aviesamente bajo el ala de sus respectivos sombreros.

—Depende...

—Gestapo de París —se identificaron—. Tenemos que hacerle unas preguntas. Si es tan amable de acompañarnos, herr *Doktor*.

Georg esperó a que hubiera anochecido para cruzar al Jeu de Paume. Una vez allí, bajó a los sótanos. Al fondo del pasillo había un pequeño cuarto que se utilizaba para archivar documentación. Normalmente estaba cerrado, pues los archivos que contenían no eran de uso frecuente. Sin embargo, en la oscuridad del pasillo, Georg pudo ver la luz colarse por la rendija de debajo de la puerta. Presionó la manilla, que cedió fácilmente, y la empujó.

—Estaba a punto de marcharme. No tenía claro que hubieras recibido mi mensaje...

Lohse le miraba desde el fondo de la habitación con su habitual gesto burlón, que desdramatizaba hasta las situaciones más tensas. Fumaba sentado sobre unas cajas para documentos, con la pierna enyesada estirada y las muletas a un lado.

—Me pasé a última hora de la tarde por el despacho y vi tu nota.

—Últimamente no es fácil dar contigo...

—Ando aquí y allí. Con mis líos, ya sabes... Ahora trabajo sólo para Himmler... o eso creo. Me han quitado el automóvil oficial, la habitación en el Commodore, la secretaria... y tengo la sensación de que ese cuartucho sin ventanas que uso de despacho no me durará mucho tiempo.

Por un momento, Lohse dejó de sonreír. Aplastó la colilla contra el suelo y miró a Georg con el gesto sombrío.

—Me he enterado de lo de tu hijo... Y no sé qué puedo decir que tenga algo de sentido.

—Lo sé. —Georg apretó los labios en una mueca que pretendía ser una sonrisa—. Gracias... —Y prefirió cambiar de tema—. ¿Y tú? ¿Qué clase de culo has pateado esta vez, que te ha dejado secuelas tan visibles?

—¿Esto? Un accidente de esquí. Lo otro solamente deja secuelas en mi expediente. Ya sabes que yo procuro no mancharme las manos de sangre... Eso sí, en cuanto me quiten esta puñetera escayola me largo de París. Esto se va al carajo, amigo. El muro se resquebraja y yo no pienso estar debajo cuando caiga, te lo puedo asegurar.

—Una vez acudimos a la sombra de ese muro en busca de cobijo... —reflexionó Georg—. Ahora ya es tarde para escapar.

El semblante de Lohse se tornó tan serio de repente que Georg empezó a sospechar de la gravedad del asunto por el que le había citado.

Bruno Lohse cogió una de sus muletas y señaló una caja frente a él.

—Siéntate, Von Bergheim, y fúmate un cigarrillo conmigo: tenemos mucho de que hablar. Hoy he tenido una agradable conversación con un viejo conocido tuyo, el *Kriminalkommissar* Hauser.

A Georg no le gustó nada la mención de aquel nombre. Tenía la impresión de que la tormenta, que no veía pero que podía presagiar por los truenos que resonaban en el cielo y el olor a ozono y a tierra mojada, estaba a punto de estallar sobre su cabeza. El comandante se sentó sobre aquel asiento improvisado que Lohse le ofrecía, sacó su pitillera, le pasó un cigarrillo y se quedó otro para él, los encendió y se preparó para escuchar lo que Lohse tuviera que decirle.

—No me voy a andar con rodeos, Georg: quítate cuanto antes ese uniforme y desaparece de París. Van a por ti, amigo, y no tardarán en encontrarte —sentenció al tiempo que lanzaba la primera bocanada de humo contra la desangelada bombilla que colgaba del techo.

—Hauser siempre ha ido a por mí. Desde que puse los huevos sobre su mesa el primer día, me gané su leal e incondicional aversión.

—Ya, pero ahora tiene pruebas más que suficientes para empapelarte. Lleva meses reuniéndolas como una rata. Te has comprometido demasiado ayudando a esa chica judía y les has tocado en donde más les jode. Ahora, el cabronazo planea servirse la venganza en frío.

—¿Qué es lo que sabe?

—Tiene testigos que te han visto con la chica: unos soldados que aseguran que la ayudaste cuando querían detenerla, entre otros. Pero también tiene conductores, camareros, unas enfermeras de la Pitié... Incluso va más allá y pretende acusarte de traición y cooperación con la Resistencia; cree que podrías haber colaborado en la fuga del hospital Rothschild de un preso de Drancy acusado de terrorismo.

De momento, lo que Lohse le contaba no le sorprendía en absoluto. Era fácil adivinar que tarde o temprano Hauser utilizaría todo aquello contra él.

—No habrá intentado salpicarte a ti con todo esto, ¿no? Me refiero al asunto del cuadro falso.

—No, no aludió al tema, y apuesto a que si tuviera algo, no le importaría nada implicarme a mí también. En realidad, sólo me quería por si le podía facilitar más información sobre ti: parece que en los últimos días te ha perdido la pista. Sabe que viajaste a Múnich por lo de tu hijo, pero no está seguro de que hayas regresado a París. También me preguntó por la chica y si os había visto juntos, cuando le dije que no, el muy gilipollas me amenazó con toda clase de estupideces. Creo que intuye que no estoy muy dispuesto a colaborar...

—Está crecido, el cabrón...

—No sabes cuánto. Y ahí es donde está el problema, Von Bergheim. Me dijo que ya no podrías esconderte en las faldas del *Reichsführer* porque el mismo Himmler había ordenado a la Gestapo de París abrir una investigación.

Todos los músculos de Georg se pusieron inmediatamente en tensión.

—¿Himmler?

Lohse asintió.

—Sospecha que has amañado no sé qué coño de informes médicos...

Entonces, Georg comprendió. Comprendió que se hallaba en el fondo de un agujero y que había caído en la trampa caminando hacia ella como un imbécil. Himmler le había dejado hacer hasta tenerlo contra las cuerdas y luego le había mandado a París para acorralarlo en su propio terreno. Con razón no le había concedido la petición de reincorporarse al frente... Ahora, todo encajaba. Había sido un estúpido al creer que sus trucos habían funcionado y un ingenuo al subestimar la astucia del *Reichsführer*.

—Mira, yo no sé de qué va este lío, Georg. Si es verdad que has hecho todo lo que Hauser dice, estás más chalado de lo que pensaba. Y si no es verdad, Hauser tiene una imaginación de cojones. Pero sea como sea, te van a cargar con el muerto. No es broma, Georg, tienes que largarte cuanto antes y cuanto más lejos, mejor. Te acusan de cosas muy serias y no se contentarán con ponerte la cara colorada. Si hay algo que estos tipos no perdonan, es la traición.

Georg escuchaba las palabras de Lohse como un eco lejano en la cavidad de su cerebro. Sí, sí, él tenía que largarse, pero ¿y Sarah? Sarah volvía a estar al descubierto...

Se oye todo por el tiro de la chimenea

No podría asegurar si fue por lo cansada que estaba aquella noche, pero al entrar en la casa, me pareció que L'Olivette era el lugar más acogedor del mundo. Todo en él resultaba cálido: la acogida, la temperatura, los colores, los aromas a chimenea y guiso casero; incluso las botas de agua de la familia alineadas al fondo del recibidor y el cuaderno de colorear y las pinturas de Claire sobre la alfombra del salón me parecieron cálidas. Dibujé una sonrisa estúpida en la cara, me estremecí de placer y me pegué a Teo en busca de calor humano, que era el único calor que en aquel momento echaba en falta.

La casa era maravillosa: un revoltijo de objetos y estilos dispares que milagrosamente armonizaban entre sí, haciendo que el resultado tuviera un encanto único. Me recordó en cierto modo al apartamento de Alain, pero en grande. Las antigüedades habían amadrinado a los muebles de Ikea y los habían elevado de categoría, las telas eran de colores vivos y exagerados estampados florales, pero también de un sobrio geometrismo oriental en los tonos de la tierra; había libros y fotografías por todas partes y jarrones con flores del jardín; una acumulación de papeles y llaves en la mesa del recibidor, un sombrero de paja en la barandilla de la escalera, una pila de platos de loza antiguos y desportillados en el comedor junto a una impresionante ensaladera de plata; había velas en cada rincón, también en los peldaños de las escaleras, y varitas de incienso en los cuartos de baño; en el descansillo del tercer piso, una enorme foto mural en blanco y negro de las niñas corriendo entre los olivos y haciendo pompas de jabón ocupaba casi toda la pared... Podría pasarme días describiendo los miles de detalles que hacían de esa casa un lugar único y, aun así, no conseguiría definir su esencia. Verdaderamente, L'Olivette era un sitio muy especial.

—Mi cuñado es muy conservador, y no sé si le hará mucha gracia que duermas con Teo —me previno Alain después de enseñarme las cuatro habitaciones de la casa: la principal, la de las niñas, la suya y la de su abuelo.

—¿Prefiere que lo haga contigo? —bromeé.

—Bueno, eso no estaría nada mal —respondió Alain a tono con mi broma—. Pero creo que en realidad lo que prefiere es que duermas con las niñas.

Cuando bajé a la primera planta para explicarle a Teo el reparto de habitaciones, me lo encontré plenamente integrado en la dinámica familiar: estaba sentado en la alfombra del salón mientras Claire y Cécile le pintaban los labios, le peinaban y le ponían una corona. Hasta uno de los pastores alemanes reposaba la cabeza en su regazo.

—Estás ideal. —No pude evitar reírme mientras las niñas gritaban: «*Il est un prince! Il est un prince!*».

—Han puesto en evidencia mi lado más femenino, ¿no es cierto?

—Perdona, cielo, pero tu lado más femenino está en permanente evidencia. —Por supuesto, Teo no tuvo nada que objetar a aquello—. Venía a decirte que no podemos dormir en la misma habitación: cuestión de imagen.

—¡Anda, la leche! A estas alturas ya deberían de haberse dado cuenta de que soy totalmente inofensivo para ti; y aún más con los labios pintados.

—Se hayan dado cuenta o no, hay que repartirse entre la habitación del abuelo y la de las niñas.

—¡Pido la de las niñas! La del muerto me da mal rollo. Y, además, míralas: me adoran.

Cécile se le colgó del cuello y la corona cayó sobre la frente de Teo.

—Lo siento, pero yo dormiré con las niñas —me apresuré a aclarar—. Ya he dejado mi cepillo de dientes y mis bragas-flor allí. Así que puedes ir subiendo tu equipaje a la del muerto, que estamos a punto de cenar.

Josette puso la mesa en el comedor, sobre un alegre mantel de limones amarillos, y Judith me enseñó a preparar un centro de mesa con una panera vieja, unas ramas de olivo, unos guijarros y unas velas. La cena estaba deliciosa: ensalada *nicoise*, tostadas de *tapenade*, y *daube*, un guiso de ternera con verduras; de postre, tarta *tatin* de plátano. Fran y Judith eran muy simpáticos, realmente entrañables: me sentí como cenando entre amigos. Sin embargo, aquel bonito cuadro de sabrosos manjares y alegre conversación tenía un pequeño desperfecto, algo que hubiera pasado desapercibido a ojos poco observadores, pero a mí, que estaba muy acostumbrada a las tensiones familiares durante las comidas, no se me escapó: Judith y Alain no se dirigieron la palabra en toda la cena.

La emoción del viaje y la llegada me habían mantenido en pie hasta entonces, pero en cuanto terminé el postre, empezaron a pesarme en los párpados las casi cuarenta y ocho horas que llevaba sin dormir. Como las niñas (que habían sucumbido a los encantos de Morfeo una en los brazos de Teo y otra en los de Alain), hubiera dejado caer la cabeza sobre el mantel de limones de haber tenido treinta años menos. Afortunadamente, la sobremesa no se alargó más allá de lo que duró el café. Mientras los hombres subían a acostar a las niñas, ayudé a Judith a recoger la cocina porque Josette ya se había marchado a su casa.

Alain no tardó en aparecer por allí.

—Bueno, las peques ya están en la cama, tapaditas hasta las

orejas —anunció. Judith siguió fregando de cara a la pila, como si aquello no fuera con ella.

Con el rabillo del ojo, vi que Alain miraba apesadumbrado la espalda de su indolente hermana. Pasé al comedor y cuando volvía con una pila de platos, Alain me abordó y los sujetó conmigo.

—Tienes que estar agotada. ¿Por qué no subes a darte una ducha antes de dormir?

Intuí que aquella propuesta era una forma sutil de pedirme que les dejara a solas. Así que le sonreí.

—De acuerdo, pero tú no puedes coger peso. Yo llevaré estos platos al fregadero.

No me llevó mucho tiempo preparar mi *déshabillé*: el cepillo de dientes, una camiseta para dormir que me había prestado Teo de su completo y envidiable equipaje y unas bragas rojas enrolladas en forma de rosa, resto de los regalos de San Valentín, lo único que había encontrado en la gasolinera para poder cambiarme de ropa interior.

Las estaba desenrollando en el descansillo del tercer piso para no despertar a las niñas, cuando Teo apareció por las escaleras.

—¡Cari, no te lo vas a creer! Tienes que... ¡Joder! ¿Qué es eso tan hortera?

—Unas bragas con forma de flor. ¿A que molan?

—No, la verdad. Dime que no vas a ponerte eso; son de zorra.

—Pero están limpias y no puedo decir lo mismo de las que llevo puestas ahora. Así que sí, voy a ponérmelas.

—Puedo dejarte mis slips de Calvin. Son así, apretaditos, y te hacen un culo monísimo.

—Creo que... no. Yo te quiero mucho, Teo, pero no tanto como para ponerme tus calzoncillos. Gracias, pero me quedo con mis bragas de zorra.

—Allá tú...

—¿Qué era lo que no iba a creerme?

Teo se quedó pensativo.

—¿Lo que no te ibas a...? ¡Ah, sí! ¡Jo, cari, qué fuerte! —Teo agitó la mano aparatosamente—. Tienes que venir a mi habitación. El doctor Jones y su hermana están discutiendo en la cocina y se oye todo por el tiro de la chimenea.

Me deshice de Teo que tiraba de mi brazo escaleras abajo.

—¡Suelta, Teo! No pienso escuchar a escondidas...

—Uy, pero yo sí y necesito que me traduzcas, que no pillo una.

Pese a mis continuas protestas, logró hacerme bajar por las escaleras a trompicones, poniendo en riesgo mi integridad física y moral. Me empujó dentro de su habitación y al ver que me quedaba en pie, muy digna, frente a la chimenea, volvió a empujarme sin miramientos dentro del hogar vacío.

—Hala, reina, traduce.

—¡Por Dios, se oye todo! —Efectivamente, el tiro de la chimenea hacía de amplificador, y parecía que Alain y su hermana se encontraban en la misma habitación que nosotros—. ¡Qué vergüenza!

—Calla y traduce. No me digas que no te mueres de la curiosidad...

¡Demonios, sí que me moría! Resignada con Teo y conmigo misma, pegué la oreja y fui traduciendo.

—... ¿Qué clase de historia rocambolesca es ésa? ¿Qué maneras son ésas de llegar?: con la cara desfigurada, un aspecto lamentable, una chica que no conocemos de nada y un... marica. Y me vienes con cuentos de palizas, historias de policías y mil rollos raros más. Mira, no sé si tus líos me preocupan tanto como me escandalizan...

—Ya te lo he explicado, ¿no? No entiendo a qué vienen esos morros conmigo.

—¡Joder, Alain! ¿Te parece muy normal presentarte aquí de esa... forma, sin avisar, y decir que vienes a dormir y mañana te marchas? Esto no es un hostal, ¿sabes? No has vuelto por esta casa desde que murió el abuelo, te marchaste sin despedirte cuando ni siquiera había terminado el funeral; no te has dignado a llamar ni una sola vez. ¡Ni siquiera has firmado los papeles de la testamentaría!

—Sabes que no quiero nada...

—¡Pero es que no se trata de lo que tú quieras o dejes de querer! El mundo no siempre gira a tu alrededor. Continuamente has hecho lo que te ha dado la gana: has ido y venido, entrado y salido sin dar cuentas a nadie. Te largaste a París y el abuelo te puso buena cara y dinero en la mano, te casaste por todo lo alto y te divorciaste a los seis meses y aquí nadie dijo nada. Nunca has tenido una maldita responsabilidad con esta familia. Venías dos veces al año y encima eras como el hijo pródigo: el abuelo se volcaba en atenciones para ti. Hicieras lo que hicieses, siempre eras la víctima o el héroe para él; tú nunca cometías un error ni había nada que reprobarte, no había nada que exigirte: ¡pobre Alain!

—Espera un momento: ¿te has olvidado de que el abuelo se murió sin hablar conmigo?

—No, estás muy equivocado: se murió sin que tú hablaras con él.

—Estás siendo muy injusta, Judith. Antes de morir el abuelo me montó una de las mayores broncas que ha debido de montar en su vida. No creo que tú hayas tenido que soportar nunca las cosas tan horribles que me dijo a mí.

Se hizo un silencio breve. Miré a Teo. Me sentía muy incómoda, pero él estaba disfrutando.

—Eso es lo que crees, ¿no es cierto? —habló de nuevo Judith—. Pues no tienes ni idea, hermano. Ni idea del infierno que ha sido vivir con él. El abuelo era un déspota, un misógino, un maníaco-depresivo que montaba números por todo: porque la sopa estaba fría o el día nublado. ¿Y dices que a ti te montó un número? Definitivamente, por algún extraño motivo, tú sólo viste su rostro amable...

—No sería tan terrible. Después de todo, la abuela y mamá vivieron con él...

—No, Alain, no. La abuela le abandonó al poco de nacer mamá. Y mamá se marchó de casa en cuanto cumplió los dieciocho años.

Yo quise marcharme, pero para mí no hubo oportunidad. Una vez más llegaste tú de héroe para el abuelo: «Pobrecillo, cómo se iba a quedar él solo en casa siendo tan mayor. Que se quede Judith, que además así se ahorra comprarse un piso. Es que Alain es tan bueno, siempre pensando en los demás... Pobre Alain, está demasiado ocupado en París con su trabajo y su novia millonaria». Porque tengo un marido que es un santo que si no, la convivencia con el abuelo en esta casa ya nos habría costado el divorcio.

—Nunca me lo dijiste, ¿cómo iba yo a adivinarlo?

—Nunca te importó un comino, Alain, reconócelo. Estabas demasiado ocupado viviendo tu propia vida. Sólo una vez he acudido a ti: precisamente a raíz de tu monumental bronca con él, que, por supuesto, también pagó conmigo. Ya no podía soportarlo más... Y tú, ¿qué hiciste? Pasar olímpicamente...

—¡Dejé la investigación!

—Oh, qué gran gesto por tu parte. Como siempre, te hiciste la víctima. Y como buena víctima que eras no te dignaste a venir o a coger el teléfono para arreglar las cosas... Y, vaya, el abuelo se murió...

—¿Insinúas que yo tengo también la culpa de eso?

—Pues claro que no. Si lo has interpretado así, lo siento. No era mi intención. Lo único que digo es que de vez en cuando sería bueno que dejaras de pensar sólo en ti y recordases que tienes una familia.

—¿Una familia, Judith? ¿Qué familia? Tú eres mi única familia. ¿Quién ha habido antes de nosotros? ¿Quiénes somos? ¿Por qué nadie nos lo ha dicho? ¿Por qué el abuelo perdió la cabeza ante la mención de los Bauer y en cambio su cajón está lleno de fotos de esa condenada gente? ¿Qué hay de malo en que yo quiera saber qué pasó?

—Nada, pero... ¿qué más da? Deja de mirar al pasado; los muertos, muertos están. Harías mejor mirando al frente: si quieres una familia, deja de renegar y lamentarte por lo que no puedes cambiar y crea la tuya propia, empieza desde el principio, céntrate... Madura, Alain. ¡Madura!

—¿Que madure? ¿Que cree mi propia familia?... ¡Pillé a mi mujer follándose a otro tío en nuestra cama!

Se abrió un silencio tenso. Teo me miró con la boca y los ojos muy abiertos. Y yo me di cuenta de que había traducido algo que no debía sin pretenderlo.

Antes de que pudiera arrepentirme, Judith volvió a hablar con la voz entrecortada y un tono más pausado. Teo me instó a continuar.

—No... no lo sabía. Tú nunca me lo dijiste.... —Aunque parecía desconcertada, no tardó en volver a la carga—. Pero no me digas que nunca anticipaste que eso podría ocurrir. ¡Por Dios, hablamos de Camille!

Alain suspiró tan sonoramente que se oyó alto y claro a través de la chimenea.

—No tengo ganas de hurgar ahora en eso, ¿sabes? Lo que está claro es que tenías preparada la lista de agravios...

—¿Cómo iba a tenerla si no sabía si alguna vez te presentarías o no por aquí? Supongo que tu aparición estrambótica ha sido lo que me ha hecho soltar la bilis acumulada durante años...

—No sé qué puedo decir... Es difícil pasar de héroe y víctima a villano y agresor en sólo unos minutos... Es difícil enfrentarme de pronto a todos mis errores... Si no tienes nada más que echarme en cara, iré a tomar un poco el aire, a ver si puedo asimilarlo...

—Alain...

—¡Ups, vaya! Ya parezco una víctima otra vez... Lo siento, te juro que no lo hago a propósito.

—No es eso, Alain... Joder...

Me pareció escuchar el ruido de la puerta de la cocina y después a Judith exclamar: «¡Mierda!».

Ninguna respuesta de Alain subió por la chimenea.

¿Qué haremos cuando todo esto acabe?

Salí corriendo del hueco de la chimenea y me asomé a la ventana: Alain se adentraba en el jardín por un sendero de arbustos de lavanda. Sin pensarlo demasiado, decidí bajar a buscarle.

—¿Qué haces, cari? —quiso saber Teo al verme salir por la puerta.

Me volví con la intención de explicárselo, pero no fui capaz de argumentar nada. Sacudí la cabeza para quitarme de encima las ideas sensatas.

—Mejor no preguntes. No tengo ni idea.

Y bajé rápidamente las escaleras antes de que las ideas sensatas volviesen y me obligasen a retroceder.

Lo encontré en la piscina. Sentado al borde de una tumbona y con la cabeza enterrada entre las manos. Fue entonces cuando pensé: «¿Qué demonios estoy haciendo aquí?». Las ideas sensatas son condenadamente rápidas y me habían alcanzado por fin.

Cuando estaba a punto de darme media vuelta para marcharme por donde había venido, Alain levantó la vista.

—¿Te...? ¿Te duelen las heridas? —Reconozco que nunca se me ha dado muy bien salir de situaciones embarazosas con naturalidad.

—Un poco... —Volvió a bajar la vista y murmuró—: No tanto como otras que no se ven.

Le observé en silencio durante un segundo pensando en qué debía hacer. Finalmente, dejé que él decidiera por mí.

—¿Te apetece un poco de compañía o prefieres estar solo?

Alain sonrió y golpeó suavemente con la palma de la mano la tumbona, mostrándome un sitio justo a su lado.

—Me apetece compañía.

Avancé los pasos que nos separaban el uno del otro y me senté. Él permaneció en silencio, con la vista sumergida en el agua de la piscina completamente inmóvil en una noche sin brisa. Al observarla, me percaté de que en la superficie bailaban algunos reflejos plateados; a su alrededor, una luz blanquecina recortaba las siluetas del jardín. Alcé la vista: una enorme luna llena brillaba justo encima de nosotros, colgada de un cielo negro y limpio. Era una preciosa noche de otoño en la que el aire aún olía a lavanda y algún ruiseñor rezagado cantaba escondido en los olivos. Noche de blanco y violeta, de bruma que ahumaba las formas y los tonos como en los carboncillos que dibujaba Alain.

—He discutido con mi hermana.

—Lo sé —admití para lavar mi conciencia—. Lo he oído todo por la chimenea del dormitorio de tu abuelo... Lo siento —me disculpé según aplastaba una arenilla con la punta de mi bota para no tener que mirarle a la cara.

Fue él quien buscó mis ojos. Por suerte, parecía más divertido que enfadado.

—¿Ves? Teo y yo deberíamos haber dormido en un hotel —afirmé, aun sabiendo que la penitencia llegaba a destiempo.

—Si te hubieras ido a dormir a un hotel, ahora no estarías aquí, haciéndome compañía, y yo no me sentiría mejor de lo que me sentía hace cinco minutos.

Posé la mano sobre su espalda encorvada.

—¿De verdad estás mejor?

Alain suspiró.

—Bueno, Judith ha querido llevarme de paseo entre las bambalinas de mi propia vida. Resulta que detrás de un bonito escenario sólo hay trastos rotos, trapos sucios y malos olores, y yo he estado treinta y cinco años sin enterarme de nada... Trato de asimilarlo, eso es todo. Y luego está esto... —añadió sacándose un sobre del bolsillo de los vaqueros.

—¿Qué es?

—Mi abuelo me escribió una carta antes de morir... Creí que lo habrías escuchado también.

—No, eso no. Probablemente en ese momento estaba discutiendo con Teo sobre si debíamos o no espiar vuestra conversación... ¿La has leído?

—Todavía no. Ahora no tengo ganas... Quizá más tarde... Cuando me haya deshecho de todos los dardos que me ha clavado mi hermana.

Alain me daba tanta lástima que hubiera deseado poder quitarle yo misma esos dardos, despacito y con cuidado para no hacerle más daño, y soplar después en sus heridas para aliviar el escozor, en las visibles y en las ocultas. Como habían hecho sus sobrinas un rato antes, deslicé mis dedos suavemente por su cara, notando en las yemas sucesivamente la textura de las gasas y el esparadrapo, de la piel abultada, de la sangre seca... Alain cerró los ojos. A mi mente acudió la imagen de su cabeza sacudida entre los puños de aquel salvaje; se repetía una y otra vez. Me estremecí.

En aquel momento se levantó una brisa suave que agitó las lavandas y cubrió de ondas el agua de la piscina. Noté que la piel se me erizaba debajo de la fina camisa y temblé con un escalofrío. Como no tenía más abrigo, me recogí sobre mí misma en busca de calor.

Sin mediar palabra, Alain me pasó el brazo por los hombros y me atrajo hacia él.

—La noche es demasiado fresca para estar sólo en camisa —me advirtió.

Ya era tarde para lamentarse por eso, así que me limité a apoyar la cabeza en su hombro. Y a él no pareció importarle demasiado que lo hiciera porque sobre mi cabeza apoyó la suya lentamente para dar reposo al cuello dolorido. Durante unos minutos fue estupendo no tener otra cosa que hacer que contemplar, en brazos de Alain, las ondas sobre la piscina y las hojitas de lavanda volar por el aire hasta caer en el agua.

—Y a ti... ¿qué te pasa con Konrad? —soltó de pronto.

«Joder... Konrad. Adiós al buen rollo.»

—Estábamos aquí para hablar de tus heridas, no de las mías.

—Llámalo terapia de grupo: yo te enseño mis heridas y tú me enseñas las tuyas.

Intuí que sería inútil resistirse: estaba demasiado cansada para resistirme.

—También hemos discutido —confesé al fin—. No es la primera vez, claro. De hecho, no es el haber discutido lo que me preocupa.

—¿Entonces?

—Me preocupa que me importa un comino haber discutido con él. Que no tengo ninguna intención de coger un teléfono para intentar arreglarlo y sólo pensar en que pueda hacerlo él me pone los pelos de punta. En realidad, estoy encantada de tener el móvil apagado.

—Buf, eso, más que de herida, tiene pinta de gangrena...

Volví la cabeza para encararme con él: su rostro de carboncillo brillaba a la luz de la luna.

—No eres de mucha ayuda, ¿sabes?

Se tomó mi reproche con buen humor y me sonrió. Nuestras caras estaban tan cerca que tenía que hacer grandes esfuerzos para no bizquear al mirarle.

—¿Qué vamos a hacer, Ana? ¿Qué haremos cuando todo esto acabe?

—Yo, no lo sé... Tú, recuperar tu vida, esa vida apacible y segura que perdiste una noche en el Petit Palais.

Por la expresión de su cara supe que aquel recuerdo le agradaba. Aunque no imaginaba cuánto...

—Esa noche estabas tan guapa que no hubiera podido negarte nada.

—Vas a conseguir que se me suban los colores, y ya no tengo edad para eso. —Parecía que bromeaba, pero estaba hablando totalmente en serio. De hecho, me ardían las mejillas—. ¿Sabes? Tú tampoco jugaste limpio con aquella canción de Keane —le recordé para desviar su atención de mis mejillas.

—«Love is the End»... —demostró gozar de buena memoria—. Te aseguro que no me arrepiento de nada.

—Yo tampoco... Al menos, ahora. Seguramente me arrepentiré cuando tenga que encontrar el camino de vuelta a casa y no sepa cómo hacerlo.

Entonces me miró con ternura y me acarició la espalda. Me sentí aliviada después de haberle enseñado mis heridas y aún mejor cuando me acarició.

Allí, rodeada de la bruma y la brisa de otoño, de los olivos y las lavandas, de la luz de la luna y de sus brazos, tan cerca de sus labios, hubiera podido besarle, aunque sólo fuera rozárselos con delicadeza sin apretar su herida. Y seguramente lo habría hecho si no hubiera oído ruido entre los arbustos... Él también debió de oírlo, pues levantó la cabeza para mirar.

No fue fácil librarse del encantamiento, pero ver a Judith encaminándose hacia la piscina por el sendero no me dejó otra alternativa.

—Creo que iré a darme esa ducha que aún tengo pendiente... —murmuré.

Alain se tomó unos segundos para soltarme y, antes de hacerlo, suspiró. Me gustó pensar que quizá él también hubiera podido besarme a mí.

⚔ ⚔

Abril, 1944

Es una creencia generalizada que París no fue bombardeada durante la Segunda Guerra Mundial. Efectivamente, no lo fue tanto como otras ciudades europeas, pero sí que sufrió bombardeos por parte de los Aliados, localizados en los barrios obreros de la ciudad. El más devastador de todos ellos tuvo lugar la noche del 21 de abril de 1944 en el área de Porte de la Chapelle, en el distrito XVIII. 641 personas murieron y 337 resultaron heridas durante este bombardeo; este número de víctimas supera al de las contabilizadas durante cualquiera de las noches más terribles de la London Blitz —las 76 noches seguidas de bombardeos sobre Londres—. Otro de los objetivos habituales de los Aliados fue el distrito de Billancourt, donde se encontraba la fábrica de Renault, y que al acabar la guerra quedó totalmente destruido.

Jacob no había vuelto por casa de Sarah. Hacía dos días que se había marchado y la joven no sabía nada de él. Por eso aquel día cerró un poco antes la librería, metió a Marie en el cochecito de paseo y se fue a casa del doctor Vartan, con la esperanza de encontrar a Jacob o, al menos, alguna noticia de él.

A Sarah le sorprendió que el doctor le abriera la puerta. A esas horas lo hacía en el hospital.

—Mademoiselle Bauer... Pase, por favor. Puedo imaginarme por qué ha venido...

Sarah avanzó lo justo para meter el cochecito de Marie en el recibidor y para que el doctor Vartan pudiera cerrar la puerta.

—No le molestaré mucho, doctor. Sólo quería saber si está aquí Jacob.

—No, no está. Pero me ha visitado. Vino a buscarme anteayer. Estaba muy trastornado y quería que le aumentase la dosis de los medicamentos.

El doctor Vartan se mostraba circunspecto y distante, algo habitual en él, pero en aquella ocasión su gesto grave llegó a intimidar a Sarah; parecía enfadado con ella.

—Le ha contado...

—Sí, me ha contado —fue cortante.

Sarah lo sabía. Sabía lo que se decía de las mujeres que se liaban con los alemanes: ni las furcias de la calle tenían peor reputación. Siendo así, no resultaba difícil adivinar lo que el doctor Vartan estaba pensando de ella.

—Me preocupa que Jacob pueda retroceder en su recuperación —advirtió el médico—. Este tipo de... experiencias no son nada beneficiosas para él.

—Lo sé... —Sarah se mostró evasiva. Ella se bastaba solita para cargarse a las espaldas la salud de Jacob, no necesitaba que el doctor Vartan le leyera la cartilla—. ¿Dónde puedo encontrarle?

—Tal vez venga aquí esta noche a dormir. Pero no puedo asegurárselo.

—¿Podría decirle que he venido a buscarle?

—Sí, claro.

—Gracias, doctor.

Sarah empujó el cochecito de Marie con el ademán de marcharse. El doctor Vartan le abrió la puerta.

—Una cosa más, mademoiselle Bauer. Creo que es mi deber avisarla de que Jacob está totalmente dispuesto a matar a ese hombre. Y lo hará... Al menos, tiene la voluntad y los recursos necesarios para hacerlo.

Y, por supuesto, el doctor Vartan no sólo no le culpaba por

ello, además, le aplaudía la iniciativa: un nazi menos siempre era una buena noticia.

—Ya. Gracias. Buenas tardes.

—Buenas tardes, mademoiselle Bauer.

Sarah dejó el cochecito en la librería, cogió a Marie en brazos y un poco de pan que había comprado de regreso a casa, aprovechando las dos únicas horas que los comercios abrían para los judíos.

Subió las escaleras distraída en sus propios pensamientos, por eso no lo vio hasta que se transformó en una sombra que se abalanzaba sobre ella en el descansillo. Sarah ahogó un grito y dio un salto atrás mientras apretaba a Marie contra su pecho. El pan se le cayó al suelo.

—Sarah, tranquila, soy yo...

—¿Georg?

¿Era él aquel hombre sin uniforme y sin afeitar, que ocultaba sus ojos bajo un sombrero calado en la frente?

—Sarah, amor mío...

Georg la abrazó y ella se dejó caer en sus brazos. Si hubiera podido, no se habría separado de allí jamás. Pero el placer fue rápidamente relevado por la memoria.

—¡Georg! ¡Quiere matarte! ¡Jacob quiere matarte!

Georg sonrió con una mueca sarcástica.

—Pues que se vaya poniendo a la cola...

—¿Qué quieres decir?

La miró con ternura y le acarició la cabeza como a una niña. Después besó una de las manitas de Marie ante la mirada impaciente de Sarah.

—Entremos en casa —sugirió al fin.

Sarah le pasó a la niña, buscó las llaves en el bolso y abrió la puerta. En cuanto la hubo cerrado a su espalda, volvió a interrogarle.

—¿Qué ocurre, Georg?

Ante la insistencia de la muchacha, cesó de hacer carantoñas a Marie, que balbuceaba y pateaba entusiasmada en sus brazos.

—Tengo que huir de París..., de Francia, en realidad. Himmler quiere mi cabeza y la Gestapo sigue mi pista: no tardarán en encontrarme.

Sarah estaba confusa, trataba de atar cabos con rapidez, pero se sentía demasiado aturdida.

—¿Es por el cuadro? ¿Han descubierto que es falso?

—No... de momento. O por lo menos eso creo. Parece que he hecho otras cosas terribles que han ofendido al Führer y traicionado a Alemania. Como enamorarme de ti, por ejemplo.

La angustia de Sarah era tal, que no pudo saborear la dulzura de aquella declaración. Siguió con la espalda pegada a la puerta, los ojos muy abiertos y el rostro desencajado.

Georg se acercó y cogió una de sus manos heladas.

—No te preocupes, Sarah. Aún no me han cogido y no me van a coger.

Sarah movió la cabeza desalentada. Recuperó a Marie y la dejó en la cuna. Con ambas manos libres, Georg volvió a abrazarla. No quería hacer otra cosa que tenerla entre los brazos, que meterla debajo de su piel para protegerla y, quizá, cerrar ambos los ojos y morir, morir con ella. Su respiración se volvió ronca mientras sus manos trataban de abarcar su cuerpo con desesperación, como si en cualquier momento pudiera desvanecerse, volatilizarse y convertirse en un humo blanco que se elevase entre sus brazos hacia el cielo.

—Sarah... —pronunció su nombre, sintiendo que le faltaba el aliento—. Tienes que venir conmigo.

Y Sarah no deseaba otra cosa. Sabía que cuando Georg se marchase ella desfallecería, como cada vez que Georg no estaba. Pero ahora sabía que la separación sería para siempre y su vida se convertiría en un profundo agujero negro por el que se dejaría caer al vacío, sin ánimo para nada más. Sarah no deseaba otra cosa que irse con él allá donde él fuera, no importaba dónde.

Pero también sabía que era imposible: como el fuego y el hielo, jamás podrían estar juntos.

—Sabes que eso no puede ser —alegó con la cara enterrada en su pecho.

Georg la obligó a mirarle.

—Esto ha tocado fondo, Sarah. No sólo para mí: cuando me cojan, tú serás la siguiente, y aunque no me cojan, también. No sólo van a por mí, Sarah, van a por los dos. Y yo ya no puedo hacer nada por evitarlo. Sólo podré protegerte si vienes conmigo...

Georg la miró con ansiedad: Sarah permanecía inmóvil, inmune a sus palabras.

—Sarah, no me iré de París. —Su tono se volvió desesperado—. No pienso marcharme y dejarte en sus manos. Antes prefiero morir de un tiro en el paredón. Si no estás dispuesta a venir conmigo, me entregaré... —Georg no podía soportar la pasividad de Sarah, aquella forma de mirarle como si ya hubiese tomado una decisión—. ¿Es que no lo ves, Sarah? ¡No puedo vivir sin ti!

Los pensamientos se agolpaban en la cabeza de Sarah, se enredaban como una maraña de hilos y le nublaban la razón. Y sus sentimientos... Sus sentimientos le estaban estrujando el corazón hasta dejárselo seco.

—No me hagas esto, Georg. Debes comprender que...

—No, Sarah —la interrumpió con vehemencia—. Eres tú la que tienes que entrar en razón.

—¡No puedo! —sollozó ella—. No puedo ir contigo. No puedo embarcar a Marie en esto; es muy pequeña. Y tampoco puedo dejarla; no quiero dejarla, ¡es mi hija!

Así que era aquello...

—Pero es que yo nunca he pensado en que la dejes —le aclaró Georg mirando la cuna con ternura—. Marie viene con nosotros.

A Sarah se le saltaron las lágrimas de impotencia.

—Georg... no lo entiendes. Tú no sabes lo que es huir. Es caminar durante días sin descanso con la vista siempre atrás y la espalda descubierta, es dormir al raso con un ojo siempre abierto, es pasar hambre y mendigar comida, es pasar frío y mendigar un techo. Es llegar a ninguna parte... No puedo hacerle eso a mi hija.

—Eres tú la que no lo entiendes. Olvídate de mí. Olvídate de ti, incluso. Si quieres pensar sólo en la niña, piensa en lo que ocurrirá mañana, cuando estés tranquilamente, en tu casa, porque no has querido huir, creyendo que eso sería lo mejor para ella. Piensa en que unos hombres llamarán a tu puerta, la sacarán de su cuna sin contemplaciones y la llevarán a Drancy, a un barracón hacinado, lleno de mujeres y niños judíos, sucios, hambrientos, muertos de frío y enfermos. Y cuando creas que ya nada puede ser peor, la meterán en un vagón de carga igual de hacinado y hediondo, sin agua, sin comida y sin luz, y emprenderá un viaje... también a ninguna parte, porque, sea cual sea el camino o el destino, al final lo único que le espera es la muerte. A ella y a ti. Abre los ojos, Sarah: ellos no sólo quieren deteneros y recluiros en guetos o en campos de concentración, quieren exterminaros. No importa que Marie sea solamente un bebé inocente, es un bebé judío y la matarán, como a todos los demás judíos de Europa. Si quieres hacer algo por tu hija, llévatela de aquí.

Sarah estaba paralizada por el miedo y las dudas. No podía hacer otra cosa que mirar a Georg aterrorizada, con la cara cubierta de lágrimas. Él encerró su rostro entre sus grandes manos, casi podía cubrirlo con ellas.

—Escúchame, Sarah. Nos vamos. Los tres. No hay otra alternativa.

Georg se ocultaba bajo la apariencia de un mendigo, llevaba ropa vieja y raída, el cabello greñoso y la barba descuidada. Para que nadie sospechara de su acento alemán, se hacía pasar por mudo. Había alquilado una habitación en una pensión de mala muerte, que también funcionaba como prostíbulo, en una de las calles próximas a la rue Saint Denis, y allí pasaba los días encerrado sin ver la luz la mayor parte del tiempo.

Pero aquella espera a las puertas de la huida estaba destrozándole los nervios. Aunque él lograra esconderse en los bajos fondos de París, ¿cuánto tiempo tardaría la Gestapo en ir a por Sarah?

«Dame un par de días, Georg», le había pedido ella. Necesitaban papeles falsos y una ruta de escape; Sarah no quería lanzarse a una fuga ciega llevando a Marie con ella. Georg tenía que admitir sus reservas, pero dos días eran dos mil ochocientos ochenta minutos y cada uno de ellos significaba una tortura para él.

Sarah procuró concentrarse en no mirar atrás, en no pensar en todo lo que dejaba en París, incluso en Francia. No debía vacilar si se trataba de la vida de su hija. «Ellos no sólo quieren deteneros y recluiros en guetos o en campos de concentración, quieren exterminaros.» Cuando recordaba las palabras de Georg, se le hacía un nudo en el estómago: eso no podía ser cierto, ¿por qué iban a querer exterminar a los judíos?, ¿por qué iban a querer matar a su madre, a Ruth o a Peter? Quería creer que aquella descabellada idea no tenía ningún sentido y se sentía vil y pusilánime por abandonar a los suyos y huir. Sarah necesitaba aferrarse a alguna esperanza para ellos... Georg exageraba; en realidad, la Gestapo sólo la quería a ella y, por ende, a Marie, pero todos los demás, todos los que se iban a quedar atrás, estarían a salvo y un día volvería a buscarlos...

Sarah necesitaba la ayuda de la Resistencia para escapar y Carole Hirsch era la única persona a la que podía confiarse. Marion la odiaría, Jacob la mataría antes de consentirlo, pero Carole Hirsch ni siquiera la juzgaría por escaparse con un *boche*.

—Hay una ruta a España, a través de los Pirineos, por el paso de Perpiñán —le reveló Carole—. Yo la he usado en ocasiones para evacuar a algunos niños que corren peligro inminente y para los que no hay tiempo de encontrar familia en Francia. Es la más corta y la más segura: el gobierno de España no pone pegas a los refugiados judíos siempre y cuando no se asienten en su territorio.

—¿Entonces?

—Bueno, tu amigo no es judío... En cualquier caso, desde allí, podéis intentar entrar en Portugal. Tendréis que ir en ferrocarril hasta Toulouse. A las afueras de la ciudad, en Colomiers, deberéis buscar al párroco, él os indicará cómo llegar hasta la frontera y os pondrá en contacto con la red de contrabandistas españoles que os ayudarán a atravesarla. Otra opción es conseguir visados. Hay un joven diplomático de la embajada de España que los concede a los refugiados sin hacer demasiadas preguntas. Pero eso llevará un tiempo...

—No podemos esperar, Carole. La Gestapo ya está buscando, no tardarán en dar con él o conmigo.

—En ese caso, y más si os están buscando, necesitaréis al menos papeles falsos, sobre todo para viajar en tren, porque es bastante probable que hayan dado aviso a la policía que vigila el tránsito de viajeros por las estaciones. Le proporcionaremos a tu amigo un pasaporte nuevo y a ti habrá que cambiarte el nombre y quitarte el sello de judía. No creo que podamos contar con ellos antes de mañana por la tarde...

Viajarían en el tren nocturno a Toulouse, que salía a las 19.15 de la Gare d'Austerlitz. Sarah se levantó muy temprano por la mañana y preparó dos bolsas con lo esencial para Marie y para ella. Después, bajó a trabajar en la librería, como un día cualquiera. Cerró la tienda al mediodía y metió a Marie en el cochecito: antes de ir a recoger la documentación que le había conseguido Carole Hirsch, tenía que pasar por casa de la condesa.

—Así que te vas... —La anciana no parecía demasiado sorprendida—. Me imagino que con ese judío, el padre de tu hija...

—No. Ya no estamos juntos.

—Ah... ¿Han vuelto a detenerle?

La condesa parecía alegrarse con la mera posibilidad de que Jacob estuviera en manos de la policía. Aquello exasperó a Sarah.

—¡Claro que no! Vive en casa del doctor Vartan.

—¿Entonces? ¿Te vas tú sola?, ¿con la niña...? Es demasiado arriesgado.

—Eso no viene al caso ahora. —Sarah comenzaba a impacientarse. No estaba dispuesta a que la condesa la aleccionase—. Me voy y quiero llevarme mi cuadro. No tengo mucho tiempo.

Iba preparada a luchar por *El Astrólogo*, a descolgarlo de la pared a la fuerza si era necesario. Sin embargo, para su asombro, la condesa se mostró mucho más dócil de lo que ella esperaba.

—Por supuesto. Después de todo, *El Astrólogo* te pertenece... Sólo espero que sepas cuidarlo como merece y que no lo rindas a quien no debe poseerlo.

—Puestos a dudar... Yo no soy precisamente la que alterno con el enemigo.

La condesa se volvió con una mirada fría y una sonrisa retorcida.

—¿Ah, no?

Sarah intuía por dónde iba su insinuación, pero, a aquellas alturas, pocas cosas la intimidaban y, por descontado, la anciana ya no era una de ellas.

—No. Se equivoca si cree que usted está al tanto de todo... —Sarah evitó dar cualquier tipo de explicación—. Insisto en que no tengo tiempo que perder, me gustaría llevarme el cuadro ya.

Tal vez para poner a prueba los nervios de Sarah, la condesa se apoyó en el bastón y se puso en pie con exasperante parsimonia. Se acercó a Sarah, que aguardaba de pie, y a su cochecito para echarle un vistazo al bebé.

—Te propongo una cosa, Sarah. Te haré un último favor, ya que muy probablemente no volvamos a vernos y no en vano eres mi nieta. Necesito un tiempo para empaquetar *El Astrólog*o y prepararlo adecuadamente para el viaje. Vete a arreglar tus asuntos mientras tanto y déjame aquí a la niña. Sin ella harás todo más deprisa; luego, puedes venir por los dos.

No le hacía ninguna gracia dejar a Marie con aquella mujer. Pero la condesa tenía razón: no tener que empujar el cochecito por todo París le ahorraría un tiempo precioso. Podría recoger la documentación, pasar por casa a buscar el equipaje y, por último, llevarse a Marie y *El Astrólogo* de camino a la estación. En su situación, era mejor ser práctica, y la condesa le ofrecía una buena alternativa. Además, sólo serían unas horas. Finalmente, Sarah accedió.

Cuando su nieta se hubo marchado, la condesa volvió a mirar dentro del cochecito. La niña estaba despierta y le devolvió una mirada de curiosidad sin dejar de chuparse la mano. Era una niña rica, pensó la anciana, tenía los ojos de su madre. Lástima que por sus venas de bastarda corriera sangre judía.

Arrastró los pies hasta el escritorio, sacó una cuartilla y escribió unas líneas en ella. Después tocó el timbre del servicio y aguardó a que apareciera su criado. En menos de dos minutos, Ánh Trang entró en el salón, inclinó la cabeza y esperó respetuosamente las órdenes de su ama.

—Busca al hombre judío en esta dirección, dale esta nota y tráemelo. ¡Rápido, albino! Lo quiero aquí antes de media hora.

Al tiempo que Ánh Trang salía de la habitación, la condesa levantó el auricular del teléfono.

—¿Operadora? Póngame con el 93 de la rue Lauriston... Sí, Gestapo.

Sarah llegó a casa de la condesa con el tiempo justo de recoger a Marie y el cuadro y salir a toda prisa hacia la estación. Llamó a la puerta y aguardó. Mientras esperaba se sintió presa de la excitación: el corazón le latía con fuerza y le temblaba el pulso en todas sus terminaciones nerviosas. Se acercaba el momento, y todo saldría bien.

Ánh Trang se demoraba. Era extraño, normalmente atendía el timbre con celeridad. Tal vez sólo fuera su impaciencia. Volvió a llamar.

Clavó la vista en la madera, el pomo, la mirilla... La puerta continuaba cerrada. Sarah volvió a llamar.

Pegó la oreja: no se oían pasos ni ningún ruido al otro lado... La puerta continuaba inmóvil. Sarah volvió a llamar: dejó el dedo pegado al timbre unos segundos.

¿Qué demonios estaba pasando? El timbre sonaba y resonaba allí dentro. Nada más. Nada se movía. Cuando el timbre cesaba, la casa le devolvía un silencio impecable. Y una puerta cerrada. ¿Qué demonios estaba pasando?

Sarah aporreó la madera. El pánico comenzó a apoderarse de ella. Consultó el reloj: no quedaba mucho tiempo. La puerta no se abría.

Sarah pidió a gritos que le abrieran. El sudor humedecía su frente. Todo el cuerpo le temblaba. La puerta no se abría.

Sarah quemó el timbre, se dejó la garganta chillando y quiso atravesar la madera con los puños hasta hacerlos sangrar. La puerta no se abría.

El timbre, los golpes, los gritos... La puerta no se abría.

Frente a la entrada, recia e inquebrantable, Sarah por fin comprendió. Cayó de rodillas al suelo, llorando de rabia e impotencia, desgarrada por la angustia. Gritó el nombre de su hija.

La puerta nunca se abrió.

Una vida sin Sarah

Me metí en la cama muerta del cansancio, confiando en sepultarme bajo las mantas, enterrar la cabeza en la almohada y dormir durante horas. Y así fue, me sepulté bajo las mantas, enterré la cabeza en la almohada y... empecé a dar vueltas, decenas de vueltas, una con otra, sin pegar ojo.

Establecí la cadencia de la respiración de las niñas y me familiaricé con cada una de las sombras de la habitación: los osos de peluche, la pizarra, la casita de muñecas, las batas sobre la silla, las marionetas deslavazadas en la estantería, el despertador de Minnie Mouse... Me tapé y me destapé; me volví a tapar. Metí la cabeza debajo de la almohada; la volví a sacar. Me puse boca abajo y luego boca arriba; me volví a poner boca abajo. También escuché los pasos de Alain subiendo las escaleras y entrando en su habitación, justo enfrente de la de las niñas. Fue entonces cuando decidí tomarme uno de los tranquilizantes que me habían recetado en el hospital. Creo que finalmente me dormí...

O tal vez no llegué a hacerlo del todo. Estaba aún lúcida cuando noté una mano sobre mi hombro. Me volví y con ojos miopes me pareció distinguir la figura borrosa y en blanco y negro de Alain.

—Me había parecido que estabas despierta... —susurró.

—La verdad es que no estoy muy segura...

Fruncí el ceño; fue la única manifestación de alerta que la modorra me permitió mostrar. ¿Estaba pensando en meterse en mi cama con el cuerpo apaleado y dos menores durmiendo en la de al lado? ¡Con la cantidad de ocasiones mucho más propicias que había tenido! Los hombres son definitivamente primarios...

—Perdona... Pero es que no puedo esperar a mañana: tengo que enseñarte algo.

Me imaginé la punta que le hubiera sacado Teo a aquel comentario y sonreí para mis adentros.

—¿Ahora?

Alain asintió.

—Está bien... —accedí, cogiendo las gafas de la mesilla de noche.

Por fortuna, la camiseta de Teo era varias tallas más grandes que la mía y cubría por completo las bragas rojas de la gasolinera. Además, en la penumbra, no se apreciaba con detalle que la camiseta tenía un enorme estampado en el pecho con las cachas de Bruce Lee. En cualquier caso, mi aspecto resultaba vergonzoso, pero traté de olvidarme de ello y seguí a Alain hasta el descansillo.

—Vamos a mi habitación.

—¿A tu habitación? —pregunté horrorizada—. Por favor, no me hagas ponerme a la luz con esta... pinta.

Alain me miró... Pero no a la pinta, a los ojos solamente.

—Ana...

Entonces me di cuenta de su gesto extraño y de su mala cara, como de tener el estómago revuelto.

—¿Estás bien?

—No... No lo sé...

Se me puso la piel de gallina y el pecho se me contrajo con un mal presentimiento. Alain suspiró.

—Es la carta de mi abuelo...

—Joder, qué susto me has dado —afirmé aliviada después de haberme imaginado los derrames cerebrales, las perforaciones de hígado, las lesiones de columna y todas las demás complicaciones poco probables de las que nos habían hablado en el hospital.

—Tienes que leerla.

—Pero... No sé... Eso es algo muy personal. —No quería entrar en aquel territorio en el que me encontraba incómoda ni siquiera aunque él me lo pidiera. Sentía un extraño pudor.

—Por favor —me rogó como si estuviera demasiado cansado para convencerme.

Nerviosamente, tiré del borde de la camiseta de Bruce Lee hacia abajo intentando en vano llegar a las rodillas, y accedí a entrar en su habitación.

La ventana estaba aún abierta, la cama hecha y la lamparita de la mesilla de noche, encendida. Alain se dejó caer sobre el colchón; no parecía capaz de seguir sosteniéndose en pie. Me acercó varias hojas de papel con los pliegues del doblado aún marcados. Las cogí, no sin cierta aprensión, me senté junto a él en la cama y le dirigí una última mirada.

—Prefiero que lo leas tú —me contestó, adivinándome el pensamiento—. Yo no sabría cómo contártelo.

Resignada, empujé el puente de las gafas para ajustármelas bien y comencé a leer en silencio.

Fontvieille,
13 de septiembre de 2010

Mi querido Alain:

Tal vez te extrañe recibir esta carta una vez que yo haya muerto. Tal vez te preguntes por qué no tuve el valor de decirte en persona lo que ahora pongo por escrito... Sencillamente, porque no te has dignado a responder a mis llamadas. Además, yo nunca fui una persona con facilidad de palabra.

Nunca pensé que sería consciente de que mi hora estaba cerca. Sin embargo, de un tiempo a esta parte, han confluido una serie de acontecimientos que como una conjunción planetaria preconizan el funesto suceso. Tengo noventa años, así ha de ser. Mentiría si dijera que no tengo miedo: muchas veces antes he mirado el rostro terrorífico de la muerte, ¿cómo será ahora cuando definitivamente me tienda su mano helada?

Es posible que si antes de partir sacudo el polvo de mis suelas y el barro de mi túnica, todo sea más sencillo. Sé que allí donde voy tendré que dar cuenta de mis pecados, pero no obstante, hay cosas que no debo llevarme conmigo; el viaje es largo y la carga demasiado pesada: años de rencor y amargura... Soy demasiado viejo para eso.

Sin embargo, el pasado, siempre negro y doloroso, vuelve ahora vestido de ángel blanco para despertar mi conciencia con una caricia. El buen Dios me ha dado una oportunidad antes de llamarme a su seno. Ya sé, querido nieto, por qué te encontraste con los Bauer. Era tu destino... y el mío.

Me costaba concentrarme en la lectura. El tranquilizante estaba empezando a hacer efecto y a duras penas podía sostener los párpados. Las líneas ondeaban como el mar agitado y las palabras brincaban en el papel como si fueran tridimensionales. Sin embargo una, sólo una de ellas, sacudió mi cerebro e hizo saltar todas las alarmas. Miré a Alain, justo a mi lado en tensa espera.

—¿Ha escrito Bauer?

—Sigue leyendo...

Mereces una explicación, y no te la negaré. Sin saberlo, metiste el dedo en la llaga y aventaste mis fantasmas; sin saberlo, al acercarte a los Bauer, te acercaste a lo que llevo sesenta y cinco años tratando de mantener alejado de ti y de tu hermana, tan fuerte ha sido mi deseo de venganza. Y tuve miedo, miedo de enfrentarme al pasado.

La historia es larga, pero antes de contártela, te adelantaré algo. Algo que quizá nunca debí ocultar, y es que las marcas de nacimiento no pueden borrarse. Mi querido Alain, tú eres un Bauer y tu hermana también lo es. Ambos sois biznietos de Alfred Bauer; nietos de su hija Sarah, Sarah Bauer.

—Dios mío... —Volví a leer aquella última línea como si esperase encontrar otras palabras en ella. El papel temblaba entre mis manos—. Dios mío...

Puse mi mano sobre la de Alain; estaba helada.

—¿Cómo es posible? —Era una pregunta que le hacía a él,

pero también a mí, al mundo, al destino e incluso a la Divina Providencia.

—No lo sé. No he seguido leyendo... Ya te lo dije: nunca hablaba de la abuela, no hay ninguna huella de ella en toda la casa. Ni una foto, ni un objeto, ni un recuerdo, ni una ocasión en que alguien dijese: esto perteneció a tu abuela. Siempre ha sido una figura más que ausente, inexistente. Esta misma noche, cuando discutía con Judith, por ejemplo, me he enterado de que ella se marchó al nacer mi madre... Lo cierto es que nunca pensé que la misma Sarah Bauer... Hay que joderse...

Le tendí a Alain la carta.

—Toma...

Alain la recibió sin mucho entusiasmo.

—¿No quieres entrar en el mundo de Sarah Bauer?

Me encogí de hombros.

—Claro que sí... Pero debes ir tú primero. Ahora, las cosas han cambiado, se trata de tu familia.

—Iremos los dos. Estamos juntos en esto, ¿recuerdas? —acudió a su frase favorita—. Además, no quiero hacerlo solo.

Se pegó a mí, costado con costado, dejó la carta entre ambos y comenzó a leer en voz alta.

Todos estos años he intentado borrar la huella de Sarah porque nadie me ha causado más dolor que ella. Yo la quería. Sarah Bauer fue mi gran amor y nunca he vuelto a amar a nadie como a ella. Pero me traicionó, me abandonó, dejándome solo y enfermo, vacío y miserable. Dicen que del amor al odio sólo hay un paso, un paso al frente que yo di una noche de abril de 1944.

Pero la historia se remonta mucho más atrás, a aquellos días en los que yo sólo era un chaval de quince años que empezaba su primer día de trabajo en la mansión Bauer...

El abuelo de Alain habló a través de su nieto. Y el relato cobró vida en su voz profunda. Una voz que envolvía auditorios e inoculaba historias, que era capaz de mantenerme despierta a pesar del cansancio y el tranquilizante.

Aquel relato me producía una sensación extraña. Llevábamos meses intentando recomponer la vida de Sarah Bauer a partir de fragmentos inconexos y, de repente, allí estaba, meticulosamente hilvanada en un puñado de hojas de papel, con aquellos fragmentos integrados a la perfección, cobrando el sentido del que hasta entonces habían carecido, de una manera aparentemente simple, como por arte de magia. Pero lo más extraño era compartir las emociones que subyacían a esos fragmentos a través de un relato en primera persona. Y es que en cada palabra, en cada frase y en cada escena, el abuelo de Alain dejaba traslucir sus emociones: la primera vez que vio a Sarah jugando en el jardín con sus hermanos y sintió que no podía dejar de mirarla, cómo le temblaban las manos cuando la ayudaba a subir a la montura o le acercaba las riendas, cómo la contemplaba a hurtadillas mientras ella cepillaba a los caballos, cómo creía tocar el cielo cada vez que ella le dedicaba una mirada, una sonrisa o una palabra... cómo se había ido enamorando de Sarah. Desde entonces su vida había girado en torno a la vida de la muchacha, su vida había tenido sentido porque la amaba: había huido con ella, había luchado junto a ella, había soportado la tortura, el dolor y el miedo por ella, porque sin ella, nada hubiera tenido sentido para él. Aquella carta estaba llena de emociones desbordantes que estallaron con violencia al hablar de un nazi bastardo, el maldito nazi del que Sarah se enamoró: «Tenía que haberlo matado porque ni todo el Tercer Reich en su dimensión devastadora más cruel me había causado tanto dolor como aquel nazi bastardo que se llevó lo único que yo quería, lo que yo más amaba; mejor habría sido que el maldito me hubiera quitado la vida...».

Alain cesó la lectura cuando me tumbé en la cama porque ya no podía mantenerme ni siquiera sentada.

—Qué historia tan triste... —murmuré soñolienta.

Me colocó una almohada bajo la cabeza y me quitó las gafas.

—Lo siento. Me he tomado un tranquilizante porque no podía dormir... —me disculpé. Él me perdonó con una sonrisa complaciente.

—¿Quieres que siga leyendo?

—Tienes que hacerlo. No me dormiré hasta que no sepa qué fue de Sarah Bauer.

Una tarde vino a buscarme a casa del doctor Vartan el siniestro criado de la condesa: la vieja quería verme. En aquel momento, no se me ocurría qué podía querer de mí la condenada bruja, pero sabía que sólo habría una manera de averiguarlo: acompañar al albino hasta su casa. Me llevé una gran sorpresa cuando entré en el salón y vi que junto a ella estaba Marie en su cochecito. La vieja no tardó en sacarme de dudas: Sarah estaba dispuesta a huir de Francia con el nazi bastardo y a llevarse a nuestra hija con ella. La condesa aseguró que su conciencia no le permitía consentir semejante tropelía; asumía que no podía hacer nada por evitar la deshonra de su nieta, pero que al menos debía salvar a la niña, que también era sangre de su sangre. «Usted es su padre —me dijo—, llévesela y no permita que un nazi se haga cargo de la criatura.» Nunca creí en las buenas intenciones de aquella vieja zorra... Pero sus intenciones no eran lo que más me importaba en aquel momento. Sólo podía pensar en la traición de Sarah; todo mi odio se concentró en ella y en la vil jugada que estaba dispuesta a hacerme, toda mi energía se concentró en vengarme de ella. Y empecé por coger a la niña en brazos y marcharme de allí. No estaba seguro de poder impedir que Sarah me abandonase, pero no se iría con la niña, no le daría ese placer.

Por otro lado, las intenciones de la condesa quedaron al descubierto en cuanto abandoné la casa. Nada más cruzar el patio y antes de salir a la calle, los vi: dos policías en la acera de enfrente. Llevaba demasiado tiempo huyendo de ellos como para no identificarlos, pues a pesar de que vestían de paisano todo en sus ademanes de perro de presa los delataba. Además, aquéllos tenían la pinta facinerosa de los gestapistas, policías franceses, caínes mal nacidos que colaboraban con la Gestapo nazi. No tuve la menor duda de quién les había dado el chivatazo. Aproveché la oscuridad del paso de carruajes para volver al patio interior y escabullirme por la puerta de servicio, con tan mala suerte que uno de ellos me vio salir. Me dieron el alto pero yo eché a correr, tratando de escapar por las estrechas callejuelas que rodean la plaza de los Vosgos. Me di cuenta de que llevar a Marie en brazos mermaba mis oportunidades de conseguirlo: los policías estaban cada vez más cerca y no tardarían mucho en tenerme al alcance de sus balas. Me metí en un callejón y dejé a la pequeña en el suelo, oculta entre unos cartones... Aún no me puedo creer que no llorase, estoy convencido de que fue el mismo Yahvé, Nuestro Señor, quien puso Su mano dulce sobre ella para mantenerla tranquila y a salvo. Sea como fuere, con las manos por fin libres, saqué el cuchillo que siempre tenía la precaución de llevar conmigo y me pegué a la pared, esperando a que esas hienas asomasen sus dientes afilados.

Te mentiría si dijera que me acuerdo de cómo sucedió todo. Lo cierto es que no lo sé. Tengo la sensación de haberme abalanzado sobre ellos con el cuchillo en la mano, buscando sus cuellos o lo que fuera que pudiera rebanar. Lo único que recuerdo con claridad es que me limpié como pude las manos de sangre para no manchar la manta de la niña al volver a cogerla en brazos, que pasé por encima de los cadáveres de los gestapistas y que corrí lejos de allí como alma que lleva el diablo.

—Es mi madre... Esa niña era mi madre... —Alain interrumpió de golpe la lectura.

No creo que me hablase a mí, porque miraba al frente con los ojos vacíos. No obstante, le respondí:

—Pero Marie Bauer murió siendo un bebé. Vimos el certificado de defunción...

En verdad, no hablaba para mí. Alain mantuvo la mirada perdida y simplemente repitió:

—Ella era mi madre...

Después, siguió leyendo.

Enseguida fui consciente de lo que significaba tener a la niña conmigo, de la cantidad de demonios que me perseguían por ello, no sólo la policía. ¿Y si Sarah quería recuperarla? ¿Y si el nazi bastardo me la arrebataba? Mataría a la pequeña antes de entregársela. Por entonces me encontraba tan trastornado que no se me ocurría otra forma de extraer el veneno que llevaba dentro y que me estaba destrozando entre terribles dolores. Pensar en el sufrimiento de Sarah cuando supiera que su hija había muerto me causaba un placer insano. Ella tenía que sufrir tal y como yo estaba sufriendo, no podía consentir que saliera indemne de aquello, no podía permitir que algún día regresase y me reclamase a la niña. Tenía que matarla y de verdad lo hubiera hecho de no haber sido porque al mirarla comprendí que si lo hacía me convertiría en uno de aquellos guardias malnacidos de Drancy que golpeaban con saña a niños indefensos, o en los cerdos que consintieron que cientos de criaturas murieran hacinadas y en condiciones infrahumanas en el Vélodrome d'Hiver. ¿Qué culpa tenía la niña de lo que su madre me hubiera hecho a mí? Después de todo, Marie también era mi hija. Sin embargo, la maté. La maté para Sarah.

Yo había aprendido a falsificar documentos trabajando con el doctor Wozniak. Fue fácil hacerlo con un par de certificados médicos que acreditasen la muerte de Marie y la mía también. Después, registré ambas defunciones legalmente: en aquellos días los funcionarios no hacían demasiadas preguntas sobre la muerte: la muerte estaba a la orden del día. Una vez fallecidos, Sarah dejaría de buscarnos.

—Era mi madre... Lo sabía —creí escuchar a Alain. El sueño empezaba a ser más fuerte que mi voluntad de permanecer despierta y atenta a cada detalle de la historia.

Con nuevas identidades nos ocultamos en refugios subterráneos, en las alcantarillas o en las catacumbas, comimos de la basura o de la caridad, sobrevivimos como pudimos hasta que los Aliados entraron en París. Entonces, literalmente, resucitamos de entre los muertos. Volvimos a la vida, una vida sin Sarah...

Abril, 1944

Comienzan los preparativos para el desembarco aliado de tropas en Normandía bajo el mando del general Eisenhower. El 6 de junio de 1944, 175.000 soldados norteamericanos, británicos y canadienses participaron en la operación que permitió abrir un frente por el oeste de Europa. Semanas más tarde, el 25 de agosto, París fue liberada, dando fin con ello a cuatro años de ocupación alemana.

La Gare d'Austerlitz estaba abarrotada de viajeros que subían y bajaban a empujones las escaleras sin mirar a los lados, que se movían como hormigas fuera del hormiguero por el andén, que se encaramaban a los trenes con la ansiedad de no perder la última esperanza. Georg se preguntó cuántas de aquellas personas de mirada sombría y pegada al suelo huirían como él; lo cierto es que todas parecían hacerlo, el mundo entero parecía huir de algo... Tal vez fuera sólo una paranoia de fugitivo, el deseo de camuflarse entre una multitud fugitiva también.

Hacía un calor sofocante, de vapores de máquinas y multitudes, pegajoso y manchado de carbonilla. El aire resultaba pesado, casi irrespirable a causa de aquel hedor fuerte, áspero y picante a combustible y humanidad. La estación parecía un gran invernadero que le encerraba en su burbuja de cristales. Sarah llegaba tarde; el tren ya silbaba en el andén humeante.

Los ojos de Georg se movían rápidamente, parecían girar como los de un camaleón, del reloj a la marabunta, de la marabunta a la escalera, de la escalera a la puerta. Su mente también vagaba entre pensamientos inconexos: de la estación a Sarah, de Sarah a la Gestapo, de la Gestapo a Elsie, de Elsie a la carta... De camino a la estación la había echado al correo: una carta para su mujer. La había escrito precipitadamente antes de partir para siempre; palabras deslavazadas y frases inconexas de un hombre trastornado. «Lo siento mucho, Elsie, siento todo el dolor que te he causado. Lamento los errores que he cometido, me entristece que tú hayas tenido que pagar por ellos. Mi conciencia se ha deshecho en mil pedazos y trato de recomponerla. Mis valores se han desmoronado y trato de enderezarlos. Lo siento mucho, Elsie. Georg von Bergheim ha muerto; yo mismo lo he matado.»

Cinco minutos más en el reloj. Otro silbido del tren. De nuevo un empujón en el andén. Sarah llegaba tarde.

Georg buscaba desesperadamente su rostro entre miles de rostros. ¿Y si el tren daba su último silbido y Sarah no aparecía? Miles de rostros, ninguno el de Sarah. Uno y otro y otro... ninguno el de Sarah. Le dolían los ojos, secos de no parpadear. Le dolía el cuello de tanto estirarlo y los puños de tanto apretarlos. No, sin Sarah. No abandonaría París sin ella. La buscaría en cada rostro de aquella maldita ciudad.

—*Sturmbannführer* Von Bergheim...

Dos hombres se dirigieron a él.

—¿Cómo?

—Gestapo. —Georg bajó la vista y vio la placa ovalada en la palma de una mano. La mano se cerró.

—Lo siento, me confunden con otra persona...

—Yo que usted no haría eso. Mi compañero le está apuntando con una pistola. —El comandante la vio cuando aquel hombre se abrió un poco la chaqueta. Sacó la mano de su bolsillo al tiempo que el policía la metió en él—. Será mejor que sea yo quien guarde su arma. No queremos que la gente se asuste y organice un tumulto.

El silbido del tren, el último tren. Los minutos del reloj. La carta de Elsie. Cientos de rostros en torno a él. Hormigas que cubrían el andén. Ni rastro de Sarah...

—*Sturmbannführer* Georg von Bergheim, está usted detenido. Acompáñenos, por favor.

¿Ya no es tu investigación también?

Me desperté en medio de un sueño agitado, unos tipos con uniforme nazi me perseguían por París. Con una sensación parecida a la de la resaca, me revolví en la cama... en la cama de Alain. El dormitorio de Alain. La camiseta de Bruce Lee enrollada bajo el pecho y las braguitas rojas al descubierto. Me incorporé como si hubieran saltado los muelles de mi cintura. ¿Qué demonios hacía yo medio desnuda en la cama de Alain?

—Ay, sí... La carta... —Empecé a recomponer la noche anterior. Madre mía, la carta. Y el abuelo, y los Bauer, y Alain... Era posible que hubiera soñado con todo aquello antes de que unos tipos vestidos de nazis se colaran en mis sueños. Tenía que ser un sueño que Sarah Bauer fuera la abuela de Alain. Maldito tranquilizante... ¿qué clase de droga era ésa?

Por las contraventanas se colaban trocitos de sol y se oían voces subir desde el porche. Me puse las gafas y miré el reloj: era más de mediodía.

—Joder, qué vergüenza...

Crucé a la otra habitación en busca de mi ropa, me vestí precipitadamente y pasé por el baño para un aseo exprés.

Cuando alcancé el porche, el sol todavía me escoció en los ojos como si fuera un sol de verano. Necesitaba con urgencia un café.

—Buenos días, bella durmiente.

Judith y Alain estaban sentados a la mesa, bajo un enorme castaño cuyas últimas hojas todo lo manchaban de sombra como pinceladas grises en una fotografía a todo color.

—Buenos días... Siento haberme levantado tan tarde —confesé con el hilo de voz de la vergüenza.

—Oh, no te preocupes. A todos se nos han pegado las sábanas hoy —me disculpó Judith—. Nosotros acabamos de terminar de desayunar. ¿Te apetece tomar algo? Hay café, zumo, cruasanes (Fran acaba de subirlos del pueblo, están recién hechos). También tienes pan, mermelada y creo que queda mantequilla... —Levantó un poco la tapa del mantequillero—. No mucha, pero hay más en la nevera, te traeré un poco...

—¡No, no! No hace falta, no te molestes. Es más que suficiente con todo lo que hay aquí... Muchas gracias. —Le mostré la mejor de mis sonrisas; de cartón. De algún modo me sentía incómoda, una extraña invadiendo la intimidad familiar.

—De acuerdo, pero si quieres algo más, no dudes en pedírmelo. Estaré dentro, voy a ver si consigo que las niñas se vistan. Están como locas jugando a las Barbies con Teo.

—Me lo puedo imaginar...

Judith se metió en la casa seguida de los dos pastores alemanes, que habían abandonado su escondite de debajo de la mesa en cuanto habían visto a su dueña ponerse en pie.

—¿Cómo estás? —me dirigí a Alain.

—Bueno, quitando que apenas he pegado ojo, que me duele todo el cuerpo, que la maldita férula de la nariz casi no me deja respirar, que me tiran los puntos de la boca y que tengo la cara como Shrek, bien.

—A pesar de que te quejas más que ayer, yo te veo mejor. Te ha bajado la inflamación y los hematomas ya no son tan rojos... Ahora son violetas.

—Es un consuelo... Siéntate. —Me invitó—. ¿Te sirvo café?

—Por lo que más quieras.

Buscó una taza limpia, le quitó una ramita que había caído dentro y vertió una generosa cantidad de café aún caliente del termo. Él mismo añadió la leche y el azúcar en su justa medida.

—Gracias. —Tomé la taza. Pero no bebí. En cambio, miré alrededor para asegurarme de que estábamos solos—. Antes de que recupere la lucidez y no me atreva a preguntártelo, dime: ¿por qué me he despertado en tu habitación?

La sonrisa de Alain fue burlona. Me lo merecía por hacer esa clase de preguntas.

—¿Quieres que te diga la verdad?

—¡Oh, vamos!

—Está bien. Te quedaste dormida mientras leíamos la carta, eso es todo. Y estabas tan profundamente dormida que me dio pena despertarte, así que te eché la manta por encima, apagué la luz y me fui a la habitación de las niñas. Pero, por favor, no vayas contando por ahí que me llevé a una mujer preciosa a la cama y se quedó dormida; uno tiene su modesta reputación...

—En tu calamitoso estado nadie te lo echaría en cara, créeme. Te aseguro que no me acuerdo de nada. Debió de ser esa pastilla que tomé...

Alain abrió un cruasán, lo llenó de mermelada roja y brillante y me lo pasó.

—Entonces, ¿no he soñado lo de la carta?

—Me temo que no.

Le di un trago largo al café y me quedé con la mirada perdida en la mesa del desayuno.

—Joder... —murmuré.

—Ya. Yo tampoco he logrado ir mucho más allá de esa reflexión. Y no será porque no le he dado vueltas al asunto aprovechando que no podía conciliar el sueño.

—¿Te has dado cuenta de que eres el heredero legítimo de la colección Bauer y de *El Astrólogo*?

—En parte... Mi hermana también lo es. Pero es imposible demostrarlo. Ante la ley, Eve Marie Bauer está muerta y nosotros somos hijos de Irène Lefranc.

—Pero ambas son la misma persona. No me dormí hasta después de que leyeras esa parte de la carta... Tu investigación ha terminado, Alain. Justo donde empezó.

—Qué ironía, ¿verdad? ¿Se supone que debo sentirme orgulloso?

Irónico, displicente, desdeñoso... Aquél no era el estilo habitual de Alain.

—¿Estás bien? Y ahora no te pregunto por tu estado físico...

Se encogió de hombros.

—Creo que mi corazón inmaduro y acolchado no puede soportar ni un solo drama familiar más. Si es verdad que mi abuelo dejó a su propia hija sin madre, entonces mi hermana se quedó corta anoche: el viejo era un auténtico hijo de puta. ¡Vaya! Haberlo escupido me hace sentir mejor.

Podía comprender su resentimiento. Por algún lado tenía que discurrir la riada de emociones tras las intensas lluvias de la noche anterior. Pero las riadas siempre son fenómenos descontrolados que no fluyen por los cauces adecuados. Hay que esperar un tiempo hasta que las aguas vuelven a su curso.

—Es difícil juzgar algo así. Tiempos extremos y situaciones extremas es normal que den lugar a reacciones extremas. ¿Has hablado con Judith?

—Sí. Se lo ha tomado con más filosofía. Creo que a ella se le han caído menos mitos, conocía al abuelo mejor que yo. Además, para ella, Sarah Bauer es sólo un nombre, no lleva meses siguiendo su rastro como nosotros, casi conviviendo con ella. —Alain me retiró un mechón de pelo que había caído sobre mi cara cuando me inclinaba para beber—. De hecho, tú te mostraste mucho más conmocionada que ella al leer la carta.

Era cierto, la historia de Sarah Bauer me conmocionaba porque de algún modo la había vivido al rastrearla. Pero lo que más me afectaba era que Alain estuviera al final de esa historia.

—Hemos pasado mucho juntos: Georg, Sarah, tú y yo —admití.

—Y no ha terminado. Tu investigación no ha terminado, Ana. Sigues sin saber dónde está *El Astrólogo*.

Aquel planteamiento me entristeció.

—Es cierto... Tú ya sabes quién es tu familia... Ya no es tu investigación, ¿verdad?

—No lo sé... No sé qué responder a eso. Ahora que he llegado hasta aquí, ya no estoy seguro de querer seguir avanzando... Ya te lo he dicho, no puedo soportar más dramas familiares. Empiezo a pensar que quizá Judith tiene razón: es mejor dejar de mirar al pasado y encarar el futuro... Para ser honesto, no sé si quiero que Sarah Bauer entre en mi vida.

—Tal vez haya muerto... En realidad, la carta no resuelve nada acerca de eso... ¿O me perdí esa parte?

—No, no te perdiste nada. El abuelo nunca volvió a saber de ella. Y si lo supo, se lo ha llevado a la tumba.

—Así pues, estamos como al principio: tenemos que ir a Barcelona y seguir tirando del fino hilo que nos une a Sarah Bauer...

Traté de negar lo obvio con un arranque de entusiasmo un tanto artificial. Por supuesto, no dio resultado.

—No, Ana. No creo que vaya a Barcelona...

—Y... ¿qué vas a hacer?

—Tal vez me quede por aquí unos días, tal vez regrese a París... Tal vez te siga mañana cuando empiece a echarte de menos...

Bajé la vista. Sus limosnas no me contentaban: las palabras no son más que palabras; pronunciadas a la ligera, no cuentan con peso suficiente y se las lleva el viento. Pero no era propio de mí mostrar tan abiertamente lo triste y decepcionada que me sentía. Yo, normalmente, ponía una sonrisa de mostrador y aseguraba que todo iba bien, que nada podía herirme.

—Hey... —Alain pellizcó suavemente mi barbilla y después me cogió las manos—. Escucha, necesito asimilar todo esto... Ve tú delante.

—Pero ¿y si lo encuentro? ¿Y si doy con ella o con el cuadro? ¡Son parte de ti! ¡No puedes darles la espalda! ¿Qué se supone que debo hacer yo? ¿Seguir adelante y hacer como si no supiera nada?

—Dame tiempo. Sólo un poco de tiempo... Que mejoren mis heridas y mi ánimo. Tal vez vea las cosas de otro color.

Me sostuvo las manos y me doblegó con un gesto y una mirada, con un silencio de esos que abruman más que mil gritos. Un silencio sólo nuestro, que ni siquiera la escandalosa irrupción de Teo logró alterar.

—¡Estáis aquí, par de divinos! ¡Estas Barbies modernas son la leche! Las jodías están más planas que el encefalograma de Tutankamón. Qué lástima, por Dios... Eh... ¿Interrumpo algo importante?

Poner de nuevo todo en orden

Judith nos llevó a Marsella para que Teo y yo pudiésemos coger un avión a Madrid. Había decidido que antes de ir a Barcelona pasaría por casa para coger algo de ropa e intentar ponerme en contacto con el despacho de abogados.

—Llámame cuando llegues... Sólo para saber que estás bien —me pidió Alain antes de pasar el control de la zona de embarque—. Pero hazlo desde un fijo, no enciendas el móvil todavía.

—Tú tampoco.

—Bah, yo no corro peligro. Estaré bajo el mismo techo que un inspector de policía —bromeó—. Ten mucho cuidado, ¿de acuerdo?

—¡Ya está bien, par de tortolitos! Dejad que corra el aire que vamos a perder el avión. Muac, muac, Alain. No te preocupes, que yo cuidaré de ella como si fuera mía, palabra de gay.

Teo tiró de mí hasta detrás de las vallas del control; una vez en la fila, ya no volví la vista atrás.

Era extraño volver a casa después de tanto tiempo fuera. Las persianas bajadas, el olor a cerrado, la nevera vacía... Aun así, estar en el hogar me producía cierto bienestar; un regusto dulce en mi boca amarga. Aquél era mi sitio.

Me di una ducha, me puse un pijama limpio —y mío, ¡qué placer!— y, como Toni estaba todavía en Bilbao, me reuní con Teo para cenar de un telesushi.

Llamé a Alain. «He pensado volver a rebuscar entre las cosas de mi abuelo. Tal vez haya algo que pueda ayudarte a encontrar el cuadro», me dijo. Alain había vuelto al juego del principio: había abandonado el frente, pero se resistía a dejar de luchar, aunque fuera desde la retaguardia.

Antes de irme a la cama pensé en encender el móvil para ver si tenía algún mensaje. Sólo serían unos minutos. Sabía lo que significaba encender el móvil: recuperar otra de las facetas de mi rutina, recuperar a Konrad... No estaba tan segura de que eso me fuera a producir el mismo bienestar que volver a casa.

En efecto, en cuanto el teléfono fue cobrando vida, empezó a vibrar como la niña de *El exorcista* y a escupir mensajes y llamadas perdidas en la pantalla: uno, dos, tres, cuatro... Había un par de mi madre, otra de mi hermana y dieciséis de Konrad entre mensajes y llamadas perdidas. El contenido de los mensajes era siempre el mismo, lo único que cambiaba era la intensidad del tono apremiante. Admití que tenía que darle señales de vida; aquella pataleta mía se me antojaba excesiva.

—¡Ana! —Konrad descolgó con mi nombre a modo de interjección.

—Hola, Kon...

—¿Dónde estás?

—En Mad...

—¿Estás bien?

—Sí...

—¡Por todos los santos, *meine Süße*! ¿Qué diablos ha ocurrido? ¡Me he vuelto loco intentando localizarte! Llegué ayer por la noche a París y al entrar en el apartamento me encontré todo hecho un desastre. Y no había manera de dar contigo. ¡El maldito teléfono lleva días apagado o fuera de cobertura, por el amor de Dios! Fui a la policía y me explicaron lo sucedido. Todo lo que sabían es que habías salido de la prefectura el sábado por la mañana. ¡Pero por qué coño no me has llamado! ¡Hasta he puesto una denuncia por desaparición! ¡Y ahora voy a tener que quitarla!

Una vez que comprobé que Konrad había terminado de soltar todo lo que llevaba dentro y se mostraba dispuesto a dejarme hablar, le resumí qué había sido de mi vida durante aquel tiempo de desconexión.

—Mañana mismo ve a ver a mi secretaria y dile que te consiga un número nuevo. —La primera reacción de Konrad a mi relato fue eminentemente práctica: poner de nuevo todo en orden—. Tengo que estar en Berlín mañana por la tarde, pero el martes iré a Madrid, ¿serás capaz de quedarte ahí quieta hasta entonces?

Una vez que todo estaba en orden y bajo control, se despidió con un escueto «buenas noches, *meine Süße*». «Yo también te quiero, Konrad», pensé con ironía según colgaba el teléfono. Luego llamé a mi madre y a mi hermana. Terminé agotada después de las dos conversaciones, pero aun así, antes de acostarme, escribí un e-mail al bufete Claramunt Abogados. Me adjudiqué el cargo de asistente del doctor Alain Arnoux de la European Foundation for Looted Art y argumenté que estaba intentando localizar a los herederos de Alfred Bauer para restituirles su colección de arte. Confiaba en poder tratar el tema por correo electrónico y así ahorrarme el viaje a Barcelona. Envié el mensaje, apagué el ordenador y me fui a la cama.

A la mañana siguiente me despertó el berrido del teléfono fijo. Me sobresalté y busqué, aún aturdida, el aparato, sin tener tiempo de preguntarme quién demonios me llamaba a las nueve y media de la mañana.

—¿Dígame?

—Buenos días. ¿La doctora Ana García-Brest, por favor? —Ante el tono protocolario de la respuesta hice todo lo posible por despabilarme y disimular la voz de recién levantada.

—Sí, soy yo.

—Soy Roger Claramunt, de Claramunt Abogados. Le llamaba en relación con el correo que nos envió ayer...

—¡Ah, sí, sí!

Volví a explicar al señor Claramunt el motivo por el cual contactaba con su bufete, ampliando quizá con algún detalle el contenido del e-mail.

—Ya veo... Lo cierto es que su petición es un tanto irregular. En atención al deber del secreto profesional, no somos partidarios de facilitar los datos de nuestros clientes salvo en casos muy excepcionales y plenamente justificados.

—Lo entiendo, señor Claramunt, pero quizá podría considerar este caso como excepcional y justificado. Después de todo, se trata de devolverle a alguien lo que le corresponde en pleno derecho y que fue ilegítimamente sustraído. Se trata de hacer justicia sin que pueda eso derivar en ningún perjuicio para su cliente, ¿no le parece?

El silencio al otro lado de la línea no presagiaba nada bueno. Sentía cómo el hilo que me llevaba a Sarah Bauer, el único y delgado hilo, se me escapaba de las manos.

—Veo que no está usted en Barcelona, doctora García-Brest...

—No, pero no tengo ningún inconveniente en ir allí y que nos reunamos en su despacho para tratar el tema personalmente si lo estima necesario.

—Sí, eso sería estupendo. Así podría ponerme al día sobre este cliente y valorar con usted el caso. ¿Qué le parece mañana por la tarde?

—Bien, sí.

—Déjeme consultar la agenda... ¿A las cinco le vendría bien?

De papel en papel

El martes iré a Madrid, ¿serás capaz de quedarte ahí quieta hasta entonces?» Mientras el AVE atravesaba a casi trescientos kilómetros por hora las tierras de Aragón y los árboles alineados junto a las vías pasaban frente a mi ventana como un borrón de pintura, pensaba en que en algún momento tendría que llamar a Konrad para decirle que no, que al final no sería capaz de quedarme ahí quieta hasta entonces.

En aquel momento vibró la BlackBerry: era Alain.

—Hola, doctor Arnoux.

—¿Estás todavía en el tren?

—Bueno, sólo hace diez minutos que hemos colgado nuestra última llamada. Sí, todavía estoy en el tren. ¿Y tú? ¿Sigues en el despacho de tu abuelo?

—Sí... Tengo delante una foto que creo que es de Sarah Bauer en París...

Aquello me hizo abrir los ojos de sorpresa.

—¿En serio? ¿Cómo es?

—Es de un grupo de personas: cuatro hombres y dos mujeres. Están en la parte de atrás de una camioneta. Ellos van armados y muestran sus fusiles a la cámara como si ése fuera el auténtico motivo de la foto. Es increíble cómo se parece una de las mujeres a mi hermana...

—Sarah...

—Me temo que sí... Es curioso, junto a la foto encontré un envoltorio de chocolate... Chocolat Menier, es una marca antigua. Ambos están sujetos con un clip.

Oí un crujir de papeles al otro lado del teléfono.

—Qué bonito, Alain... Imagínate la cantidad de historias y de recuerdos escondidos detrás de esa foto y de ese envoltorio.

—Es... extraño mirar a Sarah Bauer a la cara. No sé cómo explicarlo... —No hacía falta, yo había sentido algo así al ver a Georg von Bergheim, es como encontrarse con el pasado—. Me gustaría que la vieses.

—Ven a enseñármela.

—Tal vez lo haga —mintió, lo supe por el rumor de su sonrisa al teléfono.

—Te llamaré cuando termine la reunión, ¿vale?

Claramunt Abogados ocupaba una planta entera de un edificio antiguo en el Paseo de Gracia. El despacho de Roger Claramunt, amplio y extremadamente clásico, probablemente no habría sido reformado desde que Joan Carles Claramunt fundó la firma allá por 1930. Así que cuatro generaciones de abogados se habían sentado en ese mismo sillón giratorio de cuero, frente a esa misma mesa de madera noble, por no hablar de que habían consultado los mismos repertorios de jurisprudencia rojiblancos de Aranzadi que, con el paso de los años, habían ido cubriendo las paredes como la hiedra. Lo único que parecía moderno, aunque no demasiado, era la fotografía de tres niños sobre la mesa.

El señor Claramunt era un hombre de unos cuarenta años, de talante amable sin ser excesivamente expresivo y con el aspecto formal de quien carga con ochenta años de tradición familiar a la espalda, igual que su propio despacho. Pero me gustó que empezara mostrando empatía con la causa de la European Foundation for Looted Art.

—Recientemente vi un documental de la BBC sobre el expolio nazi de obras de arte. Se trata de un tema que desconocía y me pareció verdaderamente interesante. Ha de ser un trabajo muy gratificante rastrear el origen de todas esas obras dispersas por el mundo para encontrar a sus propietarios.

—Sí que lo es. Aunque, bueno, yo no pertenezco a la Fundación, sólo estoy colaborando puntualmente con ellos... Por cierto, ¿ha recibido un e-mail del doctor Arnoux?

—Sí, sí, me llegó ayer.

—Le pedí que le escribiera porque entiendo sus reparos respecto a mi petición, y precisamente por eso no quería que tuviese dudas sobre el verdadero motivo de acudir a usted, que no es otro que localizar a algún heredero de los Bauer.

—¿No hay nadie que haya reclamado la propiedad de la colección?

—No. Aunque eso no quita que la Fundación intente restituirla. La cuestión es que, después de la guerra, la familia Bauer, como la mayoría de las familias judías que permanecieron en Francia, fue exterminada. La única posibilidad de dar con algún descendiente es a través de una de las hijas de la familia: Sarah Bauer, que pudo haber sobrevivido al Holocausto y a la guerra.

El señor Claramunt contrajo los labios en un gesto de contrariedad.

—Pues lamento decirle que nadie se apellida Bauer en este expediente —anunció, refiriéndose a la carpeta amarilla sobre la que apoyaba las manos cruzadas.

No me decepcioné. Después de tantos meses, estaba curtida en decepciones y sabía que aquella visita no sería la solución a todas mis dudas.

—Pero quien vendió esa propiedad de Estrasburgo tenía que estar legitimado para vender y, por tanto, ser su dueño. Aunque la venta se llevara a cabo a través de una sociedad, de algún modo la sociedad debería tener potestad para hacerlo.

—En principio, sí... Verá, doctora, este asunto tiene más de treinta años, fue mi abuelo quien lo llevó. A simple vista, el expediente no expone nada singular: únicamente se trata de la constitución de una sociedad anónima, entre cuyos activos figura la mencionada propiedad de Estrasburgo. También incluye los poderes que se otorgaron a favor de Claramunt Abogados para llevar a cabo la compraventa. El contrato de compraventa propiamente dicho y toda la documentación aneja: notario, registro, etc. Se puede decir que la sociedad se constituyó con el único fin de realizar esta operación, porque, al poco, se disolvió.

—Y entre los socios...

—No hay nadie que se apellide Bauer —concluyó él, leyéndome el pensamiento.

—Ni tampoco hay forma de averiguar cómo y de quién adquiere la sociedad esa propiedad...

—Con lo que hay aquí, me temo que no.

Entonces sí que empecé a sucumbir a la desilusión: ¿es que no me llevaría de aquel encuentro ni siquiera un nombre o un dato del que seguir tirando? Sin embargo, antes de que me diera tiempo a mostrar mi desengaño, el señor Claramunt continuó:

—Pero, como le decía, este asunto lo llevó mi abuelo, que todavía vive. Tiene noventa y cinco años, una salud de hierro y, lo que es mejor, una memoria prodigiosa. Como siento curiosidad por este tema, anoche hablé con él. Se acordaba de este asunto a la perfección porque, casualmente, mantenía cierta amistad con quien se lo encargó. Aunque lamento comunicarle que esa persona ha muerto recientemente.

—Oh, vaya... —Ya nada pudo evitar que manifestase sin reparos que aquella reunión se estaba convirtiendo en una enojosa sucesión de jarros de agua fría.

—No se desanime. Lo que puede ser una mala noticia para usted, a mí me permite levantar la mano en cuanto al cumplimiento del deber del secreto profesional se refiere...

—¿Qué quiere decir? —pregunté con cautela, no quería hacerme ilusiones.

—Quiero decir que si esa persona ya ha fallecido, no hay ningún inconveniente en que yo le revele su identidad y sus datos.

Quizá con ellos pueda localizar a algún familiar que le facilite más información.

Sé que la cara me debió de brillar como la de un niño frente a un caramelo. Quizá por eso Roger Claramunt sonreía con satisfacción.

—¿Sería eso posible? Le estaría muy agradecida. Ya no me quedan muchas puertas a las que llamar antes de darme por vencida.

Su respuesta se materializó abriendo el expediente, cogiendo papel y bolígrafo Montblanc y comenzando a apuntar. Hizo todo ello sin perder la sonrisa.

—Aquí tiene...

—Gracias.

Deslicé la vista por el papel:

Stéphane Debousse
L'Ametller, Camí de Cala Blau, s/n
Deià, Mallorca

—Stéphane Debousse —leí en voz alta—. ¿Francés?

—Suizo.

Volví a mirar mi último trofeo. De papel en papel, como en una búsqueda del tesoro para niños. Stéphane Debousse, suizo... Una vez más, a cada paso que daba hacia *El Astrólogo* parecía alejarme más de él.

—¿Qué vas a hacer?

—No lo sé, Alain —confesé desanimada—. El rastro se vuelve cada vez más confuso, si es que alguna vez fue claro. ¿Qué pinta ahora un suizo (por cierto, muerto) en todo esto?

—Sólo hay una forma de averiguarlo...

—Lo sé. Pero me da miedo que esta vez acabe definitivamente en un callejón sin salida. Me da miedo que esta vez simplemente acabe...

—No todo se habrá acabado, créeme. Siempre hay un después...

—¿Y estás segura de que eso te llevará a *El Astrólogo*?

—Claro que no, Konrad —confesé enojada—. No puedo estar segura de nada. Pero es lo único que tengo...

—¿Lo único que tienes después de tres meses de investigación?

—No empecemos, por favor. Si me vas a tratar como a uno de tus contables, te aseguro que cuelgo el teléfono.

—Está bien, *meine Süße*, no te pongas melodramática. Agota lo que tienes. Luego, ya veremos.

¿Quién vive ahora en la casa?

Alquilé un coche en el aeropuerto de Son Sant Joan y me aprendí bien cómo llegar a Deià. Una vez allí, aproveché la mañana de otoño mediterráneo, soleada y suave, para hacer un descanso en un pequeño café que había sacado sus mesas a la terraza. Me dejé acariciar por la brisa que traía sabores de sal y yodo y agitaba las buganvillas a mi espalda mientras me regodeaba observando cada rincón de piedra, cada callejuela empinada y estrecha, un gato entre los geranios de un alféizar o las impresionantes vistas de la sierra de la Tramuntana.

—Buenos días, ¿qué va a ser?

—Un café con leche, por favor. Corto de café.

Antes de que el camarero se marchase, le mostré la tarjeta con la dirección de Debousse.

—¿Está esto muy lejos de aquí?

—¿El Camí de Cala Blau? No, qué va... Tiene que girar a la izquierda al salir del aparcamiento, a unos doscientos metros verá el cartel... ¿Va a ver al señor Debousse? Pero este señor falleció ya...

—¿Lo conocía?

—Claro... Ya vivía aquí cuando yo era chico. Los últimos años acostumbraba a venir todos los jueves a la partida de dominó... Salvo en verano, que se pone esto de turistas... Era un hombre mayor pero de buen porte, ¿sabe?

—¿Quién vive ahora en la casa?

—Su mujer. Seguro que la encuentra allí. No suele salir mucho desde que el señor murió.

El Camí de Cala Blau era estrecho y sin asfaltar, y bajaba desde Deià hasta la costa. Estaba rodeado de pinos entre los que, de cuando en cuando, se hacía hueco un pequeño huerto de naranjos o de almendros ordenados en terrazas. En el momento en que vislumbré el mar salpicado de sol al final de la carretera, y entre la nube de polvo que mi coche levantaba, llegué a la única casa que había por allí. Detuve el coche frente a una reja de forja que hacía las veces de puerta. Me bajé, estiré mis vaqueros y me puse las gafas de sol. Como un animal reconociendo el terreno, alcé la cara al viento: el aire olía a pino y a mar y el rumor de las olas se confundía con el de la brisa entre la maleza; por encima de ellos, el sonido rítmico de un azadón contra la tierra y algún que otro trino de invierno sin entonar. Aspiré profundamente para cargarme de aquella energía natural antes de asomarme por la reja. Al otro lado, un hombre trabajaba en el jardín.

—¡Disculpe! —le llamé, poniéndome de puntillas sobre la puerta. El hombre dejó de cavar y se volvió—. ¿Vive aquí la señora Debousse?

Antes de responderme, se secó el sudor de la frente, se limpió las manos en el mono de trabajo y se acercó a la verja.

—¿Qué quiere?

—Me gustaría hablar con ella sobre un asunto... privado. —Francamente, no me apetecía explicarle al jardinero el motivo enrevesado que me había llevado hasta allí—. Si puede hacerle llegar mi tarjeta...

El hombre coló entre las rejas una mano con restos de tierra y cogió la tarjeta por una esquina.

—Espere aquí...

Le observé desaparecer por el jardín hacia la casa oculta entre árboles y setos. La espera no fue larga, poco más de diez minutos que empleé en ir caminando lentamente por la carretera hacia el mar, mientras hacía quinielas sobre si la señora Debousse me recibiría en aquel instante, me haría volver en otro momento o, simplemente, no querría verme.

—¡Eh, oiga! —me gritó el jardinero desde la puerta ya abierta. Con una carrera ligera llegué hasta él—. La señora la verá ahora. Pase...

Seguí al jardinero por un camino de gravilla entre parterres de flores y explanadas de césped salpicado de limoneros, olivos, abetos y palmeras. La casa fue surgiendo de entre la vegetación, como si mantuviera una justa infinita por conservar su espacio en medio del vergel mientras observaba impotente cómo la hiedra trepaba por su falda de piedra y el jazmín se colaba por las rendijas de su yelmo de madera, en una invasión lenta y silenciosa de sus dominios.

Subimos unas escaleras a un porche sobre la piscina que ofrecía unas vistas espectaculares al mar.

—Siéntese, enseguida vendrá la señora —me indicó secamente antes de marcharse.

Obedecí al adusto jardinero y tomé asiento en un sillón de teka con almohadones tapizados en color crudo. Miré a mi alrededor: la casa parecía respirar por las ventanas, con las cortinas flotando al viento hinchadas como las velas de un velero; algodón, piedra y madera, nada más; parecía una mujer bella, ligera de ropa y sin maquillaje, tomando el sol en medio de un jardín robado al monte, que se asomaba al Mediterráneo desde lo alto para no mojarse los encajes de las enaguas... Aquél era el tipo de lugar en el que cualquiera querría vivir, e incluso morir. Los Debousse eran sin duda un matrimonio privilegiado. Me noté nerviosa, como en la antesala del médico; apoyé la espalda en el asiento y descrucé las piernas; traté de relajarme. La brisa marina acarició mi escote y mi cuello y me puso los pelos de punta con su mano fresca; me apreté el *foulard* alrededor del cuello y me cerré la chaqueta.

Volví a mi posición envarada cuando sentí que alguien llegaba. Sólo era una doncella. Traía una bandeja con dos vasos de zumo de naranja. Me saludó, la dejó sobre la mesa baja y se retiró. Qué ridículamente bonito es un vaso de zumo de naranja brillando al sol...

—Doctora García-Brest...

Me volví sobresaltada y automáticamente me puse en pie al verla salir a la terraza. Aún tardó un rato en llegar junto a mí.

—Soy la señora Debousse. Es un placer conocerla.

Le respondí con igual cortesía y nos estrechamos la mano.

—Siéntese, por favor. Hace un día maravilloso. He pensado que estaríamos bien aquí en la terraza, aprovechando este magnífico sol.

Su voz era dulce; los años, lejos de haberla cascado, le habían dado el tacto suave de las cosas bien pulidas. ¿Cuántos años...? Muchos, seguro, pero indefinidos. Y es que los años lo mismo pulverizan el hierro en óxido que convierten el carbono en un diamante. En el caso de la señora Debousse, los años habían sido tan generosos con ella como con el carbono. Era una mujer alta, cuyo porte se mantenía casi intacto, tan sólo las piernas parecían resistírsele a funcionar con normalidad. Tenía un cutis precioso, arrugado pero de aspecto aterciopelado, cubierto por un suave maquillaje. Conservaba una abundante cabellera teñida de rubio que recogía en un sencillo moño sobre la nuca. Vestía con elegancia sobria un traje de chaqueta color crema y una blusa de seda rosa, y apenas llevaba joyas, sólo unos pendientes y un collar de perlas además de una impresionante sortija de zafiros y diamantes.

—Aquí se está de maravilla: tiene usted un jardín y una casa preciosos, señora Debousse. Le agradezco mucho que me haya recibido a pesar de haberme presentado sin avisar.

—No hay de qué. —Me sonrió con dulzura—. No suelo tener muchas visitas, de modo que un poco de compañía es siempre bien acogida.

La señora Debousse se expresaba perfectamente en español aunque con un ligero acento que no pude identificar.

—He visto en su tarjeta que viene usted del Museo del Prado...

—Sí. Aunque no es ningún asunto relacionado con el Prado lo que me trae aquí, sino con la European Foundation for Looted Art.

La señora Debousse no pareció sorprendida, ni siquiera intrigada. Siguió mostrándome su sonrisa complaciente.

—Ah, sí. El doctor Alain Arnoux...

En cambio, yo sí que me sorprendí.

—¿Conoce al doctor Arnoux?

—Tan sólo de oídas. Pero me consta que tanto él como la Fundación están llevando a cabo una magnífica labor.

Asentí mientras pensaba en cuál sería mi siguiente movimiento, pero ella se me adelantó.

—¿Y en qué puedo ayudarla yo entonces?

—Es una historia un tanto... complicada la que me trae aquí, pero trataré de resumírsela.

—Por favor.

Le relaté a la señora Debousse los antecedentes de la colección Bauer y cómo la búsqueda de algún heredero de la familia al que poder restituir la propiedad de los cuadros nos había acabado llevando hasta ella. Durante mi exposición, la mujer apenas alteró el gesto. Al terminar, permaneció en silencio sin hacer la más mínima observación al respecto. Bebió un poco de zumo y me invitó a hacerlo también. Era increíble cómo aquella mujer no parecía sorprenderse con nada.

—¿Qué ocurrirá si logran encontrar a esa mujer, a Sarah Bauer, o a algún descendiente suyo?

—Devolverle los cuadros... —Me callé el «obviamente» por cortesía. Tenía la sensación de haber dejado eso claro desde el principio. Sólo esperaba que la sombra de la demencia senil o el Alzheimer no estuviera cerniéndose sobre nosotros. Después de todo, yo no sabía nada de la señora Debousse—. Al menos, devolverle el veinte por ciento de la colección que se ha localizado hasta ahora.

—¿Eso es todo?

La pregunta me dejó fuera de juego, la astucia que brillaba en sus ojos me intimidó.

—Eh... Sí... Sí, eso es todo.

La señora Debousse cruzó las manos sobre el regazo como si orara, alzó la vista al cielo y suspiró. Nada de aquello borró su sonrisa beatífica ni enturbió el aura de benevolencia que parecía rodearla. Hubiera podido dedicarme las palabras y los gestos más horrendos sin dejar de parecer una bella persona.

—Mi querida Ana... Me permito llamarla por su nombre de pila, ¿no le importa?

—En absoluto —me apresuré a conceder, expectante de lo que se anunciaba.

—Mucho me temo que no me está usted diciendo toda la verdad. Aunque no la culpo... Yo tampoco estoy siendo totalmente sincera con usted.

Tuve la suficiente honestidad como para no llevarle la contraria. En realidad, más que avergonzada por haber sido cogida en la mentira, me sentía intrigada por su confesa falta de franqueza. ¿Qué podía estar ocultándome la señora Debousse?

Por un instante, me observó detenidamente y sin reparos. No me tranquilizó demasiado que se mostrase complacida por lo que observaba. No sería suficiente con que yo fuese visualmente de su agrado, allí había algo más.

—Venga conmigo, por favor. Quiero enseñarle algo.

La estaba esperando

Cuando la mente intenta pensar en varias cosas a la vez, suele perder el hilo de todos los pensamientos y no llega a concluir ninguno. Eso fue más o menos lo que a mí me pasó mientras seguía el paso anciano de la señora Debousse hasta el interior de la casa. Ni siquiera fui capaz de concluir algo tan sencillo como decidir si me gustaba la decoración del salón que atravesamos o el aspecto del recibidor al que llegamos, no fui capaz de reparar en nada al mismo tiempo en que intentaba fijarme en todo.

La señora Debousse abrió unas puertas correderas que daban al recibidor y me invitó a entrar en lo que parecía un despacho. El sol bañaba los muebles de roble, las tapicerías de colores suaves, los libros y los jarrones de flores malvas y amarillas. Las paredes lisas y desnudas no exhibían más que un par de espejos y una colección de aguafuertes de paisajes africanos. La chimenea, apagada, conservaba las cenizas de un fuego reciente. Era un lugar agradable para trabajar, incluso para aguardar impaciente algún tipo de revelación.

Hubiera preferido permanecer de pie, pero la señora Debousse me invitó a sentarme mientras ella rebuscaba en uno de los cajones del escritorio. Bajo mi mirada atenta e intranquila, sacó una carpeta.

—Aquí está...

Me la tendió y la recibí desconcertada. Aparentemente debía inspeccionar su contenido, pero aquello resultaba tan extraño...

—Adelante, ábrala —me animó ante mi indecisión.

De modo que lo hice, y mis manos empezaron a temblar al sujetar la primera hoja, donde identifiqué mi nombre completo. Continué pasando papeles con ansiedad, una ansiedad que iba en aumento: mi nombre no sólo estaba en la primera hoja, sino por todas partes, también el de Konrad e, incluso, el de Alain. Había direcciones, itinerarios, números de vuelo, matrículas de coche... Los últimos tres meses de mi vida aparecían allí resumidos. Pero lo peor me aguardaba al final. Los nervios me apretujaron el estómago, empecé a sentir calor, un sofoco que me picaba en el cuerpo y me mareaba. Me alegré de estar sentada mientras iba observando, una tras otra, fotografías robadas a mis movimientos: al salir del apartamento de París, en el Archivo Nacional, hablando con Alain en el pub irlandés, en el Bundesarchiv, entrando en la Sorbona, llegando a San Petersburgo, en la Rossiiskaia Natsional'naia Biblioteka... Llegué al último grupo de fotos, separadas en una carpeta especial clasificada como *PosenGeist*. Reconocer aquel nombre me produjo una oleada de náuseas que se incrementaron a medida que ojeaba las fotografías: entrando en el Range Rover, ascendiendo las escaleras del *château*, escuchando el discurso neonazi... Me quité el chal de alrededor del cuello, empezaba a sentirme asfixiada.

—Como puede ver, la estaba esperando...

No fui capaz de hablar. Se trataba de eso: me estaban esperando. Aquello era una encerrona, una trampa hacia la que había caminado voluntariamente. Yo sola me había metido en la boca del lobo, creyendo, ingenua, que me acercaba al final de la investigación. Y sí, se trataba del final: en una casa aislada de la que no había escapatoria. Ése sería mi final.

Empecé a encontrarme mal, tremendamente mareada, a punto de perder el sentido. Recordé el zumo de naranja y comprendí: me habían drogado.

El pánico se apoderó de mí. Un sudor frío me empapó la cara. La habitación empezó a dar vueltas a mi alrededor. La imagen de la señora Debousse se tornó borrosa y aunque veía que movía la boca para hablar, no fui capaz de escucharla. Se acercaba a mí. Quise decirle que no me tocara, pero no me salió la voz... Estaba tan mareada...

No recuerdo nada más.

Ahora que ha llegado hasta aquí

Abrí los ojos. La luz me obligó a parpadear. Me dolía la cabeza. En realidad, no quería abrir los ojos. Quería volver a dormir...

Entonces recordé. Una sucesión de fotogramas explotó en mi mente: la casa, el jardinero, el porche, la anciana, el zumo de naranja, las fotos... mis fotos. *PosenGeist*. ¡*PosenGeist*!

Levanté los párpados de golpe, hasta el límite de sus músculos, y quise incorporarme. Noté una punzada en la nuca.

—Tranquila... No se levante tan rápido o volverá a desmayarse —oí decir en francés con acento alemán.

Miré a mi alrededor, de nuevo invadida por el pánico. Seguía en el despacho de la señora Debousse, tumbada en el sofá. Sin embargo, no había rastro de ella. En su lugar, dos hombres me rodeaban: el jardinero y... ¡Georg von Bergheim!

—Usted... —murmuré; no tenía voz para más—. ¿Qué significa esto?

—Se ha desmayado y al caer se ha golpeado en la cabeza. ¿Cómo se encuentra? —me preguntó.

No estaba dispuesta a responder nada. Sólo tenía una idea en mente: salir de allí.

—Tengo que marcharme. —Me incorporé olvidándome entonces del dolor.

—No creo que quiera marcharse ahora que ha llegado hasta aquí.

No necesitó ponerme una mano encima para detenerme. Su voz y su gesto resultaban amables. Y su frase despertó mi curiosidad. Le observé detenidamente. Era joven, puede que incluso más que yo. Desde luego, aquel hombre no era Georg von Bergheim.

—¿Quién es usted? —acerté a preguntar con voz temblorosa. No había tenido tiempo de sacar ninguna conclusión, pero me sentía asustada y nerviosa.

Antes de que me pudiera responder, se abrió la puerta del despacho y apareció la señora Debousse.

—Ah, ya se ha despertado —pareció congratularse. En cambio a mí tanta tranquilidad, tanta amabilidad y tanta sonrisa me estaban sacando de quicio. El cuadro se tornaba surrealista; la calma, tensa y artificial—. Me ha dado un buen susto... Ramiro —se dirigió al jardinero—, dígale a la doncella que traiga té y una aspirina. Seguro que la necesita...

—¡No! —exploté, saqué toda la tensión en un grito desaforado—. ¡Usted me ha drogado!

La señora Debousse se mostró desconcertada.

—¿Drogarla? ¿Qué quiere decir?

—¡El zumo! ¡Me ha drogado con el zumo!

Ella sonrió como si hubiera dicho tal disparate que hasta le resultaba gracioso.

—Pero, por Dios, ¿qué le hace pensar eso? No he hecho nada semejante...

Hizo ademán de acercarse a mí. Aquello me aterrorizó.

Como un animal acorralado, me eché hacia atrás hasta topar con la mesa de trabajo. Ella siguió acercándose, escoltada por los dos hombres.

—¿Por qué no escucha lo que tengo que decirle?

Me di media vuelta y de un rápido movimiento cogí un abrecartas que había sobre la mesa. Me encaré con ellos blandiendo mi improvisada arma.

—¡No se acerquen! —grité histérica—. ¡No den ni un paso más!

El jardinero quiso adelantarse pero la señora Debousse le detuvo con un gesto. Los tres se quedaron quietos frente a mí, probablemente calibrando hasta dónde estaba dispuesta a llegar. Ni yo misma lo sabía. Sólo estaba asustada. El abrecartas se agitaba visiblemente en mi mano temblorosa.

—Déjenme que me vaya —conseguí decir.

—Por supuesto que puede irse —replicó ella—. Nadie la retiene...

Aquella paradoja surrealista de anciana entrañable y capo de la mafia me estaba desquiciando los nervios. Gritar era lo único que se me ocurría hacer.

—¿Ah, no? ¿Ni nadie me ha amenazado, perseguido, acosado, golpeado? ¿Está esperando a que salga por la puerta para pegarme un tiro en la espalda? ¿Qué clase de locura es ésta?

—Por favor, cálmese, está usted histérica...

La señora Debousse se me antojó una anciana psicópata, una suerte de madre de Norman en *Psicosis*. En cuanto adiviné que intentaba aproximárseme poco a poco, perdí los nervios y, sin pensarlo, quise detenerla usando el abrecartas. Al verla en peligro, el jardinero y el otro chico se abalanzaron rápidamente sobre mí y me sujetaron hasta que consiguieron reducirme y quitarme el arma. Apenas pude resistirme, mi fuerza resultaba ridícula comparada con la de aquellos dos hombres. Entonces, me sentí definitivamente perdida y los nervios dieron paso a la desesperación. Me rendí en brazos de mis captores y rompí a llorar.

—Soltadla —les ordenó la señora.

Ellos dudaron antes de obedecer.

—Hacedlo... Y dejadnos a solas, por favor.

—Pero... —intentó objetar el que decía ser Von Bergheim.

Ella le interrumpió.

—No me ocurrirá nada. Si te necesito, te avisaré. Dejad la puerta abierta al salir.

Finalmente los dos hombres accedieron a marcharse, aunque sin dejar de mirar atrás.

Yo no intenté nada. Ya no tenía ganas de nada. Estaba dispuesta a aceptar lo que fuera que me aguardase.

—Márchese si lo desea —concedió la señora Debousse señalando la puerta abierta—. A pesar de lo que usted cree, nadie la retiene aquí. Ha venido por su voluntad y por su voluntad podrá salir. Pero quizá quiera escuchar antes lo que tengo que decirle...

La miré con los ojos muy abiertos, con cierto aire sumiso, como un niño en un aula de castigo.

—¿Por qué no se sienta y se seca esas lágrimas?

La obedecí con recelo, tomando asiento lentamente en el sofá, y con los dorsos de las manos me froté los ojos hasta que ella me ofreció un pañuelo. Lo tomé en silencio, sin siquiera mirarla. La señora Debousse se sentó a mi lado.

—Créame que no deseo hacerle daño, nunca lo he pretendido... —habló con su voz suave—. Nuestra única intención era protegerlo. Tal vez nos hayamos excedido un poco, no digo que no...

Por fin, alcé la vista.

—¿Proteger qué?

—Lo que usted está buscando —me respondió como si fuera obvio.

Fuera hada buena o bruja mala, las palabras de aquella anciana me provocaron un escalofrío, como si acabara de pronunciar un conjuro que se hubiera colado como un viento helado por la ventana.

—*El Astrólogo*... —exhalé, me era difícil tomar en serio mis propias palabras—. ¿Usted lo tiene?

Ella asintió lentamente.

Suspiré y el suspiro me desinfló como un globo sobre la silla. Aquella exhalación se llevó consigo miles de búsquedas en internet, cientos de horas encerrada en archivos y bibliotecas, incontables documentos revisados, decenas de pistas falsas, varias frustraciones, unas cuantas desilusiones, abundantes dudas, no menos tensiones y numerosos desvelos... Puede que un trocito de mí misma se fuera con aquel suspiro.

—Dios mío...

—Lo sé. Pero tiene que creerlo, doctora García-Brest: lo ha encontrado.

—¿Cómo es posible?

Había formulado aquella pregunta para mí misma, pero ella la respondió:

—Es sencillo, querida. Mi verdadero nombre es Sarah Bauer.

Aquí empezó todo

Aquella declaración me conmocionó como un garrotazo en plena nuca. No fui capaz de manifestar reacción alguna, me quedé congelada, contemplando como si fuera otra la imagen de aquella bella anciana... la imagen de Sarah Bauer.

No sé muy bien por qué fue aquélla mi primera reacción. Quizá porque quería saldar una deuda antes de entrar en el mundo de Sarah Bauer, porque quería hacerlo con la conciencia limpia y porque necesitaba justificarme, explicar por qué estaba ante su puerta. Lo cierto es que no lo pensé. Simplemente, cogí mi portafolios y saqué dos documentos que guardaba como un preciado tesoro: la carta y la fotografía del *SS-Sturmbannführer* Georg von Bergheim.

—Aquí empezó todo... —le revelé junto con los documentos.

Ella los tomó con cuidado y los observó en silencio. No podía distinguir con claridad la expresión de su rostro inclinado sobre la figura y las palabras de su enemigo, sobre aquellos ojos claros que la miraban y aquella letra redondeada que le hablaba a través del tiempo. Al rato, deslizó un dedo por la fotografía... Estaba segura de haber malinterpretado aquel gesto como una caricia, y lo estuve hasta que levantó el rostro y sobre su sonrisa de emoción contenida vi temblar las lágrimas en el borde de sus párpados.

—No sabe usted bien hasta qué punto. Ciertamente, aquí empezó todo... —El tono de su voz fue por primera vez vacilante, y ella, por primera vez vulnerable.

Le llevó unos segundos recomponerse, secarse avergonzada las lágrimas que apenas si habían empezado a brotar. Fue entonces cuando me pareció verdaderamente anciana y comencé a mirarla con ternura.

—Si no tiene inconveniente —me dijo—, creo que debería quedarse a comer. Tenemos mucho de lo que hablar.

La impresión de estar ante Sarah Bauer hizo que me olvidara de todo lo demás. De pronto, ya sólo quería saber sobre ella, rellenar los huecos de su historia. Lo que no fuera Sarah Bauer había dejado de tener importancia.

Apenas pude probar bocado. Su relato me mantuvo absorta, me llevó lejos, muy lejos de aquel comedor mallorquín y me transportó al París ocupado por los nazis. No me di cuenta de que me retiraban intacto el primer plato, me traían el segundo y al poco el postre; de que mi vaso de agua y mi copa de vino permanecieron inalteradas; de que ya no entraba el sol por el balcón y de que habían encendido las luces para iluminar la oscuridad del crepúsculo y la chimenea para suavizar el frío. Lo cierto era que yo no estaba realmente allí; estaba naciendo, creciendo, huyendo, llorando, luchando, sufriendo, pariendo, sonriendo, muriendo... y enamorándome con Sarah Bauer. Enamorándome de Georg von Bergheim. Aunque, en realidad, yo ya estaba enamorada de él.

—... Por fin comprendí que la puerta no se abriría nunca. Entendí que se había llevado a mi hija, que me la había quitado. Y me dejé caer en el suelo, dispuesta a morir frente a aquella puerta cerrada...

—Pero no lo hizo... ¿Qué ocurrió después? —pregunté con ansiedad, reclinada todo cuanto podía sobre la mesa ya libre.

Sarah sonrió con melancolía. Parecía mucho más cansada y mucho más mayor que por la mañana. Su rostro ya no brillaba con tanta intensidad, los años asomaban por debajo de los restos del maquillaje, como si revivir su propia historia la hubiera envejecido en cuestión de horas.

—Vayamos al salón. Tomaremos el café junto a la chimenea. Allí estaremos más cómodas.

Me senté junto a Sarah Bauer en un mullido sofá. La madera de encina crepitaba al fuego en la chimenea y olía a café y a tarde de otoño.

—Muchas veces me pregunto si hice bien al marcharme de allí; tarde o temprano, ella habría vuelto con mi hija... —cavilaba Sarah con la mirada perdida en el fuego danzarín—. Pero yo tenía los papeles de Georg, sin ellos no llegaría muy lejos en su huida. Estaba aturdida, apenas podía pensar... Todo había sucedido tan rápido, todo se había complicado de una forma tan absurda y cruel al mismo tiempo. Miré el reloj: el tren estaba a punto de partir y Georg tenía que marcharse en él o lo atraparían. Salí a la calle sin otro pensamiento que el de llegar a la estación y entregarle sus papeles. Vi una bicicleta junto a una farola y simplemente la cogí. Con probabilidad alguien gritaría: «¡Al ladrón!...», pero no lo recuerdo. Me concentré en pedalear con todas mis fuerzas hasta que me quemaron las rodillas. La furia y la angustia me sostenían mientras cruzaba las calles de París: el boulevard Bourdon, el Quai de la Rapée, el Pont d'Austerlitz... Divisé la estación alzándose como un gigante cíclope cuyo ojo me alertaba de que llegaba tarde. Me bajé cuando aún giraban las ruedas con mis últimos pedaleos y la bicicleta cayó abandonada allí donde la dejé. Atravesé las puertas y pregunté entre jadeos por el tren de Toulouse. Me abrí paso a codazos entre la multitud compacta y ensordecedora, busqué ansiosamente su rostro entre miles de ellos... Los trenes pitaban y bufaban vapor igual que mi corazón desbocado... Entonces, le vi. Pero antes de que pudiera correr hacia él, me di cuenta de que algo no iba bien: dos hombres parecían cortarle el paso y el semblante de Georg no era precisamente amigable. Me camuflé entre la gente para acercarme; o mucho me equivocaba o el bulto bajo la gabardina de uno de ellos era una pistola que le apuntaba. El tren gritó y escupió vapor, estaba listo para partir... No lo pensé, no pude haberme detenido a considerarlo porque era una locura... Simplemente, lo hice. Me lancé hacia el hombre que sujetaba la pistola y caí sobre él, ambos dimos con nuestros cuerpos en el suelo. Todo ocurrió en segundos... No puedo fraccionar los recuerdos en aquellos breves segundos... Sé que oí un disparo y gritos, las ruedas del tren chirriando cerca de mí. Intenté ponerme en pie pero no encontraba apoyo con el cuerpo de aquel hombre retorciéndose debajo de mí; él se revolvió e intentó sujetarme. Entonces, oí otro disparo y se desplomó. Alguien agarró mi brazo y me puso en pie. Recuerdo el rostro de Georg en ese preciso instante, se ha grabado en mi memoria: miles de expresiones y sentimientos lo distorsionaban como si fuera una pintura emborronada... El tren pasó a nuestro lado. De un fuerte tirón, Georg me levantó por los aires y me encontré encaramada al último vagón de un tren que se alejaba, que dejaba atrás un tumulto en el andén y dos cuerpos junto a las vías... Me abracé a Georg y empecé a llorar mientras París se me escapaba por ambos lados...

Sarah Bauer detuvo su relato y yo aproveché para tranquilizarme: tanta tensión me tenía en vilo. Cogí su taza de café vacía y fui a dejarla junto a la mía en la mesa.

—No quería hacerlo, no quería dejar París sin mi hija. No quería subirme a aquel tren porque tenía que encontrarla, porque estaba dispuesta a levantar cada piedra del maldito pavimento de cada una de las malditas calles de aquella maldita ciudad hasta dar con ella... Pero Georg me abrazaba...

Las manos me temblaron y la porcelana tintineó escandalosamente antes de llegar a la mesa. Dios mío... ¡yo sabía dónde estaba entonces su hija! ¡Yo sabía esa parte de la historia que Sarah se perdió!

—«¿Dónde está Marie?», me preguntó Georg... No pude explicárselo hasta que las lágrimas dejaron de ahogarme. «Te juro,

Sarah, que volveremos a por ella y que la encontraremos. Pero no ahora. Ya es demasiado tarde.» Georg impidió que mirara atrás, me sujetó la vista al frente hasta que llegamos a la frontera... No le culpo; jamás la hubiera encontrado..., aunque eso no sirva de pretexto a una madre.

Me mordí los labios y traté de volver a encauzar la conversación.

—Entonces, ¿llegaron a la frontera? ¿Los dos?

—Sí... Aunque conseguirlo resultó más difícil de lo previsto. Georg sabía que la Gestapo habría dado aviso de detener el tren en la próxima estación para cogernos allí, y que, en todo caso, la policía de todas las estaciones estaría alerta para capturarnos en cuanto nos identificaran. Así que no tuvimos más remedio que saltar del tren en marcha y adentrarnos por caminos poco transitados para llegar, a pie, hasta Toulouse. Son unos setecientos kilómetros que recorrimos en poco menos de dos semanas. Yo estaba muy preocupada por la pierna de Georg. Él no se quejaba, pero sabía que no podía forzarla y que cuanto más caminábamos más le dolía; al final del día empezaba a aminorar la marcha y a cojear cada vez más, todas las noches terminaba con la rodilla hinchada hasta que un día empezó a amoratarse y ya nunca se deshinchó. A veces, alguien nos llevaba unos kilómetros en carreta o, con mucha suerte, en automóvil, pero a la luz del día procurábamos alejarnos de las carreteras y los pueblos para no llamar la atención. Fueron dos semanas penosas e interminables hasta que alcanzamos Toulouse. Allí nos acogió el párroco del que me había hablado Carole, permanecimos con él una semana más para que la pierna de Georg se recuperara, pues también nos enfrentábamos a cruzar la frontera a pie por caminos de montaña difíciles y escarpados...

—Pero lo consiguieron —atajé yo más sufrimientos innecesarios.

—Lo conseguimos. —Sonrió—. Llegamos a España... sin una idea clara sobre nuestras vidas. Podríamos haber pasado a Portugal o a Inglaterra, viajar incluso a Estados Unidos, Sudamérica... Pero yo no quería alejarme de Francia ni de Marie, Georg me había jurado volver a buscarla. Conseguimos el estatus de refugiados y hasta que terminó la guerra vivimos en balnearios y hoteles de Barcelona que desde el consulado británico se habían habilitado específicamente para alojar a los que huían de la Europa en guerra. Georg llegó a trabajar para los ingleses como traductor de alemán y también a través del consulado yo conseguí trabajo en una fábrica de tejidos del Vallés... Poco a poco, nos fuimos asentando hasta legalizar nuestra situación. Cuando terminó la guerra, regresamos a París: yo tenía un pasado que reconstruir y muchas piezas perdidas por el camino. Lo primero que hice fue ir a la plaza de los Vosgos, a ver a la condesa...

—¿Y la encontró?

—Oh, sí... La encontré: moribunda... Dicen que mala hierba nunca muere, pero incluso a ella le había llegado su hora después de más de ochenta años intentando meter el mundo en un molde, su molde... En el lecho de muerte empezaron a pesarle los pecados y tuvo la inmensa fortuna de que yo llegara justo a tiempo para poder aliviar alguno de ellos: me confesó que había entregado a la niña a su padre porque no quería ningún judío en la familia y que después los había delatado a la Gestapo. ¡En aquel momento me dio tal ataque de ira e impotencia, que le hubiera puesto un almohadón sobre la cara y habría apretado hasta sentir que aquella vieja zorra dejaba de respirar...! No lo hice, porque Georg me lo impidió. Realmente tengo que agradecerle que me detuviese con el almohadón en alto porque yo tenía mucha vida por delante como para cargar con aquello. En cambio, ella iba a morir, al día siguiente como mucho, y ya le tocaría dar cuentas ante quien correspondiese o, en cualquier caso, pudrirse bajo tierra con su conciencia negra.

—Pero se llevó *El Astrólogo*...

—Lo cierto es que no. Salí de aquella casa asfixiante en estado de shock. Había llegado a aceptar que me quitasen a mi hija, pero no que hubiera acabado en manos de los nazis. En aquellos días, buscar a un familiar desaparecido era una tarea no sólo angustiosa y dolorosa, también tediosa y larga, y plagada de trámites burocráticos. Con la guerra recién terminada, todo el mundo quería encontrar a algún familiar desaparecido en el frente, o hecho prisionero, o deportado. Todo era un completo caos informativo: las noticias sobre los horrores con los que los Aliados se topaban en Alemania y Europa del Este llegaban con cuentagotas, la realidad de que los campos de concentración, de prisioneros o de trabajo no eran más que campos de exterminio sólo se supo con certeza después de la guerra. Había más de diez millones de judíos desaparecidos... Y entre ellos, yo buscaba a mi madre, mis hermanos, mi hija. Fue desesperante... Acudí a todas las instituciones: la Cruz Roja, el Central Tracing Bureau (que era una organización que los Aliados habían creado para investigar el paradero de todas esas personas desaparecidas durante la guerra), cada una de las *mairies* de París... No recuerdo cuánto tardaron, ni siquiera en qué orden llegaron aquellas notificaciones; al final, eso da igual... Lo importante es que llegaron y, parece mentira, pero el simple hecho de salir de dudas resulta un alivio. Mi madre y mi hermana murieron en Auschwitz, en la cámara de gas. Mi hermano enfermó de tifus y murió en Treblinka, unas semanas antes de que los rusos liberaran el campo. Creo que en cierto modo estaba preparada para esa clase de noticias. Nunca pierdes la esperanza, por supuesto, pero no sabía nada de ellos desde 1942; y son muchos años... Realmente, para mí habían muerto desde el día en que se los llevaron. Sin embargo, Marie... mi pequeña... Cuando me enteré de que ella y su padre habían muerto... ¡Sólo tenía ocho meses...! No pude evitar sentirme culpable, nunca he dejado de sentirme culpable...

Ante los ojos vidriosos de Sarah, sentí un desprecio repentino por el abuelo de Alain y su rencor. Haber hecho aquello me parecía una crueldad tan retorcida como cualquiera de las torturas nazis, una crueldad aún más rastrera si cabe porque venía de su mismo bando, de alguien en quien ella confiaba. Ahora, ya era demasiado tarde para enmendar lo ocurrido: Irène, o Marie, estaba muerta de todos modos; habría muerto dos veces para su madre si Sarah llegaba a conocer la verdad. Una verdad que me quemaba dentro, pero no me sentía ni con la legitimidad ni con el valor suficiente como para revelarla.

—¿Qué ocurrió con Georg? —le pregunté, queriendo acumular todas las desgracias en el mismo momento y ventilarlas de un golpe en lugar de prolongar el sufrimiento con una larga Pasión.

—¿Con Georg? —me devolvió ella la pregunta, extrañada.

—Sí... Yo... Yo vi su declaración de fallecimiento... En 1946...

Atónita observé cómo lo que creí que sería doloroso para Sarah le arrancaba por el contrario una sonrisa pícara y divertida.

—¡Pero Georg no murió, querida!

—¿De verdad? —repuse con alivio.

—¡Claro! La declaración de defunción se hizo a instancias de su familia, que no había vuelto a saber de él desde 1944. Aunque sí que puede decirse que Georg von Bergheim había muerto o, como poco, desaparecido en una pensión de mala muerte en París. Se quedó allí, junto con su uniforme de las SS. Quien atravesó conmigo los Pirineos, según dicen los papeles, fue Stéphane Debousse...

Abrí los ojos de par en par, emocionada como si me acabaran de dar noticias sobre un familiar.

—Entonces...

—Sí, él era mi marido... Mi marido durante sesenta y cinco felices años. Hasta el año pasado: una noche se quedó dormido y ya no volvió a despertar.

—Oh, Dios mío...

Se me había puesto la piel de gallina, claro. ¡Aquello era tan bonito! Significaba que Sarah Bauer y Geog von Bergheim habían obtenido su recompensa pese a todo pronóstico; que aun a costa de un alto precio y de haberlo perdido todo, siempre se habían tenido el uno al otro. Significaba que, pase lo que pase, no hay que perder la esperanza y hay que confiar en que lo bello y lo bueno del mundo siempre prevalecen. Significaba el triunfo del amor por encima de todas las cosas, sobre la guerra, sobre la persecución, sobre la venganza y la envidia, sobre los convencionalismos, sobre el miedo... Aquello significaba tantas cosas bonitas que no pude evitar emocionarme.

—Pensará que soy una estúpida, pero me disgusté muchísimo cuando creí que había muerto en 1946. No le conocía, no sabía nada de él. ¡Era un nazi y todo el mundo quiere que los nazis mueran al final de la película! Pero desde el primer momento en que vi su foto, la primera vez que lo tuve delante... No sé cómo explicarlo...

—La entiendo, querida. La entiendo perfectamente —aseguró Sarah Bauer, alargando la mano para coger el retrato de Georg von Bergheim—. A mí me sucedió exactamente lo mismo...

Las dos le contemplamos a través del tiempo y de nuevo nos devolvió su porte altivo y su mirada afable, la mirada de alguien en quien se puede confiar.

—El destino nos había programado para odiarnos —dijo Sarah a modo de reflexión— y, sin embargo, nunca pude hacerlo. Con el tiempo me he ido dando cuenta de que la guerra hizo de todos nosotros lo que no éramos, para bien y para mal. Georg, en cambio, fue siempre el mismo, la misma persona, aunque con el uniforme equivocado; en esencia, un hombre bueno.

Olvídese de la Tabla Esmeralda

Ya no quedaba café en la cafetera, ni leña en la chimenea, ni dudas en la vida de Sarah. El ciclo parecía cerrado. Sin embargo, antes de abandonar aquel lugar tenía que saber algo más.

—¿Pertenece usted a *PosenGeist*...? Ya sé que no tiene mucho sentido, pero en este momento hay tantas cosas que no tienen sentido para mí...

—No, ni mucho menos. —Fue tan categórica que no hubo lugar a dudas.

—¿Entonces? —Señalé con la vista el dossier que resumía mi vida los últimos meses.

Sarah suspiró a la vez que asentía. Parecía estar convenciéndose a sí misma de que había llegado la hora de explicarse.

—Vayamos por partes —comenzó—. A estas alturas a usted no le es desconocido que *El Astrólogo* no es un cuadro cualquiera. Cuando usted comenzó a investigar temimos que su secreto se viera amenazado. Por eso quisimos alejarla de la investigación, pero también advertirla de que había otros agentes en juego, mucho más peligrosos. De este modo, a medida que íbamos borrando cualquier rastro que a usted le condujera hacia el cuadro, también tratábamos de hacerle ver que si *El Astrólogo* caía en manos de otros, las consecuencias podrían ser terribles. Ellos se encargaron de seguirla, de mandar los SMS, de llevarla al corazón de *PosenGeist...*

—¿Ellos? ¿Quiénes son ellos?

Creo que Sarah dudó antes de responder a mi pregunta. De hecho, se tomó su tiempo para medir las dosis justas de información que estaba a punto de facilitarme.

—Cuando terminó la guerra y recuperé el cuadro, tuve tiempo de recapacitar sobre la importancia del legado que me había tocado custodiar. Un legado milenario que se había llevado por delante muchas vidas... La carga resultaba en verdad demasiado pesada para una sola espalda. Después de todo lo que había ocurrido y lo que quedaba por ocurrir, con Europa dividida en dos, la bomba atómica, la amenaza soviética, la carrera armamentística..., me sentía incapaz de garantizar yo sola la seguridad de un cuadro que había estado a punto de caer en las manos equivocadas. Era una herencia que me desbordaba. Además, sabía que después de las complicaciones de mi parto ya no podría tener hijos. ¿Quién se encargaría de *El Astrólogo* cuando yo muriera? A aquellos problemas no encontré solución inmediata, pero estaban ahí, permanentemente flotando sobre mi cabeza mientras yo vivía con un cuadro bajo el brazo. A lo largo de nuestra existencia, Georg y yo tuvimos la suerte de reencontrarnos con viejos conocidos, personas con las que creamos fuertes lazos de amistad y confianza, que fueron parte importante de nuestras vidas. Poco a poco, realmente sin pretenderlo, surgió la idea de fundar una especie de sociedad que protegiera el cuadro, de modo que ya no sería responsabilidad de una sola persona, sino una tarea colectiva que ofrecía por tanto mayores garantías de éxito, mayor seguridad. A ellos, a todos, ya los conoce usted...

Aquello me sorprendió. ¿Cómo podía yo conocerlos? Sarah debió de leer la sorpresa en mi rostro.

—Sí, querida. No los conoce personalmente, pero sabe quiénes son: Carole Hirsch, Bruno Lohse y Frank Poliakov.

—¿Frank Poliakov?

—Trotsky —aclaró Sarah. Y entonces comprendí—. Frank era hijo de madre francesa y padre ruso. Un comunista convencido y feroz. Después de que huyera de París cuando se deshizo el Grupo Alsaciano, estuvo luchando con los maquis y reforzó sus contactos con el partido comunista, donde entró en contacto con agentes del NKVD. Al terminar la guerra, se marchó a Moscú. Allí se introdujo en los círculos próximos al gobierno. Llegó a ser agente ideológico de la inteligencia militar soviética, el GRU, precursor del KGB, y posteriormente ocupó un importante cargo diplomático en París. Fue miembro destacado del Ministerio de Asuntos Exteriores y uno de los hombres de confianza de Brézhnev. Cuando cayó la Unión Soviética, se convirtió, sin embargo, en un capitalista feroz —observó Sarah con ironía—. Realmente Frank era alguien muy influyente al otro lado del telón de acero y quizá también el miembro más oscuro del grupo. De hecho, todos intuíamos que no todo en él era legal, que tenía asuntos con las mafias del Este, que estaba metido en temas de tráfico de armas... En fin... Lo cierto es que a nosotros siempre nos fue leal. Y era un integrante muy conveniente para el grupo.

—¿Y los demás?

—Bueno, con Carole Hirsch me reencontré durante mi primer viaje a París tras la guerra. Acudí a ella antes que a nadie cuando buscaba indicios sobre el paradero de mi hija. Desde entonces, nos convertimos en grandes amigas. Carole fue condecorada con la Legión de Honor y la Medalla de la Resistencia por su labor durante la guerra. Se casó con uno de los asesores de De Gaulle, un gran político que posteriormente fue ministro de Cultura y un hombre muy influyente en el mundo del arte. Solíamos vernos con cierta frecuencia, en Francia, en España; celebrábamos las Navidades juntos (después de todo, yo soy la única judía), pasábamos juntos parte del verano...

Sarah permaneció unos segundos en silencio, relamiéndose de la dulzura de los recuerdos. Mas no tardó en regresar al presente.

—En cuanto a Bruno Lohse, fue juzgado por su participación en el expolio y absuelto. Georg se enteró por la prensa pero nunca volvió a saber de él. Desde luego que el encuentro con Bruno años más tarde fue una increíble casualidad. Sucedió durante un viaje que hicimos Georg y yo a Múnich. Siempre que viajábamos nos encantaba curiosear por las galerías de arte y las casas de subastas en busca de obras interesantes para nuestra colección. Cuál no sería la sorpresa y la alegría de Georg cuando al entrar en una de esas galerías salió a recibirle el mismísimo Bruno Lohse, que se había convertido en un reputado marchante. Georg le apreciaba mucho, nunca olvidó que le había salvado la vida al avisarle de que la Gestapo iba tras él. A partir de ese momento, Bruno, que tampoco tuvo hijos y ni siquiera se casó, se convirtió en uno más de la familia, alguien muy querido para nosotros, y solía pasar largas temporadas aquí, en esta casa... Ahora ellos ya no están, sólo yo he sobrevivido —constató Sarah con un gesto triste y un deje de nostalgia—. Pero todos han dejado a alguien en su lugar para perpetuar la sociedad y continuar con la tarea a la que en su día se comprometieron.

—Ese chico, el que estaba antes aquí, el que me ayudó a huir del *château*...

—Sí, es uno de ellos. Martin es su nombre —anticipó Sarah—. Es sobrino nieto de Bruno Lohse. Un muchacho estupendo, aunque a veces se preocupa demasiado por mí. Él se ha convertido en su sombra durante estas semanas y lo cierto es que nos facilitó excelentes informes sobre usted... Por eso me animé a dejarla llegar hasta mí. Es un chico muy inteligente y una buena persona, se parece mucho a Bruno, a quien estaba muy unido desde pequeño. Lo cierto es que Martin ha asumido la custodia del cuadro como algo propio y está tremendamente comprometido con la protección del secreto de *El Astrólogo*.

—La Tabla Esmeralda... —insinué queriendo dar pie a hablar de ello.

—Así es: la Tabla Esmeralda.

—Pero ¿qué es en verdad la Tabla Esmeralda?

Sarah me miró fijamente. Noté cansancio en sus ojos, no sólo el cansancio de aquel día ya largo, sino el cansancio de toda una vida arrastrando una carga demasiado pesada.

—Una maldición —concluyó misteriosamente como si no se dirigiera a mí. Sin embargo, no tardó en recomponerse para luego aclarar—: Si quiere que le diga la verdad, no lo sé. Dicen que su poder es tal que el mismo Dios se encoge ante ella. Dicen que proviene del diablo. Dicen que no es para los hombres pues nosotros no podríamos entenderla. Pero se trata de algo que se dice desde hace cinco mil años... Son muchos años para fiarse de nada. ¿Qué hubieran dicho hace cinco mil años de la chispa que origina una corriente eléctrica, de la luz de una bombilla, de la imagen en un televisor, de un rayo láser que mata o que cura? ¿Qué hubieran dicho de una bomba que reduce a cenizas poblaciones enteras como si se tratara del aliento de Lucifer...?

—Entonces, ¿usted no sabe lo que es? ¿Nunca la ha visto?

Ante mi insistencia, ella se limitó a sonreír mientras meneaba lentamente la cabeza.

—No haga más preguntas. No quiera saber más. Olvídese de la Tabla Esmeralda. Usted puede elegir quedarse al margen. Yo no tuve opción... Escuche, Ana, hay cosas que es mejor ignorar. De cosas como ésa precisamente tratábamos de protegerla, mientras que de otras, queríamos avisarla, nada más.

—Sí, es cierto. A mí no me han hecho ningún daño. Pero ¿y a los demás? Anton Egorov, Camille de Brianson...

—Sólo queríamos eliminar pruebas —me interrumpió Sarah—. Tampoco ellos sufrieron daño alguno...

—¡Por Dios, al doctor Arnoux casi lo matan a golpes!

Ante aquella afirmación Sarah se irguió y frunció el ceño.

—¿Al doctor Arnoux? Nosotros no le hemos hecho nada al doctor Arnoux —aseveró.

—Mandar a un par de malas bestias a su casa para molerle a palos yo no diría que no es nada...

Seguía mostrándose desconcertada, incluso ofendida por la acusación.

—Le aseguro que no sé de qué me está hablando. En ningún momento hubiera consentido que se hiciera a nadie el más mínimo rasguño, menos aún dar una paliza. Ése no es en absoluto nuestro modo de proceder.

Su discurso parecía sincero. En realidad, después de todo lo que me había confesado, no tenía sentido que mintiese.

—¿Entonces? —pregunté confundida.

Ella se encogió de hombros.

—No lo sé. Pero ya le he dicho que hay otros agentes implicados. Organizaciones peligrosas y sin escrúpulos. Dispuestas a lo que sea por conseguir lo que quieren. Ya tratamos de avisarla en su momento.

—¿*PosenGeist*?

—Así es: *PosenGeist*. Ahora bien, no puedo asegurarle si fueron ellos o no los que atacaron al doctor Arnoux. Lo único que sé es que nosotros no lo hicimos.

—Pero ¿quién está detrás de eso? ¿Qué demonios es *Posen-Geist*? —la interrogué desesperada, intuyendo que ella tenía la respuesta para todo.

Ante mi apremio, me devolvió calma. Me sostuvo la mirada durante un tiempo, clavando en mí sus preciosos ojos verdes algo velados por el tiempo pero todavía tremendamente expresivos. Su silencio cargado de secretos y su mirada cargada de emociones empezaban a ponerme nerviosa cuando respondió con solemnidad:

—Mi querida Ana, si de verdad quiere saber lo que es *Posen-Geist*, debería preguntarle a Konrad Köller.

Quería darte una sorpresa

Salí de casa de Sarah Bauer en estado casi vegetativo, como si tantas emociones hubieran activado en mis sentidos el «modo hibernación» para evitar que algo se desbocase repentinamente. Llamé a Alain, necesitaba hablar con alguien, pero su teléfono estaba apagado. Conduje hasta Deià, donde había reservado una habitación en un hotel desde Madrid. Aparqué el coche y arrastré mi maleta escandalosamente por las calles empedradas y silenciosas del pueblo.

Firmé el registro en la recepción. No quería cenar sola. Prefería quedarme con el estómago vacío a tener que cenar sola. Subiría a la habitación y volvería a llamar a Alain. No me acostaría sin hablar antes con alguien...

El teléfono vibró en mi bolso. Apreté compulsivamente el botón verde al ver el nombre en la pantalla.

—¡Alain!

—¿Dónde estás?

—Acabo de llegar al hotel. ¿Y tú?

¿Era cosa mía o tardaba demasiado en contestar?

—Date la vuelta...

Me giré y allí estaba. Me llevó unos segundos creerlo, pero era él: entrando por la puerta con sus vaqueros desgastados, sus zapatillas y su jersey amplio; la barba volvía a sombrear su mentón. Cruzó el hall con una sonrisa traviesa hasta donde yo esperaba.

—Quería darte una sorpresa.

Con el teléfono aún en la mano, le observé inmóvil e inexpresiva como una figura de cera con ojos de cristal. Y como una figura de cera, sin poder hacer nada por evitarlo, noté que la barbilla me empezaba a temblar hasta que mi respuesta escapó en un sollozo preludio de un llanto espontáneo y fuera de control que ni siquiera el pudor dominó. Al final, no sé quién de los dos se llevó mayor sorpresa.

—Hey... ¿Qué pasa?

Alain me cogió los hombros y aquello me hizo llorar aún más. Fue una salida de tensión bastante vergonzosa.

—La he visto, Alain —conseguí explicar entre lágrimas—. Dios mío, ha sido tan... Oh, Dios mío... Han sido tantas cosas... y todo de golpe. —Busqué un Kleenex en el bolso, un maldito Kleenex que no aparecía entre las miles de cosas que siempre llevaba en el bolso. Intenté secarme las lágrimas, pero era inútil. Como también lo era esconderlas por mucho que bajara la cabeza hasta tocar el cuello con la barbilla—. Es ella... y su historia... Es todo. Todo esto... Es demasiado...

—Pero ¿quién es ella?

Me atreví a exponer mi cara enrojecida, congestionada y cubierta de lágrimas a Alain.

—¡Sarah! ¡Sarah Bauer!

Alain se tomó su tiempo para digerir aquel trago de alta graduación.

—Salgamos fuera antes de que el conserje llame a la policía... o a la televisión.

Nos sentamos en un banco a la luz dorada de un farol y al abrigo de un muro. El silencio de aquel pueblo dormido resultaba reconfortante, también el aire fresco del mar y la montaña, que logró despejar mi cabeza y secar mis lágrimas. En aquel paisaje de piedra inerte tuve la sensación de estar en una escenografía de sanguina o en la litografía de un libro antiguo con sus casas a media luz y sus calles empinadas terminando en un vano oscuro.

—Lo siento —dije una vez libre del llanto histérico pero con el Kleenex empapado y arrugado aún en el puño—. Soy una idiota...

—¿Por llorar?

—Por hacer el ridículo... No sé qué me ha pasado.

—Te has desahogado. ¿Te sientes mejor ahora?

—Creo que sí. —Era exactamente así como me sentía: ahogada. Suspiré—. Te llamé al salir de su casa pero tenías el teléfono apagado.

—Lo apagué para subir al avión... Ya sabes que siempre se me olvida volver a encenderlo.

Volví a pasarme el Kleenex por los ojos y le miré: su rostro casi había vuelto a ser el de siempre. Le habían quitado los apósitos y la férula, la hinchazón prácticamente había desaparecido y los hematomas se habían convertido en sutiles sombras verdosas que en su mayor parte se ocultaban bajo la barba rala.

—Te encuentro mucho mejor. Ya no pareces Shrek —bromeé.

—Sí, me estoy recuperando bien. Ayer me quitaron los puntos.

—Por cierto, ¿qué haces tú aquí?

—Llegar a tiempo para que llores sobre mi hombro. —Cuando vio mi gesto decidió darme la auténtica explicación—. Bueno, lo cierto es que había regresado a París para ir al hospital a revisión y a la universidad a entregar la baja. Después, estuve en casa, poniendo un poco de orden, ya sabes. Y cuando ya había hecho todo lo que tenía que hacer, me dije: y ahora, ¿qué? Entonces, no sé por qué, me acordé de ti y de lo que te traes entre manos. Así que volví al aeropuerto y cogí el primer vuelo que salía para acá.

—Me alegro de que lo hicieras. Es verdad que has llegado en el momento oportuno.

—¿Seguro? El tío de la recepción debe de estar pensando que te he hecho algo terrible.

Por fin consiguió arrancarme una sonrisa.

—¿Tienes hambre?

Me encogí de hombros.

—Debería tenerla. Casi no he comido nada desde el desayuno.

—Entonces también he llegado a tiempo para invitarte a cenar. Me parece que tienes muchas cosas que contarme. —Alain se puso en pie y me tendió la palma de la mano; puse la mía sobre ella—. A ver si en este pueblo fantasma encontramos algún sitio donde nos den de comer —dijo mientras me levantaba de un tirón.

Cada vez que leía una línea
de aquella historia

Había un pequeño restaurante abierto, no muy lejos del hotel, que probablemente habría cerrado pronto aquella noche tranquila de no ser porque nosotros ocupamos una de sus mesas. Con unas cuantas tapas y una botella de vino tinto resolvimos una cena en la que hablar no dejaba mucha opción a comer. Cuando Alain servía las últimas copas de la botella, yo ya había dado fin a mi historia sobre Sarah Bauer; las secuelas quedaron para el postre.

—Aún no me explico lo que hizo el viejo con esa pobre mujer —dijo Alain con la mirada puesta en la copa, buscando como una pitonisa respuestas en las ondas color rubí del vino—. Hacerle creer que su hija había muerto... Es de un sadismo inconcebible.

—¿Irás a verla? —me atreví a preguntar, aun a riesgo de meterme en terreno ajeno y salir por ello escaldada.

—¿Y qué voy a hacer? Presentarme allí y decirle: «Soy su nieto, el hijo de su hija muerta, que en realidad no murió... o sí, pero no cuando usted cree». Es grotesco, no me digas.

—Entonces, ¿por qué has venido?

—No lo sé... Si te soy sincero, venía a mirar hacia delante y ahora resulta que me encuentro mirando hacia atrás. No es eso lo que quería... —No conseguí entender del todo lo que insinuaba, pero él tampoco fue más explícito—. Tú más que nadie deberías comprenderlo, Ana. Yo también me siento ahogado, pero no me echo a llorar por puñetero orgullo masculino.

—¡Pues llora! ¡Desahógate! Saca lo que tienes dentro y reconcíliate con tu pasado. Sólo así te sentirás mejor...

En lugar de llorar, Alain sonrió: una sonrisa no menos triste que el llanto.

—No olvides que tú mismo iniciaste esto, tú quisiste escarbar en lo que estaba enterrado...

—Es cierto, pero nunca pensé que habría tanta basura...

—Ella no tiene la culpa, Alain. Y no merece morir sin saber la verdad, creyendo que no deja nada aquí cuando se vaya... No volvió a tener más hijos, no pudo después de la infección. Así que, piénsalo: su familia, sus orígenes, su historia, todo se irá con ella; no habrá ni un testigo, ni un sucesor, ni nadie que guarde el recuerdo de Sarah Bauer. Tiene que ser muy triste marcharse así.

—Tú eres ahora su testigo. Y su valedora: sólo piensas en ella.

—Sabes que eso no es cierto. En realidad, estoy pensando en ti. Si lo que te duele es lo que hizo tu abuelo, sácate esa espina ahora, o cargarás con ese dolor toda la vida. Habla con Sarah, cuéntale la verdad y...

—¿Y a mi madre? ¿Quién le devuelve a ella la madre que le quitaron, que el muy cabrón le quitó? —La ira de Alain se mostró al fin; a su manera, empezaba a desahogarse.

—Me temo que eso hay que confiárselo a otra Justicia... —apunté con un susurro timorato en mitad de su ira.

—El problema es que yo no creo en más justicia que en la de aquí, en la que uno se lleva puesta... ¡Maldita sea! —Alain dio un golpe sobre la mesa: las copas se tambalearon y los cubiertos saltaron; el camarero nos miró desde la barra—. Me dices que sólo yo puedo hacer que una señora que no conozco se muera en paz, pero ¿y mi madre? ¿Qué puedo hacer yo por mi madre? Yo sé lo que es crecer sin una madre al lado: sin nadie que te tape por la noche y te dé un beso al levantarte, sin nadie que te sople en las heridas ni te seque las lágrimas con el dorso de la mano. Yo sé lo que es no tener a nadie con quien pelearte a los quince ni que llore por ti cuando te vas de casa. Nadie me llevó de la mano por el sol en invierno y por la sombra en verano... ¡Joder, yo sé qué es lo que te falta aunque te esfuerces en no pensar en ello cada día! ¡Y probablemente Judith lo sabe aún mejor que yo! ¿Quién nos devuelve eso ahora, eh? ¿Quién?

Alain escondió los ojos en el borde de sus manos. Apretó la cara contra ellas hasta que sus mejillas enrojecieron...

Le observé en silencio, tratando de comprenderle. Imaginé lo difícil que habría sido para él pasarse la vida convenciéndose a sí mismo de que era un niño normal, de que no echaba de menos a sus padres, de que no tenía nada que envidiar a otros niños. Aquella búsqueda obsesiva de su pasado ocultaba con toda probabilidad algún tipo de carencia afectiva y emocional, algún trauma del que hasta entonces no se había recuperado. Pero por fin aquella noche se había producido la catarsis y la riada de emociones, traumas y carencias soterradas había fluido a cuenta de Sarah Bauer. Desde luego que no era ella la causa, pero había sido la purga de todo el resentimiento que Alain acumulaba.

Cuando ya no pudo apretar más el rostro contra las palmas, suspiró y poco a poco fue aliviando la presión en sus ojos.

Antes de mirarme, como si aún no estuviera preparado para hacerlo, se agachó y empezó a revolver en su mochila, apoyada en el suelo junto a la silla. Sacó un libro y, de entre sus hojas, un sobre.

—Te he traído una cosa...

Lo abrí: dentro encontré la foto de sus abuelos y el papel de chocolate, ambos amarillos y cuarteados por el tiempo.

—¿Por qué? —pregunté al sentir que algo volvía a encogerse en mi pecho ante aquel trozo de otra vida.

—Porque eres parte de esto. Tú estás escribiendo su historia.

—No, yo sólo la leo, incluso a hurtadillas. Tú eres quien debes terminar de escribirla... Sólo tú eres parte de ella —repliqué sin quitar la vista de la imagen de Sarah—. Sigue siendo tan guapa como entonces. Tiene la misma belleza serena y elegante.

—¿Vendrás conmigo? —susurró Alain como si la fotografía pudiera oírlo—. ¿Me acompañarás cuando vaya a verla?

Mis ojos abandonaron la foto y se encontraron con los de Alain. Asentí con un movimiento de cabeza sin poder hacerlo con palabras. Había vuelto a emocionarme, se me había vuelto a poner la piel de gallina, como cada vez que leía una línea de aquella historia.

De vuelta al hotel, mi móvil resonó con un eco escandaloso en cada una de las piedras de un Deià silente y solitario. Me apresuré en acallar su grito impertinente de un manotazo.

—¿Sí?

—No me has llamado, *meine Süße*. Son más de las doce...

—Lo siento... Es que he estado muy ocupada. Terminé la entrevista muy tarde...

—¿Cómo te ha ido?

—Bien...

Miraba las puntas de mis zapatos aparecer y desaparecer una después de la otra sobre los adoquines con un tap tap al ritmo de mis pasos. Era como un metrónomo para afinar el compás de mis pensamientos en busca de la respuesta adecuada.

—¿Bien? No pareces muy contenta...

En realidad, no había respuesta adecuada. La había o no la había, y la que había no me parecía adecuada para Konrad.

—Era Sarah Bauer...

Silencio al otro lado del teléfono.

—¿Vive... sola?

Fruncí el ceño al responder.

—Sí.

—¿Y el cuadro?

—No lo he visto.

—Pero ¿lo tiene ella?

Silencio a mi lado del teléfono.

—¿Lo tiene, *meine Süße*?

—Yo... no lo he visto, ya te lo he dicho.

—De acuerdo... Mañana a primera hora salgo para allá...

Dejé de caminar.

—¿Mañana?

—Sí. A mediodía como muy tarde, depende de si puedo cancelar unas reuniones... No te muevas de allí hasta que llegue yo.

—¿Para qué vas a venir? No es necesario...

—Sí lo es. Tú ya has hecho tu parte, ahora es mi turno. Tengo que hablar con ella.

—¿Sobre qué?

—Sobre el cuadro, ¿sobre qué va a ser? Dime la dirección exacta de tu hotel.

—Ahora mismo no la sé. Luego te mando un e-mail.

—Bien. Hasta mañana, entonces... Por cierto, *meine Süße*...

—¿Qué?

—Buen trabajo.

—Gracias.

Colgué y devolví el teléfono al bolso.

—¿Era Konrad?

—Sí.

—¿Qué te ha dicho?

—Que... buen trabajo...

Regresé a la alternancia de mis pasos sobre el suelo empedrado; la mirada inquisitiva de Alain en mi espalda.

⚜ ⚜

La verdad es incómoda

Al día siguiente volví a visitar a Sarah Bauer con una carta y una fotografía. Pero si la carta y la fotografía del día anterior bien podrían haberse guardado en un sobre dorado, a las otras, sin duda, les hubiera correspondido un sobre negro, porque negro era su contenido.

Me recibió en el salón, junto a la chimenea encendida pues el mar había traído gruesas nubes grises y un viento húmedo y desagradable que agitaba los pinos y golpeaba los cristales. La encontré más anciana y cansada que el día anterior, más encorvada y consumida; tal vez fuera la luz mórbida de una mañana oscura.

—Vuelve por *El Astrólogo*, ¿no es cierto? —me abordó nada más entrar por la puerta antes de que pudiera explicarme o siquiera saludar—. Me extrañó que ayer se marchara sin querer velo. Al fin y al cabo, es lo que busca...

—Antes, sí. Ahora, ya no estoy segura de buscar nada... Ni siquiera estoy segura de lo que hago aquí...

—¿Entonces?

—Digamos que tengo que terminar de leer una historia, pero primero alguien ha de escribir el final. —Sarah frunció el ceño—. No importa, no me haga caso... ¿Puedo sentarme?

Sarah me mostró un sillón frente al suyo. Al menos había conseguido despertar su curiosidad.

—Le traigo noticias.

—Espero que sean buenas... —Su expresión era de escepticismo.

—Juzgue usted misma.

Le mostré mi particular misiva. Y ella no tardó en reaccionar: el envoltorio de chocolate prendido a la fotografía era un poderoso señuelo.

—¿De dónde ha sacado esto? —preguntó con la voz ronca.

—Lea la carta, por favor. Yo sólo soy el emisario...

Las manos de Sarah temblaban cuando se ajustó las gafas; las apoyó en el regazo para sujetar la misiva con pulso firme. Hubo un momento en que ni siquiera apoyar las manos en el regazo ayudó a mitigar el temblor. Al rato de haber comenzado la lectura, Sarah alzó repentinamente la cabeza.

—¿Qué clase de broma es ésta? —Su voz pretendía ser firme, aunque vacilaba, y su rostro estaba desencajado—. Es de muy mal gusto. No esperaba nada semejante de usted. Le ruego que se vaya de mi casa...

—Por favor, escúcheme. No es ninguna broma, se lo aseguro...

—¡Oh, claro que no! Es algo mucho peor, es una sucia artimaña para hacerse con el cuadro. ¿Qué mejor manera que sacarse un heredero de la manga? ¡No doy crédito a tanta desvergüenza!

—¡No! ¡No es eso! —Di un salto desde el sillón al suelo para arrodillarme junto a ella y coger sus manos arrugadas—. Sé que esto es difícil de asimilar para usted, ha pasado demasiado tiempo, toda una vida intentando hacerse a la idea de una realidad que ahora cae por tierra en unas cuantas líneas...

—No puede saberlo. No sabe lo que sufrí. No sabe lo que es perder un hijo... Una parte de mí se murió con ella... ¿Cómo puede hacerme esto?

Las lágrimas empezaron a rodar por mis mejillas y alcanzaron mis labios con su gusto salado.

—Lo siento... —sollocé, poniéndome en pie y secándome los ojos—. Creí que hacía lo correcto. —Pero cada vez que hablaba volvía a llorar—. Sin embargo, estaba equivocada y él me lo advirtió...

—¿Él?

—Su nieto.

—Yo no tengo nietos. —Sarah arrastró las palabras entre los dientes; se había acorazado en la indignación.

Pero después de tanto sofoco y harta de ser el blanco en una batalla ajena, yo también saqué mi genio a relucir, aunque sólo fuera porque mi honestidad estaba en entredicho.

—¡Sí que los tiene! ¡Dos! Y por mucho que usted quiera darse la vuelta y mirar a otro lado, ésta es la única verdad. Ahora bien, si resulta que después de tanto tiempo la verdad es incómoda y prefiere seguir en la mentira que otros forjaron para usted, no seré yo quien siga insistiendo para que cambie de opinión. Ya he tenido bastante con aguantar unos golpes que no tendrían que ser para mí —espeté, limpiándome las últimas lágrimas.

Como no tenía más que decir ni ganas de hacerlo, empecé a recoger mis cosas con la intención de marcharme.

—Se deja esto. —El orgullo no abandonaba a Sarah, quien tan altiva y displicente como yo me alargó la foto y la carta del abuelo de Alain.

—Quédeselo. Tal vez si lo lee otra vez se dé cuenta de que alguna de las cosas que hay ahí escritas sólo podían saberlas usted y ese hombre. —Me puse la chaqueta y me colgué el bolso—. Al menos así llegará a la conclusión de que no soy una mentirosa. Buenos días.

Enfilé camino a la puerta y alargué el brazo para agarrar el picaporte.

—Jacob.

La voz de Sarah me detuvo justo cuando la abría. Aunque no me volví.

—Jacob es el nombre de quien escribió esta carta. Y este envoltorio era el de mi chocolate favorito... Chocolat Menier... Jacob solía comprar una tableta en el mercado negro cada vez que quería hacerme un regalo.

Lentamente, tan lentamente como si me estuvieran apuntando con una pistola aunque sólo fuera una pistola cargada de palabras, me di la vuelta. Sarah no sonreía, pero al menos su mirada ya no se veía tan oscura.

—¿Y cuántos nietos dice que tengo?

Maldito *Astrólogo*

Finalmente, Sarah accedió a encontrarse con Alain. Después de comer, bajo una lluvia fina, salimos de Deià hacia su casa junto al mar. Alain se había afeitado y se había cambiado la camiseta y los vaqueros desgastados por una camisa recién planchada y unos pantalones chinos. Casi no había probado bocado durante la comida.

—¿Estás nervioso?

—Sí... No sé qué voy a decirle cuando la vea...

—Eso sólo lo sabrás cuando llegue el momento... No te preocupes, simplemente, deja que suceda.

Pero lo cierto era que yo también estaba nerviosa.

El jardinero nos abrió la verja del jardín y nos acompañó hasta la casa a través del camino de guijarros empapados y praderas que olían a hierba recién cortada y a tierra mojada. La doncella nos aguardaba en el hall. Se quedó con nuestros abrigos y nuestro paraguas y nos condujo hasta el salón. Antes de entrar, cogí la mano de Alain y la apreté con suavidad; cuando me miró, le sonreí y él me devolvió la sonrisa, una sonrisa ondulada.

La doncella abrió la puerta del salón y lo primero que nos recibió fue el aroma del café y la chimenea encendida. Luego, Sarah. Se puso en pie con esfuerzo. Miró a Alain. Quiso avanzar pero se apoyó en el respaldo del sillón.

—Yo... He... He leído la carta... —Su voz se quebró—. Dios mío...

Las lágrimas parecían ocultarse entre los pliegues de sus arrugas, pero los sollozos no tardaron en delatarla. Alain se acercó a ella; a su lado parecía enorme. Sin mediar palabra, la envolvió en un abrazo amplio en el que Sarah casi desapareció.

Y yo volví a llorar. Había entrado en una espiral de llanto que no daba tregua a mis lagrimales. Volví a hacerlo como en el final de una película en la que se vuelve a llorar aun cuando se cree que las lágrimas se han agotado. Sólo que no estaba en la zona de butacas, sino al otro lado de la pantalla donde nunca se funde la imagen con la palabra «FIN», donde nunca se apagan las luces para poder llorar a escondidas. Sintiéndome fuera de lugar, abandoné sigilosamente la habitación y me senté en las escaleras del hall, donde lloré tranquilamente.

Al cabo de un rato, salí al porche a contemplar el mar, que me recibió con un beso de sal en los labios. El mar venía con la lluvia y con el viento, y se metió entre las fibras de mi ropa, acariciándome la piel con sus dedos fríos.

Ya no era el mar azul y aceitoso del día anterior, sino uno gris y encrespado, como un óleo de azurita y negro humo levantado con trazos cortos de albayalde al estilo de Coubert. Era un mar inquieto como yo, aguardando una calma que no parecía llegar nunca...

—Se ha enfriado el café y van a preparar más... ¿Quieres entrar?

Alain me rescató del mar. Le sonreí.

—Sí. Empiezo a tener frío. —Le mostré, abrazándome a mí misma—. Me vendrá bien algo caliente.

Fui hacia él creyendo que pasaríamos juntos a la casa pero no se movió del umbral de la puerta.

—Mira. —Alain me tendió otra fotografía. Era de un bebé muy pequeño dormido sobre un almohadón. En la esquina se podía leer: «Marie, Novembre, 1943»—. Es mi madre...

—Es preciosa —murmuré. Realmente lo era, la foto y la niña.

—Me la ha dado Sarah... Georg la llevaba siempre en su cartera.

—Adivina qué...

—¿Qué?

—Se me ha puesto la piel de gallina.

Alain me sonrió.

—No esperaba menos de ti.

Le devolví la fotografía y él la contempló otra vez.

—¿Estás bien? —le pregunté.

—Ahora, sí.

—¿Y Sarah?

—No lo sé... Ha llorado mucho. Se la ve tan mayor y tan vulnerable... Creo que aún no lo ha asimilado del todo.

Suspiré y bajé la cabeza. Notaba una sensación incómoda, una marejada interna como la del mar a mi espalda.

—No sé si he hecho bien —le confesé—. Tal vez haya forzado las cosas...

Alain me acarició la barbilla y me obligó a mirarle.

—Has hecho bien. Gracias...

Al observar sus ojos de cerca, me di cuenta de que no sólo las mujeres habíamos llorado.

Cuando regresamos al salón, sólo estaba la doncella sirviendo el café. Sarah era una mujer coqueta que había subido a su habitación a reparar las señales que las emociones intensas habían dejado en ella. Yo, en cambio, estaba allí hecha un desastre, con mis ojos hinchados y mi maquillaje disuelto en un velo de lágrimas, lluvia y sal.

—Dice la señora que vayan tomando el café mientras la esperan. Bajará enseguida —nos transmitió la doncella.

Me sentó bien aquella taza de café caliente, junto a la chimenea, en silencio, cada uno enredado en sus propios pensamientos. A aquellas alturas, Alain y yo ya teníamos la suficiente confianza como para no tener que darnos conversación por cortesía y resultaba agradable.

Le estaba dando el último sorbo a la taza cuando apareció Sarah, un poco más animada y dinámica que por la mañana.

—Disculpad la espera pero, a mi edad, se tarda el doble de tiempo en hacer lo más sencillo.

—¿Te sirvo café? —se ofreció Alain.

—No, no, muchas gracias. Lo único que no ha conseguido el maquillaje es aplacar los nervios. No creo que el café me venga bien ahora... —Después de declinar el ofrecimiento con humor y una sonrisa, Sarah se dirigió a mí—: Querida, te debo una disculpa. Antes me comporté como una vieja testaruda y grosera... Oh, no te esfuerces en negarlo, es así.

—Tal vez, pero yo le estaba ofreciendo una píldora imposible de tragar. Aún no sé cómo tuve la osadía de hacerlo...

—Tus buenas intenciones te honran, eso es lo único que cuenta. Me gustaría compensarte por ello.

—¿Compensarme? —Aquello me cogió por sorpresa: ni esperaba compensación, ni creía merecerla.

Sarah sonrió por respuesta, me quitó la taza vacía y la dejó sobre la mesa.

—Ven conmigo...

Me levanté del sofá y tomé el brazo que me ofrecía.

—Tú también, Alain. Acompáñanos.

Pasamos a su despacho. En la habitación sin iluminar brillaba un rescoldo de brasas en la chimenea, y tras los ventanales asomaba un atardecer pálido y lluvioso. Sarah encendió las luces y se acercó lentamente hacia la pared de enfrente. Me pareció que accionaba otro interruptor antes de que una librería empezara a girar sobre sí misma y se dejara engullir por el muro. Casi no podía creer lo que estaba viendo aparecer en su lugar.

—Aquí lo tienes —anunció Sarah con orgullo—. *El Astrólogo.* He pensado que te gustaría verlo.

Me di cuenta de que había abierto tanto los ojos, que me esforcé en devolver los párpados a su sitio, temiendo que se me cayeran las lentillas. Creo que ni a lo largo de mi carrera profesional, ni siquiera de mi vida de apasionada del arte, he sentido mayor emoción al contemplar un cuadro, no tanto por el lienzo en sí mismo, sino por lo que representaba. Y aun así, también me parecía hermoso.

Los ocres y los verdes; el bermellón y el anaranjado que en todos sus cuadros hacen de punto focal; el doble plano; las texturas de la vegetación, los tejidos y la piel; los rostros renacentistas y el cielo cubierto de nubes... Tenía que ser un Giorgione, un Giorgione primerizo, casi amateur, aún bajo la influencia de Bellini pero con ese algo tan característico que lo hizo diferente desde el principio.

—Hacía mucho tiempo que no veía esa expresión de éxtasis en nadie que estuviera contemplándolo —escuché decir a Sarah—. Es evidente que estás observando el cuadro y no buscando su secreto.

—Lo había olvidado —afirmé sin mentir—. Había olvidado que guarda un secreto. Es tan bonito, significa tanto...

—Significa que lo has encontrado —añadió Sarah.

Asentí sin poder quitar la vista de él, como si fuera lo único en toda la habitación, mostrándosenos sobre el panel de seda dorada y bajo la luz de un halógeno. Aún me llevó unos segundos recordar que no estaba sola. Al hacerlo, di un paso atrás y me coloqué junto a Alain, que también contemplaba el cuadro desde un discreto segundo plano.

—Lo hemos encontrado —murmuré—. ¿Puedes creerlo? Cuántas veces he pensado que no existía, que estábamos perdiendo el tiempo buscando una leyenda...

Alain no contestó. Tampoco me miró. Como yo, se había quedado absorto con el cuadro, y pensé que, tal y como me había sucedido a mí, estaría emocionado y la emoción le habría dejado mudo.

Sarah se había sentado en la penumbra y su voz llegó como la de un narrador invisible.

—Maldito *Astrólogo*... No sé si en verdad oculta algo, nunca lo he sabido a ciencia cierta ni he querido saberlo. ¿Qué se puede esperar después de tanto tiempo y tantas manos, de tantas bocas en tantos oídos y de tantos secretos mal guardados? Tal vez bajo las capas de óleo, tal vez en los instrumentos del adivino, o en el simbolismo de su iconografía... Tal vez... Tal vez ni siquiera exista secreto alguno, tan sólo una hermosa pintura. No lo sé, es mejor no saberlo. Hay cosas que es mejor ignorar... Hay tierras que es mejor no remover... Pero sí creo que este lienzo está tocado de alguna manera por lo sobrenatural. Este lienzo ha conducido mi vida, la ha empujado y arrastrado por caminos tan tortuosos como maravillosos. Me lo ha quitado todo y me lo ha dado todo. Y ahora, cuando creía que me había dejado andar en paz el tramo final, vuelve para hacerme un último regalo, un regalo de despedida antes del gran viaje... Maldito *Astrólogo*... Siempre has jugado conmigo. Si pudiera volver a empezar, escogería tenerte lejos, muy lejos de mí. O quizá no... Maldito *Astrólogo*.

Bajo una nube negra

Entramos en el hall del hotel sacudiéndonos el agua de una lluvia torrencial. Yo sólo pensaba en subir a mi habitación, quitarme las lentillas, darme una ducha y ponerme ropa seca, supongo que como Alain.

Subimos silenciosos en el ascensor. Se abrieron las puertas al llegar a mi planta. Alain las retuvo para dejarme paso.

—Llámame cuando quieras bajar a cenar —dijo.

—De acuerdo. Luego hablamos...

Se despidió mientras su rostro sonriente desaparecía tras las puertas del ascensor.

Apenas había entrado en mi habitación y me había quitado el abrigo cuando sonó el teléfono. ¿Cómo era posible que me hubiera olvidado tan fácilmente de Konrad?

—¡Ana!

—Konrad... ¿Ya estás aquí?

—No, ése es el problema: que sigo en Madrid. Las cosas se han complicado más de lo que esperaba y no voy a poder llegar hoy allí. —Parecía verdaderamente contrariado. Yo, en cambio, sentí un alivio inmediato a un malestar indefinido—. Llevo toda la tarde intentando hablar contigo para decírtelo. Explícame por qué no has cogido el móvil. Últimamente tienes la enojosa manía de no contestar el teléfono...

—Perdona... No lo he oído. Estaba en casa de... la señora Debousse.

Imaginé su cara iluminándose; todos los agravios habían quedado rápidamente olvidados.

—Te refieres a Sarah Bauer, ¿no? Y dime: ¿has averiguado algo más sobre el cuadro? ¿Lo tiene ella? —me susurraba con tanto entusiasmo como impaciencia.

No quise darle una respuesta concreta. Hacía mucho tiempo que había decidido dejar de ser el puente entre Konrad y *El Astrólogo*.

—No... No hemos hablado de eso.

—Pero... ¿cómo es posible? ¿De qué habéis hablado entonces?

Tampoco iba a responderle a aquella pregunta. Konrad no sabía nada del curioso giro que había convertido a Sarah Bauer y Alain Arnoux en parientes, y si había de enterarse, no sería yo quien se lo dijera. De todos modos, tampoco Konrad esperaba una respuesta.

—Bueno, no importa. Mañana estaré yo allí para tratar directamente el tema con ella...

Mañana... Sólo de pensar en mañana sentí cómo una nube negra empezaba a levitar sobre mi cabeza. Una nube cargada de enojo, sospechas, rechazo y una amplia variedad de sentimientos desagradables. Una nube que fue creciendo con cada palabra que Konrad pronunciaba.

—Tengo intención de presentarme en su casa hacia las ocho de la mañana.

Mi nube negra creció.

—No lo dices en serio... —Pero sí que lo decía en serio—. ¿Te crees que son horas de ir a casa de nadie a hablar de negocios? ¡Y mucho menos de una señora mayor! Ni se te ocurra presentarte allí tan pronto.

—Entonces, llámala y dile que iré mañana a media mañana, a las doce.

Me reventaba que me utilizase de secretaria y, aunque no le repliqué por falta de ganas, mi nube negra creció un poco más.

—No hará falta que la llame, sé que mañana por la mañana no podrá recibirte. Yo misma he querido citarme con ella y me ha dicho que no podía. —No era del todo cierto. La auténtica versión era que Alain y su abuela pasarían juntos la mañana entera hasta después de comer—. Con suerte, tendrás que esperar hasta la tarde.

—¡Joder, con la vieja! ¡Ni que fuera un ministro! Si te cuento cómo tengo yo la agenda: como para estar perdiendo el tiempo a capricho de la señora...

—El que algo quiere, algo le cuesta —recité con una sonrisa mordaz, dejándome caer en un silloncito—. Además, ¿qué te hace pensar que querrá venderte el cuadro... si lo tiene?

—Que todo tiene un precio. —Seguro que sus ojos brillaban como dos monedas.

Yo negué con la cabeza.

—Te crees que el dinero todo lo compra, pero tal vez te encuentres con tu primera decepción. Para empezar, no creo que el dinero le preocupe, tiene noventa años y te aseguro que su posición es holgada. Para seguir, si es cierto lo que dicen sobre el secreto del cuadro, probablemente no tenga precio.

—Pero, vamos a ver, ¿tú de qué lado estás?

—Del que piensa que lo más sensato es dejar las cosas como están.

—¿Estás loca? Con todo lo que me ha costado llegar hasta aquí, con todo lo que llevo invertido en esto, con lo que sabemos que ese cuadro significa, ¿me pides que lo deje como está? Parece mentira que todavía no me conozcas, *meine Süße*... El concepto de «por amor al arte» no es para mí. Si yo amo el arte es porque creo que puedo comprarlo y, después, sacarle un beneficio. Así es con todo.

Mi nube negra se hinchó un poco más. Pero no por culpa de Konrad, sino mía: porque me estaba dando cuenta de lo estúpida que había sido al no querer ver lo que siempre había estado delante de mis narices.

Indignada, me levanté. No podía quedarme allí quieta escuchándole con tranquilidad. Me sujeté el teléfono entre el hombro y la oreja y comencé a quitarme el reloj, las sortijas, a doblar la ropa...

—¿También es así conmigo? ¿Me has sacado ya suficiente beneficio, Konrad?

—Eh... Un momento, *meine Süße*: no me salgas con eso ahora ni intentes liarme. Estamos hablando del jodido cuadro, no haciendo balance de nuestra relación. No entiendo a qué viene ese tono ni por qué te molesta tanto que quiera comprar ese cuadro, la verdad. Desde un principio sabías que sería así: tú ya has hecho tu trabajo. Ahora, déjame hacer a mí el mío.

Me callé y me quedé muy quieta, viendo la nube negra engordar sobre mi cabeza. Konrad aprovechó aquella tregua precaria para rebajar el tono de la conversación.

—No discutamos ahora eso, ¿vale? Se nota que al final del día ya estamos los dos cansados...

—Sí... Muy cansados. Será mejor que dejemos esta conversación —respondí secamente, deseando colgar el maldito teléfono.

—Bien. Mañana nos vemos.

—Sí... Adiós.

Y colgué antes de que él pudiera despedirse.

Me quedé quieta con el móvil en las manos y la mirada perdida en una ventana que me devolvía mi propio reflejo sobre la oscuridad del exterior. La conversación con Konrad me había empañado el ánimo. Me senté en el borde de la cama, junto a la mesilla, levanté el auricular del teléfono y marqué el número de la habitación de Alain.

—Lo siento, no voy a cenar —le dije—. Me duele la cabeza y quiero acostarme pronto.

—Seguro que has cogido frío esta tarde. No debiste pasar tanto tiempo en el jardín...

—No, no creo que sea eso. Sólo es cansancio acumulado... Por cierto, mañana Konrad quiere ir a ver a Sarah por la tarde. ¿Te importa decirle que la llamaré para ver qué le parece?

—De acuerdo... Pero ¿seguro que estás bien? Tómate algo

para el dolor de cabeza. ¿Tienes? ¿Quieres que te lleve paracetamol? Traigo conmigo un surtido digno de una farmacia.

—No hace falta. Tengo. Muchas gracias.

—Puedo subirte algo para cenar. O una bebida caliente. Eso te sentaría bien...

—No, no, de verdad. Todo lo que quiero es dormir.

El entusiasmo de Alain pareció diluirse al otro lado del teléfono. El mío se había mostrado diluido desde el principio de la conversación, y mi nube negra creció otro tanto más.

—Mañana nos vemos, ¿de acuerdo? —dije procurando suavizar el tono, después de todo él no tenía la culpa de mis problemas.

—Claro... Descansa, ¿vale?

—Sí... Hasta mañana.

—Hasta mañana...

Por fin, me quité las lentillas y me duché. Cuando me metí en la cama, la nube negra se había transformado en toda una borrasca, con aparato eléctrico incluido, que gravitaba amenazante sobre mí.

Debería preguntarle a Konrad Köller

A la mañana siguiente me levanté tarde y con hambre tras la noche de abstinencia. Como ya había pasado la hora del desayuno, me tomé un *brunch* en el bar del hotel mientras hojeaba el periódico en una suerte de calma tensa: café, huevos benedictine con salmón, tortitas con nata y caramelo y yogur con muesli y fruta; unas reservas más que suficientes para llegar ilesa hasta la cena. Me levanté de la mesa sin haberme deshecho del pegajoso runrún con el que me había despertado y que ni la comida ni la prensa habían conseguido acallar.

«Si de verdad quiere saber lo que es *PosenGeist*, debería preguntarle a Konrad Köller.»

De quedarme en el hotel mascando aquello, acabaría volviéndome loca. De modo que aproveché que había dejado de llover para dar un paseo sin rumbo fijo ni destino conocido: se trataba más bien de un paseo interior.

Enfilé la cuesta que abandonaba el pueblo pensando que nunca se sabe con exactitud cuándo las cosas empiezan a fallar. Es como esa vieja radio que un día deja de sonar: con un golpe parece recuperarse, pero cada vez necesita más golpes para funcionar, y cuantos más golpes recibe peor funciona, hasta que llega un momento en el que no importa cuánto se la golpee, deja de sonar para siempre. Entonces, ya nadie recuerda cuándo iba realmente bien... Ni tampoco por qué empezó a fallar. Lo único que se sabe es que falla. ¿Desde cuándo estaba dándole golpes a la radio para que volviera a funcionar? Tal vez Konrad no se había dado cuenta, pero cada una de mis rabietas se asemejaba a un golpe y yo sabía que la radio ya no soportaría muchos más.

Creí que podría reducir todo el problema al absurdo: a los zapatos de tacón, que cada vez me hacían más daño; al Mercedes SLK, que cada vez tenía más arañazos; a mi trabajo de relaciones públicas en el museo, que paulatinamente me hacía sentir más lejos del arte. ¿Sería el hecho de tener que ir cada semana a la peluquería lo que odiaba?, ¿o quizá sentirme culpable por llevar gafas en vez de lentillas...?

No me tranquilizaba que las razones fueran tan superfluas: zapatos de tacón, Mercedes, gafas, peluquerías... No podía ser que estuviera poniendo en tela de juicio mi relación por menudencias como aquéllas. Tenía que haber algo más... Pero era incapaz de señalar con el dedo a un culpable claro entre los miles de rostros semejantes que desfilaban ante mí en aquella particular ronda de identificación. Quizá la sombra de Konrad era demasiado alargada, quizá no me dejaba ver el sol; quizá Konrad valía su peso en oro, literalmente, y su peso en oro no me dejaba respirar; quizá me había cansado de ser esa «casa con posibilidades» que Konrad se divertía reformando a su antojo... Al principio me gustaba, lo necesitaba, me daba seguridad; le quería. Fue fácil y placentero mientras estaba enamorada de Konrad... Quizá ya no estaba enamorada de Konrad... Quizá fuera tan simple como eso...

Simplemente Konrad. Konrad había cambiado. No hubiera podido precisar cuándo exactamente había empezado a hacerlo, ni cuándo había dejado de ser el hombre al que yo admiraba y amaba, el hombre del que dependía de un modo enfermizo, para convertirse en un ser desequilibrado, irascible y oscuro... Tal vez desde que me había clavado los dedos con saña bajo el mentón y me había besado con violencia hasta hacerme sangrar... Desde entonces, sus dedos y sus labios se habían quedado impresos en mí como una marca de fuego, recordándome cuán oscuro podía ser y cuán engañada me había tenido.

«Si de verdad quiere saber lo que es *PosenGeist*, debería preguntarle a Konrad Köller.»

Me encontré en la puerta del hotel con la misma sospecha corrosiva con la que había iniciado mi paseo. Un paseo impreciso que había durado un tiempo impreciso y había transcurrido por un recorrido impreciso. Me pregunté si sólo había estado dando vueltas sobre mi propio eje, intentando obsesivamente encontrar una salida a aquella situación... La parálisis por el análisis: era un característico defecto mío, uno muy cobarde, un rasgo de inseguridad. ¿Qué demonios importaba saber por qué? Nada, no importaba nada. Sólo era una treta, una excusa para no tener que afrontar la decisión más difícil: ¿hasta cuándo?

¿Hasta cuándo estaba dispuesta a mantenerme ciega y necia por miedo a lo que pudiera descubrir tras la sonrisa de Konrad? Esa sonrisa de la que una vez me había enamorado...

—Hola.

Me di media vuelta y me encontré con Alain que regresaba después de haber comido con su abuela.

—Hola —respondí un poco aturdida, saliendo aún del pozo negro de mis divagaciones.

Nos contemplamos durante unos segundos: la conversación parecía haber terminado donde empezó.

Noté unas primeras gotas de agua caer sobre mi cabeza; volvía a llover. Contra todo pronóstico, Alain no mostró la más mínima intención de ponerse a cubierto. Yo tampoco.

—¿Vienes o te vas? —quiso saber.

—Vengo. De dar un paseo... ¿Qué tal con Sarah?

La cara de Alain se iluminó a la sola mención de su nombre.

—Bien. A veces, resulta extraño... Pero es... bonito. Me gusta cómo me abraza; nadie me había abrazado así antes...

—Es un abrazo de abuela. Son especiales.

—Sí, supongo... Como los abrazos de una madre... Eso ha sonado un poco obsesivo, ¿verdad? —No esperó respuesta—. Judith me diría que tengo que madurar...

—No podrías haberlo hecho antes. Ni tu madre ni Sarah estaban allí para abrazarte. Esas cosas también son necesarias para crecer...

La lluvia arreciaba y empezaba a mojarnos la cara y la ropa. Alain se encogió de hombros.

—Dicen que nunca es tarde si la dicha es buena... ¿Y tu dolor de cabeza?

—Mejor...

—¿Y tú?

Aquello me cogió por sorpresa.

—¿Yo?

—Sí... Te noto... preocupada... A lo mejor te apetece tomar un café y hablar...

Me debatía entre aceptar la invitación de Alain o refugiarme en mi caparazón, cuando escuché a Konrad gritar mi nombre:

—¡Ana!

Desde la entrada del hotel, a cubierto de la lluvia, me hacía gestos para que me acercase. Me tomé cierto tiempo antes de decidirme a ir hacia él.

—Lo siento, no sabía que le estuvieras esperando... —se disculpó Alain.

«Y yo lo había olvidado», pensé. Sin embargo, callé y acepté sus disculpas con una sonrisa antes de encaminarme hacia el interior del hotel. Él me siguió.

Sólo al entrar en el hall cálido y seco me di cuenta de lo mojados que estábamos. Konrad nos miró con un evidente gesto de desaprobación.

—¿Ya estás aquí? —constaté lo obvio.

Konrad aprovechó para besarme fugazmente en los labios.

—¿Que si ya estoy aquí? ¡Por Dios, Ana, llevo dos horas esperándote! ¿Recuerdas que te dije que llegaría a mediodía? Y, por supuesto, no has respondido al móvil...

—Me lo he dejado en la habitación.

—¿Qué hay, Konrad?

Alain abrió un paréntesis con una mano tendida entre nosotros. Konrad se la estrechó y al notarla mojada, torció aún más el gesto.

—Bien, bien —contestó mientras se secaba la mano en el pantalón—. Discúlpanos... eh... Alain. Pero me gustaría que nos dejaras solos... Al menos, un momento.

Al oír aquello, me quedé de piedra.

—¡Konrad!

—No importa —me apaciguó el ofendido—. Subiré a mi habitación. Luego nos vemos.

—Sí, por supuesto. —Me pareció que había retintín en la cortesía de Konrad.

En cuanto Alain desapareció escaleras arriba, me encaré con él.

—No hacía falta ser grosero.

—¿Se puede saber qué hace ese soplagaitas aquí? ¿Es que siempre tiene que estar pegado a tus faldas?

—Por favor, Konrad, no empieces...

—Estoy bastante harto de ese tío. La investigación ya ha terminado, así que espero que mañana mismo haga las maletas y se largue.

No me molesté en replicarle que en realidad Alain podía hacer lo que le viniera en gana. Sólo serviría para encenderle aún más. También él prefirió aparcar el tema.

—Me marcho a ver a Sarah Bauer. He dejado mi equipaje en consigna, di que lo suban a tu habitación. ¿Algo que tenga que saber antes de encontrarme con ella?

—No, nada.

—Bien, entonces te veo luego.

Konrad se dio media vuelta y se marchó. Permanecí en el hall, contemplándole alejarse a través de los cristales de la puerta. De pronto, como si estuviera sufriendo una alucinación, la imagen de su espalda bajando por la calle se intercaló con la imagen de Sarah Bauer, con su rostro sereno y repleto de secretos. Y la cabeza se me llenó de frases sueltas que parecían atacarme desde todos lados como una nube de mosquitos:

«Si de verdad quiere saber lo que es *PosenGeist*, debería preguntarle a Konrad Köller.»

«¿Al doctor Arnoux? Nosotros no le hemos hecho nada al doctor Arnoux.»

«Llegué ayer por la noche a París y al entrar en el apartamento me encontré todo hecho un desastre.»

«Hay gente a la que le gustaría ver a este tipo muerto, créeme.»

«... debería preguntarle a Konrad Köller... debería preguntarle a Konrad Köller... debería preguntarle a Konrad Köller...»

Subí corriendo a mi habitación. Por las escaleras, sin esperar al ascensor, abarcando los peldaños a pares, sacudiendo la cabeza para quitarme todas aquellas frases de encima.

Abrí la puerta precipitadamente, la cerré con un portazo y revolví entre mis cosas en busca del móvil. Cuando lo encontré, lo retuve unos instantes en la mano, me di un poco de tiempo para asegurarme de que quería hacer aquello, de que estaba dispuesta a afrontar la verdad.

Finalmente, suspiré para recobrar el aliento y marqué el número de teléfono de la señora que limpiaba el apartamento de París.

Tras la conversación con aquella mujer experimenté la misma sensación de vértigo que si estuviera al borde de un precipicio, los mismos deseos de saltar al vacío... Hubiera preferido saltar al vacío antes que tener que darme media vuelta y buscar mi camino por otro lado. No sabía cómo hacerlo, no sabía cómo enfrentarme a Konrad... Le odiaba tanto como le temía y ese sentimiento me paralizaba.

Finalmente, la angustia me sobrepasó y me quedé dormida. Suelo hacerlo cuando algo me preocupa. Es como una especie de termostato: mi cerebro se desenchufa cuando empieza a recalentarse.

✢ ✢

Nunca sería un buen momento

Me desperté sobresaltada. Ya había anochecido y seguía llo-viendo, el agua tamborileaba en la cubierta del tejado. En-cendí la lámpara de la mesilla. Era tarde y Konrad aún no había vuelto. En el móvil tenía una llamada de Alain.

—Me he quedado dormida... —le confesé al devolvérsela—. Siento... lo de antes...

—No tienes por qué disculparte. Tú no tienes la culpa de lo que él diga o haga... ¿Ha vuelto ya?

—No, todavía no.

—¿Sabe que Sarah es mi abuela?

—Yo no se lo he dicho...

—Mejor así. No quiero que tenga otro motivo para querer partirme la cara.

Aquella simple insinuación me produjo un malestar físico. No estaba la cosa como para bromas.

—Por Dios, Alain, no digas eso...

—¿Por qué? Creo que es evidente que más de una vez se ha quedado con las ganas...

Su insistencia me ponía cada vez más nerviosa.

—No sé... No lo sé... Déjalo ya, por favor... —empecé a titu-bear, sin saber muy bien cómo zanjar aquello.

Alain debió de darse cuenta de mi agitación porque cambió radicalmente de tema.

—Voy a acercarme a Palma. Un viejo amigo de la universidad tiene un bar en el casco viejo: copas, blues en directo y exposiciones de artistas jóvenes. Lleva años invitándome y nunca pensé que acabaría aceptando la invitación. Supongo que no querrás venir conmigo...

—Sabes que en este momento no se trata de lo que yo quiera...

—Claro... —Lo malo del teléfono es que es engañoso. No fui capaz de averiguar qué había detrás de su tono, si desilusión, resentimiento o, simplemente, resignación.

—¿Volverás esta noche?

—En principio...

—Ya sé que ahora tienes abuela y no soy yo quien debería decirte esto, pero... ten mucho cuidado con el coche si bebes, ¿vale? La carretera no es buena...

—No te preocupes, lo tendré —aseguró seco.

Cuando colgué la llamada me sentía deprimida. Cogí con desgana un libro con la intención ilusa de leer. Konrad, Alain, Sarah, *El Astrólogo*, *PosenGeist*... Demasiadas cosas saltaban como pulgas entre línea y línea, revoloteaban como moscas sobre las palabras impresas, serpenteaban como gusanos de una página a otra. Cerré el libro de un golpe. Cerré los ojos. Sólo un segundo... Escuché que la puerta se abría.

Konrad entró como una exhalación, con rumbo fijo hacia la mesa donde se deshizo del contenido de sus bolsillos; ni un reojo hacia la cama donde yo estaba tumbada.

—La vieja no quiere vender... ¡Esa maldita zorra no quiere vender, coño! —El taco fue tan enérgico que sonó por encima de un no menos enérgico puñetazo a la mesa.

Sus gritos me encogieron. Hubiera deseado volatilizarme como un gas y desaparecer de allí. Especialmente cuando se volvió hacia mí hecho una furia.

—Y tú... ¡Tú me has mentido! ¡Me dijiste que no sabías si tenía el cuadro cuando ayer mismo lo viste con tus propios ojos! ¡Me has mentido! ¿Qué coño está pasando aquí?

Tragué saliva y me senté en la cama. Era entonces o nunca,

porque ya nunca sería un buen momento. Sin atreverme a mirarle, murmurando más que hablando, lancé mi primera ofensiva:

—Ya que hablamos de mentiras, Konrad, dime: ¿qué tienes tú que ver con *PosenGeist*?

De pronto, la alerta veló su rostro encendido de ira.

—¿Qué...? ¿De qué mierda estás hablando?

Por fin, le miré a los ojos y tuve la sensación de estar mirando a alguien que desconocía.

—Sarah Bauer me ha dicho que si quiero saber lo que es *PosenGeist*, te lo pregunte a ti...

Su ceño se frunció aún más y las cuencas de sus ojos se oscurecieron hasta que me pareció que se convertían en dos agujeros negros.

—Esa hija de puta... ¡Esa maldita hija de puta te ha llenado la cabeza de gilipolleces! ¡Eso es lo que ha hecho! ¡Te ha puesto en mi contra! ¿Cómo puedes ser tan ingenua y creer lo primero que te cuenta? ¿Cómo puedes ser tan necia y no ver que te está utilizando?

Mover la cabeza fue mi respuesta, no tanto para negar lo absurdo como para mostrar mi incredulidad ante su patética defensa.

—Aún no has respondido a mi pregunta.

Mi calma parecía enervarle aún más. Su rostro enrojecido parecía a punto de estallar.

—¡Ni pienso hacerlo! ¡No pienso dar pábulo a ese disparate! ¡Y tú te comportas como una estúpida al creerla! ¡Tu falta de lealtad es imperdonable! ¡Tú tienes que estar de mi parte, joder!

—¡No puedo, Konrad! ¡No puedo si no sé cuál es tu parte! ¡Si me mientes, me utilizas, me manipulas, no puedo estar de tu parte! —Me puse en pie, completamente indignada.

—Hasta ahora no he hecho más que oírte decir tonterías... ¡Explícate!

—Cuando aquellos tipos nos retuvieron en casa de Alain, me dijiste que habías estado en París y que habías visto nuestro apartamento revuelto. He hablado con la señora que lo limpia:

ni el apartamento estuvo nunca revuelto ni tú estuviste nunca allí para verlo. De algún modo sabías que uno de aquellos matones había dicho que iría a casa a buscar los papeles de la investigación, aunque luego no lo hiciera... Y yo no te lo dije...

Curiosamente, aquello no pareció ni cogerle por sorpresa ni tampoco incomodarle.

—¿Y bien? —Casi parecía intrigado por lo que yo tenía que decir.

—Lo sabías porque tú los contrataste. Tú querías que le dieran una paliza a Alain y les pagaste para ello. Por eso no me tocaron a mí, ni fueron a casa a por los papeles... no era eso lo que querían. —Mi discurso se fue acelerando y complicando y mi tono, elevando a medida que mi nerviosismo se acrecentaba—. ¡Casi lo matan, Konrad!

Atónita, contemplé cómo su reacción fue sonreír de satisfacción. Sorteó un sillón y la esquina de la cama para acercarse a mí. Instintivamente me eché hacia atrás, pero no tenía recorrido para huir. Konrad me acarició la mejilla, su sonrisa se tornaba lasciva según avanzaba con la mano por mi cara, mi nuca, mi cuello, mi escote...

—Casi lo matan... —paladeó como si aquellas palabras fueran dulces y sabrosas—. ¿De verdad? Es una lástima que no lo hicieran... Ese tío es sólo un cabrón traidor que quiere quitarme lo que es mío.

—Pero ¿qué estás diciendo? ¿Cómo puedes...?

Yo no daba crédito a su regocijo mientras trataba de zafarme de sus manos sudorosas y de sus labios húmedos, de su aliento caliente sobre mi piel. Me invadió una oleada de repugnancia.

—No me toques..., Konrad, déjame. —Me retorcí como una lombriz fuera de la tierra, pero él parecía tener cientos de manos para sujetarme y toquetearme—. Déjame... ¡Que me sueltes! —Me sacudí sus manos con violencia.

Él me miró. Su expresión era perversa; estaba llena de furia y de odio. Me arrojó sobre la cama de un empujón, se sentó sobre mí y me sujetó fuertemente por las muñecas.

—¿Qué haces...? ¿Qué estás haciendo? Konrad, por favor, me haces mucho daño en la mano, aún no está curada... Konrad...

—Así que te duele, ¿eh...? —Se regodeó presionando con más fuerza aún—. Es un justo castigo a tu imprudencia. El dolor te enseñará a no volver a meter las narices donde no te llaman. Ni a intimar con quien no te conviene... Sólo yo sé lo que es bueno para ti, *meine Süße*... No deberías cuestionarme...

Konrad hundió la cara entre mis pechos y comenzó a frotar su cuerpo contra el mío.

—Konrad... Konrad, ahora no...

Ignorando mis protestas, me levantó precipitadamente el vestido de punto, me bajó las medias y me metió la mano dentro de las bragas.

—¿Qué te pasa, *meine Süße*...? Si lo estás deseando... Esto te gusta...

—Ahora no... por favor... —murmuré acongojada, pero sin el valor suficiente para mostrar mayor resistencia.

Él se desabrochó el cinturón y los pantalones.

—¿Ahora no...? ¿Por qué ahora no...? Yo decido cuándo... Porque eres mía... De nadie más... —jadeó mientras dejaba un rastro viscoso de sudor y saliva en mi vientre.

Al notar su aliento entre los muslos apoyé las manos en su cabeza para empujarle, pero fue imposible detenerle. Al contrario, de un fuerte tirón me rompió las medias, me abrió las piernas y se arrodilló entre ellas. Mirándome con un gesto amenazante, intentó hablar con la respiración entrecortada.

—Sólo yo puedo follarte... Y sé que te gusta... Te gusta estar debajo de mí y gritar como una auténtica puta... Siempre lo haces, no te resistas ahora...

Konrad se metió la mano en los calzoncillos, se sacó el pene y lo sujetó entre las manos.

—Quiero oírte gritar, *meine Süße* —dijo antes de ensartármelo.

Una vez que estuvo dentro, dejó caer todo su peso sobre mí y me embistió repetidamente contra el colchón. Con cada una de sus sacudidas, un latigazo me recorría la columna.

—Grita de placer... Grita, *meine Süße*... Grita... Grita... ¡Gritaaaaaa!

Cuando Konrad se corrió dentro de mí, grité, pero de dolor.

Durante unos segundos permaneció inmóvil; su peso apenas me dejaba respirar. Al fin se levantó. En pie al final de la cama me observaba mientras yo permanecía inerte sobre el colchón. No me quitó los ojos de encima durante todo el tiempo que tardó en volver a abrocharse los pantalones, a remeterse la camisa, a arreglarse el pelo y a enderezarse la corbata. Finalmente, concluyó:

—Así me gusta, *meine Süße*, que llores de placer... Has estado fantástica... Vales exactamente lo que me cuestas.

Recogió su chaqueta y salió de la habitación.

Una vez que estuve sola, me enrosqué sobre mí misma en un ovillo, y dejé que las lágrimas fluyeran sin contención mientras notaba el semen de Konrad resbalar por la cara interna de mis muslos.

No había conseguido pegar ojo, por eso le oí llegar. A las cuatro de la madrugada y completamente borracho. Se tiró en la cama sin desvestir e inmediatamente se quedó dormido, llenando toda la habitación de un desagradable olor a alcohol rancio.

Abandoné la cama asqueada simplemente de su presencia, me senté en un sillón y esperé a que amaneciera.

Ha muerto

Estaba terminando de asegurar la última correa de mi maleta cuando Konrad se despertó.

—¿Qué haces? —me preguntó agriamente desde la almohada, con la voz tomada por el sueño y la resaca.

—Me marcho —respondí sin quitar la vista de la hebilla que estaba abrochando.

Konrad se desperezó, bostezó, se rascó la cabeza, se frotó los ojos y se sentó en el colchón.

—No estoy para rabietas, *meine Süße*. Tengo la cabeza a punto de explotar... Búscame una aspirina, ¿quieres?

Con la conciencia propia de un demente, Konrad se comportaba como si no hubiera pasado nada.

Antes de que pudiera decidir si responderle o ignorarle, sonó el teléfono y sentí cierto alivio.

—No lo cojas —me pidió.

Miré la pantalla. Me extrañó que se tratara de un número fijo, un número que no conocía.

—No lo cojas, *meine Süße*. Estamos hablando nosotros —repitió en un tono más hostil.

A la vez que descolgaba, Konrad gritó:

—¡Te he dicho que no lo cojas, joder!

—Dígame...

No sé cómo reaccioné a aquella llamada, sólo recuerdo que sonreí al principio, un mero protocolo, pero que inmediatamente mi sonrisa se borró, y que tuve que sentarme porque me flojearon las piernas y sentí una especie de náusea subirme por la boca del estómago. Pero mi reacción debió de ser mucho más ostentosa porque Konrad, que había empezado a dar rienda suelta a su ira contenida y que probablemente hubiera llegado a arrancarme el teléfono de las manos, frenó su arranque y se quedó de pie frente a mí, observándome con curiosidad.

—¿Quién es? —debió de preguntar, aunque no estoy segura: estaba demasiado concentrada en responder con monosílabos al teléfono.

Tras pocos minutos de conversación, colgué en estado de shock.

—¿Qué pasa? —exigió saber, indignado.

Le miré sin verle, como podía haber mirado a un desconocido, y le respondí aun sin saber muy bien lo que había preguntado.

—Ha muerto.

—¿Qué coño dices? ¿Quién ha muerto?

—Sarah... Sarah Bauer.

—Pero ¿qué...? ¿Quién te ha llamado?

—Alain. Ha sido esta noche, mientras dormía. Cuando han ido a despertarla esta mañana... Dios mío...

—¿Y el cuadro?

No daba crédito a lo que acababa de escuchar. Llegué incluso a pensar que había alucinado, que estaba tan aturdida que no le había oído bien. Pero Konrad me sacó de dudas cuando volvió a insistir:

—¿Te ha dicho algo de *El Astrólogo*?

Realmente debía de estar enfermo y quise compadecerme de él. Pero el encono y la ira pudieron conmigo. Me levanté hecha una furia.

—¡Vete a la mierda, Konrad! ¡Tú y tu jodido cuadro podéis iros a la mierda!

Cogí la chaqueta, el bolso y salí de la habitación huyendo de él y de sus ridículas explicaciones.

Sarah Bauer tenía cáncer desde hacía años. Le habían avisado de que a su edad la enfermedad sería lenta, pero nunca pensó que sobreviviría a Georg. «Me iré contigo, Sarah —le había dicho él—. Te cogeré de la mano y nos iremos juntos. Siempre estaremos juntos, amor mío.» Sin embargo, Georg se había marchado solo... Cuando murió, Sarah dejó la quimioterapia, pidió morfina y aguardó la muerte impaciente en un mundo que, sin Georg, había dejado de tener sentido.

Eso fue lo que me contó Martin Lohse. Fue él quien me recibió al llegar a casa de Sarah. Me abordó nada más entrar por la puerta.

—Doctora García-Brest... —pronunció solemnemente mientras me tendía la mano—. Aunque ya nos conocemos, no he tenido ocasión de presentarme a usted como es debido. Mi nombre es Martin Lohse.

—Lo sé. Sarah me lo dijo... —le confesé con una sonrisa triste.

Compartí con Martin una agradable conversación junto al fuego del despacho y comprobé la devoción que sentía por el matrimonio.

—Sarah es... Era una mujer increíble... Pero Georg era un hombre único; la mejor persona que he conocido... Hay gente que no debería morirse nunca...

Aquel hombre triste y encorvado no parecía el mismo hombre imponente y audaz que me había ayudado a escapar de *Posen-Geist*. En realidad, observado con detenimiento, apenas parecía un hombre, sino tan sólo un crío. Su rostro tremendamente ario, de ojos azules, tez blanca y pelo platino, tenía algo de aniñado; poseía una belleza innegable, aunque un tanto andrógina, como la de un modelo masculino de pasarela.

—Tengo mucho que agradecerte, Martin. Me ayudaste a escapar y, además, sé que le hablaste bien de mí a Sarah...

Martin sonrió como si en realidad fuera él quien estuviera agradecido.

—Enseguida me di cuenta de que tú no eras la amenaza, sino la víctima. Necesitabas ayuda y protección... Y es posible que la sigas necesitando —añadió con gesto grave y tono enigmático.

Preferí no hacerle demasiado caso: ni mi cerebro ni mi corazón podían procesar más emociones.

Se abrió un espacio de silencio. La conversación parecía haber terminado. Entonces, Martin volvió a hablar:

—¿Qué ocurre con el doctor Arnoux? ¿Por qué ha estado estos dos últimos días haciéndole compañía a Sarah? Y ahora...

Noté que Lohse se sentía incómodo con la irrupción de Alain en aquella casa; tal vez, desplazado.

—¿No habló Sarah contigo de eso?

Él negó con la cabeza.

—Entonces, creo que mejor deberías preguntarle al doctor Arnoux...

Como si la mención de su nombre hubiera invocado su presencia, al alzar la vista le vi entrar en el despacho. En un primer momento, pareció sorprendido.

—Ana... ¿Cuánto tiempo llevas aquí?

—Un rato... Martin me ha hecho compañía...

El aludido se mostró turbado.

—Sí... Bueno... Ahora, si me disculpáis...

Martin parecía tener prisa por marcharse y dejarnos solos, como si de algún modo hubiera presentido la tensión.

—No hacía falta que vinieras —espetó Alain.

Su gesto y su tono, de repente hoscos, me dejaron estupefacta. Traté de recomponerme tras el zarpazo, tragué saliva y procuré ser amable.

—Si lo prefieres, me iré...

—No se trata de lo que yo prefiera... —empezó a mostrarse inquieto. Vaciló un par de veces antes de hablar—. Da igual —pareció atajarse a sí mismo—. Haz lo que quieras.

Quería quedarme. No quería volver al hotel con Konrad. Me sentía demasiado triste y en aquella casa parecía que mi tristeza estaba justificada. Aunque aquél era un duelo extraño: hacía tan sólo dos días que conocía a Sarah y no me sentía con derecho al llanto, sin embargo, algo me escocía en la garganta cuando pensaba en la anciana. También cuando pensaba en Alain... Sentía lástima por él, no importaba que él no agradeciera mi compasión. Quizá en algún momento se resquebrajase y necesitase que alguien estuviera allí para recoger los pedazos; no resultaba normal tanta hostilidad.

De modo que me quedé, y pasé la mañana deambulando por las habitaciones frías y vacías mientras Alain se ocupaba de gestionar el fallecimiento: el médico, el abogado, el comercial de la funeraria, la hora de la incineración, la esquela en la prensa local... No parecía que fuera a resquebrajarse en ningún momento.

—No está... Ha desaparecido —escuché que decía Alain a mi espalda.

Me había sorprendido en el despacho de Sarah, mirando la pared tapizada de dorado en la que hacía tan sólo dos días había contemplado *El Astrólogo*, entonces vacía. El único rastro del cuadro sobre ella era la mancha clara de su silueta.

—¿Cómo es posible?

—Creo que ella lo ha hecho desaparecer.

Me volví.

—¿Le has preguntado a Martin?

—No hace falta... Sarah me preguntó ayer si lo quería —explicó escuetamente—. Le dije que no... Tal vez la defraudé.

Sus ojos estaban fijos en la sombra del cuadro. Se mordió el labio inferior, regresó al presente y se marchó de la habitación como si allí no hubiera nadie.

Me había quedado en el despacho, hojeando un viejo álbum con fotos de un viaje a Egipto, paseando por otro trocito de la vida de Georg y Sarah. Serían más de las cuatro de la tarde cuando la doncella abrió la puerta para dar paso a Konrad.

El simple hecho de verle me tensó los músculos y me agrió el talante, me puso inmediatamente en guardia.

—Si vienes a por el cuadro, que sepas que ha desaparecido.

—¿Qué es eso de que ha desaparecido?

—¿A ti qué te parece? —dije señalando con la mirada un hueco vacío en la pared bajo un foco apagado.

Con el rostro arrugado en miles de pliegues de contrariedad, Konrad se acercó a inspeccionar de cerca la pared. Obseso y contumaz, pasaba los dedos compulsivamente por la seda dorada, como si de frotarla cual lámpara maravillosa el cuadro fuera a materializarse de nuevo en su sitio.

De repente se encaró conmigo:

—¿Dónde está?

—No lo...

—¡No me vengas con eso! —Su grito desaforado produjo un eco seco en las paredes de la habitación—. ¡Ya no! ¡Ese rollo de mosquita muerta ya no cuela!, ¿me oyes? Sólo lo preguntaré una vez más: ¿dónde está el maldito cuadro?

Creí que me iba a agarrar del cuello y zarandearme como a un bote vacío hasta sacarme la última gota. Pero no llegó a hacerlo.

—¿Qué está pasando aquí?

La voz de Alain le hizo volverse como una bestia en celo, completamente fuera de sí.

—¿Tú...? ¡Tú! Maldito cabrón hijo de puta... Ahora lo entiendo...

Alain mantuvo la calma ante las provocaciones mientras ambos se aproximaban con cautela, midiéndose las fuerzas como dos luchadores en un ring.

—¿Dónde está el cuadro? ¿Qué has hecho con él?

—Será mejor que te vayas, Konrad. Te estás poniendo en ridículo...

—¡Cállate...! Engreído de mierda... ¿Quién coño te has creído que eres? ¡Un simple chulo de putas...! ¿Qué le has hecho a la vieja, eh? ¿Te la has follado para sacarle el cuadro como te la follas a ella para apartarla de mí?

No tuve tiempo de ofenderme ni de intervenir. Atónita, contemplé cómo Alain explotaba de furia y tumbaba a Konrad de un puñetazo en la mandíbula que le hizo rodar por el suelo.

Konrad se incorporó aturdido, se llevó la mano a la boca y se miró los dedos manchados de sangre. Tras tomar conciencia de lo sucedido, gritó como un salvaje, más de rabia que de dolor, preparándose para embestir a Alain con la fuerza de un ariete. Hubieran podido matarse entre sí.

Sin pensarlo, me abalancé sobre Konrad, le sujeté rodeándolo con los brazos y le besé en la boca. Al principio se resistió, trató de deshacerse de mí, de quitarse mi beso de encima; sólo pensaba en pelear, en descargar toda su furia y su rencor sobre Alain. Yo me apreté aún más contra él, le besé con más fuerza y noté el sabor de su sangre en mi lengua. No sé por qué... pero finalmente cedió. Me devolvió el beso, me envolvió con él, me abrazó y me sobó con ostentación, extendió la sangre de sus labios por mis mejillas como si así pudiera marcarme. Me exhibió como un trofeo frente a su contrincante, al que devolvió una mirada desafiante sujetándome entre sus brazos.

Alain parecía desconcertado, clavaba la vista no en su oponente, sino en mí, pidiéndome una explicación.

—Márchate, Alain... Por favor... —Creí que hacía lo mejor cuando le pedí aquello. Creí que él me entendería; que sabría interpretar que sólo era una treta para evitar un enfrentamiento inútil y peligroso. De verdad lo creí... aunque me equivoqué.

Alain pareció dudar un breve instante. Finalmente, recogió los pedazos de su orgullo y salió en silencio por la puerta.

En cuanto estuvimos solos, me aparté de Konrad como si quemara. Él aprovechó para recomponerse. Se palpó el labio dolorido y se limpió la sangre.

—Vámonos de aquí —anunció cuando hubo terminado—. El avión está preparado para dentro de una hora. Volvemos a Madrid.

—Yo no voy a ir contigo a ningún sitio.

Él me agarró de la muñeca y de un tirón me empujó hacia la puerta.

—Por supuesto que sí, *meine Süße*. Recoge tus cosas.

—No... Tenías razón: he sido una estúpida, una ingenua y una necia, pero hasta aquí hemos llegado...

Konrad no se amedrentó. Apuntándome con el dedo índice intentó recuperar su posición de fortaleza.

—Estás muy equivocada: ¡sólo yo decido hasta dónde y hasta cuándo! ¡Yo! ¡Y tú te vienes conmigo o...!

—¿O qué, Konrad? ¿Qué piensas hacer para obligarme? ¿Pegarme? ¿Sacarme a rastras por la puerta ante los ojos de todo el mundo? ¿Tirarme contra el sofá y metérmela a la fuerza?

El silencio de Konrad fue tenso, como el que sigue al relámpago y precede al trueno.

—Admítelo: esto se ha acabado. Hemos acabado —concluí.

Me pareció oírle resoplar, verle echar bocanadas de ceniza y azufre como un volcán desperezándose. Me pareció que anunciaba que iba a explotar. Sin embargo, volvió a la carga con una tranquilidad sádica, con la misma calma que una lengua de lava se desliza por la ladera, arrasando todo a su paso.

Me agarró del pelo y tiró hacia atrás hasta inmovilizarme la cabeza. Su mirada me encogió el alma y el cuerpo. Sus palabras cerca de mis oídos, tan cerca que apenas las susurraba, fueron aún más duras.

—Maldita zorra... ¿Tú qué te has creído? Con una puta cualquiera me lo paso mejor en la cama, me sale más barato y una puta cualquiera no es menos decente que tú. ¿Crees que no sé que te quedas para follarle, que llevas follándotelo todo este tiempo? Tenía que haberlo matado yo con mis propias manos... Pero no lo olvides: a mí no puedes hacerme esto. Zorra estúpida y desagradecida... Esto no se ha acabado, ni mucho menos...

Me soltó con desprecio, cogió la puerta y se marchó.

Todo el cuerpo me hormigueaba como si acabara de meter los

dedos en un enchufe. El silencio me devolvía sus insultos, la soledad me rodeaba con un halo de frío. Comencé a temblar.

No se podía jugar con Konrad y ganar. No se podía luchar con Konrad y salir indemne. Konrad era demasiado fuerte. Sabía aplastar con cuatro frases, retorcer con unas cuantas palabras, doblegar cabezas hasta la humillación sin alzar el tono de voz. Mataba con balas de hielo directas al corazón. Acababa de dispararme con una de ellas y unas lágrimas heladas comenzaron a resbalar por mis mejillas.

Sonaron unos golpes en la puerta cerrada. Corrí a asomarme al balcón mientras me afanaba en secarme las lágrimas con dedos torpes e impermeables.

—¿Dónde está?

No me di la vuelta para mirarle, no quería mostrarle a Alain mi rostro enrojecido. Él permaneció en el umbral de la puerta; toda la mañana había estado en el umbral. Traté de serenarme para que no me temblara la voz al hablar.

—Se ha ido.

—¿Y tú?

—Y yo, ¿qué?

—¿Por qué sigues aquí?

No le pude responder. Simplemente me encogí de hombros. Conté los segundos que Alain permaneció inmóvil a mi espalda; los segundos de silencio e inacción. Conté los segundos que fue capaz de contemplarme sin acercarse a mí ni pronunciar palabra. Y los segundos que tuve que contener los sollozos, disimular el temblor de mi espalda y aguantar el picor de las lágrimas en mis mejillas.

Conté los segundos que esperé una frase amable o un abrazo, un simple roce, un gesto de afecto... No lo hubo. La tierra de nadie es hostil, sólo recibe fuego cruzado.

La puerta se cerró con un roce suave y me volví: la habitación otra vez vacía y solitaria. La sombra de *El Astrólogo* en la pared.

Todo había terminado. Pero ya nada volvería a ser igual; no sólo en la pared había dejado *El Astrólogo* su sombra...

«Maldito *Astrólogo*», me pareció oír susurrar a Sarah Bauer antes de abandonar aquel lugar para siempre.

EPÍLOGO

Cuatro meses después

KONRAD empezó a sentirse acorralado. Tuvo ganas de quitarse la chaqueta y aflojarse la corbata; estaba empapado en sudor y la ropa se le pegaba a la piel. Era asqueroso.

—Herr Köller, en su día admitimos su candidatura a Caballero de la Orden porque confiamos en su palabra... Ahora, estos informes resultan verdaderamente decepcionantes.

El ambiente de aquella sala se le antojaba opresivo; el aire, irrespirable. Konrad no sufría de claustrofobia, pero sentirse encerrado en aquel lugar le producía una angustia patológica. Le hubiera gustado levantarse y descorrer los pesados cortinajes que cubrían los balcones, dejar la luz y la corriente entrar en aquella estancia siniestra.

El *Großmeister*, el Gran Maestre, y los doce Caballeros de la Orden de *PosenGeist* se cernían sobre él en torno a la mesa, le observaban con ojos oscuros como dos huecos negros en rostros cubiertos de sombras. Konrad tragó saliva y se incorporó para defenderse del acoso.

—He estado a punto de conseguirlo. Las negociaciones con la propietaria parecían lo suficientemente avanzadas, pero no estaba en mi mano evitar que ella muriese y el cuadro desapareciese...

—A este consejo no le interesan sus excusas, herr Köller —le interrumpió el *Großmeister*—. Si ya no está en posición de entregarnos *El Astrólogo*, su promoción quedará anulada de inmediato.

Konrad no estaba acostumbrado a ser la presa. Muy al contrario, era él quien normalmente ejercía su poder y su influencia, era él quien amenazaba y daba ultimátums, no quien los recibía. Por eso tenía que medrar en la Orden, para ocupar la posición que le correspondía, para dejar de ser el instrumento y convertirse en el ejecutor; su destino se hallaba en la cúspide de la raza aria.

Impulsado por la determinación, sacó las garras: ninguna cúspide estaba al alcance de los pusilánimes.

—¡Por supuesto que sigo en posición de entregarlo! Una vez confirmado que *El Astrólogo* no es un mito, será fácil seguirle el rastro. No he venido aquí para ser objeto de censura, sino para solicitar una prórroga. Prórroga que, por otro lado, es legítima, pues el botín bien la merece. ¡Y más ahora, que conocemos su poder! Ustedes son conscientes, caballeros, de que en este asunto no hay medias tintas: es todo o nada. Y yo soy la única persona que puede prometerles el todo. Si quieren que la Orden de *PosenGeist* acceda al mayor secreto de la historia, tendrán que renovar su confianza en mí y concederme una sola cosa: tiempo.

—¿Tiempo, herr Köller? Usted es un hombre de empresa, debería conocer el elevado valor de su petición.

—El valor de las inversiones viene determinado por el rendimiento que se espera obtener de ellas —sentenció Konrad con tono de suficiencia. Lo último que consentiría sería que aquella pandilla de sectarios ociosos le diese lecciones de finanzas—. En este caso, el valor del tiempo es ridículo comparado con el valor de *El Astrólogo*. Como hombre de empresa, sé que sería una necedad despreciar la inversión que les propongo.

Se abrió un silencio tenso. Konrad aprovechó para esconder los brazos bajo la mesa y secarse el sudor de las manos frotándose las palmas contra el pantalón. El *Großmeister* miró a izquierda y derecha, buscando un gesto de sus caballeros circunspectos y silentes.

—De acuerdo, herr Köller. Someteremos su petición a la votación del consejo. En breve le comunicaremos si ha sido admitida. Puede retirarse.

Konrad se puso en pie, cuadró los hombros y alzó el brazo derecho para hacer el saludo nazi.

Anochecía cuando salió del castillo de Hürbenberg. El Aston Martin ya le esperaba a la puerta. Aun así, se detuvo a aspirar un poco de aire fresco para despejar la cabeza, un aire limpio y balsámico, con aroma a resina de los bosques circundantes. Mientras bajaba las regias escaleras de la entrada principal, iba desanudándose la corbata; empezaba a sentirse un poco mejor. Recogió el mando del coche de manos del criado, lo abrió con un bip y un parpadeo de luces, abandonó la chaqueta y la corbata en el asiento del copiloto y se sentó al volante. Insertó la llave de cristal de zafiro en la ranura, pulsó el botón de arranque y el motor rugió a la vez que empezó a sonar *Carmina Burana*.

O Fortuna, velut luna, statu variabilis...

Las ruedas aplastaron la grava, la imponente verja negra se deslizó lentamente, la carretera se abrió ante sus ojos. Accionó la leva de cambios y aceleró...

El Aston Martin DBS Coupé era su último capricho y sus trescientos siete kilómetros por hora de velocidad máxima, una excelente válvula de escape para la tensión acumulada. Según pisaba el acelerador y el motor rugía con la sensualidad de una hembra felina, según se comía las curvas y el asfalto sin apenas distinguir lo que dejaba a los lados, podía dar rienda suelta a su agresividad sin que sus manos estrangularan nada más que el cuero del volante.

Vita detestabilis, nunc obdurat et tunc curat...

Jodida Sarah Bauer... Maldita hija de puta... Hasta muerta la odiaba, hasta muerta había tenido que joderle la vida. Judía de mierda... Nada bueno podía esperarse de los judíos, su abuela se lo había enseñado, como le había enseñado a odiar a Sarah Bauer.

Su abuela había sido una mujer sabia, íntegra, una buena alemana que se había visto traicionada por su propio esposo, un lobo disfrazado de cordero. De no ser por Sarah Bauer, la deshonra y la vergüenza jamás hubieran caído sobre su familia...

De cero a cien en 4,3 segundos. En menos de cinco segundos rodaba a ciento sesenta kilómetros por hora, casi sin darse cuenta. Y aún tenía recorrido el acelerador.

Sors immanis et inanis, rota tu volubilis...

Vieja zorra... Cómo había disfrutado jugando con él. «Eres la última persona del mundo a quien le entregaría *El Astrólogo* —había sentenciado Sarah Bauer, maldita hija de puta—. No te esfuerces en ocultarme la verdad, tus ojos te delatan: son los ojos de tu abuelo ensombrecidos por la codicia. Te conozco bien, Konrad Köller. De sobra sé quién eres, como sé que te han educado en el odio, el resentimiento y la ambición. No queda en ti de Von Bergheim más que el eco de un apellido...» Vieja zorra... ¿Acaso era eso una ofensa? Él mismo había borrado el rastro del apellido Von Bergheim, la mancha de la traición en su pasado ario...

De repente sus pensamientos se colapsaron y todos sus sentidos entraron en estado de alerta. Había frenado demasiado tarde al tomar la última curva y había perdido el control de las ruedas de atrás... Retomó la dirección y aminoró la velocidad.

Obumbrata et velata, michi quoque niteris...

¡Tenía que conseguir *El Astrólogo*! Ese cuadro era su llave maestra en *PosenGeist*. La Orden del Espíritu de Posen era una organización clandestina heredera de las directrices de los discursos de Himmler sobre el Holocausto. Konrad estaba convencido, lo había aprendido desde la cuna, de que sus antepasados nazis estaban en lo cierto: Adolf Hitler, el Führer, era un Mesías, un adelantado a su tiempo, que fue víctima de la incomprensión y la envidia. Konrad miraba con desprecio a una sociedad decadente, sometida a la amenaza del terrorismo islámico, dominada por la conspiración judeomasónica, debilitada por una cobardía disfrazada de democracia, progresismo y tolerancia. Era una sociedad enferma, moribunda, necesitada de una profunda limpieza étnica y religiosa, de una renovación de sus valores y sus estructuras. Sólo *PosenGeist* contaba con el capital y el poder para llevar a cabo tal empresa. Pero Konrad no se conformaba con engrosar sus filas, Konrad quería las riendas de *PosenGeist*, y también las del futuro de Europa... «¡Jamás pondré *El Astrólogo* en manos de un miembro de *PosenGeist*...!» ¡Vieja zorra! ¿Cómo podía estar ella al tanto?

Notó que entraba la sexta velocidad en el cambio automático. Siguió pisando suavemente el acelerador; en la recta podría sobrepasar sin problemas los doscientos kilómetros por hora.

¡Tenía que conseguir *El Astrólogo*...! Los últimos cuatro meses se había dedicado a intentar recuperar su rastro, pero todo había sido en vano. La tierra parecía habérselo tragado. Había vigilado la casa de Mallorca, había vigilado al cabrón del doctor Arnoux, había vigilado a Ana... La muy puta... Tal vez se había precipitado al repudiarla... Sólo ella podía seguir el rastro del cuadro...

La recta era larga. Volvió a pisar el acelerador.

Sors salutis et virtutis, michi nunc contraria...

Ana... Aún se le ponía dura cuando pensaba en su cuerpo brillante y suave, cimbreante sobre el suyo para darle placer. Siempre había mujeres, muchas mujeres, algunas gratis y otras no; el sexo puede ser un vicio muy caro cuando se convierte en adicción. Pero ninguna mujer era como ella... Se trataba de una mojigata insignificante de alarde bohemio, una víctima de la estrechez y la moralidad propias de su clase media, pero follársela tenía un morbo especial... Tenía que reconocer que la había amado... Muy al principio. Recordaba haberse enamorado como un adolescente, recordaba haberse sentido vulnerable incluso. Una vulnerabilidad fugaz y pasajera, una indisposición del espíritu indigna de él, una debilidad temible y execrable. No obstante, de aquel mal sueño de dependencia salió fortalecido: a partir de entonces, poseer a Ana, dominarla, someterla, manipularla, anularla se fue convirtiendo en un reto, en una necesidad, en su nueva forma de amarla sin sentirse amenazado... Y tal vez la siguiera amando así, a su manera... Ella no podía hacerle esto. No podía traicionarle y dejarle tirado. ¡Nadie podía! ¡Él era Konrad Köller! Durante cuatro meses había rumiado su venganza, la había dejado enfriar, la había afilado como a una buena espada. Las cosas no podían quedar así. *El Astrólogo* y Ana. Ana y *El Astrólogo*. Serían suyos o de nadie...

Doscientos diez antes del cambio de rasante...

Lo pasó y unos faros se le vinieron encima. Clavó el pie en el freno. Era demasiado tarde. Pegó un volantazo para evitar una colisión frontal y perdió el control del coche.

El Aston Martin chocó contra el guardarraíl, salió despedido entre pedazos de carrocería que volaban por los aires y dio varias vueltas de campana antes de caer sobre el asfalto hecho un amasijo de aluminio, magnesio y fibra de carbono.

Hac in hora
sine mora
corde pulsum tangite;
quod per sortem
sternit fortem,
mecum omnes plangite!

———◇✕◇———

ALAIN tuvo finalmente que admitir que se había enamorado de ella. Al principio, pensó que sólo era alguien con quien resultaba agradable trabajar, una chica atractiva y simpática. ¡No podía enamorarse de todas las chicas atractivas y simpáticas que se cruzaban en su camino!

En varias ocasiones sintió deseos de besarla y, en algunas más, de quitarle la ropa buscando el cuerpo que había debajo. Pero eso no era nada fuera de lo normal: sólo impulsos propios de un hombre con instintos que llevaba meses sin meterse en la cama con una mujer.

Sin embargo, cuando ella se marchó de Fontvieille y se dio cuenta de que no podía quitársela de la cabeza ni un segundo durante días, cuando se confesó a sí mismo que echaba de menos su voz y su sonrisa, sus ojos mirándole por encima de las gafas, la forma en que se retiraba el pelo detrás de la oreja, o se pasaba la lengua por los labios después de beber; que echaba en falta su manía de girar las sortijas sobre los dedos mientras hablaba o cómo desafinaba al cantar con los cascos del iPod puestos... «No seas tonto, Alain, deja de buscar fantasmas y vete a buscarla a ella. Es probable que Ana sea lo mejor que te ha pasado en tu vida.» Dos días le habían bastado a Judith para darse cuenta de lo que él llevaba semanas sin admitir.

Le hizo caso a su hermana: se dispuso a mirar al futuro. Pero entonces se dio de bruces con el pasado, un pasado que le tiraba del cuello para obligarle a volver la vista atrás. Se dio de bruces con Sarah Bauer y *El Astrólogo*.

Maldito *Astrólogo*... En verdad debía de estar maldito ese cuadro. Sólo lo había contemplado una vez y ya se había convertido en una herida sangrante en su conciencia. Su abuela le había puesto entre la espada y la pared al preguntarle si lo quería. Y él lo había rechazado sin pensar, abrumado por la situación y por una responsabilidad que le había caído del cielo, que no había tenido tiempo de anidar en su interior, en la esencia de sus raíces. Todos los Bauer habían nacido con el estigma de *El Astrólogo* marcado en la piel como una mancha de nacimiento. Él, no. Él ni siquiera era un Bauer, no lo había sido hasta entonces, y *El Astrólogo* se le había atragantado como un bocado que se quiere digerir muy rápido junto con otros muchos bocados que intentaba digerir a la vez. Su abuela había muerto demasiado pronto, había tenido el tiempo justo de dejarle un cuadro, pero no de transmitirle un legado, un sentimiento, una emoción, una sensación de arraigo y pertenencia a una causa...

Había viajado a Mallorca para buscar a Ana, no para tener que enfrentarse a un pasado inoportuno y exigente. Ofuscado, perdido, confuso y aturdido, había renegado del cuadro. No quería *El Astrólogo* sin Ana. No quería nada sin Ana...

Y no tardó en darse cuenta de que todo habría de ser sin Ana. Fue nada más enfrentarse a Konrad Köller: no se podía luchar con Konrad Köller, la batalla estaba perdida antes de empezar. Tras haber lidiado con Sarah Bauer y su oferta intempestiva, tras haber rechazado la responsabilidad de su linaje, ya sólo le quedaba resolver su propio destino: qué hacer entonces que se reconocía enamorado de la mujer de otro, y no precisamente de otro cualquiera... Buscó refugio en el bar de su amigo en Palma de Mallorca. Allí, rodeado de la obra neoconceptualista de un joven artista australiano afincado en Ibiza, a un muy apropiado ritmo de blues y tras dos gin-tonics, decidió retirarse a tiempo antes de salir herido..., más herido. Sin embargo, aquella decisión llegó tarde y la retirada resultó humillante. El puñetazo en la mandíbula de su oponente le había costado muy caro: verla besar a Konrad Köller le había hecho más daño que todos los golpes que el alemán hubiera podido devolverle. Ese beso le había puesto en su sitio, un sitio sin Ana.

Aunque si había pensado que aquel trance había sido doloroso, no podía ni imaginarse lo significaría soportar sus consecuencias.

El primer mes fue un calvario. Creyó que la rutina sería como un buen jarabe de ricino, tan asquerosa como terapéutica. Pero resultó ser simplemente asquerosa. No lograba hacerse a la idea de que el nombre de ella jamás fuese a aparecer en la pantalla del móvil cuando sonaba o de no haber quedado con ella después de las clases para trabajar. Los fines de semana se le hacían interminables sin el aliciente de pasear juntos por París hablando de arte y, no encontrando nada mejor que hacer, los dedicaba a regodearse en la melancolía y la añoranza con placer malsano, mientras ponía uno tras otro los vinilos que había escuchado con Ana repantingados en el sofá. A menudo se quedaba mirando como un idiota la esquina del salón donde ella se agachaba a hojear sus carboncillos o la silla vacía que siempre ocupaba en el comedor. Desde un vaso de papel del Starbucks hasta el bolígrafo de Bob Esponja con el que ella solía escribir y que seguía en el bote de lápices de su despacho; todo, cualquier detalle insignificante, le recordaba a ella. Era para volverse loco...

Había confiado en que la tarea de ser el nieto de Sarah Bauer le distrajese de todo lo demás: pruebas de ADN, reclamaciones judiciales, revisiones testamentarias, abogados, impuestos, patrimonio y una colección de arte que ya tenía dueños. Nada de eso sirvió para desterrarla de su cabeza. Muy al contrario, donde estaba Sarah Bauer siempre aparecía Ana, pues su abuela había llegado de su mano.

El segundo mes decidió que ya estaba bien de autocompasión y autodestrucción. Pensó en hacer borrón y cuenta nueva. Creyó que quitar una mancha de mora con otra verde sería buena idea. Craso error. La cuestión fue que volvió a cortarse el pelo y a afeitarse la barba y empezó a salir con la amiga de un amigo, una veinteañera con un cuerpo espectacular y una cara corriente que trabajaba de recepcionista en una clínica veterinaria. Quitando unos cuantos polvos estupendos y muy necesarios para apagar un fuego que ya ardía desde hacía demasiado tiempo, el resto fue un desastre. Cada vez que estaban juntos, no podía evitar las comparaciones: Ana jamás hubiera pedido este plato; Ana nunca se hubiera puesto este vestido; Ana hubiera preferido otra película; Ana no tenía las tetas tan grandes, pero era más guapa... A Ana se le hubiera puesto la piel de gallina...

Terminó por dejar a la veinteañera al final del tercer mes, con una excusa lamentable de la que todavía se avergonzaba al recordar aquel ridículo episodio: «Cuando estoy contigo se me llena el cuerpo de ronchas. Creo que tengo alergia al pelo de los animales que debe de quedarte pegado a la ropa...». Después de aquello, empezó a temerse que las drogas, el monacato o la castración fueran las únicas salidas viables a su espantosa situación emocional.

Un buen día, al final de una jornada maratoniana de clases —sólo dando clases su mente estaba centrada en una sola cosa, por lo que impartía las suyas y las de cualquier otro profesor que se las prestase—, se pasó por su despacho para revisar el correo antes de irse a casa. Entre otras cosas, había recibido la *newsletter* mensual del Museo del Louvre. Empezaba con una fotografía del cuadro *Carlos V a caballo en Mülhberg* que ilustraba el anuncio de una exposición temporal titulada *Tiziano, el pintor de los Habsburgo*, y realizada en colaboración con el Museo Nacional del Prado. Junto con la exposición se abría un ciclo de conferencias dedicadas al pintor veneciano. Le estaba echando un vistazo rápido al programa de actividades cuando de repente sus ojos se detuvieron, releyeron lo que creían haber leído y se abrieron como platos al tiempo que le daba un vuelco el corazón:

> «El retrato veneciano en el Renacimiento clásico: del lirismo de Bellini y Giorgione al realismo de Tiziano», 10 de mayo, 19.00 horas, Ana García-Brest. Conservadora del Departamento de Pintura Italiana, Museo Nacional del Prado.

Rápidamente quitó el polvo de la paja y sólo tres palabras quedaron en la pantalla del ordenador, ocupándola toda entera como si fuera un enorme letrero con luces de neón: Ana García-Brest.

¡Ella estaría en París! Su primer instinto fue continuar oculto en la trinchera a la que se había retirado tras renunciar a combatir con Konrad Köller. Pero conforme fue reparando en lo patético de su estado físico y mental a causa del desamor, llegó a la conclusión de que había sido un estúpido y un cobarde al retirarse sin pelear y que si después de la retirada, las drogas, el monacato o la castración eran las únicas salidas viables, estaba claro que parecía más inteligente luchar con Konrad Köller por Ana, pues el dolor de perder la guerra por ella no podía ser peor que el dolor de vivir sin ella por no haber siquiera salido al campo de batalla.

El doctor Alain Arnoux buscó ansiosamente el 10 de mayo en el calendario, lo marcó con rotulador rojo y volvió a sonreír con ilusión.

ANA se sintió incómoda al volver a París. Demasiados recuerdos; en cada esquina, en cada calle, en cada restaurante japonés, en cada Starbucks, en cada moto, en cada frutería regentada por vietnamitas... Incluso en la puñetera torre Eiffel, omnipresente en toda la maldita ciudad.

Había llegado a plantearse llamar a Alain. Ya habían pasado varios meses desde que su relación con Konrad se fuese al traste, no podía considerarse que Alain fuera un segundo plato. «¡Qué segundo plato ni qué coño! No te comas el tarro, cari. Reconoce que has estado coladita por el doctor Jones desde la primera vez que tuviste su desaliñado *body* delante de los ojos. Tenías que habértelo tirado hace mucho tiempo, ya te lo he dicho. A veces me sacas de quicio con tu indecisión.» Teo había intentado convencerla, pero no lo había conseguido.

Alain había dejado bien claro que la suya era una relación meramente profesional, que había llegado a su fin con el fin del trabajo. Además, todavía no estaba totalmente desintoxicada de los años pasados con Konrad. Konrad dejaba huellas profundas allí por donde pasaba, huellas que en ocasiones semejaban heridas que tardaban en cerrar. Reconstruir su vida después de aquello se estaba pareciendo a convertir una gran ciudad en un tranquilo pueblo de la sierra.

Entre noviembre y diciembre se sintió emocionada ante la perspectiva del cambio, casi eufórica. Renunció a su trabajo en el departamento de prensa del museo y solicitó reincorporarse a su puesto de conservadora, vendió el Mercedes y recuperó un vestuario basado en vaqueros y zapatos planos. Antes de darse cuenta, llegaron las Navidades; se sorprendió al recordar que podían ser unas fechas realmente entrañables cuando la relación con la familia es sana y afectuosa, cuando no hay elementos discordantes ni perturbadores; se sorprendió al recordar que la familia siempre es un refugio al que acudir en los momentos difíciles, que los suyos siempre ofrecían apoyo incondicional y desinteresado.

A la altura de enero, una vez superados el despecho, la indignación, la emoción, la euforia y las cuestiones puramente prácticas que había supuesto redecorar su vida como los pringados de los anuncios de Ikea, llegó la etapa más difícil: acostumbrarse a vivir esa vida sola. Enero es tradicionalmente un mes de resaca, es frío y triste, rutinario y tedioso. Enero no resulta un buen mes para estar soltera. Todo su aliciente durante el primer mes del año se reducía a esperar a que cayera la noche para echarse en brazos de Teo y lamentarse. Y pasarse las noches lamentándose en brazos de su mejor amigo gay no podía ser un proyecto de vida sensato. «Tú lo sabes, cari, no es precisamente a Konrad a quien echas de menos...» Teo se le antojaba a veces una conciencia bastante incómoda.

En febrero se enteró de que iba a ser tía... Una tía un poco especial. Teo y Toni habían decidido adoptar un niño. «Tarde o temprano a todas se nos despierta el instinto maternal; será bonito poner una pequeña chinita en nuestra vida.» Febrero es un mes corto y, con la noticia, se fue en un abrir y cerrar de ojos.

A la altura de marzo, estalló la crisis existencial. Llegó a la conclusión de que su vida estaba vacía y no tenía sentido; se convenció de que necesitaba un giro de ciento ochenta grados. Estuvo barajando varias opciones: dar la vuelta al mundo como mochilera, ir de voluntaria a algún país subdesarrollado y a ser posible en guerra, darse de alta en Meetic, ponerse tetas o comprarse un perro. «¿Y para qué tanto jaleo, reina? Ya sea de mochilera, de voluntaria o de colgada en el Meetic, conocerás a un tío y todo te dará miedito. Lo mejor es que te compres un perro. Claro que lo de las tetas tampoco es mala idea...» Finalmente, se acobardó y no acabó de decidirse por nada.

A principios de abril se enteró de que tenía una conferencia en París. Aquello ya le pareció suficiente aventura emocional...

Ana cerró el turno de preguntas tras la charla. Recibió la felicitación del comisario de la exposición, a la sazón su jefe, y de su colega francés. Los asistentes empezaron a levantarse de sus asientos y a elevar el tono de voz, a arrastrar sus pasos hacia la salida, llenando el salón de actos con el rumor de un zumbido de colmena.

—Tengo que salir a ver si encuentro un sitio donde pueda fumar antes de que me dé algo —le susurró su jefe.

—Vale. Luego te veo. Voy a quedarme recogiendo mis cosas.

Aún tenía que guardar algunos papeles, cerrar el PowerPoint, apagar el ordenador, desconectar el proyector... No miraba la sala, pero intuía que se estaba quedando vacía porque el rumor de voces y roces era cada vez menor, hasta que prácticamente desapareció y volvió a percibir con claridad el ventilador del portátil.

—Disculpe, doctora García-Brest, pero tengo una pregunta para usted. —Ana alzó la cabeza, sobresaltada; había creído que estaba sola—. Se rumorea que existe un enigmático cuadro atribuido a Giorgione, llamado por algunos *El Astrólogo*, ¿es eso cierto?

Le llevó unos segundos creerse que era él quien avanzaba desde el fondo de la sala, dando grandes pasos con sus piernas largas. Incluso entornó un poco los ojos pensando que era una ilusión de su vista miope; no podía serlo, llevaba puestas las lentillas. Empezó a ponerse nerviosa, alterada como una quinceañera en plena revolución hormonal. Se irguió y trató de mantener la compostura para responderle con voz firme y académica:

—No es aconsejable hacer caso de los rumores, no hay pruebas de que ese cuadro exista... Aunque yo también he oído que ha sido ambicionado por muchos y, sin embargo, despreciado... por otros.

Alain llegó al final del pasillo, subió a la tarima y pasó al otro lado de la mesa para estar cerca de ella.

—¿Es por eso por lo que estás enfadada conmigo? ¿Por haber despreciado *El Astrólogo*?

—No estoy enfadada contigo. —Alain sintió alivio al comprobar que lo decía con una sonrisa—. Es más, quizá hiciste lo mejor. Creo que algo oscuro protege a ese cuadro; es mejor mantenerse alejado de él.

—Eso mismo pensaba yo: creí que estaba maldito porque sólo con tenerlo delante me quitó lo que apenas me había dejado rozar con la punta de los dedos. Sin embargo, ya no estoy tan seguro de eso... Ahora, creo que cada uno forja su destino... Ahora, pienso que debo asumir mi responsabilidad y volver a buscar *El Astrólogo*, pero no quiero hacerlo solo...

Después de su discurso grandilocuente, Alain se medio sentó en la mesa, un poco más cerca de ella, y la contempló con la satisfacción con que se contempla el amanecer después de toda una noche ascendiendo a lo más alto de la montaña.

—Hola —murmuró sin atreverse a decir nada más.

—Hola... —A Ana apenas le llegaba el aire a la garganta. Empezó a girar nerviosamente las sortijas alrededor de los dedos.

—No creas que he venido aquí sólo para escuchar una conferencia excelente y hacerte una pregunta después.

—Ah, ¿no? —Sus latidos se aceleraron.

—Ah, ah —negó además con la cabeza—. En realidad, he venido a invitarte a cenar. Y después, si te apetece, podemos apagar los móviles, subirnos a un dos caballos amarillo y conducir hasta Provenza: había pensado comprarme una casita en mitad de un campo de lavandas. Un sitio tranquilo en el que podamos tumbarnos al sol, contemplar las estrellas, escuchar viejos discos de vinilo y hablar de arte. Un sitio desde donde volvamos a buscar juntos *El Astrólogo*... Solos tú y yo.

—¿*El Astrólogo*...? —Ana alzó las pupilas para observarle como si mirara por encima de unas gafas que no llevaba puestas. A Alain se le dispararon los niveles de adrenalina—. Yo sé dónde está. Sarah Bauer lo insinuó: *El Astrólogo* lo tienen «ellos»...

La tensión arterial de Alain continuaba aumentando, también su respiración y su ritmo cardíaco.

—¿Eso es un sí? —consiguió articular.

—No... —Ana dio un paso al frente, lo acorraló contra la mesa y se puso de puntillas—. Esto es un sí...

Y no tuvo ninguna duda de que aquél era el momento ideal para dejarse llevar por sus ganas de besarle.

Agradecimientos

Aunque el trabajo del escritor es solitario, afortunadamente yo he contado con la compañía, el cariño, el apoyo y la ayuda de mucha gente antes, durante y después de escribir esta novela.

En primer lugar, quiero darle las gracias a Luis, mi marido, por tantas y tantas cosas que no me atrevo a enumerarlas, pues corro el riesgo de resultar empalagosa. Sin embargo, no me resisto a agradecerle expresamente todas las tardes de sábado que se ha llevado a los niños para que yo pudiera escribir en inusual silencio.

Agradezco a mi padre y mi amiga Gracia sus lecturas críticas del manuscrito cuando aún quedaba tanto por hacer. Y en especial a mi hermano Luis, que también es escritor —mucho mejor que yo— y comprende a la perfección las emociones de cada proceso. Los puntos de vista, los consejos y las aportaciones de todos ellos me han sido tremendamente útiles para salir de mi ensimismamiento de autora y mejorar mi trabajo. También doy las gracias a mi madre, por el mero hecho de ser mi madre.

En el plano técnico, he tenido la gran fortuna de contar con el inestimable asesoramiento en neurología del doctor José Carlos Bustos, eminente neurocirujano —además de amigo—, quien me ha facilitado utilísimas referencias sobre el estado cataléptico inducido con drogas.

En el plano literario, agradezco a David Trías el haber confiado en mí y en mi obra y haberme ofrecido la gran oportunidad de entrar a formar parte de la familia de Plaza & Janés. Y a Emilia Lope, mi editora, que ha trabajado codo con codo conmigo para terminar de dar forma a esta historia. Emilia, eres una persona fantástica con la que da gusto trabajar, y, como decía Humphrey Bogart en la escena final de *Casablanca*, presiento que éste es el comienzo de una hermosa amistad.

Por supuesto, no puedo olvidarme de Cristina Castro. Querida Cristina, eres mi psicoterapeuta en momentos de crisis de autoestima, mi consejera y guía literaria y, más que la madrina, el hada madrina de mis libros. Hace ya tres años que nos conocemos y te has convertido en mucho más que en mi editora de Círculo de Lectores.

A todos vosotros: gracias, gracias, gracias.

El papel utilizado para la impresión de este libro
ha sido fabricado a partir de madera
procedente de bosques y plantaciones
gestionados con los más altos estándares ambientales,
garantizando una explotación de los recursos
sostenible con el medio ambiente
y beneficiosa para las personas.
Por este motivo, Greenpeace acredita que
este libro cumple los requisitos ambientales y sociales
necesarios para ser considerado
un libro «amigo de los bosques».
El proyecto «Libros amigos de los bosques» promueve
la conservación y el uso sostenible de los bosques,
en especial de los Bosques Primarios,
los últimos bosques vírgenes del planeta.

Papel certificado por el Forest Stewardship Council®